俳句鑑賞１２００句を楽しむ

宮坂静生 編著

平凡社

はらわたの熱きを恃み鳥渡る　静生

はじめに

俳句の面白さは、謎《なぞ》解きにある。五・七・五音の十七音による最短の定型詩を読んで楽しいのは、意味がわかり、同時に映像があざやかに浮かぶからだけではない。作者が読者にさりげなく掛けた謎が理解され、謎を解くスリルを味わうことにある。謎は一瞬の驚きから、よく考えて納得する謎までさまざまである。ときには、これはなにか、と謎掛けを話題にしたり、中には謎がないことを不思議がったりする。そのような俳句の謎解きの楽しみを本書でじっくりと味わっていただきたい。

そこで、冒頭に、本書をお読みいただく鑑賞の手引き（イントロダクション）として、いくつか「謎解き案内」をお示ししておきたい。

一、一読して、これはなにか、と謎に包まれる俳句がある。気が付けば「破顔一笑」の俳句。〈おのが手の見えざる春の理髪店　大石雄鬼〉――白布に包まれた姿が鏡に映し出され、はっとした。それだけの俳句であるが、〈春〉は気持ちが柔らかく、驚きの季節だと思う。

二、ことばとことばとの関わりに謎がある。謎解きは季語を理解することだと気が付く俳句。〈涅槃《ねはん》の日鰻《うなぎ》ぬるりと籠の中　飯田龍太〉――涅槃の日はお釈迦さまの死を哀しむ日。籠に捕獲された鰻まで〈ぬるり〉と動き、南無阿弥陀仏と仏心に及ぶという謎を楽しんでいる。

三、一見してことばが謎めいて難しそうであるが、なんだか魅力的だ、と謎に惹かれる俳句。〈黄落《こうらく》の地や無一物無尽蔵　成田千空〉――銀杏《いちょう》やポプラの黄ばんだ葉が散る晩秋には、裸木は無一物、地面は無尽蔵。冬を迎える自然は間もなく雪一色になる。何もないこと（無一物）がいっぱいあること（無尽蔵）と同じ。ないとは無限だという深い考えは、謎そのものを考えている。

四、これが俳句かと謎に包まれ、読んでいるとメロディーが生まれ、わくわく楽しくなる俳句。〈土の降る町を土の降る町を　小林貴子〉――戦後、ＮＨＫ「みんなのうた」で「雪の降る町を」が放送され愛唱された。「雪の降る町を　雪の降る町を」が背景にある。目の前を土が降る（黄砂降る）。ユーラシア大陸からの春到来の現象も嫌なものではなく、地球はひとつといった感じにさせられる。

五、一読して、詠まれた出来事から、現代の世相への穿《うが》ちやおかしみが感じられる俳句。〈金屛風何んとすばやくたたむこと　飯島晴子〉――晴れ舞台が作られ、終わるとまず金屛風が片付けられる。その手品さばきのような早さに、拝金主義の俗な世を見た不思議な思いになる。そこに、かえって謎がない現代の俳句とは何か、を考えさせられる。

以上、私の俳句鑑賞の手引き、「謎解き案内」というひとつの見方を提示した。

かつて俳句人口は一〇〇〇万人といわれたことがある。毎日、量産される俳句がどれほどなのか、見当もつかないが、俳句の作り手は即、俳句の読み手でもある短詩型文芸特有のあり方から、俳人は俳句の鑑賞力をつけることが、何よりも必須なことに気付くのである。ときに優れた俳人になるためには、作句力以上に鑑賞力が秀でていることが、独自な着想や着眼の発見につながるのである。

かねてから私は、俳句鑑賞学の構築が俳句には必要なことを提唱してきた。

俳句は気が向くままに詠み、好きなように鑑賞すればよいというものではない。大きないい方をすれば、人類の歴史が経過すればするほど、俳句界にあっても、優れた鑑賞力によって知的感受性が鋭く磨かれる必要があろう。ところが、令和元（二〇一九）年、日本は超高齢社会に入り、六五歳以上の高齢者が全人口の四分の一以上（二八・四パーセント）を占めた。以後、高齢者に愛好者が多い俳句人口も、高齢化の一途をたどっている。一般的ないい方であるが、俳句作品の質の平準化は免れないであろう。飛躍を承知でいうならば、何が優れた作品かを識別する、俳句鑑賞学を打ち立てることが、緊急な課題となっていることを痛感するのである。

本書は、令和元（二〇一九）年五月に上梓した『俳句必携　1000句を楽しむ』（平凡社）の構想をさらに充実させた続編である。前書は、平成二一（二〇〇九）年五月から平成三一（二〇一九）年一月までの一〇年にわたり、「日本農業新聞」の朝刊コラム「おはよう名句」に掲載した中から、一〇〇〇余句を選び、編集した俳句鑑賞のアンソロジーである。

鑑賞は一句二〇〇字ほどでまとめている。俳句の配列は元日から大晦日まで、おおむねカレンダー順に並べ、新年・冬・春・夏・秋・冬の季節をたどっている。一頁四句立て。各句に、作者、出典、季語、掲載年月日を記した。合わせて、作句案内、地貌《ちぼう》季語、書籍案内などを付け、「俳句必携」とした。幸いに、気ままな読み物として楽しまれるばかりでなく、俳句鑑賞の用語辞典のようにも用いられ、好評裡に読まれてきた。

そこで、本書には、同前の新聞コラムの前書未収録作品三四〇句に、平成三一年一月から令和五（二〇二三）年三月までの鑑賞作品を加え、一〇〇八句を収録した。さらに、編者が担当した「NHK俳句」巻頭名句鑑賞の二年間（平成二四［二〇一二］年四月号～同二六年三月号）の収録作品二四〇句から二〇〇句も加え、鑑賞に焦点をあて、『俳句鑑賞　1200句を楽しむ』とした。

一二〇〇句鑑賞のあとには、主要な季節のことば（季語）の成り立ちと、どのように変化し、受け継がれてきたのかを「都のことばと鄙《ひな》のことば――季語と地貌《ちぼう》をめぐる九つの話」として、雪、花、月や、ほととぎす、時雨、大根、さらに月には芭蕉の「わりなし」考を加えて、テーマとして鑑賞の助けになるような読みものを添えた。芭蕉の「わりなし」考以外は、十余年前に、京都の茶道誌「なごみ」に「季語の歓び——ふるさとの秀句」と題して一年間連載した稿をもとに手をくわえたものである。いきおい現代の話題に関心が向くＩＴの時代の生活者には、古典的な古めかしい印象は否めないであろうが、万葉・平安の「故《ふる》きを温《たず》ね」て、浮薄な現代をときに照射する意味からも収録した次第である。ことばは生きものとして、都（中央）から鄙（地域）へ、晴《はれ》（公《おおやけ》）の場から褻《け》の日常へ伝播するばかりでない。地域から新たなことばが立ち上がる、方言や俚言《りげん》や地貌季語などにより、ことばの世界が活性化されつつある現況は周知のことである。

　前書『俳句必携　１０００句を楽しむ』と本書『俳句鑑賞　１２００句を楽しむ』の違いはどこにあるのか。ともに収録一〇〇〇句を超える両書は、豊かな俳句宇宙を形成して、読んで楽しい。

　しかも、私は前書で、「平穏な日常詠ばかりでない。戦場体験詠や3・11の天災人災詠をはじめ、繰り返される天変地異、免れがたい生老病死詠など、この世の万象に触れることができる」と記した。その後も前掲の指摘はいよいよ現実味を帯びて実感される。世界各地域の地球温暖化現象や自然環境破壊など、現代の最先端の課題に加えて、世界的なコロナウイルス蔓延の問題や、ロシアのウクライナ侵攻に端を発する核戦争への不安など、国内にあっては、東日本大地震による災害復興が進まない中での新たな大規模な地震への心配など限りがなく、日常の生存が不安定な状態にさらされている。以前は遠い地域の出来事が、いまやＩＴを通し、世界規模の出来事として茶の間の日常、普段の暮らし・生活を脅かす。

　本書の特徴をひとことで指摘するのは困難であるが、柳田邦男先生や山折哲雄先生がしばしば指摘される「死後生（死は新たな生への出発）」への覚醒《かくせい》がある。生と死は切れてしまう断絶ではない。私流にいうと、鑑賞句の選定にあたり、作者がこの世を去った後に作者を思い出すのに相応《ふさわ》しい作品はなにか、という意識が働いたことである。この友人には姥百合の実、あるいはこの師には梅雨の青霧、この誠実な先輩には朧夜《おぼろよ》、この名物教授には石焼芋、この老練な盲目の鍼灸師には寒柝《かんたく》、芭蕉を畏敬した京都の三上和及には惜秋の〈とんぼさき（梢にとんぼが留まる）〉の句など。もとより句の選定すべてに編者の死生観が働いたということではない。

これほど豊饒な世界を提供してくださった掲載句の作者に、こころからお礼を申し上げたい。前書とあわせて、日常の書としてお楽しみいただければ幸いです。

この二冊の本が本稿で述べた俳句鑑賞学の構築の第一歩となることを祈っている。折から私の主宰誌「岳《たけ》」が創刊四五周年を迎える。「俳句を作る不断の表現活動により、ことばを磨くことが、生きる歓びになる」。その趣旨を達成するために、半世紀近い、かけがえのない時間を費やしてきた。本書がそのささやかな成果のひとつともなれば望外のよろこびである。

本書の編集や刊行に関しては前書同様に、細部まで格別にお世話いただいた平凡社の三沢秀次さん、校正を助けていただいた「岳」編集長小林貴子さん、おふたりには感謝申し上げたい。掲載の「日本農業新聞」「ＮＨＫ俳句」「なごみ」各編集部のご配慮にもお礼を申し上げる。とりわけ、日頃、お読みくださる「日本農業新聞」の読者のみなさんにも感謝いたします。

二〇二三年三月

宮坂静生

俳句鑑賞 1200句を楽しむ◎目次

出典・初出

・本書の俳句鑑賞「1200句を楽しむ」のうち「1000句を楽しむ」は、「日本農業新聞」（日本農業新聞）の朝刊コラム「おはよう 名歌と名句」で、編著者が担当した俳句鑑賞のうち、二〇〇九年五月六日から二〇二三年三月三一日まで掲載されたコラムより一〇〇八句を収録した。「200句を楽しむ」は、「NHK俳句」（NHK出版）の連載「巻頭名句鑑賞」（二〇一二年四月号から二〇一四年三月号）より二〇〇句を収録した。「都のことばと鄙のことば――季語と地貌をめぐる九つの話」は、「なごみ」（淡交社）の連載「季語の歓び――ふるさとの秀句」（二〇〇九年七月号から二〇一〇年六月号）のうち、「月」「しのぶ都」「時雨考」「大根一見」「雪」「花」「荒野のほととぎす」「梅雨の青霧」の八話を収録した。いずれも、本書収録にあたり、加筆・修正を行った。「芭蕉の「わりなし」考」は書き下ろした。

凡例

・本書の俳句鑑賞「1000句を楽しむ」は、作品：鑑賞句、作者、出典、新聞掲載年月日、コラム文章で構成し、文章末に◇印を付して鑑賞句の季節のことば（季語）を示した。無季の句には無季と表示した。季語は作者の用いた季語を基本としたが、基本季語（季題）・傍題季語を示した作品もある。巻末の「季語・事項索引」の項目に、季節の別、新年・春・夏・秋・冬を（ ）内に示した。「200句を楽しむ」は、連載年月順に掲載し、奇数頁のノンブル横に掲載号の年月を示した。

・本文中、俳句や句、詩歌にまつわることばは、〈 〉でくくり、書籍・句集名称は『 』、俳句雑誌・新聞などの名称は「 」で示した。

・「1000句を楽しむ」の配列は、掲載日の一月一日から一二月三一日までをおおよそ月日で並べ、新年・冬・春・夏・秋・冬の季節をたどった。ただし、花・桜、時鳥、花火、稲妻、時雨などの季節のことばについては、月日順にこだわらず、季題・季語でまとめた場合もある。

・本文中の年齢、生没、所属などは掲載時のままとした。

・難読漢字・人名・地名などには、現代かなづかいでよみがなを振った（一部、旧かなづかいのよみがなもある）。

1200句を楽しむ

1000句を楽しむ　二〇〇九年五月六日～二〇一三年三月三一日
二十四節気一覧
200句を楽しむ　二〇一三年四月～二〇一四年三月

いつの世の花ぞ雪やみて冬の紅《くれない》

二〇二一年一月一日

石牟礼道子　『石牟礼道子全句集』

空からの雪片を冬の花と讃《たた》え平安貴族は和歌に詠んだ。あれから千年余り経つ。作者は水俣病の患者に寄り添っている。水俣病と公式に認められて五〇年が経過した。

その間にむごい死に方で三分の一くらいの方は亡くなった。孤独な闘いだった。「企業がつくりだした罪だけれど、企業が罪を意識しないなら患者がその罪を担いましょう」という。これ以上広げたくない思いだ。この紅の雪を本当に美しいと見ることができるのはいつか。◇雪

松かざり伊勢が家買人《かう》は誰

二〇二〇年一月一日

其角　『あら野』

洒落《しゃれ》た歳旦吟《さいたんぎん》である。世渡り上手な其角が江戸の中心地・日本橋伊勢町に転居した。新居の町名伊勢に因《ちな》み、『古今集』の女流歌人伊勢の「家を売りてよめる」歌〈飛鳥川淵《ふち》にもあらぬ我が宿もせに変りゆくものにぞありける〉を踏まえた句を詠む。変わりゆく世のシンボルのような飛鳥川ではないが、瀬《せ》に銭《ぜ》を掛け、銭のためにわが家も売るはめになった。その伊勢の家を買ったのは誰でしょう。実は他ならぬ私めでございます。◇松飾

若者の肌の蒼《あお》さよ玉せせり

二〇二二年一月三日

澤田雅子　『海鳴りと雛芥子《ひなげし》』

福岡筥崎宮《はこざきぐう》玉取祭を〈玉せせり〉と呼ぶ。海から漂着したという陰陽二つの木玉（女玉・男玉）を洗い浄《きよ》め、女玉は奉納し、男玉をせせり合い、豊年・豊漁を占う。今日が祭の日。末社での儀式の後、少年達が町中をせせり、本宮前で、青年達に渡される。浜方と岡方に分かれた争奪戦が見せ場。勢い水を浴びた肌は真っ青。最後に玉を浜方が手にしたら豊漁、岡方ならば豊年。せせり勝った玉を神官に手渡し祭はめでたく終わる。◇玉せせり

手鞠《てまり》つく地球しっかりしてくれよ

二〇二〇年一月四日

大島雄作　『一滴』

手鞠や羽根突きは女子の正月遊び。もとは毬を長い柄の槌《つち》で打ち合った毬打ち「ぎっちょう」からとか。あるいは蹴鞠が起源とも。鞠は毬とも同じ意。独りでなく四、五人の者が手鞠唄を歌いながら鞠を順に突いて遊ぶ光景も思い出す。最後にちょっと隠すのが愛嬌。

地震、台風、洪水など天変地異。そのうえ急速にすすむ温暖化。恐ろしい原発事故による天地の汚染。地球への叱咤《しった》は人類への警告だ。◇手鞠つく

伊勢海老のいきなり動く金剛力

二〇二三年一月四日

布施伊夜子　『あやかり福』

伊勢海老の甲羅は甲冑を付けた老練な武者姿を連想する。対の触角の見事な張りも清々《すがすが》しい。正月の飾りに加わる伊勢海老は甲殻類のエキスパート。海から上がり静か。生きているかしらと無造作に触れたのである。瞬間ぐいと反応が強烈。これは凄《すご》い。〈金剛力〉という人間世界の力持ちに使うことばが湧く。南国宮崎の八〇代の作者。九一歳の姉を頭に六人が毎月姉弟会を開き、笑い合うという。バイタリティは抜群である。◇伊勢海老

雑煮餅国のかたちを如何《いかん》せん

二〇二一年一月五日

長谷川　櫂　『新年』

新年は雑煮餅を食べ、煮炊きに手をかけない。その餅の形から国の在り方へ連想が及んだ。社会問題への関心が深い作者であり、身辺詠が多い現今の俳句界の中で貴重な存在だ。掲句は二〇〇六年の作。郵政民営化で国が揺れた時期だ。普天間基地移転問題。北朝鮮発射のミサイルが日本海に着弾。オウム事件の被告の最終判決が出るなど。多事多難は今と同じでも、国が軽くなり、世界の中で貫禄がなくなったのはこの頃から。◇雑煮餅

屠蘇の香や黄泉平坂での途中

二〇一九年一月五日

丸山登志夫　『坂の途中』

一休宗純の狂歌は「門松」を見て、〈門松は冥途の旅の一里塚めでたくもありめでたくもなし〉が周知である。掲句も同想であるが、こちらは家庭的。屠蘇《とそ》を口にしながら。平成の正月ぎりぎりの感慨だ。黄泉平坂《よもつひらさか》とはあの世へ行く途中の坂。昔のいろは歌にも有為《うい》の奥山を越えてゆくとある。どんな坂なのか、越えるにはなかなか難儀をするようだ。まあゆっくり行こう。今年もこの調子で。◇屠蘇

傀儡の目出度目出度と舌を出す

二〇二二年一月五日

橋本鶏二《けいじ》　『朱』

飄逸《ひょういつ》な傀儡師《かいらいし》だ。新春を寿《ことほ》ぐ目出度《めでた》目出度を唄《うた》いながら人形に芸をさせる。三河万歳などは太夫と才蔵との掛け合いであるが、傀儡師には浄瑠璃のように人形が相手。相棒が人間よりも芸が細かになる。口では目出度を唱えながら、ぺろっと揶揄《からか》い半分の舌を出す。なにが目出度いのかという茶化《ちゃか》しとも自己卑下ともとれる行為が面白い。新年とはいうが、コロナ、不景気、自粛で何が新年かね、どうですお客さん。皮肉が現代風。◇傀儡

幸せは気づかぬものよ鳥総松《とぶさまつ》

二〇二三年一月六日

星野 椿 『遙か』

祖父が高浜虚子、母は虚子の次女星野立子。頭で俳句を捻《ひね》らなくても作者の体質が俳句にぴったり。幸せとは本心からの呟《つぶや》き、読み手もほっとなごむ。昨年一一月、長男高士が継いだ主宰誌「玉藻」一一〇〇号、作者九二歳の祝賀会は華やかな折り目正しい安らぎに満ち溢《あふ》れた。〈鳥総松〉は門松を下ろす際に後へ梢の一枝を折り、土に挿す。とぶさとは梢の意とも。山の神を祀《まつ》る樵《きこり》が倒木の後に若木を残す風習がある。ゆかしい伝統。◇鳥総松

かつて火は鑽《き》り出《だ》せしもの福沸《ふくわかし》

二〇二二年一月七日

谷口智行 『星糞』

火の発見は石と石とを擦り合わせる鑽火から。その火で、元旦に汲んだ若水を沸かす。これは目出度い福沸。福沸は含蓄あることばである。三が日神に供えた餅に菜などを入れ粥にして食べるのが福沸ともいうと江戸後期の歳時記『改正月令博物筌《せん》』に見える。七草粥の類いである。鉢型土器を火に掛ける煮炊きに気付いた縄文人ほど人類史上大発見をした者はいない。ノーベル賞をいくつやってもいい世紀の発見とはこれであろう。◇福沸

きびきびと応ふる寒に入りにけり

二〇二〇年一月七日

松本たかし 『野守』

寒い日にこんな一句を詠むだけで気持ちが和らぐ。ひとはこころ。思う。書く。話す。ひとつひとつの行為が微妙にこころに響く。独りでぽつんといるだけでは空気が動かない。空気を新しくする。

季節は刻々と脱皮している。人もときに順応して応える。とりわけ寒いときにはめりはりが大事。〈きびきび〉とは敏捷《びんしょう》なさま。宝生流能役者の舞台上の所作にも通じよう。昭和一〇年代作。◇寒の入

つくらぬと決めて子のなし七日粥

二〇一一年一月七日

仁平 勝 『黄金の街』

正月七日に食べるのが七日《なのか》粥《がゆ》。粥に芹《せり》、薺《なずな》、すずしろ（大根）など七種の青物を入れるので七草粥とも。万病に効き、一年の邪気を払うという。人さま並みに正月気分であるが、子がいないのが、ちょっぴり淋しい。とはいえ、初めから要らないと決めたんだっけ。そんな思いを夫婦で分かち合っている。正月は〈姫始め〉もあり、ことの始めの月。子は授かりもの。そこで、つくる・つくらぬの俗言が面白い。◇七日粥

こぼれたる七種籠の真砂かな

二〇二一年一月七日

深見けん二　『蝶に会ふ』

向島百花園で春に作られる七草籠《ななくさかご》は名高い。直径五〇センチ、高さ一メートルの籠に春の七草、せり・なずな・ごぎょう・はこべら・ほとけのざ・すずな・すずしろが植え込まれる。皇室にも献上されるとか。近年は私も知人から貰《もら》うことがあり、正月はもとより二月末まで、部屋の中で春を楽しめる。時々水をやる。どれも仲がいい。はこべらの花が終わり、すずしろがぐーんと茎を伸ばす頃には庭へ下ろしてやる。ご苦労でしたと。◇七種籠

輪を以《もっ》て宙《ちゅう》をなすなり掛柳

二〇一九年一月八日

林　亮　『瞭』

初茶の湯の床飾りが掛柳《かけやなぎ》。柳の枝を撓《たわ》ませて輪を造る。それが宙とは見事な発想だ。宇宙とはなにか。無限の時間と空間の拡がりを連想するが、なかなか実感できない。それが、かくも手近に宙があるとは驚く。輪は和にも通じる。また常に元へ戻る。一陽来復を象徴する。

新年は今年の時間の初めばかりではなく、宇宙を考える時でもある。柔軟な柳の枝が一役担うのが愉快だ。◇掛柳

槌《つち》と鑿《のみ》離ればなれに松の内

二〇二一年一月九日

中村和弘　『黒船』

松の内くらいは大工さんものんびり。したがって、手足になる槌も鑿もおやすみ。好きなように離れ離れ。

職人の世界を道具類で詠む。道具の正月だ。ふだんご苦労かけている。ものが言える者は自己主張ができるが、槌や鑿はそうはいかない。親方が察する以外ない。察するとはきわめて大事。人にも物にも察しがつく。昔から職人世界の魅力はそこにあった。苦労を通して物にまで気働きがゆきとどく。気持ちがいい。◇松の内

ただようてゐるスケートの生者たち

二〇二三年一月九日

岩田　奎《けい》　『膚《はだえ》』

二四歳の作者。スケート一万メートル競技にトップを走りたい。そんな願いが込められているような句。作句開始が一六歳とか。早く始める利点は暮らしのフィーリングを摑《つか》むコツを会得できること。句材や表現の着眼は修練で決まってくる。一番はことばを動かす勘。何にはっと気がつき、いけると感じるか。句は予選通過選手がスケートリンクを軽く廻っている場面。〈生者〉とは鋭い。敗者は死者。勝負の空気の捉え方がいい。◇スケート

塩鯛の目の窪みたる幸木かな

二〇一一年一月一〇日

茨木和生『山椒魚』

珍しい正月飾り〈幸木《さいぎ》〉を詠む。〈さいわいぎ〉ともいう。三が日に使う魚や野菜などを一二本の縄に結び、横木に吊り、土間に飾る。高知県宿毛《すくも》市弘瀬地区などでは「懸《かけ》の魚《うお》」と呼び、海で獲れたあかむろを玄関の天井から下げたという。豊穣や豊漁を祈るのである。

掲句は、掛けた鯛の目が塩で緊《しま》り窪《くぼ》んでいる。これもまた目出度い。幸木は門松の類いと同じく、広く地の神が宿る木と信じられていた。◇幸木

吐く息のしづかにのぼる弓始

二〇一九年一月一〇日

小島 健『木の実』

剣道も柔道も気持ちはそれほど動かないが弓道はやりたい。術と名が付くものは気合が大事。私は相撲を少しばかりやった。瞬発力にかける気合が勝負だ。

弓は的を絞る時の息の吐き方がポイント。なるほどと思う。平常心の腹の据わり方が問われる。それは型に現れる。吐く息がしずかにのぼる軌跡が見えるとは名人の姿勢か。昔、京都三十三間堂の通し矢で優勝したと友人から聞き、羨《うらや》ましいと思った。◇弓始

にぎやかに来る宝恵《ほえ》籠《かご》のふれの衆

二〇二二年一月一〇日

高濱年尾『年尾句集』

今日は十日えびす。「ほいかご、ほいかご」の道中囃《ばや》子《し》が聞えてくるようだ。宝恵籠とは大阪今宮戎《えびす》神社の初戎に宗右衛門町のおねえさん方が乗って参詣する駕籠のこと。縁起を飾り、紅白柱の華やかな駕籠、黒紋付がお似合いの芸妓《げいこ》。道中、正月気分を振り撒《ま》き満点。掲句はその触れの衆の演出を描く。同時作〈宝恵籠のをんなはさのみ良からずも〉は厳しい。〈宝恵籠は夜こそよけれ見に行かん〉もある。余程《よほど》好きであったか。◇宝恵籠

餌衛《くわ》へ歩む鴉や寒四《かんし》郎《ろう》

二〇一七年一月一一日

藤木倶子『星辰』

寒鴉《かんがらず》は堂々たるもの。ふてぶてしくさえある。人間たちと生存競争に負けまいとするには気が張るよ、とでもいいたい風情。寒四郎は寒の入り（一月五日頃）から四日目。人名のようだ。掲句の鴉を名付ければ、さしずめ寒四郎か。寒は九日目を寒九《かんく》というが後は用いない。〈延命の治療は要らず寒四郎〉（富田潮児）という句もある。作者は百歳を越すご長命とうかがっていただけに、そこが可笑《おか》しい。◇寒四郎

二〇二三年一月一一日

わが庵《いほ》の鏡ひらけよ鼠ども

蝶夢《ちょうむ》　『草根発句集宮田本』

今日は鏡開き。年神さまへの供餅《そなえもち》を下ろし、切って雑煮などにして食べる日。江戸期、武家で切るとのことばを嫌った。そこでお鏡を開くという開運を連想させるいい方を用いた。作者は『芭蕉翁絵詞伝』などを出し、芭蕉顕彰に生涯を捧げている。九歳で剃髪し木端《こっぱ》と呼ばれたが人柄が温厚、生きものへの慈愛溢れた句が多い。鼠《ねずみ》の句が面白い。わが草庵の鼠どもよ、鏡開きだよ。さあ一緒に食べようではないか。現今の句に通じる。◇鏡開

二〇二二年一月一二日

歌留多いま華冑の恋を散らしけり

岡田一実　『記憶における沼とその他の在処』

華冑《かちゅう》は華族、名門の意。歌留多の百人一首の場面を想像する。〈難波潟みじかき葦《あし》のふしのまも〉（伊勢）とか〈やすらはで寝なましものを〉（赤染衛門）などそれぞれ贔屓《ひいき》筋の恋歌を集める。それで取った札数を競う。

くやしい、ではもう一度と挑戦開始。折角《せっかく》集めた恋の札、次回も必ず拾ってやろうと、目配せしながらばらばらに。一カ所に固まらないようにと神経を使う。歌留多取りは駆け引き。古風さが新鮮に映る。◇歌留多

二〇二〇年一月一一日

冬木鳴る闇鉄壁も啻《ただ》ならず

竹下しづの女　『解説しづの女句文集』

寒々とした心の闇に立ち向かいかねている。しかし負けてはいない。現代でも理解できる句であるが、戦時下昭和一五年の作だけに時代の閉塞感が伝わる。〈鉄壁も啻ならず〉がそれ。気強く生きた作者。夫が急逝後、福岡県立図書館に勤務したが、そこも辞めなければならない。折から大学生である病弱な子の看護疲れや、持病のヘルニア手術など、自分が抱えねばならない障壁に苦慮。人にはいえない重い日常詠に魅力がある。◇冬木

二〇一九年一月一二日

木の精を噴きて大榾燃え始む

藤埜まさ志　『木霊』

木には木の精、スピリットが籠もる。燃やすと噴き出る。句の結構ががっちりしている。縄文人の竪穴式住居の真ん中に据えられた炉には大榾《おおほだ》が焼《く》べられた。火を絶やさないために。

魔物から身を護るには火の力を借りる。大榾の木の精は頼もしい。じぶじぶぼうぼうと身を焼き尽くさんと液体を吐き、火は霊気を帯びる。無骨な大榾の火に目を留めた人間の原始性が懐かしい。逞《たくま》しい句だ。◇大榾

左義長や火の神闇の神あらそふ

二〇一一年一月一四日

成瀬桜桃子　『風色』

農作業が始まる前、真冬の邪気を払う火祭、どんど焼き詠である。小正月の前に、木や竹を三叉に組み、中央に祝い棒を立てる。左義長《さぎちょう》と呼ぶ。それを小正月にどんどと囃《はや》しながら火を掛け燃やす。米の粉で作った団子を焼いて食べるのも子どもの愉しみ。掲句は、燃え盛る左義長を地霊の神の争いと見る。火の神と闇の神とが組んず解《ほぐ》れつ夜陰に争う。地の儀式である。新しい歳《とし》ははげしい火祭によって清められて始まる。◇左義長

酒少し撒いてどんどに火を放つ

二〇一三年一月一四日

長田群青《おさだぐんじょう》　『押し手沢』

小正月に、集めた門松が焚《た》かれる。〈どんど〉とか〈とんと〉と呼ばれる。囃子ことばであろう。中に心棒を入れ、三本の竹や木を円錐形に組んで松を鎧《よろい》のように組み上げる。飾りや書初めなどを加え、無病息災を託して焼く。

焼く前にお清めの酒を振りまく。

清冽《せいれつ》な山河海浜での火祭は地の神への鎮魂を意味した。道祖神を祀る広場がどんど焼きの場になる。子どもの楽しい正月行事である。◇どんど

燃え移る一草もなく磯とんど

二〇一〇年一月一五日

八染藍子《やそめあいこ》　『流燈』

〈とんど〉はどんど、どんど焼きという。左義長《さぎちょう》ともいい、三毬杖と書く。三本の竹や木を三脚状に組み、真ん中に祝い棒毬杖《ぎっちょう》を立てたもの。一月一四日の夜から一五日の朝に火をつけて邪気を払う行事である。今では、それ以前の土、日曜に行うところが多い。

とんどは燃え上がる火を囃《はや》すことば。〈磯とんど〉は海辺のどんど焼き。あたりはごろごろした岩ばかり。豪快に燃え上がる火が見えるようだ。◇磯とんど

雪になる人参抱いて戻るとき

二〇二二年一月一二日

坪内稔典　『早寝早起き』

雪になるという気配は強迫感。背後から襲われる感じだ。雪国に住んでいるとこの感覚に慣れっこになりながら、じつは一番拒否したい感じ。少なくなったが、寝て起きると積雪は一メートル。雪の中。掲句の人参《にんじん》は夕方色。寒さに追い打ちをかける感じ。洗い立ての人参を買って、抱いて帰る。都市の感覚である。雪になる感じをどこか楽しんでいるか。雪国では人参は抱かない。土付きをやりとりする。しかし、人参色は怖《おそ》ろしい。◇人参

雪散るや千曲の川音立ち来《きた》り

二〇二三年一月一三日

臼田亞浪『臼田亞浪全句集』

小諸が作者のふるさと。千曲川に近い北国街道沿いの新町に生まれている。掲句は昭和五年の作。雪が舞う寒い日。家の中まで川の流れの音が聞こえる。私も作者の住居近くに住んだことがある。坂町で、ものを落とすと、みんな千曲川へ落ちていく。近くの懐古園には藤村の千曲川旅情のうたの詩碑が建つ。亞浪の掲句の碑もある。千曲川に惹《ひ》かれる。川音がいつも旅人気分にさせる。住んでいながら気持ちが川音に攫《さら》われていく感じ。◇雪

馬の眉間の白ひとすぢや山始め

二〇二〇年一月一四日

小澤　實『砧』

山始めは初山といい、山仕事を生業《なりわい》にする者には新年の大切な行事だ。「山の神」「山の講《こ》」といい、秋田など旧一二月一二日（古くは旧一一月申《さる》や丑《うし》の日）に仕事仕舞いをやる地域と、山国信濃の松本近辺のように一月一七日に山の神を祀《まつ》るところなど各地まちまち。木曾では「十二祭」ともいう。掲句は木材を曳《ひ》き出す馬の由緒正しい容貌を捉え、凜々《りり》しい。古くからの初山は後の稲作行事優先の世相に圧《お》され気味である。◇山始

冥《くら》く冥く真昼のことを水仙花

二〇二一年一月一四日

橋本榮治『放神』

〈真昼のこと〉とはなにか。作者は寒中に妹を亡くしている。〈生くること死ぬること寒半ばなる〉がある。

肉親を亡くした直後は不意に気持ちが沈む。地の底に引き込まれるように暗くなる。ふと冷たい水仙がある。救われる。水仙が亡き妹だと思う。ギリシャ神話の途方もない、死して水仙に化したというナルシスが実話に思われる。理不尽なことが真実になる。生と死の境が希薄になっている。ここから俳句が生まれる。◇水仙花

暖炉からみんな一緒にゐなくなる

二〇二二年一月一四日

岩淵喜代子『硝子《がらす》の仲間』

軽い句ともとれる。暖炉に寛《くつろ》いでいた仲間が時間になってバイバイと一斉に消えてしまう。彼が待っている。明日から旅に出る。終電に間に合うリミットなの、など。駅までご一緒にとみんな引き上げてしまう。後に残った私はふうと気が抜けた感じ、やれやれ。孤独感ではない。ところが、父は学徒出陣の生き残りだった。学友が全員出征した生涯の日を亡くなるまで語り続けた。風のように、父の俤《おもかげ》が愉しい円居《まどい》に重なるのである。◇暖炉

火の神闇の神／どんど／磯とんど／人参／川音／馬の眉間／真昼のこと／暖炉

お葉漬の鼈甲色を志野皿に

二〇一九年一月一五日

海野良三『受け止むる淵』

信濃の冬は炬燵《こたつ》を囲みお葉漬をつつく。野沢菜と改まった呼び方よりもお葉漬が親しい。ましてや冬の漬菜を茎漬とは歳時記で知った。

鼈甲《べっこう》色に漬かった菜を志野焼の白釉《はくゆう》がかかった皿に盛る。地味な生活臭を思わせる。ただそれだけでありながら、なにか執念が籠もる。さりげない一行が小説の一場面を連想させるようだ。忍従の女性の物語か、サスペンス。作者は上田在住。句集名も思索的だ。◇お葉漬

蝶墜ちて大音響の結氷期

二〇二〇年一月一六日

富澤赤黄男『天の狼』

高名な句である。美しい蝶が墜《お》ちて天地が動転するほどの厳しい事態を迎えた。寓意《ぐうい》を含む思索の公式のようだ。掲句は自由な想像を掻き立てる。私は中村哲さんの死を深く悼む。人のために尽くす。生易しいことではない。メスをにぎる医師がさらにスコップを持ち、名を求めない用水路建設に邁進《まいしん》する。アフガンの砂漠民を救うだけに生涯を捧げた。これほどの人類の美しい蝶を知らない。それだけに無惨な結末は限りなく辛《つら》い。◇結氷

冬銀河行方不明に似て微熱

二〇二一年一月一六日

加藤知子『たかざれき』

句集名を漢字で「高漂浪《たかざれき》」と書く。身体《からだ》はこの世にあるが、魂が抜け出してどこかへ行く意。水俣地域の方言か。作者は石牟礼道子論を句集に収録している。石牟礼は「もうひとつのこの世」（アナザ・ワールド）と交流する。たとえば水俣病の死者とも交感できるような不思議な能力があるという。掲句は石牟礼論を書きながら、その巫《み》女《こ》のような資質が作者にも憑《つ》いたものか。冬銀河を仰いだ不思議さを句にしたものであろう。◇冬銀河

後しざりして熊架《くまだな》の木を離る

二〇二三年一月一六日

大畑善昭《ぜんしょう》『寒星《かんぼし》』

熊が山中のどんぐりの木などに座る場を作る。地上一〇メートルほどの高さに枝を集め、五〇センチ四方くらいの巣を架ける。晩秋にどんぐりの実をそこでゆっくりと食べるのである。樵《きこり》は熊架と呼ぶ。初冬の山に入る。熊架を見つけ思わず熊に出会った時のように後退《あとしざ》りしたという。熊が居なくても初めて熊架を見た途端の人間の心理は反射的にそんな行為をとる。思えば滑稽であろう。作者は花巻市在住のお坊さん。剽軽《ひょうきん》な人である。◇熊架

鋤焼や花魁《おいらん》言葉ありんすをりんす

二〇二二年一月一七日

藤田哲史　合同句集『新撰21』

太平な世を漂うような気分になる。三〇代半ばの作者。吉原あたりの花魁が客と鋤焼《すきやき》をつつきながら〈ありんすをりんす〉と懇《ねんご》ろに言葉を交わしている場面か。戦中・戦後育ちの私は貧しくて鋤焼を食べたことがなかった。贅沢《ぜいたく》な料理との観念があり、上記の場面を想像することでも身がふるえるほどだ。若さとは憧れだ。それは了解できる。「かにかくに」の明治の吉井勇調ではないが、難しい句ではない。ここにをりんす調。◇鋤焼

正月の太陽襁褓もて翳る

二〇一九年一月一七日

山口誓子　『青女』

昭和二三年一月の作。同月、主宰誌「天狼《てんろう》」を創刊。命名は大犬座のシリウス。名の通り戦後の俳句界を颯爽《さっそう》とリードした代表誌である。

明快な構図が戦後の象徴のごとし。年の初めの太陽が高々と干された赤子の襁褓《むつき》（おむつ）で翳《かげ》ったという。主人公は部屋の中か。明るく、しかも狭隘《きょうあい》さが、竹の子暮らしの戦後を感じさせる。静養中の作者の再起を暗示した作。自然に挑戦する人間力賛歌。◇正月

わが死後も立つ雪嶺を仰ぎけり

二〇一一年一月一八日

甲斐遊糸　『時鳥』

浅草生まれ、富士の麓に在住し、朝夕富士を仰ぐ。掲句は悠久なる富士鑽仰《さんぎょう》の作。

信州に暮らし、私はいつも山とかけ引きをしている。三〇〇〇メートル級の日本アルプスを見ていると凄いなと山を讃える気持ちと、反面、敵《かな》わないという気持ちがある。暗黙のうちに頭を抑えられている。空気は重い。考えれば、私は己が小さい。雪嶺《せつれい》はかけ引きの対象ではない。作者のように素直に仰ぐものだろう。◇雪嶺

灯《ひと》りて澪杭《みおぐい》のごと枯野宿

二〇二三年一月一八日

幹《かん》自《じ》聲《せい》　『澪杭のごとく』

航行する船に水深を知らせるために湾の入り口にあるのが澪杭。作者は日本海に臨む富山県射水《いみず》市在住だけに見慣れた光景だろう。掲句の澪杭は比喩である。海辺近い枯野へ目を転じる。そこに一軒の家。冬の夕暮に灯《あかり》が入る。あたかも曠野《あらの》の澪杭のようだという。蜜柑《みかん》色の灯はほっと安らぎを感じさせ、しみじみした情感を起こさせる。宿というから旅館か民宿か。どこかさみしさが漂う。実景ではなく、心の光景かもしれない。◇枯野宿

鼈甲色／大音響／微熱／熊架／花魁言葉／襁褓／雪嶺／澪杭

二〇二〇年一月一八日

陽の真珠葉にちりばめる日向ぼこ

藤木清子　『藤木清子全句集』

日向《ひなた》ぼこをしているのは誰か。お日さまが恋しい時期、日向ぼこは冬の季語。椿や樟《くす》など常緑樹の葉に陽がさんさんと差すもとで私が日向ぼこをしている。大方《おおかた》は私が主語と見るであろう。しかし、葉が主語ともとれる。葉が陽の真珠をちりばめお洒落している。光線が乏しい時期だけにそれが日向ぼこ。作者は昭和一〇年前後に関西の女流俳人として活躍し、たちまち消えてしまった幻の人。どこか後者の面影が相応《ふさわ》しいか。◇日向ぼこ

二〇一九年一月一九日

餅こがす振袖火事の日なりけり

井原美鳥　『分度器』

火事と喧嘩《けんか》は江戸の華とはいえ、三六二年前の明暦三年一月一八日から一九日にかけての大火は江戸時代最大の火事。死者の棺を覆った不思議な振袖を焼いたところ魔物のように火を噴き江戸市中を焼き尽くす火事となる。名付けて振袖火事。江戸城本丸を焼き、死者はおよそ一〇万人。市街地大半を焼く。

餅を焼きながら振袖火事を連想するとは歴史好きか。恋心を秘めたアバンチュールを期待したものか。◇餅

二〇二二年一月一九日

白鳥が小さくなるよ雪の日は

唐澤南海子　『森へ』

『森へ』は自然探求の名句集だ。私もしばしば白鳥を見に行く。日暮れ近く雪催《もよ》いになる。寒い。川の流れの淀みに白鳥が屯《たむろ》す。激流からの飛沫《しぶき》を伴った川風を受けながら白鳥は長い首を立てて優雅に流れを躱《かわ》している。

雪が降り出す。だんだんと小さくなる。この感覚がいい。降る雪は同じ模様の繰り返し。周辺はかぎりなく拡がり、灰色。大きい。ときどき、かあと啼《な》く。天に向かって存在を誇示したいのか。この強気が清冽《せいれつ》。◇白鳥

二〇一四年一月二四日

大寒の孔雀兆して色付くか

和田悟朗　『山壊史』

孔雀《くじやく》の翅の美しさはこの世のものとは思われない。極楽浄土絵巻に孔雀が描かれる。その翅の先端に極彩色の眼状紋があり、扇形に開いたさまはうっとりするばかり。

孔雀の翅の色はいつ鮮やかさを増すのか。大寒のさなかに恋心を募らせるから。〈兆《きざ》す〉とは色情をもよおす意。着想がいい。早春は鳥の求愛の季節。孔雀ほどの王者になれば、寒さが春情を引き立たせるとの意外な想像が楽しい。◇大寒

大寒や燠《おき》のごとくに母のをり

二〇二三年一月二〇日

神蔵《かみくら》 器《うつわ》『心後《しんご》』

大寒というと思い浮かべる句。母が燠との比喩にじーんとなる。家に母がいる。これだけで温かい。どんなにきつく叱られても父よりも母が救い。昭和三〇年代までは囲炉裏《いろり》があり、ときに掘炬燵《ほりごたつ》には燠がぬくぬくと入っていた。しかし、電気炬燵に替わり、さらに炬燵も消える。床暖房やスイッチ一つで部屋全体の冷暖房が自在の現今、若い世代には燠の感触がないであろう。埋火《うずみび》や焚火への郷愁もなくなる。母がどこか可哀《かわい》そう。◇大寒

大寒や万年すわる石の意地

二〇二一年一月一九日

有馬朗人『分光』

京都の大寺か、あるいは名高い遺跡か。大寒のさなかに置かれた大石。石にも意志がある。それを〈意地〉と捉えたところが生涯努力を貫いた物理学者、朗人先生らしい。旧臘《きゅうろう》六日、九〇歳の生涯を全うされた。万年ノーベル賞候補は上述の万年石のごとし。あらゆる栄誉を受け絶頂にありながら、気さくな庶民感覚を失わなかったのは、苦学した若き日の思いを持ち続けたことからか。はにかみながらの毒舌が懐かしい。◇大寒

大寒の籾殻に手をさし入れし

二〇二〇年一月二五日

岸本尚毅『健啖』

しばらく前までは林檎《りんご》を籾殻《もみがら》に詰めて送った。とろろ芋も卵も籾殻へ入れた。いつか輸送に籾殻は不要になる。掲句はなにかを探る行為ではないらしい。大寒の時期、籾殻へ手を入れると温かい。なにかのためにしているのでもない。不意なる思い付き。衝動のようなもの。それだけに中途半端。ひとは意味ある動作だけをしてはいない。とるに足らないことが意外に多い。生きるとはそんな積み重ね。曖昧なことが面白い。◇大寒

渋谷大寒ティッシュ配りを八人かはし

二〇二二年一月三一日

相子智恵『呼応』

句集名がいい。俳句は自分と自分以外のもろもろの対象との関係の中で呼応し合って浮かび上がるものだという。自分だけの私が俳句ではない。一つの見識である。掲句を読む。まことに自分だけの光景ではない。処は渋谷駅前、時は大寒の底。よくある風景だ。商品PRに必死なティッシュ配り。躱《かわ》した数の八人が可笑《おか》しい。成功感があろう。しかし何か空《むな》しい。現代の空気は伝わるがそれだけか。さてどうしよう。そこが問題だ。◇大寒

風に頭《ず》と尾のあるらしき寒波来《かんぱらい》

二〇二一年一月二一日

五味澄子　『初堰の日』

作者の居住地、八ケ岳颪《やつおろし》は民話の龍神を連想させる。浅間山の麓、佐久の真楽寺《しんらくじ》の沼から出た龍がさながら、八ケ岳を越えて諏訪湖を抱える盆地をのたうつ。嚙み付くような轟《とどろ》きは頭、地鳴りのような唸《うな》りは尾。寒波が来た。寒天作りも、凍《し》み豆腐や氷餅も、この寒さがありがたい。古来、穴倉の囲炉裏を囲み、襤褸《ぼろ》を素材に草履を編む。おばあちゃんの腰巻があざやかな絨毯に変わるのも冬の素朴なたのしみだ。◇寒波

街頭テレビに映れば巨人寒波来る

二〇一九年一月二九日

山口優夢　『残像』

わっと大写し。寒い。テレビの街頭中継は時代の象徴のように現代を感じさせる。画像は歪《ゆが》み、実像は不確か。詩情にいくぶんの浪漫《ろまん》がほしいと思う者には掲句は素っ気ない。ほとんど浪漫を失った時代の若者の市井のスナップが捉えられているのみ。作者は三四歳。〈缶詰の崩れ尽して冬ざるる〉も記憶にある。冬ざれとは自然風景詠が多い。が、ここは缶詰の中。そこも自然のスナップとは感心した。◇寒波

寒卵鬱々と生み生まれけむ

二〇一九年一月二二日

高山れおな　『冬の旅、夏の夢』

どうでも好きなように鑑賞せよといった句。寒のさなか、鶏が卵を生む。鶏とてときに鬱々《うつうつ》した気分で産卵することもあろう。鶏の気分はわからない。勝手に人間の気分を当てはめるだけ。私とて、親の歓喜から生まれたかどうか。親は私を鬱々と生み、私はこの世に生み落とされた。生まれたからにはこちらの生き方がある。世は常に寒中のごとし、抗《あらが》いながら生きるだけだ。◇寒卵

寒空に実をからからとさるすべり

二〇二三年一月二三日

柴田美佐　『深紅《しんく》』

枯れに眼が行く。還暦の作者の気持ちの深まりであろうか。〈うすうすと日差しまとへり枯芙蓉〉もほぼ同じ発想である。枯芙蓉《かれふよう》は枯れてもさるすべりのような枝が張る木でないので放っておく。漢字で百日紅。晩秋まで深紅の花期が長かった。やがて枯れる。ぎっしり付いた実が乾いた音を賑《にぎ》やかに立てる。黒い枝が茫々《ぼうぼう》とした木のあり方が気になる。わが家でも年末に枝を拳状に切り詰めた。さるすべりは枯木でも主張が強い。◇寒空《さむぞら》

氷のかけら氷の上を走りけり

二〇二二年一月二一日

対中《たいなか》いずみ　『水瓶』

無邪気さがいい。氷のかけらは子どもたちが氷上を戯れている感じ。何気ない素朴さが俳句の切り口。読んで読み手が心当たりのある自分の面白さを見つけるもの。掲句を添削されたという〈氷片にして氷上を走りけり〉。氷片―氷上の照応が硬いか。誓子の初句集『凍港』（昭和七年）はこのような骨格が生命。近代俳句の骨組みである。あれから九〇年。いかに肉声を蘇《よみがえ》らせるか。掲句は、氷にもある声に耳を傾けるやさしさがいい。◇氷

海へ十里シガ湧き上がり湧き上がり

二〇二一年二月六日

今瀬剛一　『甚六』

作者は茨城県城里町在住。掲句に前書「極寒の久慈川水底から湧き上がる氷、地元ではシガといふ」とある。福島から茨城の鹿島灘へ流れ込む厳冬の久慈川の川面を流れる氷片のきらめきが見えるようだ。

氷の方言〈シガ〉は津軽や庄内、あるいは小樽などでも使われる。「スガ」も東北に多い。富山では「ガンバリ」。山国松本では凍るが「しみる」、北海道での「しばれる」にあたる。いずれも語源が気になる。◇シガ

福寿草より放たれし光の矢

二〇二〇年一月二一日

中村姫路　『中村姫路集』

名も福寿草《ふくじゆそう》。おめでたい。雪の中でも咲き出す強さがある。豊かな蕊《しべ》にたくさんの萼片《がくへん》が開くとお日さまが笑ったごとし。光の矢が放たれたイメージはそれに相応《ふさわ》しい表現だ。原句は〈福寿草咲き光の矢放たれし〉であったが、師の青柳志解樹が掲句に添削した由。〈咲き〉を省く。さすがに先生は巧《うま》い。福寿草といえば、咲いている。例えば、さくらといえば開いている状態を指す。ことばは生きているのである。◇福寿草

薬草園福寿草陽をひとりじめ

二〇二二年一月二四日

細谷喨々　『父の夜食』

小石川植物園内に小石川療養所跡がある。そこでの作者の嘱目吟《しよくもくぎん》。享保七年、三〇〇年前に吉宗が薬園内に養生所を設置させたのが始まりとか。福寿草は元日草、正月に飾られる風習がある。陽がふんだんに当たり、黄金色の花弁が全開し、蕊《しべ》が輝くさまは晴れやか。福寿とは名もいい。作者は小児科の先生。〈往診の父の夜食に子が集《たか》る〉の佳句もある。医師の父上の夜間往診を詠まれたもの。やさしいお医者さんに福寿草はお似合い。◇福寿草

石焼屋芋売る時は笛止める

二〇二〇年一月二三日

池田魚魯　『市央《まちなか》』

さりげない気遣い。しがない石焼芋屋への親愛。学生時代が蘇《よみがえ》る。いつも夜更けに学生寮の前に止まり、おじさんまけて、という貧乏学生がお得意。作者は旧制松本高等学校教授から戦後信州大学長職まで名物教授として親しまれた。北杜夫の恩師。メダカの生殖器（きんたま）の研究で博士号を取得とか。大音声とぎょろ目がシンボル。号して魚魯《ぎょろ》。三島の山本玄峰師に就き禅を究め、『詩経』に出る動植物の解明や季語にも詳しい。◇石焼芋

マスクして我と汝《なんじ》でありしかな

二〇二一年一月二三日

高浜虚子　『五百五十句』

昭和一二（一九三七）年一月二三日の作。山口青邨が選鉱学研究のためドイツ留学を命ぜられる。「ホトトギス」同人会による送別会が向島弘福寺でもたれたときのもの。

この日は広田弘毅内閣総辞職。前年一一月に日独防共協定がベルリンで調印され、ドイツとの連携が学問分野でも深まる中で、七月には日中戦争がはじまり、千人針や慰問袋が盛んになる。同じマスクをして、我はわれ、汝はなんじ。それでいい。◇マスク

狼の人に喰るゝさむさ哉

二〇一九年一月二四日

三宅嘯山《しょうざん》　『葎亭《りってい》句集』

漢詩に親しみ訳書もある中国通。掲句も漢詩調。狼《おおかみ》が人を食う話は耳にするが、人が狼を食う話もうそ寒い。中国や朝鮮半島などで見かけたものか。〈生きながら凍る歟《か》と思ふ途中哉〉という極寒の句もある。蕪村とも交わり、知性と感性が備わった江戸中興期の京都の俳人。

猪《いのしし》が人に食われるのは牡丹《ぼたん》鍋。さすがに狼となると、人が食い詰めて最後に狼にまで手を染めた感じがする。◇さむさ

火消壺父の世の闇蔵したる

二〇二三年一月二五日

大串　章　『天風』

終戦時、満州からの引き揚げの苦労を作者から聞いた。大学同期の友人で詩人の清水哲男が、作者の家庭が父を尊敬し、すばらしかったと褒めている文章を読んだ。〈父の世〉からふと囲炉裏の父の座の脇に置かれた火消壺を思い浮かべた。熾火《おきび》をときどき抓《つま》んで火消壺に。父の役である。古風さが清々《すがすが》しい。句に暮らしがある。竈《かまど》も囲炉裏も消え、火消壺など郷土博物館に行かなければ見られない。闇だけが世に瀰漫《びまん》してしまった。◇火消壺

寒柝《かんたく》や役者のやうなこころもち

二〇二〇年一月九日

中岡草人　『くぬぎの芽』

老練な大阪の鍼灸師《しんきゅうし》である。寒中に火の用心の拍子木を打ちながら町内を廻る。まるで舞台の上の出を待つ役者の気持ちだという。ところは難波。みんなが近松門左衛門気分。寒中の柝《ひょうしぎ》の音を聞いただけでからだがなんだか温《ぬく》となる。「この世のなごり、夜もなごり、死にに行く身をたとふれば、あだしが原の道の霜」と徳兵衛、お初の道行《みちゆき》の一節を思い、そこでかちかち。辛いことも明るく、知恵者。◇寒柝

寒柝は校舎の幅にこだませり

二〇一八年一月二六日

川上良子　『聲心』

寒中の拍子木（柝）の響きは懐かしい。一気に大川端辺りをかちかちやりながら廻る江戸情緒まで思い起こさせる。私も教師の駆け出しの頃、しばしば宿直をやった。独り身には下宿も学校の宿直室も同じで、家庭持ちの先生の分を代わってやった。寒中の夜中に校舎内を廻る。拍子木の響きが廊下伝いに隅々まで反響する。打つ本人がびっくりするほどだ。今は管理を警備会社に委託。寒柝も響かない。◇寒柝

罷出《まかりで》たものは物くさ太郎月

二〇二二年一月二六日

蕪村　『蕪村全句集』

太郎月は正月の別称。『御伽草子《おとぎぞうし》』の物くさ太郎に託して狂言問答体で新年の祝言を述べたもの。問いに当たる前書が付く。「烏帽子《えぼし》に袴を着けた爽やかな若者が昨夜見た垢《あか》の固まり面《つら》の男とは。どこの婿殿《むこどの》でござるか」句に答えて曰《いわ》く「新年のご挨拶にまかり出ましたのは、かの物くさ太郎と申す者でございます」物くさ太郎と太郎月とを掛け、新春らしい縁起を担いだ蕪村得意な洒落た作。◇太郎月

斧入レて香におどろくや冬木立

二〇二一年一月二六日

蕪村　『蕪村自筆句帳』

寒林に斧《おの》を入れる。香りにはっとおののく。こんなにも新鮮。長い籠居《ろうきょ》から久しぶりに野外の空気に触れた感動を捉えたもの。いのちとはなにか。人と人との関わりに齷齪《あくせく》していると、大事なものを見失う。俗事の面白さは詩人には麻薬のようなもの。それだけでも、短い人生は終わる。いかに自然の大きな生命に気が付くか。そこが勝負。蕪村は〈寒菊やいつを盛りのつぼみがち〉と寒中の季《とき》の推移にも敏感である。◇冬木立

石焼屋／我と汝／狼／父の世／こころもち／こだま／物くさ太郎月／香

非時香菓《ときじくのかくのこのみ》の雪まみれ

竹岡江見　『先々』

二〇一九年一月二六日

神話の世界をのぞくようだ。時を越え、雪にもめげないで香を放つ木の実とは橘《たちばな》の実。柑橘《かんきつ》類の蜜柑《みかん》を指すか。『古事記』によると、垂仁《すいにん》天皇が新羅の帰化人使者多《た》遅《ぢ》摩《ま》毛《も》理《り》に命じて「ときじくのかくのこのみ（非時香菓）」を海のかなたの国へ探しにやる。一〇年経って帰ると、天皇はすでに崩御。その実を陵に供えて使者は泣き崩れ殉職したという。あわれこの上ない。

年中手に入る蜜柑にはもうこんな格調はない。◇雪

雪原の足跡どれも逃げてゆく

津川絵理子　『夜の水平線』

二〇二一年一月二八日

映画のカメラアングルが現代的。「逃げる」。新劇女優岡田嘉子は演出家杉本良吉と樺太《からふと》国境を越えてソ連に亡命。私が生まれたころの話で実感はないが、逃げるというと思い浮かべる画面である。なにかの映画シーンが無意識に蓄積されたのかもしれない。石狩の雪原でも遠野の冬野でも津南の深雪でも足跡はみんな逃亡のかたち。挑むのではない。ひたすら逃げの一手。深層心理を掻き立てる発見があろう。どこへ逃げるのか。◇雪原

雪やめば星にぎやかな峡の空

坂本宮尾　『坂本宮尾集』

二〇二〇年一月二八日

雪国の空が一番美しい時だ。深雪の後の静かさ。満天の星の冷たい煌《きらめ》き。ひと晩に三メートルも積もると、屋根の雪下ろしをする。屋根の上から見る星空はまた格別だ。おおい積もったなあ。今年は豊作だよ。星ががやがや話しかける。下界の人間を揶揄《からか》いたい気分が星にもあるのか、地上で仰ぐ星とはひと味違う感じ。

こちらも遊び半分気分がないと雪国では暮らせない。よく降らせたもんだよと返してやる。◇雪

十一面観音の腕長き雪

石原八束《やつか》　『仮幻』

二〇二〇年一月三〇日

湖北には十一面観音が多い。掲句も木之本の石道寺《しゃくどうじ》の器量よしの観音さまあたりからの着想かもしれない。

私は和辻哲郎『古寺巡礼』に惹かれ桜井の聖林寺十一面観音の印象が強烈で、豊満な体軀が官能的でもある。右手が長い。しかも、指先が妖しくこちょこちょしている。掲句の〈長き〉は腕が長いのであろうが雪にも働く。

雪に埋もれた長い冬をひっそりと籠もる。その間に阿修羅ではないが、腕が長くなったのか。◇雪

寒昴《かんすばる》たれも誰かのただひとり

二〇二二年一月三〇日

照井 翠 『龍宮』

3・11東日本大震災の折に評判になった。被災し亡くなった人を悼んだ句として忘れ難い。作者は釜石の高校の先生。もろに被災のさなかの体験をホチキス留めの手製句集『釜石』にして貰った。それを収めた『龍宮』は迫真の句集。このたび文庫版になった。その当夜、避難所から仰いだ満天の星の輝きを認めた文に打たれた。瓦《が》礫《れき》から這い出ようともがき骸《むくろ》となった夥《おびただ》しい惨状。あれから一〇年目を迎えた被災地の復興はさて。◇寒昴

最澄の瞑目つづく冬の畦

二〇二三年一月二七日

宇佐美魚目 『秋収冬蔵』

瞑目《めいもく》とは目を瞑《つぶ》って考えること。やがて、亡くなることにも使われることばだけに彫りが深い。年譜に昭和二〇年一九歳、「四月、兵役。九月、復員」と。ひと言でいうなら偶然の運により生死が分かれた戦中、瞑目の世代。最澄《さいちょう》が好きなのであろう。比叡山に天台宗の一乗止《いちじょうし》観院《かんいん》（延暦寺）を建立した僧として名高いが、悟りを拓《ひら》く教義の探求に熱心な思索の人。嘱目《しょくもく》の冬の畦の静かさが作者の分身のように最澄に寄り添っている。◇冬の畦

寒念仏《かんねぶつ》津波砂漠を越えゆけり

二〇二三年一月二八日

照井 翠 『泥天使』

東日本大震災から一一年が経つ。復興へ向けて槌《つち》音がひびく中でも、忘れ難い〈津波砂漠〉の語が思い出される。掲句は、3・11の大震災から三年目の釜石詠か。〈津波砂漠〉とは津波の齎《もたら》した泥のためにすべてが水没した泥の中の状態をいう。例えば防災センターは二階の天井から一〇センチ下に津波泥の線が付き、以下は水没。ビル周辺は泥砂漠だという。寒念仏を唱えながら僧がそこを越えてゆく。その先は氷点下の雪の浜だった。◇寒念仏

反骨はまつすぐな骨冬木に芽

二〇一二年一月二七日

大部《おおぶ》哲也 『遠雷』

川崎生まれ、川崎育ちの作者。父に従い会社経営の半生。そこに生まれた明快な作。とはいえ、どこか、願望を滲《にじ》ませる。反骨がぐにゃぐにゃならば、初めから反骨しない方がいい。何にでもまっすぐがいいわけではなく、時に柔軟な見方が必要なことは充分に知り尽くした作者。それでは俳句にならない。ずばりが俳句の骨法。冬木は芽を育みながら春を待つ。「の」ではなく〈に〉に耐える心があり、惹かれる。◇冬木の芽

非時香菓／足跡／峡の空／十一面観音／ただひとり／瞑目／津波砂漠／反骨

二〇二三年一月三〇日

一月の子供ひとりで歌ひ出す

水野真由美　『草の罠』

年の初め一月のマジックは子供にも及ぶ。無口な子が突然歌い出す驚き。世相は雑然としても、子供に象徴される明日への力は確実に育まれている安心感。〈三月の子どもひとりで歯をみがく〉は謎がなく平凡。では二月、〈樹木図鑑二月の雲を栞《しおり》とす〉。芽吹きの支度が始まる。樹間を春めいた雲が漂う。栞の比喩が巧み。樹木図鑑から栞の着想が生まれ、縁語を用いた知的な作句法だ。一月の句は何の計らいもない。ぶっきら棒である。◇一月

二〇一八年一月三一日

寂しめば兎たしかに吊られをり

柿本多映　『夢谷』

祭には鶏や兎《うさぎ》を潰《つぶ》して食べた。信州の田舎でそんな暮らしをしていながら、ある年フランスのモンマルトルの夜の肉屋の店先に兎が剝《む》かれ吊るされている光景に度肝を抜かれた。以来、少年時代まで飼育していた兎への情愛が噴き出たように、兎を見ると、哀しい生きものだと思う。馬も牛も平気で食べながら、兎偏愛性なのである。

作者もそうではないか。勝手に決めて、掲句の寂しき兎愛に共感した。◇兎

二〇一九年一月三一日

日輪に金のふちどり藪養生

栗原利代子　『恋雀』

お芝居の舞台を眺める風情が句にはある。藪養生《やぶようじょう》とは孟宗《もうそう》の筍藪《たけやぶ》の手入れ。藪に新藁を敷き、その上に粘土質の土を入れる冬期の作業をいう。

春に白子《しろこ》と呼ぶ筍《たけのこ》を掘るには予《あらかじ》め懇《ねんご》ろな藪の手入れがいる。時雨が過ぎ、真冬の太陽があざやかに金色に縁どられる。適度の湿りと寒暖の変化のある京阪の天候は藪手入れを助けている。藪養生はやさしく自然を育む関西人の情が籠められた地貌《ちぼう》季語である。◇藪養生

二〇一七年二月一日

寒濤《かんとう》の独擅場《どくせんじょう》の一礁《ひといくり》

松尾隆信　『弾み玉』

寒々とした光景である。黒い岩礁に大寒の荒々しい波がひきも切らずに寄せている。なぜ目に留めたのか。拘《こだわ》りたい気持ちがあった。自分とはなにかがわからないのである。西東三鬼《さんとうさんき》がいた葉山の森戸海岸はこんなところだ。私も三鬼を思いながら、暗く単調な寒い波の繰り返しを見つめて、佇《た》ち尽くしたことがある。華やかなものなどなにもない。いまが正念場だと自分にいい聞かせながら耐えていた。◇寒濤

二〇二〇年二月八日

しまく雪旅中発止と二月来る

能村研三　『騎士』

同時作に〈豪雪がゆゑにたかぶる旅ごころ〉がある。琵琶湖のほとり木之本あたりを思い浮かべる。地吹雪の中で二月を迎えた。二月は〈発止と〉迎えるもの。冬のさなかの厳しさを受け止め、押しつ押されつ、いくぶん押し勝ったなという手応えがある。その気合から生まれる月。三寒四温というが、季節はもっと激しい。

父は高名な俳人、二代目は甘いとの俗評を跳ねのけるような実践の作。そんな思いもあろうか。◇二月

二〇一八年二月二日

目的の一つ氷柱を見ることも

右城《うしろ》暮石《ぼせき》　『散歩圏』

真冬の氷柱《つらら》を見ることが目的の一つとは世俗ではあまり聞かない。俳人ならではの風流な話。吟行と称して、例えば、滝が多いことで名高い吉野山の裏側、東吉野村の滝に垂れる氷柱を見る。氷柱一つから天然の神秘を探る。欲が渦巻く現世、巨大氷柱の発見くらいで、世は動かないが、そこで詠まれた美しい氷柱の俳句に魅せられて、自然の美に目覚める者が一人でもいたならばそれは最高ではないか。生き方はさまざまだ。◇氷柱

二〇二〇年二月一日

氷柱より光のぬけてゆくところ

山口昭男　『木簡』

春隣《はるとなり》の気配を捉えている。ごつごつした氷柱《つらら》の表面がわずかに溶け出す。つるっとしてくる。すると、氷柱の芯に光が入りやすくなり、午後になると、光が抜け出す。雪国の春の訪れは光の弾みから。波多野爽波の〈鳥の巣に鳥が入つてゆくところ〉と表現の型が似ていると指摘されるという。門下なので、自然な影響もあろうが、掲句は師ほど見場を作っていない。季節の微妙な変化に敏感だ。俳人の目より自然を愛する者の目がある。◇氷柱

二〇二三年二月一日

木菟《ずく》と逢ふもめんいちまい身にまとひ

小林秀子　『芽以《めい》』

句には古風な情熱がある。冬の木菟《みみずく》に逢うために木綿一枚とは。作者は九州の野見山朱鳥《のみやまあすか》門下。師に小説を書くように勧められたという。私は俳誌「菜殻火《ながらび》」掲載の随筆「深い河」に感動した。昭和一八年夏、数カ月後に学徒出陣の青年達が福岡の油山《あぶらやま》の真裏、崖に囲まれた谷川に集まり、敵性アメリカの黒人霊歌を歌う。「深い河よ、主に近づくわたしの前に横たわる深い河よ」と嘆く歌。木菟は青年達の象徴か。ひたむきな女人詠。◇木菟

寒晴やかしは手の火を鑽《き》るごとく

二〇一九年二月二日

橋本 薫 『青花帖』

北陸加賀市の山里に工房を構える陶芸家の由。いわれてみると、句は神頼みの気配。窯焼きの陶芸は神が司《つかさど》る火に只管《ひたすら》祈る。火入れの柏手《かしわで》か。切火のごとし。純一な思いが音に託され、音を聴いた窯の中の神さまがむにゃむにゃと働くのであろう。寒中の雲一つない宙も響くようだ。句集の後書に陶器も俳句も自分の力以外の出合いが大事とある。「沈黙」との出合いだという。深いことをいう。これで止めておく。◇寒晴

寒鴉今日のすべてを見透かされ

二〇一四年二月三日

後藤昌治 『拈弦帖《ねんげんちょう》』

寒中の鴉《からす》はいかにも物知り貌《がお》であたりを睥睨《へいげい》している。どこか胡散《うさん》臭い。夕方、樹上からじっと鴉に見つめられると、自分の今日一日を見透かされたような気分になる。鴉になにがわかるかと思うが、気になる。

寒鴉の句は多い。〈寒鴉個に徹しゐて動かざる〉も同じ作者。鴉のものに動じないさまを捉えたもの。すべて真っ黒という鴉の姿態も孤独感がある。人間はそんな鴉に負けるのではないか。◇寒鴉

覆面の懸想文《けそうぶみ》売り二人立つ

二〇二三年二月三日

加藤三七子 『朧銀集《ろうぎんしゅう》』

〈懸想文〉は恋文の意だが、懸想文売りは恋文に似せた正月の縁起物を売る京都特有の風物。元禄の頃まで、陰暦正月初めの一五日間、京の街を八坂神社に属する売り子が触れ売り歩いた。赤い布衣《ほい》に袴、烏帽子《えぼし》、白布で面を覆い、わずかに両眼を出す。異様さがかえって子女を惹きつけたのか。だが寛文の頃には廃《すた》れた由。戦後復活し、ただ今は京都市左京区須賀神社で節分に懸想文が売られる。掲句の覆面はリバイバル詠か。◇懸想文売り

豁然《かつぜん》と寒も明くべきものなるを

二〇二一年二月四日

相生垣瓜人 『明治草』

同時に、こんな句もある。〈立ちし春漲《みなぎ》るとにもあらざりし〉。暦の上では春であるが、さっぱりしない。例年だと春と聞くだけでも、眼前がぱっと明るくなるのだが、という。ベトナム戦争最中、半世紀あまり昔の句である。しかし、気候不順、国を包む空気もどこかコロナ蔓延の令和三年の現今と変わらない。偶然のことであるが、水原秋櫻子門、往年の長老の句集から掲句に目を留めた。まあ辛抱と呟《つぶや》きが聞こえそうだ。◇寒明

川波の手がひらひらと寒明くる

二〇二三年二月六日

飯田蛇笏　『雪峡』

蛇笏の高弟石原八束《やつか》が掲句を「異色の秀品」という。甲斐山中境川村（現笛吹市）に住み作者六六歳、昭和二六年寒明けの作。ひらひらの擬音を伴い〈手〉は川の激しく波立つさまを手と見たものか。或《ある》いは幻か。蛇笏には五人の男子。次男が病死。長男はフィリピンで戦死、三男は外蒙古で戦病死。五男は復員する。家を継いだのは長男の子を養女に、四男龍太。同時期に〈だく乳児の手をもにぎりて春炬燵《はるごたつ》〉。手に惹かれる。◇寒明ける

金屏風何んとすばやくたたむこと

二〇二二年二月二日

飯島晴子　『八頭』

おかしみがある。ちょっぴり拝金主義の世相への批評を秘めた笑い。金屏風を背景に晴れ舞台が作られ、終わるとまず金屏風《きんびょうぶ》が片付けられる。その晴れから褻《け》（日常）への手品さばきのような早さに俗の世を見てしまった不思議な感銘があったものか。三八年前、私の主宰誌「岳」六周年を松本で開いた折の作。来賓の作者が名句を残されたおかげで上記の記憶が鮮明。近年目に触れた類想句〈金屏風はこぶ見習ひホテルマン〉とは違う。◇金屏風

尖る山ひとつ真向ふ節分会

二〇二一年二月二日

廣瀬直人　『遍照』

山住みの常住の景。いつか心の景でもある。今日は節分、改めて春待つ思いを眼前の高い山容に秘《ひそ》かに呼びかける気持ちになった。どんなに時代が進んでも季節は山川草木など自然が齎《もたら》すもの。節分は人の慢心を鎮《しず》める時だ。鬼は外、福は内。これが鎮めのことば。古来、磨き抜かれた至言である。作者が在住した山梨県笛吹市一宮。〈尖《とが》る山〉は白峰《しらね》三山の北岳あたりだろうか。謙虚な心がなければ開かれた気持ちにはならない。◇節分会

立春の米こぼれをり葛西橋

二〇二〇年二月四日

石田波郷　『雨覆』

句の背景は終戦翌年の立春。東京は焼け野原にバラックが建ち出す頃。いまだ米粒がひかり輝き、小さい神さまのようだった。ところは下町。荒川放水路に架かった一番下《しも》の木造の橋が葛西《かさい》橋。作者は葛西に住み寒中貧窮の思いを抱えていた。都心へ出る用事から渡った橋上に目を留めた米粒は闇米か。飯茶碗に一粒の飯を残しても罰が当たると祖母から叱られた体験世代には、はっと胸を突く作。新しい春が来る。市井に春が来る。◇立春

かしは手／寒鴉／覆面／豁然／ひらひら／金屏風／尖る山／米

二〇二二年二月四日

立春の風に嘴ありにけり

小林貴子　『黄金分割』

日が濃くなってきた。昨日節分、今日立春。ことばには今も言霊《ことだま》が宿る。わずかでも気持ちが騒ぎ、浮き立つようだ。いまだ冷たい風にも嘴《くちばし》がある。春だ春だと呟《つぶや》きが漏れる。〈みづうみはおよそたひらかおよそ春〉（川嶋一美）と湖の波の荒さが収まりつつある。春は兆《きざ》し。そこにことばの力が働く。光の春、風の春、そしてなによりもことばの春。暦《カレンダー》に立春とあると、空に春の文字が連隊の飛行機によって描かれた気分になる。◇立春

二〇二二年二月七日

春一番根雪めきたる古書の山

小島　明　『天使』

春一番にほっとする。立春から春分までの間に吹く強い南風で東京などでは平均瞬間風速が八メートルとか。前書には「神保町」。早稲田大学仏文を出て、本好きであったのであろう。店に積まれた古書を〈根雪〉との形容に諦観が滲《にじ》む。もう自分には掘出し物を探す体力はないか。膵臓癌《すいぞうがん》が見つかり二カ月半後、五六歳で逝去。猫詩人との親交が多く、初めの俳号が「猫じゃらし」。猫さんと呼ばれ、猫好き。ユーモアを愛す天使。◇春一番

二〇一一年三月二日

春一番ゴッホの杉の巻き始む

久野雅樹　合同句集『超新撰21』

ゴッホの描いた糸杉が春一番の突風に葉を巻き始めるという。確かに、糸杉のよじれた姿から強烈な印象を受ける。ヨーロッパでは、糸杉が死を象徴するものとして、墓地に植えられる。ゴッホの絵は生と死がつねに背中合わせ。「メメント・モリ（死を思え）」との中世以来の祈りが糸杉には纏《まと》わりついているのであろうか。

作者は、認知心理学者。俳句は妄想を豊かにする器だという。共感した。◇春一番

二〇一六年二月四日

あたたかやなさけを母に教はりし

猪俣千代子　『八十八夜』

寒さが和らいでくると、人にも親切にしたい気分になる。なさけ心が起きる。日常生活の中で、いくぶん前のめりに生きる。これがいちばん精神にいいらしい。母は生涯で大事なことを教えてくれた

「ＧＩＶＥ－ＡＮＤ－ＴＡＫＥ」が現世のきまりのようであるが、ここにはあたたかみがない。与えても見返りを期待しない。自然に尽くす。親の子への愛情はそれ。人にも同じ。これが〈なさけ〉。◇あたたか

二〇一四年二月一〇日

きさらぎの針に絹糸母のこゑ

宇佐美魚目　『秋収冬蔵』

きさらぎ（如月）は寒いので衣を更に重ねる「きぬさらぎ」（『奥義抄《おうぎしょう》』）からという。旧二月の呼び名であるが、針供養もある月なので、きさらぎには衣のイメージが漂うようだ。寒い最中、針仕事をする母。かつての母はお針の内職で家計を助け、子育てをした。世の中が変わった一つはこんな母の姿が消えてしまったこと。「夕食の用意をしておいたわよ」と運針の手を休めないでいた母の声。◇きさらぎ

二〇一九年二月五日

水中に茎こみあへる雪解かな

対中《たいなか》いずみ　『水瓶』

春浅い井戸尻遺跡の周辺を思い浮かべる。東に八ヶ岳、南西に甲斐駒ヶ岳。五〇〇〇年前の縄文遺跡が点在する絶景の地。蓮池《はすいけ》はいまだ破蓮《やれはす》が無惨であるが、睡蓮《すいれん》の池は水中に茎の動きがある。そこから出る流れにはクレソンが元気がいい。水中からわれ先に外光を得ようともみ合う勢い。雪解《ゆきげ》水《みず》の灰色も黄土色がかってくる。

一日として時間はとどまらない。大地の目覚めほど、迅速この上ない。◇雪解

二〇一五年二月二五日

雪消《きえ》てあはれに出《いで》し朝日塚

知月尼　『卯辰集』

木曾義仲は朝日将軍と呼ばれた。近江の琵琶湖のほとり義仲寺《ぎちゅうじ》に墓がある。朝日塚という。掲句は「木曾義仲の塚に詣でて」とある。雪が消えて、ごろっと義仲の墓が出て来た。なんとも素っ気なく切ないという。

作者知月は智月とも書く。大津の荷物問屋に嫁したが夫の死後、尼になり、芭蕉に入門。弟の乙州《おとくに》とともに、近江俳壇で活躍した。芭蕉は〈木曾の情《じょう》雪や生《は》えぬく春の草〉と詠んだ。師弟とも義仲びいき。◇雪消

二〇二〇年二月六日

雪虫の飛べり天狗の鼻の先

阿部月山子　『湯殿嶺《ゆどのね》』

雪虫にふたつあり。初冬の綿虫の類い。雪片のように空中をひらひら舞い雪が来る気配を演出するもの。ここは早春の雪の上を群れなし跳びはねる雪渓虫が羽化したもの。低く舞うこともある。作者は月山麓《がっさんろく》、山伏の里に住む。〈出羽三山祭の太鼓打つ天狗《てんぐ》〉もある。山の神の化身天狗の鼻先をあしらうように飛ぶ雪虫。人も天狗も雪虫も自在に遊び廻る出羽三山麓は天皇家が日本を支配する以前の素朴な雑種文化が生きている地である。◇雪虫

人間にあまたの嚢《ふくろ》凍てゆるむ

我妻民雄 『現在』

二〇一九年二月七日

俳諧味がある。連句をやられ、連句集もある。俳句だけ、連句だけ。それはそれでいい。連句は風景よりも人間に関わる。俗情自在。文台の上で、仲間が自己満足半分、楽しんでいる風情であるが、短い人生好きなことができる幸せは、あれこれ他からいわなくてもいい。

寒い間は人間の嚢も縮こまりがち。ようやく早春、嚢の具合もまあまあというところか。

とりわけ、ゴールドを納めた嚢によろしく。◇凍《い》て

雨忽《こつ》と雪にかはるや事八日《ことようか》

柳澤和子 『林檎頌』

二〇二一年二月八日

〈春こと〉ともいう。農耕が始まる前、二月八日、「ことのかみ」祭。道祖神などを祀る。餅を苞《つと》に入れ、藁馬に乗せ、供える。あるいは、唐辛子を籾糠《もみぬか》に混ぜて燻《いぶ》し、魔除けにした。掲句の背景になる松本の山辺《やまべ》地域、安曇《あずみ》野《の》の穂高地域などに事八日の伝承がささやかながら残っている。春は名のみ。八日に雪は付きものだ。雨は不意に雪に変わる。すべてを清浄に、天も承知の儀式のようだ。季節はどこか忙しい。◇事八日

針供養椿の花に刺してやり

井上弘美 『あをぞら』

二〇二三年二月八日

針供養の日。安東次男〈布目よき豆腐をえらみ針供養〉を思い出す。折れ針を豆腐に刺し供養する。やさしさにほっとする。ある時、安次《あんつぐ》先生に弟子になれといわれ、以来師匠が増えた。師匠の掲句も佳句だが、上掲の椿の句が私は好きだ。針も豆腐ばかりでなく、たまには椿のぼってりした肉厚の花弁の感触に、傷んだ身を沈めてみたいと思うのではないか。針には一度きりの涅槃だが椿を選んだ、女心の針への労《いたわ》りがゆかしい。◇針供養

借景に覚めぬ連山一の午

山本鬼之介 『マネキン』

二〇二二年二月九日

初午《はつうま》の頃。一年中で景色が動かない時期だ。春とはいえ寒い。田に囲まれた稲荷神社からの太鼓の音が風に千《ち》切《ぎ》れがちに聞こえる。よろめいた赤鳥居の連なり。何本かの旗だけが新しい。五〇年の句歴があるが初句集。句集には無頓着であったとか。掲句も流行には無頓着。そこが凡境を捉え得たのである。惹かれる所以《ゆえん》だ。掲句は彼方《かなた》にいまだ眠った山脈。近景がわずかに動くお稲荷さんの祭。関東平野からの遠望か。懐かしい句。◇一の午

初午や爪まで朱《あか》き狐さま

二〇一二年二月二〇日

長谷川槙子　『槙』

二月はいまだ寒いさなかであるが、最初の午《うま》の日、初午（陰暦二月）がくると、心和む。

初午は稲荷神社の豊年祈願の祭。京都の伏見稲荷が名高い。狐がその使いなので、好物の油揚げを供える。

狐は霊獣とされ、知能が高く、またずる賢いという。スタイルは爪を赤く塗りつんと澄ましている。油揚げが入る狐うどんは美味《うま》いが、狐が憑《つ》くとさあ大変。精神の錯乱状態をいう。まさに狐さまである。◇初午

建国日身のうち深く火が撥ねて

二〇一九年二月九日

中村重義　『祝祭』

「二月十一日はわが誕生日」とある。昭和六年生まれ。製鉄会社勤めの生涯を送られ、句は外国詠を含め、多彩。革新的な活動もされたようである。昭和天皇崩御詠に〈氷雨浴び鉄剪る昭和最後の日〉がある。掲句にも〈鉄剪《き》る〉火花を感じる。身の深いところで。その深さとはなにか。わが誕生日と重ね、新しい建国とは戦後を経て今日の課題である。個の殻に閉じ籠もらない社会性がある。

◇建国日

建国の日より行方の知れぬ男

二〇二一年二月一一日

たむらちせい　『たむらちせい全句集』

紀元節と称した。戦争末期、国民学校では式典のみ。明治生まれの母は味噌ぱんを貰ったという。国粋主義でもなんでもなく、福寿草の鉢を祖母がいつも床の間に飾った記憶がある。掲句が鋭い。戦後であろう。時の政府が一九六六年、建国の日を制定した。ある男がその日を境に消えた。松本清張ばりであるが、地下へ潜入か、あるいはさる組織に拐《かどわ》かされたものか。コスモポリタンを称し、日本を捨てたものか。哀《かな》しい。◇建国の日

建国日天気予報が傘持てと

二〇二二年二月一一日

松下道臣《みちおみ》　『二字』

気張らない。これが今流の建国記念日の詠み方だ。天気予報の方が気になる。作者と同世代、昭和一〇年代生まれの私には〈紀元節〉の呼称が長い間親しかった。明治五年以来の祝日で、〈人の世になりても久し紀元節〉（子規）。戦後、紀元節復活を含みとした建国記念の日設定には反対があった。昭和四一年、日本の人口が一億人突破の年に決まったが、違和感が薄れるには時間がかかった。◇建国日

旧正の黄粉ころがす母の餅

二〇二一年二月一三日

野澤節子　『存身』

二〇二一年二月一二日は旧正月元日だった。月の満ち欠けによる旧暦「太陰太陽暦《たいいんたいようれき》」が日本の暦として明治五年一二月三日まで使われていた。明治政府がこの日を明治六年一月一日に決め、「太陽暦」を採用した。地球が太陽の周りを一周する期間を一年とする西欧の暦で、日本を近代化するには暦からだった。掲句の母は旧暦が馴染《なじ》み。元日には黄粉《きなこ》餅を作った。あんころ餅ではなく、黄粉餅に拘《こだわ》る。慎ましさがそれとなく伝わる。◇旧正

日々余震日々紅玉の林檎届き

二〇一五年二月一一日

友岡子郷　『翌《あくるひ》』

阪神・淡路大震災の「惨憺《さんたん》たる日々続く」とある。二〇年前の平成七（一九九五）年作。四年前に東日本大震災を経験し、いまだ復興途上であれば、掲句に詠まれた体験が今なおいきいきと感じられる。日本中が余震に見舞われているようだ。紅玉はいくぶん玉が小粒であるが、紅色がきれい。酸味があり長持ちがする。ジャムにするといい。罹災《りさい》した作者のもとに毎日見舞いの林檎《りんご》が届く。元気づけられるという。◇林檎

霾晦《よなぐもり》富士を攻めいるペンキ絵師

二〇二〇年二月一二日

須藤　徹　『ぶるうまりん』

ユーラシア大陸、中国北部から黄土の微粒子が列島を襲い、空が黄色になる。土が降る。霾晦という。そんな日、風呂屋の書き割りに富士を一心に描いているペンキ屋さん。片岡球子級にひたすら。たかが湯に浸かりながら眺める風呂屋のペンキ絵ではないか。それほど力を入れなくてもと思うが、ペンキ絵師にはこれが職人芸の見せどころ。作者は視線を低く、志は高く、思索的な句を詠み続け六六歳で逝去。はにかみの俳人。◇霾晦

落椿　天竺帰りの大和の地

二〇一九年二月一三日

伊丹三樹彦　『身体髪膚』

落椿《おちつばき》の次を一コマ空《あ》ける。分かち書き俳句を提唱する作者。沈黙の空間を読めという。天竺《てんじく》帰りとはなにか。椿なのか、あるいは偉いお坊さんなのか、または作者なのか。椿がインドから中国を経由して大和に。そこで落命した。

鑑真《がんじん》により仏の教えが天竺から唐を経て大和へ。椿は唐招提寺辺りの椿を連想するか。あるいは作者が句作と写真を撮りながら天竺から日本へ。さていかが。◇落椿

ちり椿あまりもろさに続《つぎ》て見る

二〇二二年二月一七日

野坡《やば》『続猿蓑《ぞくさるみの》』

子ども染《じ》みた仕草《しぐさ》は明治以後の西洋的な知性からは馬鹿らしい平明さとして排除された。掲句もその類い。椿《つばき》はぽろっと散る。花冠筒部は崩れないでそのまま落ちる。あっけないほど脆《もろ》く感じる。そこで木に付いている萼片《がくへん》に散った花冠をくっつけた。うまく付いたら「やった」と拍手喝采。そうはいかないが、上記のような手慰《てなぐさ》みの類いが芭蕉の晩年に唱えた「かるみ」にはあった。野坡は日本橋の越後屋の手代。かるみ推進者。◇散椿

はき掃除してから椿散にけり

二〇一三年三月六日

野坡《やば》『炭俵』

椿《つばき》は貴族的。綺麗好き。庭を塵《ちり》一つないように掃き清めた。そこへぽとりと椿の一輪が落ちた。恰好《かっこう》いい。掲句に詠《うた》われた句材は日常の些事《さじ》。芭蕉が最晩年に称揚した「かるみ」の句といえよう。肩肘張らないくだけた暮らしの中に一抹の詩情をみつけるもの。〈うぐひすや門はたまたま豆麩《とうふ》売〉も同じ作者。江戸の越後屋の番頭さん。裏庭に鶯《うぐいす》、門《かど》には豆腐売りと身近に着想し、清潔感がある。◇椿

存在の闇深くして椿落つ

二〇二〇年三月一七日

石牟礼道子『石牟礼道子全句集』

東日本大震災に対し石牟礼が「花を奉《たてまつ》る」という詩を書かれた。その一節に「現世はいよいよ地獄とやいわん／虚無とやいわん」といい、「ただ滅亡の世せまるを待つのみか／ここにおいてわれらなお／地上にひらく一輪の花の力を念じて合掌す」とある。一輪の花がなにかわからない。現《うつつ》の花でないかもしれないが、私は掲句の椿《つばき》を思った。ぽとんと落ちても秘めた力を孕《はら》む闇の椿の存在。生死を超えた花は椿以外にない。◇落椿

人参をうさぎにバレンタインデー

二〇二三年二月一四日

星野麦丘人《ばくきゅうじん》『小椿居《せうちんきょ》』

気持ちの上のバランスをとる。それが緩やかなおかしみである。人にはチョコレート、兎には人参を。折から卯年。一挙両得。なにが得なのかわからないが、どことなく得をしたような気分になる。私事だが、少年の頃、兎を飼った。犬猫は飼わない。餌代がいる。貧しかったのだ。兎も野兎から毛を刈り月にわずかでも学費の足しになるアンゴラ兎を飼った。兎から始まる動物愛。但し人間愛が足りないと妻がいう。◇バレンタインデー

熟睡児《うまいご》の夢みるいろか春の雪

二〇二〇年二月一四日

岡本正敏　『石狩』

薬剤師であり医師。樺太《からふと》生まれという。バランスがとれた良識に包まれた句を詠まれる。その典型が掲句。

春の雪に色がある。どんな色か。お乳をたっぷり呑んでぐっすり寝た子が夢の中で見る夢の色がそれ。

春の雪が降り積もる。早朝、朝日が届かんとする直前のうすくれないに輝き出す雪の色は、真冬の純白な清冽《せいれつ》な色とも違い潤みがある。自然賛歌であり、俳句で目指す優しい抒情《じょじょう》を一句にしたものであろう。◇春の雪

早蕨《さわらび》や切通《きりとおし》より海見ゆる

二〇一八年二月一七日

大西　朋《とも》　『片白草』

春は兆《きざ》しがうれしい。蕨の芽生えを讃える。これが古来春を迎えた喜びのシンボルであったのではないか。

志貴皇子《しきのみこ》の歌〈いはばしる垂水《たるみ》の上のさわらびの萌《も》え出《い》づる春になりにけるかも〉(『万葉集』巻八)は早蕨を讃え、春を迎えた喜びを君臣ともに朗詠した儀式の歌であっただろう。掲句も構図が明るく弾んでいる。蕨が芽を吹く谷間《たにあい》の切通から海が見える。五線紙に描かれた音符のようだ。◇早蕨

春暁の管一本として体

二〇二二年二月一五日

岸本葉子　『つちふる』

ひやっとする皮膚感覚を巧みに表現する。掲句がそれ。〈きさらぎの鎖骨に触るる聴診器〉との句もある。作者のエッセイにも私は同様な感じを抱いたが、コロナウイルス蔓延により句会ができなくなった折にまとめたという句集は、繊細さを拡散させない知的な把握に独自さがある。春暁《しゅんぎょう》は春の夜明け、早春にこそ春はあけぼのの明るい緊張感がある。おいしい牛乳でも一気にぐっと飲んだ感じ。病的ではないが身体への気遣いがある。◇春暁

覚めぎはのひかり白梅のひかりとも

二〇二三年二月一八日

山岸由佳　『丈夫な紙』

朝、目覚めるときにどのように覚めるのであろうか。庭の白梅《はくばい》が放つひかりが目覚めを促すとは幸せ。さすがに石寒太《いしかんた》師匠は上手に励ますもの。作者の初々しい感性に惹かれながらも「もうひとつ強さが足りない」と、現代俳句新人賞の受賞直後のタイミングを捉え、助言している。もう一つ、師匠が師匠加藤楸邨からの伝授、俳句は「頭の芸より足の芸重しと存じ候」も伝えている。四六歳。迷いの好機にすばらしい提言ではないか。◇白梅

ぬかるんであれば梅散りかかりたり

二〇一七年二月一六日

草深昌子　『金剛』

季節に従順だという。ぬかるみがある。そこへ梅が散りかかる。山道でも路地でもどこでも目に付く春先の平凡な光景だ。平凡を恐れないで取り上げたのは、珍しい変わった光景以上に、平凡な光景の背後にある、季節の営みを尊重するからであろう。〈どこにでも日輪《にちりん》一つあたたかし〉。同じ時期の作。太陽を〈日輪〉と物語風にいったのは、わずかに春のお日さまに恰好《かっこう》をつけたものであろうが、季節への信頼感が強い。◇梅

むめの花もの気にいらぬけしき哉

二〇二〇年二月二一日

越人　『あら野』

風景がおもしろい。これは明治の子規が見つけた発見である。江戸期はどこまでもひとの気持ちに拘《こだわ》る。ひとの気持ちをああでもない、こうでもないと表現するために草木も鳥虫も使われる。梅の花はさくらの愛想のよさに比べると、ぶすっとした感じ。〈もの気にいらぬけしき〉だという。腹の底に気に入らないことでもあるのか、黙って不機嫌な素振り。ひとに気を遣わないで花も地味。匂いはいいが、引き籠もり、内向的である。◇梅

春寒し悪《あ》しき予感の狂ひもせず

二〇二一年二月一七日

相馬遷子　『雪嶺』

昭和三二年の作。作者は佐久の医師。〈悪しき予感〉とはなにか。ちょうどこの年は、日本人の病気での死因が結核や肺炎から高血圧や癌などの成人病が上位になった時だ。農村を往診する良心的な医師として、普段から感じていたことが的中した感じを詠んだものか。

神武景気などといわれた中で石橋内閣から岸内閣に代わり、青少年の愛国心教育が強調され、砂川基地拡張反対闘争が始まった年だった。◇春寒し

断崖にすがるよしなし海苔《のり》採舟《とりぶね》

二〇一九年二月一八日

橋本多佳子　『命終』

「足摺岬」とある。一読、生存の語が浮かぶ。生きなければならない。どんな断崖絶壁が聳《そび》え立っても生活《たつき》のために体を張って海苔を採る。みんなが海苔を採るわけではないが、掲句の生業《なりわい》の苦労は誰もが接している生存状況である。「のう、おぬし、生きることは辛いものじゃが、生きておる方がなんぼよいことか」

田宮虎彦の名作『足摺岬』に出る老いた遍路の呟きをふと思い出した。◇海苔採舟

二〇二〇年二月一九日

蜜蜂を家畜と言うて飼ひゐたる

谷口智行　『星糞』

熊野の人。句集名の星糞は隕石のこと。わが先祖は鳥獣や草木虫魚に「恩寵《おんちょう》と畏怖」の念を抱いて生きて来たという。蜜蜂を家畜と呼ぶのもどこかに畏敬の気持ちがあろう。馬や牛や山羊などと同類のいのちある生きもの。蜜をたまわる家畜さまさまであり、体は小さくても昆虫と軽く見なさない。愛玩の思いが強いのである。〈死んでゐる雉《きじ》のまぶたに触れてみる〉も検視でもしているようだ。作者は外科のお医者さん。◇蜜蜂

二〇二一年二月一九日

蝶凍《ちょうい》てて魂のまだここいらに

山田佳乃　『残像』

阪神・淡路大震災から二六年経つ。作者が在住する神戸市東灘区は大震災の被害の甚大であった処。掲句は二〇一九年の作。この〈魂〉はいまだ救済されない人たちを思いやったものか。あるいは、凍死寸前の蝶の身から遊離した魂か。〈大空は動き大地は冴返《さえかえ》る〉という句もあり、大きな自然とともに呼吸をしながら生きている生きものへの関心が強い作者。凍えた蝶の身になってよろよろした魂を見つめている句か。◇凍蝶《いてちょう》

二〇二二年一二月二〇日

蝶ひとつ力のかぎり凍てにけり

黛　まどか　『北落師門』

か弱い蝶が冬を生き抜く。死を見据えながら寒さぎりぎりの限界までいのちを保つ。厳しい冬を越え、春先、薪小屋の南壁に積み上げた薪の隙間から、よれよれの糸《いと》蜻蛉《とんぼ》が出てくることがある。わずかに動く。いのちがある。手に置いて感動する。蝶に関して、力のかぎり凍てるという表現は極めて珍しい。蝶が凍《い》てに身を曝《さら》し、どこまで生きることが可能か、臨死実験でもしているような捨て身の蝶の生存に、胸に熱いものが込み上げる。◇凍蝶

二〇二二年二月一九日

鳥が樹の夢告げに来る雨水かな

廣瀬悦哉　『夏の峰』

空中に「ぽかぽか春がやってきた」の童謡が浮かぶ。連想は掲句にも及び、この鳥は鶯《うぐいす》なんだと直感した。以前、掲句からのおぼろげな記憶である。今日は雨水《うすい》と知って思い出した。暖かくなり雪や氷が溶け蒸発し、雨水となって降りそそぐ日。立春から二週間余り。早春である。鳥が木に春だよと告げる。木は芽吹き・開花と夢がいっぱい。仲春は啓蟄《けいちつ》・春分。晩春は清明《せいめい》・穀雨《こくう》と春の時間は慌ただしい。鳥は季節のコンダクターだ。◇雨水

二〇一八年二月二〇日

ぐつたりと鯛焼ぬくし春の星

西東三鬼《さいとうさんき》　『西東三鬼全句集』

現代俳句の鬼才三鬼が葉山の地で逝去したのが昭和三七（一九六二）年四月。掲句はその春の作。病床で手にした鯛焼《たいやき》。〈ぐつたりと〉は鯛焼の感触である。同時に素直な心情が吐露されている。来るところまで来た実感だ。体調もよくない。もう遠くまで思いを馳《は》せる気力もない。この鯛焼のぬくみがおれを慰めてくれる。思えば、間もなくおれは消える。見納めの春星はなんと美しいことか。◇春の星

二〇二二年二月二一日

如月やひょいと他界に行きし師よ

寺町志津子　『春は曙《あけぼの》』

昨日は金子兜太の命日（二〇一八年二月二〇日逝去）。あれから四年経つ。「淡々と日常を生き、死ぬ時期が来たら死んでゆく。死んでも命は別のところで生きている。それを『他界』と言います」。師は晩年の心境を語っている。私心がない清潔な人柄は直言居士「荒凡夫《あらぼんぷ》」と呼び、日常に〈ひょいと〉直感を働かす。それが理屈を超えた剽《ひょう》軽《きん》な愛敬《あいきょう》を醸し、生涯を貫いた。作者には〈ひょいと〉他界から出てくる思いがおありなのではないか。◇如月《きさらぎ》

二〇二三年二月二一日

産土を一枚一枚剥がし春

廣瀬悦哉　『里山』

「膂力《りょりょく》」がある。所属誌「白露」主宰の作者への評言に同感した。辞典にいう「膂《りょ》」とは背骨をいうらしい。「筋肉の力」。「腕力」とも。信玄の地甲斐の国一宮《いちのみや》が作者の産土《うぶすな》。春は整序正しく、季節の和紙を剥がすように来る。〈剥がす〉との把握には背骨に触れた力がある。私の住む信濃の春は三寒四温のリズムでは来ない。どかっと暖かくなるや気を緩めると翌日は猛吹雪。特に春先は乱れる。電車で上京するたび、甲府盆地の春に和む。◇春

二〇一九年二月二〇日

礼云て出れば柳は青かりし

井月《せいげつ》　『新編井月全集』

冬の間すっかりお世話になった。冬籠《ふゆごもり》の礼をいって門を出ると、もう春、柳が青い。単純明快。井月の童心がうかがえよう。〈柳から出て行舟《ゆくふね》の早さかな〉。天竜の川舟であろう。ゆったり靡《たなび》く柳、雪解け水を滑るように行く舟。自然は旺盛、暮らしは潤沢。井月が身を寄せる伊那谷の風土には、柳に象徴されるナイーブな自在さがある。柳が黄土色を帯び、青む季節到来。◇柳

蜜蜂／魂／凍て／雨水／鯛焼／他界／産土／礼

鏡には映らぬ家霊風光る

二〇一七年二月二一日

秦 夕美 『五情』

冬から春へ。厳冬の夜、家がみしみし軋《きし》む。あれは家霊の呟《つぶや》きか。この家で生涯を終えた先祖にはこの世に未練を残す霊もいよう。祖父母や父母くらいまでは顔も思い浮かべることができる。供養にも力が入る。

しかし、家霊となると、お化けになって出てくる類い。親しみよりも怖い。早春の風光るとき。鏡は清冽《せいれつ》。冬の間の家霊のみしみしの呟きなどどこにも映らない。それが却《かえ》って怖い。◇風光る

手のとどきさうで遥《はるか》や山笑ふ

二〇二三年二月二三日

田淵ひで子 『木椅子』

山笑うとは桜咲く春たけなわの山を捉えたことばではない。出典は北宋の郭熙《かくき》「春山淡冶《たんや》にして笑ふが如く」（『林泉高致』）との画論からだが、日本人の感性では早春の季語ではないか。作者は高山蝶の研究で知られ、山岳写真家だった田淵行男の夫人。一年中、山への関心を持ち続けていた人。大野林火門。安曇野市豊科に住み、常念岳の番人を自称した。夫を「お父ちゃん」と呼び、いつか夫が籠もる常念岳がお父ちゃんであった。◇山笑ふ

銀河系のとある酒場のヒヤシンス

二〇一九年二月二二日

橋 閒石 『微光』

引き込まれるような懐かしさ。〈銀河系のとある酒場〉とは、宇宙の隠れ家風情である。どこにあるのかなと期待を持たせながら、ヒヤシンスが出される。

ヒヤシンスはギリシャ原産とか。風信子とも書く。小形の釣鐘状の花が芳香を放つ。作者は一八世紀の随筆文学ラムの研究者。連句も堪能。掲句は八九歳、最後の句集に入る。人生回顧の味わいを残し、その三カ月後に逝去された。忘れ難い句。◇ヒヤシンス

わが一生《ひとよ》ヒヤシンスまた咲きそめぬ

二〇二三年二月二八日

友岡子郷 『貝風鈴』

わずかにこの世に未練を残して、「ヒヤシンスがまた咲く」と呟《つぶや》く。これが崇高な生き方。二〇二二年八月一九日、八七歳で逝去。「夢中になれる俳句に出逢い共に生きた父は幸せ者でした。そして、私たち家族にとって、尊敬できる父でした」（娘さんの句集あとがき）。最高である。同人誌「椰子《やし》」創刊以来終刊まで五〇年余り拝読。ちょっと粘りある口調がそのまま子郷俳句。外連味《けれんみ》のない温かい知性に包まれた純朴な俳句と人柄。◇ヒヤシンス

受験期や深空《みそら》に鳥の隠れ穴

二〇二一年二月二二日

岩淵喜代子　『硝子の仲間』

受験期とは不安いっぱいの受験生を束ねたいい方である。掲句を見て、不意に蘇った光景がある。トルコのカッパドキアであった。にょきにょきと大きな茸《きのこ》のような岩山が聳《そび》え、そこに無数の鳥の巣があった。何の鳥であったか。人間はその岩山を穿《うが》ち、地下に住居を造って住んでいた。鳥を羨《うらや》む。天空自在だ。受験生の心理は、縛られた自分とは対照的な鳥への思いを、救いの神さまのように思い浮かべる。穿った句だ。◇受験期

受験子の耳かしやかしやと鳴りてをり

二〇一五年二月二三日

満田光生　『製図台』

二月から三月は受験期。受験生にとり必死なのは当然であるが、先生にとってもぴりぴりする時だ。作者は高校の先生。教え子が大学受験をする。先生は受験生の一日の身心状態がよくわかる。あの生徒は今朝から耳ばかり気にしてしきりに掘っている。絶えず頭を振っている。どうも、耳が鳴るようだ。夕べは充分に寝なかったな。

いらいらするのも無理はない。落ち着けともいえない。見守るばかりだ。◇受験子

にがにがしいつ迄《まで》嵐《あらし》ふきのたう

二〇一八年二月二四日

宗鑑　『卯辰集・上』

室町時代後期の連歌師宗鑑は俳諧の開祖。編著に『犬筑波集』がある。芭蕉の金沢の弟子北枝が編集した北陸の俳書に掲句が見える。

〈にがにがし〉は苦《にが》い意と不愉快な気持ちとの掛詞《かけことば》。〈ふき〉にも「吹き」が掛けてある。

春になったが、いまだに嵐が吹いて、いち早く地面から出た蕗《ふき》の薹《とう》ではないが、なんともにがにがしいことよ。俳諧はことばあそびのお笑いから。◇ふきのたう

いつの世の修羅とも知れず春みぞれ

二〇二一年二月二四日

佐藤鬼房　『愛痛きまで』

一句からはひらき直った生きる強さを感じる。この強さの裏側には〈まだ生きてゐる出来損《できそこ》ね海朧《おぼろ》〉など自己卑下の思いがあろう。春になったとはいえ、霙《みぞれ》に叩かれ、哀れなおれは修羅。どこか悲劇の主人公仕立てを楽しむ風情がある。お前は出来損ないだ。役立たずだ。こんなセリフは草深い農村や、魚の群れが去ってしまった貧しい漁村などではしばしば耳にしたものだ。

みちのく人の生きる性根の句である。◇春みぞれ

家霊／山笑ふ／酒場／一生／深空／かしやかしや／ふきのたう／春みぞれ

しゃぼん玉今度は核を載せるらし

二〇二三年二月一〇日

鈴木靖彦　『山独活』

ロシアによるウクライナ侵攻は二〇二二年二月二四日に始まったことを明記しておきたい。句集あとがきで大国の狂気とその愚行を告発している。春の行楽に子どもが戯れに飛ばすしゃぼん玉に、核が搭載されるとはたいへんなこと。ドローンほどの威力はなくとも、平和がなくなる暗黒世界を想像する。核保持の脅威により世界の平和が保たれることが公然と論じられる。被爆国日本はその非を諄々《じゅんじゅん》と俳句で示さねばならない。◇しゃぼん玉

しやぼん玉くさかんむりの文字が好き

二〇二〇年三月四日

米山光郎　『どんどの火』

萌《も》え出《い》づる春が好きなのであろう。しゃぼん玉の光にきらめく柔らかい肌にも夢がある。草冠の字は諸橋『大漢和辞典』には二千以上あるというから、草冠を日常用いる人も多いことになる。「艸」には「クサ」の他、草創などものを「ハジム」意、さらに草食など粗食をいう「イヤシ」の意などがある。いずれにしても地面に近い、季節の始まりを暗示する庶民生活を思わせる字で親しみやすい。龍太門が長い山梨の人。◇しやぼん玉

眠れない子と月へ吹くしゃぼん玉

二〇二二年三月一六日

神野紗希　『すみれそよぐ』

しゃぼん玉は明るい昼に飛ばす印象があった。掲句は宵から夜の光景にちょっぴり意外な、新鮮さを感じた。石鹸液からストローなどを用い、静かに息を吹き入れ、五色の泡の玉を作る。淡く頼りない息の袋でありながら束の間の夢が繰り出される。夜になっても眠れないで、幼子がぐずる時、お母さんがベランダに連れ出し、お月さまに向かってしゃぼん玉を吹く。闇に包まれた空間にもう一つの月。思い付きに工夫がある。◇しゃぼん玉

薄氷の水にのまれてゆくかたち

二〇二〇年二月二四日

山田佳乃　『残像』

あわれ薄氷《うすらい》よ。早春の朝、野川の岸近く薄く氷が張る。日が射してくると次第に縋《すが》りついていた草とも手を切り、空身になる。ときどき流れが急《せ》いたように早くなる。すると、氷の上を水が流れる。それでも必死に氷はなにかにしがみ付いている。が、限度がくる。薄氷は丸みを帯び縮まり、ちから尽きて、もうダメという感じ。痩《や》せて氷の芯だけに削《そ》がれ、棒のよう。どうして哀しい薄氷の定めを描いたのか、母恋か。◇薄氷

顔剃られをり薄氷の気分なり

二〇二一年二月二六日

石倉夏生　『百昼百夜』

髭剃《ひげそ》られではない、顔剃られに遊びがある。仮に〈髭剃られをり薄氷の気分なり〉であったならば、この句の興味は半減する。大事な顔をそっと労《いたわ》るように気遣いながら剃刀《かみそり》を当てる。そこに薄氷《はくひょう》を踏むような危うさを体験する。薄氷《うすらい》は当初は初冬の季語。昭和九年版虚子編歳時記『花鳥諷詠』で〈うすらひ〉と称し、早春の季語に移される。以後愛用されるが、どこか文人臭があるのはそのためか。◇薄氷

びびびびと氷張り居り月は春

二〇二二年三月一日

川端茅舎《ぼうしゃ》　『華厳』

薄い氷の尖端《せんたん》が張り詰めてゆく寒さ。しかし、月は黄色く潤みを帯び紛れもなく早春。師の虚子は掲句を収めた句集『華厳』の序に一行「花鳥諷詠真骨頂漢」。花鳥諷詠とは昭和三年に虚子が自然の真髄を花鳥風月と捉え、俳句指導の理念としたもの。虚子が極めた悟りのような境地に、茅舎は忠実な徒であると讃えた。句の〈びびびび〉は繊細だ。脊椎カリエスに苦しむ病者茅舎の、岸田劉生門の画学徒としてのひたむきさを感じる。◇春

早春や藁一本に水曲がり

二〇一九年二月二五日

田中純子　『螢火の言葉』

春は水の季節。至るところから水が出る。雪解けの水が庭先を流れる。藁《わら》一本あると、水は藁に添い、その切れ目で曲がる。方円の器に随《したが》う諺《ことわざ》のごとし。

私は小学校の先生になりたかった。新入生は目を輝かせて先生のことばを聞き漏らすまいと全身全開。藁一本の置き方次第で、児童は変わる。

純真さは人間の最高の美徳であろう。ふと掲句から新学期の先生を思った。◇早春

下萌というしたたかな行進曲

二〇二〇年二月二六日

秋尾　敏　『ふりみだす』

草萌《くさもえ》が始まる。下萌《したもえ》も同じ意であるが、芽吹きのしたたかさを感じさせるのは後者。例えば芝の表は枯れていても、根元からの芽吹きはすでに始まっている。下萌とは草が持つしぶとい生命力を表している。一旦《いったん》始まると火が燃え広がるように前進あるのみ。滑らかに、リズミカルに。行進曲とは巧い。同じ作者に〈原発に下萌ゆるとは怖ろしき〉という句がある。汚染土は削り剝がされても、大地の芽吹きは大丈夫かと心配した作。◇下萌

核／しやぼん玉／子／薄氷／気分／びびびび／藁一本／下萌

ものの芽の聞き耳立つるやうにかな

二〇二二年二月二六日

榎本好宏『花合歓《ねむ》』

春は探り足で忍び寄る。とりわけ草の芽や木の芽は気配に敏感だ。萱鼠《かやねずみ》は寒ければ小さい穴に引っ込めばいい。熊は冬眠を続ければいい。ところが、草や木の芽は大気に全身を曝《さら》している。出入りができない。それだけに鋭い感度を身につけている。翁草《おきなぐさ》も木蓮《もくれん》の芽も全身を耳にしてじっと外気の動きに適応している。作者は人情家俳人森澄雄門下。細やかな季節詠に堪能な自然詩人。盛りよりも始め終わりに鋭敏な無常感がある。◇ものの芽

永き日の蘖《ひこば》えさうな象の脚

二〇一四年二月二六日

正木ゆう子『悠《はるか》』

動物園風景。じっと象の脚をながめる。ごつごつした椰子《やし》の木肌のよう。脚の途中から芽が出そうな感じ。春になって切り口から芽が出ることを〈蘖え〉という。木の生命力は強い。切られても新芽を出し、いのちの証を示す。象の脚から蘖えを連想した作者の生命観、いや宇宙観が素晴らしい。スケールが大きい。

詩情がないと思われるようなところに生命を感知するのが詩人的直観だ。◇永き日

夕野火は夜に入り水をとび越えし

二〇一九年二月一五日

神生《かみお》彩史《さいし》『深淵』

大平原の野火であろう。夜も燃え続けている。野火は生きもの。行く手を遮る水流を飛び越え拡がる。自然の根源的なエネルギーを野火の勢いで具象化している。

作者は新興俳句系の戦後俳人。代表作をあげる。野生の力を人間の性情から捉えた昭和二三年の句〈春の夜の死よりしづかに接吻す〉がある。死と生が暮らしの中で紙一重であった戦後。情死よりも性愛を。ともかくここから戦後は立ち上がった。◇野火

野火放つ啐啄《そったく》の風待ちにけり

二〇二三年二月二五日

平手ふじえ『山籟《さんらい》』

〈啐啄〉とは啐啄同時と用いられ、禅では師弟の呼吸がぴったり合うこと。師は中西舗《ほ》土《ど》。山岳俳人前田普羅《ふら》を究めようと研鑽を積む。「自然を愛すると謂ふ以前にまづ地貌《ちぼう》を愛する」との普羅の言葉を実践し、上州から奥飛驒へ通い、ゆかりの群馬県草津に移住。奥伊勢、佐渡、甲州と普羅探究は続いているという。春先の野焼きの火を放つ。つねに新たな気持ちで地貌からの風という閃《ひらめ》きを待つ。心情を吐露したはげしい句である。◇野火

炎《ほ》を透いて別の炎が見ゆ葭《よし》を焼く

二〇一二年二月二十七日

能村研三　『鷹の木』

「淀川・鵜殿《うどの》の葭焼」とある。淀川の河川敷、鵜殿原では二月下旬に葭が焼かれる。蘆《あし》は「悪《あ》し」に音が通じるので時に葭と呼ばれ、鵜殿葭という。

掲句は火の饗宴。炎の奥に炎があり、盛んに葭が燃えるさまを捉え陶酔感がある。作者の父、能村登四郎が〈茫々と野焼を待てり鵜殿葭〉と焼かれる前の場景を詠《うた》えば、子は火が廻る最盛期を捉える。チームプレーが巧み。これも俳句作りの醍醐味。◇鵜殿の葭焼

如月の楉《すわえ》の先のこころざし

二〇二〇年二月二十八日

鈴木ひろ子　『良夜』

如月《きさらぎ》は旧暦二月の呼称。陽暦の三月に相当する。いよいよ芽吹きを迎える。楉は脇芽から伸びた細い枝。しもと、ともいい、本体の木よりも勢いがいい徒長枝《とちょうし》である。

掲句は「や」切れでなく、〈如月の楉〉にやさしい気遣いがある。如月は「生更《きさら》ぎ」と芽吹きを励ます意が籠められ、若木に、これから風雪に耐えて目指す方向へ素直に伸びていって欲しいと励ましている。春は〈こころざし〉を見守る季節でもある。◇如月

きさらぎの鳥きさらぎの光《かげ》を食《は》み

二〇一三年二月二十七日

高岡　修　『果てるまで』

きさらぎは春二月。「kisaragi」と鋭いイ音が明るいア音を包む快さは光がつぎつぎに射し込むイメージを与える。少年の日に「着更着」と教えられ、寒い最中を連想し意味に囚《とら》われていた。が、ことばはひびきが大事。短詩型の俳句はことばのひびきこそいのち。掲句はそれを実証するような句だ。きさらぎは鳥の季節。光を食べて囀《さえず》り、巣作りが始まっている。鳥の画家脇田和の鳥が囁《ささや》く。春が来たと。◇きさらぎ

囀に色あらば今瑠璃色に

二〇二〇年二月十七日

西村和子　『夏帽子』

いよいよ春。鳥の囀《さえずり》が瑠璃《るり》色とは美しく、弾みがある。青く輝く石玉の色があたり一面にひろがるようだ。瑠璃とは宝石の色であり、ガラスの透明感も連想される。

無心に鳴きながら、連れ合いを探している。美声くらべ。仏の心境に近いのか、瑠璃は金、銀、玻璃《はり》(水晶)などと一緒に仏像の色を思わせる。〈囀や天地金泥《こんでい》に塗りつぶし〉(野村喜舟)という句もある。これはたけなわの囀の趣であろう。◇囀

もののの芽／蘖え／夕野火／野火放つ／炎／楉／きさらぎ／瑠璃

囀の杼《ひ》の飛び交《か》へる木の間かな

二〇一九年二月二七日

鈴木貞雄『森の句集』

早春の森は鳥籠だ。光が強くなる小正月過ぎ、暦では大寒に入ると、小鳥はそわそわし出す。動きが盛んになる。まるで機織りが始まるようだ。

織物の経糸《たていと》の目を整え、緯糸《よこいと》を通す杼を飛ばすたびに目を緊《し》め、織り目を筬《おさ》で密にする。樹間を囀りながら飛ぶ鳥のさまを〈杼〉とは巧みな喩え。

八ヶ岳山麓にある尖石《とがりいし》遺跡は縄文のビーナスや仮面の女神の土偶を見ようと小鳥まで囀りが盛んだ。◇囀

安曇野や囀《さえず》り容《い》れて嶺《みね》の数

二〇二二年三月一〇日

矢島渚男『采薇』

安曇野の呼称は、安曇生まれには違和感がある。長い間、南安曇、北安曇と呼んだ。呼称に奔放で茫漠《ぼうばく》とした野性味があった。私の主観だが。安曇野は鷗外の故郷、津和野のような知的なやさしさに包まれ、近年は都会から観光客がくる。臼井吉見の小説『安曇野』（一九七三年完結）によって一躍名が知られたおかげか。掲句は屹立《きつりつ》する飛驒山脈が抱く盆地のように安曇野を見立てる。囀りが満ち、鞠《まり》のごとし。国褒めの句には違いない。◇囀り

首傾げゐしが囀りはじめけり

二〇一一年三月七日

岡安迷子『藍甕』

「浅間山麓」とある。作者は戦時中「ホトトギス」発行所を埼玉県加須市不動岡の自宅に移し発行を続けるほど熱心な虚子門の俳人。小諸疎開中の先生をしばしば訪ねている。掲句もそんな折の句か。

目の前の木に止まった鳥があたりの様子をうかがい、囀り始める。観察が細かい。客観写生の手本のような作。〈手拭を掛ければとまる山の蝶〉もわかり易《やす》い。湯の宿の風景。無心に対象と同化している。◇囀り

空よりも畦道ひかり三月《さんがつ》来《く》

二〇二一年三月一日

小原啄葉『而今《じこん》』

東北岩手のお百姓の立場に視線を置いた春到来の作。雪が解け畦道《あぜみち》が光る。これから田畑の仕事が始まる。その喜びと自負が伝わる。二月の暦の春、四月の花時に挿《はさ》まれ、三月は堰浚《せぎざら》いや耕しの実作業が開始の時期でありながら地味な月なのである。土質を高める客土の「土曳《どび》き」をし、庭先のあくたもくたを焚《た》き、「焼肥《やつこえ》」をする。みな畦道を光らせるために大事なものだ。掲句に出会いほっとした。空の輝きはそれから。◇三月

二〇二三年三月二日

みづからを問ひつめゐしが牡丹雪

上田五千石　『田園』

『田園』は青春の句集であった。二〇歳からおよそ一五年間の作品が収録され、昭和四三年に出る。田園というと、私には佐藤春夫の小説『田園の憂鬱《ゆううつ》』が流星のように過《よぎ》ったが、句集は小説ほど憂鬱がしつこくない。とはいえ、少年期から青年期への憂鬱があり惹かれた。師の秋元不死男が、作者の頭のよさからくる俳句の「才あるゆえの演出」を句集序文で指摘している。掲句にも明るい牡丹雪を配した破れのなさに演出を感じる。◇牡丹雪

二〇一九年三月一日

熱の子に蛙のまぶた水草生ふ

彌榮《みえ》浩樹《こうき》　『鶏』

子どもは土くさい。土から生まれてきた。熱を出せば子どもの地《じ》がわかる。子どもはもとはみんな蛙《かえる》だ。

大昔、お月さまが女体を支配し、月経という体のリズムを決めてしまった。しかも、こともあろうに、生まれる子は蛙。子が蛙ならば母親も蛙。ガマガエルを中国では嫦娥《じょうが》といい、月と同体だそうな。

子が熱を出す。まぶたがとろりとさがる。水草が生える頃の季節感がある。◇水草生《みくさお》ふ

二〇二〇年三月二日

亡き人のさながら集ふ雛《ひいな》の間

三島広志　『天職』

長い俳句歴の持ち主という。その間にたくさんの知人との会者定離《えしゃじょうり》もあったであろう。雛《ひな》のふくよかな美顔から亡き人を偲《しの》ぶとは円満なお人だ。華やかなことが好きな社交上手ともいえる。大きな鍼灸医院を経営されているとか。手触りから人柄を見抜くのはそれとなく空気から相手を察する手ではない。身体的なひらめきを実感にもつことになる。生きる強さを身に付けている。掲句の雛を介し他界した誰彼を思う明るさは珍しい。◇雛の間

二〇二一年三月三日

ゆつくりと仏間に戻す雛《ひいな》の間

西宮舞　『鼓動』

雛《ひな》飾りの時期が遅れると婚期を逃すとか。では仕舞うのにも、なにか俗信がありそうだ。が、掲句から推測するのに出す時ほど気になる言い伝えはないらしい。

仏間が雛の間になる。俄《にわか》に華やぐ。女の子がいると、一日延ばしに長い雛の節句になる。髭《ひげ》をはやしたお爺さんや紋付きに畏《かしこ》まったお婆さんが見下ろす静まり返った仏間より、早咲きの桃の花が引き立て、五段飾りが賑やかな間の方が安らぐ。◇雛の間

二〇二二年三月三日

雛段の奈落に積みて箱の嵩《かさ》

綾部仁喜　『山王』

雛段《ひなだん》を作る。娘のために。律儀《りちぎ》な家庭では嫁入り支度に持参した雛飾りを決まって雛の節句に飾る。商家の名残にわが家でも長く飾った。雛箱は雛壇の裏に積み重ねて支えにする。毛氈《もうせん》を敷き詰めた明るい雛壇。その裏は真っ暗。そこを奈落とは、この表裏の暗転のいい方に流転の人生を暗示されたような感慨がある。私事であるが、気丈夫であった母も雛段を作りながら沈みがちであった。雛の節句はどこか切ない。◇雛段

二〇一九年三月五日

ゆうぐれのこの世へこぼれ雛あられ

寺井谷子　『人寰』

春はゆうぐれに情感が籠もる。情の微粒子が撒き散らかる。雛《ひな》あられがこぼれるように。世の中を雛段と想定できそうだ。この頃はお内裏さまが元気。被災地の慰問に廻り、亡くなった者への鎮魂に力を尽くされる。雛段におさまっていない。三人官女や五人囃子《ばやし》もあたふた。役人にあたる仕丁《じちょう》は右往左往。作者は世の動きをパフォーマンスとして摑《つか》む。自在なイメージが演出される楽しさがある。珍しい雛の句。◇雛あられ

二〇一七年三月二日

遠方《えんぼう》へ視線は変えず流し雛

岡田恵子　『緑の時間』

子が無事に育つのが親の何よりの願い。昔はことに子育ては大変であった。そこで、予《あらかじ》め災厄《さいやく》を祓《はら》うのは大事なことになる。流し雛《びな》が生まれた。華やかな雛に厄《やく》を背負わせて水に流すのである。古く形代《かたしろ》という、穢《けが》れや病を人形《ひとがた》に移して流す風習を受け継いだものか。

掲句の〈遠方〉は雛ではなく、主人公の視線である。来し方を思い、行く末を見つめる。流す者が見つめる彼方を流される雛も遥かを見て。◇流し雛

二〇一六年三月四日

余震待つ構へとなつてゐる雛も

吉本伊智朗　『時は今』

雛壇《ひなだん》に飾られた雛が落ち着かない。たびたびの余震に身構えた感じ。雛らしいおっとりした気品がなく、どこかびくびくした沈んだ容子《ようす》が気になるというのである。

これは眺める人の不安をお雛さまに投影したものであろうが、雛飾りという、直接には人間感情とは無関係なものにまで地震の影響が及んでいることに驚く。

天変地異の被害は計り知れない。なによりも人心の荒廃が怖ろしい。◇雛

二〇一五年三月四日

春の水いまひとまたぎすれば旅

行方克巳《なめかたかつみ》　『地球ひとつぶ』

旅とは家から一歩出れば旅。春は水溜まりがある。それをぴょいと跨《また》げばもうそこは旅先。上村占魚という俳人がいた。旅に出ないと俳句ができない。そこで、いつも旅の必需品を鞄に入れていた。その旅鞄を手に、家の周りを三回りすると、もう旅気分、不思議に俳句ができたという。芭蕉がいう「人生は旅」とは古来の名言である。すると、旅への憧れはよく生きて行く上で必要なことであろう。◇春の水

二〇二〇年三月六日

珈琲店春にはぐれたひとばかり

能城　檀　『カフェにて』

いってくれますねえ。即物的にいうと珈琲店は年増の溜まり場。カフェは仏蘭西《フランス》かぶれの文学青年崩れがおだをあげるところ。コーヒー店は腰軽の息抜きの場。「涙じゃないのよ浮気な雨に」（カスバの女）が流行り、石油ショックから経済の高度成長期が終わる。行き遅れ、乗り遅れた〈春〉を幻想した者が、やるせない心情を抱えて冷めた珈琲をちびりちびりと舐《な》める。やがて、春は気持ち次第と気付くのだが。◇春

二〇二三年三月四日

鷹《たか》化して鳩《はと》となる夜や火の匂ひ

甲斐由起子　『耳澄ます』

春は変身の季節。猛禽《もうきん》類の鷹が温和な鳩になるという。大地が潤み地虫が出る啓蟄《けいちつ》の候。新暦では三月六日頃。当然、空気も興奮する。夜は火の匂いがするとはさすがに敏感な作者。三島由紀夫の短編「煙草」を軽くスイングしたような〈少年に煙草の匂ひ春浅き〉にも空気の昂揚感が捉えられている。感覚だけではない、自然の大気への信頼。それが〈鷹化して鳩となる〉など途方もない知のことばへの共感になっている。◇鷹化して鳩となる

二〇二一年三月五日

啓蟄やシーラカンスの氷籠め

金子圭子　合同句集『石蕗《つわ》二十年』

啓蟄《けいちつ》。地中から地虫などがもぞもぞ這《は》い出す陽気とか。昔の人の想像は自然界の土の中まで及ぶのが凄い。現代に生きる者として、それに負けてはいられない。えいやと張り切った想像をしたのが掲句であろう。シーラカンスは生きた化石と呼ばれていた。今から四億年も前の、デボン紀以来の珍しい熱帯域に棲息《せいそく》する硬骨魚。掲句はそれを博物館で見た。地中に負けない海中も素敵。びっくりしたのは氷籠《ご》めだった。◇啓蟄

奈落／雛あられ／流し雛／余震／旅／珈琲店／火の匂ひ／啓蟄

啓蟄の日をふり仰ぐ子供かな

二〇二二年三月五日

大峯あきら　『吉野』

今日は啓蟄。地球が太陽の周りを一年かけて廻る。それを二四等分したものが二十四節気。立春から雨水を経て、啓蟄は三番目。地面にそそぐ日の光。地が動き出し、お日さまを仰ぐ。賢い子供である。

作者はことばで造化を私有化するなと説いた。太陽が語りかけてくることばを無心に聞く。それに応えるのが俳句。芭蕉は無邪気な少年（三尺《さんせき》の童《わらべ》）にさせるのがいいといった。私心を抑えたのである。◇啓蟄

三月の利久鼠の空がある

二〇二三年三月七日

松尾隆信　『星々』

利久鼠《りきゆうねずみ》とは緑色がかった灰色。灰とは火事を連想し縁起《えんぎ》担《かつ》ぎには気にかかる。そこで灰を用いず鼠に。凝った色合《いろあい》の名。春たけなわへ向かう情緒を秘めた空の色だが、一句に占める〈利久鼠〉のことばの響きからは歌曲「城ヶ島の雨」の白秋の歌詞が連想されよう。大正二年作詞、以来周知の愛唱曲。掲句は雨ではなく、〈空〉の形容に新味がある。作者は七〇歳代後半。湘南の地に居住する。城ヶ島も近く、風土を讃える哀歓が伝わる。◇三月

恋猫がうしろ忘れているうしろ

二〇一六年二月一三日

池田澄子　『空の庭』

猫はいつも前のめり。突進のみ。これはあわれには違いないが、潔い。思いつめたら命がけなのであろう。とりわけ恋猫は。〈うしろ〉に敵がいて、がぶっとやられるのは可哀《かわい》そうであるが、恋には危険が付きもの。〈うしろ〉に気を使うには臈長《ろうた》けてこないと無理。しかしそうなればもう前に進む気力体力も落ちてくる。〈うしろ〉に気付くのはどこか人間の知恵か。動物は案外一本気。◇恋猫

恋猫の奈落の果ては屋根地獄

二〇一五年二月二七日

中田水光　『櫛風沐雨《しつぷうもくう》』

晩冬から猫の恋が始まる。昼夜を弁《わきま》えないで、ぎゃあぎゃあ鳴きわめき、塀の上、縁の下、所かまわず駆けまわる。わが家の周囲は野良猫の格好の溜まり場。地上の喧騒は気にならないが、屋根の上の雌雄の駆け引きはどたんばたん音が凄い。隕石の落下でもあったかのような剣幕に〈屋根地獄〉は巧い。

もう恋から遠く、家内でひっそり暮らす者には、威しをかけられ、地獄に閉じ込められている気分だ。◇恋猫

猫の妻へつい《ゝ》の崩れより通ひけり

二〇二一年三月八日

芭蕉　『江戸広小路』

古来人気ナンバーワンの古典は『伊勢物語』。業平とおぼしき貴公子が築地の崩れから二条の后《きさき》のもとへ通ったというみそかごとを猫の恋に俗化させた。〈猫の妻〉は猫の恋の意。雄猫が竈《かまど》の崩れから雌猫のもとへ通うという。芭蕉三四歳。盛んに古典をもじる哄笑《こうしょう》が俳諧と考えていた。しかし、妻恋という恋情は貴族も庶民も猫も違わないという一縷《いちる》の真実は案外笑いとばせなかったのではないか。それが俳諧の人気だ。◇猫の妻

うらやましおもひ切《きる》時猫の恋

二〇一一年三月三〇日

越人　『猿蓑』

芭蕉が称賛した猫の恋の句。春先騒々しかった恋猫も時期が来るとはたと止み、静かになった。わが恋情を思うと、なんともうらやましいとの意。〈思ひ切る時うらやまし猫の恋〉を芭蕉が改作した。初句〈うらやまし〉によって、人の恋情の断ち切れなさが強調される。

掲句は『去来抄』にも見える。恋は秘めておけないのが人間の性情だ。それだけに苦しむのである。芭蕉の恋愛観を知る上でも注目される。◇猫の恋

有明山大欝塊《おおうっかい》や春の風

二〇一九年三月九日

小澤　實　『瞬間』

有明山は全国にある。ここは日本アルプスの前山、安曇野のシンボルとして聳えるそれか。燕岳と餓鬼《がき》岳の間にある二二六八メートルの富士山型の名山。掲句には地の者の、山への素朴な気持ちが吐露されている。野は春風駘蕩《ぷうたいとう》。背後の燕も餓鬼もいまだ雪嶺《せつれい》なのに、有明山は暗い。いち早く雪解けが済み、欝の塊のようにでんと据わる。やつ当たりしたい気分になる。理屈ではいい得ない、なにが有明山かよと。◇春の風

田を打つて人の霞める大和かな

二〇二〇年三月九日

森　潮　『種子』

大和国原と唱えると菜の花が咲き満ち、その間の田を打つ、のんびりと鍬《くわ》を掲げる大和人が目に浮かぶ。国のまほろば。記紀以来の大和への憧れを一句にとどめたもので、おおらかな叙景句。本来抒情体質であろうが、情に流されない心得を尊敬する父、森澄雄から学んでいる。ことばの不思議さを意識しながら叙景の浪漫《ろまん》に歴史を練り込め、懐かしさを形にしたい願望がある。〈霞《かす》める〉が巧い。ゆっくりと独自さを探る人である。◇田打つ

子供／利久鼠／うしろ／恋猫／猫の妻／うらやまし／大欝塊／大和

跳べるはずなれど逡巡春の泥

本間 清 『泉の森』

二〇二三年三月九日

これくらいは跳べる。春の川を向こう岸へ跳びたい。しかし、待てよとひと呼吸間を置き考える。作者八六歳。元気である。実際に跳ぶにはやはり危ない。気力と体力とは急速に差が出来ているのである。〈逡巡《しゅんじゅん》〉とは八〇歳代半ばの象徴的なことばだ。気持ちは昂《たかぶ》っても、体が思ったほど付いていかない。〈身の内のもの動き出す雪解かな〉これもうずうずしている逡巡の句であろう。しかし、実行に移す前のプラス思考がある。◇春の泥

三月の土を落としてこんばんは

坪内稔典 『人麻呂の手紙』

二〇二〇年三月一〇日

〈三月の甘納豆のうふふふふ〉が名高い。同じ句集には〈三月の松林なりキスをせん〉があるから不意なる軽さが信条。マンションでもアパートでも地面から聳《そび》える。階段を上がりながら、春の泥を落として、さてこんばんは。泥ではなく、〈土〉が一句を緊《し》める。全体に軽ければ細部には気を使う。完結しない。途中感を詠《うた》う。すべて進行形の断片。そこに徹底すれば爽快でもあろう。できて困るのをいかに抑えるか聞きたい。◇三月

梅《うめ》若菜《わかな》まりこの宿のとろゝ汁

芭蕉 『猿蓑』

二〇一四年三月一〇日

大津で荷物問屋を営む乙州《おとくに》が江戸へ旅立つに当たり芭蕉が餞別に詠んだ句。これからの道中、東海道は梅が咲き、若菜の時期。駿河の鞠子《まりこ》（丸子）の宿《しゅく》では名物のとろろ汁を堪能することもできよう。目指す江戸に、元気でご無事に着くことを祈る。弾んだ即興句である。明るい名詞をぽんぽんと並べて、卑近なとろろ汁で緊《し》める。師の発句を受けて、〈かさあたらしき春の曙《あけぼの》〉と乙州が緊張した付句《つけく》を詠んでいる。◇梅・若菜

ひとこゑもなく白鳥の帰りけり

永方《ながえ》裕子《ひろこ》 『麗日』

二〇一一年三月一一日

前年飛来した白鳥がひと冬を過ごし、三月に北国へ帰る。地元では大騒ぎで迎え、また送る。ところが、白鳥はひと声「さようなら」でもなく、帰っていった。ものたりない。が、考えてみると、三千里の彼方へ帰るのである。必死の白鳥にとって、人間世界は軽薄ではないか。掲句からそんな批判が感じられる。白鳥のかなしみを知ったのであろう。作者は初めて気付いた思いを句にした。内面への省察が深い。◇白鳥帰る

国境は人の書く線鳥帰る

二〇二〇年三月二四日

吉野秀彦『音』

昨年、ドイツ・オーストリア国境検問所前のドイツ側の宿に宿泊した。EUに属し両国間だけの検問はスムーズ。圧倒的にドイツへの入国者が多い。トルコの圧政に耐えかね、ドイツへ逃れて来た家族の話を聞いた時は検問所での難儀を嫌というほど聞かされた。春になり北へ鳥が帰る。鶴も鷹も帰路苦労する話は聞かない。鳥にとり空は自由。人間界の地上の国境線はエゴイズムの剝き出し。その線引きが紛争の火種になっている。◇鳥帰る

逝《ゆ》く人はゆつくりの舟春満月

二〇一二年三月一一日

島田葉月『闇は青より』

追悼句であろうか。神話の昔から人を舟に喩える物語は知られている。ここは死者。春の満月の下で次の世へ舟で静かに旅立つイメージは荘厳《しょうごん》である。惜しみて余りある追悼を我々は東日本大震災の万余の死者に捧げたい。そんな思いの時に出合ったのが掲句である。

同じ作者の〈日盛やわが青春は舟の容《なり》〉は端正な青春の作。青海原を自在に漕ぎゆく舟は過ぎゆく時の儚《はかな》さを漂わせるために一層麗《うるわ》しい。◇春満月

春の月汚染袋の山の端に

二〇二二年二月二四日

高野ムツオ『片翅《かたはね》』

おかしみとは哀しいものだ。原子炉建屋の水素爆発による、放射性物質を取り除く作業を見て途方に暮れた。汚染土の地を掻く作業はぎりぎりの足掻《あが》き。姑息《こそく》なことを、と笑うつもりはない。しかし、地面は山とある。自然には手が付けられない。汚染土を収納する袋をフレコンバッグという。汚染地域と無惨《むざん》にも呼ばれる町村では積み上げられ山をなす。その端から春の月がひょっこり上がる。これが自然とはいたたまれない。◇春の月

三・一一神はゐないかとても小さい

二〇二三年三月一一日

照井 翠『龍宮』

東日本大震災から一二年経つ。その間、釜石市で罹災《りさい》した照井翠の体験談は報道にしばしば取り上げられた。句集『龍宮』は高野ムツオの『萬の翅』とともに臨場感に満ちた作品が収録された貴重な記録でもある。掲句は大局から惨事を見つめた呟《つぶや》くような作。災害時から時間が経つにつれ、福島での原発事故の信じ難い経過も含めて、人力を超えた〈神〉の存在をいち早く直感した好句が記憶から蘇る。〈とても小さい〉が心に響く。◇三・一一

3・11忌村は原野と化したまま

二〇一六年三月一一日

鈴木正治『津波てんでんこ』

福島に生まれ、遠野に住み、ふたたび福島に転居。当然、故郷へのこだわりが強い。大震災から五年経つ。この間を「集中復興期間」とし、国から約二六兆円が予算化された。しかし、原発被害の大きい村ほど、いまだ原野と化したまま。黒い柿がすずなり、猪豚《いのぶた》が誰もいない村中を徘徊する。手の施しようがないという。

ぶっきらぼうないい方に、途方に暮れた作者の茫然《ぼうぜん》とした顔が浮かぶ。◇3・11忌

フクシマの牛小屋に牛居らぬ春

二〇一五年四月二九日

鳴戸奈菜『俳句四協会編 東日本大震災を詠む』

福島を〈フクシマ〉と表記することで、被ばくの哀しみを象徴する。避難地域の牛小屋にはいつか牛がいない。避難した牛もいたであろうが、大方《おおかた》は処分されたのであろう。あるいは放置せざるを得ない状況の中で死んだ牛もいたに違いない。除染土を詰めた黒い砂袋（フレコンバッグ）がところかまわず置かれている。

春は大地の芽吹きの季節なのになんと残酷なことか。ことばを失う。◇春

目に見える黄砂見えない放射能

二〇二一年三月一〇日

荒木 甫『遍舟』

3・11から一〇年が経つ。原発事故による放射能汚染は、わずかの地域の汚染土の除去などの作業が日々継続されていても、東北の山河の放射能汚染をなくすことは不可能に近い。車が黄色く砂に包まれる黄砂は見えるもの。しかし、放射能は見えない。心にも積もる。心配は計り知れない。作者の師は、俳句に人間の総量をかけ、本質を摑めといったという。放射能汚染をどう表現するか、その本質とはなにか、課題である。◇黄砂

唐土《もろこし》の国のかけらの降りしきる

二〇一九年四月九日

長谷川 櫂『初雁』

「この年、黄砂 夥《おびただ》し」と前書。二〇〇二年の春のこと。9・11アメリカ同時多発テロの翌年に当たる。ブッシュ米大統領が北朝鮮・イラク・イランを「悪の枢軸」と非難した年でもある。小泉首相が初めて金正日総書記と会談し拉致家族五人が帰国したことも記憶にある。

中国を唐土と古名で呼び、黄砂を〈国のかけら〉と見たユーモア。ユーラシア大陸が動き出しそうな気配が感じられ、作者の視野が広い。◇黄砂降る

水取りや氷の僧の沓《くつ》の音

二〇一九年三月一二日

芭蕉『野ざらし紀行』

お水取は陰暦二月朔日《ついたち》から一四日まで、東大寺二月堂で行われる天下泰平を願い修する法会。現在はひと月遅れ。三月一二日の深夜に堂下の若狭井《わかさい》を汲むお水取の儀式を行う。〈氷の僧〉は不思議な触覚表現。一見矛盾した〈氷（寒い）〉〈僧（温かい）〉を合わせ、〈沓の音〉の大地を思わせる安らかな音感でまとめる。全体がお水取の厳かさで包まれており、芭蕉の水を介して春を迎える素心が伝わる句だ。◇お水取

火と走る僧も火となるお水取

二〇二二年三月一二日

銀林晴生『飛鳥』

修二会《しゅにえ》の儀式は現三月一日から一四日まで、ひと月遅れで行われる。衆生の身代わりに一一人の練行衆《れんぎょうしゅう》（苦行僧）が仏前で罪過《ざいか》を懺悔《ざんげ》する厳粛な宗教儀式。掲句は一二日、お水取当夜の光景を火に焦点を当てて捉え躍動感がある。長さ八メートル、重さ七〇キロもの籠松明《かごたいまつ》と呼ばれる大きな松明が二月堂の舞台で振り回される。火の粉を浴び、身が浄《きよ》められるという。お水取は深夜に及ぶ。良弁《ろうべん》杉のもと、若狭井《わかさい》からご香水を汲む。◇お水取

跫音《あおと》なく青衣《しょうえ》の女人《にょにん》うすものにて

二〇二一年三月一二日

後藤綾子『青衣』

二月堂のお水取が始まる。句集『青衣』の作者、話題豊富な大阪の名歯科医で、奈良通いは俳句練達の女人にして独擅場であった。掲句は東大寺二月堂に纏《まつ》わる逸話を踏まえている。鎌倉時代、集慶《じゅうけい》という僧が修二会《しゅにえ》の夜、寺に関わる過去帳を読み上げていたところ、青衣の女人が現れ、なぜ私を読まぬのかという。読み上げたところ、忽《たちま》ち消えたという。薄物を纏《まと》った女人が音もなくとは妖しく、また怪しい。◇青衣の女人（お水取）

ぶらんこを漕ぎをり脱皮するつもり

二〇一五年三月一三日

中澤康人『天地』

脱皮するとは子どもではないであろう。子どもは生まれ変わることなど意識しないでも、自然に脱皮していく。ここは自分が変わらなければと思っている大人が、ぶらんこに乗りながら少し思いにふけっている場面を想像する。人にいうのではなく、自分にいい聞かせるような気持ちか。春の行楽に愉しむぶらんこが大事な役を担っている。ぎいぎい漕ぎながら、思っていることの踏ん切りを付ける切っ掛けを探っている。◇ぶらんこ

二〇二二年三月八日

ちんぎんといふ死語ぶらんこに坐《すわ》る

小川軽舟　『手帖』

戦前は賃銀、戦後は賃金と書いた。「賃金」も使われなくなったという。二〇〇三年、イラク戦争が始まった小泉内閣時代の句。賃上げを掲げた年中行事春闘も令和の今日、足並みが不揃い。ぶらんこで黙想する。賃金形態も基本給に諸手当給を合わせてという言い方が身近。ホワイトカラー、ブルーカラーの呼称も古めく。企業が儲《もう》かる。が、働き手は潤わない。賃金格差は開くばかり。この現実はぶらんこを下りた難問であろう。◇ぶらんこ

二〇一四年四月一六日

ぶらんこに臨界までの二人乗り

伊丹啓子　『神保町発』

ぶらんこに乗り、漕いで遊ぶと仙人になって羽が生え天にも登る気分だという。そこで、唐代の玄宗皇帝は「半仙戯《はんせんぎ》」と名付けた。掲句は恋人同士の二人乗り。嬌声《きょうせい》を上げながら空中ぎりぎりまで漕《こ》ぎあげる。〈臨界〉の語が情緒を削《そ》いでシャープ。どこか二人がこれから先を賭けているような心理も感じられる。

〈瞑目のぶらんこの背を押さないで〉も同じ作者。こちらは一人のぶらんこ。◇ぶらんこ

二〇一八年三月一三日

にんげんを離れてからの紙風船

谷川彰啓　『紙風船』

風船はかなしい玩具だ。空気を入れて空に飛ばしたり、手で突いて遊んだりする。七色のゴム風船が空高く舞い上がる光景は束の間の夢を託して、自分の分身が離れていくようだ。紙風船に息を吹き入れて突く。ぽんぽん突き合うのは不思議な快感がある。手を離れて、空中に上がり、相手のもとに届く。先方も同じように突き返す。

風船は魂のかたちではないか。丸いのは息のかたち。生きている魂のようだ。◇紙風船

二〇二〇年三月一三日

涅槃の日鰻ぬるりと籠の中

飯田龍太　『遅速』

釈迦《しゃか》の死を鰻《うなぎ》も悲しんでいる。途方もない着想にしばらく唸った。〈ぬるり〉が精いっぱいの鰻の表現である。旧二月一五日が釈迦の入滅した日。ひと月遅れに法会を営む寺が多い。涅槃《ねはん》とはここでは釈迦の死を指すが、本来は永遠に生死の苦も迷いもない、すべてから自由な悟りの境地をいう。ところが、哀れな鰻は捕らわれの身。にも拘《かかわ》らず、お釈迦さまの死を悼むとはなんと立派ではないか。人間は広い心の鰻に敵《かな》わない。◇涅槃の日

ことごとくこの世を濡らし涅槃《ねはん》雪

二〇二三年二月一六日

馬場龍吉　『ナイアガラ』

陰暦二月一五日の涅槃会の頃の雪。「およそ毎年涅槃の時に及びて、多く雪降る。ゆゑに世俗、雪涅槃といふ」(『滑稽雑談』)と。降り仕舞いの雪。雪の名残、雪の別れ。現代の暦ではひと月遅れの三月下旬頃。掲句の〈ことごとく〉が涅槃雪と巧みに響き合う。これが今年の最後となれば、雪も張り切ったのである。〈まのあたり修羅なす雪の別れかな〉(西村和子)も涅槃雪を詠う。雪にもこの世(濁世《じょくせ》)を濡らす智恵があったものか。◇涅槃雪

甲斐《かい》駒《こま》ケ岳の雲をこぼるる雪解水

二〇一二年三月一四日

市川榮次　『甲斐駒ケ岳』

諏訪口の富士見を越え、小淵沢へかかると右手に甲斐駒ヶ岳が車窓にぐっと迫る。甲斐駒二九六七メートル。早春の一日、その麓の村へ入った。尾白川《おじろがわ》に沿い、不動の滝まで二時間余。甲斐駒を源に雪解け水が真っ白い歯をむき出し、奔放な飛沫をあげている。午後の山気は身震いする冷たさ。耐えきれなくて武川村の実相寺《じっそうじ》まで降りて来た。そこの推定樹齢一八〇〇年の神代桜はまだ固い蕾《つぼみ》であった。◇雪解水《ゆきげみず》

雪解靄沼あるやうな無きやうな

二〇二三年三月一五日

下鉢清子《しもばちきよこ》　『続貝母亭記《ばいもていき》』

川や湖沼など水辺には春先に雪解《ゆきどけ》の靄《もや》が立つ。〈雪解《ゆきげ》靄《もや》〉という。寒さが緩み柔らかな春の気配が空気に感じられる。沼が身辺にあり親しんでいる。雪解靄から沼があるはずだがと、いぶかしい気持ちになった。消えてしまうはずはないがと判断を躊躇《ちゅうちょ》したのである。本年七月、百歳になる。戦後の女性俳句懇話会の俳人として俳歴が長く、東明雅《ひがしあきまさ》門の連句人としても立机《りつき》し、宗匠貝母亭清子と名のる。掲句は白寿の心境であろう。◇雪解靄

あはれわがノスタルジアの花あせび

二〇一九年三月一四日

遠藤若狭男　『旅鞄』

〈われ去ればわれゐずなりぬ冬景色〉という句を残し、二〇一八年一二月一六日に逝去、七一歳。一〇〇年人生の時代、古稀《こき》くらいではご本人も心残りであったろう。ふと花あせびの句が思い浮かんだ。わが郷愁のあせびといい、〈あはれ〉と嘆息する。よほど好きであり、思いが深い。私もあせび咲く頃の奈良が好きで、若草山の麓から奈良坂を越え、浄瑠璃寺まで足を延ばしたことがある。あせび好きを失いさみしい。◇あせびの花

鰊群来《にしんくき》たちはだかれる浜びとら

二〇一三年三月一五日

高濱年尾『年尾句集』

小樽に学生時代をすごした作者にとり、この光景は親しいものであった。昭和一四（一九三九）年の作。

春になって夥《おびただ》しい鰊が小樽の海、北海道の西海岸に、産卵のために押し寄せる。〈鰊群来〉と呼ばれた。浜人はみんな浜に出て歓声を上げて迎える。春告魚と書き、にしんと読むのはまさに歓びの表現だ。青魚も黄魚もにしんと読ませるのは、鰊が北海道人にとり、喩えようもなく期待の魚であったということか。◇鰊群来

海に出てしばらく浮かぶ春の川

二〇一八年三月一五日

大屋達治『龍宮』

雪解けの川が海に流れ込む。海の青さに茶色の雪解け川がしばらく馴染まないで浮いている。いわれるとそう見える。信濃川でも阿賀野川でも雄物《おもの》川でも見た。九頭龍川も目に浮かぶ。総じて春先は、日本海へ注ぐ雪解け川が面白い。シベリアからの冬の季節風が齎《もたら》した雪が解けて川を荘厳《しょうごん》する。海は悠々と受け入れる。

春の川はご苦労な宿命を楽しんでいる。ごうごうと喜びの声を上げげて。◇春の川

春炬燵人の重さのなつかしく

二〇二一年三月一六日

杉浦圭祐『異地』

中上健次を中心に発足し、自主講座を開講した熊野大学。宇多喜代子や茨木和生らも関わり、記紀以来の日本の野性を探求した。昭和四三（一九六八）年、新宮市生まれの作者も通ったという。故郷は懐かしさよりも、異地を感じるというのがユニーク。掲句は春の炬燵《こたつ》にあたっていると子どもがわっと負ぶさってくる。そんな懐かしさを誰彼に感じている。〈人の重さ〉とは懐かしさの度合のようなものか。鄙《ひな》びた感覚がいい。◇春炬燵

蝌蚪《かと》湧きてせり上がりたる流れかな

二〇一九年三月一六日

岸本葉子『俳句、はじめました』

エッセイストの作者が俳句を始めた。子規のように写生句をと、小石川植物園の池でおたまじゃくしを見た記憶をもとに句を作った。掲句が推敲《すいこう》した作。ここまでの過程が面白い。小学生の頃、側溝で見た記憶をもとに、〈蝌蚪生れ盛り上がりたる水面かな〉と詠んだ。生まれたので水面が盛り上がると、因果の意味が気になるという。そこで、躍動感ある流れの蝌蚪を思い描き、春の歓びを捉えた句になった。◇蝌蚪

天折といふ燃えしもの蝌蚪《かと》の水

二〇一六年四月二六日

宇佐美魚目　『紅爐抄』

おたまじゃくしが群れている光景を私は〈おたまじゃくしにも青雲の志〉（静生）と詠んだ。大きくなりたい、立派になりたいという大望をもち、みんなが未来を描いている。幼稚園児を連想してもいい。

しかし、自然は残酷だ。立派な蛙《かえる》になることができるのは三分の一くらいとか。あれほど燃えた生命力はどこへ消えてしまったのか。時空には蛙になれなかった蝌蚪の魂がうようよしていよう。◇蝌蚪

一切を棄てたるごとく水ぬるむ

二〇二三年三月二〇日

阿部青鞋《せいあい》　『ひとるたま』

独特の表現に俳味がある。〈或るときは洗ひざらしの蝶がとぶ〉という句も。春になり、湖沼や野川の水が温《ぬく》みを帯びてくる。〈水ぬるむ〉という。中世の連歌から用いられた春の季節のことばであるが、作者が用いると、解脱《げだつ》でもしたような仏心を帯びる。冬の陰気な寒さを捨てた水が生きもののよう。本来華やかな蝶までも粗衣を纏い修行僧めく。作者青鞋は権律師《ごんりつし》の僧名を持ち、かつ受洗し、クリスチャン。型破りの自由人だ。◇水ぬるむ

誰《た》が眼にも木曾の御嶽春すこし

二〇一四年三月一七日

榎本好宏　『会景』

木曾の御嶽《おんたけ》は三〇六七メートルの高山。御嶽講の信仰のお山でもある。春は遅い。いつまでも雪が残る。

掲句はようやく春の気配が感じられ出した喜びを詠ったもの。〈春すこし〉が巧み。山の大きさを讃えている。

木曾も御嶽さんも懐かしい。谷底を木曾川が流れ、山腹を中山道が通る。芭蕉は木曾が好きであった。ここに日本の原風景《げんふうけい》が存するような母郷の感じがするのである。◇遅春

春風かと思ひお涅槃かと思ふ

二〇一九年三月一九日

清水径子　『雨の樹』

義兄の秋元不死男が作者の俳句を「嘆きの詩性」と評した。掲句は九〇歳で刊行した句集に入る。明るい句であるが、迎えが近いことを思った句であろう。同じ心境句に〈眠たうてときどき蝶に押さるるよ〉がある。

このような句を見ると、わが八〇歳そこそこは青二才。駆け出しのごとし。どのような修行を積めば春風や蝶のような心境に到達できるものか。執着がなく、身軽にひょいと春風に乗れるとは。◇春風

鰊群来／春の川／春炬燵／蝌蚪／夭折／水ぬるむ／春すこし／春風

二〇二〇年三月一九日

道見えていづこへ越ゆる春の山

綾部仁喜　『沈黙』

山の向こうへ越えて行く道筋が見える。春浅い樹間を縫い、くねくねと道が続く。少年の日、学校の屋上からそんな道を見続けた。自分はなにになるだろうか。あの道を越えた向こうになにがあるのか。不安に夢があった。あれから七〇年。牧水ではないが、幾山河を越えて来たけれども、今でも、山のあなたへの憧れがある。おおかた人生の終末が見えて来た。にもかかわらず、春の山路を峠の向こうまで歩きたい思いはある。◇春の山

二〇二〇年三月二一日

花種を蒔く幼年の土くれに

対馬康子　『吾亦紅』

子が花種を蒔く。胸いっぱいの思いを大人は理解できるだろうか。不思議そうに見守る母の視線に私は感動する。私は種蒔き大好き人間であった。子どもの頃狭い裏庭にびっしり花種を蒔いた。朝顔や蝦夷《えぞ》菊やコスモスを育て得意だった。芽が出る。毎日散水し、苗に語りかけ、生育を記録した。蕾《つぼみ》ができ、花を付ける。美しさにうっとり。花に夢中な小学生に大人はちょっぴり心配した。掲句の細やかな播種《はしゅ》の体験を貴重に思う。◇花種蒔く

二〇二三年三月一七日

てのひらに艶の載りきて入彼岸

野澤節子　『駿河蘭』

彼岸入りである。入彼岸との用い方に毅然とした慎ましさがある。病気がちな作者の最晩年、逝去一年前の作。てのひらにわずかに赤みがさしてくる。〈艶の載りきて〉とは回復に向かう喜びを端的に〈艶〉という輝きで捉え、表現している。彼岸を迎え、寒さを抜け出した病人が自らの気持ちを振るい立たせている。〈牡丹雪しばらく息をつがぬまま〉が「絶句」である。見事な自己凝視の深さだ。有限の生への美しい充足感がある。◇入彼岸

二〇二一年三月一八日

彼岸婆《ばば》笑うてばかりゐたりけり

星野麥丘人　『寒食』

歳《とし》老いて、あれもいい、これもいい。満面に皺《しわ》を集めて笑うのが健康の秘訣。春の彼岸寺に仲よしの婆々《ばば》と詣でる。最近いくぶん耳が遠くなったかな。「おばあちゃん、元気でいいね」「わははは、うんうん」「嫁さんもよく世話をしてくれるし、しあわせだね」「わはは、うんうん」「おいくつ？」「年金かね、歳かね、忘れてしもうた」「わはは、うんうん」「コロナちゅうが、来るな来るなちゅうて、相手にもされん、お寺さんがいい。わはは」◇彼岸

齢とれば彼岸詣でも心急き

二〇一二年三月一八日

高浜虚子　『虚子句集』

作者六二歳の入り彼岸の作。昭和一〇年。同時作に〈藪向ふ彼岸の寺の賑へり〉〈庵室《あんしつ》も鉦鳴つて居る彼岸かな〉がある。題詠である。前年一月に癰《よう》を病んで入院。五月に中兄を失う。辛い年であったが、還暦を過ぎたくらいで、老年の意識は早すぎる。しかし、〈齢とれば〉とは実年齢ではなく、気持ちを集中させる口癖のようなもの。句に風格を与えている。往年の日本人の心情には盆は勿《もち》論《ろん》、彼岸詣が日常心を保つ習わしであった。◇彼岸詣

会釈《えしゃく》して影の縮まる彼岸婆《ばば》

二〇一四年三月二一日

岸田稚魚　『雪涅槃』

今日三月二一日は春分の日、彼岸の中日である。俳句では春の彼岸は彼岸といい、秋は秋彼岸という。寺へ詣でる善男善女。婆が多い。老いると、からだが自然に縮まる。「お久し振り」「お互いに元気でなにより」と交わす会釈の影が一段と小さくなる。

真実をズバリ、ユーモラスに表現する作者。〈陸奥《むつ》暮春《ぼしゅん》婆が杖ひく汽車の中〉も面白い。当たり前の光景でありながら、元気な老人の意地が見える。◇彼岸

ひぐれつつ夜となりたる彼岸かな

二〇一二年三月二三日

飯田晴　『たんぽぽ生活』

日暮れから夜にかけての時間に関心を持つのは暖かくなった気持ちのゆとりからだ。

彼岸は三月一八日から二四日まで。二一日は太陽が真東から上り真西に沈むので彼岸の中日と呼ぶ。寺では彼岸会を営み、墓参りをするところが多い。

彼岸は仏教でいう浄土、涅《ね》槃《はん》の地。この世は此《し》岸《がん》、娑《しゃ》婆《ば》の世。春のいい時にあの世のことを思い亡き人を供養する。掲句にはそんな安らぎが感じられる。◇彼岸

卒業証書積まれぬこれは白き墓

二〇一一年三月二〇日

藤岡筑邨　『姨捨《おばすて》』

卒業証書はひろく学業に励んだ努力の賜《たまもの》。汗と涙の結晶。卒業式の当日は壇上の机上に積まれ、校長が卒業生に手渡す。昭和三〇年三月、私が卒業した松本の県立高校もいくぶん古風なこんなスタイルであった。ところが、上記の卒業証書を白い墓だと同校の教師であった作者が詠み公表した。生徒である私は奇抜さに驚きながら新鮮な見方だと感じた。しかし、冒瀆だと教師間で物議を醸した。皆さんはどう読まれますか。◇卒業証書

いづこ／土くれ／艶／彼岸婆／心急き／影／彼岸／白き墓

足痙攣《けいれん》しつつ羊は毛を刈られ

松野苑子　『遠き船』

二〇二三年三月二二日

〈羊（山羊）の毛刈る〉が春の季語。昭和八年『俳諧歳時記』（改造社）に〈羊毛剪《ひつじのけき》る〉と出る。例句は〈刈られたる毛に埋もれし羊かな〉（青水草《せいすいそう》）のみ。解説は満州地方ではとあり、大陸の植民地で注目され、その頃から季語になったものか。掲句は現代の牧場か農家の春の景。性質は温順、肌も敏感な羊が頸部から胸部や腹部と剪毛される間、足が痙攣。この着目が衝撃的。哀れだ。自分の体験に引きつけたやさしい感性が滲《にじ》む。◇羊の毛刈る

耕しは天に学び舎は川辺に

林　節子　『雪笑窪』

二〇一九年三月二三日

故郷の安曇野詠。その土地の特徴を耕しと学び舎の二つ挙げた着眼が鋭い。安曇平とはいえ、島々谷《しましまたに》から流れ出る梓川と高瀬渓谷からの高瀬川とがつくるわずかな平があるのみ。ほとんどは山坂である。

柄の短い万能鍬《まんのうぐわ》をせかせか使い、傾斜地に貼りついて耕す。土地が貧しければ、教育に力を入れ、身を立てる以外にない。学校は清冽な流れの川辺に建つ。

東京に出た相馬黒光《こつこう》も荻原碌山《ろくざん》も安曇野の人。◇耕し

村中がそはそはとして畦を焼く

太田土男　『草泊り』

二〇二二年三月二一日

〈そはそは〉が面白い。村人の連帯の空気が伝わる。俳句は暮らしの暗黙の気分を掬《すく》いあげるものだ。

室町時代の連歌に畦《あぜ》や畑を焼く農事が注目されているが、実作業はわが国に農耕が行われて以来の出来事である。畦を焼き、草灰を肥料にする。害虫を駆除する。あるいは家畜の飼料のために畦草の発芽を促す。至る所の畦から煙が上がる。冬眠から覚めたように村が動き出す。戦争から最も遠い平和な光景である。◇畦焼く

大阪や眼鏡をとれば春の雲

齊藤美規　『海道』

二〇二一年三月二三日

原句は上五音が〈昼の空〉とか。これだと以下一二音との照応が平凡。作者は糸魚川を発ち、淀川堤を歩く旅にいた。蕪村の〈春風や堤長うして家遠し〉の句碑を見たりして、ふと気が付き〈大阪や〉と直したという。

この推敲やよし。大阪は久しぶり、眼鏡をとり、肉眼でよく見ると、もう春の空、わが故郷はいまだ冬だったなあ。こんな感慨が連想される。突然〈大阪〉が出るが、「東京」よりは意外な親しみがある。◇春の雲

春は中年ボンゴのように誇失せ

幡谷《はたや》東吾《とうご》　『即離集《そくりしゅう》』　二〇二三年三月二四日

一二歳、旧制中学在学中から作句の早熟な少年。戦前に中国に渡り青島《チンタオ》の新聞社に入社。大陸の俳誌に関わり、戦後、西東三鬼など新興俳句系の俳人を中心に交遊を拡げる。幡谷葬儀社と渾名《あだな》されるほど俳句年鑑などの追悼記事執筆。三鬼の〈中年や遠くみのれる夜の桃〉が念頭にあったのか。ボンゴは大小を繋《つな》げた太鼓を叩く中南米音楽のドラム。どこか投げやりな退廃的な哀調が惹きつける。わが俳句人生も似ているという自嘲の句。◇春

草といふ草に根のある朧かな

遠藤由樹子　『寝息と梟《ふくろう》』　二〇二二年三月二三日

才気ある七〇代の作者。いわれてみると当然のことを大袈裟《げさ》にいわない。表現に抑制が利いている。

草に根がある。どの草も根に朧《おぼろ》を溜めている。朧こそ渾沌《こんとん》。春は草の根がいっせいに立ち上げる精気が空中に漂い、昼は霞《かすみ》、夜は朧になる。草への着目に作者の人間への温かな愛がある。喩えるならば、草の根のヒューマニズムが感じられる。〈単純なひかりがここに草若し〉もいい句だ。草がいのち。◇朧

少年の脱臭されていて朧

松井国央《くにひろ》　『流寓』　二〇二二年四月一四日

わが夫婦の金婚祝いの句集に、と思ったが妻は俳句嫌い。俳句に費やすエネルギーを仕事に向けてくれれば、老後はもっと楽に暮らせたのに、と。大学の芸術科卒、三木鶏郎企画研究所のCMプロデューサーとして活動。俳句歴は高校一年以来六五年とか。自称道楽俳句というがさて。掲句は今時の草食系少年を描いているだけではない。どこかに、わが少年時代への自己省察がおありか。〈朧《おぼろ》〉に芯がある。今に見ていろとの期待がある。◇朧

朧夜の雪嶺《ゆきね》連なる枕上《まくらがみ》

中里　結　『帆柱』　二〇一三年三月二七日

雪嶺が美しいのは春先である。〈春雪嶺《はるせつれい》〉という季語がそれ。掲句は朧夜《おぼろよ》の雪嶺。寝ている枕上に覆いかぶさるように雪嶺が迫る。安曇野などの光景が連想される。見えないのであるが、軒先に聳《そび》える雪嶺の存在感は暮らしを左右する。無信仰の者であっても雪嶺は神さま仏さまではないかと思う。朝は煌《きら》めく。昼はどしんと据わる。夜は闇の中で無言という響きを放つ。雪嶺と語る暮らしとはなんと贅沢か。◇朧夜

朧夜や君在りし日もまたおぼろ

古畑恒雄　『林檎童子』　二〇二〇年四月一五日

時間は残酷である。愛するという最高の記憶も時が経つと輪郭があやしくなる。朧夜《おぼろよ》に亡き愛妻を偲《しの》ぶ。ところがあれこれ些事《さじ》が思い出せない。こんなはずではなかったと切なくなる。作者は宮城まり子の「ねむの木学園」の顧問弁護士となり、支援を続けた。まり子のことばを踏まえた佳句〈秋の蝶やさしいことはつよいのよ〉を記憶している。まり子の生き方を讃え、作者も無限にやさしい人。それだけに朧夜のおぼろの句は胸痛む。◇朧夜

春の泥いつも開いてる兄の家

河西志帆《かわにししほ》　『水を朗読するように』　二〇一四年三月二四日

春泥《しゅんでい》と春の泥とは違う。ズボンに春泥が付いたと畏《かしこ》まったいい方はしない。付くのは卑近な春の泥だ。

掲句の兄の家はざっくばらんな過ごし方をしているのであろう。戸締まりなどあまり気にかけない田舎暮らしのよさが思われる。〈春の泥〉とあれば、気安く誰彼が出入りする親しみがある。浮世渡世の過ごし方はさまざま。世間に迷惑をかけないかぎり気ままに暮らしたい。兄は自由人のようだ。◇春の泥

弟が鬱蒼としてあたたかし

小野裕三　『メキシコ料理店』　二〇一一年三月二五日

四〇代の作者。「西東三鬼試論」で現代俳句評論賞を受けている。兄弟の中で、兄より弟が背も高く、木が繁茂するように兄を圧倒する。寡黙でもあろう。よくあることだ。それで兄弟仲もいいし、調和がとれている。〈鬱蒼《うつそう》〉という形容が弟のあり方を決めた。これが新鮮だ。〈桃の花どすんと眠る高校生〉もナイーブで、洗練されているが、私は、掲句に兄弟という大地から生えた樹木のような生命力を感受する。◇あたたか

げんげ田の固きを踏みて古都にあり

津髙里永子　『寸法直し』　二〇二二年三月二五日

秋篠寺への道筋が思い浮かんだ。あのげんげ（れんげ）田だと懐かしさに包まれた。若い日に奈良へ通った。西大寺から押熊行のバスに乗り、秋篠寺前で下車。伎芸天と出会う。人生至福の時。いくたびもなぜ惹かれたのか。目を瞑《つむ》ると、げんげ田が一面に広がる。あるいは幻想か。春まだ浅い。げんげ田は燃えていなかったか。いや、紅色の田の面が見えたはずだ。踏みしめる土は固い。古都奈良の素顔を感じて、掲句を愛誦《あいしょう》する。◇げんげ田

末の子を比良八荒へ送りけり

二〇二一年三月二五日

名取里美　『森の螢』

比良《ひら》八荒《はっこう》は琵琶湖を控えた三月の近江に春の訪れを告げる。八荒は比良八講とも関わる。その頃に吹く風をいう。私は二〇一二年三月二六日に八荒の行事に参加した。堅田《かただ》本福寺《ほんぷくじ》の広場から叡山の山伏の先導で酒井雄哉大阿《あ》闍梨《じゃり》に従う僧侶・町衆など三〇〇人。浜大津から近江舞子まで乗船、水難供養、浄水祈願をし下船。護摩焚き供養をし、行事は終わる。掲句は〈末の子〉がいい。興味しんしんぶりが連想される。母も同じか。◇比良八荒

比良八荒われは衢《ちまた》に落ちし雁《かり》

二〇二〇年三月二六日

眞鍋呉夫　『眞鍋呉夫全句集』

芭蕉の真蹟懐紙に「堅田《かたた》にやみ伏《ふし》て」と前書し〈病雁《びょうがん》の夜《よ》さむに落《おち》て旅ね哉〉がある。北国から飛来した雁が病んで秋の夜寒に仲間から離れ旅寝《たびね》をする。病身の自分を雁に託して詠んだ芭蕉の琵琶湖のほとり堅田詠である。

　掲句は芭蕉の病雁を踏まえ、自分は堅田ではなく、町中に落ちぶれた雁だと卑下したもの。比良八荒は湖北の比良山下ろしにより湖上が荒れるさま。冬が終わり春を迎える、三月下旬の近江の地貌季語。◇比良八荒

鶯の身をさかさまに初音かな

二〇一〇年三月二六日

其角　『初蟬』

大胆な句で、現代俳句と並べても新鮮さに遜色がない。それだけに発表当時、〈身をさかさまに〉の表現に其角の仲間の蕉門から異論が出た。許六《きょりく》は近年の秀逸だといえば、去来は絵画などを見ての作りものという。野坡《やば》も初音までいうと小手先での取り合わせだと見ている。

　確かに、新しみを狙った句であるが、早春の鶯《うぐいす》の動きを巧みに捉えている。枝から枝へ小刻みな動きはときに逆様で鳴くこともある。◇初音

人間《じんかん》に木《こ》の芽《め》起《お》こしの雨降れり

二〇一四年三月二六日

島村 正　『飛翔』

めぐり来る自然の秩序を見詰めた作。〈人間〉は現世の意。春先の雨は木や草の芽生えを盛んにする。〈木の芽雨〉という。〈木の芽起こしの雨〉とはもっと自然の優しさを讃えた表現だ。春雨と普遍化したいい方よりも木や草に語り掛け、「もう春ですよ」と肩を叩いて回るような親しみがあろう。〈人間〉という語を初めに置いたことによって、人も木の芽も同じ仲間という気持ちがあろう。春はそんな季節だ。◇木の芽起こし

普段着の心大切利休の忌

阿波野青畝《あわのせいほ》　『宇宙』

二〇二一年三月二七日

　今日は利休忌。利休は簡素で静かさを極めたわび茶を安土桃山時代に完成した茶人。その心が〈普段着の心〉。ある時の茶会の話。客人の蒲生氏郷《がもううじさと》、細川三斎が立派な小袖、裃《かみしも》姿で参会する。そこへぜひ私もと、愛《まな》弟子高山右近が現れる。不意にとは、利休は不快であった。が、その姿が木綿の袷《あわせ》、袖継ぎの粗末な裃姿。それを見て、急遽《きゅうきょ》、右近を正客に据えたという。〈ふだん着でふだんの心桃の花〉（細見綾子）も同じ。◇利休忌

利休忌の海鳴《うみなり》せまる白襖

鷲谷七菜子《わしたにななこ》　『花寂《はなさ》び』

二〇二三年三月二七日

　旧暦二月二八日は利休忌。京都大徳寺では三月二七、二八日に利休忌を催す。茶道の心得もないが、掲句の場景から浮かぶのは井上靖の短編「利休の死」の場面。庭に竹藪がさざめく利休の堺の居宅の白襖《しろぶすま》に海鳴りが迫ったかは知らない。が、秀吉からの使いを待つ日の佇《たたず》まいには、海鳴りと白襖がぜひ必要な気がする。初見に「大俗物」と見抜いて以来、利休は秀吉が大嫌い。秀吉もまた唯《ただ》の茶の友以上になる利休を許せなかった。◇利休忌

死の賑《にぎ》はひにも似て辛夷花ざかり

能村研三　『騎士』

二〇一八年三月二七日

　春早く辛夷《こぶし》が無垢《むく》な白い花をぎっしり付ける。これを死の賑わいと見た。特異な見方に感心した。死そのものに立ち入ってはいない。いわば、葬儀に集まる静かな人びとの賑わいからの着想か。

　昭和五〇年代の初め、作者は二〇代後半で若手の代表格だった頃の作。清純な盛んなものに終末の死を取り合わせる。若い感性の閃《ひらめ》きがある。辛夷の傷つき易さへの着眼に普遍性もあろう。◇辛夷

風吹いて吹雪となりぬ雪柳

長谷川　櫂　『新年』

二〇一四年三月二八日

〈雪柳ふぶくごとくに今や咲く〉（波郷）がある。掲句は雪柳の咲く頃の荒天、吹雪《ふぶき》の実景とも読めるが、やはり雪柳の咲き乱れるさまを捉えたものか。

　俳句では因果関係を一句上に出さないのがよいとされる。ところが、風が吹く（原因）、雪柳が吹雪くように咲く（結果）と因果関係を出している。しかも、雪柳が吹雪くと縁語を用い、古俳諧に多い技を誇示。あえて現代俳句の西洋流の飛躍表現に挑戦したものか。◇雪柳

二〇二〇年三月二八日

大いなる春日の翼垂れてあり

鈴木花蓑　『鈴木花蓑句集』

明るい春の日を大いなる翼と捉えた形象力はすばらしい。秋櫻子に影響を与えた大正末から昭和二、三年「ホトトギス」で活躍した三河の俳人。東京の大審院書記をやり、好きな俳句に専心し、『写生の鬼 俳人鈴木花蓑』(伊藤敬子著)と呼ばれるほど、職人的なわざもあったようだ。胸が悪かったが、過敏な神経がかえって春の陽光を白鳥の羽のように讃える閃《ひらめ》きになったものか。瞬発力にすべてをかけている。◇春日

二〇二一年三月三〇日

三月の甘納豆のうふふふふ

坪内稔典　『落花落日』

小学生に人気の知られた句。なぜ三月か。学期が終わり、先生が替わる。一年で、一番宿題がない月。親ががみがみ言わない。ああ楽だ、駱駝《らくだ》と戯れることができる時。好きな甘納豆を好きなだけ食べることができる。〈うふふふふ〉。しかし、ちょっと老人ぽい。もう甘納豆なんか興味がない。『鬼滅の刃《やいば》』の鬼と化した妹を人間に戻す少年の深遠な冒険譚の世相だよ。だが、やはり甘納豆を食べながらね。◇三月

二〇二二年三月三〇日

古池や蛙飛《かわずとび》こむ水の音

芭蕉　『春の日』

〈山吹や〉云々《うんぬん》という句形もある。玉川などの清流の岸に山吹が咲き、そこへ蛙《かえる》が飛び込む。わかり易《やす》い景色だ。ところが掲句は枯淡な句。冬枯れが残る早春の池に眠りから覚めた蛙が飛び込む。その音が一つ。後は無韻。この静かさとは何かを考えよ。禅の公案のような謎を孕《はら》む。芭蕉の俳句開眼の句として名高い。鳴く蛙でなく、飛ぶ蛙。日常のモノクロ世界の無意味に近い光景を突き付けられ、人は生きるとは何かを考えるのではないか。◇蛙

二〇二〇年三月三一日

峒熊《ほらぐま》の先覗《まず》くらん春の艶

丈草　『元禄百人一句』

風景を見直す。時代の変わり目の課題である。元禄の芭蕉の頃は「景気」といった。春になり洞穴から出る熊を詠む。熊は現代よりも身近であろうがそれでも出熊を想像するのは清新だ。穴から出る熊の外界を見た印象はなんと明るく艶《つや》っぽいことかという。〈うららなる物こそ見ゆれ海の底〉(団友)と春日が揺れる海底をのぞく句もいいが、熊の目からの春景色の印象を詠んだ掲句は構図が大胆。丈草は元犬山藩士、近江蕉門。◇熊穴を出る

二〇一九年三月二八日

人に鳥に春の地球が一つだけ

丸山登志夫　『坂の途中』

明るい句だ。読み手を幸せな気分に誘う。花とは詠んでいないが、花の句と読める。花が咲いて、人も鳥も嬉しそう。人も鳥も地球を自分だけのものとひとり占めしている気分。空気の公害汚染による地球温暖化が原因で各地の気象の変動が指摘されている。

儲《もう》かればいいという市場資本主義の競争の前に地球が破壊されようとしている。そんな現実を秘かに告発するような句としても読める。◇春

二〇二三年三月二九日

海市からあなたに届く葉書の絵

船矢深雪《ふなやみゆき》　『風わたる街』

海市《かいし》（蜃気楼）のように『風わたる街』に惹かれた。句集帯に俳句による函館スケッチ。一度函館の夜景を見た。藤村《とうそん》の妻・冬の実家網元の秦《はた》家はどのあたりか。日本最古のギリシャ正教会聖堂のハリストス正教会も見たいし、内藤鳴雪《めいせつ》が遺愛と名付けたアメリカ・メソジスト系ミッションスクールにも興味がある。子規の新俳句を推進した日本派俳人にはメソジスト系のキリスト教の影響があった。作者も遺愛学院の卒業生という。◇海市

二〇一九年三月二一日

さようなら雪月花よ晩酌よ

暉峻桐雨《てるおかとうう》　『桐雨句集』

高名な西鶴研究家。放送番組「お達者くらぶ」でもおなじみ。早稲田の先生よりも落語家が相応《ふさわ》しい御仁《ごじん》。平成一三（二〇〇一）年四月二日急逝。満九三歳。その辞世の句。雪月花は平安時代の『和漢朗詠集』にある詩〈雪月花ノ時ニ最モ君ヲ憶フ〉を踏まえている。掲句はこの世の美しい雪や月や花に名残を惜しみ、夜毎の飲酒の愉しみにもおさらば。晩酌は毎日二、三合。これができないのが哀しいという酒豪の先生らしい秀吟。◇無季

二〇一九年三月三〇日

空《から》巣箱さくらさくらにかこまれて

香西照雄　『対話』

「応召の門出に」と前書。昭和一七（一九四二）年二五歳、結婚式の当日、召集令状を受け、四月一五日丸亀歩兵隊へ入営。当日の作。翌年一月ラバウルへ。

〈空巣箱〉に満腔《まんこう》の思いが籠もる。光景は嘱目《しょくもく》であろうが、虚《うつ》ろな作者自身の投影であろう。すべてが空っぽ。満開のさくらに囲まれ、歓喜の声に送られ家を出る。なんたる矛盾。これは香西照雄の句に違いないが、多くの出征兵士の心情でもあった。◇巣箱

桜日記三月盡と書き納む

二〇二三年三月三一日

正岡子規　『寒山落木』

三月盡《さんがつじん》とは明治六年から始まる新暦（太陽暦）を意識した表記。それ以前は弥生盡《やよいじん》。新暦ではひと月遅れの四月末。掲句は明治二七年作で句集では〈行春《ゆくはる》をしむや平家物語〉など行春の次に出る。花だよりを記す「桜日記」を書き納めたのであれば弥生盡と書くところを新暦に従い三月盡を用いたのだろう。もう一句〈不盡《ふじ》のねに三月盡の青さ哉〉も弥生盡の意で用いたのだろう。新暦への改定による混乱が三月盡にはある。◇三月尽

さくらさくらわが不知火はひかり凪

二〇二二年四月六日

石牟礼道子　『全句集・泣きながら原』

古謡「さくらさくら」を唄いながら大分・九重《くじゅう》の泣きながら原の「一寸先も分らぬ無明の闇」（穴井太《あないふとし》）を彷徨《さまよ》う女人。瞼《まぶた》に浮かべるのは産土《うぶすな》熊本の不知火《しらぬい》の海〈ひかり凪《なぎ》〉。幻想である。水俣病患者に寄り添い、生涯を賭けてみずからの著作『苦海浄土』に身を沈めた行動の思索者石牟礼道子。〈祈るべき天とおもえど天の病む〉と地に臥《ふ》し、天に祈る。しかし、その天さえも重態とは途方に暮れるばかり。〈さくらさくら〉の呪文が嬉しい。◇さくら

満開の花の筵に死者生者

二〇一四年四月七日

黒田杏子　『銀河山河』

「死生一如」とはしばしば聞く。満開の花を見上げると、あの世の者たちも向こう側から花を見下ろしているのではないかと幻想する。いや、もっとこの時ばかりは死生の境が希薄なのではないかと詠う。

花見の同じ筵《むしろ》に死者も生者も膝を突き合わし、宴《うたげ》を楽しむ。作者は三〇歳から単独で「日本列島櫻花巡礼・残花巡礼」を重ねて満尾したという。花の霊がいつか体についたのであればこれは最高だ。◇花

花しまくなかの満天満地かな

二〇一五年四月八日

鈴木章和　『野を飾る』

華やかな句だ。さくらが繽紛《ひんぷん》と散り乱れる中に天地が安らぐ。〈満天満地〉とは大地を讃える最高のことば。古来、詩人は花に思いを託して詠《うた》った。満開の桜は生きている歓びを、反面、落花は滅びゆく死を暗示した。

稲作を生業とした日本人は春の桜に秋の稲作の予兆を感じた。花の付きがいいのは豊作の兆《きざ》し。さくらは稲の神霊が降りる依代《よりしろ》であった。さくらこそ稲作民族のいのちの花。◇花吹雪

春の地球／海市／さようなら／空巣箱／桜日記／ひかり凪／死者生者／満天満地

二〇一八年三月二一日

さくら咲比《さくころ》鳥足二本馬四本

鬼貫《おにつら》『俳諧大悟物狂』

「まことの外《ほか》に俳諧なし」を信条にした鬼貫が、亡き友人二人に俳諧の悟りを得たことを伝えようとした撰集に出る句。さくらが咲く。一年の過ごしやすい好季節を迎えた。鳥に足が二本、馬は四本。当たり前のことながら、自然の神さまはそれぞれが生きる上での必要から授けたもの。飾りも巧みもない。なにが「まこと」かといえば、ぎりぎりの大事なものだから。〈さくら〉がその時期に咲くのも自然のまこと。◇さくら

二〇二二年四月四日

わたくしという通過点花吹雪く

秋尾　敏『ふりみだす』

今年の花に出会う。いや、花がわたくしに出会ったと詠まれている。花はその年の花を精一杯咲かせ出会う人を楽しませてくれる。唐詩にいう「年年歳歳花相似たり」ではないであろう。花も人も出会いは今年かぎり。今年の花を満喫できても来年の花見が保証されているわけではない。すべては一回かぎり。その上で桜前線は私を楽しませ、南から北へ、過ぎて行く。私あっての桜には違いない。花吹《ふぶ》雪く舞台は今生の最高の思い出。◇花吹雪

二〇二二年三月二八日

面会の囚と桜のことばかり

古畑恒雄『林檎童子』

連合赤軍による「あさま山荘」事件から五〇年。作者はその折の公安担当の検事として取り調べ、いまは無期懲役が確定した元幹部の身元引受人を務める、高名な弁護士俳人。掲句に詠まれた面会の場面はきわめて淡泊である。一連の事件の異常さから、ここに到るまでの歳月の重さを推し量ることは難しいであろう。が、模範囚と作者との絆は深い。「排除ではなく、寛容と共生で社会を築くべきだ」という。作者の信念が胸を打つ。◇桜

二〇二〇年四月二日

花満ちて桜の根っ子落着かず

廣瀬直人『廣瀬直人全句集』

二〇二〇年の花はさんざん。新型コロナウイルスの蔓延《まんえん》のため、どうぞ好きなようにお咲きください、人の世はそれどころではありませんという次第。桜は満開、支える根がそわそわ。今年はそれどころではない。一体どうなってるのと賢い根が桜本体ばかりでなく、人間世界まで気を廻す。地球が怪しい。自然界が心配し出した。句は時勢の移り変わりにより、読み手の読みが変わってくるようだ。本来ありえないことだ。◇花

二〇一一年四月三日

骨となる炎立ちたり花の奥

高野ムツオ　『片翅《かたはね》』

3・11から五年経った時の句として記憶している。作者は宮城県多賀城市在住。東日本大震災の惨状の体験者であった。それだけに状況の記録者としてだけでなく、時間の経過の中で忘れられていく心情体験の、知的保存の大切さを俳句作品の蒐集《しゅうしゅう》によって訴えている。掲句は満開の桜の奥で遺体が荼毘《だび》に付されている光景であろう。花は賞美する対象ではない。あるいは原発事故の放射線を浴びている花自身も被害の当事者かもしれない。◇花

二〇一八年四月五日

桜前線いつもどこかで地震報

川島一夫　『人地球』

桜前線は南から順次北上する。これは毎年のことながら、おおよそ時期が限定されている。ところが地震はどこで突発するかわからない。近年は阪神・淡路大地震の頃から、日本列島の地層が活発な変動期に入ったようだ。テレビ画面に桜がゆさゆさ揺れている放映の上に突如、情報が出る。あまりにも頻繁なので、震度四くらいまでの地震は慣れっこ。「よくあるわねえ」くらいで済まされる。そこへぐらぐらと。われに返る。◇桜

二〇一二年四月一一日

飽き易き国の民なり桜花

出《で》口善子《ぐちよしこ》　『羽化』

桜は今も昔も日本のシンボル。花の美しさは優婉《ゆうえん》。桜には責任がないが、時に潔く散るのがいいの、満開の華やぎがいいのと世の動向に桜は翻弄《ほんろう》された。この国の民の芯がなく、付和雷同の国民性によるものか。〈飽き易き〉とは鋭い。現今の政治状勢への反応を思わせるが、私には自省を込めたことばと受け取ることができる。桜も染井吉野ばかりでなく、沖縄の寒緋桜《かんひざくら》や春遅い山桜もじっくり見たいものだ。◇桜花

二〇一九年五月一日

みちのくの今年の桜すべて供花

高野ムツオ　『萬の翅』

大震災から八年経つ。震災直後に詠まれた句で迫力がある。私は祈りをこめて毎年の桜をみちのくへ捧げ続けたい気持ちが強い。元号が変わる。その初めの鑑賞句だけに思案した。復興は経済優先になりがちであるが、心配りこそ大事にしてほしい。平成を思い私は〈天皇の退位へいつとなく暮春《ぼしゅん》〉と詠んだ。暖かい心遣いを誰よりも重んじられたお二人は「暮春の人」ではないか。令和時代の始まりに、みちのくの桜を思った。◇桜

ふぐりなど忘れて久し万愚節

二〇一五年四月一日

小原啄葉　『無辜の民』

作者は九四歳。騙して愉しむ万愚《ばんぐ》節《せつ》の日とはいえ、ふぐりなど、遠い昔のことだという。三〇年近く前、大学の学生句会で〈ヒヤシンス日数数えてごらんなさい〉という際どい句が評判になった。作者は才媛。相手に、このごろ体調が変よといった。相手は真剣に悩んだ。あまり真剣なので、女性が呟《つぶや》いたのがヒヤシンスの句。四月一日だった。エープリルフールとは騙された方をいう。四月一日をさしてもいう。◇万愚節

万愚節別離の涙嘘ならず

二〇一一年四月一日

森田　峠　『葛の崖』

エープリルフールあるいは四月馬鹿の呼称が知られる。漢語表現の万愚節は真面目な硬い感じ。

四月は新旧入れ替わるお別れの季節。「君と別れるのは辛い」と涙を流す。儀礼じゃないよと固く手を握る類いか。世渡りの涙はとかく演技が多いことは承知。万愚節なので、言い訳めいた句がいかにも生真面目だ。

私が承知の傑作句は〈みごもりしことはまことか四月馬鹿〉（安住敦）。恋人同士の会話か。◇万愚節

四月一日皿洗機が蒸気噴く

二〇一〇年四月二日

松野苑子　『真水《さみず》』

四月一日に騙された人をエープリルフールという。西洋からの移入の風習。現今ではなかなか人気がある季語。騙されたり騙したり、遊び半分に愉しみたい気分はみんな持っているからだろう。さりげないフレーズがこの季語には引き立つ。掲句はかつての炊事場を考えると、皿洗機があるのは夢のごとし。ステーキを食べた後の皿が蒸気まみれとは、皿も騙されたようないい気分だろうなと想像する。◇四月一日

四月馬鹿犬に手紙を書く男

二〇一二年四月二日

岩田由美　『花束』

四月一日を万愚節ともいい、西洋の古い風習の由。嘘をつき人を担いでも咎《とが》めない日とは面白い。日本にもすっかり馴染んでこの日は楽な気分になる。

しかし、句作は意外に難しい。あまり阿呆らしいことはかえって詩情を削ぐ。

掲句はお洒落。機知がある。愛犬が亡くなったのであろうか。犬の柩《ひつぎ》にでも手紙を入れた。犬を恋人に暮らす独身男性がいる多彩な世の中。◇四月馬鹿

春の馬よぎれば焦土また展《ひら》く

二〇二二年四月一日

西東三鬼　『夜の桃』

エープリルフールは万愚節、俗に四月馬鹿。西東三鬼忌でもある。戦後三年目に出た句集に入る。ウクライナの焦土詠ではない。しかし焼け野原の焦土から戦争のすべてのものを無に帰する悲惨さが想像される。目の前を過《よぎ》る春の馬には束の間の明るさがある。馬が大写しにされ、消えてしまうと、さらに焦土は広がる。戦争は愚行。破壊と憎しみ以外人類に何ももたらさない。罪のない嘘を愉しむ日を設けた余裕はどこへ行ったか。◇春の馬

エスカレーター全長遠足児の頭

二〇一七年四月一日

黒澤あき緒　『5コース』

〈遠足の列大丸の中とおる〉（田川飛旅子《ひりよし》）が名高い。遠足という野外への徒行を思わせる行楽が大都会のデパートの中を通り抜ける意外さ。

ところが、掲句はデパート見学が遠足。下から見上げると同じ運動帽を被った頭・頭・頭がエスカレーターで階上へ昇ってゆく。屋上へ出て、海でも遠望するものか。小学校低学年の遠足であろう。先生もあれこれコースを決めるのに苦労しますね。構図が面白い。◇遠足

必死なることは雑木の芽吹きにも

二〇一九年四月二日

福田甲子雄　『師の掌』

気がつけば芽吹き。もうこんなにも芽吹いている。芽吹きの勢いほど自然から教えられることはない。〈雑木の芽吹き〉に着目したところが作者のひたむきな生き方を感じさせる。南アルプスの麓、飯野生まれ。蛇笏、龍太に師事。終戦の年、満州の綿花会社に就職。そこで終戦六日前に召集され、対戦車用のタコ穴（塹壕《ざんごう》）掘りをつづけ、敗戦。帰国後、農業会に就職するという若い日の必死な体験が作者の清廉な生涯を貫く。◇芽吹き

ウイルスの街へ出てゆく春帽子

二〇二〇年四月四日

長峰竹芳　『直線』

東京都知事が緊急会見を開いた。週末は特別に用事がなければ外出しないように。ウイルスの蔓延《まんえん》防止策を講じたのである。掲句はウイルス問題の初期の頃の作。どこか剽軽《ひょうきん》。粋な春帽子を被り、ご本人はるんるん気分。街へ出かけることがちょっとした冒険。カミュの『ペスト』は一九四＊年仏領アルジェリアの要港オランの街が舞台。鳩もいない、木もない。季節がない無季の街が封鎖される。東京封鎖が現実味を帯びる。◇春帽子

二〇一九年四月四日

古書店に籠りて鳥の巣の匂ひ

岩淵喜代子『穀象』

山のような古書。入り口から通路もやっと蟹《かに》の横這《よこば》い。奥の帳場に黒縁の度の強い丸眼鏡を掛けた煤《すす》け顔の親爺《おやじ》が胡散臭《うさんくさ》そうな目を向けている。発《た》ち込めるのが鳥の巣の匂いとは臨場感がある。もう若くない出世からは見放された中年の男が、イカガワシイ本のあたりにうろうろしている。世はスマホの時代であるが、鳥の巣のすっぱい、しみったれた匂いが好きで、ぼーっと現れる人類がいるものだ。神田神保町は懐かしい町。◇鳥の巣

二〇一七年四月六日

大根の花のあなたに当麻《たいま》寺《でら》

一色よし樹『寒林』

大根の花といえば〈大根の花 紫野大徳寺《むらさきのだいとくじ》〉（虚子）を連想する。一休さんのいた大徳寺は京都紫野にある。単純明快な明治二九年の作。地名の紫野から薄紫の大根の花を連想するのはあまりにも意味がストレート。とはいえ、おおらかで調子がいい。その点では、掲句も調子が弾んでいる。こちらは當麻寺。大根の花の向こうに東西の塔が揃い、伽藍《がらん》も立派。〈あなた〉は塔を意識した表現。淡いロマンがある。そこが取り柄。◇大根の花

二〇一九年四月六日

ぜいたくに水がはづんで山葵沢

今井杏太郎『通草葛』

わさびの季節がある。春とはいえ、風が冷たい頃。花も葉も地味であるが、わさびの大根根《だいこんね》のどす黒い色は凄い。深い蒼《あお》さが辛みを絞り出すものか。清冽《せいれつ》な水がふんだんに根に通いわさびを育てる。水がぜいたくとは最高の自然ではないか。天城、安曇野水処《みずどころ》。わさびの風味ほどすばらしいものはない。私はわさび漬が好きで、飛び上がるほど辛い品を口に入れた途端に涙をぽろぽろ。こんな辛いものをと我慢しながら、後味がいい。◇山葵沢《わさびざわ》

二〇二一年四月六日

八重桜光は休む処得て

有手 勉『新樹光』

豪華な句である。陽春の精気を集めてぼったりと花弁を連ねる八重桜。大気中の光はそこに安楽な休息の場を見つけゆったりと光彩を極める。先年、東京築地の浜離宮庭園で、こんな八重桜に出合い、目を留めた。光が花弁の隙を満たし、きゃっきゃっと戯れている感じ。花はすべてをおおらかに包む。鬱金《うこん》もやや小型の御衣黄《ぎょいこう》も花は八重。見る者を堪能させる。八重桜は晴れた日がいい。饒舌気分。曇天や雨天には沈黙する。◇八重桜

花浴びの音うれしさよ甘茶仏

二〇二〇年四月七日

安里琉太　『式日』

釈迦《しゃか》降誕会を花祭という。花は桜の花ではない。寺では花御堂が造られる。赤ちゃんの釈迦の産小屋だ。産湯は、甘茶。盥《たらい》のような灌仏桶《かんぶつおけ》に満たされ、真ん中に小さな釈迦が天上を指さし立っている。屋根がとりどりの見事な花で飾られる。花浴びの音とは、誕生仏に甘茶をかける音か。音を花と捉えた。きゃっきゃと喜ぶ赤ちゃん釈迦。広く背景には農耕社会があろう。ここでも花は秋の稔《みの》りへの期待の象徴か。◇甘茶仏

乾坤の寸余の間に甘茶仏

二〇二二年四月八日

落合水尾　『浮野』

四月八日は釈迦の誕生日、仏生会《ぶっしょうえ》。花祭と讃える。野の花を屋根に葺《ふ》き、四本柱を立て、寺では花御堂が造られる。四方三七センチ余り、高さ六三センチほど。金銅造りの小さな誕生仏の産屋。甘茶を湛《たた》えた水盤に立ち、「天上天下唯我独尊」と唱えて右手を掲げている。参詣者が甘茶をそそぐので灌仏《かんぶつ》とも甘茶仏とも。掲句の乾坤《けんこん》は天と地。その間に一八センチほどの甘茶仏。まるで漫画。楽しいではないか。中国伝来の信仰。◇甘茶仏

薺《なずな》咲き小諸は今も虚子時代

二〇二一年四月八日

星野高士　『顔』

高浜虚子の俳句がもっとも盛り上がったのが小諸時代だという。そこで今も虚子を慕う俳人が参集し俳句大会が開かれる。〈里の子と打交じりつつ草を摘む〉（虚子）ように、山国小諸は今も虚子が現存しているようだ。

鎌倉から小諸へ虚子が疎開したのは一九四四年九月から終戦を中に、三年余。浅間山麓の小さな家で、『小諸百句』や『小諸雑記』をまとめた。句日記を付け、川端康成が絶賛した名作「虹」が生まれたのである。◇薺の花

擦り傷に母の掌《て》を置く花杏

二〇二〇年四月九日

栗林千津　『命独楽』

特効薬は母の掌。幼い頃から誰もが思い当たる体験句だ。杏《あんず》の花が咲く春たけなわの田舎。子どもには擦り傷の季節が始まる。母恋の句に個性があった。

長い間、同門で俳句修行をした私は、仙台在住の作者から「えずめっこ」という語を聞いた。信州では「いずみき」といった。藁《わら》で編んだつぐらである。中に幼子を入れて育てる。働き手の母の姿を身に沁《し》みて感じながら育てられた者の情愛の句である。◇杏の花

九条のちらしにつつむさくら餅

二〇一九年四月一一日

石《いし》 寒太《かんた》 『風韻』

「福島民報」に包んで子どもに餅を送った。母からの荷が包んであった地方紙が懐かしい。このような句は出回っている。掲句はもっと絞りが効いている。先方に贈るにしてはぞんざいだから、さくら餅を貰《もら》い、自分用に手元のちらしに包んだものか。時の話題、憲法九条を護れというちらしが映える。無造作だ。草餅は平凡。椿餅《つばきもち》は特殊。春の訪れ、明るいさくら餅が日常の弾みを伝える。憲法を省き、九条のちらしもわかる。◇さくら餅

難民のごとく寄り合ふ菫草

二〇二二年四月一二日

池田美津子 『春濤』

俳句は時代の鏡のようだ。作り手は天地万物好きなことを詠っているが、読者はいつも俳句から現代の空気を感じたいと思っている。掲句からは、ウクライナの戦争難民のことを連想するであろう。ポーランドやルーマニアなどへ国を捨てて避難する。国境のキャンプに身を寄せ、行く先を思案している。野に菫《すみれ》が群生しているさまが、まさに難民が気持ちを寄せ合っているようだという。菫の花言葉は謙虚、誠実。これは難民の気持ち。◇菫草

天網の端のほつるる揚雲雀

二〇二〇年四月一一日

池間キヨ子 『碧き兎』

俳人は天網が好きだ。宮古島在住の作者も気になるらしい。大きな句だ。「天網恢恢《てんもうかいかい》疎にして漏らさず」という語が『老子』に出る。天にかかる網は目が粗いようだが悪いことをすれば見つかる意。雲雀《ひばり》が悪いことをしたのではない。天にまで揚がる雲雀は網の破れを抜け出たものかと想像した。自在な着想だ。

私は地貌という語を大事にしている。のどかな島の地貌が目に見える。賢い雲雀ではないか。◇揚雲雀

虚空という確かなものへ揚雲雀

二〇一七年四月一二日

前田霧人 『レインボーズエンド』

雲雀《ひばり》が空で囀《さえず》る。なにもない空の拡がりが雲雀はうれしい。〈虚空《こくう》〉ということばは不思議だ。からっぽの空の意でありながら、頼りなさがない。途端に鋼のような手応えある空が連想される。虚《むな》しいことが確かという矛盾した表現を愉しみ、日暮れまで上がり放しの雲雀がいる。のどかな春の内側へ入った感動が伝わる句だ。

雲雀は人間のようだ。なにもわからない行く手を頼りに人は生きている。◇揚雲雀

焼《やけ》にけりされども花はちりすまし

二〇一八年四月一三日

北枝　『卯辰集』

作者は芭蕉門下の金沢の俳人。元禄三（一六九〇）年三月一七、一八日の金沢の大火で「庭の桜も炭に成《なり》たるを」と前書がある。火事で家も庭の桜もすべて焼けてしまった。が、桜は散った後であったのが、せめてもの慰めだった。芭蕉は掲句に「やけにけりの御秀作、かかるときに臨み、大丈夫感心」と手紙を送り讃えている。すべてを焼失する騒ぎの中でありながら、桜への哀情を句に詠む心を流石《さすが》に大人だと誉めている。◇花散る

春の象人をやさしくすることも

二〇一九年四月一三日

奥山源丘　『春の象』

品格といい、堂々たる作。春の象のやさしさを詠《うた》い、心象を籠める。作者は多摩地区一〇〇局余の郵便局長会の責任者を務める多忙な働き手。過労死を連想するほど。あるとき省みて、はたと壮年の自分の人への厳しさを思い、償いの半生をそれとなく自覚したものか。男はしばしば壁を見つめる。

まぶしいほどの象の存在感。井の頭自然公園のアジア象のはな子が元気なころを思い浮かべる。◇春

地に腹の閊《つか》へんばかり孕猫《はらみねこ》

二〇一〇年四月一四日

辻　恵美子　『萌葱』

〈孕猫〉が春の季語。猫は年中出産するが、春の産が多いからとか。恋猫はその後、およそ二カ月で四、五匹の子を産む。子を身籠もった猫は悠々としている。臨月近い孕猫を描き、地に〈閊へんばかり〉は臨場感があり、生きもののかなしみが伝わる。それにしても、孕猫、孕馬、孕鹿、孕雀まで、春は露骨な季語が並ぶ。〈捨仔猫地に手をついてもうこれまで〉（中村草田男）と仔猫の行く末は心配だ。〈仔猫〉も春の季語。◇孕猫

春園《しゅんえん》のホースむくむく水通す

二〇一六年四月一四日

西東三鬼　『変身』

山法師が芽吹き、土佐水木《みずき》が淡黄色の花を下げる。花壇にはチューリップが整列して花を掲げている。夏へ向けてとりどりの名草が芽を伸ばしている。俄《にわか》に太陽光線が強くなる春には水遣りが欠かせない。

水道の蛇口にホースを嚙ませ花圃《かほ》の中を引く。水を撒く時には水がホースの中を生きもののように〈むくむく〉と身をくねらせながら通る。

三鬼はことばの手品師。生物感覚が鋭い。◇春園

九条／難民／天網／虚空／花／春の象／孕猫／春園

蝶食《と》ふべ二度《ふたたび》童子《わらし》となりにけり

二〇一九年三月七日

柿本多映 『夢谷』

〈綿菓子の顔して歩く春のくれ〉という句もある。蝶《ちょう》をむしゃむしゃ食べて、子どもに戻ってしまった。掲句の〈童子〉は、おぼこども読める。〈蝶食ふべ〉が意表を突いている。花に翅《はね》を休める蝶は可憐なもの。もとより食べるものではない。

恍惚《こうこつ》な動作が前衛芸術のパフォーマンスに似るとは、泣き笑いそのもの。人生とは不思議に満ちている、と作者はいいたいのであろう。◇蝶

サーカスの皆出て終はり蝶ふはり

二〇二一年四月一四日

野口る理 『しやりり』

サーカスを軽業といった。広場に大きなテントを張って。空中ブランコ、猛獣ライオンのショー。はらはらした曲芸、ピエロの笑い。シバタサーカス、木下大サーカスが来た。空に囀《さえず》る鳥の声の定番のジンタが風にのって聞こえてくる。哀愁とは軽業が終わり、出演者が出そろって手を振る刹那。古風は承知でも涙が滲《にじ》む。

掲句はそこへ蝶《ちょう》が飛び込む。風に飛ばされたのか、気まぐれか。哀愁を消す作者の演出か。◇蝶

鳥の行《ゆく》やけのゝ隅《くま》や風の末

二〇一五年四月一五日

猿雖《えんすい》 『炭俵』

作者は伊賀上野の商人、窪田惣七郎、蕉門の俳人。隠れるところがない危険な状況をいう諺に「焼野《やけの》の雉《きぎす》」がある。春に北へ帰る鳥は焼き尽くされた野の果てを風に送られて行く。火事場から焼け出された者のようだ。江戸時代の町は火事が多かった。

春の野焼《のやき》は灰を肥料に、芽吹きを誘う効用があるが、わざわざ野を焼くのは火遊びのごとし。そこを帰る鳥はご苦労なことよ。どこか人の世を思わせる。◇やけの

書生子規舎監鳴雪鳥ぐもり

二〇一〇年四月一六日

林 徹 『荒城』

鳥ぐもりは春先、渡り鳥が北へ帰る頃の変わりやすい曇り空を指す。ところが、掲句は正岡子規と内藤鳴雪との出会いを描き、終生の厚情を彷彿《ほうふつ》させる。

季語の柔軟な用い方が巧《うま》い。子規は一高から東大の学生、鳴雪《めいせつ》は旧松山藩主が松山からの苦学生のために東京本郷真砂《まさご》町に設けた常盤会寄宿舎の監督。子規は三年余り世話になる間に俳句を通し、二〇歳違いの先輩鳴雪への信頼を深める。篤《あつ》い絆の物語だ。◇鳥ぐもり

梅檀の花散る那覇に入学す

杉田久女　『杉田久女句集』

二〇二二年四月一六日

セピア色の写真ではない。初々しい。明治三〇年四月、沖縄那覇小学校へ入学した久女の誇りが感じられる。さすがに南島。本土では夏に咲く梅檀《せんだん》の花が散るのも異国情緒がある。花は古く楝《おうち》（樗）と呼び、山上憶良の歌に見える。大木で梢に淡紫色の五弁の花が密集し、ぽろぽろとこぼれる。久女は「下を通る牛の背や反物を頭にのせた琉球の女達の上に」かかるさまを回想している。「ホトトギス」が松山で発刊された年だ。◇梅檀の花

天涯に佇《たたず》むための春日傘

林　亮　『歳華』

二〇二一年四月一六日

天涯とはいずこ。故郷を離れた異郷だが、平安初期『文華秀麗集』に見える嵯峨天皇の楽府《がふ》「王昭君」に出る胡《えびす》の地。二度と都に戻れない遠い異郷。私は掲句の〈天涯〉を象徴と見たい。「天涯千萬里、一たび去れば更に還ること無し」とある。前漢元帝が戦に敗れ、匈奴《きょうど》に後宮の美女王昭君を差し出す。春日傘は明るいるんるん気分の銀座や道頓堀を歩くためのものではない。人生の孤独な淵で自分を見つめながら差すものに転化した。◇春日傘

にんげんの夕餉は哀し初つばめ

茂《も》里《り》美《み》絵《え》　『月の呟き』

二〇一九年四月一七日

晩餐《ばんさん》（ディナー）と夕餉《ゆうげ》とは違う。後者は寝る前の夕飯。にんげんの夕餉といえば、いささか疲れている。どうして食べなきゃいけないのかねと呟《つぶや》きがもれそう。夕飯の支度をする連れ合いの口癖のようだ。

つばめが軒に巣作りを始めた。つばめが見下ろして呟く。質素だな。渡り鳥のつばめほどの智恵を持ち得ないにんげんの哀しさ。夕餉の工夫も種切れ、それでも一日の終わりに食べなければと高齢者の感慨か。◇初つばめ

いまきたといはぬばかりの燕かな

長之　『あら野』

二〇二一年四月一九日

燕《つばめ》は春に南国から飛来する。巣作りまで忙しく飛び廻る。いつ見てもいま来たばかりの忙しさだ。のんびりしていた元禄時代。燕の忙しさは新鮮に映ったのであろう。〈あそぶともゆくともしらぬ燕かな〉（去来）、〈去年《こぞ》の巣の土ぬり直す燕かな〉（俊似《しゅんじ》）など動き廻る忙しい燕が詠まれている。芭蕉にも旅の茶店での即興吟〈盃《さかずき》に泥な落しそむら燕〉がある。巣作りの燕らよ盃に泥を落としてくれるな、と戯れた句。◇燕

二〇二〇年四月二四日

胸白ろ燕よ吾には母の記憶なし

川口重美『川口重美句集』

白楽天の燕詩《えんし》は名高い。子燕《つばめ》は親になって初めて親燕の苦労がわかるという寓意《ぐうい》が強い詩だが、名詩だ。晩春に胸部の白い燕を見上げた。巣籠もりの母燕か。早く父母を亡くした作者の、生涯充たされない思いが揺曳《ようえい》する。母性への思慕が早婚を破綻させた。戦後の忘れ難い流星として、掲句を覚えている。東大建築科を卒《お》え、二五歳で自死した澤木欣一門下の文学青年。「Stray Sheep（ストレイシープ）」と遺書の句帖《くちょう》を残して。◇燕

二〇一四年四月一八日

葛飾のよもぎをさはに蓬餅

石田あき子『見舞籠以後』

草餅ともいう蓬餅《よもぎもち》一つにも愛情が籠もった作。若い蓬の芽を摘み茹でてえぐみを抜く。それを刻んで餅に塗《まぶ》す。〈さはに（たくさんの意）〉がいい。鄙《ひな》びた庶民の味わいの草餅は俳人好みの句材。掲句の〈葛飾〉は利根川や江戸川の下流域一帯の地。地名が『万葉集』に詠まれて以来、柔和な響きが快い。とびきりの蓬が想像される。

作者は石田波郷夫人。病弱の波郷を支えながら、細やかな句を残している。◇蓬餅

二〇一八年四月一八日

逃げ水や近くて遠き子らの家

伊藤トキノ『花巻』

結婚を機に半世紀前、捨てるように出た故郷の花巻がいま懐かしく、根は深く花巻に繋《つな》がると、句集のあとがきで回想している。掲句も上述の情愛に、どこかで繋がるものか。

逃げ水は春の暑い日に道に立つ水蒸気が陽炎《かげろう》のように逃げ廻る現象で、ナイーブな気持ちの象徴に相応しい。故郷は捨てるもの、子の家は所詮《しょせん》、他人の住処《すみか》。思い切れないのが人情。◇逃げ水

二〇一七年四月一九日

五六騎のゆたりと乗りぬ春の月

河東碧梧桐『続春夏秋冬』

絵画的手法を子規から讃えられた作者。蕪村の〈鳥羽殿へ五六騎いそぐ野分哉〉を思わせる。蕪村の句には台風を突き事変急《きゅう》をつげる切迫感がある。

対するに掲句は朧月《おぼろづき》の下、優雅な騎乗の武士を描き、一幅の絵のようだ。ライバル虚子は俳句よりも小説に興味を示し、写生文に力を入れ出している。俳人碧梧桐には秘《ひそ》かに天下到来の気分があったか。空想にも深層心理のささやきはあろう。余裕ある構図が巧い。◇春の月

二〇一九年四月一九日

ひこばえやむさしのは風捲くところ

宇野恭子　『樹の花』

武蔵野の一角、東久留米にしばらく居住し、いまは京都暮らしとか。生まれは和歌山県有田《ありだ》市、関西人のやさしさがある。雑木林が切られ、あとにひこばえが立つ。楢《なら》でも櫟《くぬぎ》でもいい。晩春に風が戯れる。ひこばえに〈風捲《ま》く〉とは快い。昔の東《あずま》の国が武蔵野と呼ばれ、国木田独歩が描いた明治の名残が土地のどこかに残っている。武蔵野はわずかに雑木が切られたひこばえのあたりに。そんな風趣の地貌があるのであろう。◇ひこばえ

二〇二二年四月一九日

おのが手の見えざる春の理髪店

大石雄鬼　『だぶだぶの服』

手がない。理髪店の鏡に映ったおのれの鏡像からふと気付いたものか。白いエプロンを被せられ、手が隠される。必要なのは首から上。手が切られたような拘束された自画像だ。髭《ひげ》を剃《そ》られる。瞼《まぶた》に剃刀《かみそり》があたるたびにひやっとする。目玉が抉《えぐ》られたらどうしよう。頬が傷つけられたら丹下左膳だ。理髪師は顔面をひとあたり手早くすませ、洗髪し、はい済みましたと手を返してくれた。春たけなわ。私の内心の心配などどこ吹く風と。◇春

二〇一五年四月二〇日

蜜息《みついき》や山の根に浮く春の虹

赤尾兜子《とうし》　『玄玄』

鬱病《うつびょう》は現代人病。健康な人でも不意に鬱な気分に陥り、どうして自分がと悩むことがある。兜子の傑作は〈大雷《だいらい》雨《う》鬱王《うつおう》と会うあさの夢〉。どしゃぶりの雷雨の朝、この世の鬱の王さまに会ったという。この王さまから伝授されたものか、〈蜜息〉という呼吸法がある。ゆっくり息を吸い、止め、静かに出し、止める。からだを呼吸で柔らかにする。その訓練の中で、山の麓に浮かんだ春の虹を見た。現《うつつ》のような夢のような虹。◇春の虹

二〇二〇年四月二〇日

春光や駱駝は弓なりにしづか

エウジェニア・パラシヴ　『国際歳時記』

向瀬美音《むこうせみね》編の歳時記に入る。編者は「Haiku Column」を主宰。各国からの投稿作から選び、翻訳した。掲句の作者はルーマニア人。季語は春光。場景を取り合わせたものであるが、駱駝《らくだ》が春の日を浴びて気分上々。のけぞって休み時間を楽しんでいる。重荷を背負い、うんうんがくんがくん喘《あえ》いでいる見慣れた光景とは違う。長い首を擡《もた》げた〈弓なりにしづか〉は駱駝本来の素直な性質を捉え巧みな表現。駱駝は国際的だ。◇春光

春の雷空《らい》に酸味のほとばしり

二〇一六年四月二一日

正木ゆう子　『水晶体』

春先畑を耕す。酸性土壌には石灰を撒《ま》く。土から酸味を抜いて柔らかく中和させる。そんな矢先、突然にごろごろと木の芽起しの雷が鳴る。低くどろんと濁った空が、一気に目覚めた感じ。空が酸っぱくなったようだ。身近になった。木も芽を出す。花も蕾《つぼみ》をほころばす。空気がさざなみ立ち、細かい切れが入る。

からだも固さが解《ほぐ》れ出す。春は酸っぱい季節。恋も始まりは酸っぱい。◇春の雷

しづかさの枝のべてみな山ざくら

二〇二一年四月二一日

森　澄雄　『白小』

山ざくらが大好き。作者の生涯を喩えれば山ざくらが思い浮かぶ。染井吉野や八重桜など里のさくらが大方終わって、あたりは新緑に向かう。中に、ひっそりと咲く自生の山ざくら。根から上げる樹液を十分に吸い上げ、枝を延べ、この地に無限の歳月を捧《ささ》げて来たかのように、自然に気張らないで、わずかに紅を留めて花は白花。葉は芽吹きはじめ、花を支えるかたち。吉野山も高野山も古来花の名所はみな山ざくらであった。◇山ざくら

昃りし枯木の中の山桜

二〇一六年四月四日

清崎敏郎　『安房上総』

〈昃《ひかげ》る〉は日が西に傾く意。当然日が陰《かげ》る。俳句では午後になり、日が陰ってきた意に使われる。

いまだ大方の木は芽吹いていない。枯木だ。その中に淡紅色の山桜が咲く。葉がわずかに出て花が付く。野生の山桜こそ古来関東以南の山地に自生する桜。吉野山の桜もこれ。染井吉野のはなやぎはなく、どこかさみしい。そこが愛され見飽きない。掲句は日が陰った哀情を詠《うた》っている。◇山桜

山ざくら日あたれば花消えにけり

二〇一二年五月九日

山口青邨　『雑草園』

伊豆の「湯ヶ島」詠。明治になり新品種の染井吉野が広まるまで、桜といえば山桜であった。昼になり日が当たると周りのクリーム色の木々の芽吹きに混じり桜の白い花は一瞬消えてしまう。ひっそりと咲いている。

里の桜がとうに咲き終わった晩春から初夏に時期を迎える山桜。いい季節になると、戸外の仕事に忙しく飛びまわる。夕方ほっとした気分を〈一日がたちまち遠し山ざくら〉と私も詠んだことがある。◇山ざくら

信濃路は田に水が入り山桜

二〇一九年四月二四日

鈴木石夫　『風峠』

百年前もこうであった。多分、百年後も変わらないのではないか。変わる世に、変わらない風景がある。ふるさととはそういうものだ。一句の要諦はこれだけ。

どの語句も聞き飽き、見飽きたことば。信濃路とは古風な風土記調。田に水が入るのは農耕が始まって以来の伝習。山桜は古来、列島とともにいのちを繋《つな》いできた。

古風さゆえに、ふと、こんな絵葉書が冥途《めいど》の土産になる。◇山桜

根尾谷の桜隠《さくらかく》しといふことを

二〇二一年四月一〇日

片山由美子　『飛英』

根尾谷の淡墨桜《うすずみざくら》を詠んだ同時作に〈うねりてはうすずみざくら花こぼし〉。薄幸の妙齢な女人を思わせるような淡墨桜。地名が奥深い山谷を暗示する。案内には揖斐《いび》川の支流根尾《ねお》川中流部にある河谷とある。長年「訪ねまほしき」まま私は行ったことがない。折から雪。桜どきの雪を〈桜隠し〉と呼ぶ越後の方言がある。遅い雪に見舞われる地域には独特な呼称が残っている。ふと根尾谷からそんな宝物を隠す、地霊のマジックを。◇桜隠し

菓子箱をひらく四月の雪が降る

二〇一九年四月二二日

鳥居真里子　『月の茗荷』

今年も桜隠しに見舞われた。満開のさくらを雪が覆う。越後あたりの古老が用いた桜隠しの方言を、自然がよしよしとうれしそうに模倣し、支援する。

繊細な毛細管のように張り巡らされた大都会の交通網は混乱。菓子箱をひっくり返す騒ぎ。

とはいえ、天変地異が日常化した昨今、四月に降る雪は〈菓子箱をひらく〉くらいの余裕で受け止める。〈地球とは硝子の柩つばめ来る〉も凄《すご》い句だ。◇名残りの雪

陽炎のひとりを入れて縄電車

二〇一五年四月二二日

高岡　修　『果てるまで』

春の日に地面から立つ陽炎《かげろう》は束の間を実感させる。詩人は光の揺らぎに生死を見る。

子どもの縄電車の遊び。野原の石の傍らが停留所。〈陽炎のひとり〉は陽炎がぼおっとした子のように見えたものか。縄電車にひょいと乗りこんできた。運転手も車《しゃ》掌《しょう》も客の陽炎も、縄電車に揺られて野の果てへ行く。

作者は詩人でもあり、掲句は幻想的な詩のようだ。縄電車には消えてゆくイメージもある。◇陽炎

地球の日《アース・デイ》珊瑚思ひのほか重し

小林貴子　『黄金分割』

二〇二二年四月二二日

本日はアース・デイ。〈地球の日〉。ベトナム戦争のさなか、一九七〇年にアメリカで誕生した美しい自然を守ろうと地球に感謝する運動を象徴する日。現在日本でも、身近なゴミをなくすなど多彩なイベントが持たれているが、ウクライナでの戦争による地球環境の破壊を目の当たりに、改めてこの日の意味を考えたい。掲句は沖縄詠。浜辺でクリーム色の美しい珊瑚《さんご》の欠片《かけら》を手にした。意外に重い。珊瑚の自然に打たれたのである。◇地球の日

学ぶこと出来る幸せ春の象

小林晋作　『太陽の分身』

二〇二一年四月二三日

製薬会社に勤務しスイス・バーゼル・サンド社に留学する。そこで実験動物を用いた創薬研究に従事した体験は、作者の学ぶことの喜びをいち早く知っていた志の高さからであった。

定年後、知人に誘われ俳句を学ぶ。一五年間の成果が句集『太陽の分身』に纏《まと》まる。明るくやさしい句集である。寡黙で、学ぶ気持ちを秘め、悠々たる静かさに満ちる。幸せとは未知への挑戦。喩えれば春の象。◇春

翳《かげ》といふひかりのせなか梨の花

笹本千賀子　『冬のキリスト』

二〇一八年四月二三日

信仰心が篤い方であろう。翳が光の背中との捉え方に、なるほどと思う。白い梨の花が咲く時期は初々しい春の光が乱舞する。みんな生きもののようだ。光が生死を暗示している。作者はモーリス・メーテルリンク『青い鳥』から「誰かが憶《おぼ》えているかぎり、人は、ほんとうには死なないのよ」（江國香織訳）を句集あとがきに引く。

掲句と重ねるといい。人は限りなくたくさんの翳に支えられて生きている。◇梨の花

榲桲《まるめろ》の花リスボンをあるきたし

小林篤子　『貝母』

二〇一八年四月二五日

諏訪湖畔に植えられているバラ科の五メートル内外の木が名高い。春には淡紅色の五弁の花を付ける。「まるめろ」が金平糖《こんぺいとう》と同じポルトガル語とはどこか、大航海時代を思わせる。ポルトガルの首都リスボン。先年、一日歩いた。テージョ川が大西洋に臨む河岸に開かれた七つの丘の町で、旧式の市電に乗っても歩いてものんびりした気分が味わえる。他のヨーロッパとは違う。農業国の優しさか。干鱈《ひだら》が美味い。◇榲桲の花

岬に来てなほ果思ふ遅日かな

渡辺純枝　『凜《りん》』

二〇二二年四月二三日

前書「ロカ岬」とある。ユーラシア大陸の最西端に佇《たたず》んだ感慨が吐露されている。このもっと先にはなにがあろうか。私も、同じ思いに捉われた。リスボンから、「この世のエデン」（バイロン）と讃えられた中世の王宮の街シントラを過ぎると、七月半ばでも冷たい風が荒《すさ》ぶ岬に出た。作者の岬との出会いは晩春。日永のいい日であったのであろう。人生の果ては誰も知らない。どこから来てどこへ行くのか。ロカ岬での思いは深い。◇遅日《ちじつ》

濡れてゐる干潟の景のかはりゆく

岡井省二　『夏炉』

二〇一二年四月二三日

彼岸潮の頃、潮の干満が一年でいちばん大きい。遠くまで干潟となり、白波の立つ沖が遥かに見える。

この三月、私は奄美大島へ行った。北の「あやまる岬」近い朝の浜が折から、引き潮どき。石蓴《あおさ》がびっしり付いた干潟のみどりなす景があざやか。感嘆した。礁《いくり》の間に残っている潮溜まりを「忘れ潮」という。小魚や蟹《かに》が隠れているが、間もなく潮が満ちることを承知なのか逃げる気配がない。◇干潟

晩節の澱は静かに水芭蕉

若森京子　『臘梅《ろうばい》』

二〇二一年四月二六日

率直な人である。晩節は晩年。「晩節を汚す」と用いられるが掲句は〈晩節の澱《よど》〉。他人を意識する以上に自己への批評意識がある。未知への挑戦を生涯の信念のように秘かに定めて生きてきたが、晩年にかかり、弛《ゆる》みを感じる。これが〈澱〉か。初夏、湿原に仏焔苞《ぶつえんほう》を立てる水芭蕉。辺りの水はどこか淀みがある。流れていない。気にしなければすむところを自分に引き付けて〈澱〉と見る。率直な上に繊細な人だ。◇水芭蕉

塗畦《ぬりあぜ》の丁度終へたる夕間暮

高濱年尾　『句日記』第四巻

二〇一二年四月二六日

田植が機械化された今日でも畦塗は人の手を借りることが多い。一日がかりだ。塗り終わると夕方。〈夕間暮〉というぼったりしたいい方が「ああ疲れた」との疲労感と同時に満足感を思わせる。

「里のあたりの夕間暮」との昔の唱歌の文句は、日本人が日暮れに抱く哀感をよく掬《すく》いあげている。薄暗いが余光が西空に漂う。田畑を移動する人のシルエットがまだ黒ずまないわずかな時間だ。語の響きがいい。◇畦塗

雪形や互ひちがひに光る鍬

二〇二二年四月二六日

若井新一『風雪』

残雪は和歌の題として『堀河百首』に出る。平安朝の歌人が好んだ代表的な春の歌語。雪形《ゆきがた》は残雪の傍題と考えられているが、農民の暮らしの中から生まれた地貌季語。種蒔《たねま》き爺《じい》の雪形を見て、麓の安曇野では種を蒔く指標にする。爺ヶ岳の名も雪形に因《ちな》む。作者は雪深い南魚沼市在住。駒ヶ岳や八海山などの雪形を仰ぎ、雪消を待ちかね鍬《くわ》使いにも力が入る。『雪形』はじめ五冊の句集名が雪に因むのも雪が豊年の徴《しるし》との思いが滲む。◇雪形

散る前の紅のはげしき桃の花

二〇一三年四月二六日

福田甲子雄『白根山麓』

甲府盆地の春は桃源郷。桃の花は艶やかだけにその華やぎに囚われると細部は見えなくなる。ところが、作者は地の人。内側からじっくりと花を見つめている。桃がいのちを賭けるのが花の散り際。いちだんと花片の紅が濃くなる。指摘されるとなるほどと思う。が、初めて気付くのは何事も先駆者の感性のよろしさによる。

堅実な風土詠に滋味がある。掲句はどこか当人の晩年を暗示しているようだ。◇桃の花

そびきもの春の淡海を沈めたる

二〇一九年四月二六日

向瀬美《むこうせみ》音《ね》『詩の欠片』

俳諧連歌では霞《かすみ》や雲など空に拡がるものを〈そびきもの〉という。霞が立ち琵琶湖は穏やかに春の気配。いにしえの志賀の都、近江もさぞやと思われる。

作者は国際俳句交流協会に属し、「Haiku column（俳句コラム）」を主宰。日本語、英語、フランス語で俳句を世界に発信し、世界に通用する『国際歳時記』を完成させるのが願いとか。現代俳句よりは季節感を重視した発句を目指している。◇春がすみ

草臥《くたびれ》て宿かる比《ころ》や藤の花

二〇二〇年四月二七日

芭蕉『猿蓑』

歩き疲れる。旅で草臥れることが生きていることだ。芭蕉は日常の実感を美感にまで高めたいと思いついた。前書に「大和行脚のとき」とある。古来、歌に詠まれた大和の名所を歩き気持ちが昂ぶっていた。初案は上五音が「ほととぎす」。推敲し、〈草臥て〉に改め、気怠《けだる》く咲いている藤の美しさを取り合わせた。そこで、一句は草臥れるという俗なことが単に徒労ではなく、軽くなる。同時に藤の花にも暮らしの親しさが加わる。◇藤の花

のれそれはのれそれなりによき黒目

二〇二〇年四月二九日

後藤比奈夫　『白寿』

〈のれそれ〉はアナゴの稚魚。高知の春の名物で地貌季語。土地ではシラスをどろめと呼ぶ。どろめに混じってのれそれが捕れる。中にはウミヘビ類やウツボが混じることもあるとか。のれそれのおろしポン酢和《あ》えを初めて四万十で食べた。海を知らない者には黒目から白魚かと思ったものだ。〈のれそれの黒目と白魚の黒目〉も同じ作者。厳密に黒目の区別ができるのだ。神戸在住の作者は今年一〇三歳。俳句勘が冴《さ》える。◇のれそれ

春深く崩れし空を塗り替える

二〇一八年四月二七日

加藤知子　『櫨《はぜ》の実の混沌《こんとん》より始む』

「句日記的震災記」とある。〈囀《さえず》りの声なき声や車中泊〉という句もある。熊本在住の作者。熊本地震詠かと思うが、3・11の被災地を遠望した作とも思われる。

日常の狂気や魔性を大事に、常識や権威に捉われないで自由に詠《うた》いたいという。崩れた家や石垣ならば修復は可能であろうが、崩れてしまった空の真からの塗り替えは大変だろうなと思う。

シュールなものへという意欲が清新だ。◇春深く

砧うつ宮古上布や春深し

二〇一一年四月二九日

徳嶺恵美子　『花梯梧』

宮古島市平良に在住する年配の作者。宮古上布は芭蕉布とともに沖縄の代表的な夏衣である。麻布を砧《きぬた》でとんとん叩いて柔らかに練る。かつて砧打つは、日本本土では秋の夜なべ仕事に行われた。ところが、南島の宮古島では夏を前にした晩春の作業なのが印象深い。

〈うりずんやマンボを踊る赤い靴〉も同じ作者の句。麦が穂を出す穀雨《こくう》の頃、うりずんに赤い靴を履きマンボを踊るというのも楽しい。◇春深し

旅鞄重きは春の深さかな

二〇一六年四月三〇日

浅井愼平　『哀しみを撃て』

秋の旅は思いが一つ。対して春の旅は思いさまざま。あれもこれもと旅の鞄《かばん》に夢を詰めて、長い人生のお出かけ。私はこの春、金子みすゞの詩「大漁《たいりょう》」の町仙崎に行った。浜は大羽鰮《おおばいわし》の大漁だが海の中では何万の鰮がとむらいをするだろうという名高い詩を唱えながら。そこは昭和二〇年九月二日、興安丸が七〇〇〇人の大陸からの引揚者を乗せ初めて本土に上陸した港だと知った。途端に旅鞄は重くなった。◇春の深さ

二〇一三年四月二九日

夜蛙のそろはぬ声のまま揃ふ

鷲谷七菜子　『銃身』

田が植わる。と、たちまち蛙《かえる》の天下。どこから集まったのか、夥《おびただ》しい蛙声に圧倒される。大群衆は蛙の世界も同じ。一つ一つの声はばらばら。ところが、いつかばらばらのまま聴きなれる。すると、その自在さがまたいい。

遠い夜蛙《よかわず》の声は故郷への思いを誘い、時に古《いにしえ》を懐かしむよすがとなる。近年、夜蛙の声が少なくなったという。田が減り、蛙も減る。それ以上に聴き分ける人間の耳が衰えている。◇夜蛙

二〇二二年四月二八日

亀と亀ぶつかつて春惜しみけり

天野小石　『花源《かげん》』

私の直観では亀好きは美意識の豊かな人に多い。掲句の地味な光景にも墨絵風な洗練された美しさが秘められ、一瞬の閃《ひらめ》きを捉える。冬眠を覚めた亀が石の上に上がり、狭い空間では甲羅同士がぶつかる。春日がさんさんと降りそそいでいる。亀に惜春の情があるとは思えないので、作者が亀ののんびりしたさまから感じたものである。

〈日永なる竹のあひだに伸ぶる竹〉も同じ。古い竹と今年竹との空間を捉えている。淡いが鋭い。◇春惜しむ

二〇二〇年四月一七日

いづかたも水行く途中春の暮

永田耕衣　『驢鳴集』

能舞台での所作を思わせる。〈いづかたも〉と大音声に随ってシテが扇を掲げ世のありさまを暗示する。「水の流れは」と中世の『方丈記』以来、水は無常をそれとなく感じさせよう。乱世と捉えるのである。

ところが、掲句は戦後最中の作。昭和二六年サンフランシスコで対日平和条約が締結された年に上梓《じょうし》された句集に入る。時とはなんであるか。水の流れを介して時代を貫く心棒を探る句と読めよう。◇春の暮

二〇一九年四月二九日

春の暮家路に遠き人ばかり

蕪村　『夜半亭蕪村』

過ぎ行く春の夕べ、いつまでも遊んでいたい。家には帰りたくない。ぼったりと、陽気がこころを蕩《とろ》かす。時間が希薄に、飴のように束の間の幸せを感じさせる。王朝の昔から、現代まで。〈いそいそと広告燈も廻るなり春のみやこのあひびきの時〉（北原白秋）

人生短し。家は人生の溜《た》まり場。ああ帰りたくない。こんな嘆きを抱き、暮春《ぼしゅん》の思いだけが母恋のように宙に残されている。◇春の暮

フラスコに森映りゐる暮春かな

永島靖子　『袖のあはれ』　二〇二一年四月二八日

森は西欧。例えばパリのブローニュの森。日本の武蔵野は林。掲句の森もフランスあたり。作者の「シャルル紀行」という美しい文章を若い日に読んだことがある。中に、私の俳句は西欧と日本との間にかかる宙ぶらりんの橋の上にのっている、とあった。ちょっぴり虚無的で、抽象画のようだ。底に哀しみがある。

研究室のフラスコに深くなり出す緑の森が映っている。ふと私を感じる。憧れの暮春《ぼしゅん》に浸って。◇暮春

鼬鳴く庭の小雨や暮の春

永井荷風　『荷風句集』　二〇二二年四月三〇日

暮春とはいつごろか。気候変動が激しく、四月半ばに真夏日になる現今では春が過ぎてゆく情緒が実感しづらくなっている。「下町のかなたこなたに侘住《わびずま》ひして」と戦後、昭和二三年に刊行した和綴《わとじ》の句集、序に記す。鼬《いたち》が威嚇する声は「チッチッ」と短く鋭い。掲句は小雨そぼ降る庭で鳴く鼬の声。威嚇するとは取れない。さびしいのか退屈なのか。今日は荷風散人の忌。戦中は戦嫌い。戦後も大声やえばる者嫌いの文人らしい句だ。◇暮の春

藻畳や四月晦日《みそか》の鮠《はや》の影

斎藤夏風　『次郎柿』　二〇二一年四月三〇日

水面に藻が繁茂する。絡みあって畳を敷いたようだ。鮠の動きが素早くなった。春も終わりに近い。〈四月晦日〉は四月尽《じん》の呼び方よりも過ぎ行く春を惜しむ思いがあろう。旧暦では三月尽が春の終わり。四月尽は現代人が便宜上使い出したもの。江戸以来商人《あきんど》は晦日を重視した。手を揉《も》みながら屋号入り前掛けの商人が「忙しく春も過ぎますなあ」と、橋の上からひょいと見ると、沼は藻畳、鮠も忙しい。そんな感じ。◇四月晦日

米櫃の中をしづかに春逝けり

正木ゆう子　『静かな水』　二〇一二年四月三〇日

〈米櫃《こめびつ》〉はどこの家にもあるが、昔ほどには存在感が薄い。お米が米屋でなくともスーパーで簡単に手に入る時代になったからだ。米の備蓄などしないで、必要なだけ買う方がおいしいご飯が炊ける。掲句の米櫃にはあまり米が入っていない。櫃の底が見えるか見えないか、そこを春が過ぎていく。暑くなり出した。

このお宅では食欲旺盛な子たちは巣立ったのだ。ちょっぴりさみしい句。◇春逝《はるゆ》く

夜蛙／亀と亀／いづかた／家路／暮春／鼬／四月晦日／米櫃

二〇一三年五月三日

行春《ゆくはる》や海を見て居る鴉の子

有井諸九《ありいしょきゅう》　『諸九尼句集』

鴉《からす》は知恵がある。その子もなかなか親譲りと思わせる。晩春に海岸の松に留まって目の前にひろがる海を見つめている。今年の春が鴉の子にどうであったか。もうじき親鴉になろう。すると、掲句は短い鴉の青春を過ぎゆく春に重ねて惜しんでいるようだ。当然作者の境遇とも関わろう。

　天明時代の筑後竹野の女流俳人。駆け落ちし、京・大坂に移住。後に尼僧として句を残す。情熱の人。◇行春

二〇一五年五月九日

春過ぎぬわが飲食《おんじき》に咎《とが》おぼえ

山﨑満世《みちよ》　『水程Ⅲ』

東日本大震災と前書がある。罹災《りさい》者のことを思うと、たまたま罹災者ではないばかりに、不足なく食べることができることだけでもなにか悪いことをしている気持ちだ、という。春が過ぎ、いよいよ夏を迎える。鮨だ刺身だと、贅沢三昧の食生活が始まる季節だけに、飢餓状態に近い者と飽食の食生活に何を食べても旨《うま》くないと口ぐせのわが身との対比を念頭においた。〈咎〉の意識は年配者の良心的な呟《つぶや》き。◇春過ぎ

二〇一四年四月三〇日

藤の花零れこぼれて地のむらさき

松村昌弘　『白川郷』

藤の花房を詠《うた》わないで、花殻が散り敷いた落花の地面に執着した。花穂はもとから先端へ、薄紫の小蝶《こちょう》のような花を零《こぼ》す。ぱらぱらと幾日も花殻は落ちつづける。まるで、紫の花筵《はなむしろ》が敷かれたようだ。〈地のむらさき〉はこの世ならぬ幻想を誘う。あたりはぽーっと明るい。極楽の入り口はこんなところか。〈藤の花香りたつとき揺れゐたり〉も同じ。仄《ほの》かな情緒を愛する作者だ。◇藤の花

二〇二〇年五月一日

五月来る座敷童子のやうに来る

柿本多映　『柿本多映俳句集成』

知らぬ間に五月になった。ひやっとした風が花びらを散らして束の間。岩手県遠野地域の旧家の奥座敷にひょこんと座っている座敷童子《ざしきわらし》。どこから来たとか、どこの子だかなどと家人もいわない。家の子として大事にする。不思議な赤ら顔の子。令和二年の五月は新型コロナウイルス騒ぎに明け暮れる。コロナは質《たち》がわるい妖怪変化《へんげ》のようだ。座敷童子もどこか妖怪めくが可愛らしさがある。五月には珍しい比喩の作。◇五月

二〇一七年五月一日

メーデー歌かゞよひ出でし子供達

岸田稚魚『雁渡し』

時代が変わった。メーデーの変貌が著しい。長い間「労働者の祭典」の意識があった。津々浦々に轟《とどろ》き渡るメーデー歌には迫力があった。殺気さえあった。暑い夏が始まる。戦後の実感だ。掲句は昭和二二（一九四七）年の作。新しい時代が子供達にも敏感に感じられた。路地には子供がいっぱい。溢《あふ》れ出る。広場に向かう参加者が唄う「立て万国の労働者」の声に誘われて。小学四年生の私は、孑孑《ぼうふら》のように立ち、見つめた。◇メーデー歌

二〇二一年五月三日

無心する老婆もありて護憲の日

井口時男『天來《てんらい》の獨樂《こま》』

戦後二年経った五月三日、日本国憲法が施行された。祝日に決まったのは翌年だが、その憲法の趣旨に「国の成長を期する」という文言があることに改めて感動する。国も人間と同じように成長するといわれ、あれから七四年経った現在、日本国は、成長しているであろうか。

掲句は護憲推進を自称する街角の老婆からカンパを無心された。若者ではなく、主人公が老婆。護憲が物乞いのように、これも成長かと。◇護憲の日

二〇二二年五月三日

憲法記念日鴉は黒かむらさきか

星野麥丘人『小椿居』

戦後新しい憲法が施行されてから七五年。庶民には突然とも受け取れるウクライナへのロシア軍侵攻が始まり、連日悲惨な戦場が大写しされ、平和主義に徹した憲法を唯一の護《まも》りの楯《たて》に平穏を願うわが日本の在り方が、世界情勢を踏まえ、身近な視点から議論されることになる。

俳句は暗示的だ。掲句の〈鴉《からす》〉を自衛隊と置き換える。自衛隊は軍隊か否か。どこまでが自衛の範囲でどこからは自衛権を逸脱することになるかなど。◇憲法記念日

二〇一九年五月三日

目を擧げて四方緑なる季は來ぬ

高橋睦郎『季語練習帖』

〈緑〉を新しい季語に用いた早い例句に〈子の皿に塩ふる音もみどりの夜〉（飯田龍太）がある。

緑の季節。〈目を擧《あ》げて〉にどことなく新元号の時代を感じさせる厳粛さがある。もとより読み手の勝手な読みであるが、掲句のすがすがしさは快い。下五音には小学唱歌の「夏は来ぬ」のメロディーがなつかしく反響する。さらに思い起こせば、中七音は旧制高校寮歌調。そんなに懐古するなと言われそうであるが。◇緑

二〇二〇年五月四日

あふれさうな臓器抱へてみどりの日

小川楓子　合同句集『超新撰21』

初々《ういうい》しい季語に相応《ふさわ》しいからだ感覚いっぱい。体軀ではなく、内臓への着目がお見事。喩《たと》えて内燃機関の闊達《かったつ》なさまを眼に見えるように表現した若々しさ。御齢《おんとし》三〇余歳。〈陽《ひ》に透ける耳を持ちたり聖五月〉。こんな句も光にみちた身体を捉えているが、上掲句のからだの内臓から盛り上がる表現には敵わない。近年、解剖学の知識や医学用語が俳句表現に用いられた、新鮮な句に出会うことがある。掲句も好例。◇みどりの日

二〇一九年五月四日

里山も瑞山となる端午かな

小田切輝雄　『甲武信』

瑞山《みずやま》は若葉が美しい山の意。『万葉集』には持統天皇が開いた藤原宮を讃えた長歌に、初夏の畝傍《うねび》山をみずみずしい山と詠う。古都飛鳥のイメージを背景に掲句は端午《たんご》の里山を見直した作。里山とは身近な生活圏の山。春はわらび採り、秋は茸狩。夏は清水を含みながら頂上から展望を楽しむ。かつて、晩秋には杉の落葉を焚《た》き付け用に浚《さら》いに行った裏山もそんな山。端午は「こどもの日」。くだけた感じ。◇端午

二〇一一年五月四日

引きかへて蛇を人やのむ菖蒲ざけ

安静《あんせい》　『玉海集《ぎょっかいしゅう》』

男子の気概を高め、邪気を払うために端午の節句に呑むのが菖蒲酒《しょうぶざけ》。もとは、大蛇《だいじゃ》に呑まれた恨みを晴らすのに菖蒲酒を呑んだという中国の伝説を踏まえている。菖蒲の根は赤みを帯び、その葉は鋭い。蛇の形をしている。それを刻んで酒に漬け、菖蒲酒を呑むのは、蛇を呑み込むごとし。作者は江戸初期の京都の俳人。松永貞徳に学ぶ。八岐大蛇《やまたのおろち》の反対に蛇を人が呑む菖蒲酒とは凄いと絶賛。◇菖蒲ざけ

二〇二二年五月五日

たたまれて終の深息鯉幟

松本英夫　『金の釘』

端午の節句に掲げた鯉幟《こいのぼり》を畳む。〈降ろされて息を大きく鯉のぼり〉（片山由美子）との句もあるが、掲句は、最後の場を〈終《つい》の深息《ふかいき》〉と捉えたことで一層臨場感が出た。あたかも人の臨終を思わせ、ぎくっとする。青空に翩翻《へんぽん》と快活な鯉幟を目に浮かべ、作者も空気が抜けてゆく鯉幟に末期を感じたものか。句集では、〈柏餅《かしわもち》亡き子の齢《よわい》茫々《ぼうぼう》と〉という句が後にあるだけに、作者の思い入れを感じるのだ。今日は立夏。鯉幟は来年もある。◇鯉幟

初恋は転がりだした夏蜜柑

宮野初音『子ども俳句ナビ』

二〇二一年五月五日

こどもの日。今年は立夏でもある。二〇〇六年当時の中学二年生の作。どんな場面か。クラスでハイキングに行った。これやるよと夏蜜柑《なつみかん》を転がして寄こした。それが淡い恋のはじまり。ごつごつした夏蜜柑に託して恋を漏らしたところが、初々しい。〈転がりだした〉もごつい。スマートではない。純情さがあろう。

俳句は一つの断面を詠う。後は読み手が連想する。恋はどうなったか。酸っぱいままかな。◇夏蜜柑

白髪のままがよろしき立夏かな

金子青銅『三伏』

二〇〇九年五月六日

立夏とは、今日から夏の意であるが、どこか畏《かしこ》まった感じだ。古い中国の書物『礼記《らいき》』月令《がつりょう》に出る時候を指すお役所ことばの響きがある。夏になったので白髪頭ではむさくるしい。黒く染めなくては、と天の声を気にする方もあるのかもしれない。が、掲句では自然の白髪のままがいいという。寒山拾得《かんざんじっとく》ではないが、飾らないところに豊かさがある。深まる緑と白髪の白との対比は美しい。

作者は俳誌「白露」同人。◇立夏

はつなつのこころに潜む地溝帯

下村洋子『真水のように』

二〇二一年五月八日

師の塩野谷仁《しおのやじん》が句集の序文で作者の句にはものの存在を探求する叙情があると指摘している。「抒情《じょじょう》」は情感に傾くが「叙情」は対象に迫る情だともいう。同感である。出身が長野県と伺う。県の西を南北二三〇キロにわたり糸魚川―静岡構造線、いわゆるフォッサマグナが走る。日本を東西に分ける地溝帯だ。初夏は気持ちが開放される。そんな時期になると、かえって私は気が沈む。考えごとに時を費やすという。◇はつなつ

水羊羹そちら向かぬはＮＯ！ってこと

池田澄子『思ってます』

二〇二〇年五月六日

水羊羹《みずようかん》を前に、二人のいささか入りくんだ関係。本当のこと言わして貰いますと、ＮＯですわ。

私が主語。あなたの方を向かないとお思いでしょうが、いろいろ考えましたが気持ちがのりませんの。拒否。〈そちら〉は相手ともとれる。あなたが私の方を向いてくださらないのはＮＯってことなの。相手の気持ちを聞いている。疑心暗鬼。私は前者の受け取り方。読者の皆さんはいかがか。◇水羊羹

みどりの日／瑞山／菖蒲ざけ／終の深息／初恋／白髪／地溝帯／ＮＯ!

五月病草の匂ひの手を洗ふ

村上鞆彦　『遅日の岸』

二〇二二年五月七日

現代を象徴する句のようだ。私のおぼろげな実感では、戦後の六〇年安保の民主化運動が退潮した後、時代は経済の高度成長期に入る。あの「アンポ反対」の盛り上がりはどこへいったのか。学生もサラリーマンも気抜けしたように、社会に瀰漫《びまん》した時代の急激な変化という怠《だる》さを感じていた。心理学者が「五月病」といった。五月の連休明けの鬱《うつ》気分に似ている。学生から流行ったものか。どこか贅沢気分、しかし、しつこい草の匂い。◇五月病

昏《く》るるほど光る信濃の代田《しろた》かな

大槻一郎　『雪』

二〇〇九年五月八日

かつての代掻き作業も近年は機械化されている。野川や堰《せき》の水を田に引き入れ、行き渡ると代掻き機が入る。一日、まんべんなく土の塊をほぐす。夕方代田が出来上がる。山国信濃の代田は、山に日が入っても余光が水に長く残る。〈昏るるほど光る〉は巧みな着眼である。

地平線に日が落ちる平野部では風景はいっせいに暮れる。掲句には山国特有な、どこか人恋しい情感が籠もっている。作者は「晨」同人。◇代田

後山《こうざん》に葛引きあそぶ五月晴

飯田蛇笏　『椿花集』

二〇二〇年五月九日

新緑の五月とはいえ、葛《くず》の蔓《つる》は芽吹きはじめ、枯蔓のさまが露わであろう。しかし〈あそぶ〉は半ば無心な境地を暗示している。真剣に蔓退治ではない。家の後ろの山へ足を延ばし、作者が俳人であれば、句作を思案している態ではないか。さして変化があるわけでない日常の思い付きを句にするのは難しい。

角川文庫版『飯田蛇笏全句集』(九句集収録)を紐解《ひもと》きながら目についた、作者晩年七四歳の作。◇五月晴

アカシアの花原子爐に火のあらず

鶴岡行馬　『酒ほがひ』

二〇一一九年五月一四日

3・11東日本大震災以後の作。作者は宮城県在住。震災以後、東電福島第一原子力発電所の炉心溶融《メルトダウン》が次々明らかにされ、放射能汚染事故レベル7とされる。当然、全国の原発停止の動きを引き起こす。掲句は原発反対を叫んではいない。むしろ、醒《さ》めたいい方だ。危ないことはわかりきっていた。それなのに。内心の呟きのごとし。アカシアの花のどろんとした凡庸さを取り合わせ、原子力発電を無化している。◇アカシアの花

二〇一九年五月九日

女人《によにん》高邁《こうまい》芝青きゆゑ蟹は紅く

竹下しづの女　『颯』

女性のすばらしさを堂々と宣言している。格調がある。昭和一三（一九三八）年の作。金子兜太が学生投稿俳誌「成層圏」に投稿していた。その指導者が九州福岡在住の作者。「ホトトギス」同人であった。兜太は掲句を見て、しづの女ファンになる。青芝に蟹の紅を配した色彩感に打たれる。戦争体制に組み込まれてゆく世相に屹立《きつりつ》した感性を感じたのである。〈たんぽぽと女の智恵と金色なり〉も同じ作者。人間としての平等感が句に滲む。◇蟹

二〇二二年五月一一日

いにしへのそのいにしへの杜若

京極杞陽　『露地の月』

杜若《かきつばた》が美しい。掲句が思い浮かぶ。尾形光琳の杜若の屏風絵は名高い。伊勢物語を踏まえた三河の国八橋の杜若を描く。藤原氏全盛の都から東国へ落ちていく没落貴公子の哀歓が背後に漂う。掲句の〈いにしへ〉がそれであるが、さらに〈いにしへ〉とは。万葉集に美しい恋人を杜若に喩えた歌がある。掲句はその歌が想像される飛鳥の甘樫丘《あまかしのおか》辺りで詠んだもの。作者は虚子門の貴公子。豊岡藩第一四代目当主とか。巧さに風格がある。◇杜若

二〇〇九年五月一一日

押入にむかしの匂ひ桐の花

大木あまり　『火球』

「人の世よりもやや高く」と、かつて詩人に詠《うた》われた桐《きり》の花。枯木のような喬木《きょうぼく》に、気がつくと紫色の筒状の花が咲いている。花房は巫女《みこ》が振る神鈴のようだ。花の匂いは甘く、しかも気品がある。掲句の匂い比べが面白い。押入の匂いは懐かしい。子供の頃、駄々をこねて入れられた時のあの匂い。私にはお婆ちゃんの匂いだ。それがどこかで桐の花の匂いとも溶け合うのである。作者は俳誌「星の木」所属。◇桐の花

二〇一四年五月一九日

理想という言葉育む桐の花

岡田恵子　『マリンブルーの椅子』

桐《きり》の花は最高と清少納言がのたまわったことはよく知られている。詩人は人の世よりもやや高くと詠った。淡い紫の花。巫女《みこ》が振る神鈴のような枯れた実の殻が梢についていたのが、いつか、花に変わる。あの変幻も巧み。夕方、ぼっと遠くに見える薄暮《はくぼ》の色は、恥じらうような、逆に秘かな矜持《きょうじ》を見せたような穏やかさ。この世の花の中では気品が高い。

やはり、若者向きではなく、老年の花か。◇桐の花

桐咲くやこの世に母のゐて遠き

二〇一五年五月二六日

小川軽舟　『呼鈴』

桐は宙に咲く。地面からの土の匂いが届かない高さに花開く。どこか浮遊感がある。薄紫の花の色も巫《かんなぎ》が振る神鈴のような花形も浮世の外のもの。

大人になると、母の存在は遠くなる。子どもの頃のスキンシップから一気に離れ、時にはうとましく、しかも懐かしい。母の存在はいつも矛盾した感じだ。その母胎から生まれた体感は忘れようがなく懐かしい。が、懐かしさを振り切ることで大人になる。◇桐の花

夕刊の荒縄ほどく桐の花

二〇一一年六月三日

荻田恭三　『瀑』

かつて少年にとり新聞配りは、根性をつくるいい場であった。学費稼ぎばかりではなかった。私は夕刊を配ったことはなかったが、販売所へ行くと、荒縄で縛られた新聞の束がどさっと置かれる。いち早く仕分けして配りに走る。桐の花が咲く初夏、日は長く、道で遊んでいる同年の仲間に出会うことがしばしば。そのたびに暗い思いが過《よぎ》った。辛抱と呟《つぶや》く。なにくそと力む。懐かしい新聞配り。◇桐の花

青嵐仕事をするは楽しかり

二〇一九年五月一一日

田中裕明　『先生から手紙』

青葉を吹き抜ける爽快な風を身に受けて、仕事に励む。恵まれた若者の素直な気持ちが明るく詠まれている。大学での電子工学専攻の力を生かし一流企業に勤める。三七歳の働き盛りの作。私自身の同じ年齢を顧みても、張り切った思いに共感する。ところが作者は仕事も俳句も最高に楽しいさなか、四五歳で慢性骨髄性白血病により逝去。神さまは才能と寿命を見通して、早くから喜びを特別にたくさん与えたのであろうか。◇青嵐

ぼろぼろにならねば死ねず青嵐

二〇二〇年五月一六日

国見敏子　『幕間』

ズバリ真理を突く。ときに強さにたじろぐ。潔い。もう少し拘《こだわ》りがあってもいいか。俗にいう竹を割った性格の作者であるが、さすがに死に関する拘りは執拗《しつよう》だ。腹水をときどき抜くと聞く。句に詠む。ぐんぐんと独自な境地を拓《ひら》いてゆく。掲句がそれ。青葉を揺する荒々しい風を配し、ぎりぎりの心境を吐露する。気強い。〈まだなにも悪させぬ蛇うたれけり〉も同時期の作。毛色は違うが、気迫が通うのではないか。◇青嵐

楡大樹吹き分くるとき青嵐

稲畑汀子『風の庭』　二〇二二年六月一日

稲畑汀子さんを木に喩《たと》えるならばさしずめ春楡《はるにれ》ではないか。欅《けやき》に似た北国に多い大木。二〇二二年二月に九一歳で逝去されるまで創刊一二〇余年の俳誌「ホトトギス」を統率されたばかりではない。祖父虚子の俳句は普段の挨拶「存問《ぞんもん》（お元気ですかと問うこと）」だという日常性を深められた。掲句の楡の大木を吹く青嵐を讃える大らかさはまことに気持ちがいい。同時作〈郭公《かっこう》の森につづいてゐる牧場〉があり、北海道辺りの風景か。◇青嵐

掃除機を後ろに曳くも青葉冷え

森賀まり『しみづあたたかをふくむ』　二〇二二年五月二七日

〈後ろに曳《ひ》く〉とは。はじめ掃除機の内蔵本体を後ろにひきずりながら長いアームを自在に動かすものと思った。〈掃除機〉の本体はどこかおかしい。奥方に伺いを立てた。テレビでやってましたよ、アームを手前に曳くことではないかと簡単に宣《のたま》う。押すのではなく、曳くこと。なるほど、押せ押せとばかり戦後を生きてきた者には、時代はいつか手前に曳く、細やかな時に替わっていた。青葉の頃の肌寒さ。もの思う句でもある。◇青葉冷え

葉桜や真只中は刃の匂ひ

新谷《あらや》ひろし『雪天』　二〇一四年五月一二日

感性の鋭い句だ。葉桜に囲まれた中に佇《たたず》む。柔和な桜から新緑の葉桜に変わり、日々緑深くなる。その匂いが刃物を研ぎあげた時の匂いだという。どこか雪国人の感覚を私は感じる。私は深雪の匂いに刃の匂いを感じてきた。およそ繋《つな》がらない連想であるが、不意に匂いは意外なものとものを繋げる。作者は青森に長く住んでいた。葉から刃とは語呂合わせではないが、葉桜の光、色、勁《つよ》さなどが印象深い。◇葉桜

葉桜や車窓を装飾的な通過

董《とう》振華《しんか》『聊楽』　二〇一九年六月九日

花が終わり葉桜になる。電車の車窓を過《よぎ》る葉桜を〈装飾的〉とは見事な把握だ。鮮やかな印象だけがあり、具体的な映像はなにもない。〈葉桜となりなお急ぎ足となり〉という句もある。作者は努力家。北京で日本語を学び、中日友好協会に就職。日本の大学で農業経済学博士号を受けている。漫画も映画脚本も書く。掲句は俳句とその漢訳がつく珍しい句集に入る。◇葉桜

母／荒縄／青嵐／ぼろぼろ／楡大樹／青葉冷え／刃の匂ひ／葉桜

知らぬ町の鉄棒握る桜の実

二〇二二年五月一三日

徳永真弓　『神楽岡』

桜の実が赤みを帯び、葉桜の間からのぞく。公園だろうか。鉄棒を握った。鉄棒の句が他にもある。小学校の頃を思い出したのか。逆上がりができない。夕方こっそりと練習にきた。あれは辛い思い。これは私の鉄棒の思い出。大きくなり大方忘れた中でいまや懐かしい。なぜ〈知らぬ町〉なのか。旅愁がある。子離れしたさみしさもあろうが、未知の町に自分を置いて、自分を見つめる。そこに鉄棒があった。幸せの証《あかし》のように。◇桜の実

癒ゆるとは上を向くこと桜の実

二〇二二年六月三日

松永典子《ふみこ》　『路上ライブ』

気持ちが塞《ふさ》いでいるときは上を向くことさえ辛い。首が上がらない。葉桜の間に桜の実がいく分黒みがかっている。季節は盛んな夏へ向かっている。なんでもないことに気付くこと。それが病が治り、気分が上向きになった証拠。句集あとがきにコロナ禍に重ね、世界の深刻な状態に触れた後、個人的にと「癌を患ったり見解の相違で孤立したりで」、時間が忽《たちま》ち過ぎたことを記した。繊細すぎない意志力、健康さに気付いたものか。◇桜の実

慣れざるも慣るるも荒鵜あはれなり

二〇二一年五月一一日

正木ゆう子　『羽羽』

長良川の鵜飼《うかい》開きの日。ことしは鵜飼もコロナ禍で楽しめない。鵜飼の鵜は海鵜が使われる。自然に戯れていた鵜が鵜飼の鵜になるには鳥屋で飼われて三年という。しかし、鵜は鶏のようには順化されない。荒い本性は失わない。鵜匠にいまだ馴染まない鵜が荒鵜。これをいかに手《て》懐《なず》けるか。鵜飼は鵜匠と鵜の真剣勝負だ。鵜は不承不承従う。鵜匠も承知で、鵜の鮎《あゆ》を呑む荒い本性を生かすように手懐ける。ともに哀れ。◇荒鵜

鵜のつらに篝《かがり》こぼれて憐也《あわれなり》

二〇一〇年五月一二日

荷《か》兮《けい》　『あら野』

五月半ば、鵜飼《うかい》が始まる。貞享五（一六八八）年、岐阜での鵜飼詠。芭蕉の〈おもしろうてやがてかなしき鵜舟哉〉も同時の作。一二艘の舟ごとに各々一二羽の鵜を操っての鵜飼が普通であったようだ。鮎《あゆ》を呑み込んだ鵜が舟に上がる。舳先《へさき》に焚《た》いている篝火の明かりが鵜の貌《かお》を照らし出す。時に火の粉がかかる。疲れきった鵜の貌が浮かびあがる。酷使に耐えて、鵜あわれ。荷兮は名古屋の蕉門の長老。◇鵜篝

蝦蟇よわれ混沌として存へん

二〇二〇年五月一二日

佐藤鬼房　『半跏坐』

自ら蝦蟇《がま》と宣《のたま》う。生きる意欲まんまん。卑下していない。門下の高野ムツオ編『佐藤鬼房俳句集成第一巻』の年譜によると、一六歳でロシア文学を濫読《らんどく》。俳句を当初、新興俳句系の渡邊白泉に見て貰うという。八二歳の命終まで東北塩竈に住み、好奇心の塊、わんさと人に遇っておられる。掲句は六九歳の作。好きな人物はアテルイ（蝦夷《えみし》の族長）と光明皇后（ハンセン病患者を救済した聖武天皇の奥方）だという。混沌《こんとん》が魅力の俳人。◇蝦蟇

まず東寺見えて卯の花腐《くだ》しかな

二〇〇九年五月一三日

上野一孝　『萬里』

新幹線で京都に近くなると、まず見えるのが駅の南に立つ東寺の塔。約五五メートルとわが国で最も高い五重の塔である。掲句の〈東寺〉は東寺のシンボルである塔と受けとれよう。折から京都は〈卯の花腐し〉。卯の花（空木《うつぎ》）が咲く頃降り続く長雨を呼ぶ。梅雨に入る前のぐずついた雨だ。桓武天皇が創建し、空海が密教の布教道場にした東寺と情緒ゆたかな季語との取り合わせが巧い。作者は俳誌「杉」同人。◇卯の花腐し

とまれ古稀夏大根の曳く辛み

二〇一三年五月一三日

古沢太穂　『うしろ手』

〈とまれ〉は、なにはともあれの意。辛酸《しんさん》を嘗《な》め七〇歳を迎えた。余生もあまり長くない。その感慨を端的にいうならば夏大根《なつだいこん》の辛みだという。

大根は江戸時代から冬のものとされた。『和漢三才図会』の「大根蒔《まく》」には「大抵八月種《たね》を下し、彼岸に苗を出《いだ》す」とある。収穫は初冬。野菜が少ない冬に漬けものや保存に重宝されたから。掲句は夏大根。擂《す》っておろしに用いる。さっぱりした男性的な句柄だ。◇夏大根

筏ひかれゆく夏帽にわが匂い

二〇二一年五月一三日

橋爪鶴麿　『橋爪鶴麿句集』

若い日の慶応ボーイであった作者の面影が浮かぶ。筏《いかだ》により急流下りをした。その筏が船によりまた上流へ引かれていく場景か。汗も飛沫《しぶき》も浸みた夏帽子。その帽子の匂い。そこに束の間の青春があった。終戦の日に旧制中学五年、一八歳。軍需工場への勤労動員の明け暮れ。とはいえ、出征しないで焼夷弾爆撃を潜り、焼け野原をぎりぎり生き延びた。〈日向《ひなた》の木日かげる木夏は禱《いの》りの木〉がある。二〇二〇年九四歳で逝去。◇夏帽

二〇二〇年五月一四日

赤褌《あかふん》で泳ぎし海洋少年団

倉橋羊村　『有時《うじ》』

二〇二〇年二月一一日、羊村八八歳の訃報に接し『無念でごわす』という著書を思い浮かべた。俳誌「鷹《たか》」の編集長であった氏にお会いしてから交友半世紀あまり。やさしい人であった。横浜生まれの氏が少年の日、海洋少年団に所属し、夏は赤褌で湘南の海で泳ぐ。礼儀、誠実、感謝、名誉など一〇の約束を守る律儀さが連盟の趣旨。生涯生きる原点がそこにあった。組織の副、サブに徹し、淡々と、ときに融通無碍《ゆうずうむげ》、海のように。◇赤褌

二〇二一年五月一五日

ひめゆりの塔に五月雨底《そこ》ひの声

有原雅香　『鳰の居る庭』

五月一五日は沖縄本土復帰記念日である。一九七二(昭和四七)年、終戦から二七年ぶりに沖縄は日本に返還された。が、米軍基地が残り、近年の辺野古への基地移転問題は沖縄住民の本音に耳を傾けたものか心が痛む。そんな折、掲句に目を留めた。沖縄戦の激戦地、ひめゆりの塔の深い底から声が漏れるという。犠牲者の死んでも死にきれない呻《うめ》きであろうか。わが愛する沖縄は完全に本土へ復帰したのか案ずる声のようだ。◇五月雨

二〇二一年五月一六日

水鶏《くいな》啼《ない》て星うく草のはやまかな

常世田長翠《とよだちょうすい》　『戸谷本長翠句集』

のどかな草深い農村風景を描き、才人を思わせる。草山の端に夕星がぽつんと浮き出る。

水鶏は夏に飛来し水辺の叢《くさむら》で繁殖する。二年ほど前、夏の夕方、山坂を散歩の途次に出会った。逃げ足が早く、茶褐色の体色が目に残った。コツコツと戸を叩くような鳴き声はまだ耳にしたことはないが、水鶏がまだ身近にいるのがうれしい。作者は白雄《しらお》門。晩年は酒田に住み、みちのく俳壇に重きをなした。◇水鶏

二〇二一年五月一六日

ものいはゞ人は消《け》ぬべし白牡丹《はくぼたん》

小西来山《らいざん》　『いまみや草』

牡丹の静かな風情を讃え〈富貴草〉と呼ばれる。花の外観だけでなく、もし牡丹が口をひらいたならば、その美声にうっとり、人はこころも奪われ消えてしまうに違いない。純白な牡丹はそんな魅力を湛《たた》えている。来山は大坂の俳人、芭蕉より一〇歳若い。今宮(浪速区)に閑居し、俳諧撰集の名も『いまみや草』といった。〈若楓《わかかえで》一降りふつて日が照つて〉と冒頭に若楓とぽんと置いた、初夏の通り雨を詠んだ明るく弾んだ句もある。◇白牡丹

断崖に立つ洗い髪匂いけり

二〇一九年五月一六日

佐藤文子　『火の一語』

明朗な句である。戦争末期の沖縄や南島サイパンなどの追い詰められた断崖詠ではない。旅吟であろうが、夏を迎え、洗い髪の匂いを気にする日常を句に取り入れた細やかな違和感が詩情を生んでいる。

こんな風に、女は身を断崖に置くドラマを楽しむのが好きなのよといいたいような。断崖といえば戦時に結び付け連想するワンパターンの発想を拒否する句である。とはいえ、断崖は普段の暮らしにもある。◇洗い髪

海風も加へ五月の鞴《ふいご》の火

二〇一〇年五月一七日

友岡子郷　『雲の賦』

鍛冶師の五月。作者の着想に秘められた躍動感がある。海に向く仕事場。ふんだんに差し込む海光を庇《ひさし》が遮り、ブラインドで濾《こ》す。しかし、鍛冶の火を起こす鞴に通う風は磯の海風である。

暑い夏の鍛冶仕事は辛い。火を扱う鍛冶は冬の仕事だ。鞴を祀《まつ》り、お神酒《みき》を供える鞴祭（鍛冶祭）は陰暦一一月八日。厳しい夏が来る。五月は鍛冶師にとって、気持ちよく仕事がはかどる月。◇五月

すこし揺れそれから暮れて五月の木

二〇二一年五月二九日

今井杏太郎　『風の吹くころ』

〈紀の国の五月《ごがつ》なかばは／椎の木のくらき下かげ〉は佐藤春夫の恋愛詩「ためいき」の冒頭、恋の呼び出しである。大正二（一九一三）年六月「スバル」に出る。五月が季語に使われ出すのもこの頃から。明治の子規などは〈五月《さつき》〉（陰暦五月）と呼ぶ。〈皐月〉とも。カトリックで聖母マリアを讃《たた》え「聖五月」という習俗などの影響か。新緑の木が微風に揺れ、暮れる。暮れ方がまた爽《さわ》やか。〈恋人のためいきを聞くここち〉と春夫は詠《うた》う。◇五月

鉛筆を尖らせ五月新しき

二〇二二年五月二〇日

和田悟朗　『人間律』

私は鉛筆愛用者である。俳句を句帳に書くのはもっぱら鉛筆。ボールペンを稀《まれ》には使うが、2Bか3Bの柔らかい書き具合は、風景に呼応する内面の思いを記すには相応《ふさわ》しい。新緑の五月、安曇野には田を潤す水を梓川から引く「お水迎え」の行事がある。豊作の源の水を里の穂高神社に奉納。秋には「お水返し」と称して、上高地の明神池の神さまへ捧げる。この光景をスケッチする。万年筆でも太いペンでもダメ。鉛筆が新鮮だ。◇五月

赤褌／ひめゆり／水鶏／白牡丹／洗い髪／鞴の火／五月の木／鉛筆

緑蔭《りよくいん》や座布団ひとつ惚《ほう》けたる

二〇一八年五月一七日

黄土眠兎《きづちみんと》　『御意』

公園の休憩所に置かれている座布団か。使い古されたままの状態を〈惚けたる〉と称した。きつい言い方であるが、ユーモアもある。そこへ腰をおろすご老人には重宝されている。作者は横書き、インターネット句会から俳句を始めたと句集あとがきにある。メールアドレスが載っている。軽々とつくる人なのであろう。俳句のコツはこんな座布団の発見にあろう。できたわよ、と仲間に伝えたい。そんな句。◇緑蔭

緑蔭といふ何もなきところかな

二〇二〇年五月一九日

藤本美和子　『天空』

〈その下に繙《ひもと》けば緑蔭の部屋〉（鷹羽狩行）というお洒落な句がある。人がいて、本を読む。そこに部屋ができる。本来これが緑蔭にはがらんとした広がりがあるのみ。本来これが緑蔭だ。ところが、いまやベンチは満杯、緑蔭は人の列。誰もいない広がりなどどこにもない。とはいえ、深山に豊かな緑の木陰があっても緑蔭とは呼ばない。緑蔭は公園や校庭、庭先など都市化現象の中から生まれた緑の空間なのである。すると掲句は緑蔭の憂鬱《ゆううつ》詠か。◇緑蔭

鎌倉の緑蔭小諸にも緑蔭

二〇二二年七月五日

深見けん二　『蝶に会ふ』

虚子の高弟であった作者は鎌倉在住の師のもとに通った。戦時中、小諸に疎開した師を慕い、度々訪ねている。この上なく幸せであった。〈緑蔭〉は学びの場をやさしく見事に暗示している。学ぶのは常に一対一。膝を交え、師の声を聴き、師に問う。出会いは作者一九歳。大学へ入った昭和一六年、第二次世界大戦が始まる直前であった。以来、師が亡くなる昭和三四年まで、一八年間師事し、名著『虚子の天地』を残している。◇緑蔭

無言を以て緑蔭をわかちあふ

二〇二一年七月三一日

伊藤恵一　『第21回俳句甲子園』

令和二年の俳句甲子園で優秀賞に輝いた作。作者はその年、松山東高校二年生。〈無言を以《もっ》て〉はコロナ禍を意識した表現であろうが、その状況を想定しないでも理解できる。緑蔭のベンチに座る。互いに黙っている。沈黙に違和感はない。本来、公園などの緑蔭は静かな場所。日常の喧騒を離れ、ふらりと緑蔭に来る。もっぱら自分の気持ちを整えるために。大人の気持ちに近付くには無言で人の気持ちを察する術《すべ》を身に付けることだ。◇緑蔭

緑蔭といふもてなしの一ト間あり

白石喜久子　『鳥の手紙』　二〇一八年六月七日

木々の緑が深くなる。庭先に木立があれば最高。暑い日に来客でもあると、緑の天蓋《てんがい》の下は格別な応接間。

先日、軽井沢で私が主宰する俳誌の四〇周年を開いた。どんな折から雨上がり、樺《かば》の緑の輝きにうっとりした。こんな新美味しい料理も自然のもてなしには敵わない。一期一会だ。緑との出会いも人との出会いと同じ。

時がたちまち過ぎる今日、緑蔭で過ごす時間を心の美容にぜひとも欲しい。◇緑蔭

緑蔭を離れ座敷として使ふ

髙崎武義　『龍舌蘭』　二〇一二年七月二日

庭にゆったりした緑蔭がある。そのもとでの語らいや読書を洒落て〈離れ座敷〉を用いると見立てたもの。涼風通い絶好の場には違いない。青い蜘蛛《くも》などがすーっと下りてくるのはご愛敬。わが家も雑然と木を植えた。軽井沢の別荘地などに真似て。ところが木が伸び、草が茂ると家内は暗くなり、風通しは悪く、庭には藪蚊《やぶか》がわっと発生。干しものをするにも肌を覆って出ないと刺される。夢と現実の差に御手あげ。◇緑蔭

昼の酒蓬は丈をのばしけり

宇佐美魚目　『紅爐抄』　二〇一六年五月一八日

春の餅草が夏を迎え丈がのびみどり濃くなる。〈蓬長《よもぎた》く〉という。過ごしやすい穏やかな季節を迎えた。気の置けない友人でも招いたものか。昼から酒になった。

どこか、古来文人墨客《ぼっかく》が好んだ風情が漂う。昼の酒がしどけない気分を醸す。勤勉に働く時間に酒を飲む。それだけで世の秩序をいくぶん崩した自由を手にした心地がする。すると、木の声、草の声が聞こえるようだ。鳥の囀《さえず》りも身近に感じられる。作者は書家。◇蓬長く

山蟻の列に鎖の微音ふと

大野今朝子　『岳俳句鑑V』　二〇一一年五月一八日

鋭い句だ。暑いさなかの山蟻《やまあり》の隊列から鎖を引き摺《ず》る微《かす》かな音が聞こえるという。蟻は人には見えない鎖に拘束されながら隊列を組んでいるものか。ふと、今次大戦末期のナチスドイツによる反ユダヤ主義に基づくユダヤ人の、アウシュビッツにある強制収容所にでも曳《ひ》かれて行く光景を想像する。社会性がある俳句とはこんな句をいう。現代人は自然の風物を見ても、歴史や社会の出来事からの情報を絡めてものを感じるものだ。◇山蟻

惚けたる／緑蔭／鎌倉・小諸／無言／もてなし／離れ座敷／昼の酒／鎖の微音

余白などなき人生や今年竹

二〇二二年五月一八日

上條忠昭　『零余子《ぬかご》飯』

五月の生気が漲《みなぎ》る空を押し上げる今年竹《ことしだけ》。青年の姿を彷彿《ほうふつ》とさせる。今年九三歳になる作者。掲句は七八歳の作であるが、毎日、早暁に二キロのジョギングが最近、一日一万歩に替わったとはいえ、万年青年の颯爽《さっそう》たるスタイルは変わらない。長男が三人の女子を残して四五歳で急逝する。その孫たちも医療従事者になり、保健学博士に、看護師に、あるいは公務員に。ともに励み、夢を追い続けた人生に余白はなかった。快い。◇今年竹

風を知る丈となりけり今年竹

二〇一四年六月二七日

今瀬一博　『誤差』

梅雨近くなると、筍《たけのこ》から無事生き延びた竹が竹藪の上に頭を出す。風に揺れ、これが今年竹。

名前がフレッシュ。元気がいい。頭を垂れた古い竹のよろよろ、お化けみたいなのに比べて、身軽でスタイル抜群。竹林は嵯峨野も鎌倉も各地にある。先日も伊那谷の天竜川沿いを下った。勘太郎さん気分だ。今年竹が「お出でお出で」をしてくれるのがよかった。

掲句はさりげない詩情をくみ上げた佳句。◇今年竹

今年竹年年に空はるかなり

二〇〇九年六月二九日

宮津昭彦　『遠樹』

今年生えた竹の子が若竹になる。今年竹という。竹藪には昨年の竹も、もっと前の竹もあろう。ところが、年々、新しい今年竹の丈が高くなり、それだけ空が遠くなったように感じる。心理詠として面白い。

竹のことを詠いながらどこか、人の世の世代交代を思わせる。若い人に交わり、歳を重ねるさみしさを思ったものか。〈空〉の一語に詩人は無限の哀歓を託すのである。作者は「濱」同人。◇今年竹

箱庭の疲れてゐたる人らかな

二〇二一年五月二〇日

山口昭男　『木簡』

〈箱庭〉が夏の季語。江戸の人たちには庭園への憧れがあった。そこで木箱に浅く砂を入れ、盆景を作る。屋敷には水を引き、橋を架ける。草や木を植え、人を配する。中には凝って東海道五十三次まで作り楽しむ。掲句は箱庭作りに夢中になり疲れているとも、配された人がどこか疲れた表情ともとれるが、後者か。人に生気がない。凝った人形は猶更《なおさら》だ。時に箱庭作りは、患者の内面を知るための箱庭療法という心理療法になる。◇箱庭

人間や千代に八千代に急げば汗

二〇一九年五月二一日

池田澄子『思ってます』

「君が代は千代に八千代に」を踏まえていよう。国歌である。人間のやることに、いそがしい時代があった。国歌に囃《はや》され、戦場へ戦場へと狩り出され急いだ。戦地ではもちろんのこと、勤労奉仕に明け暮れた時の汗滂沱《ぼうだ》。そんな汗はかきたくない。人間を考える。汗をかかねば生きていけない。ゆったりと自然に、平和ないい方をすると、いい汗をかきたい。人間を戒めた句であろう。とかく暴走しないように。◇汗

明日来るという楽しさや汗噴けど

二〇二〇年五月二六日

細谷源二『泥んこ一代』

俳人に楽天家が多い。ときに源二は苦労人。小学校を中途で止《や》め、一二歳から旋盤工として働き、俳句をおぼえる。プロレタリア俳句に熱中し、昭和一六年俳句弾圧事件に巻き込まれ検挙された。航空機部品製造の町工場を経営していた。なにかの間違えではなく、二年四カ月獄中で過ごす。掲句は出所した折の明朗な作。東京大空襲で焼け出され、戦後北海道へ渡る。〈地の涯《はて》に倖《しあわ》せありと来しが雪〉の辛酸を極めた開拓詠も明るい。◇汗

蟬殻を焚けばしづかに燃ゆるなり

二〇二〇年五月二一日

今井杏太郎『風の吹くころ』

蟬殻《せみがら》を集めて焚《た》く。拘《こだわ》る。なにに拘るのか。おのが亡《なき》骸《がら》を焼くとはなにか。蟬殻を焚くことから端的な火葬体験へ連想が及ぶ。死とはなにかを知りたい。子規に山中で隠亡《おんぼう》によりわが身が火葬にされる次第を想像した一文がある。時代が移り、亡骸が骨になる始終を見つめることなどできない。ところが、突然に新型コロナウイルス死が身に迫る。死は仮想ではなくなる。静かに燃える蟬殻からわが死後生をこの目で見つめる。◇蟬の殻

郭公に目覚め晴天うたがはず

二〇二一年五月二二日

大串 章『大地』

大気が弾む初夏。快い。こんな日が恵まれる。それだけで幸せな気分だ。郭公《かっこう》のよく透《とお》る声に起こされたものか。声を耳にしただけで、今日は最高、いい天気と勘でわかる。五月はそんな晴天が続く。自宅でも旅の宿でもいい。信濃追分の旅籠《はたご》油屋が二〇〇七年に閉じる前、しばしば行った。夏の早朝は大概こんな気分だった。

掲句も旅吟のようだ。〈今年竹空をたのしみはじめけり〉もある。作者の俳句には向日性がある。◇郭公

さそり座の夕べ大山蓮華かな

二〇一一年五月二三日

高橋将夫『星の渦』

高原詠であろうか。夏の夕方、南の地平線近くに見えるさそり座。アンタレスが首星。

私も先年、志賀高原のお花畑で掲句のような光景に出会い、清冽な感動を味わった。大山蓮華《れんげ》の芳香を放つモクレン科の白花が紅色を含み夕闇に浮き立つ。傍らに三好達治の「雪」の詩碑があった。現世の風景であるが浄土を連想させる。作者の中にそんな宇宙観があるものか、静謐《せいひつ》な句境に惹かれた。◇大山蓮華

年とつて白玉に黙つてゐるしかない

二〇二〇年五月二三日

筑紫磐井『我が時代』

3・11から三年後に出された句集に入る。句集のまえがきには「憂鬱《ゆううつ》な時代には、ほの明かりのような思想がふさわしい」とある。当時五二歳の作者は働き盛りであるが、死とか老人など避けることができない重いテーマを話題にしながら、人間の本質とはなにかを自作で問うている。当然、東日本大震災の死者への鎮魂が意識にはあろう。老人好みの夏の涼味、白玉団子に人間の本質をみる思想は、意外に強靭《きょうじん》な思想ではないか。◇白玉

ひとりづつ呼ばるるやうに海霧《じり》に消ゆ

二〇一九年五月一八日

照井 翠《みどり》『釜石の風』

釜石での津波災害をもろに体験した作者。大震災後八年の歳月はいよいよ記憶を鮮明にするばかり。ああすればよかった、こうすればよかったとの自責の思いは深い。目の前で生徒が一人ずつ津波に攫《さら》われた。あの日の誰かがいま、夏の海霧に一人ずつ海神に呼ばれるように消えてゆく。身につまされる切ない悪夢のような幻想である。〈誰ひとり帰らぬ虹となりにけり〉とも作者は詠んでいる。◇海霧

断崖も海霧《じり》の虚空も海猫《ごめ》が統《す》ぶ

二〇一二年五月二三日

深谷雄大『明日の花』

留萌《るもい》沖、日本海に浮かぶ天売《てうり》島・焼尻《やぎしり》島吟行詠。〈海猫〉を「ごめ」と呼び、〈海霧〉を「じり」という。北海道の地に深く根付いた夏の季節のことば。

掲句の迫力に圧倒される。断崖もただ広い空も海猫が独り占め。凄まじく鳴き立てる声が太古から轟《とどろ》いていたのである。人力の及ぶところではない。

長い冬を経て、短い夏に海も大地も全身をぶつけている。必死に生きている。◇海霧

近所まで來てゐる金魚えー金魚

二〇二二年五月二三日

中原道夫　『橋』

虚子に〈朝顔にえーッ屑屋《くずや》でございかな〉（『句日記』「昭和三三年九月三日大崎会。英勝寺」）がある。朝顔と屑屋との取り合わせは芝居の舞台を彷彿させ、自在な句風にも句品がある。掲句も町内を廻る金魚売の呼び声をそのまま一句に仕立て虚子風。しかしちょっぴり違いがある。取り合わせの句風ではない。夏の金魚売が近づいてくる臨場感に関心がある。少年のような好奇心だ。永六輔さんなどの東京やなぎ句会調。小咄《こばなし》風か。◇金魚売

金魚から見れば人間つまらなし

二〇一七年七月三日

高橋将夫　『蜷の道』

水槽に飼われている金魚はどんな気持ちで過ごしているのか。蘭鋳《らんちゅう》や琉金《りゅうきん》にしても鰭や尾をしなやかに揺らし極限の演技を見せるが、限られた狭い水槽で退屈ではないか。時にはガラスに映った自分を敵と思い込んでいるのか忙しく動き、隙を見せない。あわれだ。

ところが金魚から見ると人間の方がつまらない。ふらふらして、優柔不断だ。意外にも金魚は宿主《やどぬし》を見抜いているのではないか。◇金魚

金魚玉だあれも居なくなつてをり

二〇二二年六月一四日

倉橋みどり　『寧楽《ねいらく》』

軒先に吊るした金魚玉。丸いガラス器を金魚が忙しく突いている。先ほどまで金魚に関わっていた者がどこかへ行ってしまった。金魚が一段と華やか。不思議な時空がぽっかりと。どこへ行ったのか。もう誰も来ないのか。金魚は捨てられてしまったのか。愛玩とは人間のわがまま。好きな気持ちはたちまち消えてしまう。〈死んぢやつた金魚たましひのにほひ〉という句も。せめて哀悼のことばは丁寧に。どこか空《むな》しいことを承知で。◇金魚玉

雑草忌かたばみ都《と》塵《じん》とて点じ

二〇一九年五月二三日

古沢太穂　『古沢太穂全集』

五月二三日、元浅草最尊寺石橋辰之助の墓に詣でつつ、と前書がある。〈朝焼の雲海尾根を溢れ落つ〉と山岳詠に優れた新興俳句作家。戦後は俳句団体の民主化に尽力し、若く昭和二三年八月二一日、三九歳で逝去する。

忌日を雑草忌とは切ない呼び方であるが、都会の塵《ちり》にもまぎれないで咲くかたばみを捧げたのは救われよう。クローバに似たハート形の葉に黄色の五弁花がつつましい。作者もまた好人物の革新俳人。◇雑草忌

クローバに寝て人生のいま旺《さか》ん

二〇一九年五月二五日

神蔵 器 『能ケ谷』

「不来方城址《こずかた》」と前書。〈不来方のお城の草に寝ころびて空に吸はれし十五の心〉とは石川啄木の青春回顧の名歌。草はクローバ。啄木さんにあやかり、さてわが未来はいかにと思い巡らす作者五六歳、昭和五八（一九八三）年の作。昭和の戦後は戦前以来「人間」の探求が中心課題。それが〈人生〉探求に拡散したのが高齢化社会の昭和五〇年代になってから。戦後の不況から抜け、バブル経済へ。いまだ世の中がどすんと落ちる前の作。◇クローバ

遠蛙《とおかわず》止み遠蛙鳴きにけり

二〇〇九年五月二五日

倉田紘文 『都忘れ』

蛙は古来春の季語なので、遠蛙も歳時記などでは春に分類されている。しかし、ここは代田《しろた》あるいは植田後に田に居ついた蛙である。斎藤茂吉が〈死に近き母に添寝のしんしんと遠田のかはづ天に聞ゆる〉と詠った蛙である。夜分に田蛙の声が遠くから聞える。どこか郷愁を掻き立てる。がいがいがいと賑《にぎ》やかであるが、ぱたっと鳴き止む。と、また鳴き始める。蛙の指揮者がひと息入れたのかな。作者は俳誌「蕗」主宰。◇遠蛙

人の恋きき手にまはる遠蛙《とおかわず》

二〇一四年七月九日

鈴木真砂女 『都鳥』

ひとの恋の顚末《てんまつ》を聞くよりも当事者になって、燃えている方が真剣になれよう。しかし、ときに仕事の上から客人の聞き手にまわる。銀座の路地裏で名高い小料理屋を開いていた作者は波瀾《はらん》に富んだ恋の逸話の持ち主。聞いて貰いたい客も自《おの》ずから集まる。色恋ほど体験者の助言の一語が身に沁《し》みるものはない。遠くで鳴く蛙《かえる》の声を配し、話はしんみりといい感じ。微妙な核心に入る。それからと聞き手も乗り出す。◇遠蛙

少年は淋しくてあれ遠蛙

二〇一八年七月二一日

高木一惠 『高木一惠句集』

連句に堪能で、道元の勉強もされている。俳句の本質に抒情《じょじょう》をためている作者ではない。

少年への知的な批評が込められているが、逆説的だ。少年よ、今年竹のように頼もしく育てというのではない。若い時に淋しさを体験することが長い人生には必要だという。共感する人が多いか。孤独の勧めである。

少年時代に俳句と出合うことは淋しい。がんばれといわれている感じ。◇遠蛙

恋をして薔薇の香りの咳をして

二〇二一年五月二五日

坊城俊樹　『壱《いち》』

白秋に「薔薇《ばら》の木に薔薇の花咲く」という詩がある。別に不思議ではないが、改めていわれると、どこか不思議な気になる。掲句も愛と美を象徴する薔薇によって恋が語られるのは不思議ではないが、嫌なもの〈咳《せき》〉が恋ゆえに薔薇の香りだと意外な喩《たと》えに不思議な思いになる。落語の落ちのようだ。そこが作者の考えるおかしさであろう。一句の主人公は男性ではなく、女性。痘痕《あばた》も笑窪《えくぼ》に見える。ルンルン気分とはこういうものか。◇薔薇

極まれば赤は黒めき薔薇盛り

二〇二〇年六月九日

佐瀬はま代　『一日《いちじつ》』

黒が赤を統べている。この直感が鋭い。薔薇《ばら》の花は黒ずんでくる。これだけでは平凡。最高に極まったときの赤が秘めた黒。私はその瞬間をすべての色が持つ最高の美しさだと思う。黒により美が極まる。若さを抜けた壮年の感覚である。〈漆黒の甲斐の夜空や新走《あらばしり》〉の黒にも惹かれる。都会の夜空ではない。山国甲斐の新酒が身に沁み、闇はいっそう深い。外国詠が多いだけに薔薇を見慣れているか。◇薔薇

靴振ればいつまでも砂出でて夏

二〇二二年五月二五日

榮《さかえ》　猿丸《さるまる》　『点滅』

有季定型の写生句、作為のない言葉が新鮮だと句集あとがきにある。掲句の〈いつまでも〉には手品を見ているような、読み手を不思議な気持ちに誘う巧みさがある。夏の砂丘でも歩いてきたものか。靴の中がざらざらした。靴を脱いで中の砂を出す。逆さにすると砂が出てくる。こんなにどうして入ったのだろうといぶかしくなる。それでも出てくる。つまらないことに拘《こだわ》るものだと自分自身嫌にもなる。退屈さに拘るのが若者の特権だ。◇夏

非情にも毛深き枇杷の若葉哉

二〇一〇年五月二六日

鬼貫　『仏兄《さとえ》七久留万《ななくるま》』

私も枇杷《びわ》の若葉を詠まんとしげしげ書斎の窓の傍らにある枇杷の木を見つめた。〈非情にも〉は巧い。鬼貫の心がここにある。枇杷の実の愛らしい丸み、温かい色合、円やかな味わい。それに対して、若葉は大きく荒々しい。縁には鋸歯《きょし》がある。葉裏には金色の毛が密集し、優しさがなく非情だ。なんと対照的か。鬼貫とは、「鬼の貫之」だという。和歌の貫之に対して俳諧の貫之をもって任じた。自信があったのである。◇若葉

二〇一六年五月二七日

兄弟の顔見あはすやほとゝぎす

去来　『去来抄』

ご存知『曾我物語』で名高い仇討《あだうち》の場を句にしたフィクション俳句。

曾我十郎祐成《すけなり》と五郎時致《ときむね》の兄弟が父の敵《かたき》、工藤祐経《すけつね》を前に顔を見合わせて感動する場面が描かれる。折からのほととぎすは初夏の夜に声を聞かんと待ちに待つ鳥。

芭蕉はもう少し情が入った方がいいという。反対に許《きょ》六《りく》は情は十分だが表現不足だという。

芭蕉門人たちの間で議論があった句。◇ほととぎす

二〇一四年五月二八日

うやむやにはじめはきゝし時鳥

松瀬青々　『松瀬青々全句集』

ほととぎすの表記は多い。時鳥とは夏の時節を意識させる鳥の意か。死出田長《しでのたおさ》とも呼び、これは死出（冥土）から来た鳥と嫌われた。

夏に鳴き出すが、初めははっきり聞き取れない。夏も闌《た》けてくると、「てっぺんかけたか」「とっきょきょかきょく」などと鳴くという。聴く者の耳がそのように古来からの鳴き方に馴《な》れてくるのである。

〈うやむや〉が本当の時鳥の鳴き方であろう。◇時鳥

二〇一六年六月一〇日

飛騨の生れ名はとうといふほととぎす

高浜虚子　『五百句』

昭和六（一九三一）年六月に上高地温泉ホテルでの作。入梅時期に入る。折からほととぎすが鳴く。飯の給仕に来た無口の少女に主人公が名を聞いた。〈とう〉と答えた。珍しい名と思い又《また》聞いたが〈とう〉という。

生まれを聞くと〈飛騨〉という。どこまでも無愛想だ。相手が俳句の先生などという興味もなく、ぶっきらぼうな点が却《かえ》って印象に残ったものか。少女の応答をそのまま句にしたのが飄逸《ひょういつ》。◇ほととぎす

二〇二一年七月五日

ほとゝぎす啼《なく》や湖水のさゝ濁《にごり》

丈草　『続猿蓑』

繊細な琵琶湖詠。作者は犬山藩士であったが二七歳で仏門に。丈草は僧名。穏やかな人柄で、芭蕉に信頼され入門二年後、蕉門最高の俳諧撰集『猿蓑』の跋文《ばつぶん》を書く。

夏のほととぎすの鋭い声と大景の湖水との取り合わせ。動と静の対比の句であるが、〈さゝ濁〉に気持ちが込められている。五月雨どきだけに湖の青さがわずかに濁る。去来の句と誤伝されてきたのは人柄が似ているからか。

生涯わずかな濁りを考えてきた作者。◇ほととぎす

二〇一二年五月二八日

桑の実や湖のにほひの真昼時

水原秋櫻子　『葛飾』

『葛飾』（昭和五年刊）に入り、「諏訪湖」とある。昭和初めの諏訪湖詠。懐かしい山の湖畔風景に、しかも実体感がある。桑の実を信濃では桑いちごと呼ぶ。養蚕の盛んであった頃は桑畑の間が通学路。唇を紫に桑いちごを頬張るのがおやつ。私は句の〈湖のにほひ〉に注目する。湖畔の蘆《あし》は強烈に青臭い香を放つ。風が絶えた真昼の湖水は生温かく熟れた大人の匂い。単に、綺麗ごとの句ではないようだ。◇桑の実

二〇一九年五月二八日

得度して虹を背にして妻佇てり

杉浦範昌　『岳俳句鑑』

得度は尼さんになっての意ではない。死して涅槃に達したこと。虹を背に佇《た》つ妻の姿を思い浮かべたのである。愛妻家であった。同じ職場の同僚。恋愛し、療養の後、元気になるのを待って結ばれ、生涯を全うす。

ところが妻は句集『キリストの脚』を残し五七歳で逝去。作者は供養行脚の後半生へ鮮やかな転身。会社人間をさらりと止《や》める。掲句は熊野の青岸渡寺《せいがんとじ》、西国三十三所第一番札所詠。二〇年余の巡礼詠の初句。◇虹

二〇二〇年五月二八日

藻の花やわが生き方をわが生きて

富安風生　『年の花』

湖沼などにぽっと咲く秘かな藻《も》の花。そこに生き方を重ねる強靭さ。人はこの世に生まれ盛んな夏に藻の花を一輪咲かせて去る。大方は、これでいいと自得の人生。安らぎがある。作者は逓信次官まで務めたいわゆる出世人。俳句は高浜虚子の高弟。誰も藻の花とは見ない。期待の仮面を払いのけ、素顔の自分を表現するむずかしさ。掲句は本心を見失わなかった作者の自省の句。昭和四六（一九七一）年八六歳の作。◇藻の花

二〇二二年五月三〇日

日の盛寂しきものに立志伝

松野苑子　『遠き船』

高校同期の畏友長瀬要石から『評伝福田赳夫』を貰った。六八〇頁の大著には福田の国際協調を視野に、経済・財政面での舵取《かじと》りに長《た》けながら、田中角栄の金権と派閥に阻まれ、二年余りで首相の座から降ろされた悲運の生涯が描かれ感動的。掲句から思い浮かぶのは角さん。日本列島改造論は全国を新幹線と高速自動車道で結ぶ立志伝中のハイライト構想。恩恵に浴しているが、長い目で見ると、環境破壊の一点だけでも寂しいか。◇日の盛《さかり》

男みな柾目のごとし夏祭

二〇一九年五月三〇日

佐藤郁良『星の呼吸』

祭は一本気の男の生き甲斐。フェスティバルと呼称は変わっても同じ。柾目《まさめ》は檜《ひのき》など縦の筋目の際立つこと。

五月は夏祭の開幕のとき。博多どんたく、府中の暗闇祭、浅草の三社祭、沖縄糸満のハーレー。當麻寺の練供養や葵祭はしずしずと別口。

とはいえ、いまや祭で元気がいいのは女衆。御神輿《おみこし》担ぎ専門の粋のいい女性もいる。掲句はいくぶん古風かな。そこに祭の格調を詠んだもの。◇夏祭

夏祭昼をたっぷり眠りけり

二〇一二年五月三〇日

中岡草人『闇のさやけき』

大阪人は祭好き。作者にとり夏祭はさぞ愉しいであろう。昼寝を〈たっぷり〉、祭の夜に備える。ちょっぴり高齢、律儀な暮らしが思われる。視覚障害者の教育に携わって来られたベテランの先生。〈灼熱に一枚の闇ひびきけり〉は真昼の闇を詠み心情が滲むすごい句だ。と思えば〈簪《かんざし》に屑の値がつき桐の花〉は可笑しくかなしい。

単調になりやすい日常を見つめ緩急《かんきゅう》自在に俳句を愉しむ。夏祭は余裕の作。◇夏祭

蚊ばしらのたゞに崩れて油呼《あぶらよぶ》

付句〈十五の入梅《つゆ》も晴《はれ》て空掃《そらはく》〉

二〇二〇年五月三〇日

序令《じょれい》『江戸筏』

一句独立の俳句がどうして生まれたか。数人で巻く連句は相手に気を使う。単独で発句も付句も詠めば、気兼ねしない。江戸の魚問屋序令が詠んだ点取《てんとり》俳諧から〈夏の夕方〉の例句をあげる。発句—じめじめした下町か、蚊柱の群れが散らばる頃、灯用の油売りが呼ばれる。付句—それは梅雨も上がり、十五歳の少年が箒《ほうき》を振り回している光景だと連想した。イメージを鍛える訓練をしているようだ。◇蚊ばしら

初めてよ六月朔の霜予報

二〇〇九年六月一日

柳澤和子『樹の容』

俗に「八十八夜の別れ霜」といわれる。立春から八八日目、五月二、三日頃、普通の年は霜が終わるからだ。ところが北国や高冷地では、それから以後霜に襲われることがある。一九九四年、信州では六月一日に霜が来て農家を驚かせた。早苗田は冠水を深くしたが、葡萄《ぶどう》栽培農家は葡萄の結実時期と重なり不作を心配した。

掲句の〈朔《さく》〉は一日《ついたち》の意。天候不順とはいえ、六月の霜予報とはと、率直な驚きの作である。◇六月朔

二〇二一年六月一日

蛇穴を出《い》でて徹頭徹尾蛇

我妻民雄　『余雪』

漢詩の風韻がある。ものに執することを秘かに信条にしているのか。比喩にもよめる。水平な蛇《へび》の動きを垂直志向に変えれば、これは山登りになる。句集名の余雪は残雪のこと。早春の山の雪形《ゆきがた》だ。雪形とは消え残った雪の形をいうか、雪が消えた山の地肌をいうか。掲句に当てはめると後者。早春の残雪を踏んで山に登る。蟄居《ちっきょ》の冬を経て穴を出た蛇のようだと思いながら。執念が大事と自分にいい聞かせる。自己凝視の句か。◇蛇穴を出る

二〇一一年六月一日

北向いて北が見えるか燕の子

原田　喬　『灘』

わが家の燕《つばめ》の巣も北向き。したがって巣燕は親燕が餌を運ぶと北へ向き大きな口を開けいっせいに鳴き叫ぶ。餌のないときには、巣から身を乗り出し眺めている。遥かな北を。北は生きものにとり試練が待つところであろう。

燕は秋の終わりに南を目指して渡る。渡りの前に北空を群れて飛翔する燕を見かける。作者はシベリアでソ連の捕虜になり戦後帰還。北の大地への思いが人生観に沁《し》み透《とお》った深い句がある。◇燕の子

二〇一二年六月一日

芥子の花がくりと散りぬ眼前《まのあたり》

村上鬼城　『鬼城句集』

あざやかな句である。内心はっと響くものがあったのである。作者は大正期の「ホトトギス」を代表する俳人で耳に障害があり、ために「どうも世の中が危つかしくて仕方がない」という。そんな不安が芥子《けし》の花の散りように暗示されている。〈眼前〉が内面の葛藤を思わせ鋭い。〈昼顔に猫捨てられて啼きにけり〉〈夏草に這上りたる捨蚕《すてご》かな〉など世に容れられない弱者への哀情を詠う。その庶民感覚を慕う人が多い。◇芥子の花

二〇一九年六月一日

夏の葬死者のみ生きてゐる如し

春日石疼　『天球儀』

福島の診療所で地域医療に当たってきた作者。日頃死生の厳しい現場を見つめ続けているだけに、表現は率直で深い。葬儀の場の死者生者逆転の雰囲気をざっくばらんに捉えている。遺影には元気な時の明るい写真が掲げられる。祭壇は煌々《こうこう》と照らされ、参会者は哀切な思いを抱いて追悼する。天寿百歳を送る幸せな弔いであっても、送られる主には新たな旅立ちだ。永遠という別世界へ。元気で行ってほしい。真実を突いている。◇夏

青霧にわが眼ともして何待つや

藤田湘子　『白面』　二〇二〇年六月二日

青霧とは梅雨時の霧。主人公は愁いを抱き見つめる。いつか視線は自分の内側へ。物思いに沈む印象派のシスレーなどの絵を見るような雰囲気がある。紗《しゃ》に包まれた青春俳句のようであるが、春愁の句でないところが新鮮だ。私事を記す。白馬山麓、親の原高原の梅雨の牧を見ながら作者に同行した。新誌「鷹」を創刊した作者が師秋櫻子から忌諱《きい》された直後の気まずさが背景にあった。が、掲句からそれはわからない。男の憂いの作。◇青霧

六月の空のかさなりやすきかな

佐藤博美　『空のかたち』　二〇一六年六月三日

俳句はただ一点だけを詠む。これが一番勁《つよ》い。掲句もこれ。梅雨まぢかな空。雲がさっと掛かる。そこへさらに薄い雲が流れるように重なる。晴れてはいないが、うす明るい。〈かさねる〉とは古来の日本情緒。平安貴族の重ねの色目はよく知られる。

下着が白、上着が桃色。溶け合うように透けて見える。裏地は紫、表地は緑。贅沢な中年のあそび心を誘う。六月の空もまた艶がある。◇六月

井出孫六は佐久の賢人洗鯉《あらいごい》

福島米雄　『唐招提寺まで』　二〇二一年六月三日

佐久の井出孫六《いでまごろく》は中山道沓掛宿《くつかけしゅく》あたりの侠客《きょうかく》、さしずめ上州の国定忠治一家に連なるようなイメージを彷彿とさせるところがおもしろい。それが賢人だという。〈青瓢《あおふくべ》人は見かけで九分決まる〉（鈴鹿呂仁）という句がある通り、名もまた記号ではない。直木賞作家で「中国残留孤児」問題など優れたルポルタージュを残し、令和二年一〇月、八九歳で逝去した孫六は作者の幼友達。鯉の洗《あら》膾《い》を口にし、酒間に孫ちゃんを話題にした。◇洗鯉

なあ田螺と身を乗り出せる浅間山

守屋明俊　『象潟食堂』　二〇二〇年六月三日

自由闊達がよかったという。鍵和田秞子が先生。信州高遠出身。東信の浅間山をよくご存知だ。田螺《たにし》が田に這っている。浅間山がぐぅーっと首を伸ばして、〈なあ田螺〉と語り掛ける構図。佐久平あたりを思い描く。浅間の噴火口は群馬県寄り。前掛山には溶岩が流れた岩肌「赤ざれ」が見え、浅間山は片肌脱いだ役者風情。

渋いところで侠客《きょうかく》国定忠治の面影でも浮かべればいい。〈犬の鳴く真つ昼間から丑湯治〉も面白い。◇田螺

草刈機止むとき天地吐息つく

古田紀一『一扁舟』　二〇一四年六月四日

草を鎌で手刈りする。長い間の草刈り作業は、大地にすがるような辛《つら》いものであった。秋の稲刈りも夏の草刈りの延長。手足が疲れ、腰が痛む。そんな労苦の中で、地に塗《まみ》れて生きるとはどういうことか考えてきた。

いまは電動の草刈り機。ガー・ゴーと大きな音を立てながら、使い手は足腰を踏ん張り、長い電動鎌を振り回す。手を止めると騒音が消え、静寂が戻る。天地が生き返ったようだ。〈吐息つく〉が巧い。◇草刈機

妊りの土偶西日に掌を合はす

栗田やすし『半寿』　二〇一九年六月四日

「国宝合掌土偶」と前書。青森県八戸市風張《かざはり》1遺跡から発掘された、縄文後期、紀元前一〇〇〇年に、胸の前で手を合わす祈りの土偶があった。作者は妊《みごも》りの土偶と見る。合掌は無事の出産を祈願したものか。出産は辛い上に真夏の暑いさなかであれば辛《つら》さは一〇〇倍。日が沈む西方を祈りの対象にする太陽への信仰心はすでに暮らしの中で素朴なものとして、当然芽生えていたであろう。土偶への共感が篤い。◇西日

大西日街全体が傾いて

前北かおる『虹の島』　二〇一六年七月二九日

作者の周りには高校生や大学生が大勢いるようだ。句に活気がある。

海近い街か。街全体が傾きかけた西日に包まれる。街が傾いた感じ。旅情がある。これが私の街といった驚き。

私もこのような西日に曳《ひ》かれていくような浮遊感を、地中海の街マルセイユでも大西洋の街リスボンでも味わった。さばさばした軽さ。大きな自然に身を任せて、なるようになる。現代人の都市感覚か。◇西日

群衆を見事蹴散らし雹一過《ひょういっか》

泉田秋硯『サハラの星座』　二〇一三年六月五日

一句に迫力がある。夏の真昼ににわかに轟然《ごうぜん》と雹に襲われた。それも田園ではなく、大都会の群衆を目がけてという。自然の脅威の前に為すすべがない。

作者は戦後、京大俳句会の幹事長を務めた後、実業に専念、そのため俳句は中断した。休眠の後の復帰が凄い。只今の自分の生きている証の俳句を目指せと掲句をものしたものか。ことばは強烈であるが、米寿の気合には人生の真実が籠もる。◇雹

麦秋や一指一指を揉みほぐす

二〇二一年六月五日

村上喜代子『軌道』

暮らしの要は指。いくぶん強《こわ》ばりを意識し出したものか。それを柔らかに揉《も》みほぐす。生きる姿勢がうかがえる。麦に穂が出て、黄土色に乾いた禾《のぎ》が絡み合い、ざわざわと風が渡る。一年も丁度半分が過ぎ、いい季節を迎えた。〈日にコップ十杯の水新樹光〉という句も暮らしのめりはりを大事にとこころ懸けている。これからの後半生、自分が納得した、しかも柔軟な考えで生きたい。知と情とのバランス感覚がとれた句だ。◇麦秋

墳墓いま麦の秋風吹くころぞ

二〇一〇年六月一八日

斎藤梅子『眉山』

〈麦の秋風〉は珍しい夏の季語。〈みそのふに麦の秋風そよめきて山ほととぎす忍び鳴くなり〉（源俊頼『夫木和歌抄』）と古歌に出る。麦秋の頃に吹く風で、そんな風に誘われて、ほととぎすが里で鳴き出す頃でもある。

一族の墓がある。その墓際まで、一面の麦畑。ざわざわざわざわと熟した麦の禾《のぎ》が音を立て、麦がゆっくりと波打ち、うねる。作者は四国徳島在住。その地の麦秋もさぞかし。畑中の墳墓への指摘が鋭い。◇麦の秋風

地下深く青銅器時代麦熟るる

二〇二二年六月六日

小田切輝雄『甲武信』

青銅器というと四国の大三島神社の国宝禽獣《きんじゅうぶ》 葡萄鏡《どうきょう》を見た感動は忘れ難い。唐代初期のものらしく斉明天皇が奉納したと伝わる。錫《すず》の添加量の多い白銀色の青銅の鏡。掲句はギリシャのエーゲ海地域の民が青銅器を使い始めた紀元前三〇〇〇～二〇〇〇年頃をイメージしたものか。青銅器時代を一面の麦秋の平原から想像するのは、強靭《きょうじん》な青年の思考だ。世界の小麦生産を担うウクライナの麦秋は、どうなってしまったのか。◇麦熟《う》る

まくなぎや人の怒を得て帰る

二〇一五年六月六日

髙柳重信『前略十年』

まくなぎとは「目まとい」ともいう。夏の戸外などで、煩《うるさ》く目の周りに纏《まと》いつく二ミリくらいのぬかがの類い。しつこい。言い争いでもしたものか、人の怒りを買った。自分は正論のつもりでいった。が、正しいことをいうと、相手を傷つけるものだ。世渡りにはまずい。さすがに気分はいいものではないと思いながら堪えている。

作者は独自の多行俳句を始めた多力の俳人。総合俳誌の鋭い編集長でもあった。◇まくなぎ

蟻と蟻ごっつんこする光かな

二〇二〇年六月六日

中村　晋　『むずかしい平凡』

〈被曝《ひばく》とは光ること蟻出《ありい》でにけり〉という凄い句もある。福島の高等学校定時制課程勤務の先生、と句集巻末の略歴に出る。〈ごっつんこ〉とは懐かしい。蟻と蟻がおでこをぶつける。途端に光が出る。「目から火が出る」とは強打した時の形容であるが、ごっつんこの光は蟻同士の爽やかな交歓だ。光で通じ合うとは人間以上の超能力を暗示している。人は蟻から学ばねばならない。働きものの蟻なので面白い。◇蟻

蟻ひたに汝も津軽生まれかな

二〇一九年六月二六日

成田千空　『忘年』

津軽には津軽の生き方、働き方、愛し方がある。蟻《あり》にひたすらな生き方を見つけた俳人は地貌のねぶた好き。〈火祭だ情っ張り太鼓打ちまくる〉、津軽、と前書がある。〈情《じょ》っ張《ぱ》り〉とは情が強《こわ》い。ときに意地を通す津軽根性。早く草田男門を叩き、第一回萬緑賞受賞。晩年八〇歳で萬緑代表になる。ただの蟻ではない。

青森生まれ。五所川原に移り、本屋「暖鳥文庫」主人。◇蟻

喪失部分ありて土偶の涼しかり

二〇一六年六月六日

岡田由季《ゆき》　『犬の眉』

二〇センチ以下の小型土偶はどこか欠け、ばらばらの形で出土することが多いという。祭で使われ、呪《まじな》いで願《がん》が掛けられた後に破壊される。縄文人の信仰を覗《のぞ》かせるものだ。おっぱいが突き出て、お尻がでんと張る「縄文のビーナス」や火星人のような「仮面の女神」は国宝の土偶。完璧な形態での出土は珍しい。が、掲句の土偶は胴体だけ、首から上がない。これもいい。それが自然だ。一つの見方である。◇涼し

若楓《わかかえで》茶いろに成《なる》も一《ひと》さかり

二〇一三年六月七日

曲水　『猿蓑』

作者は膳所《ぜぜ》藩士で蕉門の俳人。江戸藩邸の狭い庭には「楓一本より外に青き色を見ず」という。その楓を見つめる。晩春から初夏にかけて葉先に色が出て、梅雨の頃にはやがて青葉に変わる。いま、若芽が茶色に萌《も》える盛りだ。その美しさに気付いたのも俳諧に親しんでいるから。心情純一な人柄が伝わる。『おくのほそ道』の旅が終わった芭蕉が湖南に滞在するため、幻住庵を修復し提供する。その一途《いちず》さが句にも滲む。◇若楓

二〇一七年六月八日

十薬を刈りしづめたる鎌を置く

岸本尚毅『健啖』

十薬《じゅうやく》はどくだみ。梅雨時の庭の一角に根を下ろすと、白い根茎を伸ばし、たちまちどくだみ一色の原となる。年配の方は敗戦直後、海人草《かいじんそう》を呑んで駆逐した回虫を思い出されたい。根茎が回虫のようだ。葉も茎も身に沁《し》みるような悪臭がある。掲句もどくだみには往生している。しかし刈るにも品格がある。わが家のように「どくだみ退治」などと粗野ではない。鎌の威力をどくだみにいい聞かせている。◇十薬

二〇一二年六月一三日

薬屋の午後どくだみの花元気

津高里永子『地球の日』

漢方専門の薬屋さん。店先にどくだみの淡く黄色い花が盛り。猛然と殖え、蔓延《はびこ》ることまことに〈元気〉。さすがに薬屋さん、伸びたら刈り、乾燥させて販売する。これまた重宝だ。わが家では庭の日陰にどくだみがびっしり。家人が目を離した隙に可愛がっていた白根葵が消えてしまった。それからはどくだみ退治に追われる。〈十薬《じゅうやく》の蕊《しべ》高くわが荒野なり〉（飯島晴子）の〈十薬〉が別称。生薬名でもある。◇どくだみの花

二〇一九年六月八日

サングラス掛けても悪女にはなれず

森田純一郎『祖国』

誰かな。気になるところ。妻かあるいは恋人。政治家ではない。サングラスなど掛けなくてもいっぱいいる。悪女志望者は意外に多い。いまの世の中、悪女資質がない純情路線は人気がない。悪の種が瀰漫《びまん》している中で、その種をいかに手玉にとるかが世渡り。サングラスで人相だけは悪女に似せても経験の凄みがないと付け焼刃。どんな経験かは難しい。寂聴さんあたりに聞いてみたら。◇サングラス

二〇二二年六月八日

海光に縁どられたり鉄線花

堀本裕樹『一粟』

鉄線花が咲く季節になった。中国原産で東洋風な風趣。日本原産の風車草《かざぐるま》は近縁。花弁がくるくる回り出しそうな知的な花。蔓《つる》は針金のように細いが花は径八センチほどで大きめ。クレマチスと称され、改良種が多い。花の色は紫や白を基調に、青や紅など、毅然《きぜん》たる風格がある。掲句は花弁の縁取りに注目する。海風に鍛えられた張りが花のいのち。海浜の自然が鉄線を育む。その無限の目に見えない慈愛を俳人は感受したいものだ。◇鉄線花

てつせんのほか蔓ものを愛さずに

二〇二一年六月一八日

安東次男　『裏山』

私は三〇代半ば、加藤楸邨先生から安東さんを紹介されて以来、弟子になれと勝手に俳句の弟子にされた。掲句を、いいだろうと聞かれ返答に困ったことがある。鉄線花はいいが、他の例えば朝顔のような蔓《つる》ものは好きではないという。鉄線花は園芸種が出回り、中国産原種の六弁の白花は珍しい。細い茎が針金のように草木に絡まる。群れを嫌い、狂気に近い鋭さを心情に潔癖な詩人。鉄線が咲き出すと俤《おもかげ》が浮かび懐かしい。◇てつせん

おもだかに鷺の来ぬ日はなかりけり

二〇一〇年六月九日

水田西吟《さいぎん》　『いつを昔』

おもだかは水生多年草。沢瀉と書く。夏の池沼などに自生し、葉間から長い花茎を出して白色三弁の花を付ける。慈姑《くわい》は改良種。葉が茎の上に出て、三角の人の貌《かお》が付いているようだ。〈面高〉と呼ぶ所以《ゆえん》。

掲句は、毎日、おもだかに鷺《さぎ》が飛んでくるのが、歓びだという。地味な句であるが、平明な中に自然の草と鳥との秘かな相性の発見がある。作者は西鶴に兄事した談林俳人であるが、元禄まで俳歴が長い。◇おもだか

黒揚羽黒かろがろと閉ぢ開き

二〇一一年六月一〇日

永島理江子　『明王』

かつて〈捨蚕《すてご》とていのち一途に透きとほる〉と詠んだ作者。いのちの重さは人間も虫も同じ。現代は「いのちの時代」とでもいいたい。そんなことを考えていると、目についたのが掲句。地表でも草葉でもいい、夏を象徴する黒揚羽《くろあげは》が盛んに羽を開閉している。いのち溢れるばかり。生きている喜びを感じる。春の紋白蝶や黄蝶、秋の蜆蝶《しじみちょう》はいずれも小型。神さまは夏に豪華な揚羽を。なんと大胆なプレゼントか。◇黒揚羽

時の日や順風の帆の模型船

二〇二一年六月一〇日

鷹羽狩行　『第九』

時の日の例句は少ない。作者はたちどころに佳吟が揃う。如才ない。まさに順風に帆を揚げた模型船そのものが、時の象徴ともいえよう。天智《てんじ》天皇が漏刻《ろうこく》（水時計）を用いたのが、六七一年四月二五日、陽暦では六月一〇日だという。飛鳥に再現された時計をしみじみと眺めたものだ。制定されたのは大正九（一九二〇）年。暮らしの合理化の基本が時間の厳守。大正時代のリベラルな気風には筋が通っていることを感じる。◇時の日

ああ吾《われ》は怒りてをりし大夕焼

二〇一二年六月一〇日

大牧　広　『大森海岸』

東日本大震災後の福島原発事故を踏まえている。〈原発の壊れて粛々梅雨に入る〉が同時作。思索的である。原発事故への怒りにしても、かっかとしない。それだけに怒りを外部ではなく、自分の内側へ自らの過失のように溜め込む。作者の終《つい》の棲家《すみか》となる大森海岸に佇《たたず》む。海も陸も燃えあがるような夕焼を見つめ、込み上げてくる怒りを反芻《はんすう》する。いま怒っているんだ。このことを忘れてはいけない。ここから始まるんだという姿勢。◇夕焼

頑張れの重き言葉や青き梅

二〇一五年六月一一日

村瀬妙子　『朧夜は回転木馬』

相手を激励する「頑張れ」はしばしば無造作に使われる。ところがいわれた当人にはずしりと重く響く。

成績が上がらない。気になる。どうしたものか。いつもそのために明るくない。そこへ頑張れと傍《かたわ》らから言葉がとぶ。ますます「青菜に塩」の気分。

〈青き梅〉は梅雨時の梅の実。はにかむと頬にあかみが射すくらいの子どもを連想させる。

激励の言葉がけは総じて穏やかがいい。◇青梅

青梅にそれをマッサージとは云わぬ

二〇一七年六月一六日

彌榮《みえ》浩樹《こうき》　『鶏』

意味を気にしないでことばを置く。その意外性を楽しめばいいという。〈かたつむり宿題がでて月が出て〉という句。それぞれのイメージをぽんぽんと連ねている。意味を求める俳句鑑賞に拘《こだわ》るむきには戸惑う。

掲句は実梅に塩を振り揉《も》んでいる光景を捉え、マッサージではないよという。マッサージばやりの今日へのからかいか。柔らかに揉んでしまったら梅の実は台なし。野生を大事にする心があろう。◇青梅

病葉《わくらば》や天地はいづれより翳《かげ》る

二〇二〇年六月一一日

的場秀恭　『みをつくし』

句集のあとがきに「心優しいドナーから腎臓の臓器提供を受けて今年で二十年になる」とある。生きることを願うモラルが滲んだ句が多いのはそのためなのであろう。その中で一番むずかしいのが掲句。実はよく理解できないがどこか魅《ひ》かれる。夏の虫食い葉が病葉。夏に色付き枯れる葉が多い。そんな葉を見るにつけ夕影が兆《きざ》すのは、天が早いか、あるいは地からか。不安を暗示しながら天地を思う深い句だ。◇病葉

チャグチャグ馬コ婆の切火にたぢろげる

二〇〇九年六月一二日

小原啄葉　『而今』

みちのく盛岡の馬祭が〈チャグチャグ馬コ〉。馬との絆が強い南部地域の初夏の伝統行事。昔は端午の節句を「馬の休息日」と称し、着飾った馬を連れ馬の守護神「お蒼前《そうぜん》さん」に参詣した。現在は六月第二土曜日を当てる。行進する馬の鳴輪や鈴の音色から祭の名が付いたもの。農耕馬への感謝と無病息災を祈願したのである。掲句は婆の清めの切火に一瞬ひるむ祭馬のやさしさを描いている。作者は「樹氷」主宰。◇チャグチャグ馬コ

借り馬に厩《まや》明《あけ》易《やす》し馬祭

二〇二一年六月一二日

太田土男　『遊牧』

南部《なんぶ》駒《こま》の産地でのちゃぐちゃぐ馬こ祭は名高い。岩手県盛岡市周辺では六月第二土曜日、二〇二一年は今日がその日にあたる。コロナ禍の影響で、二〇〇〇年以上に及ぶ行事も差し止めとか。馬のパレード、チャグチャグの鈴の音も聞こえないのはさみしい。作者は盛岡の東北農業試験場畜産部に勤務された馬に関するプロ。現今の馬祭の馬は借り馬だとか。短夜であれば、祭前夜の厩も暁が早い。さすがに祭馬も気がそぞろか。◇明易し

ふつと父消える曠野《こうや》や明易き

二〇一四年六月二三日

荻田恭三　『曠野』

夏は夜が短い。たちまち明ける。掲句は夜明けに見た夢である。珍しく父が現れた。懐かしい。が、同性の作者にとって父への懐かしさは単純ではない。若い日に父を嫌い、拒否した思いがある。間に入った母をどれほど悲しませたことか。歳月が過ぎ、父の生きた人生を自分も体験し、父を受け入れる。が、夢の父は無言で、荒れた野原に消えた。蟠《わだかま》りは父の方にあるのか、荒れた野、〈曠野〉は暗示的な語だ。◇明易

明易き枕いくたび返しては

二〇一三年七月一九日

高橋睦郎　『百枕』

枕という文字からの連想を愉しむ。掲句は七月「枕文字」の中の一句。夏の短夜ではあるが寝苦しい。枕の冷えを頼りにいくたびも返して枕に縋《すが》ったという。そこには恋情が纏《まつ》わる。〈うとましきものに酸き髪汗枕〉は実感があるが、京都の蒸し暑さに平安貴族はさぞこんな夜を過ごしたものか、連想が広がる。

暑い日の夕方詠もある。〈夕寝覺枕のごとき雲のみね〉。だるい気分を詠《うた》い、巧い。◇明易

怒りてをりし／頑張れ／青梅／病葉／婆の切火／馬祭／曠野／枕

二〇一三年六月一二日

戦死公報母の遺品に梅雨の月

穂坂日出子　『フランス刺繡』

古い一枚の紙片に過ぎないが、それが母にはいのち。戦死した氏名が書かれただけの〈戦死公報〉。作者の母は夫のそれを遺品として逝去するまで大事に抱きしめていた。梅雨時の月夜は稀《まれ》である。重いことがらをさりげなく取り合わせて、そこに人の世の非情を滲《にじ》ませる。巧い。作者にとっても父への思いは深い。〈海の日や戦死公報棄てられず〉とあれば、公報を通じ、母へも父へも繫がる。梅雨はもの思いの季節だ。◇梅雨の月

二〇二〇年六月一三日

梅雨鎖列島縛り上げにけり

今泉忠芳　『日輪馬車のタクト』

夏の一日、日が出て、日が入る運行を〈日輪の馬車のタクトや夏の雲〉と讃え、お洒落な句集名にした。作者は内科のお医者さん。

日輪が振るタクトも梅雨時は鈍る。花綵《かさい》列島が鎖でがんじがらめに縛り上げられる。平年だと沖縄の梅雨入りは五月九日頃、長い列島をゆっくりと北上し東北北部の梅雨明けが七月二八日頃となる。鎖の比喩が愉快。コロナ鎖での呪縛は敵わない。◇梅雨

二〇一五年六月一七日

しなやかな鬼女になりさう梅雨満月

山元志津香　『木綿の女』

中年のご婦人には「鬼女」か「悪女」か、願望が二派に分かれるらしい。鬼女になるにはそこそこの才能がいる。悪女には鬼女以上の生得的な天分が必要なのではないか。まあ私は鬼女どまりか、と自分で品定めしたのが面白い。梅雨時にも満月が上がる。秋の月に比べ赤みがかっている。鬼女の舞台にはふさわしい出し物だ。鬼女でも〈しなやかな〉とは、魂を抜かれる執念がこもる不思議な句。◇梅雨満月

二〇二一年六月八日

鰻屋に昼の灯の入り梅雨曇

今瀬一博　『誤差』

梅雨時の鰻屋《うなぎや》。庶民から文人までこころを寄せる暮らしの風情が漂う。城下町の名物の鰻屋が川端に。梅雨の川音が荒々しく聞こえ、昼薄暗い吊られた灯のもとで鰻重の蓋をとる。粉山椒で匂いを抑えた蒲焼の香が突き出した顔を包む。これも至福の時。どこか滑稽《こっけい》さがある。食べることにはおかしさが付きものだが、鰻は格別。あの蛇のような長いものを旨い旨いと鼻をくんくんさせながら口へ運ぶ。人間の勝手さ加減がお笑いか。◇梅雨曇《つゆぐもり》

梅雨茫々《ぼうぼう》口中暗く潮鳴りす

二〇一一年六月二〇日

岸本マチ子　『一角獣』

沖縄在住の作者。〈花梯梧《でいご》満ちてくるものみな燃し〉も南国を思わせ情熱的。しかし、明るいばかりではない。明るさは暗さと裏腹。これが沖縄の有史以来の地貌の特徴ではないか。沖縄の梅雨はからだ全身で感じる。からだが潮鳴りに共鳴する。口を開ければ内臓の唸《うな》りが聞こえるようだ。梅雨の雷はどすんどすんと天地を臼で搗《つ》くごとし。半端ではない。北緯三〇度の種子島以南は夏が長い。梅雨も荒梅雨。◇梅雨

梅雨茫々切手をなめる舌を出す

二〇〇九年七月二三日

川口重美　『川口重美句集』

作者は詩人の立原道造を思わせる。同じ東大の建築科出身。敗戦一年前から作句。のちに俳誌「風」や「寒雷」に投句し、大学を卒業して、「風」同人になった一九四九年に二五歳で逝去。「敗戦直後の混乱期を閃光《せんこう》のように過ぎ去っていった」(宇多喜代子) 俳人である。

こんなことが詩になる。その微かな歓びを見つけた一句ではないか。〈梅雨茫々《ぼうぼう》〉の把握が鋭い。混沌《こんとん》たる戦後を暗示しているようだ。◇梅雨

洛中へ水の過ぎゆく夕河鹿

二〇一〇年六月一四日

加藤耕子　『尾張圖會』

「貴船《きぶね》」と前書が付く。京都の左京区の山際にある貴船神社は雨乞《あまごい》祭で名高い水の神さまを祀る。六月三〇日には神社で夏の穢《けが》れを浄める水無月《みなづき》大祓式《おおはらえしき》が行われる。その貴船川の清流は京都の街中へ流れていく。

私も一〇年ほど前、六月に貴船川のほとりの宿で夕方から鳴き出す河鹿蛙《かじかがえる》の音を愉しんだことがある。どこか地霊がささやくような幽邃《ゆうすい》な感じがあった。あの折のひんやりとした空気は忘れがたい。◇河鹿

鳥のやうな画家に飼はるる鳥の子

二〇一九年六月一三日

河辺克美　『ポケットに凍蝶』

亡き夫の絵が句集表紙を飾る。題して「夜明けの白い夢」。あまり仲がいい夫婦ではないが五〇年続いたという。その夫が鳥《からす》とは短絡的であるが、鳥のような画家からは連想が湧く。

いくぶん狷介《けんかい》。鳥は智恵もの。仔鳥のかわいらしさは抜群。画家の創造は鳥との無言の語らいの中から。

鶴の高貴、鷹の孤高、梟《ふくろう》の茫洋《ぼうよう》とあげると、私は鳥の卑近な飄逸《ひょういつ》さに惹かれる。根は純情だ。◇鳥の子

戦死公報／梅雨鎖／鬼女／梅雨曇／口中／梅雨茫々／夕河鹿／鳥の子

二〇一三年六月一四日

六月の子規のつくりし紙縒《こより》かな

磯貝碧蹄館　『眼奥』

紙縒が子規の命綱のようなもの。子規は病床で紙縒をつくり、生涯をかけた俳句分類の原稿をはじめすべてを紙縒で綴った。六月の梅雨時の鬱陶《うっとう》しいさなか、玉の緒を貫く紙縒をつくる子規を描き、子規俳句の本質を捉えている。明治三四（一九〇一）年一〇月一三日には介護者の母と妹の留守に小刀と千枚通しで自殺を企てる。「死ニソコナフテハ」と諦めるが、ぎりぎりを生き抜いた子規こそ世に生きる手本。◇六月

二〇一四年六月三〇日

六月の海境にややあそびすぎ

永島理江子　『海境』

原石鼎《はらせきてい》との出会いが一七歳。戦後の一九四九年。寺山修司たちと交わり、カフェのほろ苦いコーヒーに時間をつぶしたのが思い出という。俳歴六〇年余のベテラン。

その思いを掲句に詠《うた》う。〈海境〉は海を沖へぐんぐん辿《たど》ればそこに別の世との境があるという。六月は梅雨時。海境も陸《くが》以上に茫々《ぼうぼう》とけぶるであろう。俳句の海原に船出をして、長生きをした。師も友もみんな別の世に去って。遠い声が聞こえるようだ。◇六月

二〇一七年六月一四日

帰国して母国は黒き日傘の国

明隅《あけずみ》礼子　『星槎《せいさ》』

海外暮らしから帰国する。外国で日傘をさす人は珍しい。真夏に黒い日傘をさす。これは日本人。母国の語が懐かしくも意外性を響かせる。

〈断食月《ラマダン》の夕べ激しきスコール来〉があるので、イスラム圏を想像する。さんさんたる太陽光線を諸手で受け止める民族と、みんな黒日傘をさし、紫外線を嫌がる日本人とのイメージの対比は面白い。俳句はどこか陰影に富む日傘の文芸だが、黒日傘はひと味違う。◇日傘

二〇一九年七月五日

麻日傘祖母の香りのなつかしき

小川晴子　『今日の花』

祖母は中村汀女。母も俳人。作者は二〇一七年、主宰誌を創刊した。初々しい。譲られた麻地の日傘を差しながら祖母をなつかしむ。その香りはおのずから名句を呼び起こす。〈色深きふるさと人の日傘かな〉（汀女）。熊本の江津《えづ》湖のほとり。「父母尚在ます江津湖畔に私の句想はいつも馳せてゆく」（『汀女句集』）と記した祖母の思いは、着実にお孫さんに引き継がれ微笑《ほほえ》ましい。香りのような俳句の句品のよさは格別だ。◇日傘

二〇一九年六月一四日

体制の渦に巻かれて噫《ああ》子子《ぼうふら》

山本敦子　『八月四日に生まれて』

華やかなることかくのごとし。その果ての感慨の一句にしてでき過ぎ。洛中四条通りの呉服商の末子に生まれ、同志社女子高から宝塚歌劇団在団五年。その後、大阪船《せん》場《ば》の料亭のぼんぼんと結ばれるも、一年で離別。才能と伝手《つて》があり、東京紀尾井町の高名なホテルにオリジナル創作の京呉服の店を開く。順調に滑り出し、ともかく三〇年経て閉店。〈貝塚夕焼け人いつか死ぬ必ず死ぬ〉にも感銘。◇子子

二〇一〇年六月一六日

雄《お》ごころのいまも立志ぞ青芒《あおすすき》

伊藤通明　『蓬萊』

明治の子規も啄木も青年は志を実現すべく故郷を後にした。都の地でひとかどの成功を修めて、再び故郷に帰り、故旧の前に立つことが錦を飾ることであった。なにが立志で、なにが出世なのか、時代により軍人であったり、政治家であったり、ときに医師であったり異なる。が、男はすべからく志を立てることが生きる道だとは真理である。夏の青芒の生気に満ちた鋭さこそ、いのち。作者の手堅い人生観が滲む作。◇青芒

二〇二一年六月一六日

物置はタイムトンネル捕虫網

金子　敦　『シーグラス』

シーグラスとは、海岸に打ち寄せられたガラスの破片の由。掲句からわが家の物置へ連想が広がる。物置には何でもある。見つけたのは捕虫網。初めて買ったのは越中宮崎へ海水浴に行った時だ。大ぶりな夕方蜻蛉《とんぼ》を獲った。志賀高原の東館山の植物園でアサギマダラを追い、振り回したことも。沖縄で草蟬《くさぜみ》を捕まえたのもこの網。子どもたちが家を出て、網だけが抜け殻のように残った。これもわが家のシーグラスの類いか。◇捕虫網

二〇二二年六月一六日

夏座敷長押の父母と水入らず

五明　昇　『旅信』

開け放たれた夏座敷。長押《なげし》には父母の遺影が厳かに、かすかに微笑みを湛《たた》えて掲げられる。故郷へ帰省したのであろう。「よく来た」、これは元気な頃、畳の上で交わした会話が思い出される。あれから半世紀。喜寿も過ぎ、俳句が「郷里へ出す『旅信』」のような気がしている昨今、長押の父母は「来るか」と語り掛けているよう。故郷は生まれた地。これだけは確か。死後の世界が判らない以上、死は父母の元へ還《かえ》る。これは心が休まる。◇夏座敷

二〇二一年七月二四日

空間と時間しかない夏座敷

高橋将夫　『命と心』

戸障子が開け放たれた、がらんとした夏座敷が浮かぶ。シンプルな句だ。〈空間と時間〉はこの世のぎりぎりの物理的な骨組みのようなもの。掲句からの連想は人の究極の課題である、死とはなにかであろう。

上記の夏座敷は人がいない、からっぽ。そこにあるのは死。しかも、どこか涼しい。これはこの世の光景であり、同時に、別世界でもある。死とは彼此《ひし》の世を自在に行き来するものではないか。◇夏座敷

二〇一九年六月一七日

まだなにも悪させぬ蛇うたれけり

国見敏子　『幕間』

蛇嫌いは多い。穴を出たばかりの蛇をひと目見ただけで棒を振り上げ打ちまくる。人類の歴史は東西を問わず、蛇への怨念と憧憬が絡む。

アダムとイブがエデンの園を追われるのは蛇に唆《そそのか》され智恵の木の実を食べたばかりに羞恥心に目覚めたことが遠因とは『旧約聖書』。縄文時代の縄文とは神社の太い注連縄《しめなわ》から連想される蛇体の絡み。蛇こそ再生と豊穣のシンボル。やたら殺さない。◇蛇

二〇二〇年六月一七日

野を走る夏の水路が鬼才のやう

中島秀子　『陶の耳飾り』

アフガンにおける中村哲さんの畢生《ひっせい》の水利事業が記憶に新しい。広々とした夏野を走る水路こそ住民にとり命の源泉。鄙《ひな》では水路を堰《せぎ》と呼ぶ。当然堰を拓《ひら》いた先覚者が鬼才。私の居住地信州ならばたちどころに、佐久の市川五郎兵衛、茅野の坂本養川と名が浮かぶ。全国に新田開発の恩人は多い。掲句は水路から直ちに鬼才への比喩の飛躍が大胆。尋常の努力では大業はならず。天才でも奇才でもダメ。飛び抜けた鬼才がいい。◇夏の水

二〇二〇年六月一九日

揺るるとも青葦靡くことはなし

檜　紀代　『鳩笛』

「難波の葦は伊勢の浜荻」（『菟玖波集』）とは処により名称が変わることの喩え。葦《あし》（蘆、芦）と葭《よし》は同じ。〈良し悪しと風にとやかく騒ぐ葭〉いう面白い句が作者にある。良し悪しが葭・葦と掛けてある。

掲句は夏の青葦だけに毅然たるもの。〈揺れる〉〈騒ぐ〉〈靡《なび》く〉と草木のありよう三態を提示。どこか人間の三様の生き方を思わせながら作者は決断を下す。葦は古来誇り高き草、風に誘われても靡きませんと。◇青葦

父の日の金剛力士像仰ぐ

二〇二二年六月一八日

大島雄作　『明日』

〈古池や〉が俳句のサンプルならば、適当に面白い着眼は仁王様。俳句を齧《かじ》り始めた初心者はそう思うらしい。先生は宣《のたま》う。仁王さまや石仏を詠んでもそれ以下でも以上でもない。決まり切っている。もっと生身の自然や人間を詠みなさい。作者は苦労人であろう。父は仁王さまのように力強く威厳が欲しい。少年の日、友だちの父を見て立派だなあと思った。わが子には寂しい思いをさせたくない。仁王さまがいいと。明日は父の日。◇父の日

美男子に在せし父や髪切虫

二〇一八年六月一八日

折井眞琴　『孔雀の庭』

早世の父への思いが滲《にじ》む。特に愛された娘にとっては父への思い出は珠玉のように美化される。髪切虫《かみきりむし》は天牛とも書かれ、甲虫の中ではなかなかのスタイリスト。黒褐色の体色に白い斑点がある。キイキイ鳴くような音を出すのも人臭さがある。親子の情ほど切ないものはない。子は親を選べない。親に虐待されてもひたすら許しを乞い、死んでいった哀《かな》しい幼子のニュースが問題になった。掲句は幸せな作。◇髪切虫

桜桃の茎をしをりに文庫本

二〇一九年六月一九日

丸谷才一　『七十句／八十八句』

桜桃忌《おうとうき》である。掲句は太宰治を悼んだ句とも思われないが、まんざら無縁でもなさそうだ。俳句は卑近な句材を生かす、とは俳人たるもの日常の心得であるが、さくらんぼを食べた後の茎を文庫本の栞《しおり》にし、句になった。「子供より親が大事」。これが太宰の小説『桜桃』のテーマ。三人の子育てに親はふらふら。子が喜ぶ顔を思い浮かべながらダメな父親は酒場の桜桃を食べ呟く。親が大事と。◇桜桃

亡き人のことどもよぎる螢かな

二〇一三年六月一九日

菊地一雄　『山の花』

ことし五月半ば、早々と螢狩をやった。高知の四万十川の支流の野川ではもう螢が出た。菜殻を箒状《ほうきじょう》に振って螢を捉える。懐中電灯の小さい灯に寄って来る。

螢火から故人を偲《しの》ぶ着想は、すでにあるが、闇からの不意なる火は確かに魂を連想する。〈無と有と無のゆらめきに螢点《つ》く〉という句も掲句の作者にはある。闇の中の螢火は無と有の間に灯《とも》るようだ。思い出すことで、この世には亡き人も生きている。◇螢

空間と時間／悪さ／鬼才／青葦／父の日／美男子／しをり／亡き人

二〇一六年六月二五日

先の世の闇も灯すか青螢

藤木倶子　『無礙の空』

この世は明るい。先の世も来世も暗い。時間は前世から現世を経て来世へ流れている。時間は案外、棒ではなく、円環をなし、来世と前世は繋《つな》がっている。仏教の無常の思想だ。ことし初めての螢。元気がいい。螢の光とはいえ、これから行く死後の世も照らすものかと見たもの。〈先の世〉はここでは来し方ではなく、関心が深いあの世か。作者は八戸在住。螢の句からみちのくが感じられる。闇を照らす発想がそれ。◇螢

二〇二〇年七月三日

明恵《みょうえ》耳削《そ》ぎし螢の夜なりけり

佐藤映二　『葛根湯』

明恵は栂尾《とがのお》の高山寺の僧として名高い。師は高雄山の文覚《もんがく》。師匠ゆずりの激しさは二四歳の時に右の耳を削ぐ。こうすれば慢心することなく仏道に専心できると考えた。信仰は時に優越感との闘いでもあった。

それは螢飛ぶ夜だったと想像した。一九歳から五八歳まで四〇年間の毎夜見た夢を記録した「夢記」で知られ、『明恵上人歌集』もある。さぞかし螢とも交信するテレパシーの持ち主だったのではないか。◇螢

二〇一二年七月六日

つきゆくもはぐれごころも蛍川

中西夕紀　『朝涼《あさすず》』

〈蛍川〉は蛍見に目指す絶好の地、蛍が群がる川である。梅雨も後半にかかる六月終わり頃からが蛍の季節。日が落ちた時刻から出始め、午後八時頃が乱舞の盛り。蛍見の先導者につき従って行くも逸《はぐ》れがち。その不安な気持ちが詠われる。暗がりに足を下ろすおぼつかなさは、闇を自在に飛び交う蛍の軌跡を追う頼りなさと重なる。不安で儚《はかな》い蛍見を愉しむとは古来、人間の不思議な性情ではないか。◇蛍川

二〇二一年七月二〇日

螢消ゆ見《み》せ消《け》ちとこそいふべけれ

高橋睦郎　『金沢百句』

螢火が闇に消える。その喩えが文雅を愛する詩人らしい。古文には正確な本文を作るための校訂作業がある。誤りに傍線を引き正す。その軌跡が〈見せ消ち〉。闇の紙面にさっと傍線が引かれ、赤字で正される。螢火の乱舞は秘かな本文作りのようだという。校訂は地味で根気がいる仕事。はなやかな螢火がもつ半面のさみしさ。その明暗の間《あわい》を捉えた作。しかも螢狩の陰画に軸足を置きながら。コロナ禍の螢はどんな火を灯すやら。◇螢

紫陽花や闇の白さをあつめたる

大井恒行『大井恒行句集』

二〇一九年六月二一日

夜目の紫陽花《あじさい》を捉えたものか。連想しやすいが、作者には〈ねむれねば悪戯《わるさ》を思う日傘かな〉という句がある。日傘を思うだけで誘惑したい衝動にかられるという。句には悪戯の仕掛けがあることを宣言したような作だ。カラフルな紫陽花は闇の花。それも白い闇なので、おおかたは気が付かない。が、あの七変化にどんな罠《わな》が仕掛けてあるのか。傍らを通るにも喰いつかれないようご用心を。◇紫陽花

紫陽花を顔の如くにおこし見る

野見山朱鳥『天馬』

二〇一三年七月八日

梅雨時の紫陽花《あじさい》は雨を含んで一様にうつ伏せだ。ものの思いに耽《ふけ》っているのであろうか。名高い紫陽花寺が各地にある。鞠《まり》のようにぼったりした紫陽花を見て歩く。時に紫陽花のうつむいた顔を起こしてとくと眺める。目鼻口は付いていないが、花には表情がある。

作者は画家を志したほどの俳人。絵心を掻き立てる句が多い。掲句などがそれ。憂いを秘めた内心を、無言をもって問い詰めているようだ。◇紫陽花

侏儒《しゅじゅ》の声する紫陽花の毬の中

川口 襄《じょう》『川口襄集』

二〇一七年七月一〇日

紫陽花の毬《まり》が弾む季節を迎えた。毬には小さな物語がある。一つ一つに茶目っ気がある侏儒《こびと》が住む。毬同士が囁《ささや》き合う。「君のピンク綺麗だね」「あなたのブルーが冴えてるわよ」と、今年の花のお化粧くらべの声が聞こえる。先日、那須黒羽城址《くろばねじょうし》の紫陽花祭を見た。深い谷が紫陽花に埋まり見下ろす光景が壮観だった。『万葉集』の時代からの花だけに、飽きられないように花も懸命なのが、可憐だ。◇紫陽花

一面に鯔漣《ぼらさざなみ》を立てて夏至

高畑浩平『風』

二〇一八年六月二〇日

二一日は夏至《げし》。一年のうちで昼が一番長い。いつまでも明るい。私の印象に残る夏至は決まって湾の光景だ。出雲崎の小さな漁港の湾。夏至の夕日がふんだんに当たって鯔が海面に群れている。あまりに明るいので、鯔も宙を知りたいと思うのか、次々に跳ねるのである。これは釣れるだろうなと幻想した。

鯔は秋の魚で幼魚を洲走《すばしり》と呼ぶ。名前が変わる出世魚だ。どこか人懐っこい。◇夏至

山菜は蔵王の色よ夏至の色

二〇一六年六月二一日

星野 椿 『金風』

山菜好きは多い。山うど、たらの芽、わらび、こしあぶらと挙げながら、私は「こごみ」のしゃきしゃきの歯ざわりを好む。クサソテツの若芽だ。株から拳骨《げんこつ》のような芽が伸びあがる。茶色がかっているが、湯掻《ゆが》くと真っ青になる。掲句は、夏至の頃、蔵王の山菜が、どかっと採れたもの。山うどか、わらびか。

蔵王の色といい、夏至の色とたたみ込み、決められると、鮮やかな群青色《ぐんじょういろ》が目に広がる。◇夏至

夏至ゆうべ地軸の軋《きし》む音すこし

二〇二一年六月二一日

和田悟朗 『少閒《しょうかん》』

長い一日の夕べへの着目に同感した。夕方は疲れを意識する。地球も疲れた感じ。地軸は地球を南北に貫いている回転軸。その軸を心棒に太陽の周りを約二三・五度傾いて廻っている。機械も油が切れると、きいきい音がする。地球からもそんな音が聞こえるという。作者は水を専門に研究した科学者。さすがに想像力のスケールが大きい。人懐っこい作者の笑みが見える。私には夏至は故人を思う日でもある。◇夏至

点滴や水の器となりて夏至

二〇二二年六月二一日

橋本喜夫 『潜伏期』

ご自分の医師体験に加え、父や奥方を亡くした身近な感触が息づく。点滴は必要な薬剤を投入し患者に施す生命の袋。患者へは管で挿入する。〈水の器〉はさしずめ患者の体。暑い最中の夏至に、点滴の施しを〈水の器〉とはどこか救いがある。医学的には患者の人体はモノとして扱われる。そのモノと心のギャップに医師の俳人はいかに対処したらいいか苦しむ。比喩には遊びがあろう。〈水の器〉から優しく労《いたわ》る心遣いが感じられる。◇夏至

雷《らい》の中こんにゃくゆるく喉通す

二〇一〇年六月二三日

市野川 隆 『星づくり』

雷のさなかは気持ちがいいものではない。極端な雷嫌いでなくとも、桑原桑原と蚊帳の中へでも入りたい。

作者も雷嫌いなのではないか。こんにゃくを食べ、心落ち着かせている。こんにゃくがやさしくつるっと喉を通る。そこに賭《か》けて、気を紛らわせている。このこんにゃくがうまく食べられたら雷は落ちない、などと妄想を浮かべながら雷の方へは関心を向けないようにする。句にはおかしみもある。円城寺龍の号もある。◇雷

滴りや壕《ごう》には錆《さ》びた万年筆

おおしろ建　合同句集八集『地球の耳鳴り』

二〇二一年六月二三日

六月二三日は沖縄慰霊の日。那覇市在住の作者にとり、呟きのような一句である。糸満《いとまん》のひめゆりの塔のもとにある塹壕《ざんごう》が思い浮かぶ。そこに錆びた万年筆がある。束の間の滴《したた》りに濡れて。私も確かに見た。だれのものかはわからない。しかし、万年筆を最後まで身につけていた父は残してきた家族に、青年は許嫁《いいなずけ》に、女学生は母に、最後の思いを葉書に書いただろう。そして万年筆だけが残った。今日は沖縄の万年筆慰霊の日。◇滴り

花ゆうな軒に吊られし魔除け貝

神谷石峰　『台風眼』

二〇二二年六月二三日

沖縄慰霊の日。慰霊に相応しい花はなにかと思い浮かんだのが〈ゆうなの花〉。別称、大浜朴《おおはまぼう》。沖縄本島でも宮古島でも、漏斗《ろうと》状花《じょうか》の淡黄色の気品にうたれた。街路樹が美しい。夕方にはオレンジ色を帯びた花は落下する。仏桑花《ぶっそうげ》（ハイビスカス）と同じアオイ科の常緑高木だ。沖縄の家では軒先にシャコ貝や水字《すいじ》貝などを魔除けに飾る。瓦屋根にはシーサーを据え、道の辻には石敢當《いしがんとう》を立てる。受難の国沖縄の歴史はなんと深遠《しんえん》か。◇ゆうなの花

立雲《たちくも》は大和・武蔵の卒塔婆よ

渡嘉敷《とかしき》皓駄《こうた》　『二月風廻り《ニンガチカジマーイ》』

二〇二〇年六月二二日

作者は那覇在住。父が南島ブーゲンビルで戦没。沖縄人にとり生きているかぎり戦争は終わらない。入道雲を沖縄では立ち雲という。青海原から立ち上がる雲。それが戦争末期に沈没した戦艦大和・武蔵の卒塔婆だとは、号泣が聞こえるようだ。戦記を記す。一九四五年四月、沖縄戦突入特攻作戦に向かったままアメリカ軍の猛攻撃により九州坊ノ岬で撃沈した海軍一番艦大和。フィリピン中部のシブヤン海に眠る二番艦武蔵。◇立ち雲

夏雲のごとく悠々病みにけり

阿部みどり女　『月下美人』

二〇一三年六月二四日

夏雲を比喩として用いているが、実際にも見つめているのであろう。病む喩えに夏雲を出すのは珍しい。雲の峰を連想するように、夏雲は雲の中でも一番元気ないい雲だ。作者は九〇歳。大正時代、「ホトトギス」での長谷川かな女を中心とした婦人俳句欄から虚子に師事した女流俳句草分けの俳人。昭和七（一九三二）年俳誌「駒草」を主宰。くよくよしないで〈悠々〉と病むとは、その心意気に打たれる。◇夏雲

二〇一九年六月二四日

田艸敷《くさしき》て田の艸とりのやすみ哉

卜円　『俳表紙　乾』

〈沢瀉《おもだか》を田の艸とりにもらひけり〉（禹川）という句もある。農家では植田が青田に変わる時期、田の草取りが炎天下の大仕事だ。

穂が出る前に三～五回行う。田から引き抜き、畦《あぜ》に投げ出した稗《ひえ》や蒲《がま》などを尻に敷いて一服である。『猿蓑』に出る〈二番草取りも果《はた》さず穂に出《いで》て〉（去来）が意識にあったものか。やれやれ田草取りはごしたい。それにしても田の草の勢いがよいことよ。◇田草取

二〇二〇年六月二四日

風そよぐ京の小川の扇かな

三井秋風　『細少石』

風そよぐとあれば、連想するのは『百人一首』の〈風そよぐならの小川の夕暮は御祓《みそぎ》ぞ夏のしるしなりけり〉（従二位家隆）。六月祓《みなづきばらえ》の神事の歌。掲句はこの歌をもじりやさしい納涼の句に変換した。〈ならの小川〉は京都上賀茂神社内の摂社奈良社近くを流れる御手洗川《みたらしがわ》。これを端的に京の小川に。〈御祓〉が涼を呼ぶ扇《おうぎ》に。勿体《もったい》をつけないで明快にいこう。この簡略精神が新鮮だ。作者は富豪三井氏一族、越後屋。三越の祖先にあたる。◇扇

二〇二二年六月二五日

青田波青田波ゆくわが帰郷

橋本幸明　『絆』

句集には姜琪東《かんきどん》が作者を土佐の「いごつそ」と讃える句を載せる。信念を貫く頑固者の意。私も土佐が好きで、何人かの友人知人がいる。いずれも誠実一途《いちず》な好人物。中江兆民の著書がある作者は土佐で生まれ、東京で勉学を積み、大阪にも住まわれたものか、自序やあとがきでわずかに知るのみであるが、掲句に注目した。大土佐が見え、爽快だ。四国の土佐までの道中、〈青田波《あおたなみ》〉が作者を迎えてくれる。リフレインの躍動がいい。◇青田波

二〇二〇年六月二六日

蜩の草に鳴きたつ由布泊り

大久保橙青　『霧笛』

蜩《ひぐらし》は秋の蟬であるが梅雨どきから鳴き出す。梅雨蜩と名付け〈萱《かや》山の梅雨蜩が灯《ひ》を配り〉と、私は詠んだ。いつか支持されて使われ出している。掲句の草叢《くさむら》に鳴く蜩もどこか蜩の出初めの感じ。季節に囚われない実感重視の写生力に感銘した。「若葉」同人。作者は政治家大久保武雄、初代海上保安庁長官。原爆投下直後の広島へ入り『原爆の証言』を残した。このたび子息白村編『大久保橙青全句集』が出たのが嬉しい。◇蜩

今日よりは風立ち易《やす》し花さびた

二〇二一年六月二五日

木村敏男　『今生』

短い蝦夷梅雨《えぞつゆ》も終わりに近いか。さびたの花がわずかの風に揺れる。本土では糊《のり》うつぎといい、小藪をつくる。紫陽花の仲間である。花の名を唱えただけで根室のノサップ岬に佇《たたず》む旅情に浸ることができる。先年、帯広の植物園で黒い実をつけたハスカップ、別名クロミノウグイスカグラを見て感激した。北大の植物園ではどかっと丈高いエゾニュウの花に驚き、これぞ北国と嬉しくなった。好きな猪独活《ししうど》の仲間だった。◇花さびた

揉瓜のひとにぎりにて独りの餉《げ》

二〇一八年六月二五日

鷲谷七菜子　『黄炎』

簡素この上ない食事だ。前栽《せんざい》で今朝採れた胡瓜《きゅうり》を刻んで塩で揉む。夏の即席料理の揉瓜《もみうり》。これが一品あれば昼ごはんはすむ。もう若くない。体を動かし力を出すほどの働きがあるわけでもない。ひとりなので、気を遣わなくてすむ。さっぱりした揉瓜の口当たりのよさが好き。

同じ作者に〈けら鳴いてひとりの夕餉音もなし〉がある。けらは螻蛄《けら》。ジーと鳴く。暮らしを淡々と俳句に詠む。それで救われる。◇揉瓜

妻は開きおのれは丸のどぜう鍋

二〇一五年六月二六日

吉村　昭　『炎天』

鰻《うなぎ》も泥鰌《どじょう》も夏料理の逸品。丸《まる》泥鰌はいくら煮てあっても鍋の中からどこか哀願気味に睨《にら》まれると気がひける。そんな向きは開きがいい。柳川は泥鰌を背開きにし、頭も骨も除いて、最後に卵とじにしてある。泥鰌の形が残らないから心配無用。一緒に店に入る。妻と私の注文が違う。泥鰌鍋なので、好みが分かれるのが面白い。作者の妻は同じく作家の津村節子。

泥鰌は無季であるが、夏の感触があろう。◇どぜう鍋

口利かぬ仲といふ仲泥鰌鍋

二〇一二年七月二三日

清水基吉　『浮橋』

浅草の駒形泥鰌《どじょう》を詠む。庶民の通《つう》が通うところ。弾んだ会話なんかなくとも、男の好きな牛蒡《ごぼう》をさっと取ってやる女。泥鰌に冷酒を吹きかけてやる男。

べたべたする齢でもないが、間が冷めているわけではない。愛想なしで通じる連中が集まっている。〈桂郎《けいろう》の席空けてあり泥鰌鍋〉も同じ作者。同じ波郷門の石川桂郎がひょっこり現れそうな気配。亡き人が加わっても誰も気にしない。◇泥鰌鍋

二〇二一年六月二八日

青瓢人は見かけで九分決まる

鈴鹿呂仁『真帆の明日へ』

飄逸《ひょういつ》な句である。京都の俳句結社「京鹿子《きょうかのこ》」四代目の主宰を継承し、初代祖父鈴鹿野風呂《すずかのぶろ》から百年が経つという。なぜ青瓢《あおふくべ》なのか。顔は本来、食べるために口が中心。ところが人間はことばを使うことで表情という見かけの働きが重視されるようになる。人は見かけが大事だというが、私はまだ青瓢簞《あおびょうたん》。そんな自戒の句と読める。いかにも京都人らしい自負ではないか。蛇足ながら、残りの一分を云々《うんぬん》したならば、句はお説教になる。◇青瓢

二〇二二年六月二八日

夕闇の降りくる鮎の山河かな

高田正子『青麗《せいれい》』

鵜飼が始まる宵の口を捉え、〈鮎《あゆ》の山河〉とは大らかな中に一抹の哀しみがある。夜分ともなれば、篝火《かがりび》に照らされた鵜により次々に捉えられる鮎のあわれ。「鵜舟《うぶね》はいとなみのかなしき体《てい》」（『俳諧雅楽抄』）へ思いを馳《は》せるもの。岐阜出身の作者にとり、「遠きにありて思うふるさとは、青く麗しい」と句集のあとがきに。母を送り、実家を仕舞い、父を身近に呼び寄せる。世の柵《しがらみ》を経て掲句は望郷の作。風景句に見えて、感慨が籠もる。◇鮎

二〇二〇年六月二九日

硝子《ガラス》器や森の容《かたち》にパセリ盛る

唐澤南海子『森へ』

料理の盛り付けは俳句の取り合わせに通じる。障害者に料理を教えるボランティアを長年やってきた作者だけに詩情を創るのが巧みだ。掲句は涼味いっぱいの食卓風景。構図を考え、季節感を思想として句材を探す。まず硝子器、〈や〉切れが大事。これから出される料理を暗示する働きがある。もし「に」ならば一行の散文に近い。食卓に器が出される予感がない。パセリの森、透明な硝子器。明日は水無月祓《みなづきはらえ》。◇パセリ

二〇一九年六月二九日

薄闇に蹠《あうら》拭きゐる夏越《なごし》かな

桂 信子『樹影』

六月三〇日は茅《ち》の輪《わ》くぐりの日。夏中の穢《けが》れを払う。その穢れが歩いてきた足裏の汚れを拭うことだとは。日常の俳味とはこんなものか。神道はさっぱりしている。神社に神鏡があるが、建物は抜け殻、背後の山や川がご神体。自然があるのみ。仏教は悩みを仏が救う。人間まるごとお任せ。神道の穢れを払うとは、棒のような存在の人間についた埃《ほこり》を神が吹くようなものか。もともと身体は自然だと考えている。◇夏越

御祓《おはらひ》や砂地をはしる足のうら

二〇二二年六月三〇日

丈草　『薦獅子集《こもじししゅう》』

陰暦六月晦日《みなづきみそか》は夏の間の穢《けが》れを祓う〈夏越《なごし》の祓《はらえ》〉、御祓の日である。茅《ち》の輪《わ》潜《くぐ》り（菅貫《すがぬき》）や薄紙の人形《ひとかた》で体を撫で、穢れを移して水に流す形代《かたしろ》の行事が知られる。海辺や川辺など水辺で行われる。掲句は形代流しの砂地を走る素足の感触を詠んだもの。砂粒がちくちく当たり、穢れが離れる実感がそこにある。丈草は僧名であるが、元犬山藩士。早く隠棲《いんせい》して、清貧の暮らしを求めた俳人。地味な句柄に「さび」の味わいがある。◇御祓

この日には決つて父の絽の浴衣

二〇二一年六月三〇日

堤　保徳　『姥百合の実』

今日は陰暦六月晦日《みなづきみそか》。名越《なごし》の祓《はら》いの日。半年間の身の罪悪や穢れを払い浄めるために、神社では茅《ち》の輪を潜《くぐ》り（菅貫《すがぬき》ともいう）、水辺では祓いを移した人形《ひとかた》を流す。ひと月遅れの七月末に行うところもあるが、コロナ禍のさなかの今年はいっそう盛んのようだ。作者は禊《みそぎ》を終え、この日に父のよすがの羅《うすもの》の絽《ろ》を纏う。爽《さわ》やかだ。

戦中戦後の父が背負った労苦にはせめてもの報い。忘れ難い父思いの佳吟として記憶を新たにした。◇浴衣

梅雨晴や佐渡の御金《おかね》が通る迚《とて》

二〇一九年七月一日

一茶　『七番日記』

文化一〇（一八一三）年の作。二〇〇年ほど昔のこと。佐渡の金山で掘られた金が越後の出雲崎から北国街道を通り江戸へ送られる。一茶の住む柏原はその道筋。御金が通るとて野尻・柏原・古間三宿では輸送に厳重な警固に当たった。一宿から人足一〇〇人、馬三五疋《ひき》という。七月がその時期。一旦《いったん》、野尻宿安養寺境内の金蔵に収められ、翌朝、御金荷は付馬に乗せられ、次の宿へ送られる。一茶は時勢に敏感。記録魔である。◇梅雨晴

鬱勃《うつぼつ》たる夾竹桃《きょうちくとう》の夜明けかな

二〇二〇年七月一日

平井照敏　『猫町』

戦争が終わり、私が初めて読んだ本が『夾竹桃の花咲けば』（佐藤紅緑）だった。姉妹として育てられた二人が実は他人。以後の数奇な人生を描いた物語にも感動したが、何よりも花の名に憧れた。大気汚染の公害に強い花として街路樹に植えられ、現今では見向きもされないが、私は今でもときめく。掲句の作者も盛んな茂みに好感を持つ。爽やかな夜明けではないが、都会の朝の分厚《ぶあつ》な時間に、壮年の意志をぶつけようとしている。◇夾竹桃

二〇一一年七月二日

向日葵のみどり葉海霧《じり》に雫《しずく》しぬ

舟越道子　『青い湖』

みずみずしい青春俳句。釧路生まれの作者は上京し女子美術専門学校（現女子美術大学）を卒《お》え、さらに西村伊作院長の文化学院に学ぶ。掲句はアイヌ部落（コタン）の向日葵《ひまわり》を詠む。彫刻家舟越保武と結婚した、戦前一九四〇年、二四歳の作。釧路の夏は太平洋からの海霧が深い。身丈を越えるほどの向日葵の茂葉《しげりば》がぽたぽたと雫を零《こぼ》す。その鮮やかな緑の群生には日中戦争下の暗さはない。数少ない新興俳句女性俳人であった。◇向日葵

二〇二二年七月二日

片白草魚に声のなかりけり

大西　朋　『片白草』

片白草《かたしろぐさ》は半夏生《はんげしょう》（半化粧）とも呼ぶドクダミ科の多年草。水辺や湿地に群生し、一メートル近く茎が伸び、夏至から一一日目（半夏生の名の由来）の頃には穂状の淡黄色の花を付ける。花序に近い葉二～三枚は虫を誘うため、葉柄から半分が白くなる。片白草や半化粧の名はそこから。草はお化けのように化粧し、お洒落をしても、水中の魚は「キャア」と驚きの声が出せない。花に昆虫が戯《たわむ》れるさまを見つめるだけ。哀しい魚たちよ。◇片白草

二〇一一年七月一日

のびすぎてでんでんむしの殻ぬげさう

西野文代　『そのひとの』

「ででむし」とも。蝸牛《かたつむり》が通用であるが、子供には〈でんでんむし〉の俗称が親しまれる。殻から出よ出よとの呼びかけの意。蛞蝓《なめくじ》と同じ陸上の巻貝で、蝸牛は殻を背負っている。雨上がりなどには体を異様に伸ばす。殻が脱げそうだと戯《たわむ》れた童心に詩情が感じられる。〈牛の子に踏まるな庭のかたつぶり角あればとて身をな頼みそ〉（寂蓮）と詠われたように、身が安心できるほど殻は頑丈ではない。◇でんでんむし

二〇〇九年七月一三日

猫の子に齅《かが》れて居るや蝸牛

才麿　『陸奥衢《むつちどり》』

童画を見るようなほのぼのとしたやさしい句だ。子猫がふしぎそうに庭先で蝸牛を嗅《か》いでいるのである。蝸牛も角を出したり引っ込めたり、くすぐったいだろう。生きもの同士のさりげない光景を描き、人間臭さがない古句も珍しい。作者は大坂の俳人として名高く、井原西鶴門。芭蕉とも親交があった。句はほかに〈しら雲を吹尽したる新樹かな〉など。新樹が白雲を吹き払ったものと詠い、爽やかである。◇蝸牛

かたつぶり酒の肴《さかな》に這《は》わせけり

二〇二一年五月二七日

其角　『いつを昔』

かたつむり、でんでんむし、まいまいなど柳田国男『蝸牛考《かぎゅうこう》』によると三〇〇種類もの呼称があがる。陸生の巻貝で雌雄同体。角を二対《つい》出し、長い方に目がある。

雨の日など湿気が多い時に出て、木の幹や壁などを伝い這う。掲句もつれづれに友達を呼んだものか。何もないが、庭にかたつぶりを這わせて置いたから、それを酒の肴に一杯やってくれ。粋な計らいとも、いいわけとも。江戸っ子其角の機智がいい。◇かたつぶり

かたつむり宿題がでて月が出て

二〇一九年七月二〇日

彌榮《みえ》浩樹《こうき》　『鶏』

雨上がりか。目の前にかたつむり、向こうにお月さん。主人公は中学生くらい。かたつむりにも月にも関心がある。学校の宿題もやらなければと気になる。好奇心旺盛だ。いまだこれと定まらない、自然界にも興味がある。学校の勉強もよくできる。ふと振り返ると、私もこんな頃俳句に目覚めたのだった。掲句は案外、俳句の宿題かな。かたつむりが夏の季語なので、月も秋ではなく、ここでは夏。やさしい佳句である。◇かたつむり

姥百合のここよここよと獣道

二〇一九年七月三日

渡部《わたなべ》彩風《さいふう》　『オホーツクの四季』

北見市在住。愛媛県新居浜生まれの作者が北辺の地へ移られた事情は知らないが、姥百合《うばゆり》への関心の深さに共感した。アイヌが姥百合の根を採取し、澱粉《でんぷん》を得ていたことは周知である。獣道と詠まれ、知床までも含むオホーツク圏は新潟県ほどの広さという。丈高い姥百合が群落を作る。目を瞠《みは》る光景だ。こんな句も紹介する。〈雪折れや山気こもれる獣道〉〈笹起きる音に野地蔵ふと目覚む〉。どの句もやさしさに満ちている。◇姥百合

打水に解《と》けし混沌《こんとん》夕ごころ

二〇一五年七月三日

河野　薫　『従心』

暑いさなかは気持ちも鈍る。すっきりしない。文章でも書かないといけない時など、もうお手上げ。気分転換に庭へ出る。夕方近い。水を打つ。すると、どこか気分がほどける。体を動かすのがいいらしい。日盛りからゆっくりと大気は翼を納める。私も合わせるように気持ちを緩める。やがて夜を迎えるまでの贅沢な時間。

夕方。灯ともし頃。いくぶん老いた心。振り返ることが多くなる。◇打水

雫／片白草／でんでんむし／猫の子／酒の肴／かたつむり／獣道／夕ごころ

二〇一二年七月四日

立葵咲くことが立ち上ること

平井照敏　『石濤《せきとう》』

立葵《たちあおい》からは大志が感じられる。遥か彼方を望み、つねに爪先立ちをしているようだ。原産が小アジアと聞くと、ホメロスの英雄叙事詩の舞台になったギリシャの地を、エーゲ海を手前にトルコのイズミルから眺めたことを思い出す。葵の白や紅の大輪が下から次々に咲きのぼる。人の背丈を越え二メートルにもなる。立葵とは巧みな名だ。雌蕊《めしべ》や雄蕊の吹き出す花粉もちまちましていない。大柄だ。◇立葵

二〇二〇年七月六日

理屈などどうでもつくよ立葵

波多野爽波　『一筆』

眼前に立葵《たちあおい》がある。これだけが絶対だ。あとは理屈だ、という。きびしい。思い出すのは〈蜀葵《たちあおい》人の世を過ぎしごとく過ぐ〉（森澄雄）に関し、過ぎたのは作者か蜀葵かと論争があった。Aは鮮やかな蜀葵の傍らを過ぎた途端に人の世を過ぎ他界へ出た気持ち、という。Bは蜀葵がひと夏、美しく咲き通し、気が付けば人の世を通り過ぎた思い、という。時間を感じるのは人間ばかりでなく、葵にも時間意識があるとみる。理屈も楽しい。◇立葵

二〇一六年七月五日

強力《ごうりき》の荷の堆《うずたか》し梅雨穂草

井坂一炷　『風に聶屓』

梅雨の終わり頃に穂を結ぶ草がある。秋を待たないで実をつけて枯れる。梅雨穂草《つゆほぐさ》という。昭和三〇年代から使われ出した新しい季語である。

五月の連休明けから山小屋の荷揚げが始まる。今ではヘリコプターでの輸送が専《もっぱ》らであるが、わずかの荷は強力に頼む。背丈を越える荷を背負い、もくもくと山道を進む強力に出会うとはっとする。こんな生き方もあるのだと妙に納得させられる。真夏の景。◇梅雨穂草

二〇二二年七月七日

乳母夏痩「針当指環」今もして

中村草田男　『母郷行《ぼきょうこう》』

昭和二八年の夏、母の遺骨を東京から郷里松山へ携え帰り埋葬した折の作、『母郷行』に出る。郷里では旧友に会う。さらに、幼い頃育ててくれた乳母が健在だといい、感動の再会。乳母は小さくなった顔を清水でそそくさと洗い、作者と逢う。時間が経つのも忘れ、〈夏星《なつぼし》ほつほつ長患ひの話縷々《るる》〉と耳を傾ける作者。手を見ると、指には昔ながら、針仕事時の〈針当指環〉をして。ああ、これぞ懐かしき乳母。母代わりであった乳母。◇夏痩

二〇二〇年七月一〇日

袋蜘蛛ロシアの名前むつかしく

森賀まり　『瞬く』

大方の印象は句作にも鑑賞にも重要な情報を提供する。雰囲気からことばが選ばれる。ロシアといえば、薄暗い・小難しい印象があろうか。人名も〇〇ビッチがむつかしい。地名の印象では、レニングラードが州名には残るが、一九九一年にサンクトペテルブルクに戻る。世界史上初めて社会主義国を樹立し、六九年の試練を得て崩壊した歴史は二〇世紀の最大のニュース。袋蜘蛛《ふくろぐも》は地蜘蛛。一句を包む雰囲気がある。◇袋蜘蛛

二〇一六年七月九日

松かぜやつれ引《びき》涼し瀧おとし

田捨女《でんすてじょ》　『捨女句集』

〈雪の朝二の字二の字の下駄のあと〉は捨女六歳の作という伝説がある。芭蕉と同じ元禄時代の女流俳人。京都に近い丹波の柏原《かいばら》生まれ。本名はステ。四二歳で夫と死別し、仏門に入る。その前に楽しんだ俳句を纏《まと》め自筆句集を作ったもの。掲句は松林の中の滝がいかにも涼しいものだと詠む。松風と連れ添って、涼しげな音を立てている。〈つれ引〉が掛詞。連弾と連れ添う意をからめ楽しんでいる。◇瀧

二〇二二年七月九日

クーラーのきいて夜空のやうな服

飯田　晴　『たんぽぽ生活』

真昼、冷房が効いたお洒落な喫茶店にでも入ったのか。途端に着ている服が星をちりばめた夜会服でも纏《まと》っているような気分に。鏡が張り巡らされていたのかも知れない。雰囲気に生きる。とはいえ軽くはない。気持ちは沈みがち。〈冷房の冷えのたまつてゆく体〉との句も。夜空を不思議に思い、それが懐かしさに変わる。中年が過ぎ、周りの何人かを空の彼方《かなた》へ送る。生涯の半分は夜空との付き合いと気持ちの落ち着きが見える。◇クーラー

二〇二一年七月九日

青鬼灯つねに小声にわれのうた

寺田京子　『日の鷹』

つつましい。青鬼灯《あおほおずき》が自分の俳句とつねに小声でいうとは心を打つ。戦後は喧騒《けんそう》の時代であったが、反面小さな声をみんながあげた。「病むことより知らなかった私にとって、この十年は、社会にはじめて素裸《すっぱだか》でふれた歳月ともいえる。ないはずのいのちをつなぎとめ、放送ライターの仕事をしながら、世のさまざまをみた。みることは、疑うことでもあろう」と一九六七年の句集の後記にある。俳句でなければ掬《すく》えない感動がある。◇青鬼灯

立葵／理屈／梅雨穂草／乳母夏瘦／袋蜘蛛／松かぜ／クーラー／青鬼灯

二〇一八年七月一〇日

穴に入るまでは我が家の青大将

小林輝子　『狐火』

作者は岩手と秋田との県境、奥羽山中西和賀町湯之沢に住む。マタギの里として知られ、春先の熊撃ち〈出熊《でくま》猟《りょう》〉に名句がある。ぜひ伺いたいと思うが、掲句は熊ではなく、蛇の句。先日、旭川の旭山動物園でじっくりと青大将を見た。長い。見終わった感想は蛇とはなんと哀しいものよということ。あの長さが哀しい。棒に凝縮された生きものは未来の最も機能的な生命体か。無駄がないさみしさが限りなく哀しい。◇青大将

二〇一九年七月一〇日

いろいろのことの中なる蛇のこと

京極杞陽　『くくたち下巻』

虚子門の貴公子、豊岡藩一四代当主、杞陽の話。昭和二〇年五月急性肋膜炎の病臥《びょうが》のさなか、杞陽は東京から小諸に疎開中の虚子を訪ねる。虚子恋しとばかり、家主小山栄一方に身を寄せるが、戦争末期であり、故郷但馬へ帰ることになる。その際の句がこれ。好意の弁当のほか、卵に牛乳。さらに養生にとシマヘビ一匹が贈られ、とことこ汽車に揺られて但馬へゆく。虚子や家主の格別の厚意の、むにゃむにゃの省略が巧い。◇蛇

二〇一九年七月八日

夏山も歩み近づく如くなり

高野素十　『初鴉』

作者が新潟医科大学法医学助教授の昭和七年一〇月、ドイツのハイデルベルク大学へ留学する。掲句は翌年夏の同地詠。〈夏山に向ひて歩く庭の内〉も同時作。私も今年六月三日から一〇日ほどドイツへ行き、ハイデルベルク大学で日本学専攻の学生を中心に芭蕉の死生観の講演をした。さらに俳句ワークショップをして楽しんだ。

ネッカー川を眼下にした「哲学の道」を歩きながら掲句を思った。夏山も歩み寄る感じに同感した。◇夏山

二〇一九年七月二五日

若葉には若葉のものゝあはれかな

小林貴子　『黄金分割』

意表の突き方にやさしさがある。いわれてみると当然であるが、気付かないでいたことをさらりという巧《うま》さ。松坂の本居宣長居での作。〈もののあはれ〉は宣長が『源氏物語』を読み解き、作品の真髄はことにつけしみじみとした情趣をもよおす点にあることを指摘した。

盛んな夏の若葉にも若葉独特なもののあわれがあるという。春の花、秋の紅葉などの古典的な美しさではない点に斬新さがあろう。◇若葉

突き上ぐる青葉しだるる青葉かな

二〇一九年八月一日

佐怒賀正美　『椨の木』

老いを意識する頃から青葉を詠みたくなった。これは私の個人的な思いなので、ひとさまの俳句の鑑賞にはそぐわないかもしれない。が、東北角館《かくのだて》の町筋の嘱目吟らしい掲句の青葉を想像していると、わが独断も案外まともではないかと思われる。桜並木の花のトンネルが一斉に青葉に変わる。圧倒される。この盛んな光景をふたたび目にすることができるであろうか。思えば途端に青葉は花よりも愛《いと》しくなる。◇青葉

遠青嶺みな手を胸に置くごとし

二〇一四年七月一一日

高野ムツオ　『萬の翅』

遠くに見える真夏の青嶺《あおね》。その容姿を身体的に捉え荘《しょう》厳《ごん》な思いが伝わる。手を胸に置くのは敬虔《けいけん》な行為である。祈りと願いと憧れが感じられる。自然の巧みな造形に人間は敬服するのみ。

作者は東北の多賀城市に在住。すると、上掲の青嶺の彼方には大震災を齎《もたら》した太平洋が横たわるのであろうか。海ばかりではない。山脈も深手を負っている。耐えている姿なのであろう。◇青嶺

祈らねばてのひら幽《くら》し夏つばめ

二〇一七年七月一二日

清水　伶　『星狩』

吉野詠。蔵王権現あたりを想像する。〈太陽の蒼き茂りの秘仏かな〉も同時作にある。

合掌する。手を合わせることは手の暗さを薄めることか。暗いとは心が暗いことだ。自らが囚《とら》われている魑魅《ちみ》魍魎《もうりょう》を退治できないで、悩むことだ。生きることは絶えず新たな悩み、暗さとの闘いのようなものではないか。爽快な夏のつばめ。つばめほどに快活にふるまうことができたら最高だ。◇夏つばめ

暑き日の熱き湯に入るわが家かな

二〇一九年七月一二日

小川軽舟　『朝晩』

浴後爽快。さっぱりする。わが家というから家族みんなが父親流ということか。中には温い湯がいいという息子がいてもいいが、よくできた爽やかな家族である。

近所・手帖・呼鈴が句集名。このたびは朝晩。おのずから志向がわかる。飾らないで日常を描く。とはいえ、掲句にからめていうと微温湯に長居する停滞感はない。感覚の鋭さも知的に糊塗《こと》することもない。自然に任せるマネージメントが巧み。◇暑き日

二〇二二年七月一二日

大往生遂げたるごとく昼寝妻

円城寺《えんじようじ》　龍《りゆう》　『アテルイの地』

花巻にこの人ありと知られた飄逸味《ひよういつみ》溢れた俳人。これぞみちのくの句。ことりともしない。さてはと覗く。奥方は奥座敷の戸を開け放ち、真ん中に気持ちよさそうに大の字にすやすや。働いて、ぴんぴんころりが理想の時代は過ぎ、今や平均寿命は八四歳の超高齢社会。このように昼寝ができれば最高ではないか。仲のいいご夫婦であったが、龍は二〇二二年五月、みんなに惜しまれながら文字通り大往生。九二歳であった。◇昼寝

二〇一八年七月一二日

日はしんと空の深みに氷室跡

長谷川　櫂　『天球』

私の記憶にある氷室《ひむろ》は軽井沢の古宿にあった。浅間山麓の天然氷を保存するもので、堀辰雄の小説に描かれ名高い。昭和三〇年代後半まであった。民家よりひと回り大きく、傾斜が付いた屋根が高い。小屋の中は薄暗く、大鋸屑《おがくず》のしめった匂いがした。小屋の脇にある氷室池には、垣と呼ぶ日除《ひよ》け莨蓙《ござ》を掛ける杭が林立していた。

掲句は夏の昼下がりの氷室跡。天然の氷に頼る暮らしが消えた一抹の哀惜詠。◇氷室

二〇二一年七月一三日

茄子葉も花も永劫の茄子色《なすびいろ》

冨永　滋　『堤外日記』

読みは茄子《なす》で切る。茄子がすべて。茄子を詠い、茄子の上に時間も空間もみて「人間の生涯は／茄子のふくらみに写っている」と書いたのはイギリス帰りの詩人、西脇順三郎。作者は六冊の詩集を出し、中学以来の西脇党。掲句も茄子を永劫《えいごう》だと讃える。茄子の二音の響き、茄子の形、その紫色など。茄子好きには共感されよう。が、関心のない人には見向きもされない。それでいい。あえていえば「おたんこなす」が本望ということか。◇茄子

二〇一二年七月一三日

簾買ひ足して臥すなる夫《つま》かこふ

佐久間慧子　『夜の歌』

こんな哀しい簾《すだれ》もある。外部と遮断する目隠しや日除け用が簾の役目。どこかに遊び心がある。

ところが、病臥の夫にせめてもの涼《りよう》をと簾を買い足した。もう夫は妻に従う以外に自由が効かない。ものを扱うような〈かこふ〉の語が切ない。夫は逝去する。そしてまた夏。〈一寡婦としての手はじめ簾吊る〉。この簾は日除《よ》け用であろうが、夫を亡くした生計《たずき》を見られたくないという気持ちもあろう。簾は繊細だ。◇簾

新すだれもつとも風も青き哉

榎本星布《せいふ》　『新出・星布発句集』

二〇一三年七月一七日

加舎白雄《かやしらお》門の女流俳人。文化一一（一八一四）年八三歳で逝去。八王子の人。新しい青簾《あおすだれ》を垂らした。早速、簾を透す風も青い。〈もつとも〉は勿論《もちろん》の意ではなく、最もと強調した意。句に俳味があり、感覚が新鮮だ。

風が青いとは真夏の涼風をいうが、本来風には色がない。が、木々をわたる心地よい風は青みを帯びているようだ。〈朝顔やうらおもてなき隣同士〉も同じ作者。世俗を詠いいくぶん川柳調。◇すだれ

旅の駱駝も大東京も暑気中り

山崎　聰　『流沙』

二〇一八年七月一四日

梅雨が早く明けた途端に猛暑。動物園の駱駝《らくだ》か、旅のサーカスの駱駝か、哀《あわ》れにも熱中症。そもそも、膨張に膨張を重ねている大東京が大変、東京中が暑気《しょき》中《あた》りで麻《ま》痺《ひ》状態。今年は七月一六日が海の日。〈海の日の海の出口が見つからぬ〉と詠んでいる作者。大洋も大東京も八方ふさがり。これが現今、われわれが置かれている状況なのだと訴えたいのであろう。囚われの身の駱駝の哀しい貌《かお》はいよいよ哀れ。◇暑気中り

團子《だんご》蟲《むし》空見たことか動き出す

中原道夫　『橋』

二〇二二年七月一四日

わらじ虫と似るが、突《つつ》くとすぐ団子状に体を丸める。体長一センチほど、枯葉溜まりや石の下、海岸の砂地など、どこにでもいて、これほど子どもに好かれる虫はない。死んだのかと思った。が、空を見るような格好をして、すぐ動き出した。〈空見たことか〉が駄洒落風な掛詞《かけことば》。〈大人には見えなくなりてだんご虫〉（木村さとみ）という句もある。童心を失わない作者。市販の歳時記には見当たらないが夏の地貌季語に推奨者が多い。◇団子虫

濡足袋《ぬれたび》の爪先立ちて荒神輿《あらみこし》

宇田川典文　『篁《たかむら》』

二〇一二年七月一六日

都市中心に繰り広げられる夏の祭礼は神輿渡御《とぎょ》が呼びもの。東京の浅草三社祭《さんじゃさい》は五月第三の金土日。鳥越《とりごえ》神社の千貫《せんがん》神輿は六月第二日曜にどっと賑《にぎ》わう。荒神輿の担ぎ手は足袋を濡らすと、爪先に気合が入る。夏祭は氏子衆の信仰心が核にあろうが、演じるもの、見物するもの双方に愉しむ遊山《ゆさん》気分が濃い。そこで盛り上がる。

農村の春秋の祭は田祭。味わう祭ならば、都市の夏祭は見て愉しむ祭だ。◇神輿

二〇二〇年七月一四日

香水を世界の中心に垂らす

佐藤郁良『しなてるや』

世界の中心とはどこか。作者は一九六八年生まれの高校の先生。俳句甲子園に初引率が俳句への切っ掛けとか。

筆者は端的をむねとする野人なので、女性の身体《からだ》を想像した。さしずめ恋人。ならば、垂らすところはあなたが想像する通り。あとはシャネル5番で思う存分どうぞ。〈新蕎麦や一糸まとはぬ空のあを〉〈障子洗ふ穴の由来のひとつひとつ〉。思わせぶりの句がある。若い。褒めことばを添えておく。◇香水

二〇二二年七月一六日

素麵と冷むぎ不仲なるうはさ

河内文雄『宇津呂比《うつろひ》』

芸能界の売れっ子同士の仲違《なかたが》いの噂のようにもとれる。がここは、涼味を呼ぶ麵類の好みの問題とみる。冷素麵派と冷麦派。私はどちらも好き。ところが現代人は微妙に好みが分かれるらしい。細いのは素麵。直径一・三ミリ未満。昔は手延べで作った。冷麦は一・七ミリ未満。明治以後、製麵機で作るので違いは太さのみ。原料も小麦粉に食塩を入れ、水で捏《こ》ねるので同じだが、冷麦には色付き麵も入りお洒落か。モダンだ。◇冷素麵・冷麦

二〇一三年七月一五日

ナイフ・フォーク先づ出揃ひて巴里祭

有山八洲彦『青龍』

巴里祭《ぱりさい》と名付けての宴はどこか日本流。フランスでは巴里祭とはいわない。ところが、おおかたはフランス革命記念日を思い、気分は西欧流に振る舞いたいと思う。テーブルにはナイフ・フォークが揃えられ、料理が出るまでのしばらくの間が最高の気分。明治以後、近代の料理の手本はフランス料理であろう。鮨もいいが、フランス料理もいい。和風・洋風の雑種文化に堪能している日本人が多い。現実的なのである。◇巴里祭

二〇一九年七月一五日

白南風をコインロッカーから出してやる

栗林 浩『うさぎの話』

梅雨明けの風が白南風《しろはえ》。長い梅雨が終わり、ようやく真夏を迎えた。その比喩であろう。ロッカーは市民の現代の玉手箱。なんでも入っている。中国流のオリンピックではないが、雨を降らせるのもいよいよコイン次第の時代へ。そんな連想にもつながる。作者は評論に優れるが、句にも時代への批評がある。〈切れ味の鋭さうなる水着かな〉。コインロッカーを使って変装も自在。川柳風な着眼は俳味の新しさにもなろうか。◇白南風

火を投げし如くに雲や朴の花

二〇二二年七月一五日

野見山朱鳥《あすか》　『曼珠沙華』

明るい朴《ほお》の句が時代を拓《ひら》いた。昭和二一年一二月号「ホトトギス」六〇〇号巻頭句である。戦争中小諸に疎開していた高浜虚子が戦後になり、この機会に後継を長男年尾に譲る。記念号を飾った作であった。掲句の朴は川端茅舎《ぼうしゃ》の辞世〈朴散華《さんげ》即《すなわ》ちしれぬ行方かな〉を意識して詠まれている。虚子は掲句が入る朱鳥句集の序に「曩《さき》に茅舎を失ひ今は朱鳥を得た」と朱鳥を讃えた。散華の朴と開花の朴。虚子の両句を意識した演出か。◇朴の花

鉾のこと話す仕草も京の人

二〇一四年七月一六日

稲畑汀子　『汀子第二句集』

京都の七月は祇園御霊会《ぎおんごりょうえ》に終始する。とりわけ一七日は祭のクライマックス。町内から出される山鉾《やまほこ》が巡行の日。みなわが町の鉾に誇りを持っている。祭といえば、祇園祭だ。一〇〇〇年の都、京の人たちには気位がある。

京都の夏は疫病が流行り、河川が氾濫《はんらん》した。これは御霊（悪霊《あくりょう》）の仕業と信じられた。その御霊を鎮め、退散させるため、鉾先に長刀《なぎなた》を付けた長刀鉾を先頭に、三三の山鉾が市中を廻り威容を誇示したもの。◇鉾

長刀鉾《なぎなたぼこ》の切尖《きっさき》みゆる夜空かな

二〇二〇年七月一六日

長谷川櫂　『虚空』

前書「宵山」とある。本番の前夜七月一六日をいう。祇園祭の山鉾《やまほこ》巡行の先頭に立つのが〈長刀鉾〉。宵山では午後一〇時半ころから八坂神社の御旅所へ明日の日和を願い、日和神楽を囃し屋台を曳き詣でる。大きな長刀鉾の先の夜空が主役。疫病邪悪を払うにも晴れてほしい。

祇園本祭は地の賑わい。宵山の夜空が荘厳《しょうごん》され、祇園は天地の祭になる。今年は疫病コロナが居据わる。長刀鉾の出番がないらしい。◇長刀鉾

白炎天鉾の切尖《きっさき》深く許し

二〇二一年七月一七日

橋本多佳子　『命終』

祇園山鉾《ぎおんやまほこ》巡行の日。同時作〈眼前の鉾の絢爛《けんらん》過ぎゆくもの〉。祭の山鉾の切尖に万人の眼が集まる。二〇二一年は、祇園御霊会一一〇〇年余の史上でも稀なるコロナ禍。晴れ極まる天空に潜む怨霊の祟《たた》りをなだめ、鎮めてもらえたものか。疫病退散の願いは届いたであろうか。六月下旬、国内だけでも八〇万人近い感染者。亡きひとは一万五〇〇〇人。鉾を飾る美しい胴懸《どうかけ》には織り出された李氏朝鮮絨毯の虎が哀しく吼《ほ》えるばかり。◇鉾

香水／うはさ／巴里祭／白南風／朴の花／京の人／長刀鉾／切尖

二〇一一年七月二二日

三粒ほどほろつく雨や宵祭

今井つる女　『姪の宿』

祭といえば祇園会《ぎおんえ》であるが、掲句は終戦直後の昭和二一年の作。当時作者は夫の郷里四国の今治に疎開中。その地の夏祭である。海風に生ぬるい雨粒がぱらっと来た。毛が三本ではないが、三という数への親しさ、三粒がいい。〈ほろつく〉の砕けたいい方も親しめる。雨にも一杯入っているような。祭は宵祭《よいまつり》。花ならば開かんとする蕾《つぼみ》。戦後初の祭であれば、なおさらしみじみと、噛みしめたであろう平和。◇宵祭

二〇一八年七月一七日

花火みる二人永遠には在らざりし

鈴木貞雄　『墨水』

どんなに豪華な打ち上げ花火でも一瞬に消えてしまう。そのわずかな時間に花火師も見物人も大袈裟にいうならば、いのちを賭けるような思いで臨む。

逆説めくが、永遠とは感動を瞬時に垣間見る濃密な時間のことであろう。花火はひとりより、二人で見ることで、感動が深い。愛の儚《はかな》さが加わり、花火はいっそうしみじみと美しい。〈永遠〉を「とわ」と読む。この読みが花火を内面化する。◇花火

二〇一二年七月一八日

見開きの本のごとくに大花火

岩淵喜代子　『白雁』

七月から八月にかけて日本中が花火大会で賑《にぎ》わう。中でも隅田川花火大会が名高い。およそ三〇〇年前の享保年間に両国川開きに打ち上げられた花火の伝統を継承し、今年も七月二八日に開かれる。

豪華な仕掛け花火は〈見開きの本〉の喩えがうなずけよう。うっとりと眺めて堪能する。しかし、人の気持ちの複雑さはその後に起こる。なんとも空しい刹那《せつな》の思い。あの火の祭典はなんであったのか。◇花火

二〇二一年八月三〇日

子はいまだ淋《さび》しき花火知らぬなり

仙田洋子　『子の翼』

花火がさみしい。この感じは子がいつ頃から抱くようになるものか。華やかなものが消える。その折の凋落《ちょうらく》のさみしさは大人には常套《じょうとう》的な情感だが、どこかに生から死へという無常の意識が働くものであろう。花火が好き。海の、大川の、湖上の花火。涼味を感じながら打ち上げ花火を仰ぐ。火の珠《たま》や火の曲線が描く空の大きさを堪能する。いつかなにもない夜空にはっと気づく。無である。子どもは無邪気。火花の喧嘩《けんか》が面白い。◇花火

二〇一四年八月八日

手花火のこぼす火の色水の色

後藤夜半《やはん》　『底紅』

大川に揚がる花火の絢爛《けんらん》豪華はまさに絵巻物。あでやかで、そして後のさみしさ。そこに花火の醍醐味を感じる人は多い。また、手花火のひそやかさ。いつまでも心にぱちぱち火花が開いている。

作者は繊細。線香花火のような手花火に火の色を見るのは当然であるが、〈水の色〉を捉えたところが優しい。火と水とは相反するもの。しかも花火の色には共存する。句集名の底紅は木槿《むくげ》のこと。◇手花火

二〇一八年八月二八日

大花火より手花火のいのち切《せつ》

澁谷　道　『蘡《えび》』

花火は本来盂蘭盆《うらぼん》に揚げられたが、現今は夏の納涼に揚花火が付きものだ。火事の多い江戸では隅田川で揚げられ、旧暦五月二八日から八月二八日と決められていた。初日が川開き。掲句は線香花火など手花火を詠う。作者の弟を悼んだ句。子供の頃、膝を突き合わせ線香花火をした懐かしい思い出が回想されているか。身近で火花を散らし、最後は小さい火の玉と化し落ちて行く手花火は、いのちを実感させた。◇手花火

二〇一九年七月一八日

ロダンの首泰山木は花得たり

角川源義　『ロダンの首』

大正時代、白樺派の作家たちにより紹介されて以来、ロダンは日本人好みの芸術家だ。掲句は、もう戦後ではないという声が聞こえ出した昭和三〇年に詠まれる。作者もまたロダン自らの首のブロンズに肖《あやか》りいのちを賭けた。俳句と義経記の研究と角川書店の出版に対してである。力強く完璧な句だ。泰山木《たいさんぼく》の王者のような純白な花を取り合わせ、哀しいほどの直向《ひたむ》きさ。しゃにむに生きた昭和戦後の忘れられない戦士であった。◇泰山木の花

二〇二〇年七月一八日

落し文振り玉響《たまゆら》の音もなし

小川軽舟　『呼鈴』

落とす行為は気を楽にする。落語、落書《らくしょ》の類い。落紙《おとしがみ》は落とし過ぎだが、落し文は俳人好みの季語。本来は世相批判の落書の意。掲句は振ってもわずかな音もしない。どこか本意を匂わせる。体長約五ミリの甲虫の巣。くぬぎなどの葉の葉脈を芯に煙草状に巻き、中に卵を一つ生み落とす。枝から離れ地に落ちる。卵から孵化した幼虫が葉を食い二週間で蛹《さなぎ》に、さらに一〇日経つと羽化する。どこにもいのちの気配がない変な虫。◇落し文

二〇一八年七月一九日

ユラクネリ鰻クネクネのどゴクリ

河《かわ》うそ雄《お》　合同句集『どうぶつ句会』

岩手県遠野生まれの作者。名がうそっぽい上に、ねぶた大学民俗学教授というからいよいよ、みちのくの迷路へ入るごとし。うな丼とわんこそばがお好きとか。

二〇日は土用入り。鰻《うなぎ》の動きを捉え、落ちがつく。こんな大きなやつを食べたら堪能するだろうな。〈のどゴクリ〉。飼われた鰻のさみしさが伝わる。鰻を食べるものとみるのが哀しい。落ちがついてお笑いになるが、そこが平凡かな。うそ雄さんごめんね。◇鰻

二〇二二年七月一九日

嘘つきは出世の始まりかなぶんぶん

伊藤政美　『雪の花束』

黄金虫《こがねむし》を〈かなぶんぶん〉と、お金でも世間に飛び廻るイメージを生かした表現が面白い。〈出世〉の意識には、金銭が付いて廻ることを読み手に暗示させる効果を狙ったものか。当然、現今の社会を風刺した作。柳田国男の文章「ウソと子供」を思い出した。「ウソつきは泥棒の始まり」とは子供の頃、親から諭されたことば。しかし柳田はウソが子供を成長させると、長い人生でのウソの効用を説く。作者もそれは承知の話。◇かなぶん

二〇二〇年七月二一日

こころ此処《ここ》に在りて涼しや此処は何処《どこ》

池田澄子　『此処』

幸せな句であろう。現代人の不安を詠んだといえば現代俳句の大方はみんな収まる。話をそこへもってゆく素振りを見せないところが巧い。こころに安らぎがあり、涼しい。結構でございます。ところが、わたしいったい何処にいるのかしら。そんな意識の揺り返しがくる。

ひとはどこから来てどこへ行くのか。余分なことを思わなければ幸せ。しかし、いったん意識すればどこか不安。そんな内省の句か。◇涼し

二〇一四年七月二一日

滴りの光《かげ》少年の瞳に似

嘉悦羊三　『山河の記憶』

山中の巌《いわ》から滲《し》み出る水滴。滴《したた》りとは幽《かす》かなもの。その水滴の集まりが流れになり、やがて河川と呼ばれる大河に至る。滴りの一滴がこの世のすべての始まり。きらりと光る、それは少年の童眸《どうぼう》のようだという。清冽《せいれつ》なイメージが快い。純真さこそこの世の最高のもの。滴りと少年の瞳との関わりに気付いた作者もまた、少年のような理想を掲げて生きている。

滴りの季節になった。そっと見つめたい。◇滴り

炎天に切字《きれじ》といふはなかりけり

二〇二二年七月二一日

増成栗人　『草蜉蝣《くさかげろう》』

芭蕉のような旅の途上、炎天を仰ぎ、ふと漏らした嘆息であろう。果てしなく続く燃える空。〈切れ〉という休息がない。作者は、旅での体験が俳句になったと句集あとがきに。さらに「私も米寿。しかしまだ自分の俳句は見えてこない。老いたれど老いたなりの静かな青春性を追求してゆきたいと考えている」と。すばらしいことばだ。俳句人生が炎天であった。句作は、炎天という青春性がないと続かないという。高齢者への檄《げき》だ。◇炎天

炎天や十一歩中放屁《ほうひ》七つ

二〇二二年八月五日

永田耕衣　『物質』

「俳句を作《な》す者は俳人に非《あら》ず、マルマル人間なり」。九七歳で世を去るまで、奇人耕衣の人間探求はますます盛ん。上記俳句信条に加え、「卑俗性を尊重すべし」と脱糞放尿を掲げる。平賀源内の『放屁論』に「その音に三等あり」。ブツは丸く上品、ブウは歪《いび》つ中品、スーは平たく下品とか。掲句は炎天下、一一歩の間に放屁七つとは、上品を始め終わりに一つずつ。間は二歩に一つ宛て。すると、まさに、俳句のリズムに当たるではないか。◇炎天

ひとさまの西瓜たたいてみたりして

二〇一三年七月二二日

如月真菜《まな》　『蜜』

八百屋の店頭風景か。あれがいいか、これがいいかとやたら西瓜《すいか》を叩いている。あげくの果てに、今日はよそうなどと口ずさみ買わない。叩くだけが好き。軽くストレスの発散か。叩かれた西瓜はあわれ。

私は西瓜産地に住んでいる。ひとさまの畑のできのいい西瓜が気になる。ちょっと叩いてみる。もう採り頃だと余計な心配をして。これも〈ひとさま〉には違いないが、掲句は人目を気にしながらの表現か。◇西瓜

物除《よ》けて西瓜を入るる冷蔵庫

二〇二〇年八月一一日

橋本石火　『犬の毛布』

井戸で冷やした西瓜。令和の今日は井戸の代わりが冷蔵庫。さあ大変。現代の「密」の代表が冷蔵庫。野菜籠のトマトもメロンもおばあちゃんが入れた甘酒も出す。場《ば》塞《ふさ》ぎなので西瓜は半分に切って入れる。それにしても、なんでも詰めてある。古い目薬も真っ黒なバナナも、あらら こんなところに母のへそくり用の財布が紛れていたわ。冷やし西瓜は暑いさなかの王さま。ただし、冷やし過ぎは禁物。◇西瓜

刃を入れし音に裂けたる波田西瓜

二〇二一年八月二五日

星野恒彦　『月日星《つきひほし》』

松本駅から上高地へ向かう路線が島々谷に入る。その谷口近く波田西瓜《はたすいか》の産地が拡がる。近年は銘柄の評判が高い。抱いてずっしり重い玉は熟れ頃も程よく俎板《まないた》上で刃を入れようとするやいなや、「ぱかっ」と割れる。瞬間の「大音響」は小気味がいい。西瓜の方から丸い頬を突き出して、割られるのを待っている。地球から地中のマグマが噴出する瞬間のような途方もない連想が浮かぶ。作者は英語ハイクの権威。西瓜好きか。◇西瓜

足裏に地震の残りし大暑かな

二〇二一年七月二二日

赤間　学　『白露』

七月二二日は大暑。梅雨明けのもっとも暑い頃という。夏至から約一カ月、小暑から一五日後。夏の体感も十分の感じ。東日本大震災以後、微震がつづく。どこにいても足裏の感覚は微震を感じている。トラウマとはこういうものか。作者は築港会社に長年勤め、大震災後は復興事業の技術支援業務に従事してきたようだ。しかし、被災地は復興半ば。その忸怩《じくじ》たる思いを噛みしめている。第一句集は『福島』。仙台市在住。◇大暑

先端は死にものぐるひ山女竿

二〇一五年七月二三日

蝦名石蔵　『風姿』

作者は青森在住。〈奥州やどの山女《やまめ》にも飛沫《しぶき》の斑《ふ》〉という句がある。掲句も渓流の山女釣り詠。釣りはなんでも竿の先端が勝負どころ。魚が餌に食いつかんとせせるタイミングは竿の先に敏感に伝わる。かすかな引きも見逃せない。その緊張をいえば〈死にものぐるひ〉。流れの荒い渓流の山女釣りほど、竿の先の働きにいのちが掛かる。竿は手と同じ。小刻みな上げ下げに血が通っているかどうかだ。◇山女釣

祖母山《そぼさん》も傾山《かたむくさん》も夕立《ゆだち》かな

二〇一九年七月二三日

山口青邨　『雑草園』

無造作の句だ。大分と宮崎両県にまたがる山であるが、祖母山一七五六メートル、その前山に当たる傾山一六〇五メートル。それほど高名な山ではない。馬に乗り旅をし、夕立にあった時の体験詠。昭和八（一九三三）年作。

夕立により山稜がみるみる消されていく大景に躍動感がある。そこに自然の雄大さが描かれる。ばあさんがいたり山が傾いたり、山名が素朴。民話調。心理がどうこういう繊細な句ではない。ほっと安心感がある。◇夕立

二〇二〇年七月二三日

玉虫のゆっくり飛んでみせにけり

片山由美子　『飛英』

数年前、掃苔《そうたい》（墓掃除）の折に玉虫を見た。千曲川を眼下に、姨捨《おばすて》山が正面に据わり、墓は絶景にある。小さな城址の中腹で木立が豊富だ。突然瑠璃《るり》色の鮮やかな昆虫がゆっくりと視界を過《よぎ》った。玉虫だ、とぴんと来た。とび上がるほど感激した。美しい。いつか見たいと願っていた甲虫で、「諸虫の中、美好第一とす」（『滑稽雑談』）と江戸の歳時記にある。まさに〈飛んでみせ〉た感じ。以後、見かけないだけにいよいよ輝く。◇玉虫

二〇一八年七月二四日

蚊屋に蚊の入《いる》や汝に命をこふ

榎本星布　『つきよほとけ』

明治維新まであと六、七〇年ほどの江戸後期の八王子の女流俳人。七〇歳の折の掲句には老齢なりの聡明さがある。その頃は加舎白雄《かやしらお》門で、還暦を機に剃髪《ていはつ》して尼と自称。蚊帳《かや》に入って来た蚊に命乞いをするとは、尼僧の優しさを感じる。その上、どこか剽軽《ひょうきん》な尼さんである。老いた私を見捨てないで、蚊がお入り下さったとはありがたやという。〈青すだれもつとも風も青き哉〉など、センスもいい人であった。◇蚊

二〇二二年七月二三日

土用餅腹で広がる雲の峰

許六　『稿本菊阿全集』

土用の丑《うし》の日である。鰻を食べる風習は周知であるが、土用に餅を搗《つ》き、赤小豆の餡《あん》で包んで食べる。暑中は魑《ち》魅《み》魍魎《もうりょう》がたくらむ邪気が拡がる時期なので、暑気払いを兼ねて邪気に打ち勝つためという。腹で膨れる土用餅と、炎天にもくもく伸びあがる雲の峰との掛詞《かけことば》表現は陳腐であるが、照応を見つけた着想には勢いがある。現代俳句の身体用語の氾濫は気になるが、先鞭《せんべん》は元禄のこの作者あたりか。蕉風俳諧の出色の理論家である。◇土用餅

二〇一二年七月二七日

入り日射す雲のいただき土用凪

三森《みつもり》鉄治　『栖雲』

暑いさなかの土用、とりわけ掲句の作者が在住する甲府盆地は暑さ極まるところ。山から立つ峰雲の頂が夕日に染まり、まさに荘厳《しょうごん》。神々しいほどだ。

土用は立秋の前一八日をいう。各季節の終わりに土用はあるが、現在では夏のみ土用と呼ばれる。七月二〇日から八月七日頃まで。土用凪《なぎ》は風がぴたっと止まり一段と暑い。そこで、暑さ凌《しの》ぎに一句を詠む。暑さを句にとじ込めるような納涼気分になろう。◇土用凪

刃／地震／山女竿／夕立／玉虫／命をこふ／土用餅／土用凪

二〇二〇年七月二五日

夏旺《さか》ん十勝の空に余白なし

源　鬼彦　『土着』

十勝は空も地も無限。帯広の長老から十勝は北海道の食糧の七割を賄うと聞き、感動した。思い浮かべたのが鬼彦詠〈開拓や十勝は薯《いも》の花の国〉。見渡すかぎりの薯畑と張り合うように広がる青空は一体。これが北海道との初発の感激はいまも消えない。作者は樺太生まれ、二〇二〇年五月一一日逝去。七六歳は惜しまれる。俳誌「道」は先師北光星《きたこうせい》以来北海道を代表する北国の「余白なき」地貌探求を標榜した俳誌。道一筋だった。◇夏旺ん

二〇一二年七月二五日

夏霧にぬれてつめたし白い花

岩間《いわま》乙二《おつに》　『松窓乙二発句集』

乙二は東北白石《しろいし》の寺僧。旅に出た秋田の雄勝《おがち》峠での作。夏霧が流れる杉林、その山道に群れ咲く白い花が北国のきびしい風土を思わせる。〈人体冷えて東北白い花盛り〉（金子兜太）も類似な光景。いずれも必死に生きる地《じ》の叫びが伝わる。

花の白さは夏霧の色か。ひんやりと幻想的でもある。名をこれといわないで、丈の低い白花が限りなく続く。今日只今の景でもあろう。◇夏霧

二〇一三年七月二六日

梅干すや空襲の日の空の色

佐藤ゆき子　『遠き声』

空襲が恐ろしい。いや、梅干しが怖い。その頃、庭木の梅から採れた実を梅干しにした。わずかでも食糧が大事。梅を干すと決まって空襲。いつか私のなかではトラウマ（心的外傷）になっているのか。いまでも、梅干し作りにかかると、敵機来襲、どこかから爆音が聞こえ、空に緊張感が漂う。怯《おび》えたような沈んだ空の色。

なんで遠くまで戦争をやりにいくのか。殺しの勝負なんて、最も野蛮。◇梅干す

二〇一八年七月二六日

軍港は一万本の薔薇の中

籾山洋子　『岳俳句鑑V』

現代社会の最先端の軍港詠。再軍備を認めない憲法のもとで、国を護《まも》る自衛権が問題になる。巨大な軍艦や潜水艦がいつも停泊している日本の代表的な軍港、横須賀での作。海が重厚ならば、陸はとびきり豪華に。ヴェルニー公園の多種鮮烈な薔薇《ばら》が海に対峙《たいじ》する。たまに海軍カレーを食べにゆく。だるい昼下がり、「カスバの女」の歌声が路地裏から聞こえ、「明日はモロッコ」の歌詞が、急に懐かしくなる。◇薔薇

翌檜を励ます蟬のひもすがら

渡辺真帆　『翌檜を励ます蟬』　二〇二一年七月二七日

明日は檜になろう。翌檜《あすなろ》の願いを蟬《せみ》が励ますという健《けな》気《げ》な思いが籠められた作。一読して共感を呼ぶ。翌檜はヒノキ科の常緑樹。檜より小柄なので、人の世の若者がつねに抱く願いを託され擬人化されてきた。檜は火の木。古来擦《こす》って火を起こす木から、材質も密で憧れの木である。蟬も翌檜の気持ちがよくわかる。童画や童話の世界が想定されるが、人が虫や草木に心を通わせる世界こそ、いつの世も理想の世界なのかもしれない。◇蟬

竹煮草粉《こ》を噴くおのれ労らねば

加倉井秋を　『欸乃《ふなうた》』　二〇二二年七月二七日

軽井沢の夏。荒地に二メートル近い茎を伸ばし、菊の葉型の大葉の裏が白粉色《おしろいいろ》。風に翻ると白粉が散るようで避暑地気分を煽《あお》る竹煮草《たけにぐさ》。還暦を迎え、どっと疲れを意識する作者。建築家の欧州視察団長として一カ月の視察。主宰誌の一五周年。古語に通じ、かつ口語調のモダンな発想は飛び抜けて新しい知性が輝く。「本業の建築設計、美術工芸史の研究と俳句が、私にとつては最高の遊び」といった。掲句からわが師の素顔が見える。◇竹煮草

メロンに刃二人の家にふたり居て

仲村青彦　『夏の眸』　二〇二〇年七月二八日

肉親や師など身辺の近しい者を次々と送ったという。長い人生ではそんな鎮魂に明け暮れる哀しみが集中する時期があるものだ。

掲句は家庭内の当然のことを表現しているに過ぎないが、当たり前のことに思いが満ちるのは上記のような背景があるからであろう。日曜の午後、夕かたまけて。メロンに刃を当てる。差し向かったふたり。二つに切る。無言の行為がふたりにじーんと沁《し》みいる。◇メロン

峰雲の絶巓《ぜってん》の白こころざす

松尾隆信　『美雪』　二〇一六年七月二七日

爽快な作。真夏の山登りこそ青春行そのもの。青春は年齢ではない。体力への挑戦であるが、なによりも精神力、気力の充実が青春の大事なところ。

穂高岳でも八ヶ岳でも北岳でもいい。積乱雲か積雲か、その白く湧き立つ頂を目指してもくもくと歩く。いまだ道なかば。歩くことが使命であるかのような律儀な思いになって進む。志高く目指す処《ところ》を失わないで、苦しさに耐えること。これが登頂の悦びだ。◇峰雲

雲の峰腰かけ所《どころ》たくむなり

二〇一一年七月二九日

野水　『あら野』

夏は自然が盛んな季節。雲も負けてはいられない。雲の峰などさまざまな演技を見せ、腰を下ろすのに格好な形を作る。伊吹山頂あたりか、濃尾平野の雲の峰はさぞかし雄大だろう。野水は名古屋の呉服商、惣町代を長く務めた。蕉門の七部集『あら野』で活躍。俳諧は趣味とはいえ、掲句は堂々たるもの。沖縄では雲の峰を〈立ち雲〉という。各地に地域の愛称がある。関東では坂東太郎、信濃は信濃次郎。◇雲の峰

父を追う晩夏自転車透くまで漕ぐ

二〇一七年七月二七日

鈴木修一　『黄鶺鴒』

自転車ほどピースフルな乗物はない。自転車に乗れるようになる。少年にはこれがうれしい。

主人公は小学生か、父とサイクリングに出かける。漕いでも漕いでも父に追いつけない。夢中で漕ぐ。車体と一つになって漕ぐ。漕ぐことに全身を集中させて漕ぐ。〈透く〉が巧み。気力を集中させているさまが伝わる。父への敬愛の思いがぴんと透《とお》る。夏休みの思い出。〈晩夏〉に懐かしさが籠もる。◇晩夏

目の前の山に雲ある木曾晩夏

二〇一五年七月三〇日

杉浦幸子　『キリストの脚』

梅雨も終わり、晩夏とは一年でもっとも暑い頃。ところは、山中木曾。底を木曾川が流れ、檜山が目の前に圧《の》し掛かっている。しかも、雲があり、曇天。蒸し暑くはないが、気分は重い。住む人はこれが当たり前だと思い、自然に忍従な生き方を続けている。作者は名古屋からの移住者。わずかに馴染《なじ》めない思いがあるのであろう。

それがなんだといってはいないが、空気を胸いっぱい吸いたい思いがある。◇晩夏

晩夏光もの言ふごとに言葉褪せ

二〇一九年七月二七日

西村和子　『夏帽子』

もういうことがない。表現者の日常だ。夏も深まる。詩人の立原道造であったか、きのういい尽くされて、きょうなにがあろうかといった。若くて純粋こそ魅力だ。老練になると、これから先はごまかすのである。わずかなアイデアをあてでもない、こうでもないとことばを操る。

しかし、ときに沈黙し、アイデアを深め、ことばを貯える。秋に向かって晩夏《ばんか》は自分を空っぽにするとき。掲句を思い浮かべた。◇晩夏光《こう》

晩夏光刃物そこらにある怖《おそ》れ

二〇二二年七月二九日

大野林火　『冬雁』

人に晩年があるように暑い夏にも終わりがある。光がかすかな赤みを帯び、空気が重さを持つ。光が刃物を散らかしている感じ。懈《け》怠《たい》という語が好んで使われるが、気《け》怠《だる》さには投げやりな怖れがある。〈向日葵《ひまわり》を斬《き》つて捨つるに刃物磨《と》ぐ〉（三橋鷹女）という句は盛夏の向日葵畑での作業。いい種を残すための剪定であろうか。刃物を磨ぐにはぎょっとしたが、夏の終わりは判断が鈍感になる。その気持ちを突いた句として怖ろしい。◇晩夏光

林檎《りんご》青顆《せいか》少女に少年のみ傷つく

二〇二一年七月二九日

遠藤若狭男　『若狭』

高校三年生の時に「高校生五人組の俳人」の一人として作者を推したのが寺山修司だという。掲句はその一句。生涯忘れられない珠玉の思いとなった。林檎はまだ青い。好きな少女がいる。大人はさしてどうとも思えない少女を少年が好く。少女の一挙手一投足が気になり、少年は傷つく。思春期とは純真この上ない。傷はやがて経験を積み癒《いや》されるであろうが、思い出だけは貴重な秘め事になる。二〇一八年、七一歳で逝去した作者。◇青林檎

さみしさや祭り囃子が風にゆれ

二〇一八年七月二八日

雪野　袋　合同句集『どうぶつ句会』

北海道・旭山動物園での動物句会の中心人物。アメリカ、アラスカ州生まれ。比叡山でケーブルカーの運転手をしていたという。大らかなご仁で尊敬され、俳句歴も三一年というベテラン。さすがに巧《うま》い。祭が終わる時のさみしさを囃子《はやし》が風にとぎれとぎれとなる哀歓で押さえた。〈さみしさ〉が生きている。これで終末感がわかる。風は秋風の走りのようだ。村祭の人出はどうであったか。また来年へ。◇祭り囃子

碧落《へきらく》をきはめてもどり夏の蝶

二〇一七年七月二九日

本井　英　『八月』

黒揚羽《くろあげは》には壮年の逞《たくま》しさがある。見るべきものを見、知るべきものを知る。春の紋白蝶《もんしろちょう》のあどけなさ、秋の蜆《しじみ》蝶《ちょう》の余生感など微塵《みじん》もない。自在な飛翔に蝶の生涯を楽しんでいる感じ。あれは蔵王の山頂であったか、真夏に揚羽蝶が不意にわが額にぶつかり、次の瞬間に猛然と青空をめがけ垂直に飛んで行った。あのまま天空で果てる。掲句を見て、来世から戻った蝶を思った。あの蔵王山頂の揚羽蝶のことを。◇夏の蝶

二〇二〇年七月三〇日

よの中はかくしてすごせ蝿はらひ

夏目成美　『随斎句藁』

一茶のパトロン、蔵前の札差《ふださし》成美は漢詩人市河寛斎や亀田鵬斎と親交がある一流の文人であった。その俳諧の核心は「去俗の法」。俗を離れて俗を愛する生き方だ。掲句がそれ。前書がある。「百般の世《よ》塵《ちり》静かならず、たまたま人来りて、いかにやなどいふにこたへて」とある。夏は蝿《はえ》だらけ。おまけに金持ちには一茶のようにたかる蝿もある。〈蝿打つてつくさんとおもふこゝろかな〉というはげしい句もあるが、どこか蝿を愛している。◇蝿

二〇一八年七月三一日

向日葵の大愚ますます旺《さか》んなり

飯田龍太　『山の影』

大愚《たいぐ》とは大馬鹿。『荘子』に出ることば。人のことにも自分のことにもいう。大愚良寛は良寛さんの自称だった。生半可な馬鹿ではない。手が付けられないほどの馬鹿。向日葵《ひまわり》を見ていると、馬鹿丸出しの感じがする。暑い陽をまともに受けて、にこにこしている。よほど腹が据わっていないと、なんでもどんとこいと向日葵のような態度はとれない。好き嫌いはあるが、人の世のことをいうか。◇向日葵

二〇二一年八月二〇日

甚平や一誌持たねば仰がれず

草間時彦　『櫻山』

率直な句である。自分には心酔者がいない。主宰誌を持たなかったからか。掲句は甚平《じんべい》を着た洒脱《しやだつ》な市井《しせい》人の呟きが世の俳人への批判とも皮肉ともとれる。が、さみしさが本音にあろう。祖父は子規も慕った松山の教育者。父は秋櫻子門の俳人で鎌倉市長。作者は製薬会社に勤め、サラリーマン俳句で評判になる。波郷に師事するが、師の死後無所属。円満な人柄から俳人協会理事長を長年務める。恵まれた坊坊《ぼんぼん》気質がおありであったか。◇甚平

二〇二二年八月二〇日

あのころの時はゆつくり日向水

佐藤博美　『想』

日向水《ひなたみず》が懐かしい。今ではシャワーから温水がたちどころに出る。当たり前に慣れて久しい。「大盥《だらい》に揺らめいていた水。百年も前のような気がする」と自註にある。百年経ったのかと、超スピードの世を実感する。太陽光発電の時代。田舎暮らしでも、わずかな胡瓜やトマトの苗に灌水《かんすい》をとバケツに日向水を作っておいたところ、子子《ぼうふら》が湧くと注意された。盥に日向水どころではない。世の中よりも地球が変わってきたのである。◇日向水

二〇二二年八月一日

噴水のいま王冠のかたちなす

丸谷三砂《まるたにみさ》　『初葉《しょよう》』

八月が始まる。晩夏の暑い最中だが、一年でこれほど荘厳な月はない。わが国の現代史の貴重な刻印は広島・長崎の核兵器による被爆というかなしみそのもの。続く敗戦。町中の噴水がダイヤモンドをちりばめた王冠のように燦然《さんぜん》と盛り上がる。噴水の演出が傷つき疲れた者たちの心への癒《いや》しではないかと感じる。盆は亡き人も加わり、明日の生き方を語り合う時だ。コロナ禍の中でも戦火を鎮《しず》めたい。噴水は頻《しき》りに語りかけている。◇噴水

二〇一四年八月一日

八朔《はっさく》もとかく過行《すぎゆく》をどり哉

蕪村　『蕪村全集』

旧暦八月一日は「田実《たのむ》の祝《いわい》」といい、ことしの初穂を田の神に供える日。

田実は「頼む」と語呂が通じ、互いに頼みにする意から、武家では物を贈り合う吉日《きちじつ》となった。ここは遊廓《ゆうかく》。京は島原、あるいは江戸の吉原か。遊女たちが衣装を改め、祝いの日とて、総勢で座敷踊に興じた。蕪村はそんな日の体験を回想して〈とかく〉を用いた。八朔の日を懐かしむ蕪村俳句の特色が滲む作。◇八朔

二〇一九年七月三〇日

このバスは八月までに着きますか

久留島《くるしま》　元《はじめ》　合同句集『船団の俳句』

さあどうでしょうか。日本国はいまどこへ向かってバスが走っているのか。八月は田舎のお盆、十五日は戦争に負け、ああやれやれと肩の荷を下ろし、自分を振り返った日。あの日から七四年が経つ。もう一度田舎へ帰ってみたい。先祖の墓がどうなっているか気にかかる。ということで、バスに飛び乗ったが、このバスは八月までに着きますか。バスの行く先がはっきりしない。私は、戦争で兄をなくし墓参をしたいのですが。◇八月

二〇〇九年八月三日

曳航というかたちして八月は

坪内稔典　『水のかたまり』

曳航《えいこう》は船が他の船を曳《ひ》いていくこと。八月はひと月遅れの盆や七夕がある。広島、長崎の原爆忌もある。敗戦日もこの月の半ば。一年の核になるような行事が目白押し。あたかも、八月が他の月を牽引しながら歳月というの大海原を過ぎていくようだ、というのである。

時間的には六月が一年の半ばでありながら、何故か実感では八月の盆が過ぎると一年の後半へ慌《あわ》ただしく突入するような思いになる。◇八月

二〇二一年八月三日

ＩＴに闌《た》けて八月大名ぞ

能村研三　『神鵜《かみう》』

農家にとり田植以後、田の草取もすませ、稲が結実し、陰暦八月はしばらくの農閑期、大名気分だという。いかに普段の労働が大変であったか、切なさを漂わせた季語。掲句は都会のオフィスマンが主人公。日常業務にＩＴ（情報技術）が導入され、従来の手書きなど煩瑣《はんさ》な仕事から解放された。さしずめ農業用語の八月大名気分だというのであろう。世のＩＴ化を歓迎した句であるが、これでいいのかという不安な気持ちもある。◇八月大名

二〇一二年八月一日

灯ともしてすみずみ暗しかき氷

吉田成子　『日永』

かき氷はこおりみず・こおりすいが親しい呼び名。氷を削り、その雪のような氷屑を硝子の器に入れ、富士山型にもりあげたもの。イチゴやレモンの果実シロップを掛けると最高。暑いさなか、真昼に涼味を愉しむもの。ところが、掲句は珍しく夕方から夜のスナップ。

暗いのはかき氷が置かれている周囲ともとれるが、私はかき氷の山そのものと見る。主人公の内面を覗いたような、生活臭が際立つ。◇かき氷

二〇一一年八月三日

氷挽く帯がほどけてならぬなり

島津　亮　『紅葉寺境内』

西東三鬼に師事した俳人。掲句は一九五二年刊の句集に入る戦後詠。製氷屋の店頭風景か。

氷を鋸《のこぎり》で挽《ひ》きながら、帯がほどけることを気にかけている主人公。客が来るまで、店奥で半ば裸になり、ラフな格好をしていたのである。女房が店を切り廻し亭主は添えものか。自堕落な場景がいかにも戦後。昭和の談林俳諧師とよばれた。〈怒らぬから青野でしめる友の首〉（『記録』）を代表作として記憶している。◇夏氷

二〇二〇年八月一日

岳人の歩を励ませる梓川

伊藤敬子　『千艸《ちぐさ》』

夏山の時期を迎えた。二〇二〇年の夏はコロナ禍の影響から閉鎖されている山小屋もある。登山にも岳人自らが山にコロナを持ち込まないように身を護ることが必要になった。掲句は上高地から槍ヶ岳を目指し、横尾谷辺りの作か。誕生して間もない清冽《せいれつ》な梓川が右に左に流れ、がんばれがんばれと岳人を励ます。山に向かう一歩一歩が辛い。辛さの克服が喜びに繋がる。作者は名古屋出身。二〇二〇年六月逝去。頑張り屋であった。◇岳人

星空に濯ぎしのみの水着干す

二〇一八年八月二日

佐藤郁良『海図』

抑制の利いた控えめの句だ。二七歳の時の句集に入るので、二〇代の作。松山の俳句甲子園に引率し、優勝した学校の先生。水で濯《すす》いだだけで干す。洗剤などで洗わないでということか。句集には〈八月のひときは白き尻洗ふ〉との句が出る。これにはドキッとした。自句とも瞥見《べっけん》した折の句ともとれる。水着に隠された尻だけが白い。女性とは限らない。〈星空〉が清新。青春性という心がある。◇水着

ごきぶりに子が生まれるぞこんな夜は

二〇一九年八月三日

ふけとしこ『眠たい羊』

天候異変が著しい。毛織セーターを出した翌日は三〇度を超す真夏日。しかも蒸し暑い。夜は寝苦しい。

こんな夜は、たらたらすいすいごきぶりの子が生まれる。真夜中の台所はごきぶりだらけ。二階の寝室で耳をすますとざわざわざわ、ごきぶりの大移動が始まっているらしい。やがて地球はごきぶりの大群に占領される。人間はごきぶりが運ぶ病原菌のため静かに全滅してしまった。ごきぶり嫌いは多い。◇ごきぶり

哲学の道行くげじげじはげじげじで

二〇一九年八月二六日

岸本マチ子『通りゃんせ』

先日、ドイツのハイデルベルクへ行ってきた。ネッカー川を眼下にした山腹に一〇〇〇メートルほどのゆるやかな道がある。「哲学の道」と呼ばれる。カントもヤスパースも歩きながら思索した道だ。掲句の哲学の道は京都版。南禅寺から銀閣寺までの小川沿いの道。そこが大賑わい。京都へ行けばみんなぞろぞろ、哲学者にでもなった気分で。比喩が鋭い。ちょっと歩いたくらいで、げじげじはげじげじでいい、というのであろう。◇げじげじ

百物語唇なめる舌見えて

二〇二〇年八月四日

中西夕紀『くれなゐ』

夏の夜の愉しみは仲間が寄り合い怪談咄《ばなし》。怖いもの見たさが日本人の百物語を生んだ。百本の蠟燭を灯《とも》し、一つ咄が終わると、一本の火を吹き消す。次第に怖さのボルテージを上げ、最後の咄が終わると、真っ暗な闇から妖怪がぬーっと出る仕組み。掲句は怪談咄の演者の芸が細かい。舌で唇を舐め、怖さを盛り上げ、演者自身に妖怪変化《へんげ》が乗り移ったかのような雰囲気を出す。生々しさに聞き手は身を乗り出す。◇百物語

二〇二二年八月三日

行く夏や別れを惜《おし》む百合の昼

ドナルド・キーン　『ドナルド・キーンと俳句』

ドナルド・キーンが愛読した『源氏物語　A・ウェイリー版』を妹と日本語に共訳し、二〇二〇年ドナルド・キーン特別賞を貰った毬矢《まりや》まりえがまとめた上掲書の巻末に出るキーンの俳句。掲句はキーンと親しい徳島の陶芸家、梅田純一の絵に讃《さん》したもの。姥百合《うばゆり》の群生地での嘱目吟という。そこは幕末、尊王攘夷《そんのうじょうい》を唱え脱藩した土佐藩の志士二三名が討伐、斬首された地と関わる。歴史の弱者への、キーンの愛惜の情が籠もる作だ。◇行く夏

二〇一八年八月四日

自らの蕊に汚れて百合ひらく

藺草《いぐさ》慶子　『櫻翳』

知性が利いた自己愛の句。そこが魅力だ。

カサブランカでも鬼百合でもいい。盛夏の志賀高原を歩き、山百合の雄蕊《おしべ》が吹き出す花粉が白シャツについて、払い落とすのに手こずったことがある。横手の山頂に立ち、紺青《こんじょう》の空を仰いだ。感動するたびに、今が青春と思う。もともと安上がりにできているので、私は、こんな百合をイメージしただけで、若い日を思い出す。結ばれる予感がどこかにある。◇百合の花

二〇一四年八月四日

花かぼちゃ空が広くて眩しくて

野木《のぎ》桃花《とうか》　『けふの日を』

南瓜《かぼちゃ》畑が広がる。葉の間から長い茎を付けた雄花が抜きんでて、いくつも開いている。今が花盛り。その上の空の広いこと。日がさんさんとふんだんに射す。あたりが眩しい。どこにでもある農村風景だ。

読み手の情緒に訴える句ではない。作者のあっけらかんとした気持ちが伝わる。前に踏み出して、明るく、積極的に風景と一体になって、生きる。戦後、至る所に見られた、懐かしい光景だ。◇かぼちゃの花

二〇一五年八月四日

をみならの声を遠くに冷し瓜

関戸靖子　『春の舟』

暑いさなかに水に冷やしてある真桑瓜が〈冷し瓜〉。江戸時代に美濃の真桑村産（現本巣市）がよいというのでこの名が付いたもの。プリンスメロンが盛んに出回り真桑瓜はかえって珍品であるが、昭和三〇年代までは夏のデザートといえば冷し瓜であった。甜瓜《まくわうり》とも書いた。

遠くで〈をみなら（若い女たち）〉の声が聞こえるとは夏休みのキャンプ場でのスナップか。清冽な空気が伝わる。夢がある楽しい時だ。◇冷し瓜

兵俑《へいよう》のやう完熟の向日葵《ひまわり》は

二〇二二年八月二七日

江崎紀和子　『月の匂ひ』

アルルの向日葵畑を鉄製のごつい車輌《しやりよう》に揺られた日が懐かしい。ゴッホの向日葵ばかりを思い描いて他はなにも考えない。なぜ向日葵なのか。ゴッホの画材向日葵がゴッホの主題になっている。生きる思想のようなものだ。一面の向日葵畑が思想だ。掲句はもう黄色い舌状の花弁もなく、黒い実がぎっしり詰まった向日葵の面《おもて》。完熟の向日葵は重い面を下げて立つ。古墳の周りに配置された兵隊の、兵隊色の人形さながらの向日葵。◇向日葵

思ひきり草木の叫び夏の果て

二〇二一年八月五日

太田継子　『たまゆらの囀』

晩夏は草木の叫びが充満する、一年でもっとも盛んな季節。生きものがいのちを実感するときでもある。本年卒寿を迎える作者の感性の豊かさには驚く。ところが旺盛な絶頂期には衰退への兆し。自然界の背後にいて、季節の運行を支配する神さまたちは春からのお疲れが出たものか、万緑の山河はどこか深い翳《かげ》を漂わすと感じている。〈夏果てや神々疲れ地は沈む〉とも詠んで自然が持つ裏面を捉える。上掲句には明るい表の貌《かお》を。◇夏の果

秋立《あきたつ》や雨ふり花のけろ〱と

二〇一六年八月五日

一茶　『文化五・六年句日記』

〈雨ふり花〉は昼顔のこと。夏の日照りに強い花だ。七日が立秋。どこか秋めいた風情があるかと見回しても昼顔が咲いているばかり。名は雨ふり花とはいえ、雨を呼ぶ気配などどこにもない。

父の遺産相続をめぐり義弟との間で係争中だけに、掲句にも寓意《ぐうい》がある。文化五（一八〇八）年、祖母三三回忌に帰郷した折の作。〈けろけろと〉は知らん顔の意。強気の弟を揶揄《やゆ》する気持ちがみえる。◇秋立つ

蔓草も秋立つ雲をまとひけり

二〇一八年八月七日

木下夕爾　『遠雷』

立秋である。葛《くず》の蔓《つる》か、あるいは落葉松《からまつ》に纏《まと》いついた蔦《つた》などの類いか。雲が主役の秋のステージへ季節は移る。雲は曖昧《あいまい》さを振りまく。夏の旺盛な蔓草の生命力を煙にまく。そんなに張り切らなくていいと。雲は安らぎを与える。長い人生ゆっくりと、いのちを楽しもうではないかと。掲句は爽快な秋に雲を配した巧みさに、作者の詩想がある。淡い無常感が滲む。先の季節、冬を予感して。◇秋立つ

二〇二一年八月七日

秋立つや鐘をつかんとのけぞれる

桂 信子 『草樹』

「涼風至《りょうふういたる》」時候、暦の上では立秋。とはいえ、暑さは厳しい。どこか暦に縋《すが》りたい気分。俳句の季節感とはそんな気分や願望も含め、季節の先取りを捉えたものであろう。誰もが涼しさを感じる頃に秋になりましたね、とはいわない。季節の兆しを探る主観が季語の働きで、立秋はとりわけそんな願いが強い季語だ。鐘を撞《つ》くときに仰《の》け反《ぞ》る。力を入れるために。折から立秋。一段と気合が入った。日頃の暮らしにメリハリがある作者。◇秋立つ

二〇一七年七月五日

唯一人たのし七夕竹立てし

星野立子 『句日記Ⅱ』

子供のような初々しい気持ちの弾みがある。誰にも任せないで、七夕竹を一人で立てた。空の星が見ていてくれる。七夕は地上ばかりでなく、宇宙と交信する不思議な日。夢があった。私も少年の日、掲句と同じように、七夕はどきどきした。朝顔を咲かせ、糸瓜《へちま》作りが得意だったので、短冊に、いい朝顔が咲きますよう、糸瓜がよく穫れますよう、と書いた。勉強のことなど書いたことがなかった。◇七夕竹

二〇一八年七月六日

星祭遠くに居るという長姉

長井 寛 『水陽炎』

明日は七夕。掲句は長姉追悼とあるさみしい句である。七夕は牽牛織女《けんぎゅうしょくじょ》二星が出合うラブコールの日であるから、悼句とは趣旨が違う。しかし、なぜかしっくり気持ちが通じる。星合には、逢うは別れの初めとの哀《かな》しい人の世の定めが託され、その思いが七夕伝説として秘かに愛されているのではないか。亡くなったのではない。遠い所にいる。今生では会えないかもしれないが、いつか会える。気が休まる。◇星祭

二〇二一年七月七日

七夕や宝石箱の小さき鍵

田上比呂美 『休暇明』

〈高千穂や春子の榾木《ほだぎ》行儀良し〉の春子（椎茸《しいたけ》の春物）の句で知られる。宮崎高千穂生まれ。お酒がいけて快活な女人らしい。〈休暇明耳ひつぱつてピアス挿す〉という句から、宝石箱にはそれの類い、いや小さい鍵をかけているから秘密の宝石が入っているか。年に一度の逢瀬《おうせ》を願い恋心を募らせる七夕に取り合わせた宝石箱。これは尋常の連想。句のポイントは〈小さき鍵〉か。これが気になる。純情さ、純粋さ。生き方に真がある。◇七夕

ひろしまの誰も覗く蟬の穴

二〇一九年八月六日

河村正浩　『春夢』

蟬《せみ》の穴が至る所にある。誰も覗きはしない。ところが、ひろしまでは誰もが覗く。もとより強要されたことではない。おのずからである。七四年前のあの日に亡くなった人の魂がそこには眠っているから。

いくら美辞麗句を連ねてもことばはむなしい。と悟ったときに、ひろしまの人々は、もっと地についた悼むことを見つけた。夥《おびただ》しい蟬の穴を覗くことである。八月六日、ひろしまを忘れない。◇蟬の穴

てんと虫だましや安住敦死す

二〇二〇年七月八日

星野麥丘人　『雨滴集』

前書「七月八日」。安住敦《あずみあつし》への追悼句。敦といえば〈てんと虫一兵われの死なざりし〉が名高い。「八月十五日終戦」とある。上総湊《かずさみなと》の沿岸防備の対戦車自爆隊に配属され、爆弾を背負って戦車に体当たりする訓練に明け暮れるさなか、敗戦を迎えたという。敦の生涯を思えば赤紙一枚の召集令状で弄《もてあそ》ばれ、〈てんと虫だまし〉のようだと回想し追悼している。戦後七五年経つ。戦争体験世代は九〇歳以上。時代は如何《いか》に。◇てんと虫だまし

ふと触れる肘ひんやりと原爆忌

二〇二〇年八月六日

なつはづき　『ぴったりの箱』

「なつはづきも悪くないかな」と句集あとがき。下五音を原爆忌と置いた。まさに「配合」という感じ。八月六日は広島に原爆が投下された日。掲句の作者はこの日を記憶したいという軽い知的関心がある。暑い最中に触れた肘の冷たさを心地よさではなく、原爆を意識し、さりげなく原爆忌とした。そこに共感する。が迫って来ない。広島・長崎の悲惨さを知る世代には軽い配合ができない。自分を責める。そんな違いはあろう。◇原爆忌

首を出す蓑虫に原爆忌の鐘

二〇一八年八月九日

鈴木鷹夫　『渚通り』

「折しも八月九日」と前書。広島や長崎の原爆投下から三〇年余り経つ昭和五〇年代の作。長崎では投下時刻一一時二分、平和公園の鐘が鳴る。蓑虫《みのむし》も首を出し、父よ母よと、爆死した肉親を捜す思いだという。

この鑑賞を書いている最中、『新版原爆の証言』を著者・大久保武雄（橙青）の子息、白村から送付された。広島の記録であるが、中に永井博士邸跡詠〈黴《かび》の書の前にま白きデスマスク〉があり、記憶した。◇原爆忌

鐘／七夕竹／星祭／小さき鍵／ひろしま／安住敦／原爆忌／蓑虫

二〇一二年八月九日

夕焼雀砂あび砂に死の記憶

穴井　太　『原爆句集』

昭和三六年八月長崎に「原爆句碑」が建立された。掲句は刻まれた一二句中の作。その年の第八回長崎原爆忌俳句大会応募句の最優秀作。今日は長崎に原爆が投下されてから七七年目。長崎の砂の〈死の記憶〉は新たな核戦争への恐怖となり、全世界の雀《すずめ》たちが青ざめている。雀ばかりではない。被爆国日本の草の根の人たちが挙げる声も疲れているのではないか。碑には金子兜太の〈彎《わん》曲《きょく》し火傷《やけど》し爆心地のマラソン〉も彫られている。◇夕焼

二〇一七年八月五日

天の川われを水より呼びださむ

河原《かわはら》枇《び》杷《わ》男《お》　『流灌頂』

われはどこに存在するのか。人間と自然とが深く照応しながらことばを介して存在の在りどころをさぐる。早く宇宙の中で浮遊する人間救済に立ち上がった作者。師の永田耕衣《こうい》の混沌とした作風よりも句の形象化がわかりやすい。七夕伝説をわずかに踏まえながら牽牛《けんぎゅう》・織女《しょくじょ》のロマンチック物語ではなく、宇宙における人間の存在とはなにかを考えようとしている。孤独な自己の輪郭が見える句だ。◇天の川

二〇一四年八月一八日

天の川熟水《ゆざまし》は死のごとく在り

八田木枯　『夜さり』

夜更けである。戸外にはしんしんと天の川が掛かる。食卓に湯ざましが置かれている。薬でも呑むためか。ぽつんとある。〈熟水〉をゆざましと読ませる。当て字であるが、この語によって句は俄然、老練な深みを帯びる。熱湯を冷まして呑もうとしたのは老人に違いない。が、呑み忘れたか長く置かれたまま。〈死のごとく〉にひやりとする。やがて死水《しにみず》の世話になることもある。身辺に死を感じているのが鋭い。◇天の川

二〇〇九年九月七日

草原《くさはら》や夜々に濃くなる天の川

臼田《うすだ》亜《あ》浪《ろう》　『旅人』

昭和初期の大陸詠である。広大な草原に懸かる天の川。悠久な時間の推移が〈夜々に〉と具象的に捉えられている。夜ごとに秋が深まるさまが天の川を介して描かれているのであるが、そればかりではない。そこには過ぎゆく自然の摂理《せつり》を感じ、感動している作者がいる。感動にこそ「まこと」の俳句があるというのである。〈青田貫く一本の道月照らす〉の句でも、自然との一体感を作者は求めている。◇天の川

のけぞるといふこと久し天の川

古田紀一　『見たやうな』　二〇二一年九月一六日

オリンピックの走り高跳びの選手の跳躍。みごとな〈のけぞる〉肢体に感嘆する。柔軟な身の熟しこそ美しい。はたとおのれを省みる。前のめりに背が屈《かが》んで地面を見つめるでもなく、限られた空間が生活圏。ことに、空を仰ぐことが少ない。天の川を仰ぐ。のけぞる。時に、よろよろとする。身を正して仰ぐ。のけぞるとはなんと新鮮なことか。掲句には細やかな感動がある。背骨がぴんとし、体中に酸素が行き渡った感じ。◇天の川

山の湯にいのち尊し銀河濃し

小寺正三　『身辺抄』　二〇一七年九月七日

小説家志望の俳人。阪神・淡路大震災があった一九九五年二月に八一歳で逝去する。掲句は最晩年の作。〈いのち尊し〉に実感が籠もる。伊丹三樹彦とともに日野草城の「青玄《せいげん》」を興した関西俳人で、川端康成が叔父にあたり、自身「俳句公論」という俳句総合誌を出していた。〈烏瓜《からすうり》一つとなりて夢捨てず〉にも健気《けなげ》さがあり、どこか切ない。生涯の文学青年の面影が句には纏《まと》い、俳句とは憂さの捨て所のようだ。◇銀河

開拓の蹄《ひづめ》の韻《ひび》きある銀河

北《きた》　光星《こうせい》　『頬杖』　二〇一二年一〇月一二日

北海道北見生まれの作者。のちに札幌へ移住するが、大工稼業の初志がどの句にも貫かれ胸を打つ。降るような北国の銀河から原野が拓かれたときの馬の蹄の音が聞こえるという。自然と一体になった雄大な構図の句だ。

稚内に近い浜頓別《はまとんべつ》に建碑された〈白鳥に朔北《さくほく》の天まだ剰《あま》る〉も天が詠まれる。北国にあるものは天と地。

装飾のきらめきを競う句が多い中で、こんな骨太い句も大事であろう。◇銀河

えご寄せや返らざる日々耀けり

堤　保徳　『姥百合の実』　二〇一九年八月八日

フランス人は海藻を食べない。海藻は美容のため肌に塗るものだそうな。ところ変われば日本は海藻の国。豊富だ。えごは「エゴノリ」が正式な名称。博多では「おきゅうと」と呼ぶ。志賀島《しかのしま》を本拠地にした海人《あま》族の安曇族が追われて日本海沿いを糸魚川から姫川を遡《さかのぼ》り信州へ移住したときに持ち込んだらしい。塩の道では盆供《ぼんく》の食べ物。煮詰めて生寒天のような寄せにして食べる。来し方を振り返るために。昔咄《むかしばなし》に花を咲かせて。◇えご寄せ

二〇一三年八月九日

葛咲くや目眩のごとく地震過ぎて

藤木倶子　『清韻』

みちのく八戸在住の作者。激しく長い地震だった。揺れを〈目眩《めまい》〉と捉えるからだ感覚の表現に、たびたび翻弄されるこの天災にどうしようもない人間の無力さが滲む。放心気分で外に出ると一面の真葛原《まくず》。鮮やかに葛の花の臙脂《えんじ》色が映る。なにごともなかったように咲き誇る葛に、ふと人間よりも強い生命力を感じる。

たびたび地震に見舞われる日常は、人の感覚を不安に陥れているのである。◇葛の花

二〇一一年八月一〇日

西鶴忌浪速生まれを誇りとす

森田　峠　『朴の木山荘』

浪速《なにわ》（難波）は大阪の古称。作者も浪速生まれ。西鶴は元禄六（一六九三）年陰暦八月一〇日難波で逝去、五二歳。翌年には芭蕉も同じ難波で世を去る（五一歳）。芭蕉は「京ちかき心」と詞書した句があり、湖南の地が好きであった。しかも、西鶴を意識し、人情の描き方がリアルな西鶴を「浅ましく下れる姿」と称した。掲句は作者八六歳、晩年の作。俳人として芭蕉をどこか気にしながらも、西鶴贔屓《びいき》。写生道に徹した産土《うぶすな》思いの句。◇西鶴忌

二〇一六年八月一〇日

天婦羅を揚げて秋思《しゅうし》の中にいる

工藤　恵　『雲ぷかり』

天婦羅《てんぷら》はポルトガル語。Tempero とある。調味料で味を付けることが原義。調理のことだ。江戸時代から日本人好みの調理になる。野菜や魚などを、水に溶いた小麦粉の衣をつけ油で揚げる。胡麻や菜種など、油の扱いが家庭では大変だ。天婦羅ができるとベテラン主婦の貫禄十分。もう秋かという思いと、主婦もこなしてという思いはどこかで出会う。幾分さみしい。贅沢な思いであるが。◇秋思

二〇一九年八月一〇日

草市のはづれをことに風濃かり

鈴木節子　『夏のゆくへ』

秋風の気配を感じさせる。ひと月遅れの盆を迎える。盆花ばかりでなく、くさぐさを間に合わせる市が立つ。市の外れに拘《こだわ》る。そこは風が発《た》つ葛《くず》の草原。

長生きをし過ぎたと口癖の爺が去り、才媛の友人が癌《がん》の発見が遅れ、古稀で呆気《あっけ》なく逝去。ここは死者を思い出す場かしら。風が点鬼簿を繰るように纏《まと》いつく。

今年も後半へ。梅雨がだらだら。寒い暑いで我に返る。歳月はこんな風に人に齢をとらせる。◇草市

二〇二二年八月一一日

風は秋這松の大樹海かな

岡田日郎　『瑞雲』

山の日。乗鞍岳《のりくらだけ》詠。〈摩利支天《まりしてん》岳湧く霧になほ浮かぶ〉もある。三〇二六メートルの剣ヶ峰を主峰に、乗鞍岳は長い火山活動の結果、峰と湖と平原の間にお花畑が拡がり、這松《はいまつ》の樹海が延々と続く。作者は戦時、少年の日に松本郊外の山村に二年間疎開。山への興味を抱くようになったという。『俳句日本百景・百名山』の著書を持つ山岳俳人はなぜ山へ入るのか。それは「山霊地霊」への挨拶だという。山は敬虔《けいけん》さを教えてくれる。◇秋風

二〇一八年八月一一日

まくなぎを払ひはらひて根の国へ

岩淵喜代子　『穀象』

まくなぎは俗に目まといといい、糠蚊《ぬかか》である。〈根の国〉はどこにあるのか。地底深くとも海の彼方とも。死者が集まる黄泉《よみ》の国が想定される。

先年、五島列島の福江島柏埼の地、三井楽《みみらく》を訪ねた。ここは平安貴族により、古来、根の国の伝承がある地だ。東シナ海を望む、遣唐使の最後の寄港地として知られ、船人の死者の寄る辺という。来てみると明るい。海洋民族の根は地下ではなく、沖を想定したもの。◇まくなぎ

二〇二一年八月一二日

蟭螟《しょうめい》を焼く辞なかりけり蚊を焼く辞

岡本松濱《しょうひん》　『岡本松濱句文集』

盆狂言に因《ちな》む怪談咄ではないが、蚊と蟭螟を詠んだ風変わりな作を掲げる。作者は子規以後明治の「ホトトギス」低迷期の編集に苦労した大阪の俳人。蚊は嫌われ、焼き殺される。その蚊を愛しみ、松倉嵐蘭《らんらん》が弔辞「蚊を焼く辞」に書いた。嵐蘭はその人柄を芭蕉が愛した俳人。蟭螟とは『列子』に出る。蚊の睫毛《まつげ》に巣を作るという途方もない空想の虫。掲句《いっく》は蚊を焼き悼む文はあっても、流石《さすが》に蟭螟を焼き悼む文はないという。◇蟭螟

二〇一七年八月一二日

盂蘭盆《うらぼん》の家族そろひし朝はじまる

福田甲子雄　『白根山麓』

盆は先祖の供養のとき。家族が集まる。ひと月遅れの盆が一三日から始まる。暑い最中の七月の盆とは違う。わずかに秋の気配がする朝、墓参に行ったものか。普段の朝とは違う張りが句には見える。じいちゃんばあちゃんを思い出すこと。語り合うことで普段の核家族がごちゃごちゃし出す。家族とはごちゃごちゃしたもの。

死者も生者も集まってこそ〈家族〉。さりげない家族の語が生きている。◇盂蘭盆

目眩／浪速生まれ／秋思／草市／大樹海／まくなぎ／蟭螟／盂蘭盆

盂蘭盆やどこに寝ころびても故郷

二〇一四年八月一三日

宮下白泉　『暮雪の熊』

盂蘭盆《うらぼん》は旧暦七月一五日（現行では八月一五日が多い）の祖霊を祀《まつ》る仏事。裏の盆の意ではない。

久しぶりに帰省し寛《くつろ》いだ気分を、畳や板の間に寝ころぶ自在さを捉えて表現した。折から可愛がって貰った爺さんや婆さんが還ってくる盆だ。懐かしい。

鄙《ひな》びたことばから土の匂いが立つ。読み手の体験を上手に引き出し、心に安らぎを与える。いつまでも残したい田舎のよさである。◇盂蘭盆

盆に食《は》む茄子《なすび》の皮の雑炊《ぞうせー》よ

二〇一二年八月一三日

清水美智子　『湊』

新潟甚句に「盆だてがんね、茄子《なーす》の皮の雑炊《ぞうせー》だ。あまりてっこ盛りで、鼻のてっぺん焼いたとさ」がある。盆には仏を交え、地《じ》の食物を口に。焼き茄子を入れた雑炊には古くからの、越後の暮らしの泣き笑いが籠められている。土地の素顔が見える。私が出雲崎で、えご練りと鯨汁を口にしたのも盆。海藻えごが煮詰められ羊羹のように練られた鄙《ひな》びた一品。塩鯨の脂身に夕顔を合わせた汁物。凪《なぎ》が長引き暑い日で、海風が殊によかった。◇盆

灯籠に我身《わがみ》を我《われ》が生身魂《いきみたま》

二〇二〇年八月一三日

一茶　『七番日記』

盆灯籠に灯《あかり》を入れ、ほっとわが身を顧みる。よくやって来たなとわが身を誉めたい。父母への盆見舞〈生身魂〉は自分が貰いたい気持ち。二年前に故郷柏原に定住し、父の一三回忌を済ませた。江戸での恩人成美や一瓢《いっぴょう》たちとの江戸引退記念集『三韓人』も出した。照れながら〈五十聟天窓《ごじゅうむこあたま》をかくす扇かな〉と詠み、前年には二八歳の妻を娶《めと》る。この年は五三歳。わが身に活を入れ、わが身を慰める。盆はそんな時でもある。◇灯籠

いっぽんに道打ちつけて施餓鬼寺

二〇一三年八月一四日

松澤　昭　『宅居』

施餓鬼《せがき》は亡者《もうじゃ》（餓鬼）に施す供養である。供物をあげ読経をする。寺では盆施餓鬼が名高い。八月はひと月遅れの盆。施餓鬼寺へは草が刈られ、一本道が貫く。道は信仰心の象徴である。俳句作りにも、ある時期信仰心のような一途《いちず》さがないと上達しない。俳句人生、つねに緊張を保つことは不可能なので、打ち込む時期を得たら、打ち込む。その時に力はぐっと身に付くものだ。施餓鬼寺の句から作句の心得へ想像が及んだ。◇施餓鬼寺

かくつよき門火われにも焚き呉れよ

二〇一九年八月一四日

飯島晴子『平日』

夫のために盆の門火《かどび》を焚きながらの感慨か。作者が亡くなる三年前、数え七七歳の平成九年の作。同じ時期に〈気がつけば冥土に水を打つてゐし〉がある。もう死を意識していたものか。凡作を作らない。美意識の塊のような作者だけに、句ができないと死を思ったこともあったであろう。いつ死を意識するか。早い遅いは関《かか》わりなく、掲句も句ができない苦しみから遁れんと冥土を意識しての句ではないかと思う。◇門火

みるからに滑り易《やす》さの盆筵《ぼんむしろ》

二〇二一年八月一四日

斎藤夏風『禾《のぎ》』

盆には精霊を迎えるための盆棚を作る。年々簡素になっていくが盆供を載せる盆筵や盆茣蓙《ござ》には郷土色が出て、ふるさとに帰った親しさが漂う。わが家では藺草《いぐさ》の色香が織り込まれた盆茣蓙を草市の出店から買ってくる。盆だけのもの。終わるとしまうが、不思議に忽《たちま》ち古くなる。真菰筵《まこもむしろ》を敷く水郷や、水辺の蘆《あし》を「かとぎ」と称し筵状に設《しつら》える諏訪の地など、盆筵の光沢を〈滑り易さ〉と捉えた感性に惹かれた。盆は滑るように過ぎる。◇盆筵

さびしらの月を野末に踊唄

二〇二〇年八月一五日

黛執『春がきて』

さびしい月を茫漠《ぼうばく》の野に掲げて盆の仏に捧げる踊唄《おどりうた》が聞こえる。〈さびしら〉はさびしさの古い歌語。素っ気なさがいい。作者は二〇二〇年九〇歳、湯河原に住む。

年配の俳人は好きな踊唄を持っている。これはどこの踊唄か。地の唄がいい。郷愁がある。秋田の西馬音内《にしもない》、福島の相馬、岐阜の郡上八幡、佐渡の相川、下伊那の新野、佐久の信濃追分と聞き歩いた。どこも堪能した。中でも木曾の谷底の町にひびく木曾節の哀調が鮮明だ。◇踊唄

墓獅子や艀は木端海反射

二〇一九年八月一六日

円城寺龍『アテルイの地』

墓獅子《はかじし》は東北南部藩に伝えられた盆行事の一つ。現在は八戸市鮫《さめ》地区に残る。獅子頭を権現さまと呼び、年忌や新仏《あらぼとけ》の家の盆などに墓前で権現舞を舞い、供養する。死者の霊魂を呼び出し、墓参の家族と一緒に「かけ歌」を唱える。伏せていた獅子が伸びあがり頭をもたげ、悲しそうに歯打ちをする。暑い日で、眼下の海は鏡のように反射する。行き来の艀《はしけ》が木端に見える。生と死は紙一重、すべてが自然の営みの中にある。◇墓獅子

盆の月ほとけかへしてみな帰り

二〇二二年八月一六日

田口紅子　『金声《きんせい》』

京都五山大文字の送り火が名高い。送り盆。陰暦からひと月遅れの八月、一三日に仏を迎え、心尽くしの饗応をし、一六日にはお送りする。掲句は先祖代々の墓が犇《ひし》めく田舎の旧家のさまが目に浮かぶ。生身魂《いきみたま》をもてなされ老いた両親も大喜び。だが盆は束の間。精霊《しょうりょう》にお帰り願い、ではこれまでと子どもたちは一斉に引き上げる。後には盆の月を見上げて、呟《つぶや》くふたり。「潮が引いたようですね」「我々も引きどきかな。あははは」◇盆の月

南瓜蔓舗道を叩き敗戦日

二〇一六年八月一五日

小島　健　『蛍光』

南瓜《かぼちゃ》畑の蔓《つる》が舗道に乗り出し蔓の先が通路を叩いている。都市の郊外の光景である。今日は八月一五日。七一年前の日本が連合軍を相手の戦争に敗れた日だ。あの時も南瓜畑には南瓜が作られていた。今と違うのは、当時は南瓜が主食だった。南瓜でも口に入れれば幸せだった。

平和とはなにか。掲句の光景こそ平和そのもの。平凡な風景が維持されること。戦争や紛争がないから安心して南瓜も蔓を伸ばす。◇敗戦日

キャベツ畑徴兵制が粛々くる

二〇一九年八月一七日

鈴木　明　『甕』

整然と列をなすキャベツ畑から徴兵制を連想した。おかしくて哀しい。一九三五年生まれの作者には回想ではない。時代に対する揶揄《やゆ》であろう。徴兵制といえば、私は、第二次世界大戦末期の学徒出陣の壮行会の整列へ思いが及ぶ。行進の足音が聞こえ、身につまされる。キャベツ畑は地底から音が聞こえそうだ。戦争は残酷である。人のいのちが高原野菜のキャベツほどにも珍重されない。ふたたびそんな時代にはしたくない。◇キャベツ

戦争の個個の残像流れ星

二〇二〇年八月二八日

三橋敏雄　『しだらでん』

いくつか戦争があった。世界を視野に入れると無数。明治以後の日本だけでも西郷隆盛らの西南戦争、朝鮮の甲午農民戦争から始まる日清戦争、一〇年後の満州・朝鮮をめぐる支配権争いの日露戦争。第一次世界大戦から昭和に入り、日本の領土拡張を剝《む》き出しにした満州事変から日中戦争。そのまま第二次世界大戦へ。戦争は流星のように時間軸では消えたが、歴史に刻した残像は消えない。そこからなにを学ぶか、知恵を信じたい。◇流星

絆にも似たる疲れや遠き蟬

二〇一七年八月一七日

岡本　眸　『知己』

絆とは東日本大震災の罹災《りさい》をめぐってしばしば耳にした。恩愛の絆は人間が生きて行く上で免れがたい深いことばだ。人はひとりでは生きられない。父母から生まれ、家族のつながりができる。長じるに従い、幾重にも人間関係が重なる。お義理はできるだけシンプルになどと口ではいうものの、日々付き合いの重さで疲れる。

遠くで蟬《せみ》が鳴く。人生八〇年、疲れたなと思う。盆過ぎにはことにそんな気持ち。◇蟬

板の間に寝て夏休みあと少し

二〇一四年八月二七日

山根真矢　『折紙』

夏休み、こんな素敵な時間はない。始まる頃は山ほどの夢を描いた。叶《かな》えられたいくつかを反芻《はんすう》して。田舎のおばあちゃんの家の板の間か。日光黄菅《にっこうきすげ》の高原で初めての乗馬体験。弟は林で捕らえた鍬形《くわがた》の飼育に夢中。父について無言館という所で戦没学生の絵をみた。

ポルトガルのロカ岬に惹かれ、宮本輝の小説『ここに地終わり海始まる』を読み始めたが、まだ半分。休みはあと少し。ああこのさみしさ。◇夏休み

投げられし土俵の見ゆるゆふべ哉《かな》

二〇二一年八月一八日

一茶　『享和句帖』

素人の草相撲で負けた力士が悔しさのあまり、夕方になっても、土俵が目から離れない。解釈の仕様によって、これは現代的な句になる。相撲の節会《せちえ》は奈良時代から七月七日に天皇が御覧になり、勝敗により稲作の豊凶を占った。宮相撲という。勝者には豊作、敗者には凶作が心配だから厳重注意と年占《としうら》を与えた。草相撲になっても、季語は秋と決められる。現在の六場所になると無季であるが、相撲の発祥のいわれを尊重している。◇草相撲

兄妹《きょうだい》のほどよき距離よ鳳仙花

二〇二〇年八月一九日

小島　健　『山河健在』

大人になってからも兄妹の間は空気のようなもの。ところが、それぞれ連れ合いができると、いつか兄妹の間が気になる。どれくらいの距離がいいか。秋になり鳳仙《ほうせん》花《か》の蒴果《さっか》が弾け、種がぽんと撥《は》ねる。これに気付くくらいの距離を保っているのがベターだとか。父母は格別に恒産なし、両親とも元気だけが取り柄だった。働き者だったが貧しかったなあ。貧しさは案外、思いやりを育てたと思うな。こんな会話ができる兄妹がいい。◇鳳仙花

二〇一六年八月一九日

猿あそぶ嶽の秋雲消えゆけり

飯田蛇笏　『飯田蛇笏全句集』

身辺に野猿が遊ぶ甲斐山中での秋晴れの嘱目詠《しょくもくえい》。昭和一八年の句であるが、古くない。近年は私が在住する信濃でも猿が身近に出る。安曇野の山麓では猿家族が道の真ん中に陣取り「とおせんぼう」をする。通さないように邪魔するのである。猿は人間が身近だと思っているらしい。猿との共存。これが本来の人間社会ではないか。人間がどよめく都会は自然のひと隅に過ぎない。スケールの大きな句。◇秋雲

二〇一九年八月二一日

刃を研ぐは人おもうこと野紺菊

澁谷　道　『縷紅集』

さりげないいい方であるが、ぎくっとするようなことをいう。この自由さは俳句だけではなく、日ごろ連句を巻く遊びを心得ている手柄であろう。連句には俳句にあたる発句の緊張感とは別な平句の自在さがある。

包丁でも研ぎながら秘めていた好きな人のことを思っていたものか。花が紫の清楚《せいそ》な野紺菊へ連想が及んだ。知的で鋭い。さしずめ伊藤野枝《いとうのえ》が大杉栄《おおすぎさかえ》を慕うような。作者もひたむきな精神科の女性医師。◇野菊

二〇二〇年八月一一日

何とまあ髭《ひげ》の先まで蟬の殻

江中真弓　『六根』

精巧な蟬の殻。地中に長い時間をすごす間に抜け殻となる蟬殻にも最高のデザインを施すものか。蟬はスタイリスト。蟬本体のなんと神業のようなフェースに感心する。加藤楸邨は「真実感合」が作句理念。忠実な門下生の著者も師に習い、対象への凝視に愛情を込める。愛情がないと、見えない内面が摑めない。愛情こそ想像力。殻を通して、蟬の一回限りのいのちの輝きを闡明《せんめい》にしたいと立ち向かっている。誠実だ。◇蟬の殻

二〇一六年八月二二日

あの霧にこの風にみちのくを知る

稲畑廣太郎　『玉箒』

東北とは違う〈みちのく〉との呼称には、京都から東海道を経てさらに奥という語感が付きまとう。霧の深々とした流れ、風のひんやりした重さ。都とは違う。この感動は現地に立たないとわからない。それが〈あの・この〉との知る人のみわかるといういい方になる。

私もここ数年、しばしば東北で空気のがらんとした密度の濃さを体感し、西日本とは違う芯の強さに地貌の不思議さを思うばかり。◇霧

二〇二二年八月三〇日

駒草に吹き上げやまぬ霧の音

伊東 肇 『伊東肇集』

浅間山系湯ノ丸高原での作という。尾根のガレ場には駒草の群生地。作者は北軽井沢に山荘があり、浅間山周辺は吟行地とか。横から見ると馬面《うまづら》の「おこまぐさ」と呼ばれ、修験の行者に大事にされてきた高山植物である。人臭いが神さまの巧みな技がここに刻まれているようだ。霧が吹き上げる。激しくベールに包まれる。なぜ山上の砂礫地《されきち》に生えるのか。駒草は生存の危機にさらされながら必死で美しさを護《まも》っている。いのちに打たれる。◇霧

二〇二〇年九月四日

霧光りわが行くみちのはるけさよ

古家《ふるや》榧夫《かやお》 『単独登攀者』

昭和一四年刊行の句集に入る。「穂高縦走」のアルピニストの連作俳句。掲句は霧の岩場に挑戦する登攀者のひたむきなさまを明るく詠んでいるが、内心は葛藤が渦巻いている。同時作〈たゞ白き霧に盲《めし》ひて世を思はず〉からも次第に戦時態勢に組み込まれてゆく昭和一〇年代の時代社会の中で、どう生きるか苦悩する若者の屈折した気持ちを読みたい。新興俳句の代表俳人の山岳詠は、ロマンチックな流麗なだけの作ではない。◇霧

二〇二一年一〇月五日

吾嬬者邪《あづまはや》科《しな》の大樹は霧呼べり

窪田英治 『穂草の牧』

碓氷《うすい》峠に立つ。科の木がある。梢は霧を呼ぶほどの大樹。第一二代景行天皇の息 日本武尊《やまとたけるのみこと》が蝦夷《えぞ》地を平定しての帰途、ここから東国を見て〈吾嬬者邪（わが妻よいずこ）〉と感涙にむせぶ。その感慨を踏まえた句と読める。命《みこと》は「走水《はしりみず》の海（東京湾の一角）」が荒れ、波を鎮めるために弟橘媛《おとたちばなひめ》を入水させた。その哀しみを噛みしめての嘆息が「東国《あずま》」の呼称に。地名説話が記紀に記され周知だが、碓氷峠の眺望は今でもしみじみと共感を呼ぶ。◇霧

二〇一〇年一〇月二五日

嬬恋村霧かんらんの珠を擁《だ》く

有働 亨 『山湖』

嬬恋《つまごい》村の句では〈葛咲くや嬬恋村の字《あざ》いくつ〉（石田波郷）が名高い。掲句も同村を詠むが、もっと高原キャベツ日本一の実態に迫る農村詠。村は群馬県の西端に位置し、全域が標高一〇〇〇メートル以上の高冷地。浅間山からの霧が甘藍《かんらん》（キャベツ）を育てる秋口九月の平均気温は一五・一度、一〇月はぐっと下がり九度。甘藍を〈珠〉と形容する。霧に巻かれ柔らかな甘藍の肌が瑞々《みずみず》しい。◇霧

猿／野紺菊／蟬の殻／みちのく／駒草／はるけさ／吾嬬者邪／嬬恋村

のんのんと馬が魔羅《まら》振る霧の中

二〇一二年一一月一四日

加藤楸邨　『吹越』

越後塩沢に『北越雪譜』（鈴木牧之《ぼくし》）の故地を訪ねるとある。昭和四六（一九七一）年一一月の作。牧之の書は天《てん》保《ぽう》年間の雪国の暮らしを描いた名著。

「すかり」「しぶがらみ」など雪を踏むための用具を見て句に詠むなど、楸邨の熱い眼差しが伝わる。自然も〈冬兆す何か必死に山の音〉という時期。ふと目をあげると、霧の中から馬が巨大な魔羅を振り振り来る。でかいなあと嘆息したものか。いい句だ。◇霧

ピーマンを切ればムンクの叫びめく

二〇一九年八月二三日

嘴《はし》朋子《ともこ》　『象の耳』

ピーマンを縦割りに刃を入れた。その切り口がムンクの「叫び」の絵のようだという。耳を押さえ脅《おび》えて叫んでいる現代の怖さを象徴する高名なイメージ。卑近な食材ピーマンがたちまち哲学的な高尚な思索の対象へ。夕飯に油炒めにしようかと思っていたピーマンがえらいことになった。ちょっとした思い付き。これが俳句の種。厨《くりや》には俳句になりたくてうずうずしている人参やキャベツや茄子《なす》がいっぱい。◇ピーマン

わがたましひ形にすれば唐辛子

二〇一四年九月八日

折井眞琴　『孔雀の庭』

はげしい人である。自分にとり一番大事な魂を身近なもので表すとさしずめ、真っ赤な唐辛子だという。芯がある生き方を模索しているようだ。

秋が深くなると、鷹の爪と呼ぶ赤い小型の唐辛子が軒に吊るされる。掲句から私はそんな唐辛子を想像した。比較的小粒。種は辛い。どこか知的な感じ。華やかな軽いだけのフィーリングが目立つ女性が多い世相に、唐辛子派の女性は主張がしっかりしている。◇唐辛子

気を付けをして斜めなり土瓶割

二〇二一年八月二三日

關《せき》考一　『ジントニックをもう一杯』

〈土《ど》瓶《びん》割《わり》〉は尺取虫の方言。シャクガ科の蛾の幼虫だが、桑の木などに斜めに休むさまが小枝に見える。野良仕事にきたお百姓が枝と間違え土瓶を掛け、割ってしまったという。掲句は整列の掛け声、〈気を付け〉をしているようだと見た。会社の朝の整列、あるいは軍隊の整列を思い浮かべるが、〈斜め〉との指摘には茶化《ちゃか》しが入る。不動産や建設業など会社勤めの経験がおありのようなので、句には自己批評が籠められているか。◇土瓶割

わたくしを好きかも知れぬゑのこ草

二〇一二年八月二四日

小豆澤裕子　『右目』

〈ゑのこ草〉は狗尾草《えのころぐさ》とも猫じゃらしともいう。狗（犬）と猫両方が一つ草の名に入るのは子どもに愛される茶目っ気がある草に違いない。私がウインクするとおいでおいでをする。傍らを過ぎるとじゃれる。この草私を好きなんだと、思わず頬ずりをした。〈わたくし〉と一語一語嚙みしめるいい方が内省的で可笑しい。薬剤師が本業とか。草の気持ちがわかる柔軟な発想の作者である。◇ゑのこ草

あと何年生きるかゑのころ草戦《そよ》ぎ

二〇一五年九月一五日

星野昌彦　『陽鬼集』

高齢になればつねに意識することである。路傍《ろぼう》のえのころ草がそよぐ平凡極まる日常の景色を目にしながら、五年は大丈夫かな、いやどうかなと。

作者は豊橋在住、八三歳。掲句は第一七句集に入る。多作である。信条は平穏な日常を送ることができれば充分に幸せだといわれる。同感だ。予測できない明日を無事すごし得るか。生きる意欲を持ちながら、一木一草えのころ草へも目を留めて。◇ゑのころ草

桃に肘濡らしていまが晩年か

二〇二〇年八月二四日

大石悦子　『百囀』

晩年とはなにか。これが難しい。平均寿命は目安であっても晩年意識はかなり主観的なもの。二〇一九年現在男性が八一歳、女性が八七歳とか。私と同世代の作者が桃を食べ、肘《ひじ》を濡《ぬ》らしたことからふと晩年に気付く。

豊潤な桃から自分を顧みる。晩年を意識することは生き方を疎《おろそ》かにしない美意識の問題だ。完璧な作者。晩年を思うことで、境地が深まる。新しいステージが目の前に現れる。俳人はかくあるべしと思う。◇桃

老人に大いなる関《くわん》白き桃

二〇一九年八月三〇日

宇佐美魚目　『薪水』

〈関〉とはなにか。私は関心の意とみる。老人がはなはだ関心を持つのが白桃。白桃好き。

とはいえ、ただの白桃ではない。古来初々しい女性のイメージが託されている。老いて身体が衰微する反面、却《かえ》って乙女への関心が高まるというのであろう。

芭蕉は世を去る前年「閉関之《へいかんの》説《せつ》」を書き、欲は醜いが性欲は致しかたない、とリアルな告白をした。掲句も芭蕉流ではないか。◇白桃

魔羅／ピーマン／唐辛子／土瓶割／好きかも／あと何年／晩年／大いなる関

おかあさんと呼ぶ母不在真夜の鵙《もず》

二〇二二年八月二三日

前川弘明　『蜂の歌』

「虐待死した幼児あり」と前書。他に〈幹打てば八月の木のどれも泣く〉という句もある。生きてゆく上で一番大事なことはなにか敏感な作者だ。掲句の〈母不在〉とはこれほど痛烈な哀しみはない。作者は真夜中の鵙の激しい声を聞き、いたたまれない気持ちになった。それは「おかあさん」と呼び続ける虐待死させられた子の永遠に、本当の母を捜す叫びの反響であった。八月とは母を捜す月なのであろう。戦場でも母を捜す子がいる。◇鵙

新涼の鴉の顔が透きとほる

二〇二二年八月二五日

渥美人和子《とわこ》　『桐一葉』

立秋を経て盆過ぎになると、朝夕の涼しさの中で、黒い鴉《からす》の顔が一瞬、透き通ってみえたという。私は「うって返し」でもされたような、そんなことある、という気分であるが、面白いと感じる。空気は暑さで精気をなくした万物に透明感を与える。秋はそんな季節である。コロナ禍はおさまらない。ウクライナでの戦場の悲惨はバンドゥーラの音色をいっそう悲しませる。世界の鴉よ立ち上がり、人類に反逆せよ、檄《げき》を飛ばしたい。◇新涼《しんりょう》

寂しさの極みなし青き螇蚸《ばった》とぶ

二〇二〇年八月二六日

橋本多佳子　『海燕』

寂しさの極みに身を捩《ねじ》るように切り込む。青い螇蚸が寂しさそのもの。しかし、もっと寂しい境地はあるはずだと主情的な意識が強い。作者は美貌の持ち主。掲句を詠んだ前年、昭和一二（一九三七）年に最愛の夫、大阪の財閥橋本組の次男豊次郎を五〇歳で亡くす。寂しさは深い。そこに激しい実感があろう。寂しさの極みなど限りもなく、果てしない。同じ寂しさの果てを求めた牧水と浪漫は同じでも、牧水ほどの野性はない。◇螇蚸

いなづまの照らしてゐるはこの世なる

二〇一四年八月二五日

鷹羽狩行　『俳日記』

稲妻は空の向こう側とこちら側の境あたりで光る。向こう側にあると思われるあの世へも光が届いているのではないか。漠然とした思いをきっぱりと、この世だけといい切った潔さが新鮮だ。曖昧模糊《あいまいもこ》としたものを寄せ付けない。この世の現実を大事にする考え方が窺えよう。

稲妻は〈いなつるび〉ともいい、稲の結実の仲立ちをする。瑞穂《みずほ》の国に豊作をもたらす稲妻の活躍を讃えた明るくスケールの大きな句。◇いなづま

いなづまの裾をぬらすや水の上

二〇一五年八月二六日

千代女　『見龍消息』

稲光をいなづまといったのは稲にお乳を与え稔らせる乳母のイメージを抱いたから。擬人化である。千代女一〇代の作とか。妙齢の女性が衣装を纏《まと》い、水の上など走れば裾を濡らすのは当然のこと。

『犬筑波集』に〈霞の衣裾はぬれけり／佐保姫《さほひめ》の春立ちながら尿《しと》をして〉という付合がある。春の神さまを茶化《ちゃか》した句だ。掲句は、これを踏まえて秋のいなづまの一瞬の大胆な行動を詠んでいる。◇いなづま

いなづまやきのふは東けふは西

二〇二二年八月一八日

其角　『あら野』

都会派其角の句風を洒落《しゃれ》風という。知的に凝った、しかもどこか軽い俳諧を名付けて巧み。掲句は稲妻が昨日は東でぴかり、今日は西でぴかり。神出鬼没、落ち着かない。しかも古来、稲を結実させる夫《つま》の意が語源に籠められる。それが天然の摂理《せつり》に従いながら自堕落。浮気者のイメージだ。私は、そこに享楽者其角の本領を見たい。句は「とりとめなく、はかないもの」無常な人の世を寓《ぐう》意《い》した「観相句」ととる説（堀切実）がある。◇いなづま

電《いなづま》のかきまぜて行く闇夜かな

二〇一九年八月二八日

去来　『はだか麦』

いなつるびと呼ばれる稲妻。もともと「稲の夫《つま》」の意。田の面を走り稲を結実させる役まわり。

掲句の電もたびたび雷光を発し、稲と契りを結ぶセクシャルなイメージがあろう。稲の結婚である。それを〈かきまぜ〉とは面白い。さしずめ後の闇夜は疲労困憊《こんぱい》。ぐっすりおやすみになられる。

『去来抄』によれば、この去来の発想に丈草や支考は気付かないで闇夜は余分だという。◇電

いなづまに応へしはわが若さなり

二〇一四年九月一二日

瀧澤宏司　『群青』

青年時代の作。初々しさとやさしさがある。古代人は天の雷光が稲と結んで、実を付けるものと信じていた。そこで、いなづまを稲夫とも稲妻とも書く。

稲にお乳を与え結実させるイメージは、大人になった現在も私には新鮮だ。一面の稲田に鋭く稲妻が走る。田の面が照らし出されるたびに体がうずく。天地が生きている。その中にいるんだ、という素朴な感動がある。掲句の〈若さ〉に共感した。◇いなづま

母不在／鴉の顔／蟋蟀／この世／裾をぬらす／いなづま／闇夜／若さ

二〇一三年八月二六日

馬追の琴弾く指にとまりけり

山崎美代子　『初神楽』

秋もたけなわになると、緑色した馬追《うまおい》が部屋の中まで入って来る。箪笥《たんす》の角などで「スイッチョ」と鳴き出す。こともあろうに琴を弾いていると、その指に留まった。人なつこい虫だ。合奏でもしようと思ったのか。人も虫も気を許し合い、警戒心がない。田舎暮らしのよさだ。〈ひたひたと闇押してくるちちろかな〉も同じ時期の作。

近年鳴く虫がぐっと少なくなった。さみしい。◇馬追

二〇一二年八月二七日

蜩や杖のまわりがくらくなる

関口比良男　『関口比良男集』

〈折りたたむときに露けき手足かな〉との句もある。足腰が自在に動かない。歩くという細部に拘《こだわ》らないで、すいすいと足を出す抽象的な行為が難しくなる。一歩が重くなり、次の一歩までに考えが入る。足はこう出すのでよかったかなと思案する。杖《つえ》のまわりが不安になる。かなかなが鳴く。急に今年の秋を意識する。去年は空を見て、雲に張りがなくなったなどという気分があった。暮らしに空を見よう。改めて自然に気付いた句。◇蜩《ひぐらし》

二〇一一年九月三日

かなかなといふ菱形のつらなれり

鴇田智哉　『エレメンツ』

「空想の設計図」という。かなかなと聞こえる蜩《ひぐらし》の声が菱形《ひしがた》を描いている。秋は小さな菱形が空中につぎつぎに散らばる。音声から形を想定する。感性が率直で爽やかな知性がある。ふと、立原道造の構想「ヒヤシンスハウス」を連想した。建築科を卒業した道造が浦和郊外の沼辺に週末過ごす五坪の小家を設計し名付けたという。シュトルムの詩「ヒヤシンス」などからの着想らしい。音感が俳句のいのち。空想が拡がるのである。◇かなかな

二〇一二年八月二九日

秋澄むや時計は狂いつつ止まる

対馬康子　『天之《てんし》』

暗示的でありながら写実の目が効いている。秋の透明な大気と狂って止まる時計。そこに関わりはない。プラスとマイナスとを同時に受け入れる。些細《ささい》なことに気付いたのである。矛盾と思えば違和感が生まれる。ところが、こんなことがあるわ位ですむと、違和をそのまま受け入れることができる。現代はいちいち違和を気にしていては過ごせない。どこまでざらざらしないで、違和を受け入れるかである。◇秋澄む

二〇一三年八月三〇日

蹴るために二三歩退《さ》がり鰯雲

出口善子　『わしりまい』

サッカーなどでキックをする場合に見られる。〈二三歩退がり〉助走をつけ力をこめて蹴る。競技場の空には秋の鰯雲《いわしぐも》。鮮やかな場景句である。

情緒よりも明快な構図を描くことに主眼がある。人気の男のスポーツ場面を捉えた現代感覚もいいが、さりげなく、なにかを読み手に悟らせる句風は俳句本来の短詩型効果をよく生かしている。〈世に出でて初心かがやく薄《すすき》の穂〉も感じさせるものがある。◇鰯雲

二〇一八年九月一八日

鰯雲行きどまりとは知って行く

岡田史乃　『彌勒』

軽井沢の別荘地を散歩していた。その先が崖《がけ》。行き止まり。しかし、崖の上に立ち、空を仰ぐと浅間山の全姿が見え、大好きな場所だった。

空に鰯雲《いわしぐも》が拡がれば掲句になる。私の光景には鰯雲はなかったが、掲句の〈鰯雲〉にはどこか拘《こだわ》りがある。〈行きどまり〉は進行中の事態に対する気持ちをいったものか。鰯雲は淡々として我関せずの様子。秋は出口が見つからない重苦しいことがある。◇鰯雲

二〇〇九年八月三一日

親不知這ひあがり来る葛を刈る

森田　峠　『避暑散歩』

蔓草《つるくさ》でも秋の葛《くず》の逞《たくま》しさは格別である。海岸の絶壁を這い上がる葛を刈る、葛との闘いの作。地名親不知《おやしらず》は古来、北陸道で最も難所として知られた処。新潟県糸魚川市にある。白馬連峰が日本海側にのび、海に落ち込み、一五〇〇メートルの絶壁を作っている。親不知という地名のユニークさが生かされ、そこで、傍若無人な葛を刈る作業がすすめられている。気まじめなほどの写生句でありながら、不思議な面白さがある。◇葛を刈る

二〇二一年九月八日

猖獗《しょうけつ》は曼荼羅《まんだら》として葛《くず》として

神保と志ゆき　『四季吟詠句集35』

葛をどう詠むか。これは釈迢空《しゃくちょうくう》の〈葛の花　踏みしだかれて、色あたらし。この山道を行きし人あり〉（『海やまのあひだ』）以来、短詩型文学の課題。秋の七草でもあり、春の花（さくら）に対する秋の代表格。〈あなたなる夜雨の葛のあなたかな〉（芝不器男）がよく知られた名句。

掲句の〈猖獗〉は盛んなさまをいう。秋たけなわ、野を荘厳《しょうごん》した葛原は仏の世界を造型した曼荼羅だという。見事な把握ではないか。葛を讃えドラマがある。◇葛

てしがなと朝皃《あさがお》ははす柳哉

二〇一七年八月三一日

湖春　『炭俵』下巻

朝皃は朝顔。秋口に蔓《つる》がのびてどこに絡まるやら、朝顔にしても手を探すのに大変。一番いいのは柳の枝に絡みつかせたいものという凝った作。〈てしがな〉は和歌の常套語《じょうとうご》で「したいものだ」の意。〈ははす〉は「這わす」。

芭蕉の先生が北村季吟《きぎん》。その長男が湖春《こしゅん》。父の跡を継ぎ学者俳人。和歌のことばを生かしたつもりの洒落た句であるが、ぴんと来ない。芭蕉が偉いのは句が素直な点。◇朝皃

宙に闇あり蟋蟀《こおろぎ》の貌《かお》出す孔《あな》

二〇二〇年八月三一日

五味真穂　『湛ふるもの』

不気味な大きな句だ。夜中に部屋の隅の孔からこおろぎが顔を出す。それ以外は闇。不安が瀰漫《びまん》し、人間はその闇に逼塞《ひっそく》している。人間も自然に同化し、などというアニミズムの優しさはない。人間は都合よく自然を勝手に想定するが、いまや排気ガス汚染やプラスチック公害をはじめ、荒らし放題の地球環境から人間は拒否されているではないか。コロナ禍の類いの身動きできない現実が掲句の背景にある。◇蟋蟀

銀貨降るごときひかりや九月来ぬ

二〇一九年九月二日

仙田洋子　『はばたき』

〈ひかり〉に気が付く。八月の盆が過ぎ、富士見高原を歩いていた。不意に大気から熱気が引いた気がした。盆は亡き人をしのぶ人の世のはかりごとでありながら、終わってみると自然も呼応している。

九月を迎える。白樺の葉のきらめきに私は白銀《しろがね》のひかりを感受する。新しい季節へささやかな歓びを感じたい。別れや死や日常に重いことがあればなお、新たなひかりへ身を移したい。作者もそんな思いか。◇九月

松原に日の倦みやすき九月かな

二〇一五年九月四日

岡本高明　『ちちはは』

地味な松原風景をじっと見つめ、自分自身がその平凡さに半ば辟易《へきえき》しかけたところを巧みに掬《すく》いあげた作。なかなかの句だ。人生もあらかた見尽くした。これくらいが自分に授かった寿命かもしれない。そんなことを考えながら表現したものか。夏休みも終わり九月は時間に倦《う》む月だ。生涯に喩えるとふいに晩年に出会う月のようだ。遺句集に出る。

作者は平成二四（二〇一二）年六八歳で世を去る。あるがままに生きた。◇九月

戦記なき島に九月の雨降りつぐ

二〇一九年九月一四日

長友　巖　『降りつぐ』

宮崎の俳人。昭和九年生まれ。戦が終わったときに国民学校五年か。したがって戦場体験はない。とはいえ、戦を知らないあっけらかんとした世代ではない。

戦後が始まった昭和二〇年九月は雨続きだった。〈九月の雨〉は重い戦後をそれとなく継承する。私も同じ世代としてそこに惹かれた。〈吾亦紅《われもこう》大好き家族みな元気〉という質素な暮らしを自賛した句がある。そこに沖縄のような悲惨な戦場の島への気遣いが生まれる。◇九月

水のほか何も混じへず九月の滝

二〇一六年九月一五日

友岡子郷　『雲の賦』

秋の滝の清爽《せいそう》なさまを捉えている。九月がいい。盛り沢山な行事の八月が終わり、九月はさっぱりした月。滝はいつも変わらないが、ことに秋の滝はひっそりして、もう滝の季節はおしまい。滝も安心して素顔を見せる。

滝は古来日本人が心を寄せてきた風物の代表だ。見る者が思いの限りを交え、滝に対してきた。滝は無言で応えている。その中で、九月は滝も開店休業。のんびり落ちることを楽しんでいる。◇九月

初秋や白木づくりの木曾玩具

二〇一〇年九月一日

水沼三郎　『鰤起し』

木目が見える白木つくりの重箱を私は愛用している。木曾上松の知人が製造し、広めたもので、色が付かないだけに玩具も瀟洒《しょうしゃ》。木曾はいつでもいいが、秋口の木曾は心落ち着く。季節の内側から風の透明な仕組みがわかるような気がする。去来に〈秋風やしらきの弓に弦《つる》はらん〉（『あら野』）があるが、白く削っただけの弓の感じと掲句は通じる。作者はもと外科の医師。どこか、句触りが触診感覚なのが親しい。◇初秋《はつあき》

初風と万の毛穴が知らせけり

二〇二〇年九月二日

林　翔　『あるがまま』

初風は紛らわしい。元日に吹く風も初秋に吹く風もともに初風という。古くは風が秋の景物《けいぶつ》に擬《ぎ》せられるほどであったが、平安後期の『金葉和歌集』で月が秋のものと決まる。風だけでは無季であるが、秋の気配を感じさせる涼風を〈初風〉と捉え秋とした点に、風は秋と感じてきた名残があろう。〈万の毛穴〉はわずかな風に秋を感じたい鋭い感性が働いている。残暑のさなかに秋を感じさせるのは現代人にとっても風なのである。◇初風

二〇二一年九月六日

木漏れ日の走り出したる初嵐

木暮陶句郎 『薫陶』

秋は風の季節。〈秋の初風〉は秋が来たとまず感じる微風。〈初嵐〉は台風の前触れではないが、海が波立ち、畑の唐黍《とうきび》の葉がざわめく、秋の強風。そして〈台風〉と続く。夏の間、地面にくっきりと木の葉の形を印《しる》していた木漏《こも》れ日《び》がそわそわし出す。それを〈走り出したる〉と動きにいち早く着眼した感性が鋭い。作者は伊香保に居住する陶芸家でもある。掲句にも陶芸の陶土の練りの巧みを感じる。これでいいとの判断が的確だ。◇初嵐

二〇二一年九月一日

台風の眼中に居て国憂ふ

大串 章 『恒心』

防災の日。台風の最中に〈国憂ふ〉と個人を超えた国家へ関心を示す。骨太な意識に共感した。八〇代前半の世代には戦争に翻弄《ほんろう》された体験が生きる原点にあった。

八歳で敗戦。作者一家は中国北東部女児河にいた。突如攻め込んできたソ連兵からの逃避行が始まる。親たちと労苦を共にし、国がなくなる、その行方を心配する切実感は生涯消えない。上からの目線ではない。台風の天災以上にじんわりと戦争の人災を憂いている。◇台風

二〇二二年九月一日

夕野分猪《しし》らぶつかり合つて駆く

鈴木正治 『雪間』

今日は二百十日。原発破損事故により捨てられた被曝《ひばく》牛を詠み知られた作者。楸邨門下にして九七歳。掲句も一一年後の被災地詠。嵐到来の夕方、野生の猪がからだをぶつけ合い駆けている。台風でなく、古風な〈野分〉の語が働く。荒涼たる原野を彷彿《ほうふつ》とさせる。現代が俄《にわ》かに、戦国乱世にタイムスリップする。ビルが林立した大都会が一瞬にして曠野《こうや》に化す幻想が現実味を帯びる。猪だけが元気、人間がいない。不気味だ。◇野分

二〇一三年九月二日

台風一過そのあとの日曜日

山崎 聰 『遠望』

からっと晴れあがる。身辺どこにも暗さがない。台風が過ぎた後の爽快な気分は誰もが熟知している。こんな日が一年のうちにはあることを。

折から日曜日なのがうれしい。洗濯物干し場の真っ白いシャツが眩《まぶ》しい。子どもの声が聞こえる。お出掛けらしい。犬があまえ鳴きしている。さりげない日常こそ至福のとき。俳句はそんな日々を捉える文芸だと腹を決めた勁《つよ》さが掲句にはある。◇台風

粗壁の藁のひかりや野分晴

二〇一五年九月二日

高橋睦郎　『遊行』

台風シーズンを迎えた。近年は早くから台風が来襲し温暖化により自然界が混乱している。江戸時代までは秋の大風を野分と称した。風情がある。繁茂した野の草木を吹き分ける風をいう。野分晴は台風一過。

農家の納屋の壁か、塗り籠めた藁《わら》が光っている。牧草小屋によく見る風景だ。手造りの素朴さが心を和ませる。〈ひかり〉を捉えることに堪能な作者。掲句にも原始的な敬虔《けいけん》な信仰心が感じられる。◇野分晴

底のない桶《おけ》こけ歩行《あるく》野分哉

二〇一七年九月二日

蕪村　『落日庵句集』

蕪村が描くと野分（台風）も漫画になる。底が抜けた桶とはなんの桶か。軒下に無造作に置かれ、粗末にされている感じから、肥汲《こえく》みの桶ではないか。折からの台風で吹きさらされ、桶が転げまわっているという。ばらばらにならないのが幸い。えいままよと転がるまま、拾おうとしない。主人公の気持ちが荒《すさ》んでいるのである。

さしずめ、女房に逃げられた直後か。なるようになるさといった気分。◇野分

屑買ひの吹かれて歩行《あり》く野分かな

二〇一〇年九月一〇日

抱一《ほういつ》　『屠龍之技《とりゅうのぎ》』

作者は江戸後期の画家で俳人。姫路藩主の弟。本名は酒井忠因《ただなか》。句には庶民感情を理解した飄逸味《ひょういつみ》がある。

只今は、「屑《くず》やお払い」のか細い呼び声の屑買いも見られなくなった。代わって、廃品回収車がマイクの濁声《だみごえ》を張り上げて廻る。あれに、情緒なんてものはない。

掲句は、台風の中をよろよろ歩く屑買い。哀れこの上ない。そんな日でも日銭を稼がないと暮らせないのであろう。幕末近い世相を思わせる。◇野分

虹たちて草山赫《か》つと颱風過《たいふうか》

二〇一八年九月一一日

飯田蛇笏　『家郷の霧』

今日は二百二十日。台風が過ぎた後は格別に暑い。虹が立つとはいえ、草山は燃えるように耀く。九月には、こんなやりきれない日がある。

草山をさりげなく詠う。見るべきものを見尽くして、目に飛び込んできた風景であろう。〈深山の日のたはむるる秋の空〉。蛇笏は寡黙な風景に語らせる。こんな句に蛇笏の本領がある。その点、上掲句は賑やか。蛇笏のサービス精神が窺える句とでもいおうか。◇颱風過

二〇一五年九月二二日

海鳥の動かぬ岩や颱風季

古沢太穂『うしろ手』

秋は台風季《どき》。これが近年は狂い出す。春先から台風に見舞われ、時には冬になっても襲来する。地球の秩序が崩れ出している。日本人の従来の季節感覚には収まらない現象が目立つ。掲句は台風裡《り》にびくともしない岩上の海鳥を捉えている。波しぶきが上がり、風も激しくとも動じない。そこに作者の大きさ、心の勁《つよ》さを感じさせる。戦後の社会詠を推進してきた代表俳人であるが、詩情はやさしく純粋。◇颱風

二〇一四年九月三日

とかうして秋の汀に一吐息

塚原白里『上総七谷』

はげしい夏が過ぎる。思い返せばこの半年余いろいろあった。そのたびに全力であたり、始末をつけて来たのであるが、いささか疲れた。

いま、前に広がるのは九十九里浜。わが俳句では〈秋の汀《みぎわ》〉としておきたい。海水浴の家族は去り、秋の荒れ気味の白い波頭が目立つ。ともかく、私がほっとひと息つく場がここである。気が鎮まるのは秋の海。八〇代半ばの老いを感じさせない瀟洒《しょうしゃ》な句。◇秋の汀

二〇一九年九月四日

水の秋愚直のくひぜたらんとす

行方克巳『晩緑』

漱石の〈秋の江に打ち込む杭の響かな〉を連想した。周知の修善寺の大患、胃潰瘍悪化からようやく抜け出した折の心境句である。掲句も状況は類似。打たれる杭に愚直という自覚した形容が付く点が違う。〈大悪人あらずは大愚山桜〉という句もある。良寛や鈴木大拙などへの憧憬《しょうけい》があろうが、迷いもある。芸術のパフォーマンスも好き。根が純粋でなければ、わが好奇心を凝視した愚直の句など作らない。◇水の秋

二〇二二年一〇月三日

汝《な》が影も流れて行きぬ水の秋

伍藤暉之『BALTHAZAR《バルタザール》』

句集名は映画『バルタザールどこへ行く』から。映画は原作『白痴』（ドストエフスキー）の挿話からの着想で、驢馬《ろば》と少女との数奇な運命を描いた崇高な名作。バルタザールはピレネーの寒村に住む少女が生まれたばかりの驢馬に付けた名。〈汝〉とは死を予見した作者が、過酷な運命に翻弄され羊群の中で最期を迎えた驢馬の姿と重ねている。「未練を持たず、名残をもって死んでいこう」（あとがき）と。流水に死生を託した浪漫の作。◇水の秋

しづけさにたゝかふ蟹や蓼の花

二〇一四年九月五日

石田波郷　『鶴の眼』

川辺に蓼《たで》が咲き出す。秋に入り、大気が一段と澄んでくる。谷川では蟹《かに》同士が取っ組み合いを始めている。岩盤の上での闘いに決着がつかないで、組んだまま川底へ転落、そこでまた続いている。

句は〈しづけさに〉が眼目。静かな秋の昼下がりに蟹の妻争いの闘い。暑い夏では蟹も体力が消耗するだろう。静かな季節にけしかけられたように、というのが面白い。秋は自然界の決着をつける時だ。◇蓼の花

蟷螂《かまきり》の鎌もて顎をみがきおり

二〇一三年九月六日

戸恒東人《とつねはるひと》　『福耳』

『凍港』（昭和七年刊）に〈かりかりと蟷螂蜂の皃《かお》を食む〉という高名な句がある。残酷な昆虫の生態を描き、非情な世界に昭和俳句の金字塔を山口誓子は建てている。

掲句は穏やかな平成の俳句。蟷螂には他と闘う鎌が顎をみがく、いわば化粧道具だという。そのささやかなユーモアが取り柄。先人誓子の隙を埋めるような句柄だ。後学の苦心の作。類想は俳句の宿命であるが、その隙探しが面白い。◇蟷螂

蟷螂は馬車に逃げられし馭者《ぎょしゃ》のさま

二〇一六年一〇月一二日

中村草田男　『来し方行方』

終戦直後の自分の虚脱状態を戯画化した句。同時に草田男には自分ばかりではなく、日本も腰抜けになってしまったという社会を意識したところがある。

幌馬車の馭者にとり、肝心の馬車が馬もろともどこかへ消えてしまえば、もう商売にはならない。燕尾服に着飾り馭者が革の鞭を振り上げても、振り下ろすところがない。

かまきりは自分だ。擬人化が見事である。◇蟷螂

雁渡しふるさとにもう戸籍なし

二〇一九年九月六日

村上喜代子　『軌道』

水鳥の雁《かり》が渡ってくる。その頃の北風に、毎年のことながら、秋の気配が身にしみる。勝手な想像をする。父母はいない。いじわるな兄嫁も先年なくなり、ふるさとへは墓参りだけ。戸籍も手近な現住所に移した。早く出てしまい、ふるさとに未練はない。しかし、ぽっかり穴が空いた感じはするのであろう。戸籍ってなんだろう。俳句がＡＩの時代になりつつあるが、俳句のふるさとは私の心。これは変わらないという句か。◇雁渡し

颱風季／一吐息／愚直／水の秋／しづけさ／蟷螂／馭者のさま／戸籍なし

二〇二二年九月六日

花梨実ればはや奔放な青乳房

井口時男『その前夜』

花梨《かりん》というと私は安曇野穂高の碌山《ろくざん》館を思い浮かべる。庭の花梨が実る頃、館内の絶作ブロンズ「女」は三〇歳の碌山のすべてを語っている。未完の充実とでもいいたい美と愛の相克。碌山の信念であり、苦悩であった。上体を反らし仰ぎ見る膝立ちのポーズ。両手は後ろに組む女の裸像。乳房は緊《しま》り豊かに広がる。そこに、相馬良《そうまりよう》（黒光）への碌山の思慕が秘められている。掲句は作者の持論「俳は詩であり批評である」の実践作。◇花梨の実

二〇一九年一〇月二一日

榠樝一つフォッサ・マグナを転がり来

九鬼あきゑ『海へ』

諏訪湖畔には榠樝《かりん》の並木がある。秋には芳香を放つ。大風が吹いた翌朝など拳大のでこぼこな実が樹下一面に落ちている。その一つが糸魚川—静岡構造線にしたがい、ころころ転がり、作者が居住する浜松辺りに届いた。

日本列島を二つに分けるフォッサマグナと呼ぶ大地溝帯は地震の巣だという。この榠樝は大地震の先触れか。おお怖い。遺言のように大胆な句を残して二〇一九年二月一九日逝去。七六歳。惜しまれる。◇榠樝

二〇一六年九月七日

吾もこゝに彳《た》てば遊子や秋草に

藤岡筑邨『蒼滴集』

「小諸懐古園」とある。そこには名高い藤村の〈小諸なる古城のほとり／雲白く遊子悲しむ〉の詩碑がある。〈かたはらに秋くさの花かたるらくほろびしものはなつかしきかな〉（牧水）の昭和九年に建てられた歌碑もある。

独自な句材はなにもない先人の驥尾《きび》にふした句であるが、これも俳句の作り方だ。実際に来てみると藤村や牧水で十分。私はなにも加えることがない。旅情気分に浸る最高の地だとほめておわり。◇秋草

二〇二〇年九月七日

球形の大地に凝りて露の玉

宇多喜代子『森へ』

露の玉は丸い地球と似ている。両者の形体の類似が目のつけどころ。しかし、単なる論理学の遊びとは違う。芋の葉に球のように転がる小さな露の玉ではない。茫々《ぼうぼう》たる大地の精気から生まれたばかりの露の玉に着目する。

露の玉を詠んだ俳人は多いが、宇佐美魚目もそのひとり。〈すべてこれ以心伝心露の玉〉。巧い句だ。

いうならば、宇多は露の玉生産者の発想、宇佐美はその愛玩者。両者の美感の違いが面白い。◇露の玉

二〇一三年一〇月二五日

露満地《つゆまんち》糶《せ》られざる牛鳴き交ふも

友岡子郷　『黙礼』

秋の糶場《せりば》風景。糶にかけられている牛の緊張とまだ順番が来ない牛のどこか不安なのんびり気分。「まだか」「まだだ」と牛同士が鳴き合う。茫洋《ぼうよう》とした牛でありながら、実は敏感。一面の露は、秋の深まりと、自然が豊かな農村を描く。そこに登場する糶にかけられている牛よりも順番待ちの牛を出したのは作者の優しい気遣い。場所が、福島の郡山市なのが俄然《がぜん》、現代の重要な問題をつきつける。◇露

二〇二二年九月八日

荒野にて白露《はくろ》三々九度零《こぼ》す

魚住陽子　『透きとほるわたし』

白露の節。「陰気やうやく純にして、露凝《こ》りて白し」（『改正月令博物筌《げつれいはくぶつせん》』）と江戸期の歳時記。陽気が収まり露の目立つ季節。芥川賞候補にあがる書き手にして俳人。腎不全のため昨年八月逝去が惜しまれる。〈頤《おとがい》に虫の闇ある男かな〉がある。そんな朴訥《ぼくとつ》な男と荒野で三々九度を交わしたのであろうか。つい零してしまったとは人生初めのアクシデント。白露が御神酒《おみき》の代わりなのも、泣き笑いの俳味がある。しかも、じーんと心に沁みる。◇白露

二〇二〇年九月九日

うつとりと闇吐きゐたり後《のち》の雛《ひな》

秦　夕美　『さよならさんかく』

陰暦九月九日は重陽《ちょうよう》の節句。菊の節句なので、陽暦ではひと月遅れくらいか。大坂辺りでは雛を飾る風習があった。菊雛ともいう。〈しほ〳〵と飾られにけり菊雛〉（飯田蛇笏）とあるように春の雛飾りに比べて手軽にわずか飾るだけ。八月朔日《ついたち》に飾る八朔雛《はっさくびな》の習慣が近畿圏から中国路には多かった。掲句の作者は福岡市在住。雛も春三月よりものんびりムード。雛自身の時間を楽しんでいるようだ。廃れていく季語を救済する作か。◇後の雛

二〇一九年九月一〇日

温《あたた》め酒《さけ》ひとつは草の音なりし

布施伊夜子　『布施伊夜子集』

陰暦九月九日「重陽の節句」に菊の花びらを浮かべて酒を飲む。長寿が約束される。また、温めて酒を飲むと病気にならないという。当然、味わいながら飲む。いくぶん酩酊《めいてい》する。聞こえてくるのは草の音。

秋は野草が花をちりばめる季節。そのおしゃべりが野に満ちる。耳を澄ませば野紺菊も反魂草《はんごんそう》もがやがや、ぼそぼそと話したけなわ。田舎暮らしの気楽さが心地よく詠われ、ほっとする。◇温め酒

二〇二一年九月一〇日

厄日去る胡桃二房三房見え

飯田龍太 『山の影』

二百二十日。今日を過ぎると厄日が去る。大風も収まり、胡桃《くるみ》の房が粒々と見え出す。ほっとしたものだ。ところが現今の気候変動によって台風は時には五月頃から日本列島を襲う。二百十日も二十日もない。古来の知恵を結集した暦が遺物のように感じる。その中で空の雲はさすがに入道雲から鰯雲へ。しばしば低気圧が近づき空はやさしくなる。〈山栗の棘《とげ》のみどりに鰯雲〉(龍太)。秋は好天が忽《たちま》ち崩れ、身に入《し》む時節である。◇厄日

二〇二〇年九月一一日

戴白《たいはく》に幼の面輪《おもわ》地蔵盆

堤 保徳 『姥百合の実』

今日は旧地蔵盆の日。掲句の戴白は白髪頭。老いても幼い頃の面影が残っている意。司馬遼太郎が好例、ふしぎに白髪のご仁ほど童顔が多い。白髪はファッションでもある。雪を被ったお地蔵さんのあどけないさまを思い浮かべてほしい。胡麻塩頭より真っ白は幻想的でもある。幼馴染みが少なくなった。地蔵は子安地蔵を思い浮かべるように、子どもの守護神。童心が蘇《よみがえ》る地蔵盆こそ永遠に平和の祭だ。◇地蔵盆

二〇一三年九月一一日

とんぼうにまつさらな日の弾けあふ

井上康明 『峡谷』

盆地の秋。蜻蛉《とんぼ》がゆうゆうと飛んでいる。昇ったばかりの日の光が無数に射し交わす。日矢と日矢がぶつかり、火花を散らすようだ。空気が澄んで微粒子の粒がきらきら光っている。掲句は作者の居住地・甲府盆地の特色がよく捉えられている。光の坩堝《るつぼ》である。蜻蛉はかなり高空を占めている。そのさまが小高い丘陵から透かすように眺められる。そこが蛇笏《だこつ》・龍太《りゅうた》や廣瀬直人《なおと》の地。作者の産土《うぶすな》の地でもある。◇とんぼう

二〇一九年九月一九日

抜け出でて馬大頭《やんま》の目玉大いなり

上原三川 『上原三川俳句集』

子規門のアンソロジー『新俳句』の編者の代表句。明治三九年、「蜻蛉《とんぼ》とさうして屁」と題して一四句蜻蛉が生まれ出るところを句に詠み「長野新聞」に出す。〈今生れ出たるばかりの蜻蛉哉〉の句の後に出る。題がなぜ「屁」か。屁のような句と謙遜したユーモアか。秋の大型の鬼やんまに〈馬大頭〉の当て字が面白い。江戸時代の歳時記『栞草』にこの字が出て、「最大にして身緑色」とある。「緑色」には「あをし」と読み仮名。◇馬大頭

二〇一九年九月一二日

背負ひきしものに曲がりていとどの背

大谷弘至　『蕾』

〈草喰うて草の匂ひや放屁虫〉もある。竈《かまど》あたりにうろうろするいとどや嫌われもの放屁虫《へひりむし》への思い入れに独自性があり注目する。いとどは「えびこおろぎ」の異名のように背が曲がり二センチくらい。薄暗い湿り気の多い場を好む。虫でも悩みや苦しみを背負い背が曲がったものとの人間味ある気遣いが優れている。

中堅世代の一茶の研究家にして小動物への愛情を抱く。研究が生かされているのがいい。◇いとど

二〇一五年九月一一日

ゆするるたびにときめき芋の露

西宮　舞　『天風』

里芋の葉に溜まった早朝の露が芋の露。〈芋の露連山影を正うす〉（飯田蛇笏）が名高い。

風に揺すられるたびにきらめくさまを〈ときめく〉と捉えた。『源氏物語』では桐壺の更衣が時の帝《みかど》から寵愛《ちょうあい》されるさまを「ときめく」といった。たしかに芋の葉に露がころころまろぶさまを喩えた表現として巧みだ。ただ一点を捉えたに過ぎないが、秋はすべてのものがときめく季節であることを感じさせる。◇芋の露

二〇一六年九月一三日

たよりなきものに種無し葡萄かな

嶋田麻紀　『瑣事燦々』

葡萄《ぶどう》を食べる。口中で舌を遊ばせながら、なにか種らしきものにぶつかるかとの思いを抱き、食べ終わる。種なしだと思う。すこしもの足りない。

昔ながらの種あり葡萄が懐かしいご仁には最近の主流、種なしはさっぱりし過ぎるのであろう。洗練し過ぎ。甘いばかり。種は邪魔、余分。舌で出すのが面倒。世の中は端的に効率よく、葡萄もまたもたはダメ。これでいいのかしら、と作者は疑問をもったもの。◇葡萄

二〇二一年九月二八日

黒葡萄のごとし難民少女の瞳

山下知津子　『髪膚《はつぷ》』

難民というと私はいつも「黒葡萄《くろぶどう》のごとき少女の瞳」を思い浮かべる。難民ではないが、日本からドイツへ渡った長女一家を重ねて「生存」ということを初めて立体的に考えることができるようになった。折から、アフガニスタン国の崩壊はコロナ禍の中できびしい難問を人類に突き付けている。以前、作者が難民救援のNGOに関わって活動しておられると伺い、掲句を記憶した。いよいよ深く、心に刺さるように沁《し》みる。◇黒葡萄

秋の昼小さく棲《すま》ひゐたりける

金田咲子　『平面』

二〇一七年九月一三日

脳梗塞を患った主人を一七年間介護し、失《な》くしたむなしさ。明るい秋の昼がきょとんと嘘のような静かさである。どこかに生きている。気持ちが納得するには時間がいる。〈痛さうにこほろぎが鳴く夜なりけり〉。蟋蟀《こおろぎ》は気持ちがわかるのか。切ない切ないと鳴いてくれる。蟋蟀になったつもりになる。愛する人を失って初めて〈小さく〉生きることを知った。なにかに気持ちを集中させていると気が落ち着く。◇秋の昼

いちどきに夕べの来たる松手入

星野高士　『渾沌』

二〇二二年九月一四日

秋は屋敷の松の手入をする。風格がある季語だ。〈松手入今天に腰かけてゐる〉（上野章子）と、松の大木にかかると庭師は一日二日がかり。朝早く上がり、昼のために下りてくる以外、夕方まで空中にいる。松葉の散髪に余念がない。秋も闌《た》けると夕べが早い。人は日暮れへの応対に年齢を意識する。日永を喜び、冬至までの短日を嘆く。若い日には感じなかった哀感が生まれる。季節に揺すられる。松の梢からもう庭師は下りたか。◇松手入

月ほどに明るき雲やけふの月

岸本尚毅　『雲は友』

二〇二二年九月一〇日

陰暦八月一五日仲秋の名月、良夜とも呼ぶ。雲は友と、月以上に雲を引き立て、仲間への配慮が篤《あつ》い作者。それでいっそう月の明るさが際立つ。〈月明るくて芋虫とその糞と〉は芋虫詠であろうが、月光を讃える。月明《げつめい》に芋虫が見え、その糞までとは流石に虚子の研究家にして波多野爽波《そうは》門らしい明晰《めいせき》さとおかしみ。月の光は無色透明。付き合いがよく、相手に合わせてくれる。陽気な太陽に対しやさしい月。良夜は月を見直す日。◇けふの月

急ぐなかれ月谷蟆に冴えはじむ

赤尾兜子　『玄玄』

二〇二一年九月一四日

〈谷蟆《たにぐく》〉はひきがえる。『古事記』に出る。おどろおどろしい名には古代人の畏怖《いふ》の気持ちがあったのだろう。ましてや月光が冴え始める秋たけなわ。大地の化身のような彫り深い貌《かお》や呻《うめ》くような濁声《だみごえ》。象徴句と読める。この光景は明暗何《いず》れにも。一つは人間、大器への期待。急ぐな、じっくり構えよと激励句。他方はおのれへの諭し。谷蟆は心に蟠《わだかま》る鬱《うつ》の塊《かたまり》。荒涼たる思いから抜け出したい足掻《あが》きへの呼びかけ。どこか切ない名句である。◇月

手紙書く三枚あたりから月夜

二〇一四年九月一七日

山中葛子《かつこ》『かもめ』

書きあぐんだのである。三枚あたりを書くときは月が射して、いいお月夜。それからとんとんと、月に誘われてという。私はお日さまよりもお月さまが好き。地球は太陽に支配されても、人間は月との関わりが深い。とくに女性は人類発祥以来、月のものに支配されている。そこに人間の誕生がからむ。縄文時代の人々はこの世で赤ちゃんが生まれる場面を最重要視した。掲句の月夜からつい連想が膨らんだ。◇月夜

名月や北国日和定《さだめ》なき

二〇二一年九月二一日

芭蕉『おくのほそ道』

今晩は十五夜。仲秋の名月を見たい思いは古来この日に凝縮された。三三二年前、芭蕉も敦賀《つるが》で名月に期待を掛けたが、当夜は雨。前夜は快晴であったことから、明日もというと、宿の亭主が北陸の天気は気まぐれで晴曇はかりがたいという。〈北国日和定なき〉は亭主のことばに感心した以上に芭蕉には感動があった。地のことばの強さ。そこに旅を日常と考えた芭蕉の究極の哲学があった。〈定なき（常に変わる）〉ことの発見である。◇名月

西行ぞ月よりの使者ありとせば

二〇一〇年一〇月四日

須原和男『國原』

平安末期の歌人西行は月の歌人と呼ばれた。〈行方なく月に心の澄み澄みて果てはいかにとならんとすらん〉（『山家集』）は名歌の一首。月を見ていると心が澄んで、狂おしくわが身がどうなるのかわからないと詠う。

掲句は月からの使者があったら、西行こそそれだという。〈月よりの使者〉は同じ題の流行歌があったと、句には注がある。久米正雄の悲恋小説を映画化した折の主題歌だ。西行もどこか華やいだ感じだ。◇月

牛生まる月光響くやうな夜に

二〇一九年一〇月五日

鈴木牛後『にれかめる』

月夜に牛が生まれる。とびきり明るいお月夜に。おめでとう、おめでとうと月光がさんさんと輝く。出産は人も牛も遠い昔から月と関わりがあるのであろう。〈干草を吸ひ込むやうに喰うて牛〉。たくさん食べ、ゆったりと孕《はら》む。〈雪の夜の腹をゆたかに妊《はら》み牛〉作者は北海道の牛飼い。どの句にも愛情が滲《にじ》む。牛飼いは牛を愛する。ときに人間を愛する以上に牛を愛す。そこで牛は安心して出産する。◇月光

秋の昼／松手入／けふの月／谷蟆／手紙／定なき／西行／牛生まる

荒波の何に驚く月夜かな

寺田寅日子《とらひこ》　『寺田寅彦全集』

二〇二〇年一〇月一四日

波四句詠む。他に〈野分やんで波を見に出る浜辺哉〉〈朝寒う波打際をあるきけり〉がある。波に興味があった。物理学者らしい。掲句は変哲もない荒波の句であるが、量子物理学の見地では、見るという主観の働きはそのたびに客観世界を変えてしまうらしい。見るとは目から光（光子）が出る。同じ荒波を見ても光子のために波の位置が違うという。折から月夜、作者は荒波の動きに、不思議な思いに囚われていたのではないか。◇月夜

沈むものばかり多くて夕花野

衣川次郎《ころもがわ》　『足音』

二〇二〇年九月一五日

名もない草花でいい、花咲く秋の野はこの世の浄土。秋の夕方のそぞろ歩きか。もの思いに沈む。気持ちが沈み出すとどんどん沈む。人生の深みとはこれかと思う。同時作に〈妻逝くや花野を経由して行くべし〉がある。

この花野を見せてやりたかった。どんなに愛妻家であっても悔いが残る。悔いから抜け出す術《すべ》はない。悔いて悔いて悔いる自分が嫌になるまで悔いに沈む。掲句はそういう句か。その時、花野の出口が見える。◇花野

母に逢ひたし大花野さ迷へり

冨士眞奈美　『奥の細道迷い道』

二〇一八年九月二〇日

母を探して、秋たけなわの花野をさ迷う。そこに母がいるとは信じがたい。〈大花野〉とのデフォルメには、不可能を承知で描いた哀しみが滲む。この世の桔梗《ききよう》やりんどうや松虫草が咲き乱れる花野の果ては別世界に繋がる幻想がある。もしやとの期待も夢のようなもの。

母への思いは無限。愛の九九パーセントは母恋ではないか。残された九牛《きゆうぎゆう》の一毛《いちもう》の愛が現世のさまざまな愛へ分配される。作者は愛の俳優《わざおぎ》だ。◇花野

ばらばらにゐてみんなゐる大花野

中西夕紀　『くれなゐ』

二〇二二年九月三〇日

俳句初学が私のもとで二七歳。主宰誌「都市」を始め本年一四年に。〈こほろぎやまつ赤に焼ける鉄五寸〉と鮮やかな巧い句を詠んできたが、このような生者死者ともに遊ぶ花野に思いをいたす。自然体であろう。後年の師宇佐美魚目や仲間で、信頼を寄せた大庭紫逢、身近では父母、伯母とみんな花野に。それも〈ばらばらにゐて〉と気付く。厳しい透視がある。なにか人生の曖昧なものが見えてきたのではないか。努力だけではない。◇花野

二〇一三年九月二五日

花野には九尾の狐の塒あり

九里《くのり》順子　『静物』

尾が九つある狐を古来めでたい獣「神獣《しんじゅう》」（『延喜式』）とした。後には、臈長《ろうた》けた人を惑わす妖狐《ようこ》となる。秋の草が一斉に花をつける野が花野。そこを塒《ねぐら》とするのは妖狐がふさわしい。夜な夜な都へ出て公達《きんだち》を誑《たぶら》かし、けむに巻いて帰って来る。

人生五十年がいつか百年になっても、いのちは短い。短い世を楽しむために物語が生まれる。花野を現世と見れば、妖狐がいる世も極楽。◇花野

二〇二二年九月一六日

鮭取りの臀《ししむら》濡れて走りけり

澤木欣一　『塩田』

村上の三面川《みおもてがわ》の鮭取りの勇壮な光景を見た。掲句は終戦直後の作。作者は予備陸軍軍曹として韓国京城から復員後、富山の親戚に寄寓。同地の常願寺河原での嘱目詠。農家でもなければ食糧不足は地方都市でも同じ。河原には密殺した牛馬の白い大腿骨などが野晒《のざらし》に転がっていた。鮭取りの男が飛沫《しぶき》を浴びズボンの臀部をずぶ濡れに必死に走る。逃げ切らんと鮭も命がけ。欲丸出しの時代。作者の眼が血走るほど男に共感している。◇鮭取り

二〇二〇年九月一七日

残る暑のごとき戦後と闘へる

大谷弘至　『大旦』

いつまで戦後か。いい加減に未来を見よ。戦後七五年がなんだ。戦後に拘《こだわ》る世代は戦争に拘る。トラック島から帰還した金子兜太、シベリア抑留体験に沈潜した石原吉郎、銃後に根を置く宇多喜代子。人生のすべてが戦争体験に関わる世代はそれでいい。安易に戦後という言葉に便乗したような残暑組が、世のもやもやを作り出している。情緒を切れ、もっと論理化せよ。令和の生き方の構築に力を注げというのであろうか。◇残暑

二〇一一年九月一七日

昼中《ひるなか》にやねからおつるふくべ哉

松木淡々《たんたん》　『有磯《ありそ》海《うみ》』

瓢簞《ひょうたん》と夕顔の実を今は区別するが、本来、瓢簞は夕顔の変種。掲句のふくべは夕顔の実。晩秋になり、屋根に這わせてあった夕顔が枯れ、カラカラになった実がころがり落ちたものか。飛びあがるほどの音ではない。それでも静かな昼さがり、突風に蔓《つる》もろとも地面に落ちるさまに、はっとさせられる。秋には予期しない音がするものだ。作者は其角《きかく》門。江戸中期に上方《かみがた》俳壇で活躍。平明な中に意外性がある。◇ふくべ

荒波／夕花野／母／みんなゐる／九尾の狐／鮭取り／戦後／ふくべ

二〇一九年九月一七日

稔り田に雲はいろくづ拡げたる

水内慶太　『水の器』

前書「信州姨捨《おばすて》」とある。善光寺平を眼下に棚田がいっせいに黄ばむ。稔《みの》りの時を迎えた。折から雲は鰯雲、鯖雲《さばぐも》と変化する。空の舞台はいそがしい。〈いろくづ（鱗）〉が魚のこと。夏の切り立った入道雲から秋の水平な鱗雲に。海原が連想されるのも、周りを海に囲まれた島国に住む日本人だからであろう。

掲句の〈稔り田に〉の〈に〉が働く。光景の拡がりと深さを一字がしっかりと担っている。◇稔り田

二〇一三年九月一八日

馬が虻に乗つて出かける秋の山

室生犀星　『犀星発句集』

前書に「秋山一景」とある。馬が虻《あぶ》に乗ることなどできない。そこで、「虻が馬に乗つて出かける秋の山」の意と読むだろう。しかし、これでは面白くない。横光利一に「蠅《はえ》」という短編がある。御者が居眠りをし、馬車は客もろとも谷底へ転落する。その一部始終を知っていたのは命拾いをした蠅だけという話。掲句も怪異譚を呼びだす気配がある。こんな期待から馬と虻とを倒置したものか。犀星の遊び心の一句。◇秋の山

二〇一七年九月一八日

新蕎麦や店主ぶつきらぼうがよし

中島修之輔　『系譜』

生家は東京の下町の瀬戸物屋だという。長い銀行マン暮らしの転勤による影響もあろう。作者は蕎麦《そば》好きらしい。わが直観であるが、蕎麦好きは気風《きっぷ》がいい。しかも好みの蕎麦屋は、あまり愛想《あいそ》がいいとはいえない亭主の店。「やあ新蕎麦だね」。「艶《つや》がある」。「腰があり、しこしこ美味い」。しばらくして亭主、「当たり前だ、美味いものしか出さねえ」。店主の素気《そっけ》なさが味自慢と受ける。◇新蕎麦

二〇二二年九月一九日

ステーキは手のひらサイズ敬老日

日高俊平太　『一水』

少年の日にビフテキというものを口にしたことがなかった。耳にするがどんな料理か、鮨にありつく『小僧の神様』の主人公仙吉よりも無知で貧しく、淡い憧れだけ。ビーフステーキ。豊かな響き。唱えるだけで三〇年が過ぎ、近年、高山で飛騨牛を食べ、親戚から立派な豊後《ぶんご》牛が送られてくると、今度は無性に哀しくなる。こんなに美味な牛肉を食べていいものか。難民を思い、戦場を目に浮かべ、泣く。敬老の日は大泣きの日。◇敬老日

草の丈のびて人越す子規忌かな

二〇一四年九月一九日

宇佐美魚目　『天地存問』

九月一九日は子規の命日である。晩年の子規は根岸の六畳の病間から、狭い庭に植えられた鶏頭《けいとう》や萩や芒《すすき》や薔薇などを見ながら病と闘った。律儀な子規と較べると自分はなんと自堕落か。庭の草は人の丈を越す。気になりながら、放ってある。草の意志を尊重しといえば、恰好《かっこう》はいいが、草取りを怠っているだけ。さすがに草の勢いはすさまじい。自分には子規ほどの気合がどうも入らない。改めて子規に感服するばかり。◇子規忌

三十年この道遠き子規忌かな

二〇二一年九月一八日

青木月斗《げっと》　『月斗句集』

子規が始めた新聞「日本」紙上を中心とし、「写生」を鼓吹する明治の俳句運動を日本派という。大阪を本拠に関西日本派の中心が月斗。俳誌「車百合」を明治三二年に創刊。子規は〈俳諧の西の奉行や月の秋〉と詠み祝句を送った。掲句は昭和七年の作。子規没後三〇年経つ。自戒の句である。〈この道遠き〉に実感が籠もる。目指す写生の道は自分自身を究めることに尽きる。が、自分は迷うばかりだと端的な告白の句と読める。◇子規忌

松山に行かな子規の忌一遍忌

二〇二〇年九月一九日

黒田杏子　『日光月光』

子規忌である。続いて一遍忌が陽暦九月二三日。ともかく松山へ行きたい。松山は熟《こな》れた地。子規がいて、同じ伊予に一遍がいる。講演に、俳句大会に人が集まる。作者が松山の地貌と渾然《こんぜん》一体になって、子規を軸にぐるんぐるんと廻るさまが目に見えるようだ。芭蕉忌の伊賀上野や一茶忌の信州柏原とも違う。明るく楽しめる。子規は若者にも魅力で、神輿《みこし》に乗っても格好がつく。掲句はお祭の巧みな仕掛け人の作、余裕がある。◇子規忌

露の世の一度は子規に会ひたかり

二〇二一年一〇月一三日

星野　椿　『遙か』

句に艶《つや》がある。〈恙《つつが》なく会ふもえにしよ露の秋〉と詠み、作者は九一歳。子規は作者の祖父虚子の親友。とはいえ、明治三五年九月一九日に三五歳で逝去。一二〇年近く昔の人。その上で子規に会いたいという。そこに〈会ふもえにし〉との人生の儚《はかな》さを噛みしめる思いがある。願っても叶わない夢想が、〈露の世〉という束の間のいのちに輝きを与えている。子規は糸瓜《へちま》が好き。綽名《あだな》は青瓢簞《あおびょうたん》。美しい椿が糸瓜に会う。ユーモアもある。◇露の世

稔り田／秋の山／新蕎麦／ステーキ／草の丈／子規忌／松山／露の世

汗ばみてをり鶏頭の襞のなか

奥坂まや　『うつろふ』　二〇二一年九月二五日

鶏頭《けいとう》は肉厚。擬人化したくなる。秋の日を燦々《さんさん》と受け、暗紅色の鶏冠状の襞《ひだ》の中は汗ばんでいる。生きることを考えている。子規の名高い〈鶏頭の十四五本もありぬべし〉の句も、大摑《おおづか》みに生存とはなにかと考えている。掲句はもっと鶏頭の中に入り、肉感的な迫り方をしている。恋人にでも触れている感じ。そこで生きていることを実感したいと思っている。作者は鶏頭を「束《つか》の間の生を共にする季語」という。どこか死生観が漂う。◇鶏頭

蕎麦の花伯耆大山暮れにけり

中村雅樹　『晨風《しんぷう》』　二〇二二年九月二一日

伯耆《ほうき》大山《だいせん》を向こうに手前の畑は蕎麦が花盛り。見渡す限り純白な海原のような景に陶然となる。山から暮れてくる。こんな風景に日本各地で出合い、美景は人間を俄《にわ》かに老けさせるのではないかと思うようになった。岩手山の麓でも乗鞍岳に続く番所《ばんどころ》でも。ことに浅間根腰《ねごし》の大日向開拓地では蕎麦畑に溺れるように地に縋《すが》る姿を私は〈花蕎麦の丈より低く老婆生《い》く〉と詠んだ。日暮れの大山を詠み、大山の全姿が目に浮かぶ。◇蕎麦の花

星月夜精霊をわがほとりにし

佐藤鬼房　『何處へ』　二〇一九年九月二一日

秋彼岸を迎える。満天の星空のもと、みちのく塩竈《しおがま》に住んだ作者が身近にした精霊とはなにか。中国大陸から南方諸島へ戦場を転戦した世代にとり、生涯身から離れない霊魂に首ねっこを摑《つか》まれている気分ではないか。

とりわけ東北岩手山中を産土《うぶすな》とする作者は、自身を麤《あら》蝦夷《えみし》と称している。山菜のみずを食べればみずの霊が、猪を食べれば猪の霊が身に依《よ》り憑《つ》く。精霊に育てられているようなもの。生かされている。◇星月夜

秋彼岸袂《たもと》ひろげて飛ぶ雀

川崎展宏　『夏』　二〇二二年九月二三日

雀は秋彼岸の供養にひと役かう。雀が袂をひろげる仰《ぎょう》山《さん》な飛び方は寺へ急ぐ婆さんの姿を思わせる。全身が茶系の法衣《ほうえ》を纏った感じ。信心深いのではないか。日頃身近な雀が一時《いっとき》寛《くつろ》ぐのは、稲雀に変身する直前の彼岸の頃。〈秋彼岸雀の脚のよく見えし〉（鳴戸奈菜）の句もある。屋根瓦に脚を伸ばし彼岸寺を見下ろす。鴉の寿命が七、八年、雀の成鳥は一〜三年とか。燕は雀より短命の由。小鳥は忙しく生きている。秋分に雀を思う。◇秋彼岸

彼岸花ほぼ同じとはみな異る

二〇一六年九月二二日

池田澄子『思ってます』

秋の彼岸の頃に咲く彼岸花。曼珠沙華《まんじゆしやげ》の呼称も親しい。森澄雄に〈西国の畦《あぜ》曼珠沙華曼珠沙華〉がある。同じ花がぎっしりと畦に満ちるさまを捉えて見事。この花は縄文以来、古い付き合いの花なので俗称が多い。死人花《しびとばな》ともいう。掲句の着想もあるいはそこからか。

先年、阪神・淡路大震災時に死者五〇〇〇人ではなく、一人の悲しみが五〇〇〇と個を見つめよといわれた。彼岸花も私を見てといっているか。◇彼岸花

沸点に卑弥呼のこゑや曼珠沙華

二〇一八年一〇月四日

鈴木基之『坐忘』

邪馬台国があったという。女王卑弥呼が治めていたとか。どんな容貌をしていたのか。美人だったか。夏にほととぎすの一声を待つように、卑弥呼の声を聞くことができたら最高だ。そんなことを思っていると、野のいたるところに花を掲げる曼珠沙華《まんじゆしやげ》の彼方から不意に卑弥呼の笑い声が聞こえた気がする。念じると通じるというが、卑弥呼の声を確かに聞いた。曼珠沙華は縄文の世から咲き続けている花。◇曼珠沙華

新豆腐流れて岸にきたような

二〇二〇年九月二二日

田《でん》彰子『田さん』

〈月をいるる露やまことの玉てばこ〉は田捨女《でんすてじょ》の名句。露に月が映る。その美しさを讃えた句であるが、〈玉てばこ〉とは弾んだ童心があろう。〈雪の朝二の字二の字の下駄のあと〉が名高い。作者はその捨女の末裔《まつえい》という。かつて『ハノイの微笑』を書いたTBSのニュースキャスター田英夫も同じ一族とご本人から伺ったことがある。

豆腐桶《おけ》に入った今年の新豆腐。手元にきたさまを岸に流れ着いたとの着想はさすがに捨女の末裔だ。◇新豆腐

鈴蟲の夜更けのこゑも飼はれたる

二〇一四年九月二二日

森　澄雄『鯉素』

夜更けに一段と声を張り上げて鳴いている鈴虫。それを〈こゑも飼はれたる〉と表現したもの。

鈴虫の小さなからだからどうしてあれだけの冴《さ》えた豊かな音が生まれるのか不思議だ。よく見ると、翅《はね》を震わせ全身が楽器のように音を奏でることに徹している。虫が、自身の使命をよく承知しているのか。

秋の長い夜。鈴虫は鈴虫、人は人であるが、そこに虫の声を通して生きているいのちの交歓がある。◇鈴虫

あんどんにおほひをせばや虫のこゑ

二〇一四年九月二四日

坂本朱拙《しゆせつ》　『初蟬』

作者は元禄時代、九州日田の俳人。行脚《あんぎや》中の俳僧惟然《いぜん》と出会い、急速に芭蕉門の俳人との付き合いが増え、句も自然との交わりが深いものになる。

掲句は京都で編まれた芭蕉門の俳書に初めて出された句。庭の虫の音を楽しむために部屋の行燈《あんどん》に覆いをしたいという。静かな心境がしみじみと伝わる。〈蟷螂《かまきり》にふみ付《つけ》られてへこきむし〉も虫同士のやり合いがユーモラスに描かれ、優しい人柄が偲《しの》ばれる。◇虫のこゑ

閻魔蟋蟀活字あかるく連なれり

二〇二〇年九月二四日

田島健一　合同句集『超新撰21』

〈隠さず申すうすばかげろう酒たばこ〉という句に注目した。私は裸電球が下がった独身者の古風な部屋を連想した。デカダンが憧れなんだろう。掲句はぎっしり詰まった活字箱が並んだ活版所か。閻魔《えんま》蟋蟀《こおろぎ》がときどき部屋隅に貌《かお》を見せる。私事であるが、わが所有の唯一の稀覯《きこう》本に眞善美社本昭和二三年一〇月発行埴谷雄高『死霊』初版本がある。凸版印刷だ。一時古本価格六万とか。間もなく下落したが、ふと掲句を連想した。◇閻魔蟋蟀

ちちろ虫寝《いね》よ寝よとこゑ切らず

二〇一五年九月二九日

橋本多佳子　『命終』

眠る。これが救いであるが、眠るにも力が要《い》る。一気に寝つけない時は重苦しい。あれこれ妄想が駆けめぐる。輾転反側《てんてんはんそく》する。病《やまい》重く、ベッドに縛りつけられている時などはどうしようもない。作者入院加療中の昭和三五（一九六〇）年の作。秋も深まりこおろぎが鳴く。ちちろ虫という。古人は鳴き声を、ちろちろと聞いた。可愛《かわい》らしい呼称だが、病人には眠れ眠れと催促しているように聞こえる。切ない。◇ちちろ虫

打擲の畳の聲や秋天に

二〇一三年九月二三日

中原道夫　『アルデンテ』

今ではあまり見かけないが、秋になると、家の畳を上げて日に曝《さら》した。半日干すと、畳を叩く。毎年用いる適度な丸太棒《まるたんぼう》がわが家にはあった。〈打擲《ちょうちゃく》〉とは叩くの意。大げさないい方がおかしい。畳だけに思いきり叩いても誰も文句をいわない。叩くほど埃《ほこり》が出て気分はいい。子どもは畳を立て掛けて干してある隙に入り隠れん坊をしたり、結構楽しかった。大掃除が済むと、間口の柱に終了書が貼られた。◇秋天

二〇二一年九月二三日

蟹を食ひ唐黍《とうきび》を食ひ秋燦燦《さんさん》

檀 一雄 『モガリ笛』

季語を並べた幸せいっぱいの句だ。作者は『火宅の人』が名高い。料理研究家でもあり、生涯句作を続けた作家。リスボン近郊のサンタ・クルスに二年住み、帰国後、博多湾に浮かぶ能古島《のこのしま》に移住。二年後、昭和五一（一九七六）年にそこで逝去。六三歳。師は佐藤春夫。太宰治や坂口安吾と交遊。多彩な女性遍歴も周知。ポルトガル名物鱈《たら》ではなく、蟹は九州での作か。秋の味覚を堪能し、煌《きら》めく光に包まれ、思い残すことはないであろう。◇秋

二〇一九年九月二四日

蟹の子を見詰むる秋のあめんぼう

宇佐見房司 『たまっけの独り言』

あめんぼうはあめんぼと約《つづ》め、水馬と書く。私は子どもの頃から跳び馬と呼び親しんだ。ぴょんぴょん水面を跳ね、形が馬に似ている。掲句は秋の空気が澄み、透明な明るい日なのであろう。水中に蟹の子がいる。それをあめんぼうが見つめている。どんな気持ちだろうか。

友だちになりたい。しかし、空中と水中では棲《す》むところが違う。おおーいと声を掛ければ届くものか。季節はもう余裕がない。◇秋のあめんぼう

二〇一九年九月二六日

蜾蠃《すがれ》追ひ獣の如き身の熟《こな》し

久根美和子 『穂屋祭』

秋は地蜂取り。信州では蜾蠃追いという。すずめ蜂より小さめ、一五ミリほどのくろすずめ蜂を地蜂と呼び、その巣を探し、巣から蜂の子を取り出して食べる。炒《い》れば酒の肴に絶品。山中の崖に巣がある。地中一〇センチほど掘り径四〇センチくらいの巣を見つける。あらかじめ地蜂に綿を付け放ち、その後を追う。藪を分け谿《たに》を飛び越え、見失うまいと必死。ある時は猿、また時に鹿。男の獣ごころが目覚める時である。◇蜾蠃追ひ

二〇一四年九月二六日

草よりも地べたのぬくし桐一葉

成井 侃《ただし》 『素《す》戔嗚《さのお》』

秋も深まると日中でも草が冷え、地べたの方が温《ぬく》い。日が射しても草はひんやり、地の方が温みをため込んでいる。桐《きり》の葉がばさっと大きな音をたてて落ちる。桐一葉は〈桐一葉落つ〉あるいは〈一葉落つ〉も季語。木から落ちる葉を指す。桐も身軽になりたかったのか。葉は静かに地に身を任せている。掲句は地面ではなく、地べたがいい。視点が地に張り付くように低い。大地への愛情が一句を支えている。◇桐一葉

二〇二二年九月二六日

ゆふぐれの空より檸檬一つ捥ぐ

浦川聡子　『眠れる木』

西オーストラリアのパースは好きな町である。インド洋に臨み温暖。スワン川の黒鳥に驚く。人情がおおらか。勤務した大学の医療系部門が当地の工科大学と交換学生学術交流協定を結ぶために訪ねた。夕方、理学療法の学科長宅に招待された。庭に五メートルほどの檸檬《れもん》の木があった。ディナーの後、自由にお取りくださいという。わずかに青みを帯びた茜空《あかねぞら》から黄色滴る檸檬を捥《も》ぐ。掲句から記憶の宝石を思い出した。一つがいい。◇檸檬

二〇二〇年九月二六日

母の忌やコスモス浴をしてひとり

佐藤弘子　『磁場』

〈コスモス浴〉に惹かれた。一面のコスモス畑に入りさまよう。その時の幸せな気持ちを喩えるにこの比喩はなかなかいい。秋の草花は多い。好みもさまざまであるが、コスモスが風のように誘う透明感は全身を虜《とりこ》にする。山の名湯に浸かった感じ。気持ちの隅々まで潤う。

折から母の忌日であれば、ひとり母を思い、母が好きなコスモスに触れる。最高の供養であろう。母もコスモス（宇宙）から見ているか。◇コスモス

二〇一三年一〇月二三日

風まかせコスモス吾もかくあらん

伊藤了世《のりよ》　『今生』

コスモスを漢字で「秋桜」と書く。春の桜にあたるほど華やかではないが、風にいっせいに揺れるさまは清純で美しい。コスモスには透明感がある。人の心にぴたりと張り付き、嫌なことをみんな忘れさせてくれるような爽やかさがある。コスモスはギリシャ語で「宇宙」の意。どこか遠い国からの使者のように悠々として、こせこせしない。作者もまた高齢。〈風まかせ〉とはおおらかだ。◇コスモス

二〇一九年一一月六日

宿敵はずっと女房秋ざくら

並木邑人　『敵は女房』

のろけを承知の一句。句集名にもなる。第一句集を出してから四半世紀。子育てが一段落し、仕事も俳句も面白く無我夢中で走ってきたという。その通りの句である。無類の好人物なのであろう。句柄に滲み出ている。しかし、好人物必ずしも名句を作るとは限らない。が、掲句はいい句である。なにが宿敵なのか。俳句が宿敵との着想は多い。すると、コスモスからの連想として、ともに切磋《せっさ》琢磨《たくま》してきたものか。見事なのろけ。◇秋ざくら

二〇一七年九月二七日

秋の夕暮れトランプを切る速さ

瀬戸優理子　『現代俳句年鑑』

古来秋の夕暮れは情趣に富む。ところが、トランプを持ち出し手早く切るという。若者が集まり、退屈しのぎからトランプゲームに興じるものか。トランプは旅先などではしばしば使われる。

素気《そつけ》ない句だ。なにか表現したいという事柄があるわけではない。散文の一節をぽろんと置いた感じ。無造作だ。しかし、読んでいると確かに現代を感じる。今はあるが、未来がない。◇秋の夕暮れ

二〇二二年九月二八日

夜学生泡なすものを飲みて去る

藤田湘子　『去来の花』

はなやかなことが人一倍好き。見栄《みえ》もはり、威張ることも。努力家。〈湯豆腐や死後に褒められようと思ふ〉と現世への未練も。夜学生の句を八句残された。私はここに感動する。体験から「苦学」という古風ないい方を生涯、腹の底に抱き続けたのではないか。戦時中、高等科を卒《お》え、池袋・上野辺りの中学を転々。夜学であろう。学費を得るため鉄道省東京教習所で働くと年譜に。〈泡なすもの〉が切ない。腹の足しにはなるまい。◇夜学生

二〇一九年九月二八日

松茸や都にちかき山の形《なり》

惟然　『続猿蓑』

生まれ故郷への懐かしさと都への憧れ。いつの世も目覚めた人の心は哀しい。この二つの地に惹かれながら安住の地を求めて漂っている。芭蕉がそうであった。『おくのほそ道』の旅以後入門した美濃の俳人惟然も彷徨《さまよ》う人であった。元禄七（一六九四）年秋、伊賀に師を訪ね、松茸を誉め、故郷伊賀の京風のなだらかな山の佇《たたず》まいを讃えている。その冬、一〇月一二日芭蕉は大坂で逝去。惟然は付き添った。掲句にもどこか迷いがある。◇松茸

二〇二〇年九月二九日

けふの暮や梢の秋のとんぼさき

三上和及《みかみわきゅう》　『敝帚《やぶれほうき》』

「九月晦日《みそか》」とある。亡き雲英末雄《きらすえお》編『元禄京都諸家句集』（勉誠社）から引く。芭蕉を畏敬した同時代の京都の俳人。作法書『誹諧番匠童《はいかいばんしょうわらわ》』を出し、景気付《けいきづけ》（風景重視）・心付《こころづけ》（趣意重視）を重視した。

旧暦では九月晦日は秋の終わり。季節の秋を名残惜しむ気持ちが詠われる。〈とんぼさき〉がそれ。梢《こずえ》に留まった蜻蛉《とんぼ》が秋を讃え、惜しんでいる。翅《はね》をたたみ、尾を上げて。◇秋尽く

二〇二一年九月三〇日

木犀や夜空の中に座すやうな

島田葉月『闇は青より』

夜の薄闇の中を歩く。垣根伝いに金木犀《もくせい》や銀木犀が匂うところではゆっくりと、ときに立ち止まり夜空を見上げる。匂いとは不思議。からだを上手に吊り上げてくれる。空中に座っているような感じを与える。作者は夜空を愛する人種のようだ。「夜空の中で、ときに膨らみ、ときに三角にもなる自分の心に出会える」（句集あとがき）とある。銀河が見える。遥かな宇宙がかぶさってくる。昼とは違う空に匂う広がりがある。◇木犀の花

二〇一七年九月二九日

鷹消えぬはるばると眼を戻すかな

中村草田男『来し方行方』

じっと鷹《たか》の渡りを追っていたのである。空の彼方へ米粒ほどになって消えてゆくまで。消えてからもしばし三千里の果てを思いながら、佇《たたず》む。眼《め》を戻すわずかの時間を〈はるばると〉という。消えた鷹への執心《しゅうしん》を距離感で表現した巧みさに感心する。

秋に鷹の渡りを送る感慨は深い。南方へ渡った鷹の三割ほどが来春に戻る。しかし、大方の鷹は消えてしまい、消息はわからない。◇鷹渡る

二〇一九年一〇月一日

鷹がとぶ十月雪ふり種子降るように

寺田京子『寺田京子全句集』

鷹《たか》渡る光景を捉えれば気持ちも大きくなる。高空へ昇り、旋回しながら目指す位置を定める鷹。まるで雪がふるように、草の実が八方へ跳ぶように。鷹の心情を思えば、その形容のことばが自在となる。いのち懸けの飛行には、緻密な経験知も偶然の事態に対する鋭い感性も必要だ。鷹の渡りこそ、人間でいえば大仕事である。

句集『日の鷹』所収の掲句を近刊の全句集から引き、五四歳の短い生涯を惜しんだ。札幌の人。◇鷹渡る

二〇二一年一〇月七日

鷹待つは風待つ後《のち》の更衣《ころもがえ》

井上弘美『夜須礼《やすらい》』

夏を迎える更衣に対し陰暦一〇月一日に袷《あわせ》から練絹《ねりきぬ》の綿入れに着替える仕来りを〈後の更衣〉と呼ぶ。寒くなり出す季節の変わり目に、作者は南島の鷹の渡りの中継地宮古島に来た。島では一〇月八日寒露《かんろ》の頃に吹く「新《ミー》北風《ニシ》」に乗って鷹が南下する。島人はその風をひたすら待つ。掲句からは三千里の彼方から飛来する鷹の渡りへの愛情が滲む。人の世は綿入れに衣替えをする季節。鷹の渡りのご苦労なことよとの思いが深い。◇後の更衣

くちづけて眠れる額や鳥渡る

二〇一五年一〇月三日

石田郷子『草の王』

子が寝ついただろうか、お母さんがそっと、小さな子の額に口づけをした。これから寝る間際でもいい。温かい家庭のさまが伝わる。渡り鳥が来るとはまだ夕方も早い時間であろう。秋は鳥の移動する季節。色鳥という季語もある。彩色鮮やかな渡り鳥をいう。

脇田和の絵ではないが、子供と鳥とは楽しい仲間。相性がいい。子が夢に鳥をみる。鳥にまたがって飛翔をする。幸せな時間である。◇鳥渡る

鷹征くや胸にて仰ぐ八ヶ岳

二〇二〇年一〇月二一日

北島大果『無垢』

〈征《ゆ》く〉は出征する趣き。鷹が南方へ渡るのは、かつて若者が戦に取られ、帰還おぼつかなく、出征したようなものとの思いがあったものか。秀峰八ヶ岳を〈胸にて仰ぐ〉とは作者の感慨。草田男門下であれば、師の八ヶ岳詠〈雪の嶺々《ねね》琴柱《ことじ》の如し無絃の楽〉の絶唱は承知。伊丹万作を失った哀しみを胸に八ヶ岳を仰ぎ、天然の響きを聴いている。〈無絃の楽〉。季節は違うが、鷹を見送る思いには共通なものがあろう。◇鷹渡る

おんぶされをりしばつたが先に逃ぐ

二〇一二年一〇月一日

後藤比奈夫『紅加茂』

生存競争がはげしいのは人の世ばかりではない。虫の世は親子も夫婦もわが命は自分で守る。人の気配を感じて負《お》んぶされていたばったがまず逃げた。要領がいいばっただ。親が子を逃がしたのかもしれない。あるいは恋人を逃がしたのかも。俳句でないと記憶されないささやかな詩情である。こんな卑近なことが面白い。ただし、些事《さじ》を愛するとはいえ、掲句のばった詠には覚めた冷静な眼力があろう。◇おんぶばった

川曲りいせみち曲り豊の秋

二〇一四年一〇月一日

大峯あきら『短夜』

いせみちは伊勢へ通じる、お伊勢参りに通う道。それと聞くだけで、古来日本人の気持ちには豊かさが感じられた。〈豊の秋〉は稔《みの》りの秋を讃えている。

先日、私は吉野山の東に当たる東吉野村へ行った。そこは高見山地を越え、伊勢道が高見川や鷲家《わしか》川沿いに走る。川こそ暮らしの支え、川沿いに人家が一筋連なる山村で、掲句を思った。村の入口に句碑〈おのづから伊勢みちとなる夏木立〉（桂信子）が建っていた。◇豊の秋

三度笠さつとふりあげ豊の秋

二〇二二年九月三日

冬野 虹 『網目』

パリの地下鉄サン＝ジェルマン・デ・プレ駅の壁面に虹の句〈水底の草に呼ばれぬはるまつり〉が映写されたと聞く。掲句から橋幸夫の三度笠をふりあげるさまを目に浮かべ、思わず微笑《ほほえ》む。俳人四ッ谷龍と二人の文芸誌「むしめがね」を始める以前、人魚さながらの虹の出現に驚いた。春陽会入選の画才もバレエも語学も秀でた女性。短歌も詩も収まる『作品集成』三巻は〈豊の秋〉の輝きに満ちる。遺稿集なのが切ない。◇豊の秋

満月へぬた場の猪の泥しぶき

二〇二〇年一〇月一日

南 うみを 『凡海《おおしあま》』

舞鶴在住の作者。句集名は若狭の豊かな幸をもたらす大らかな海の呼称とか。「凡」の一字はゆきわたる意。『古今集』の歌人凡河内躬恒《おおしこうちのみつね》は周知なので読めるが、上記句集名にははたと迷った。海ばかりでなく、陸も豊か。今宵は満月、猪《しし》が泥しぶきをあげて輾転反側《てんてんはんそく》するとは豪快そのもの。かつて舞鶴は大陸からの引揚船が着く港であった。そのイメージに重ねると掲句はどこか哀しい。猪天国。歌がるたの猪ではない。◇猪

われは秩父の皆野に育ち猪《しし》が好き

二〇一九年一〇月一〇日

金子兜太 『百年』

舞台に上がった役者が観客席へ自己紹介をかね挨拶をした。そんな句。とはいえ、功成り名遂げ、逝去する二年前の作なので、お客も承知、待ってました、千両役者と声がとぶ。関東平野の北西の一角秩父の鄙《ひな》に生まれ、好きなのは猪。猪突《ちょとつ》猛進の男でござんす。よろしくお見知りおきを。二〇一八年二月二〇日逝去、九八歳。昭和、平成の世界へ俳句を通し、平和の大切さを叫び通したご仁。ただの猪ではなかった。◇猪

猪の塊よぎる塩の道

二〇一八年一〇月二六日

依田《よだ》善朗《ぜんろう》 『転蓬《てんぽう》』

信州のような山国は塩がない。太平洋側から、あるいは日本海側から塩を移入していた。そのルートが塩の道。掲句は新潟県境小谷《おたり》村あたりの作か。猪《いのしし》の群れを塊と捉える旅人の見方に驚きがある。辺鄙《へんぴ》な地での感慨に不安が滲む。

人も塊、猪も塊。互いに警戒しながら共存している。都会暮らしとは違う。ひとりでは生きられない。みんな団子のように、塩を分かち合い素朴に生きている。◇猪

大加賀の秋を干したり稲架《はざ》襖《ぶすま》

二〇二一年一〇月二日

長谷川 櫂 『太陽の門』

心地よい秋の大景が目に浮かぶ。関東平野や濃尾平野の類いの茫漠《ぼうばく》たる拡がりではない。俗に加賀百万石と称される風格が〈大加賀〉の背景に存する。刈田には豊作の稲束が早馬《はやうま》の形をした稲架に掛けられて並ぶ。稲架襖だ。それは、あたかも加賀のすべてを干したかのように。掲句の巧みさは暗示力にある。日和続きも束の間、〈北国日和定《さだめ》なき〉との地の俚言《りげん》を思わせる。そこに加賀の深秋があるという。◇稲架襖

追分を過ぎて豆稲架五つ六つ

二〇二二年一〇月五日

和田順子 『皆既月蝕』

信濃追分《おいわけ》詠。馬子唄の音調が句にはある。中山道と北国街道との分岐点、追分を過ぎ、小諸へ向かう浅間根腰《ねごし》の御代田《みよた》の開墾地には豆稲架《まめはざ》が並び、大豆を乾燥させる。浅間の前掛山の赤ざれが鮮やかな晩秋近い晴れた日には、豆が弾ける音も聞かれよう。ほどなく小諸。句集に並ぶ〈虚子庵の名残紫苑《しおん》にまみえけり〉も虚子の小諸での離別吟〈人々に更に紫苑に名残あり〉に呼応した挨拶の作。〈追分を過ぎて〉の呼吸がいい。◇豆稲架

穴惑ひゐて母の死を肯《うべな》へず

二〇一八年一〇月二日

津久井紀代 『神のいたづら』

母の死後、しばらくは母が居るような気がする。〈星月夜母ゐるやうに帰り来て〉、これが実感。晩秋に蛇が穴に入る。穴惑《あなまどい》という。蛇はまだ冬眠しないのに母がこの世から消えるはずがない。理屈が通らないことをこじつけ、母はどこかに居るんだと死を認めたくない気持ちが滲む。こんなことを繰り返して、ああやっぱりいないのかと、時間をかけて自分を納得させる。父よりも母の死は受け入れがたいものか。◇穴惑ひ

少年われの母と並びし紫苑の丈

二〇一九年一〇月三日

松林尚志 『山法師』

作者は詩人から俳人となった。ふと三好達治の「母よ」と呼びかける「乳母車」の詩を思った。あれは紫陽花《あじさい》であったが、掲句は少年の日に、母と並んだときの紫苑《しおん》を回想している。庭で写真を撮った。母と並んだ少年は紫苑と同じくらいの丈。若い日の母も好きであったのか。紫苑は澄んだ秋を代表する素朴な花。紫苑が瞼《まぶた》に浮かぶのであろう。紫苑の花言葉は「君を忘れない」。母恋の一句である。◇紫苑

三度笠／ぬた場／秩父の皆野／塩の道／大加賀／追分／母の死／われの母

雁《かりがね》や幼きころの文房具

二〇二〇年一〇月三日

野中亮介　『つむぎうた』

　雁《かり》が渡ってくる。子どもは文房具好き。とりわけ一年生はおばあちゃんに買って貰ったペンケースにシャープペンシルを揃えた。そうそう、戦後はセルロイドの筆入れだった。鉛筆は2B。手で削る小刀。消しゴム。ががたしないようにケースの底に薄く綿を敷いた。ノートは枡目から横罫《よこけい》へ。机は坐り机から椅子用の机に。本当のことをいうと、私の机は蜜柑箱《みかんばこ》。しかし、地球儀を買って貰い、それが幸せだった。◇雁

秋風邪といふ季題なし引きにけり

二〇一八年一〇月六日

三村純也　『一』

　句集名は「はじめ」と読む。風邪は冬の季題。わざわざ冬の風邪とはいわない。ところが、秋に風邪を引いてしまった。秋風ならぬ秋風邪という季題があれば面白いが、生憎ない。秋の風邪とは、もたもたした感じ。秋風邪といい得れば語呂もいい。新季題を考えようか。作者は句集名からもユーモアを解する御仁《ごじん》と思われる。

　芭蕉先生も「季節の一つも探り出したらんは後世によき賜《たまもの》」といわれた。◇秋

限界集落渋柿に種いっぱい

二〇二〇年一〇月六日

森田智子　『今景《こんけい》』

　一歩踏み出すと限界集落。わが信州がまさにこれ。六五歳以上の高齢者が集落人口の半数を占める限界集落はと頭に思い浮かべて、はたと気が付いた。六五歳は働き盛り。八〇歳を越えないといまや高齢者ではない。

　霜が来る。花のように枝垂れ、棚田の畦《あぜ》を飾るのは渋柿。誰も見る人がいない。爺《じじ》の遺骨を仏壇に置いたまま暮れに大婆《おおばば》が逝く。雪が消え、三カ月ぶりに干し柿のようなミイラで見つかる。実話である。◇渋柿

島唄の陽気にかなし青蜜柑

二〇二二年一〇月七日

坂本ふく子　『手毬の子』

　一〇年前に奄美大島の名瀬《なぜ》で聞いた島唄が鮮烈に蘇る。島の中学を卒えた女の子が祖母の三線《さんしん》の伴奏で歌ってくれた「てんさぐの花」。爪紅《つまべに》（鳳仙花）の花弁の汁で赤く染めた爪を見つめて親の苦労を思い続けると謡う。三番の歌詞が身に沁みた。〈夜走《ゆるは》らす船《ふに》や／子《に》ぬ方星《ふあぶし》見《み》当《あ》てい／我《わ》ぬ生《な》ちえる親《うや》や／我《わ》ぬどう見《み》当《あ》てい（夜の海を渡る船は／北極星を目当てに／私を生んでくれた親は／私の目当て［お手本］だ）〉。陽気でかなしい。が、青蜜柑が救い。◇青蜜柑

宇津の谷のうつつに秋の草を薙《な》ぐ

二〇一四年一〇月六日

鍵和田秞子《ゆうこ》　『濤無限』

『伊勢物語』の主人公が京都から東国へ放浪の旅をする名高い東下《あずまくだ》りの一節に「宇津谷峠《うつのやとうげ》」の場面がある。そこは、東海道の宿場、丸子《まりこ》と岡部《おかべ》の間にある難所として知られた地。蔦《つた》が楓《かえで》や杉にからまり、昼でもうす暗く、心細い峠路である。作者はそこへ足を踏み入れた。秋草を刈り倒しながら、あたかも物語の主人公になった気分で山道を歩いた。句中の〈うつつ（現実の意）〉の掛詞《かけことば》の工夫が面白い。◇秋の草

竜胆や母の瞳のあんたがたどこさ

二〇一七年一〇月六日

石原日月《じつげつ》　『翔ぶ母』

作者は吉田一穂《いっすい》を慕う詩人。永遠の母を捜しているようだ。母の眼《み》を看る。一瞬澄んで、手毬唄「あんたがたどこさ」を唄い出すやさしさがある。そこには、子どもの頃のあどけない透明感がある。

ところが、次の一瞬には「どなたさまでしたか」が始まる。老いは残酷な季節。竜胆《りんどう》が咲いている。草枯れの中でも凜《りん》とした矜持《きょうじ》を持ち続けている深秋の花。どこか母の面影に通う。◇竜胆

龍膽《りんどう》が夜の小学校にあり

二〇一三年一〇月九日

田中裕明　『櫻姫譚』

夜の小学校の花壇にりんどうが咲いているのではそれほど面白くない。俳句は単純な光景であれば、読み手が面白く読む工夫をしないといけない。

私はだれもいない夜の教室にりんどうが教卓の上か窓際の棚に置かれている光景を想像した。生徒が丹精こめて育てたもの。小学生には朝顔や向日葵《ひまわり》やりんどうなどを育てることも授業だ。〈夜〉の語がふしぎさを醸す。夜はあの世へ繋がるイメージがあろう。◇龍膽

おまんが紅龍膽《りんどう》の蕾《つぼみ》の先にも

二〇一五年一〇月二一日

長谷川かな女　『牟良佐伎』

東北詠。岩手では夕映を〈おまんが紅《べに》〉という。りんどうは秋遅くまで咲き続ける。早い霜に見舞われ、蕾の先が焦げ茶色になっても花をしっかり咲かせる。気力がある花だ。秋の花を代表するもの。

掲句は可憐な光景だ。岩手山の夕映が晩秋のりんどうの蕾まで及ぶ。しっかり地に生きるみちのく人を見るようだ。夕映の喩《たと》えが悲劇の女人を思わせる。切なさを乗り越えて生きる手ごたえが伝わる。◇龍膽

二〇一三年一〇月七日

幾秋かなぐさめかねつ母ひとり

小西来山《らいざん》　『続今宮草』

鬼貫《おにつら》と親しい大坂の俳人。母恋の情は古今にわたり詩歌のテーマ。〈わが心なぐさめかねつ更科やをばすて山にてる月を見て〉（『古今和歌集』）は老母を置き去りにし、母恋しさから連れ帰る話。来山の句はそれくらいでは生ぬるいというのである。父を九歳でなくし、母の手で育てられただけに、秋になると母恋がつのる。生涯母への思いを句に詠んだ。〈行水も日まぜになりぬむしのこゑ〉の作者でもある。◇幾秋

二〇一九年一〇月八日

肌寒やアフガンの子は涙ぐむ

永　六輔　『六輔五・七・五』

二〇〇一年九月一一日の同時多発テロから二一世紀の世界は狂い出す。ハイジャックされた旅客機二機がニューヨークの世界貿易センターへ突入。他に一機はワシントンの国防総省へ。アメリカは主犯をビンラディンと断定しアフガニスタンへの空爆を開始する。連日テレビはアフガン各地の瓦礫《がれき》と化した廃墟を映す。家族を失《な》くした罪のない子が涙ぐむ。肌寒は戦場の子ばかりではない。視《み》る者もともに。さりげなく、巧い句。◇肌寒

二〇二〇年一〇月八日

目に見えぬ塵を掃きたる寒露かな

手塚美佐　『昔の香』

陽暦では寒露《かんろ》の頃。緊《しま》ったひびきがいい。朝露を踏むと冷たい。秋も深まる。それでも日中は明るい。部屋の掃除をしようと開け放ち、昔風に藺草箒《いぐさぼうき》で畳の上を掃く。これという塵《ちり》があるわけではない。いわば気分を掃く。目に見えない塵だ。動くことで気持ちが動く。そうだ美術館へ行こう。九八歳の柚木《ゆのき》沙弥郎《しゃみろう》の型染めの展覧会が開かれている。柚木沙弥郎の型染めの展覧会が開かれている。鳥獣戯画では兎が貴族、蛙が武士、猿が僧侶。爽やか。塵をとどめない。◇寒露

二〇〇九年一〇月九日

影の世が見え白芒白芒

鷲谷七菜子　『天鼓』

秋の代表的なイネ科の多年草。いたるところの野原に見られる。尾花ともいう。晩秋になるとその尾のような花穂が真っ白くなる。白芒《しろすすき》だ。老人の白髪を思わせる。それが風に靡《なび》くさまは、この世でありながらこの世の中に別世界を作っている幻想を呼ぶ。

掲句の〈影の世〉とは、私にはそんな幻想が呼び寄せた世界を思わせる。他界と呼んでもいい。この世から移って行った者たちがひっそりといる世界だ。◇白芒

吾亦紅ほどの存在感でよし

二〇二一年一〇月九日

大木雪香《せっか》『光の靴』

マッチ棒の頭を大きくしたような実とも花とも形容しがたい花穂が吾亦紅《われもこう》。蕚片《がくへん》の固まりという。牧水が〈吾木香すすきかるかや秋草のさびしききはみ君におくらむ〉（『離別』）と、さびしき秋草の筆頭にあげて以来、吾亦紅の存在感が決まったが、掲句はさびしさに開き直ったところが面白い。そこに若さを感じる。句集あとがきに出る作者が好きなことば「透明感」といってもいい。その上に、吾亦紅には頑固さがある。◇吾亦紅

菊食うて夜といふなめらかな川

二〇一八年一〇月一〇日

飯田晴『ゆめの変り目』

記憶では「なめらかな時間」ではなかったかと句集で確かめると、〈なめらかな川〉であった。確かに時間では平凡。夜を川に喩えたことで、一句が生きもののような生々しさを持つ。菊を食べた。その夜は流れに身を任せた川になった感じ。不老長寿の仙人の気持ちとはこんな陶酔感をいうものか。

〈炎天の白さとなつて歩きけり〉という句もある。ものと同化しやすい、滑らかな体質なのであろう。◇菊

栗焼くや美濃と近江の国さかひ

二〇二〇年一〇月一〇日

中村真一郎『樹上豚句抄』

戦中、信濃追分で食うや食わず暮らしていた折のフィクションだという。毛皮の上衣《うわぎ》を羽織った山賊か猟師かが、鬚面《ひげづら》を炎に照らし、山の奥で栗を焼いている情景との自解がある。なにが面白いか。鋭敏なフランス文学者にしては上記の自解は平凡か。気が付くのはＭｉｎｏ－ｔｏ－Ｏｕｍｉ。尻取り遊びの面白さ。美濃―近江は見事に母音「ｏ」の照合がいい。美濃からおーいと呼べば、近江がおーいとこだまする。そんな国境とは。◇焼栗

稲架《いなし》火《び》を崩せば新しき焔《ほむら》

二〇二二年一〇月一〇日

土方公二『帰燕抄』

稲刈りが済んだ後の田仕舞いの焚火《たきび》。大方焼き尽くしたかと火を掻いたところ、また新たな焔が束の間立ち上がった。いのちの名残を感じるところが〈綿虫とゐる残照の消ゆるまで〉の秀吟とも通う。兵庫県宍粟《しそう》市の農村育ちの作者が海外勤務の日々から解放され、気付いた田舎暮らしの安らぎか。大地から授かったものを大地へ帰す。掲句には敬虔さがある。北海道や長野県などでの日常語「まていに（丁寧に）」というやさしさだ。◇稲架火

帰去来兮《かえりなんいざ》田刈後《たのかりあと》のしじまかな

二〇二〇年一一月六日

住《すみ》 斗《と》南子《なんし》 『寒析』

〈帰去来兮〉はふるさとへ帰ろうと田園暮らしへの憧れを述べ陶淵明の高名な詩文「帰去来の辞」を踏まえる。

掲句は、刈田《かりた》を眼前にした静けさへの感慨なのか、刈田は帰郷後の光景なのか。気持ちの揺れが迷いに出ている。作者は飛騨高山の老舗呉服屋主人。兵役から帰還し終戦の翌年、岐阜県八幡高等女学校の先生となる。その退職が念頭にあったが、句には後ろ髪を引かれる思いで去る名残惜しさが滲む。もてたのである。◇田刈《たかり》

退学の荷を持ち帰る刈田かな

二〇二〇年一一月二八日

甲斐のぞみ 『絵本の山』

作者は国語の先生。〈着ぶくれて停学処分告げにゆく〉という句もある。掲句の主人公は退学する高校生か。つらいだろうなと推測する。教室の机の中や部室のロッカーに置いてあった私物をまとめて持ち帰る。

未練と諦《あきら》めと憤懣《ふんまん》とがごちゃごちゃ。やりきれない気持ちで、がらんとした刈田道を通る。人に顔を合わせたくない。時々「くそ」などと八つ当たりの文句を吐く。先生である作者は自分の無力を感じた作。◇刈田

夕落穂ほどのなぐさめあらばこそ

二〇二〇年一一月一七日

中岡毅雄 『啓示』

予期しない癌《がん》に罹《かか》る。誰であろうと途端にはげしく気落ちする。稲刈り後の田に夕方、落穂がある。それが救い。比喩が初々しい。

仄聞《そくぶん》によると、俳誌「ホトトギス」全巻を購入するほどの虚子研究に打ち込む中堅俳人。波多野爽波門から師の死後、黒田杏子門へ。連れられて高野山での修行に打ち込み、しだいに病魔は退散した由。〈日々寧《やす》きなかのさびしさゆりかもめ〉という句もいい。◇落穂

竹節虫の人嫌ひ秋深くなる

二〇一九年一〇月一二日

伊藤 隆 『筆まかせ』

四〇代初めの気鋭の書家と、師の増成栗人が句集序文に記す。竹節虫《ななふし》はふしぎな虫で、木の枝と見間違える。秋深くなれば焦げ茶色の棒状の体はいっそう自然に融《と》け込み、わからなくなる。ナナフシ目の昆虫とはいえ、翅《はね》がない。どうしてこの世に生まれ、なにを考えて呼吸しているのかと、谷間で出合うたびに胸が締めつけられる。虫にすれば、要《い》らぬお世話か。人嫌いとは同感だ。若い書家はどんな字を書かれるのか。◇秋深し

猿を聞人《きくひと》捨子に秋の風いかに

二〇二一年一〇月一三日

芭蕉　『甲子吟行《かっしぎんこう》』

詰屈《きっくつ》な唐突な感じに芭蕉の驚きがある。「断腸《だんちょう》の思《おもひ》」の故事を踏まえる。子を亡くした母猿の腸《はらわた》が千切れるほどの哀しみ。貞享元年、芭蕉四一歳。前年逝去した母の墓参に故郷へ。途中、激流富士川の辺《ほとり》で「三つ計《ばかり》なる捨《すて》子《ご》の、哀気《あはれげ》に泣有《なくあり》」を見る。四年続きの天和《てんな》の凶作で米価高騰、庶民は困窮極まる。「袂《たもと》より喰物《くひもの》投げてとほるに」くらいしかできない哀しさ。〈猿を聞〉とは猿声に涙する詩人擬《まがい》のわが身を省みた自嘲であろう。◇秋の風

秋風やからくれなゐは耐ふる色

二〇一九年一〇月一八日

鍵和田秞子　『火は禱り』

〈からくれなゐ〉とは韓から渡来の深紅とか。秋風の中でといえば、木々の紅葉の鮮烈な紅を連想する。掻き立てられる色だ。ところが、自分には耐える色だという。はげしい人である。あえて、しみじみしがちな気分を拒否する姿勢に自分を立たせることで、老いを退けたい。

もとより精神の問題であるが、作者の師中村草田男はそんなバタ臭さを大事にした。秋風の真意を究めんとする作者にも通じよう。◇秋風

こもり居て木の実草のみひろはゞや

二〇一一年一〇月一四日

芭蕉　『後の旅』

『おくのほそ道』の旅を終え、芭蕉は大垣に着いた。大垣藩士戸田如水の下屋敷に招かれたのが、元禄二年九月四日（現一〇月一六日）、晩秋である。ここでしばらくゆっくりして、木《こ》の実草の実を拾いたい。芭蕉の本音がみえる句を詠み、連句を巻いた。句には、当然、招いてくれた如水への挨拶が籠められている。この時の芭蕉は長い旅を終え、「諂《へつら》はず奢《おご》らず」堂々としていたと如水は日記に書いている。◇木の実草の実

退屈の真つ只中の木の実独楽

二〇一六年一〇月二一日

岩井かりん　『鳥心地』

主人公は子供なのか、大人なのか。退屈のさなかに自分を置いている。この表現は子供ではない。子供はわずかの退屈でも次の瞬間には楽しさに変える力がある。もうそんな力を期待できない大人。幼い日に興じた団栗《どんぐり》で作った木《こ》の実独楽《こま》を回している老人。

退屈は日常である。なにをやっても面白くない。それでも生きなければならない。木の実独楽は退屈な人生の分身。どこか俳句のようだ。◇木の実独楽

うれしさの木の香草の香木の実の香

二〇二二年一〇月二〇日

黒田杏子　『日光月光』

よほどうれしかったのであろう。作者は弾みで作る句が多い。リズムを重視する。〈木の香〉〈草の香〉と弾み〈木の実の香〉と季語で緊《し》める。掲句は秋を嗅覚で捉えようと茶目っ気が感じられる。古く、歌題〈草の香《かう》〉はミカン科の多年草ヘンルーダ草の類いの香草を指す由。広く秋草の香をいう〈草の香〉は近年の季語。高名な〈よろこべばしきりに落つる木の実かな〉(富安風生)の〈よろこぶ〉からは無邪気な優しさを。掲句の〈うれしさ〉には率直な新鮮さに知的な閃《ひらめ》きがある。◇木の実

拾ひたる木の実の裏のまだ青き

二〇一七年一〇月二六日

山口蜜柑　『風を孕め』

例えば栗を拾う。裏がまだ青い。熟れ切っていない青さに目を留めた。俳句は短詩型だけに端的に表現する。目のつけどころにも作者の感受性が現れる。掲句の作者は四〇代半ば。正直に気持ちを表している。多分、実っていると見て拾った。ところが裏がまだ青い。木で十分に熟さないで、落ちてしまった。愛《いと》しいと思う。木の実に気持ちが籠められ、同情した。初々しい句である。◇木の実

八方に草の実飛ぶやそぞろ神

二〇一九年一〇月一六日

田中 保　『娘猫』

そぞろ神とは気もそぞろに人を旅に誘う神だそうだ。芭蕉の『おくのほそ道』の冒頭に出て、みちのくの旅に誘った神として知られる。

秋深くなり、草の実が飛ぶ。日は当たり心地よい気分であるが、秋はどこか一抹の忙しさがある。気になることを済ませよ。会う人には逢えといわれているようだ。日暮れは早い。束《つか》の間《ま》の暮らし、どれほどこの世に留まれるのか。草の実人生と呟《つぶや》く。◇草の実

雀化して蛤となる泥けむり

二〇二二年一〇月一五日

津川絵理子　『はじまりの樹』

朝露が冷たい寒露《かんろ》の候、一〇月一三日から一七日頃を中国では雀が海に入り蛤《はまぐり》になるという途方もない想像を楽しむ。雀が見当たらないと思ったら蛤に変身していた。「すべて飛ぶものは化《け》して潜物《ひそみもの》となるは、天の理《ことはり》なり」(『改正月令博物筌《げつれいはくぶつせん》』)。煙に巻かれたような理屈であるが、掲句はそれを真面に受けた。悪戯気《いたずらけ》がある雀が泥煙を上げた。どろどろんと身を変える呪いだ。季語は想像を掻き立て、言葉遊びの産物でもある。◇雀蛤となる

銀扇《ぎんせん》を大空へ向け秋入日

二〇一六年一〇月一四日

伊藤敬子 『初富士』

秋の見事な入日《いりひ》のさまを能舞台の一景として描く。ところは天空限りない濃尾平野。空が狭い山国やごちゃごちゃした漁村ではだめ。

輝く銀の扇を空へ向ける。秋の入日が扇開きに、空いっぱいに光を放つさまをいったもの。地は豊年、それを寿《ことほ》ぐかのように秋の入日が華やぐ。完璧な風景句をものす作者だけに、いくぶんの古風さが句に格調を出している。爛熟《らんじゅく》の晩秋の入日である。◇秋入日

マチスの絵置けばまはりに小鳥来る

二〇一〇年一〇月一五日

仙田洋子 『子の翼』

平面と華麗な色彩。フランスのフォーヴィスムの画家マチス。その絵を野に置くとピイピイ、チクチク、カヤカヤと小鳥がやって来る。楽しい句だ。

マチスの絵に触発された連想が軽々と語られている。〈ふらここにとびのるミロの女かな〉(『橋のあなたに』)という句もある。シュールな画家ミロが描く女は多分、一本の線。ブランコに乗って揺れているイメージは、現代人の不安を感じさせる。◇小鳥来る

木の実の香／木の実の裏／そぞろ神／泥けむり／銀扇／マチスの絵／小鳥来る／秋海棠

小鳥来る空気は描けなくて困る

二〇一一年一〇月二一日

河西志帆 『水を朗読するように』

秋もたけなわ、鶸《ひわ》や鶫《つぐみ》など小鳥が渡って来る季節は大方の俳句作りのちからが入る。〈小鳥来る〉は室町期の連歌以来人気ある季語で、詠み手の気持ちを明るく奮起させる。〈小鳥来る音うれしさよ板びさし〉(蕪村)など佳句が多い。ということは、現代俳人にとり、すでに詠まれてしまったという類想感がつきまとう季語のひとつ。突破口を見つけるための空気が摑めない、という歎きに共感する。◇小鳥来る

秋海棠こぶしはつねにやはらかく

二〇一四年一〇月一五日

植竹春子 『蘆の角』

日蔭がちな湿地を好む秋海棠《しゅうかいどう》のみずみずしさ。花はきりっとした知的な印象ではない。むしろ女性的な情味が滴るような花。花そのものよりも、心臓形の葉や赤みを帯びた茎など、全体からその健気《けなげ》さに惹かれる。

掲句の作者も秋海棠の優しさに共感し、わが身の生き方を振り返ったのである。拳の柔軟さこそ生きるシンボル。〈歩くなら両手を振つて冬隣〉も同じ作者。素朴さが身のこなしに現れている。◇秋海棠

秋暁《しゆうぎよう》の波の幾重を杜《と》国《こく》の地

谷口智行　『星糞』　二〇二〇年一〇月一六日

重厚な句だ。坪井杜国は芭蕉の愛《まな》弟子。尾張藩の富裕な米穀商であったが、空米《くうまい》売買という空手形の取引が咎《とが》められ、伊良湖崎まで一里の保美村（現田原市）にご領地追放になった。作者は三重県御浜町在住。伊勢・志摩・南熊野は伊良湖と『万葉集』以来、潮騒を分かち合う地。秋の深まった暁に波のむた、杜国の地に佇《たたず》む。〈行秋も伊良古をさらぬ鷗《かもめ》哉〉とわが身を鷗に託し、三四歳で逝去した薄幸の俳人を追懐した。これも縁と。◇秋暁

木の股に顔はさみをり秋祭

小川双々子《そうそうし》　『くろはらいそ』　二〇一五年一〇月一六日

秋祭は収穫を神さまに感謝するとき。どんなに米作りの技術が進んでも、自然の神様が味方しないとお米は穫《と》れない。祭は神楽《かぐら》。文字通り神を楽しませるために、人間が狐の面や鶏の衣装をつけて精一杯演じる。

子どもは神楽を見たさに木に登り木の股に顔を置いて見つめる。男神《おがみ》女神《がみ》のやり合いも神妙な思いで見つめる。

素朴な秋祭がいい。空気がひんやりと冷たい。観光客集めではない天然の祭。◇秋祭

棒に集る雲の綿菓子秋祭

西東三鬼　『変身』　二〇一四年一〇月二二日

曼珠沙華《まんじゆしやげ》の頃になると〈眼帯の内なる眼にも曼珠沙華〉（三鬼）を思い出す。同じように秋祭を迎えると、掲句が浮かんでくる。子どもの頃、秋祭の露店を廻ると、無性に綿菓子が欲しかった。しかし、外食を嫌ったきびしい祖母は決して買ってくれなかった。

割箸《わりばし》のような棒に、廻りながら雲みたいな綿菓子がみるみる纏《まと》いつく。マジックみたいな綿菓子。食べてみたい願望はいまでもある。◇秋祭

後の月戦艦大和のドックにて

川崎展宏　『秋』　二〇二一年一〇月一八日

仲秋の名月十五夜を愛《め》で、ほぼひと月後が今宵《こよい》十三夜である。望《もち》よりも月の出がやや早い。いくぶんの月の歪《ゆが》みを愛する気持ちがあろう。掲句は戦艦大和を造船した呉のドックから。呉は作者の出生の地である。代表句に〈『大和』よりヨモツヒラサカスミレサク〉がある。大戦末期に鹿児島坊岬沖《ぼうみさきおき》で沈没し、黄泉平坂《よもつひらさか》で藻《も》屑《くず》と化した戦艦大和を悼んだ句だ。病気療養中で徴兵は免れていたが、生涯、作者に戦没者への思いは残った。◇後の月

人形のだれにも抱かれ草の花

二〇一三年一〇月一八日

大木あまり　『雲の塔』

秋の野は草がいっせいに花をつける。冬を前に健気《けなげ》な草の営みが涙ぐましいほどだ。

女の子のお人形さんごっこでは、手から手へ人形が抱かれる。人形にはいのちがない。抱いた人がいのちを移すものであろう。そこにどこか生臭さがある。人形は考えれば哀しい存在だ。花嫁人形ばかりではない。人の世の哀しみを人形が肩代わりする。しかし、中には人形を偏愛し、生身の人間は嫌だという人もいる。◇草の花

草の花もう母がりといふはなく

二〇一二年一〇月二二日

河野邦子　『急須』

母への思いが深い。母の死後日を重ねて思いを募らせている。〈母がり〉は母の許《もと》の意。万葉語だけに原初的な素朴さが滲む。母がいなくなれば、家はあってももう母がりではない。〈草の花〉は秋の野の草が花をつけるさま。その野の拡がりが花野。春とは違い、はなやぎの中に季節の終末感が漂う。もう母がいない。改めて心の底で受け止める哀しみ。亡き母と生きる時間を過ごすのに秋は相応《ふさわ》しい。◇草の花

すぐ遠くなつてゆく日や草の花

二〇一七年一〇月二四日

対馬康子　『竟鳴《きょうめい》』

かつて私は晩春の山桜を見て〈一日がたちまち遠し山ざくら〉と詠んだ。いい季節のゆったりした時間の経過は、夕方になり、さて朝なにをしたのかと忘れるほどのんびりするものだ。野草が一斉に花をつける晩秋は微妙に違う。またとない時間が小刻みに過ぎる。晩春よりも晩秋は人生的な感じ。一生もこうなのかなと思わせる。

若手の代表であった作者にも、いつか中年を迎えた感慨もあろう。佳句である。◇草の花

ものを書く腕は岬秋澄みぬ

二〇二〇年一〇月一九日

國清《くにきよ》辰也　『1／fゆらぎ』

おもしろい構図だ。例えば右手で書く。からだは陸地、腕は半島、書いている手先が岬鼻。

秋も深くなる。私などは澄んだ秋との実感からは遠い。作者は書きものが快調なのであろう。掲句はそんな句。さすがに、時には〈どうすればいいかわからず秋の暮〉という句もある。そんな時には掌《てのひら》を見つめるらしい。〈行く秋や日おもてに見るたなごころ〉がある。啄木調であるが、苦吟ではない。答えがそこにある。◇秋澄む

杜国の地／木の股／綿菓子／戦艦大和／人形／母がり／草の花／岬

散る音も色もさらさの紅葉哉

二〇一一年一〇月一九日

立圃《りゅうほ》『犬子集』

雛人形の細工が家業。雛屋が通称。姓は野々口。斬新なアイデアが売り物の貞門俳人。〈さらさ〉は更紗。木綿や絹に花模様などを染めたもの。ジャワからポルトガルを介し、室町期の一七世紀に伝来した。最新のブランド品だ。散る紅葉《もみじ》の美しさを「さらさら」の音と更紗の色で捉えている。京都生まれの美意識がリズミカルに生かされ、いま眼前に盛んに散る紅葉を見ているようだ。◇紅葉

この樹登らば鬼女となるべし夕紅葉

二〇一二年一〇月二五日

三橋鷹女『魚の鰭』

謡曲「紅葉狩」は平維茂《たいらのこれもち》が紅葉狩の場を背景に美女に変身した地の鬼神を倒すドラマ。句の鬼女願望にも女性の秘めた永遠の魔性が捉えられている。夕日に照らされた鮮やかな紅葉の樹を征服したなら鬼女になるに違いない。美への限りなき女性の情念こそ古くて新しい。〈幻影は弓矢を負へり夕紅葉〉と並ぶ昭和一〇年代初期の作。「新興俳句の新詩精神《エスプリ・ヌーボー》」のモダニズムが作者を刺激したものと川名大がいう。時代への抗《あらが》いもあるか。◇夕紅葉

朽ちかけておりし軀《からだ》や夕楓

二〇一五年一〇月一九日

久保純夫『日本文化私観』

老人になれば身体の部品が傷む実感がじわじわと兆《きざ》す。どこが悪いとはっきりすれば、その部分の手当てをし、必要ならば部品交換をする。ところが、身体全体が弱ってきたという老衰感覚は、肉体的には元気が出なくても、感じる力は結構鋭い。夕方の紅葉が始まった楓《かえで》なんかによく反応する。老の華やぎが溢れ、妙に興奮する。谷崎文学の『鍵』ではないが、夕楓から女人像を幻想したり自在だ。◇楓

日の本の中心や色變へぬ松

二〇二一年一〇月一五日

堀田季何《きか》『人類の午後』

句集名が大きい。それに惹かれた。晩秋に紅葉の中で色を変えない松の矜持《きょうじ》を詠う。ただし、〈日の本〉との出だしからまさに人類や世界を意識したパロディー風な発想であろう。句集あとがきによると、一族は広島で被爆。一九七五年生まれの作者は幼少から国際的な環境で過ごした。句集は〈戦争と戦争の間の朧かな〉を前奏に、掲句の日常詠を後奏に、間に〈スターリン忌ポスターの下にポスター〉と日常を突く句が並ぶ。◇色変へぬ松

時雨《しぐ》るよ松には雨といはせたし

二〇一六年一一月一九日

孤松《こしょう》　『新撰都曲《みやこぶり》』

しぐれに当たり草木は紅葉する。ところが松だけは常緑を保つ。〈色変へぬ松〉が晩秋の季語となる。〈色かへぬ松や時雨のあまし物〉（虎竹《こちく》）という句がある。しぐれにとって紅葉しない松はもてあまし物だという。

同じことを詠いながら掲句は、時雨がいささかやけっぱち気味だ。松はしぐれの情緒なんか判らないから雨といわせておけばいいという。松の存在が気になるのである。作者は元禄初期の大坂の俳人。◇時雨

こほろぎや俎ひと夜濡れて朝

二〇一二年一〇月一九日

岡田日郎　『水晶』

ひと晩中俎《まないた》が厨《くりや》で使われていたものか。晩ご飯が済むと俎も一日の用が終わり調理台に立てかけられ、乾かされる。翌朝までしばらく暇な時間がある。

ところが蟋蟀《こおろぎ》が鳴く深秋ともなると、乾きが遅い。朝を迎えても俎の湿りが取れない。濡れたまま朝になってしまった。俎の身になれば切ないであろう。湿った上着を着て朝出勤するようなものだ。

季節の推移を季語に巧みに生かした秀吟。◇こほろぎ

虫ひとつある甲斐もなき今宵哉

二〇一六年一〇月一九日

洞哉《とうさい》　『元禄百人一句』

〈虫ひとつ〉で切れる。晩秋の夜、弱々しく虫が一匹飛んでいる。ここまで生き残ってきたのに、生き甲斐もなく果てようとしている。

〈ある甲斐もなき〉は恋歌で用いられる歌ことば。この虫はこの世で恋の成就もしないで、というのであろう。

作者洞哉は芭蕉が『おくのほそ道』の道中、福井で訪ねた風流な隠士《いんし》。色の浜でますほの小貝を拾っている。自らの境遇を暗示したものか。◇虫

荒涼と濁流秋の深みけり

二〇二二年一〇月一八日

小澤　實　『芭蕉の風景　上』

芭蕉が富士川の辺《ほとり》で詠んだ〈猿を聞人《きくひと》捨子に秋の風いかに〉の現場を取材し掲句を詠んだという。深秋である。江戸時代初期『東海道名所記』（万治二年刊）に「海道第一の早川なり」と記され、日本三大急流の一つの荒川は令和の現在でも変わらない。私も甲府から富士まである時は歩き、また身延線に乗るたびに富士川に打ちのめされた。作者も投げ出すように自然に身を任せている。芭蕉の句の重い問いかけに口を閉ざしたものか。◇秋深し

さらさ／鬼女／夕楓／色變へぬ松／松／こほろぎ／ある甲斐もなき／荒涼

二〇二一年一〇月二〇日

古本に男のにほひ秋深し

津川絵理子『夜の水平線』

秋が深い。古本から別れた男のにおいがする。こんな私小説風な物語ではないであろう。古本を手に入れた。ぷーんと立つのが煙草の臭《にお》い。ついで酒臭さ汗臭さ。それを丸めて、どことなく男臭いセクシュアルな感じ。町から戦後の無頼や頽廃《たいはい》や虚無が薄れても、古本の匂いは本好きにはこたえられない魅力がある。神田神保町はふるさと、あるいはオアシス。永遠の青春の街。なぜ古本に女のにおいとはいわないのか。◇秋深し

二〇一〇年一〇月二七日

がむしやらに生きて来し径秋深む

白井眞貫《まつら》『邯鄲の夢』

がむしゃらで、旅に憑《つ》かれた奇特な人である。シルクロード周辺の地へ三十有余旅を重ねる。交通事故に遭遇し、脳の手術をする。その後遺症による言語障害をものともせず出かける。シルクロードだけで五冊の句集を編む。そして二〇〇九年一一月、七〇歳で逝去。掲句は遺句集から当人の述懐の作。中学の社会科の先生。こんな夢に生きた先生に教えて貰いたいと思う。歩き続けた生涯。常套語句《じょうとうごく》の〈秋深む〉が胸迫る。◇秋深む

二〇二一年一一月五日

秋深き隣は何をする人ぞ

芭蕉『笈《おい》日記』

隣はなにやって食べているのか。世間に暮らす以上、隣人への関心は深い。〈秋深し〉ではなく、〈秋深き〉と隣へ聞耳《ききみみ》を立てる感じが面白い。句は元禄七（一六九四）年深秋の作。亡くなる二週間ほど前、ところは浪速《なにわ》。壁一重隔てた長屋住まい。体調悪く臥《ふ》しているが、隣からは物音一つ、ことりともしない。新しい弟子と古くからの長老との勢力争いの調停に呼ばれていた。が、話はつかない。饒舌《じょうぜつ》よりも沈黙。芭蕉は疲れていた。◇秋深し

二〇二一年一〇月二二日

流れ星見たことにして眠りけり

飛《ひ》高《だか》隆夫『川あかり』

「俳句を通し豊かな人生を全う出来たと思う」と、生前に用意されたものか、死後上梓の句集あとがきにある。中原中也や梶井基次郎の研究家として知られ、俳句は澤木欣一門、俳誌「風」「万象」同人である。作者は二〇二〇年一〇月一六日逝去、掲句は命終の日の句という。オリオン座流星群を病床から見るつもりで楽しみにしていた。が、その日までいのちが許されるものか。見たことにして眠る。心に沁みる句である。◇流れ星

詩嚢《しのう》とふあやふやな荷や茸狩

二〇二二年一〇月二二日

小林貴子　『紅娘《てんとむし》』

中原中也忌。若い日に中也の詩「サーカス」に惹かれた。〈サーカス小屋は高い梁／そこに一つのブランコだ〉。梁から下がるブランコに女性が逆さに乗り〈ゆあーん　ゆよーん　ゆやゆよん〉と揺れている表現に衝撃を受けた。〈詩嚢〉は詩人が詩を作る思いや感情を入れた袋を連想。不安と好奇心のかたまり、あやふやな荷物みたいだという。どんな茸《きのこ》が採れるか。〈ゆあーん　ゆよーん　ゆやゆよん〉不思議な擬音。茸狩への着想が鋭い。◇茸狩

読み書きのなき日はいつや茶立虫

二〇一九年一〇月二三日

鷹羽狩行　『十八公』

学生時代蚕室《さんしつ》に泊まったことがある。そこで日焼けした障子をがさがさ掻き立てる五センチほどの茶立虫《ちゃたてむし》を知った。隠座頭《かくれざとう》という洒落た呼称を覚えたのも、ちょうど勝新太郎の座頭市ブームが始まったばかりであったので記憶にある。来る日来る日が読み書きに追われる。俳句稼業のお手本のような俳人であれば、免れ難き実感であろう。〈安心のいちにちあらぬ茶立虫〉（上田五千石）という身につまされる句とともに忘れ難い。◇茶立虫

黄昏や萩に鼬の高台寺

二〇二〇年一〇月二三日

蕪村　『自筆句帳』

「萩の花のいみじうみやびやかにいろへて衆人の心を動かす」（『都名所図絵』）とある天下の萩の名所。秀吉の正室・北の政所《まんどころ》（高台院）ねねが秀吉の死後、菩提を弔うために創建した。祇園の南、東山区下河原町にある。家康により寺領五百石の大寺になる。

日中は人出、黄昏《たそがれ》は萩叢《はぎむら》を鼬《いたち》が飛びまわるとは、都とはいえ、鄙《ひな》の面影が画人蕪村の気を引いたものか。黄昏の時間を愛し、萩と鼬を配した斬新さに惹かれる。◇萩

豊年の鯨のやうに寝てしまふ

二〇一九年一〇月二五日

小野田魁　『河伯』

博識、気さく、粘り強くしかも強引。それに愛妻家。大阪のデパートに勤めていた美人を連日通いつめ射落とした由。自己紹介はさらに、二〇歳前後現代詩を書き、詩集『優曇華《うどんげ》』を出したが、間もなく文学とは縁を切り、光ファイバー・オブジェの会社を経営。ところが六三歳で癌罹病《がんりびょう》。病床で俳句を始め、以後猪突猛進という。

掲句は七三歳の初《はつ》句集に入る。「豊年や」だとわかりやすい。が、この強引さも私は愛したい。◇豊年

古本／がむしやら／隣／流れ星／あやふやな荷／茶立虫／高台寺／鯨

月の出や柱になれぬ杉檜

二〇一一年一〇月二六日

藤本安騎生《あきお》『高見山』

鈴木六林男《むりお》に〈月の出を木に戻りたき柱達〉があり、「今山林はことのほか不況なれば」と作者の注がある。掲句に格好の読解である。

奈良県東吉野村に居住する作者には山の杉檜《ひのき》が分身。その嫁入り先が心配になる。切ない親ごころである。

月がいい夜、亭々《ていてい》たる山の木を見上げる。木にも適齢期がある。適度の伐採、植林が山を活性化させる。と願っても業界の動きは鈍い。◇月の出

芥子蒔くよしんじつ空の青ければ

二〇二〇年一〇月二六日

夏井いつき『伊月集』

「仲秋の夜、罌粟《けし》を種うるときは、すなはち花盛り」(『滑稽雑談』)とか「八月十五夜に種を蒔《ま》けば、花実ともに大いによし」(『改正月令博物筌』)とか、古くは、満月の夜にあやかれという。芥子《けし》の花が開く。その縮緬《ちりめん》のような花びらに播種《はしゅ》した夜の月光を重ねて美しさを連想するのはなかなかいい。掲句の播種は夜ではなく、青空が広がる真昼。明るい感性だ。とはいえ、芥子には刹那《せつな》の花の激しさと切なさがある。そこが魅力だ。◇芥子蒔く

秋麗《しゅうれい》やこの世短き父なりし

二〇一五年一〇月二八日

折井眞琴『孔雀の庭』

幼い日に亡くした父を恋う父恋の思いは限りない。私をこの世に送り出してくれた父。かすかに膝に抱かれた感触がある。しかし、なぜ早々と消えてしまったのか。

空が澄みきる秋晴。青空の中に無限の蒼《あお》がある。あれが父であろうか。どこへ行ってしまったのか。長い人生、楽しさも哀しみもいっぱい。生きていたら、私が好きなダンスを踊りたい。タンゴがいいかしら、それともルンバ。父よ。◇秋麗

蒲の穂の　立つも失せるも　即今今《そくこんこん》

二〇一九年一〇月二八日

伊丹三樹彦『身体髪膚』

すなわち今が大事。これが信条であった。褒められると、顔をくしゃくしゃにして笑う、人懐こい御仁。俳句表現の前衛俳人であった。掲句のように、フレーズごと一字あきにする特異な表記を実践し、二〇一九年九月二一日逝去、九九歳と長命であった。ここ数年間、私とは、毎月たよりの交換が続いた。

純粋、純情な永遠の文学青年とでもいいたい。蒲《がま》の穂の句は辞世のような飄々とした感銘がある。◇蒲の穂

灯火親し次に読む本決めてあり

二〇二一年一〇月二七日

近藤　愛　『遠山桜』

　読書週間。掲句が入る句集の黒田杏子の序文によると作者は稀《まれ》に見る読書人とある。乱読で学び本を読むことで自分を支えてきたという。ドナルド・キーンから石牟礼道子全集まで格闘している由。しかも旅好きでかなりの酒豪とか。私は意志堅固な作者を想像した。が、〈椿《つばき》の実ほどの意志さへ持たざりき〉という自在な句に出合う。そこで、はたと考えた。読書人とは、なまじ意志など持たないで、心を開けておく智恵の人。◇灯火親しむ

秋の夜や翻訳の語を熟《こな》すまで

二〇二〇年一〇月二八日

角谷昌子　『地下水脈』

　読書週間である。作者は翻訳家。海外派遣のボランティア通訳を長い間経験するという。日本語には「もの寂しい」などの婉曲《えんきょく》表現の「もの」と、「もの」に託すなど象徴表現の「もの」とがある。いずれも自分の力ではどうにもできないことを指すらしい。

　ふと思い浮かぶのは運命とか季節など。これを文脈に合わせ、できるだけ正確に翻訳する。〈熟す〉がいい。果実が熟すように、ことばを熟させる。◇秋の夜

晩秋の行きつくところ鯉の口

二〇二二年一〇月二七日

安永一孝　『牽牛花』

　冬近い明るい日、餌を求めてぱくぱくする鯉の唇に目がいった。〈行きつくところ〉が眼目。幾分の饒舌な表現にさりげなく滲む老いを感じる。作者も気になったのだろうが上手に投げ出している。晩秋。引き返すことはできない。その哀感を捉えたかったもの。八〇歳半ば、同年代だけに晩秋が身に沁みる。〈扇置《おうぎお》く老いの気骨もここらまで〉という句。〈ここらまで〉も同じ。無駄と知りながら調子に乗った実感が捨てがたい。◇晩秋

柿すだれ一つ蟷螂遊ばせて

二〇二二年一〇月二九日

本田　巖　『夕焼空』

　余分なことばがなく、場景に遊びがある。高い軒から下がった柿すだれ。例えば天龍川沿いの市田柿の干柿光景などの眺めは感動する。一本の竹の串に皮を剝《む》いた渋柿五個、二〇串を一連として上から干し連ねる。四〇串を一重《ひとかさ》と呼ぶ（田中磐『しなの食物誌』）。そこに蟷螂《かまきり》がいる。どこか漫画。〈伊那節を口ずさみたり稲の花〉などから、伊那谷を連想したが、作者は前橋市在住。〈夜を啄《ついば》みて鼯鼠《むささび》の飛びにけり〉は空風《からっかぜ》が近い上州の句。◇柿すだれ

柱／しんじつ／父／即今今／灯火／翻訳／鯉の口／柿すだれ

干柿の金殿玉楼といふべけれ　二〇一九年一一月二八日

山口青邨『乾燥花』

島木赤彦は柿の村人とも号した。居住した下諏訪は柿が多い。干柿にする。掲句はその地での嘱目吟。昭和三〇年、初めて青邨の句会に参加した。私は一八歳。下諏訪高浜の旅館で開かれた青邨主宰誌「夏草」二五〇号中部大会の句会だった。互選の名乗り「せーそん」の大きな美声にびっくりした。干柿を見事に連ねたさまが金ぴかな立派な御殿のようだという。たかが干柿くらいに。青邨作句工房を覗かせていただいた句である。◇干柿

木曾路行《ゆき》ていざ年寄《よら》ん秋独り　二〇二一年一〇月二九日

蕪村『落日庵句集』

木曾路は芭蕉以来修行の場。山国の厳しい渓谷を歩き続けることで人生の枯淡《こたん》（「からびたる心」）を身につける実践の地であった。掲句も秋の木曾路を独りたどり、齢《よわい》を重ね、生きることの深みを身につけたいと文人の心境を詠う。蕪村三六歳の作。老いへの憧れが滲む。生老病死が日常の生き難い時代に心境を老成化し気持ちの安定を維持したいと思ったもの。現代の若者の大人になりたくない気持ちとは反対のようだ。◇秋

かたちなきものまで暮れて秋の暮　二〇一三年一〇月三〇日

八田《はった》木枯《こがらし》『天袋』

秋の暮は古来ひとの世の寂寥《せきりょう》を託す季節のことばとして、重用されてきた。掲句もその伝統を外していない。〈かたちなきもの〉とは端的にいうと心のあり方。わが人生も終末、暮れ方だという気分だ。もう晴れ晴れすることもない。しかし、そのように自分を見つめると、不思議。ひとの心は幾分の光がさす。

ことばとは生きもの。ひとの気分を左右する不思議なちからがある。◇秋の暮

女郎蜘蛛《じらこぶ》を宙に待たせて秋昼寝　二〇一五年一〇月三〇日

中原道夫『中原道夫俳句日記』

宮崎の日向《ひゅうが》方言では女郎蜘蛛《じょろうぐも》を「じょうこぶ」という。それが転じ〈じらこぶ〉であろうか。掲句は神話の時代、神武天皇が大和へ向けお舟出しをした日向の美々津《みみつ》港での作とか。私も昔、同じ地で月夜に真っ赤な蟹が陸に上がり、いっせいに木に登る光景を目にし度肝を抜かれたことがある。作者は俳人にしてグラフィックデザイナー。おっちゃんダンディーの代表格。悠揚《ゆうよう》たる秋の昼寝。従者が見事。◇秋昼寝

夕皃《ゆうがお》の汁は秋しる夜寒かな

二〇一九年一〇月三〇日

支考　『炭俵下巻』

生活実感が滲む。蕉門晩年の軽みの句風を集めた撰集に入る。夕顔は剝いて干瓢《かんぴょう》にすることが多い。しかし、冬瓜《とうがん》と同様に夕顔も汁に入れて晩秋に啜《すす》る。とろんとした舌触りがまろやかで、肌寒さを感じる夜には体が温まる。掲句は夕顔の汁を啜って夜寒を感じたという。私の意識よりも夕顔汁を立てたところが江戸時代の俳諧の特徴である。秋も深く季節感がしみじみと小刻みになる。◇夜寒

稲づまやかほのところが薄の穂

二〇一七年一〇月三一日

はせを　『続猿蓑』

薄《すすき》が白穂を乱舞する季節になった。思い出すのは、小野小町落魄《らくはく》説話である。芭蕉の掲句も小町説話を踏まえる。稲妻が照らし出す美しい顔。その顔もやがては小町のように老い、棄《す》てられ、髑髏《どくろ》からは薄が生える。これが人間の果ての姿だという。大胆な句だ。

大津の能太夫邸での作。稽古《けいこ》場に骸骨どもが能を演じる画が掛かっていた。現世での人間行為は骸骨踊りだという。芭蕉が感動したものか。◇稲づま

堰《せぎ》仕《じ》舞《まい》田ごとに黙《もだ》の広がりぬ

二〇二〇年一〇月三〇日

五味澄子　『初堰の日』

田水を落とし堰仕舞いする。稲刈りが終わりがらんとした田は来春の田起こしに続く初堰《はっせんげ》まで長い沈黙の時期に入る。田が充足感に満たされる。掲句は一月八日、八ヶ岳を水源とする水利権を見回る初堰の句とペアになる。〈初堰怠け心をいさめをり〉。目には見えないが、田ほど暮らしを支えているものはない。もくもくと田植に必要な水を貯え、苗の生育を助け、稲を稔らせる。田は堰の水に支えられている。堰こそいのち。◇堰仕舞

黄落やグラウンドゼロに祈る人

二〇二二年一一月一日

宮澤淑子　『港のある街』

現代史が大きく変わった現場に立つ。二〇〇一年九月一一日、ニューヨークの世界貿易センタービルが崩壊させられた事件の跡地がグラウンドゼロ。呼称にも衝撃がある。本来核実験などの爆心地の意。ビル跡地には博物館が建ち、二七五二人の犠牲者を追悼するメモリアルがある。街路樹のプラタナスが黄ばむ季節。掲句は旅吟であるが、気持ちは内側に向き、ひたすら祈る人への共感がある。作者は科学者。茫然たる思いも伝わる。◇黄落《こうらく》

金殿玉楼／木曾路／かたちなき／女郎蜘蛛／夕皃／薄の穂／堰仕舞／グラウンドゼロ

巻《まき》つくす枕絵甘し秋のくれ

二〇一一年一一月二日

北枝　『稲筵』

枕絵は江戸時代の春画。秋の夜長にじっくりと巻子本を見終わった呟《つぶや》きが〈甘し〉の一言。他にいいようがなかったのか。〈巻つくす〉には男女の絡みも響かせたものか。『おくのほそ道』の道中、金沢で芭蕉に入門した北陸小松の俳人・立花北枝は刀研ぎを業《なりわい》とした。掲句にはじっと刃物を見つめる職人の目が感じられる。

秋の暮は晩秋の夕暮。〈ゆく秋は酒あたためしかんな屑《くず》〉も同じ作者の人情句。◇秋のくれ

かれ朶《えだ》に烏のとまりけり秋の暮

二〇一四年一一月五日

芭蕉　『曠野《あらの》』

「寒鴉枯木」という題が好んで描かれた。鴉《からす》が枯枝に膨らんで、しょんぼりと留まっている画を芭蕉も描いている。鴉が嘴《くちばし》を開け嘆息しているような、これでもかという黒ずくめの画だ。延宝八（一六八〇）年、芭蕉三七歳。深川での暮らしは貧しく苦しい。これからどう自分の生き方を決めていったらいいか悩んでいた。この灰色の世界に艶を出すには、旅をし、自分を虚心に開いていく。旅烏《たびがらす》になることに気付くのである。◇秋の暮

逝く秋や身に対をなすものいくつ

二〇一九年一一月一日

片山由美子　『飛英』

童謡「ふたあつ」が思い浮かぶ。まどみちおの詞に山口保治の曲が付く。おめめ・おみみ・おてて・あんよ、そしてかあさんのおっぱいがふたつ。四月初め、新入園児が唄う「ふたあつ」。元気がいい声が響く。懐かしく、ときめきを感じる春の歌であった。掲句の季語〈逝《ゆ》く秋〉に驚き、そして、感心した。独断を述べれば、身の衰えをそれとなく暗示している。初々しい春の歌が秋の詩へ。人生とはかくのごときか。◇逝く秋

冬を待つ近し近しと言ひながら

二〇二二年一一月五日

黛執　『黛執全句集』

暖地湯河原町に住まわれた作者。〈冬を待つ〉に特別な思いがおありだろうか。父思いの俳人、黛まどかさんが出された全句集の掉尾《とうび》を飾る句。令和二年一〇月二一日九〇歳で逝去された。生前病床での最後の作とすると、〈冬を待つ〉が胸を打つ。季節の冬を超えた大きな世界が暗示されているようだ。同時作〈天竺《てんじく》といふことばありけり冬銀河〉。山国信濃の私には〈冬を待つ〉気持ちがないことに気付き厳粛な思いになった。◇冬を待つ

偉さうな鏡なりけり文化の日

二〇一七年一一月二日

衣川《ころもがわ》次郎　『青岬』

新憲法はひと言でいうと、文化憲法である。昭和二一年一一月三日に公布された。そこで、記念して二年後のこの日を文化の日として制定し、祝日とした。文化勲章がこの日に授与される。文化というと偉そうに響く。文化勲章をもらう人の顔触れからの感じやイメージによるところが大きいからか。文化勲章をもらう人は社会の木鐸《ぼくたく》、鏡であろう。身辺にある鏡も調度品では偉そうにみえるから不思議だ。◇文化の日

文化の日積まれて燃える段ボール

二〇二一年一一月三日

廣瀬直人　『風の空』

これがなぜ文化の日なのか。しばし考えた。戦後一九四六年に新憲法が公布、新しい国造りに平和と文化を根幹とする精神が重視され、二年後に文化の日が制定。廃棄する段ボールを燃やす。空襲で家屋が燃える悲惨さを体験した世代にはなんとも平和な光景には違いない。官庁や学校などでは不要物は焼却炉で処理するから掲句は自宅の裏庭などでの作業か。改築か子供部屋の整理か。ともかく明るいニュースが背景にあろう。◇文化の日

子の尻をていねいに拭き文化の日

二〇二二年一一月三日

小島　健　『爽』

文化の日。大らかに人間愛が行き届くことが文化といえるならば、赤子の尻をきれいに拭う行為は見事な文化だろう。卑近な取り合わせが微笑ましい。タデ科の茎が棘毛《とげ》に覆われた継子《ままこ》の尻拭《しりぬぐ》いと呼ぶ野草がある。紙が貴重な時代、継子虐《いじ》めに落とし紙の代わりに用いたという。文化度が違うとはいえ、子への虐待流行《はや》りの現代でも驚くではないか。長男誕生の折〈爽やかに生まれたる子に会ひに行く〉と。掲句は二年後の作か。◇文化の日

信濃人アダムイブめき林檎摘む

二〇一九年一一月四日

阿波野青畝　『除夜』

子規に〈蝶飛ブヤアダムモイブモ裸也〉があると『阿波野青畝への旅』（川島由紀子）で教えられた。知恵の実の林檎《りんご》を食べ、林檎栽培を始めた信濃人はもう裸ではない。しかし、どこか裸であった頃の羞恥心を感じながら林檎を摘んでいる。捥《も》ぐではなく、摘む。楚々《そそ》とした感じがある。林檎には原初の輝きがある。高冷地が栽培には適地。信濃は科野とも書き、山坂の地を意味するが、掲句は青畝の信濃賛歌であろう。◇林檎

山鳴りの柞《ははそ》の中に癪《しやく》の神

二〇二〇年一一月四日

古舘曹人　『樹下石上』

「姨捨《おばすて》修那羅《しゆなら》峠」とある。長野県中部の筑北村と青木村の境にある安宮《やすみや》神社境内には石仏およそ八〇〇、木仏一六〇がある。猫神や山犬神もいる。晩秋は水楢《みずなら》や櫟《くぬぎ》など柞落葉に埋もれ、ごーっと山が鳴る。哀れなのは癪の神。癪に障《さわ》るの「しゃく」ではない。女人が冷えると「さし込み」がくる。胃痙攣《いけいれん》の類いだ。農村では日常であったものか。治してくださいと右手を胸に左手を腹に当てた姿の神さまを祀《まつ》った。コロナ退治の神はどんな神か。◇柞

一と二はしぐれて風の三の酉

二〇〇九年一一月六日

百合《ゆり》山《やま》羽《う》公《こう》　『楽土以後』

浅草の鷲《おおとり》（大鳥）神社の祭礼が酉《とり》の市。一一月の酉の日に行われ、二の酉、三の酉と続く。縁起物の熊手を売る店が並び、熊手市とも呼ばれる。掻き集めるという信仰から商売繁盛を願い熊手を買っていく客で賑《にぎ》わう。

一の酉、二の酉としぐれて、からっとした空合《そらあい》ではなかった。三の酉は風の日。三の酉まである年は火事が多いという俗信がある。さて、そんなことにならねばいいがという作。リズミカルな句調がいい。◇三の酉

十一月あつまつて濃くなつて村人

二〇二一年一一月一〇日

阿部完市　『にもつは絵馬』

あらかたの農作業は終わり、村人が集会場などに集まり談笑している光景を想像する。〈濃くなつて〉とは気持ちが通じ合い密になることか。村の衆の外見ではなく、内面を大事に捉えている。遊山に行くのも、上に立つ者へ不満をいうのもみんな集まりから。地《じ》の思いを持ち寄って蜜のようにどろどろにして。百姓一揆《いっき》に立ち上がったのも同じかたちである。〈十一月〉は田畑から手が離れ、村人が溜まってきた思いを団子にする月。◇十一月

わが額《ぬか》に師の掌おかるる小春かな

二〇〇九年一一月二日

福田甲子雄　『師の掌』

病に臥す門弟を師の飯田龍太が見舞った折の作。陰暦一〇月を小春と称した。陽暦では一一月を指す。本格的な冬を迎える前の、穏やかな日和をいう。

わが額におかれた師の手の温《ぬく》みが折からの小春のようだ。しみじみした実感を小春というやさしい表現に託している。俳句は端的な一語に万感の思いを込める。淡泊な表現にこそ深い情感が滲《にじ》む。作者は掲句を詠んだ半年後に逝去した。◇小春

二〇二〇年一一月二日

波しづか舟屋の家並小六月

小川晴子『摂津』

陰暦一〇月は六月が戻ったようだと小《こ》六月《ろくがつ》という。土佐では卯《う》夏《なつ》、広くは小春日といい、今の一一月に当たる。

穏やかな舟屋が並ぶ景といえば、丹後半島の伊根の舟屋を思い浮かべる。伊根湾沿いに並ぶ漁家は一階が船の収納庫。二階が住居である。掲句は平凡な光景であるが、作者は漁家の屋並の美しさに感動している。漁村では粗末な苫屋《とまや》を見慣れているが、整った舟屋は珍しい。舟屋の美を見逃さない素直さがいい。◇小六月

二〇一四年一一月一七日

また夫《つま》がテレビに返事小六月

天野きらら『ウェルカムフルーツ』

テレビの場面が現実の暮らしと直結している。電話の応対やふたりの会話などは音声の区別がつかない。呼ばれるとつい返事をして、なんだテレビの中なのかという苦笑いが私にもある。掲句は気軽な夫婦の円居《まどい》がみえる。妻の立場からの夫詠。いくぶん耳の聞こえがわるくなりだした夫か。また返事をしているわと呟《つぶや》く。しかし、それほど気にはしていない。小《こ》六月《ろくがつ》は小春日和が続く。ゆったり過ごしたい月。◇小六月

二〇二一年一一月一日

蝿も蟻もをりて日向の花八手

深見けん二『もみの木』

作者は花八手《やつで》のような人だ。二〇二一年九月一五日、九九歳で大往生。虚子の直弟子で、主宰誌が「花鳥来《かちょうらい》」。体力を労《いたわ》りながら生涯は優雅で自在であった。

八手の花には蝿も蟻も群れ、小春の陽気を楽しんでいる。目立たないが、小さな毬《まり》の集まりの花は、虫たちの集会場。来るものを拒まない。気ままな天国のようだ。冬になる直前にこんな慈愛に満ちた花があることに私は感動する。◇八手の花

二〇二〇年一一月二六日

みづからの光りをたのみ八ッ手咲く

飯田龍太『山の木』

八手ほど無視される花は珍しい。葉は名の通り掌《てのひら》のように大きい。花は毬状《きゅうじょう》の花序が集まり緩やかな円錐形をなす。いつまでも咲いており、人をひきつける魅力に乏しい。福を招くといわれ庭隅に植えられているが、繁るに任せ、忘れられた存在だ。作者はやさしい。八手の孤独を見抜いている。八手は自らを鼓舞し、花を咲かせる。健気《けなげ》ではないか。作者は花の本性を見抜き、そこに自己を投影している。◇八手の花

二〇二二年一一月八日

うみやまのあひだの旅の冬に入る

田中裕明『田中裕明全句集』

立冬。〈うみやまのあひだ〉とはどこだろう。東海道や山陽道という街道筋ではない。具体的な地名を記さないいい方に漂泊の思いが漂う。大きな句だ。自然とも違う。作者が経て来た懐かしい海山の間の旅。海山もひらがな表記はいっそう茫漠とする。働き盛りの四五歳で二〇〇四年暮れの小晦日《こつごもり》に逝去。句は死後発表された病床での作。〈うみやまのあひだ〉から釈迢空《しゃくちょうくう》の処女歌集名を思う。それが暗示する死生の旅が近いか。◇冬に入る

二〇一四年一一月七日

蝶双つ飛んでゐるうち冬になる

伊藤政美『天網』

蝶は春から飛んでいる。幸せそうな番《つがい》の双つ。夏が過ぎ、秋も去り、いつの間に冬になる。そんな双蝶のイメージを描いた。人間も含めて自然の推移を暗示しているようだ。〈風よりも遠きところに冬芒《すすき》〉という句も作者にはある。手前に風が激しく吹いている。遠方には冬になっても枯れ切らない芒が立つ。

双蝶も冬芒も、時間を超えた確かなるものを捉えたいという気持ちが伝わる。◇冬に入る

二〇一六年一一月七日

あやふきに遊ぶこころや綿虫は

能村登四郎『天上華』

綿虫《わたむし》が舞う季節になった。初冬にしばしば見かけるアブラムシ科の二ミリほどの昆虫だ。夕方近く、空中を浮遊しながら交尾する。小さい翅《はね》を光らせ、綿を分泌している感じ。人に近寄りまた離れる。自在だ。これを〈あやふきに遊ぶ〉と見た。これは生き方の名人を評することば。綿虫ふぜいには勿体《もったい》ない形容であるが、取るに足りない小虫が意外にも至人《しじん》の知恵を持っている。自然から教えられることが多い。◇綿虫

二〇二二年一一月一〇日

身の上のこととつとつと雪婆

古田紀一『見たやうな』

雪を被ったような白髪の老婆が身の上話をぼそぼそ始めた場景を連想し思わず引き込まれる。雪婆《ゆきばんば》は初冬に見られるアリマキ科の小虫綿虫《わたむし》の呼称。白い綿状の分泌物を付けて空中を漂う。俳人は雪を迎える前のしばらくの退屈しのぎに、雪婆と擬人化し、自然に親愛の情を示す。いかにも身寄りがない老婆が述懐する姨捨《おばすて》伝説のような虚とも実ともつかない伝承は、日本人の暮らしを支える人情噺として必要であったのではないか。◇雪婆

二〇一一年一一月二一日

掌《て》に残る綿虫の綿誰が忌日

栗林千津　『命独楽』

初冬に、分泌した綿を引く米粒ほどの昆虫を見る。雪国ではしばしば。夕暮に越後の五合庵で夥《おびただ》しい綿虫《わたむし》に出会いびっくりしたことがある。体温を慕うかのように、離れない。人くさい感じ。掲句は綿虫の綿から亡き人のことを思った。年配になれば、「来る日来る日が誰かの忌」ということになろう。さて、今日は誰の命日であったかと。明治生まれ、仙台に住み、毅《き》然《ぜん》とした作者であったが、句も律儀。◇綿虫

二〇〇九年一二月七日

綿虫や吹かずじまひの火吹竹

小笠原和男　『年月』

初冬に見かける綿虫を俳人は好んで詠う。私も京都の大原三千院の庭で綿虫の乱舞に出会い感激したことを思い出す。アリマキ科の昆虫で、二ミリくらい。交尾に入り、お尻に白い綿状の分泌物を付けてひかりながら飛ぶ。雪が来る頃なので、雪蛍とか雪ばんばとも呼ぶ。

掲句の火吹竹は懐かしい。竈《かまど》で火を燃やした頃や炭火を熾《おこ》した折にはよく用いた。ガスや電気の時代になり、用済みになってしまった。◇綿虫

二〇一七年一一月七日

滴々《てきてき》と熱き珈琲今朝の冬

浅井民子　『四重奏』

今日は立冬。朝食に熱いコーヒーをたっぷりと淹れる。季節の歩みの早さに驚いている。〈滴々〉はしたたるさま。晴れるようだわ、久しぶりに友達に手紙を書こうかしらなどと思いながら、銀座に出る。〈冬麗《とうれい》の便箋買ひに鳩居堂《きゆうきよどう》〉
近頃は落葉が遅くなった。温暖化の影響だわと思いながら。〈銀杏《いちよう》散る巨艦のごとき硝子《がらす》ビル〉。耐震補強がされ、地震には大丈夫かしらとも。◇今朝の冬

二〇二一年一一月八日

茶の花垣逝きし人らの棲むような

池田澄子　『此処《ここ》』

葉に花が隠れるような茶の花。花は五弁、一重の白花とはいえ、蕊《しべ》の金色は湧くごとし。品がいい。茶の花垣をめぐらし、ひっそりと亡き父母が棲む。こんな想像は何と懐かしいことか。大林宣彦監督『異人たちとの夏』（原作山田太一）は一二歳の時に浅草で交通事故死した両親に、ある時、主人公がぱったり会い、しばらく暮らす不思議な映画だった。掲句から先年見た感動を思い、生と死はひと続きと改めて実感するのである。◇茶の花

二〇一九年一一月九日

剃りあげて冬日のぬくさ載せ歩く

坂内文應　『天真』

「四日、九日浄髪」とある。禅宗では修行中、毎月、四、九が付く日は休みにあたる。頭を剃る、爪を切る、作務《さむ》衣《え》を繕うなど身辺を整える日。頭を剃り、青々した肌に冬日が載る。冬日はどきどき。頭の方も、そわそわ。しばらく、温《ぬく》とい心地よさを感じながら、歩く。冬が来たなと思う。町歩きは久しぶり。空気が新鮮だ。修行とは無心になり仏の教えを受け入れる修練を積むことだ。冬日を頭に載せることも修行の内。◇冬日

二〇二〇年一一月一〇日

冬薔薇我が忘れゐし我に逢ふ

巫《かんなぎ》依子《よりこ》　『青き薔薇』

芳香を用いストレス解消などを目ざすアロマセラピストが本業という。掲句は人生も多忙の中で、ふと忘れていた自分との出会いを捉え、読み手をほっとさせる。同時作〈青き薔薇一輪のため冬灯《ふゆともし》〉も冬薔薇《ふゆばら》を愛《いつく》しむ。ところが冬が過ぎ、句集最後に〈もう誰を愛してゐるのかも朧《おぼろ》〉という春の句が出る。句集は実生活を告白するわけではない。ドラマが語られるが、気持ちの振幅がはげしい。そこに現代を感じさせる魅力もある。◇冬薔薇《ふゆそうび》

二〇一九年一一月一二日

枯るる中言葉みづみづしく生まれ

渡辺純枝　『只中』

冬枯れの季節を迎える。身辺が静かになると、詩情が湧くという。掲句の作者は冬型なのか。父と母を詠んだ句のみずみずしさに注目した。〈父情とはバターの塩気遠千鳥〉と父への思いは素気《そっけ》無い。バターにわずかにある塩気ほどだという。遠い千鳥の啼《な》き声もさみしい。かたや母情は深い。母を訪ねてはるばる七里。冬鷗《ふゆかもめ》が乱舞する母恋の句。〈母がりの渚を七里冬鷗〉。自分の気持ちに素直な人なのだろう。◇枯れ

二〇二一年一一月一二日

初氷夜も青空の衰へず

岡本眸　『二人』

「地始めて凍る」（二十四節気七十二候）とある。冬の始まりである。江戸期の歳時記に〈初氷〉は見えるが、例句は少ない。朝、氷が張った。寒くなったが一日青空。夜もよく晴れてという。さしずめ一茶の〈夕やけや唐紅《からくれない》の初氷〉（『八番日記』）が近いか。一茶の句は急に寒くなり、初氷とはいえ、存在感がある。掲句の初氷からも関東平野の初冬の寒さを満喫する。これは風景句には違いないが、作者の生き方の緊張感を感じさせる。◇初氷

老人に菊花展あり昼酒あり

二〇二〇年一一月一二日

本井　英　『開落去来』

老人のいささかの愉しみを気張らないでお洒落に表現した作。晩秋から初冬に、日比谷公園などでは菊花展がある。そこをひとわたりみて、ちょいと有楽町で昼酒をいっぱい。虚子は人の生死も「月日の運行、花の開落、鳥の去来」と同様だという。作者もすべては「宇宙の必然の力」とみる「花鳥諷詠」観を尊重している。

掲句、昼酒がいい。若者に酒が売れなくなった昨今、老人が経済を支えている。◇菊花展

松明あかし白装束の点火役

二〇二二年一一月一二日

永瀬十悟　『三日月湖』

須賀川《すかがわ》の松明《たいまつ》あかしは市をあげての火祭。伊達政宗が須賀川城を攻略した際、手に松明を持ち城を護るために城下の民が集まったのが由来のよう。火祭は戦死者の鎮魂のため続けられた。城址に建つ二階堂神社からの御神《ごじん》火《か》を五老山の公園まで運ぶ白装束の若者たち。点火役を担う。白虎隊ではないが、厳粛、ちょっと悲壮でもある。一〇メートルもの大松明三〇本、一本ずつ点火される。やがて火の海。敗れるも火、慰霊も火。◇松明あかし

牡蠣噛めば窓なき部屋のごときかな

二〇一九年一一月一四日

佐藤文香　『海藻標本』

比喩が面白い。ちょっぴり暗い気持ちになるというのか。牡蠣《かき》をぐにゃっと噛むとしばらく、そこに集中する。あたるのではないかと不安な思いを持ちながら、他のことは考えない。心配ならば食べなければいいものを、牡蠣好きは止まらない。〈焼芋の金を滑りし牛酪《ばたー》かな〉という句も焼芋に集中し、塗って食べるバターに拘《こだわ》る。牡蠣や焼芋を描写するよりも、好き勝手な付き合いの仕方を描くというのであろうか。◇牡蠣

神在にＫＡＭＩＫＡＺＥの吹く狂気かな

二〇二〇年一一月一四日

中原道夫　『彷徨《UROTSUKU》』

ことは二〇一五年一一月一三日（日本時間一四日）、フランスでのテロが句材。パリ市内と郊外サン＝ドニ地区のカフェなどがイスラム国などの戦闘員による同時銃撃や爆発を受け死者一三〇名を出す事件があった。フランスへの報復自爆テロを日本の特攻隊名を用い、現地の新聞・テレビが報道した。一一月は日本の出雲では各地から神が集まる神在《かみあり》月。ところが、フランスで神風の狂気が荒れ狂うとは変なところで世界は一つ。◇神在

七五三よそ見ばかりの写真撮り

二〇一三年一一月一五日

三村純也　『觀自在』

子が三人揃う家は珍しい。若いお父さん、張り切って何枚も撮った。が、だれかいつも脇見をしている七五三の写真。たちまち元気潑溂《はつらつ》の日は過ぎる。子の成長は矢のごとし。優等生のかしこまった写真よりも、やんちゃなぼくたちの成長ぶりこそ貴重。

犬も連れて行ったね。ちゃんと端に写っているよ。お兄ちゃんはそっちに気を取られていたな。一家にとり、祖父母に両親が揃い最高の時。◇七五三

蕎麦搔きや虚子の街ゆくちんどん屋

二〇二二年一一月一六日

塩川　正　『初彫の仏』

小諸《こもろ》は虚子の街。爆撃の対象になりやすい都市圏から鄙《ひな》の地に移住した。鎌倉住みの高浜虚子がつてを頼り、一九四四年九月から戦後四七年一〇月まで、山国小諸に疎開した。俳句の大御所虚子の名は宣伝効果抜群、三年ほどの滞在が今日まで親しまれている。新蕎麦粉による蕎麦《そば》搔《が》きが出回る時期、蕎麦屋の宣伝に、ちんどん屋が出る。初冬の日曜、虚子に因《ちな》む俳句大会でもあったのか。坂の街、小諸の束の間の賑わい。◇蕎麦搔き

顔上げるたびに老けゆく蓮根掘

二〇二二年一一月一六日

山崎妙子　『柔らかなうちに』

辛くきびしい作業を端的に捉え隙がない。名句である。泥田に入り顔を下向きに蓮根《れんこん》を探り、掘り上げる。見る者には泥の中から宝物を掘り出す期待感があるが、掘る当事者は泥との闘いに必死。顔を上げるたびに「ああしんど、齢をとったなあ」と呟《つぶや》く。「老ける」意識は全身の感覚。小手先の作業のちまちました疲労感とは違う。腰を伸ばし、足を踏ん張る。その瞬間にじわりとくる不自由な感じ。冬を迎えた青空だけが慰めだ。◇蓮根掘る

奥といふしづかさ冬の日の射して

二〇一九年一一月一六日

井越芳子　『雪降る音』

喧騒《けんそう》が去った後の冬を迎えた高原詠であろうか。冬の日に関し、〈冬の日を光背として白樺〉という句が作者にある。この句は手前に白樺、奥に冬の眩《まぶ》しい日輪という構図だ。掲句からも冬の樹間の奥がまず思い浮かぶが、関心は〈しづかさ〉に惹かれている。それも、静寂よりも閑雅な趣きを好まれるようだ。もう若くないとの年齢の深まりが、落ち着いた雰囲気を愛する。省略がよく効いた表現に初冬の季節感がある。◇冬の日

菊練りの陶土が鳴きし冬はじめ

二〇一〇年一一月一七日

能村研三　『肩の稜線』

二〇一〇年の夏七月、備前の中村真窯で皿を作らせて貰った。それが焼き上がり送られてきた。黒い鉄分を含んだ土から朱が夕日色に出た。感激している。陶土を練ることを「菊練《きくね》り」という。あの菊練りの日を思い、きゅっきゅと鳴く感触は忘れ難い。掲句から作者の体験が素直に伝わる。初冬は気持ちが落ち着く季節。指先に思いを集中して陶土に幽《かす》かな願いを伝える。きっと見事な形が出来上がるに違いない。◇冬はじめ

セーターに編まれて鹿と分かりだす

二〇二二年一一月一八日

柏原眠雨《みんう》　『花林檎』

毛糸編みの目を一つ一つ詰めてゆく。編手は胸中にプランを秘め、前途ほど遠いかなたに夢を持ち、もくもくと編む。手編みほど温かい作業はないのではないか。お母さんが低くなり出した日差しを受け、編物に励んでいる。子はちらっと見て、幸せな思いに浸る。「あ、鹿だ」、角が出て、かたちが浮かんでくる。見るたびに躍動感が高まる。「お母さんありがとう」と子も胸中でお返しをする。仙台在住の俳人哲学者。温雅な作。◇セーター

家中の布団を干して海が見ゆ

二〇一六年一二月一四日

野木桃花　『時を歩く』

冬にはまれな晴天の日。二階の物干場に布団《ふとん》を干す。向こうに海が見える。見慣れていても明るい冬の碧《あお》い海は久しぶり。海が見える。この呟《つぶや》きに思いがこもる。〈冬もみぢあのあたりまで歩けさう〉も明るい句。高台から鮮やかな冬紅葉を見て、あのあたりまでなら大丈夫歩ける、と心に決める。一つ一つけじめをつけて確実にこなす。それが生活の信条なのであろう。掲句にも張りがある。◇布団干す

わらぶとん雀が踏んでくれにけり

二〇二一年一一月一八日

一茶　『七番日記』

田舎では敷蒲団《しきぶとん》に藁《わら》を入れた藁蒲団を用いた。嵩張《かさば》るが温かい。時々日に曝《さら》す。そこへ雀《すずめ》が来て跳ねて廻る。〈飯粒を鳥に拾《ひろわ》すふとん哉《かな》〉も同時作か。干蒲団に付いた、子がこぼした飯粒を雀などにつつかせるという。いかにも面白く作為がみえるが、一茶得意の卑近な俗情を捉える。掲句を詠んだ文化一一年は五二歳。四月にきく（二八歳）と結婚、八月に江戸に出て江戸引退記念『三韓人』の出版に飛び廻る。気合が入っている。◇わらぶとん

足指は遠くにありて一茶の忌

二〇二〇年一一月一九日

渡辺誠一郎『赫赫《かつかく》』

一茶忌である。齢をとると足の爪を切る時に手が届かない。若い頃は体の屈伸も自在、どこへも手が届き過ぎるほどだったが、いつか足指までの自由が利かない。一茶も妻のきく（菊）を呼んで足の爪は切って貰ったか。

不精になる。引っかからなければ、爪が伸びても放っておく。万事このてでゆく。自分の体でありながら、いうことをきかない個所《かしょ》がだんだん増えてくる。体は不自由でも頭がもてば、と自堕落になる。◇一茶忌

一茶の忌とんと出口の見あたらぬ

二〇一九年一一月一九日

夏井いつき『伊月集』

小林一茶は文政一〇年一一月一九日が命日。陽暦では小寒の一月五日にあたる。辞世は〈花の影寝まじ未来が恐しき〉。西行の〈願はくは花の下にて春死なむそのきさらぎの望月の頃〉を踏まえ、わしは西行のいう花の下影が恐ろしくて死後の未来なんか信じられねえと開き直った。死期が迫る中で、必死に出口を探ったのである。

掲句の作者も、一茶に同感。暗中模索の毎日で、死は意識しないが、先が見えないとの告白の句。◇一茶忌

串の火を吹つ消したぶる鶫《つぐみ》かな

二〇一四年一一月一九日

皆吉爽雨《みなよしそうう》『雪解』

山村では晩秋に渡ってくる小鳥を霞網《かすみあみ》で捕らえ、串刺しにし、焼いて食べた。縄文以来長い習慣であった。戦前、昭和一三年頃の光景だ。私にも昭和三〇年代末に、そんな経験がある。さすがに小鳥の毛を毟《むし》ることは出来なかった。掲句は飛騨山中での作。炭火で焼くと串に火が付く。黒こげにならない、じぶじぶしたところが美味い。すばやく火を消し、熱々なところにかぶりつく。描写が巧み。◇鶫

結構な話に乗るな薬喰

二〇一八年一一月二〇日

茨木和生『潤』

世の中に〈結構な話〉が多い。金銭がらみの儲《もう》け話の類い。冬は悪巧みがはびこる季節。注意しないといけないという。薬喰《くすりぐい》とは健康にいいからなどと薬に騙《だま》されるな、という意ではない。古来、鹿の肉を食べることは忌み嫌われた。鹿は神の使いである。しかし寒中の鹿の肉は体の邪気を払い、滋養があるという。そこで、薬と称し食べたのである。猪も馬もみんな薬喰と称した。薬になるとは巧い方便だ。◇薬喰

二〇二二年一一月二三日

深ぶかと裏山はあり蕪蒸

大澤保子　『巴旦杏《はたんきょう》』

東京本所に生まれ盛岡在住が長い作者。裏山への信頼し切った思いは年配の作者ならば、ここが墳墓の地という郷土意識に繋がる。寒くなり出した時期の盛岡の蕪蒸《かぶらむし》は絶品だろう。三陸の海の新鮮な魚と南部の地の蕪の組み合わせがいい。遠野で食べた蕪蒸のこくが忘れ難い。子規は大阪の水落《みずおち》露石《ろせき》から天王寺蕪を蕪村忌に送って貰い、風呂吹と蕪蒸を食べるのが例《しきたり》になっていた。蕪蒸は地貌の食べ物。郷土への愛情が浸透している。◇蕪蒸

二〇一七年一一月一一日

時雨忌や土と空気とわが自由

佐藤映二　『葛根湯』

時雨忌は旧暦元禄七（一六九四）年一〇月一二日。芭蕉の命日である。陽暦に直すと、一一月二九日。芭蕉代表句〈初しぐれ猿も小蓑《こみの》をほしげ也《なり》〉（『猿蓑』）からの命名である。芭蕉の五一年の生涯から学ぶことが三点あるという。一つは土に根ざした生き方。二つは時代の空気を敏感に察知すること。三つは自由を求めて新しさを追求することだという。どれも難しい。根気と才気と鋭気が必要だ。◇時雨忌

二〇二三年一一月三〇日

鳶《とび》の羽《は》も刷《かいつくろひ》ぬはつしぐれ

去来　『猿蓑』

付句〈一《ひと》ふき風の木《こ》の葉しづまる〉　芭蕉

芭蕉七部集『猿蓑』巻五冒頭に出る四吟（去来・芭蕉・凡《ぼん》兆《ちょう》・史邦《ふみくに》）歌仙。その発句と付句。時雨《しぐれ》がさっと過ぎる。乾き気味の空気が和む。屋根の大棟の端にいた鳶が羽を繕う。ここまでが去来の描く風景。それに合わせ芭蕉は、初時雨が来る寸前の風景を描いた。いくぶん強い風が木の葉を散らせ、あたりが静かに落ち着く。服部《はっとり》土芳《どほう》（『三《さん》冊子《ぞうし》』）の見方を紹介。風が収まり、初時雨が来た。時雨の到来を待ち望む文人の気持ちがわかる。◇はつしぐれ

二〇一九年一一月二六日

時雨るるや黒木つむ屋の窓あかり

凡兆　『猿蓑』

冬支度がすみ、ほっとした安堵《あんど》感が伝わる。山家ではなく、京都の町屋の風情か。八瀬《やせ》や大原から冬越し用の薪を売りにくる。生木を竈《かまど》で蒸し焼きにし一尺ほどに切り束ねた薪。それが軒下に積んである。時雨《しぐれ》が見舞う。窓あかりは屋内の天窓、煙出しからの明るさかなとも連想する。上向きの空間を巧みに詠んでいる。部屋の窓あかりでは平凡ではないか。しかし、町屋全体を摑む浪漫も孕《はら》み、よく時雨の情緒に通う。◇時雨

広沢やひとり時雨《しぐ》るゝ沼太郎

二〇一〇年一一月二二日

中村史邦　『猿蓑』

どこか人くさい句だ。浪曲の一節ではない。広沢は京都の嵯峨野にある広沢の池。古来月見、花見の名所として知られる。そこを初冬の時雨の場に転換した。沼太郎は菱喰《ひしくい》、大雁《おおかり》ともいう近江、美濃辺りの鳥の方言。

擬人化がおもしろい。群れを離れてしょんぼり浮かんでいる水鳥が沼の主風情。さらに連想すれば、時雨に濡れて名は俠客《きょうかく》の親分のような。子分に逃げられてしまったのだ。俳味があり、大らかな句だ。◇時雨

毛皮店鏡の裏に毛皮なし

二〇一一年一一月二〇日

中村汀女　『汀女句集』

斬新な句である。毛皮のコートでも試着するために鏡の前に立った。鏡には奥行きがある。ふと、鏡の裏にも毛皮が吊るしてある錯覚を覚え、秘《ひそ》かに裏へ廻ってみる。壁に飾られた額縁の油絵を見て、この額の景色の裏側にはどんな世界が秘密に隠されているのだろうと、いくたびも裏側を覗いてみたと萩原朔太郎《はぎわらさくたろう》が小説『猫町』に書いている。毛皮が欲しい気持ちの昂《たかぶ》りを鏡に見透かされた焦りがある。女心の切なさも滲む。◇毛皮店

うつしみのおのれがまとひ毛皮売

二〇一九年一二月二〇日

横山白虹《はっこう》　『横山白虹全句集』

昭和六（一九三一）年の作か。どこで詠まれたのかわからないが、毛皮売が纏《まと》った毛皮を売る。私は直感で大陸との関わりを想像した。福岡在住の医師であった作者は満州旅行や韓国行の体験もある。ご子女の寺井谷子さんに伺うと、大陸からの白系ロシア人の着の身着のままの姿が思い浮かぶとか。満州事変がこの年九月一八日に起き、関東軍の満州進出が始まる。翌年三月一日、満州国建国宣言。大戦前夜の世相を感知する。◇毛皮売

ゲンコツてふ駄菓子冬めく飛騨のもの

二〇二〇年一一月二一日

後藤比奈夫　『残日残照』

瀟洒《しょうしゃ》な中に可笑しみがあった。それが、俳句に滲む。関西の長老も二〇二〇年六月五日、一〇三歳で逝去された。追悼の思いからふと掲句が浮かんだ。小京都と親しまれた飛騨高山がお好きであったか。〈ゲンコツ〉は高山の明治二〇年代創業の老舗の菓子。きな粉飴と呼ばれ、きな粉と水飴を練り合わせた名の通り無骨なもの。

げんこつを口に入れ、寒いなと感じる。初冬の飛騨の清潔感がいい。朝市でも歩きながら。◇冬めく

蟷螂の枯るる間際の身づくろひ

二〇二一年一〇月二五日

吉田鴻司　『吉田鴻司集』

蟷螂《かまきり》への思い入れが深い句である。真《ま》っ青《さお》な蟷螂も草木が枯れる初冬にはさすがに褐色を帯び枯れた姿態を曝《さら》している。哀れだ。しかし蟷螂は気位が高い。気力で生き残ったものか、わずかに鎌を動かし身づくろいをしているように見える。蟷螂を見ながら、わが老いのあり方が念頭にあろう。〈重ねたるほどに着ぶくれてはをらず〉という句もある。身だしなみを疎《おろそ》かにしないダンディーな心得は蟷螂にまで及んだのであろう。◇枯蟷螂《かれとうろう》

蟷螂《かまきり》の枯れても構へ崩れざる

二〇一三年一一月二二日

石原八束　『仮幻』

かなしい句だ。晩秋から初冬になっても生き延びているかまきりを〈枯蟷螂《かれとうろう》〉などと俳人は呼ぶ。かまきりは誇り高い。人間に対抗意識を崩さない。前世ではなんであったのか。その怨念がかまきりとなっても残存しているのか。作者は蛇笏門、三好達治に師事した詩人肌の文人俳人。高潔な人生をおくったご仁。どこか終末のかまきりの毅《き》然《ぜん》たる精神に、共感するところがあったのであろう。◇枯蟷螂

枯蟷螂〈さびしさだけが新鮮だ〉

二〇二〇年一二月一日

原　満三寿《まさじ》　『齟齬《そご》』

井伏鱒二『厄除け詩集』に出る中国の詩人于武陵《うぶりょう》の詩「勧酒《かんしゅ》」の一節を訳した「サヨナラダケガ人生ダ」をもじったのが下句。気が利いたもじりだ。さびしさがいのちに響き感動する。暗いムードだけではないという。冬になり、見るも哀れに霜枯れたかまきりが〈枯蟷螂《かれとうろう》〉。産卵後に雌が雄を食い、間もなく死んでゆく。「サヨナラ」の前の姿をこれはなかなかいいとエールを送った。金子光晴研究者で詩人らしい鋭さが句にはある。◇枯蟷螂

落葉松散る遠き記憶を呼ぶごとく

二〇一二年一一月二一日

青柳志解樹　『杉山』

晩秋に落葉松《からまつ》が散る。さらさらと散る。ときに、なにかに急《せ》かされたごとくいっせいに散る。その強弱の変幻が落葉松自身、遠い記憶を自分の中でたぐり寄せているのではないかと思われるようだ。私はこう読みたい。

もとより落葉松が散るさまを見つめた作者が自分の過去の記憶を呼び起こすようだとも読めるが、それは平板だ。落葉松を生きものと見て、落葉松の気持ちになり、落葉松幻想をたのしみたい。◇落葉松散る

朴落葉して豁然と日の當る

二〇一九年一一月二一日

波戸岡 旭 『鶴唳《かくれい》』

漢詩調である。〈豁然《かつぜん》〉は目の前が開ける快感の形容。朴《ほお》の広葉が初冬にいち早く散る。あたりはぱっと明るくなる。まっすぐに立つ朴の幹に日が当たる。文人の曇りなき明鏡の心持ちを暗示するようだ。先日も月山《がっさん》の麓、山形県の志津温泉の朝、快晴の月山を仰ぎ、眼前の朴の大木に感動した。朴から語り掛けてくる。「おはよう」と返すと、朴は「お元気で」という。この頃、木と会話が弾み、「ほう」と感心した。◇朴落葉

臥猪《ふすい》かと驚く朴の落葉かな

二〇二〇年一二月五日

泉 鏡花 『泉鏡花俳句集』

山中に朴《ほお》の落葉を見て、そこに猪《いのしし》が臥しているかと驚いた句である。朴の裏葉は白く、一見、想像を掻き立てる。〈臥猪の床〉とは和泉式部をはじめ平安歌人が愛用の歌ことば。優雅な萩に粗野な猪を配する意外な組み合わせから醸す調和を楽しむ情緒は百人一首でも名高い。

作者は明治時代きっての怪奇な浪漫を愛した小説家。尾崎紅葉門。俳句を子規門の内藤鳴雪にも見て貰った。意外な素朴さがいい。◇朴落葉

山茶花を待たせて人を招《しょう》じけり

二〇一五年一一月二一日

斎藤 玄 『雁道』

山茶花《さざんか》の時期になった。見事に咲き出した。そこでかねて呼ぼうと思っていた客人を招いたという。

茶道に一期一会という心得がある。そんな出会いを想像できる。いい茶があるから、うまい菓子があるからではない。庭の山茶花に伺いをたて、ころ合いを決めたころにくい配慮が、おのずから作者の人柄を彷彿《ほうふつ》させる。晩年は癌に苦しみながら壮絶な句を残す。癌も名句を待ってくれた。◇山茶花

散るばかりなる山茶花も柊も

二〇一〇年一一月三日

青柳志解樹 『山霊樹魂』

園芸専攻で植物にくわしい作者。初冬の山茶花《さざんか》も柊《ひいらぎ》も散るさまがいいという。確かにそういわれると、散り方に華やぎがある。椿《つばき》はぽとりと落ちるのであっけない。地面に落ちた花を愉《たの》しむ風情はあるが、散り方を愉しむ花ではない。山茶花の崩れるさまと柊のぽろぽろ零《こぼ》れるのは同じではない。が、陽と陰のような対照がある。わが家にも二つの木が近くにある。改めて今年は散り際を愉しみたい。◇山茶花

雲の下ゆく雲のあり風鶴忌

二〇二二年一一月二一日

藤木倶子《ともこ》　『火を蔵す』

今日は石田波郷の忌日。風鶴忌《ふうかくき》と呼ぶ。〈吹きおこる秋風鶴をあゆましむ〉から付けられた。風を受け歩む鶴は一幅の日本画のよう。そこに長身の波郷の風姿が偲《しの》ばれ、忌の名付けに相応しい。掲句の雲の動きにも風がある。高空をゆっくりと移る雲、その下を流れゆく雲。鈍《にび》色《いろ》の空が慌ただしく動き出す前兆。季節は冬へ。風は刻刻と変わる自然界の演出家。作者が慕う波郷も俳句界のコーディネーター。一抹の無常感もある。◇風鶴忌

海鳴りの図鑑作ろう冬すみれ

二〇一九年一一月二三日

高岡　修　『剝製師』

詩人の発想である。鑑真が漂着した坊津《ぼうのつ》の海鳴り、佐渡の真野湾の海鳴り、宗谷岬の海鳴り。3・11の悲惨な記憶を忘れないために南三陸志津川湾の海鳴り。太平洋を一望にした室戸岬の荒い海鳴り。東シナ海の刻々変わる政治情勢まで伝える宮古島の東平安《ひがしへん》名《な》崎《さき》の海鳴りまで。

冬すみれは早咲きのすみれ。特定のすみれがあるわけではない。ただし、かすかに海鳴りを潜めているすみれ。こんな図鑑も欲しいいね。◇冬すみれ

勤労感謝の日の一人にて神楽ファン

二〇二二年一一月二三日

百合山羽公　『楽土』

時代が変わっても生き方の骨格は失いたくない。ものを作り、働くひたむきな気持ちへの感謝である。掲句の前書に「奥三河花まつり」とある。神楽《かぐら》とは霜月《しもつき》神楽だ。花まつりともいう。神前で湯立《ゆだて》神事（熱湯による禊《みそぎ》と祓《はらい》の浄め）を行った青年たちが主になって夜通し舞う。一二月から一月にかけ、太陽と大地の生命力を讃え、活力を呼び覚ます素朴な土俗の祭が、奥三河から伊《い》那《な》谷《だに》にかけて盛ん。作者は浜松の人。神楽好き。◇勤労感謝の日

自決の海の火柱となり鯨とぶ

二〇二〇年一一月二四日

野ざらし延男　『沖縄詩歌集』

沖縄の鯨は聡明だ。鯨自体にも、歴史を理解する生得的な力があるようだ。大江健三郎著『沖縄ノート』は名著である。沖縄での日本軍指揮官が住民に集団自決を強いた経緯の記述が問題視されたことがあった。

作者は一九四一年生まれであるが、沖縄人には自決云々《うんぬん》は自明のことだった。掲句は沖縄の血染めの海の怒りを鯨に託し捉えている。沖縄史が抱えた深い哀しみは七五年くらいで消え去るものではない。◇鯨

二〇一六年一一月二四日

人間をふつと休みて菊焚いて

市川榮次　『甲斐駒ケ岳』

激しく句作に燃えている人でないと、こんな思いにならない。初冬に庭の枯菊《かれぎく》を焚《た》く。無心になって。甲斐駒ケ岳が見える麓に作者は住む。厳しい山だ。山はいつも無言。若いときは山に張り合うように働いた。しかし、山は無言。人間を大事に〈地酒飲み猪《しし》食ひし貌《かお》よせて来る〉と酒飲みの句を詠んだ。それからいくぶん楽になった。最近山が気にならない。菊を焚く。その香に浸る。やはり山は無言。◇枯菊焚く

二〇二二年一一月二五日

漬物桶に塩ふれと母は産んだか

尾崎放哉　『大空』

冬菜漬けの時期、思い起こすのは掲句。大正一三（一九二四）年冬、兵庫県須磨寺内大師堂の堂守として住んでいた頃の作か。東大法科出の脱サラ。保険会社の支配人の地位を捨て妻を放り、京都の一燈園での恵まれた托鉢修行も放棄して寺の堂守になる。焼米に水だけの暮らし。仏に向かい句作三昧《ざんまい》。変人には違いないので、噂する鳥取の故郷人も大嫌い。亡き母だけは追憶の種。漬物桶に塩を振る。母はこれでいいというか。◇漬物桶

二〇二二年一一月二八日

一枚を剥ぎ白菜のしろさかな

岸本葉子　『つちふる』

削いで剥いで、皮膚感覚に驚いた。〈春暁の管《くだ》一本として体〉。掲句も剥ぐ俳句。みずみずしい白菜。いくぶん青みが強い上の葉を剥ぐ。途端に真っ白い、これぞ白菜。ほっと溜息《ためいき》をつく。〈薄氷《うすらい》の中ほどにある白さかな〉という句も。白さのさらに奥の白さを求める清冽《せいれつ》な気持ちがおありなのであろう。知的感性の極致への憧れとでもいえようか。冬の暮らしに白菜があると楽しい。鍋物にも重宝する。優しいエッセイストは句も巧い。◇白菜

二〇二一年一一月二五日

憂国忌逆さ睫毛が目に入る

成田一子《いちこ》　『トマトの花』

憂国忌、三島由紀夫の忌日。三島が自決した一九七〇年から五一年の歳月が経つ。作者が生まれた年である。三島は気になるが、違和感がある。掲句はそんな気分を突いている。その行為は時代錯誤ではないか。逆《さか》さ睫毛《まつげ》がちくちく刺さる感じは若い世代の三島観として率直である。『金閣寺』に描かれた完璧な美への体当たりの葛藤には感動する。が、戦後社会を否定する「憂国」にはついて行けない。社会詠として清新な作。◇憂国忌

麁相《そそう》でもしたやうに降霰《ふるあられ》哉

二〇一二年一一月二六日

井月《せいげつ》『井月句集』

初冬の霰の降りようを連想させる比喩が巧み。人生観が滲《にじ》む。〈麁相〉は子どもなどがおしっこを漏らすときにいう。ぱらぱらと降る。その降り加減がちびちび濡らした自分の失敗を思わせたものか。失敗も一句の着想に生かせれば、失敗ではない。いい経験になる。

越後の長岡を捨てて四十余年、伊那に住みつき、明治二〇年二月、六六歳で没。なぜ故郷を捨てたのか、脱藩か、謎《なぞ》の俳人の見直しの作。◇霰

木枯や刈田の畔《くろ》の鉄気水《かなけみず》

二〇一五年一一月二六日

惟然《いぜん》『続猿蓑』

冬になった。ひゅうひゅうと木枯《こがらし》が吹く。田の刈株も生気がなくなり、畔《あぜ》には鉄分を含んだ水がどろんと溜まっている。天も地も休眠の時を迎える。木枯だけが元気な枯田の光景を描き、そこに風来坊《ふうらいぼう》の作者の心境が託される。惟然は家を捨て俳人になった美濃の人。『おくのほそ道』の旅の同伴者に名が出たくらい芭蕉に愛された。芭蕉死後は風羅念仏《ふうらねんぶつ》を唱え諸国を廻った奇人。地味ながら確かな句。◇木枯

凩《こがらし》に蹤《つ》く一湾の紺強し

二〇一二年一二月七日

鈴木湖愁『無盡藏』

凜冽《りんれつ》な句だ。はげしい木枯が湾を吹き抜ける。そのあとの湾が濃紺。〈蹤く〉は跡《あと》をつける意。穏やかな日和の湾内に一夜木枯が吹き荒れ、忽《たちま》ち冬景色に変わる。はげしい句である。作者の張り詰めた心が映し出されている。わずかの隙も許さない厳格なリゴリズムが信条なのであろう。が、このようなご仁ほど人情に脆《もろ》く、気持ちは温かい。自分に厳しいのである。作者はなにか俳句に願をかけているのであろうか。◇凩

友どちの顔赤き夜の火桶かな

二〇一二年一一月二七日

辻　邦生『永遠のアルカディアへ』

辻は旧制松本高等学校に一九四四年四月、入学する。敗戦一年前。詩歌の日記をつけている。掲句は日記「園生」の四五年一月一四日付。松高の思誠寮南寮で俳句会をした。自句一〇句の中に出る。寒中の部屋には火桶《ひおけ》がある。炭火で火照った友の赤い顔が浮かぶ。〈友どち〉がいい。友だちの意だが、一字の違いが、親密度をぐっと高め、友との円居《まどい》が彷彿とする。高名な小説家が若き日に初々しい俳句を詠んでいた。親しみを抱く。◇火桶

人間／母／しろさ／憂国忌／麁相／鉄気水／凩／友どち

天皇の在位十年山眠る

二〇一七年一一月二九日

吉田成子　『日永』

平成天皇在位一〇年目の折の作。山眠るという冬山の佇《たたず》まいを描き、そこに庶民感情として、ご苦労なことよという敬意の心が籠もる。

国体の場では選手を激励し、災害があれば被災地を回る。昭和天皇が行けなかった太平洋戦争の激戦地の慰霊に赴き、温かいことばを掛けられる。象徴天皇がこの国で一番の働き者ではないか。自ら申され、間もなくご退位される。誠にお疲れさまと感謝したい。◇山眠る

一枚の枯葉となりし慕情かな

二〇一九年一一月三〇日

佐藤文子　『火炎樹』

映画の題名のごとし。お洒落。どこがか。読み手の連想を規制しないで、自由に任せる。作り手は自分の浪漫にうっとりしている。写生ということに拘らない内心の自由を標榜《ひょうぼう》する新興俳句俳人に多い。

鮮やかに一枚の枯葉をイメージする。それは自然の枯葉ではなく、どこか亡き人に思いを重ねている。慕情という語が暗示的。師でも尊敬する人でもいい。北九州の俳人、穴井太が作者にはそんな人であったか。◇枯葉

仮の世の修羅書きすすむ霜夜かな

二〇二一年一一月三〇日

瀬戸内寂聴　『ひとり』

一一月九日、とうとう寂聴さんが修羅《しゅら》の世から去った。九九歳である。四三年も僧侶でありながら、仮の世であるとはいえ、修羅の巷《ちまた》がお好きで、別の世のことはそれほど探索されなかったようだ。その告白が掲句である。霜夜《しもよ》がお似合い。原稿用紙の枡目《ますめ》を愛用の万年筆で埋めていく。主題《テーマ》は修羅の妄執《もうしゅう》。西行が、一遍が、芭蕉が追い続けた情欲に囚われた己を見究めること。生涯、心の葛藤と戦った闘士であった。◇霜夜

霜夜なるとほきものほどかへりくる

二〇一一年一二月二日

豊田都峰　『水の唄』

冴《さ》えた夜空に星粒が鋭い光を放つ。霜が来る夜気を感じ静寂に身をおいていると、思いは遠くまで届く。年配者の感慨句。原っぱで遊んだ幼馴染みの誰彼。終戦直後、朝鮮半島へ帰ったまま行方知れない学友。クリーニング屋を継ぎ、働き過ぎて三〇代初めで突然逝った親友。

今朝なにを食べたか思い出せないことがあっても、卓《ちゃ》袱《ぶ》台《だい》を囲みつついた鯨の缶詰が美味かったことなど思い出し、不思議な気持ちになる。◇霜夜

琅玕《ろうかん》の背戸や青女《せいじょ》の来ます夜

二〇二二年一二月五日

恩田侑布子『はだかむし』

寒くなった。戸外は碧玉の濃緑色のような冴えた夜。霜を降らす女神、青女がひっそりと来てくださる。俳句では青女を霜の意にも用いるがここは中国伝来のロマンチックな原義を生かしたい。句集後書によると「岩場を机と椅子に、水音を聞きつつ」、その紺青の自然が書斎だという。先年、評論集でフランスのドゥマゴ賞を貰い、今回も評論集『渾沌の恋人《ラマン》 北斎の波、芭蕉の興』を句集とほぼ同時刊行。ナルシスト振りを発揮した。◇青女

灯火《ともしび》のすわりて氷るしも夜かな

二〇一〇年一二月二〇日

青蘿《せいら》『青蘿発句集』

霜が降る寒い夜、油皿から灯心が掲げる灯明の穂がゆらりともしない。〈すわり〉が巧い。〈氷る〉はしんしんと冷える部屋の寒さをいったもの。擬人化表現であるが、作者の灯《ともしび》の一点を見つめる根性がたしか。

作者は江戸中頃、天明期の俳人。灯を詠んだ句に〈灯火も動かでまろし冬籠〉（野坡）がある。〈まろし〉は穂先の形の円さ、情緒を愉しんでいる。掲句の厳しさにより寒夜の冴《さ》えた美が捉えられたもの。◇しも夜

尼寺や霜にめざめて霜に立ち

二〇一六年一二月六日

名取里美『家族』

尼寺の総本山は奈良の法華寺。私は鎌倉の東慶寺を掲句から連想した。めざめるのも、立つのも寺そのもの。毅然《きぜん》としている。霜《しも》は万物に活を入れる。霜の朝の清潔感は心地よい。尼寺とはやさしい。まして何でも悩みごとを聞いてくれる寺は古来女人の支え。そんな尼寺が今もいきいきと存在するとは安心する。それればかりではない。尼寺が建つ地もほっとした温《ぬく》みがある。作者は鎌倉在住。地貌を熟知した作。◇霜

三階はダンススクール十二月

二〇二一年一二月二日

遠山陽子『輪舞曲《ろんど》』

師走《しわす》のどことない忙しさが感じられる。マンションの三階にさりげない生徒募集の横幕。ダンス教室が開かれていることがわかる。窓から教室内の生徒の白い影がちらっと見えたりする。ここからニューヨークへ行き、世界のコンクールで入賞したダンサーの卵が育ったなどとニュースになると、教室はたちまち満杯に。都会に空地《あきち》があればマンションを建て家主は八階に、階下は貸して老後の暮らしを支える。この手は賢い。◇十二月

助宗鱈《すけそうたら》と小蕪のやうな暮し向き

二〇二二年一二月二日

佐藤鬼房　『枯峠』

素朴な暮らし向きの意外性に惹かれる。東北塩竈の鬼房が鱈好き。その上、慎ましい小蕪《こかぶ》好きが面白い。作者の涙ぐむような風土の捉えに関心があった。抒情よりも感傷に近い。〈切株があり愚直の斧があり〉と戦後俳句の社会性を問い続け、夭折の詩人立原道造に心酔。純粋でセンチメンタルな心情に共鳴したものか。奈良時代にハンセン病患者の治療にあたった光明皇后が好きだとも伺い感激。掲句の小蕪好きに通じる。◇助宗鱈・小蕪

昼のランプに冬鷗冬鷗

二〇一四年一二月三日

中岡毅雄　『一碧』

海辺の喫茶店だろうか。薄暗い店内にはアンティークのランプが点《とも》る。窓辺まで冬の鷗《かもめ》が乱舞している。ヒッチコックのサスペンス映画『鳥』ではないが、内の静まりと外の喧騒が鮮やかに対比されている。

心理詠である。内心に不安を抱えながらじっと耐えている苦しさを、透明感あることばで描いている。私は、いつか訪ねたポルトガルのロカ岬を思い描いた。ヨーロッパ最西端の地だ。地が堪《こら》えている感じ。◇冬鷗

夜祭の秩父別して真赤なり

二〇二〇年一二月三日

落合水尾　『浮野』

秩父神社（秩父妙見宮）の祭は二、三日。夜祭は三日。どっと人が出る。神輿に乗られた神さまが氏子中を巡る。夜は六台の絢爛豪華な山車《だし》も一段と華やぐ。まさに秩父がまっかに燃える。お旅所の神楽舞、空には花火。秩父は自由民権運動発祥の地。その気概が地貌の個性となり、祭に現れよう。師走の慌《あわ》ただしさに入る前、いまだ山国人も寒さを心地よく感じる余裕がある頃。「秋蚕《あきご》仕舞うて麦蒔き終えて」と秩父音頭が聞こえる。◇秩父夜祭

ねばりつく鴉の声を枯野中

二〇一六年一二月三日

古田紀一　『一扁舟』

鴉《からす》ほど多彩な芸を持った鳥はいない。花野が枯野《かれの》に変わる。枯れ一色。鴉にしてもさみしいであろう。自然に甘えるようなねばねばした声を出す。野に近付きたい願望があるのか、媚《こ》びたような声。これから迎える冬の厳しい寒さにどのように対したらいいか、鳴き声が鴉の冬支度なのであろう。〈鵯《ひよどり》がまづこゑ放つ初氷〉という句もある。庭先の蹲《つくばい》風景か。山国に住むと鳥も友達。鴉などは親友。◇枯野

なみなみと光を湛ふ大枯野

二〇一九年一二月五日

永瀬十悟　『三日月湖』

かつて、秋田の俳人から冬の枯野など想像できないといわれたことがある。冬は雪に覆われる北国では雪野こそあれ、ほっと和む枯野はないという。芭蕉の辞世〈旅に病《やん》で夢は枯野をかけ廻る〉、虚子の〈遠山に日の当りたる枯野かな〉などの〈枯野〉は冬でも温かい南国詠ということになろうか。掲句の作者はみちのく須賀川在住。温暖化により光溢《あふ》れる枯野が出現。しかも、災害を思い、びくっとした。自然環境も変わるのだ。◇枯野

声のなき枯野に声やちちははよ

二〇二二年一二月九日

安西　篤　『海程多摩第21集』

前書に「ウクライナの戦火」。戦場を枯野と見て、兵の父母の無限の嘆きを察したものであろう。思いが深い。作者の少年期の戦時における満州体験が蘇り、同じ戦時下の父母への熱い呼び掛けになっている。敗戦時、一三歳といえば多感な時。作者は、国境を越え進駐してきた軍の略奪暴行が繰り返される中を父母に護られ辛うじて帰国した。掲句の〈ちちはは〉は作者の今はなき父母かもしれない。戦争は悲しいとの叫びである。◇枯野

晩年や前途洋洋大枯野

二〇一七年一二月一二日

佐々木敏光　『富士山麓・晩年』

捻《ひね》りが効いた句だ。前途洋洋は将来への限りない期待をこめて、肯定的に用いられる。ところが、掲句は晩年の大枯野への形容である。皮肉ではないが、わが身もわが祖国も大変な大枯野を目の前にしているという。

同時作に〈薄原ふりさけみれば廃墟都市〉がある。「原発の廃墟も見える」と前書が付く。富士山麓に在住の作者。〈ふりさけみれば〉と詠った赤人《あかひと》も原発廃墟には驚くであろう。これは前途暗澹《あんたん》だ。◇枯野

重きもののさがしては投げ枯野の子

二〇一五年一二月二八日

中村草田男　『時機』

私が少年の頃、昭和三〇年代まで町には空地《あきち》があった。向こうでみんなが遊ぶ、誰のものでもない場所だった。向こうで野球をやってる。こっちでは縄とび。冬枯れの野原はもう虫がいない。竜胆《りんどう》が最後に枯れ、すみっこの瓢簞池《ひょうたんいけ》に釣り人もいない。遊びはぐれた子が石か棒を探しては投げている。力比べか、遠くまで〈投げる〉ことができる。そこに優越感がある。

勉強より〈投げる〉ことが大事だった。◇枯野

根の国のこの魴《ほう》鮄《ぼう》のつらがまへ

二〇二一年一二月四日

有馬朗人　『耳順』

作者は終生、師に当たる山口青邨を尊敬した。師に〈こほろぎのこの一徹の貌《かお》を見よ〉がある。蟋蟀《こおろぎ》は隈取《くまど》りをした役者のような一途な貌。生きるとは徹底することだという。師の句を踏まえたのが上掲句。魴鮄もまた面構えがごつい。海底の砂泥地を這う魚、稚魚期は体色が黒いが、成長するに従い胸鰭《むなびれ》はグリーンに、全身が赤く見栄えがいい魚になる。作者は周知の世の名士。しかし、師からの初心の教えを忘れなかったのである。◇魴鮄

猟犬の狂乱を待ち放しけり

二〇二一年一二月七日

中村和弘　『蠟涙《ろうるい》』

猟は多くの県で一一月一五日（北海道は一〇月一日）が解禁日。三カ月の狩猟期間である。猟犬は賢い。解禁を察知し狂わんばかりに興奮する。少し気持ちを落ち着けて、野山での猟に連れ出したという。主人と猟犬との呼吸が合わないと猟は成り立たない。猟ほど細《こま》やかな愛情の交流が大事にされるものはない。諏訪大社では新年の初穂料を供えると、冬季の猟を保証する「鹿食免《かじきめん》」をくれる。古来、諏訪は猟が盛んな地である。◇猟犬

源太村熊撃《くまう》ちはみな頭《ず》のでかき

二〇二二年一二月一五日

満田光生　『製図台』

民話調。會津育ちの作者には、源太村があってな、その熊撃ちは、といった昔咄《ばなし》の類いは幼い頃から耳にしていた。大学時代から優れた若手俳人と交友、大学院で蕪村の専門家として尾形仂《つとむ》先生門下。私中心の俳句から脱皮した大らかな俳句を目指すように努力している。句は蕪村調とも違う。柳田国男が若い日に列島の先住民としてマタギのような山人《やまびと》の存在を説いた。その世界に近いか。頭がでかい熊撃ちの村に惹かれる。◇熊撃ち

世の隅にあるひそけさや石蕗《つわ》の花

二〇一〇年一二月六日

宇田零雨　『風狂』

近年、高地の信州でも一一月半ばから一二月にかけて、石蕗が見事に開く。本来、暖地の花だけに、暖冬の影響であろうか。葉が蕗《ふき》に似るがキク科。花は黄菊の趣、気品がある。掲句は石蕗に託した作者自身の感慨詠である。京都大学の藤井乙男門の俳諧研究家として知られる。四〇年近い歳月をかけた『芭蕉語彙』の好著がある。〈ひそけさ〉というには一五〇〇ページ近い大著。著者には石蕗の花が相応《ふさわ》しい。◇石蕗の花

二〇二一年一二月一五日

とこしへに戦前にあれ石蕗の花

林　桂　『百花控帖』

戦争は悪。人と人、民族と民族、宗教と宗教、国と国などが互いにいがみ合い殺し合いに発展する戦争はすべてを破壊する。どんなことがあっても回避しなければならない。戦争を体験した戦後よりも、戦争の気配を感じながらも回避する手立てを考える戦前《いくさまえ》がいい。本来の人の世とはそういうものであろう。緊迫感が社会に満ちても永遠に戦前がいい。寒さを糧に咲き続ける石蕗《つわ》の花。反戦の花、戦争拒否の花、それは永遠の花。◇石蕗の花

二〇一九年一二月七日

考へることを考へ漱石忌

大野鵠士　『皆空』

漱石は大正五年一二月九日没。四九歳。先日、松山の子規堂で漱石のデスマスクを見た。威厳がある。掲句にいう〈考へることを考へ〉とは迷いの渦中にいるとの告白か。俳句が墓碑に見えるとも、作者は凄《すご》いことをいう。俳人はつねに迷っているとは共感する。漱石の造語「則天去私」も考えの果ての苦心の作ではないか。語ったのは逝去するひと月前の面会日とか。私心を捨て天に随《したが》って生きるとは東洋思想の到達点である。◇漱石忌

二〇二二年一二月七日

枇杷咲くや四十近づく詩精神

髙柳克弘　『涼しき無』

芭蕉は四十歳を翁と称した。円熟への憧憬を込め、含蓄ある表現だ。作者は芭蕉研究家にして俳人。創り手にとり〈詩精神〉こそつねに関心の的。枇杷《びわ》の花咲く一二月と暖国の秘かな花を配して、正念場を迎えたと自分を奮い立たせる配慮に声援を送りたい。四〇代は詩情の枯渇が始まる時期でもあることを承知している作者でもあろう。俳句は生死の根源を探求する文学だと評論集『究極の俳句』で書いている。覚悟がいい。◇枇杷の花

二〇二〇年一二月八日

開戦日踏まるる前の白い足袋

栗林　浩　『うさぎの話』

開戦日は死語にしたいことばである。しかし、一九三八年生まれ、敗戦時に国民学校に入るくらいの者には後から開戦日が知識として記憶された。履かれる前の白足袋と開戦日がどう関わるか。戦により足袋が汚れるのは自明であれば、真珠湾攻撃の奇襲戦から開戦に至る虚を突かれた気持ちを捉えたものか。白足袋愛用の、戦後の首相吉田茂などは外交官が反対しても『それでも、日本人は「戦争」を選んだ』（加藤陽子）のだ。◇開戦日

二〇〇九年一二月九日

日だまりは婆が占めをり大根焚

草間時彦　『淡酒』

一二月九、一〇日は京都市右京区鳴滝にある了徳寺の大根焚《だいこだき》の日。鎌倉時代、親鸞《しんらん》上人が浄土真宗の布教に来た。教えに感動した村人が煮大根でもてなしたところ、たいへん喜ばれた。この故事にちなむ行事が現在も行われている。当日は三〇〇〇本の大根を九つの大鍋で炊く。寺の日裏方を仕切るのは老婆。参詣者も老人が目立つ。寺の日だまりを占領し、あつあつの大根をふうふう吹きながら食べる。◇大根焚

二〇二一年一二月九日

いつもかすかな鳥のかたちをして氷る

対馬康子　『純情』

薄氷《うすらい》は春。虚子が昭和九年歳時記『花鳥諷詠《かちょうふうえい》』で提示して以来、薄氷は春の季語に用いられる。以前は初冬の季語。掲句は薄く氷が張り出した光景を捉えている。初冬と見たい。〈鳥のかたち〉を感じているところに発見があろう。薄い氷は水面から鳥のように飛び立ってゆく。鳥はヤマトタケルが死後、白鳥となって飛び立った伝説のように、魂の化身とも見られている。しかし、すべては水の演出だ。水ほど不思議なものはない。◇氷る

二〇二〇年一二月一〇日

あるがまま九十を生きむ冬銀河

小倉英男　『あるがまま』

六五歳以上の高齢者人口が三六一七万人（二〇二〇年九月現在）。二八・七パーセント。九〇歳以上は二四四万人と毎年更新している。喜ばしいことだ。しかし掲句の冬の銀河を仰ぐ感慨は単純ではない。俳誌主宰として「俳句一途なり、高齢の妻を顧みざれば」とあり、〈旱星《ひでりぼし》妻の譫妄《せんもう》非は吾れに〉とある。譫妄とは意識障害の医学用語。ご苦労を超えて、〈当番で子らも妻看《み》る十二月〉という句を見つけほっとする。偽らない心境句。◇冬銀河

二〇一三年一二月一一日

埋火《うずみび》やありとは見えて母の側《そば》

蕪村　『新五子稿』

炭火に灰を掛け、火種を保つ。埋火とはとこと温《ぬく》い。その温さはまるで、母の側にいるようだという。〈ありとは見えて〉は〈園原《そのはら》やふせ屋《や》におふる帚木《ははきぎ》のありとは見えてあはぬ君かな〉（坂上是則『新古今集』）の恋歌以来しばしば用いられる歌語。掲句は蕪村の亡き母を偲ぶ思いが深い。母は丹後の与謝《よさ》あたりから大坂郊外毛馬《けま》（都島区）へ出稼ぎに来た女性かというが、蕪村はなにも語らない。そこに思いが残る。◇埋火

ボーナスを貰へば教師他愛なし

二〇二二年一二月一一日

三村純也『Ｒｕｇｂｙ』

〈他愛《たわい》なし〉が面白い。ボーナスと唱えると、たいへん得した気分になる。語源はラテン語「bonus《ボヌス》」からとか。「よい」意である。特別給料を貰う夢があった頃を回想する。他愛ないとは、力が抜け腰砕けになった気分。気合が入らない。日頃元気がいい組合の闘士も丸くなってしまったような、お金に気が緩んで、へへへと嘲笑気味なさまが目に浮かぶ。教師の惨《みじ》めさではない。現実を生きるしたたかさが捉えられている。◇ボーナス

遥かとは雪来るまへの嶽の色

二〇一九年一二月一一日

我妻民雄『現在』

こんなことをいいたかった。晩秋あるいは初冬、ぼうっと遥かなもの、懐かしいものを慕う気持ちになる。山のあなたへではなく、いつも見慣れている山へ向かって。落葉松《からまつ》の黄葉がいい。ひたすら尾根を目指す渓谷の杉や檜の蒼《あお》い群生。その間を埋める淡い黄土色に涙する。

景色を慈しむ気持ちはふと永遠を思わせる。ところが、雪が来ると途端に現在に引き戻される。残り時間が気になるのであろうか。◇雪

雪夜をとめ外すヘヤピンまんじなす

二〇一九年一二月一八日

寺田京子『冬の匙』

働いて働いて嫁いでゆく。時は昭和二〇年代の戦後。所は冬の札幌。掲句は前書「母代りとなりて、妹栄子を嫁がす」とある。姉妹の心情の健気《けなげ》さに打たれる質朴な作。母親代わりの姉は胸部疾患に苦しみながら、明日嫁ぐ妹のために前夜、髪を洗う湯を沸かす。引っ詰め髪を解いたヘヤピンがわんさと弾むいとしさ。

身ひとつを清潔に。明日は妹が嫁ぐ姉の立場を思えば、きゅーんと胸が締まるようだ。外は雪の夜。◇雪

干柿の噛み口ねつとり吾子等の眼

二〇二二年一二月一二日

中村草田男『母郷行』

しつこいなと感じる。一つことに執するところが作者の特徴である。干柿がいい加減になった。噛《か》む。焦茶色の果肉が甘く〈ねつとり〉した感じ。これはなんという感触かと拘《こだわ》る。祖母も母も干柿が好きだった。古来、日本人は甘味といえば、柿を食べた。この甘さには日本人の形質を考える秘密が隠されている。干柿の甘さから日本人まで執拗《しつよう》に考える。子供たちは呆《あき》れてじっと見詰める。

構図が面白い句だ。◇干柿

二〇二〇年一二月一二日

兜太笑ひ兜太唄ひ日短し

井口時男　『をどり字』

「俳は詩であり批評である」と句集の帯にある。作者は、柳田国男や大江健三郎を論じる評論家でもある。掲句には二〇一七年、「十二月十三日黒田杏子さんらと熊谷の金子兜太氏宅訪問」とある。師《し》走《わす》に貴人を訪問した折の即興の挨拶吟《あいさつぎん》。相手を褒めあげ、当方もいい気持ちになる。これが詩であり批評の極意か。

　楽しい時はたちまちに過ぎ、冬のお日さまは西へ。人生もかくのごとし。兜太も三カ月後、他界。◇日短し

二〇一九年一二月一三日

討入りの日は家に居ることとせり

大串　章　『大地』

　おかしみがある。死刑廃止の話題がある世に仇討《あだう》ちとは時代錯誤ではないか。とはいえ、師走一四日は赤穂義士祭。この仇討ちはすかっとすらあ、と下町での庶民人気は衰えない。大石良雄を頭に四十七士が江戸本所にあった吉良上野介邸に討ち入り、主君浅野長矩《ながのり》の仇を討つ。大義名分はあるものの話は古風だ。掲句の作者は賢い。人混みをうろちょろしないで、家に籠もる。もろもろの句敵に遇《あ》わないように。◇討入りの日

二〇二二年一二月一三日

煤掃やまだ男手に数へらる

降籏　康　『常念』

　煤掃《すすはき》の日。芭蕉に〈旅寝して見しやうき世の煤払ひ〉（『笈の小文』）とある。旅先ですすはきの日に出合うとは旅愁ひとしおの意。江戸では「武家・町方ともにこの日もっぱら煤掃なり」（『江戸年中行事』）と決められていた。作者は米寿であるが煤掃ご免にならない。二階で煤籠《すすごもり》していて頂戴などといわれない。かえって神棚や奥の間の屏風など綺《き》麗《れい》にして、と人数に数えられるという。それがうれしいのである。川柳風な可笑しさがある。◇煤掃

二〇一九年一二月一六日

犬ころといい猫ころといわぬ冬

宇多喜代子　『森へ』

　子供に犬や猫をなぜ飼わないのかと詰問されたことがある。死別の惨《むご》たらしさを思うと飼わない、と親の主張を通した。猫や犬を可愛がる人は多い。掲句の作者はどうか。関心はあろう。犬ころは犬の子の可愛い呼び名である。たしかに猫の子を猫ころとの愛称は聞かない。

　犬は老犬でも、犬ころの性質が継承されているが、猫は老長《ろうた》けると化け猫に変身。正体がわからない妖《あや》しさがある。手《て》懐《なず》けかねるか。◇冬

旅情とは肩に冬日をのせてゆく

二〇二一年一二月一七日

岩岡中正　『文事』

残り日を手で数える頃。無性に旅に出たい気分に襲われる。ひょいと起こる。仕事も片付かない。気ぜわしい。それなのに京都の暮れの忙しさに巻き込まれたい。越後の寺泊《てらどまり》の魚市場を覗き、良寛記念堂がある辺りから佐渡を遠望したい。暖かい日で冬日が小一時間肩にさせばいい。旅は不意なるもの。思い付いて、出たとこ勝負。歳《とし》を拾うとますますそんな気がする。葉山の一色海岸から冠雪の夕富士がほのと波の果てに見えれば最高。◇冬日

粗《あら》きベルトに身を縛め冬のバスガール

二〇一二年一二月一七日

鈴木六林男　『谷間の旗』

バスガールという呼称がいまだ新鮮な昭和二〇年代、戦後の作。観光バスも珍しかった。その前の座席に立ち乗客に向かって移り行く窓外の景色を紹介する。機転が利き、ユーモアを解し、明朗な若い女性。憧れの職業であった。掲句は冬の観光バス。ベルトは粗く、きつく身を縛っている。頻繁に上り下りする山道か臨海巡りか。優雅な職場ではない。女性も体を張って仕事をこなしている。◇冬

仲見世の裏行く癖も十二月

二〇二二年一二月一七日

石川桂郎　『竹取』

賑《にぎ》わう羽子板市は浅草の表の顔。賑わいが嫌いなわけではないが裏へ廻る。裏から屋台の兄ちゃんに「景気はどうだい」などと声を。俳人にはこの手の裏派が多い。さしずめこの作者は裏派の代表であろう。家業は元床屋さん。散文『剃刀日記』も『俳人風狂列伝』も暮らしの裏側の貧乏話に磨きが掛けられ胸を打つ。リアルな人情が語られる。掲句の独自さは〈癖〉が出易《でやす》いのは十二月だという妙な気付きである。人間味がある。◇十二月

人すべて妖怪である師走闇

二〇二〇年一二月一六日

石井英彦　『炎《えん》』

波乱に富んだ人生を顧み、西鶴ではないが、越すに越されない師走の闇を切り抜ける人間は〈妖怪〉だという。神風特攻隊を志し、海軍飛行予科練への入隊直前に終戦。軍国少年は戦後に結核に罹患《りかん》するが、療養の間に俳句を覚える。清瀬の東京療養所では、俳句ばかりでなく、同病の明るい女性と出合い、後に二人は家庭を持つ。家電店の経営が軌道に乗り、スーパーまで多角経営する。妖怪とはいえ、愛情深いご仁であったとか。◇師走

兜太／討入りの日／煤掃／猫ころ／旅情／バスガール／裏行く癖／妖怪

二〇一八年一二月一七日

消すことがちょっと快感師走メモ

望月晴美　『ひかりの器』

忙しい師走の買い物心理。あれを買った。これもこれでいい。あらかじめ、小さいメモ帳に年用意に必要なものをメモしてきた。都心まで出て買うこともめったにない。一つ一つメモを消す。振り返ると私はこんな風にメモをして買い物をしたことはない。あてずっぽうに生きて来た。それがなぜか、今年はメモをして、日暮れが早いのに予定通りはかどる。こんな風に生きるのが老後かしらと。◇師走

二〇二〇年一二月二三日

晩年はいづこ師走の人の中

高橋睦郎　『季語練習帖』

少年の日にふと口遊《くちずさ》んだメロディーを懐かしむ。その意識に拘《こだわ》る。私にはそれが晩年の始まりのようだ。流れ流れて落ち行く先はという流浪の旅のメロディー。二八の春に家を捨てたわけではないが、金子兜太のいう「定住漂泊」の想いが生きる底流にある。たとえば信州で果てる、もう目先はわかっていながら、「北はシベリア、南はジャバよ」という浮遊感に囚われる。年の終わりの三密に揉まれると一層、思いが高揚する。◇師走

二〇二〇年一二月一八日

極月《ごくげつ》や大仏の掌《て》に乗つてゐたし

有手　勉　『新樹光』

奈良でも鎌倉でも大仏さまは衆生救済の印を結んでいる。掌を開いてどうぞお乗りくださいという姿。一二月も極月と旧暦でいわれると、世のもろもろの負債返済に追われる心境だ。そんなときに逃げ込むところは大仏の掌。そこですべてはお任せ。われ関せずの気分でポーカーフェイスを決め込めば巷《ちまた》の喧騒もなんのその。コロナ禍蔓延《まんえん》の今年はさて、この手が通じるか。ワクチン接種以外、仏さまでもご存じあるまい。◇極月

二〇二一年一二月二〇日

父が父らしき頃なり懐手

水岩　瞳　『幾何学模様』

子にとって父母との関わりは一様ではない。母は私を産んでくれた身内。ところが父には母ほど身体的な繋《つな》がりを意識しない。どこか子にとり身内の他人のような感じ。とりわけ女の子には父の存在はなぜか哀しい。掲句の父は晩年いよいよ哀しい存在に落ちぶれたものか。若い頃は毅然《きぜん》たる威厳があった。和服を着て懐手《ふところで》姿はさまになっていた。それが懐かしい。母とそんな話を交わしたものであろう。もうこの世にはいない父かも。◇懐手

二〇一三年一二月二〇日

柚子湯して黄金に埋もれゐるごとし

鷹羽狩行　『十七恩』

たくさんの柚子《ゆず》がぷかぷか浮いているのであろう。浸かれば家康よりも秀吉気分。稚気を楽しむところに、無病息災を願う呪《まじな》いよりも俳人暮らしに閃《ひらめ》きが生まれる。

わが居住地信濃は高冷地。柚子が稔《みの》らない。これが一番さみしい。庭に黄色い柚子がなるとはなんと幸せなことよ。庭に林檎が下がる。これも楽しいが、なぜか実利的な気分。

柚子がもつ無用の用の効用には敵《かな》わない。◇柚子湯

二〇二〇年一二月二一日

湯舟にぎやか赤子も柚子も浮きやすく

神野紗希　『すみれそよぐ』

今日は冬至。柚子湯での幸せな親子風景。〈すみれそよぐ生後〇日目の寝息〉が赤ちゃん誕生の日の作。作者によると、ひと月以上早く母胎からとび出した新生児は集中治療室の世話になったという。わが初孫も同じ状況であっただけに、その後の成長が気になった。極めて順調。柚子も赤子も軽いのは「小さく生んで大きく育てる」という諺《ことわざ》のお手本だ。〈にぎやか〉好み。細やかな気遣いが心地よく伝わる佳句。◇柚子湯

二〇二二年一二月二二日

柚子湯してほろびた国の夢をみて

谷 さやん　『谷さやん句集』

今日は冬至。柚子湯に入った。夢に〈ほろびた国〉が出てきたという。ロシアのウクライナ侵攻から、国の存亡が世界史上で問題視されている時である。掲句の滅んだ国の夢と柚子湯との連想は軽々と、しかも鋭い。まぼろしの国ではない。夢とはいえ、亡くなってしまった国。私は、ふと三木卓の童話『ほろびた国の旅』を思い出した。太平洋戦争中に、過ごした大連の体験を踏まえ、満鉄に乗って満州を旅する少年の物語である。◇柚子湯

二〇二一年一二月二二日

冬至雑炊《トウンジージューシー》ぽーんと夕陽を割って入れ

おおしろ房　『霊力《セジ》の微粒子』

明るく軽快な沖縄の冬至の句。とはいえ、南島沖縄も大陸の高気圧が張り出し、強い季節風により、気温が下がり出す。冬至寒《トウンジービーサ》を迎える。暦の節目に当たる。火の神（ヒヌカン）を招き、田芋（ターンム）や里芋などを具にした炊き込みご飯〈冬至雑炊〉を仏壇に供え、家族の息災を祈る。中に夕陽色の卵を〈ぽーん〉と割って入れるのがいい。火の神、太陽の力を戴《いただ》く儀式のようだ。甘蔗《きび》刈り（甘蔗倒し）が始まるときでもある。◇冬至雑炊

快感／いづこ／大仏の掌／懐手／柚子湯／赤子／ほろびた国／冬至雑炊

二〇〇九年一二月二三日

菜大根《なだいこ》の土に喰ひつく寒さかな

乙州《おとくに》　『韻塞』

菜大根は油菜。なのはなのこと。秋に蒔《ま》いて、冬を越し、春四月頃に黄色い花を咲かせる。掲句は極月に分類されている。いくぶん大きくなった菜大根が薄い冬日のもとで土に食い込むように根を張っている。〈土に喰ひつく〉と捉えた眼力が鋭い。地味な場景を一句にするのは、作者の対象物への深い共感があるからだ。作者は滋賀・大津の人。芭蕉を経済面で支え、妻智月とともに親交が厚い。感覚的な冴えた句がある。◇寒さ

二〇一九年一二月二三日

道化師の三角帽子日の短か

浦川聡子　『眠れる木』

日が短いわずかな時間、人を笑わせ楽しませる。盛り場の道化師に惹かれる。切なさを心に秘めた道化。微塵《みじん》も切なさを感じさせない。天才道化師チャップリンばかりでなく、道化師にはどこか悟りがあるようだ。

北欧に「ユール」と呼ばれる古代ゲルマン民族以来の冬至祭がある。もうすぐクリスマスでもある。子供のアイドル、赤い帽子のサンタさんに対して、短日の三角帽子の道化師は大人にちょっぴり哀歓を残す。◇日短し

二〇二二年一二月二四日

クリスマス眞つ暗な坂あがりしが

久保田万太郎　『草の丈』

教会のイブの灯か、民家の円居《まどい》の灯か、期待があった。期待をかけて真っ暗な坂を手探るように上がってきたが、と、いい差した句である。東京には坂が多い。これはどの坂か。万太郎は浅草田原町生まれ。掲句が詠まれた昭和一五年頃（推定）までに、駒形、牛込、日暮里、三田と転居した。人生流寓《りゅうぐう》である。五年前一四歳の一人子を残して妻は服毒自殺。万太郎の句に余情《ふくみ》が一段と揺曳《ようえい》するようになる。何を求めていたものか。◇クリスマス

二〇二二年一二月二四日

野にひとり残さるる夢聖樹に灯

一志貴美子　『現代俳句年鑑'23』

クリスマスツリーが灯される。明るく楽しい。〈聖樹に灯〉の堅い表現には日本人好みの格調がある。降誕祭の前夜、厳粛で華やかなイブ。それなのに自分は広い曠《こう》野《や》にひとり取り残されている。周りには誰もいない。これは夢とはいえ、なんともさみしい。作者の昨年のイブ詠。その頃から体調がすぐれなかったものか。結社最高の賞を貰い、現代俳句協会員として燃えている最中、本年一一月五日、忽然《こつぜん》と逝去された。神は何処《いずこ》に。◇聖樹

靴音は軍靴にあらず聖夜の灯《ひ》

二〇二〇年一二月二五日

坊城俊樹　『壱』

昭和三二（一九五七）年生まれ。原水爆禁止運動が日本で始まって二年目、戦後生まれである。曾祖父は虚子、祖父が年尾。両親が俳人と〈聖夜の灯〉に取り囲まれた環境に生育する。生まれながらに平和を愛する素質が備わったような句柄の句が多い。掲句がそれ。クリスマスの夜に石畳をかつかつ歩く靴音から軍靴が頭に浮かんだのは物語風であるが、その響きを否定した意志力は快い。戦後的な素質ではないか。◇聖夜

冬の暮灯さねば世に無きごとし

二〇一九年一二月二五日

野見山朱鳥　『愁絶』

文人ではない、芸術家。孤高の朱鳥は病身であった。私の第一句集を朱鳥に「全体に茅舎、たかしの後を追うところまでは行っていない。すべてこれからの精進にかかる」と評されて以来、私は朱鳥句集を愛読した。掲句が載る第六句集は肝硬変で逝去するまでの慢性肝炎の病床詠を収録。〈一枚の落葉となりて昏睡す〉〈絶命の寸前にして春の霜〉など死期迫る句が入る。冬灯《ふゆともし》にすがる。生きながら亡き自分を見つめた傑作。◇冬の暮

数へ日の白鳥の頸うやうやし

二〇〇九年一二月二五日

藤木倶子　『淅淅』

あと残り幾日で今年も終わるという歳晩《さいばん》を〈数へ日〉と呼ぶ。およそクリスマス過ぎあたりからか。顧みて、今年への感慨と同時に、来る年への期待がこもごも混じり、あわただしさの中に、厳粛な思いがある。

掲句は、そんな気分でたまたま白鳥を見た。その頸《くび》がもっている高貴さに驚いたのである。人間世界の気ぜわしさの外に毅然としているではないか。水鳥である白鳥の純白にも超然とした気高さがある。◇数へ日

数へ日や鷗の腋に日が当り

二〇一二年一二月二八日

小林鱒一　『還』

あと数えるほどの日数で今年も暮れる。浜の捨て船の舳先《へさき》に止まっている鷗《かもめ》の腋《わき》に日が当たり、ぽかんと時間が明るい。こんな日もたちまち過ぎて、忘れるだろう。そんな風に過ごしてきた。一刻一刻思いが鮮明でありながら、持ち堪《こた》えないで空気に融《と》けて行く感じ。齢を重ねるとはこんな気持ちなのか。句集後記に心の支えであった師や先輩を送った思いを書かれているが、まさに数え日の実感である。◇数へ日

数へ日や子と数へゐる鳥の数

加藤瑠璃子　『雷の跡』　二〇二一年一二月二七日

自己紹介されたときに「加藤家の嫁でございます」といわれ驚いた。楸邨の次男冬樹氏と結婚され加藤家に入られたには違いない。楸邨を名乗られ威圧を感じたわけではない。楸邨の俳句を継いだのが子ではなく、嫁だという自負のようなものがあったのか、よく世話をされた由。今年もあと一〇日ほど。そんな時に、庭に来る鳥を数えるとは余裕だ。私の作者への印象もそれに尽きる。慌てない。ジタバタしない。これは天分だ。◇数へ日

山の端《は》より崩るる空や餅筵《もちむしろ》

黒沢孝子　『雪解星』　二〇二〇年一二月二八日

年末に餅を搗《つ》く。信州辺りでは二八日が多い。昔風に臼搗きの餅はめっきり減ったが、搗きたての餅を蔵床《くらどこ》などにあらかじめ敷いた餅筵にあげて伸《の》す。あまり置き過ぎると固くなり切り分けづらい。そのタイミングがこつだ。夕方になる。よく持ち堪《こた》えた空が山の端からおかしくなる。その頃には粗方《あらかた》餅搗き仕事は済んでいる。台所では縁起物の黒豆を煮ている。〈数へ日や豆煮る母の居るやうな〉と、亡き母がいるような気分だ。◇餅筵

我宿へ来さうにしたり配り餅

一茶　『七番日記』　二〇一九年一二月二七日

暮れの二八日までに正月雑煮用などの餅をつき、親戚や近隣に配る。柔らかいうちに餡《あん》や黄粉《きなこ》を添え、一年の交誼《こうぎ》への感謝を込めて、配り餅という。いまかいまかと待つ。「東隣の園右衛門といふ者の餅搗《もちつき》なれば（略）ほかほか湯けぶりの立《たつ》うち賞翫《しょうがん》せよといふからに、今や今やと待《まち》にまちて」（『おらが春』）ついに来なかったという。来る気配だけ、残念無念。期待を込めた臨場感の出し方が抜群にうまい。稚拙な口語調もいい。◇餅配

松を積む辺りや山気年の市

正木ゆう子　『羽羽』　二〇二二年一二月二七日

年末に正月用の注連飾《しめかざり》や縁起物などを売る年の市風景は毎年のことでありながら、懐かしい。山から切り出したばかりの松を山のように積み上げてある。正月の松飾用の松の松脂《やに》の匂いを伴う特有な芳香があたりに漂う。作者は〈山気〉と捉えた。山気とは山の神が発散させる霊気である。目には見えなくてもどこか神々しい清々しさがある。正月は山気と海気とが溶け合う。年の始めの淑気《しゅくき》を私はそのように想像する。◇年の市

二〇一九年一二月三日

来る年も生きよとカレンダー届く

出口善子『娑羅』

旧年中に新しい年のカレンダーが来る。今年と変わらない来年を想定した世の巡りで、別段異を唱えることでもないが、老いた身には生きることをカレンダーによって強制されたような気分にもなろう。信越地域の方言でいう「ごしたい（疲れたなあ）」感じ。新年を迎えることを嫌うのではない。励まされていることは嬉しい。だが、未知の時間は自分の思い通りに生きたいという老いのわがままが気持ちに働くのであろう。◇カレンダー届く

二〇一三年一二月二七日

夜は夜の磯波ひかり年詰る

本宮哲郎『鯰』

いよいよ三、四日で今年も終わる。〈年詰る〉は年末ぎりぎりの季語。慌《あわ》ただしい人の世とは別に、海原は平穏。昼とはまた違う夜の磯風景に惹かれる。

寄せては返す波。ときどききらっと光る。あれは波の誘いだろうか。大津波を齎《もたら》した年も暮れ、海はたくさんの人を攫《さら》った。人間のかなしみを波は考えたことがあろうか。どこかで自然はバランスをとっているのであろうが、平穏な海は無情だ。◇年詰る

二〇〇九年一二月二九日

人形よく人を遣ひぬ年つまる

高橋睦郎『遊行』

年の暮であるが、〈年つまる〉には今年も後いく日という臨場感がある。年迫る、年尽くと同じ。人形浄瑠璃師の境涯を連想する。人形遣いが人形に遣われた一年。名人上手の感慨であろう。人形を遣うのは駈《か》け出し。いつか人形に遣われている。この人形めに操られて今年も暮れたわい。魂なき人形にわが魂が抜かれた。無心こそ最高の芸の域。掲句は、ことばの名業師の感慨。「ことばよく人を遣ひぬ」というところか。◇年つまる

二〇二一年一二月二九日

堰《せき》に闇溜まるがごとし年詰まる

西宮 舞『花衣』

今年も後三日、いよいよ年迫る終末感が濃い。名残惜しさと不安と。年の暮には擬人化された表現が多い。「年の尾」「年の瀬」「年の湊《みなと》」など。歳晩は町中の慌《あわ》ただしさに関心が向きやすい。ところが掲句は、来春まで気付かない田の脇を流れる堰の暗さに目を止めた。今年の闇がそこに集まっているようだという。乾田に水を引く堰は地域の命の動脈である。それだけに、年末の堰の暗さを擬人化し捉えた作者の炯眼《けいがん》に感銘した。◇年詰まる

二〇二〇年一二月三〇日

胸のうちぽぽぽぽと年守《としまも》る火か

川崎展宏　『冬』

囲炉裏の火を見つめながら年を送る。大晦日《おおみそか》は父母のもとへ帰ってくる。家族一三人はざら。いつかこんな贅沢な時空はおおかた消えてしまった。いずこも核家族。見つめる火もない。ただ、自分の胸の内に火を灯《とも》し、かつて囲炉裏の榾火《ほだび》を数えたように、火を守る。時代は変わり、私の年取《としとり》は、満年齢を数える誕生日に移行した。しかし、時代・社会は旧年を送り新年を迎える。私も齢を拾い、年を取る実感は誕生日よりも強い。◇年守る

二〇〇九年一二月三〇日

藁灰を桶にもらひし小晦日

星野麦丘人《ばくきゅうじん》　『亭午』

大晦日の前の日、一二月三〇日が小晦日《こつごもり》。大晦日ほどのせわしさがなく、いくぶん心に余裕がある。身辺を顧みて、新年の支度に落ち度がないか気を配るのである。

掲句は、火桶《ひおけ》に新しい藁灰《わらばい》を貰ったという。手あぶりの火桶であろうか。旧年中の固くなった灰を捨てて、新藁を焚《た》いた灰を入れ替えた。気分がいい。こんな些細《ささい》なことで、いよいよ新年を迎えるのだという気持ちになる。◇小晦日

二〇二一年一二月二九日

似たひとと思うて過ぎて年の暮

宇多喜代子　『森へ』

歳末の人通りの中。すれ違い際に、え、あの人と気付き、過ぎてから振り返る。人違いかしら、いやあの人だ。咄嗟《とっさ》に名が出ない。少年の日に路地に住んだ。お向こうに親切な先生夫妻がいた。働き詰めの父母の帰りが遅い時や祖母の葬儀の日など泊めて貰った。親代わりのようだった。戦後の都市の区画整理で、みんな立ち退《の》きばらばら。恩人の先生ご夫妻はと、いつも心中に思いがあった。亡き人が歳晩には生きている。◇年の暮

二〇一〇年一二月三一日

年のくれ破れ袴《はかま》の幾《いく》くだり

杉風《さんぷう》　『猿蓑』

杉風は幕府の御用魚商人。通称鯉屋市兵衛。今年も暮れる。新春用に袴を新調したが、今までいくつ袴を穿《は》き捨てたことか。〈幾くだり〉は何本の意。いかにも御用達らしい述懐の作。しかも、平明な日常詠に軽さがあり、破れ袴への愛着を詠うのにも歳末のおかしみがある。

三歳年下の忠実な杉風を芭蕉は東の奉行と称した。ちなみに西の奉行は京の去来。ともに、芭蕉の暮らしを生涯援助した古参の門人である。◇年のくれ

白をもて一つ年とる浮鷗

二〇二一年一二月三一日

森　澄雄　『浮鷗』

敦賀湾に面した前書「いろの濱」とある。大年の旅泊の作。夕暮にますほの小貝を拾いに浜に立つ。波間に浮かぶ鷗の印象が眠れない瞼《まぶた》に浮かんで、と自注がある。昔風に年とる律儀《りちぎ》さに格好をつけたいい方をする。そこに、芭蕉が亡くなる二週間ほど前の旅懐〈此秋は何で年よる雲に鳥〉(『笈日記』)が意識にあったのであろう。芭蕉を慕う気持ちが〈白をもて〉、純白だという。浮鷗《うきかもめ》にひたすらおのれを投影した無心の句である。◇大年

杉の秀《ほ》のしんしん昏《くら》し除夜《じょや》詣《もうで》

二〇一三年一二月三〇日

坂本謙二　『石の錆』

除夜に神社仏閣に参詣し、新たな年を清新な思いで迎えたい。産土《うぶすな》の神仏がいのちを守ってくれる。素朴な土俗信仰が篤い。気持ちをいうならば、暗から明へ。参道に仰ぐ杉木立の梢が暗い。それが、かえって、旧年の暗いトンネルを抜け出す気分。今年とも間もなくさらば。毎年のことながら、時間だけが無傷で過ぎゆく不思議さ。除夜は鐘の音により、時間の非情さを改めて考える時でもある。作者は松山在住。◇除夜詣

大年の牛舎に父のしはぶけり

二〇二二年一二月三一日

石《いし》　寒太《かんた》　『風韻』

大年である。今年最後の日。貫禄あることばだ。どんな光景を描いて新しい年を迎えるか。俳人はそこに一年の思いを託す。伊豆の牛飼いの明るい家が作者の故郷。七人兄弟が育つ。時に一〇頭も牛がいたという。両親のご苦労された光景の一つがこれ。広い牛舎に父の咳が聞える。牛も手厚く大晦日を迎えるための心遣いが想像される。〈牛飼ひの父の晩年年守る〉とも詠まれる。生涯働く。日本人像が目に見える。◇大年

ゆく年の大いなる背に乗るごとし

二〇一九年一二月三一日

辻　美奈子　『天空の鏡』

新しい年を迎える。年とはどんな形をしているか。さしずめ海の鯨か。陸の象か。それとも、連れ合いの見慣れた背中か、いや尊敬する師匠の背中か。

幸せな人である。ゆく年の背中に乗り、それが新しい年を確実に約束してくれる。明るい句である。掲句を読むと、つくづく俳句詩型は本来、現状を肯定する時に一番力を発揮する文芸だと思う。先師能村登四郎が学校時代の恩師とか。現在「沖」編集長。◇ゆく年

ぽぽぽぽ／藁灰／似たひと／破れ袴／白をもて／杉の秀／父／大いなる背

二十四節気一覧

四季	二十四節気名	気節	太陽黄経	現行暦による大略の日付	二十四節気の説明	東京の気候
初春	立春	正月節	三一五度	二月五日頃	はじめて春の気配が現れてくる日。	観梅　春寒　つばき咲く
	雨水	正月中	三三〇度	二月二十日頃	暖かさに、雪や氷が解けて蒸発し、雨水となって降りそそぐ日。	うぐいす鳴く　春一番吹く　ひばり鳴く
仲春	啓蟄	二月節	三四五度	三月六日頃	大地も暖まり、冬のあいだ地中にひそんでいた虫がはい出てくる日。	じんちょうげ咲く　こぶし咲く　もんしろちょう出現
	春分	二月中	〇度	三月二十一日頃	太陽が春分点に達して昼夜の時間が等分になる日。以降昼が長くなる。	ストーブ仕舞う　そめいよしの咲く　菜の花咲く
晩春	清明	三月節	一五度	四月五日頃	草木が芽吹き、草木の種類が明らかになってくる日。	水ぬるむ　春雨降る　つばめ渡来
	穀雨	三月中	三〇度	四月二十一日頃	春の暖かい雨が降って、穀類の芽が伸びてくる日。	新緑　あまがえる鳴く　天気ほぼ安定
初夏	立夏	四月節	四五度	五月五日頃	夏の気配が現れてくる日。夏の始め。	若葉薫る　ばら咲く　筍出る
	小満	四月中	六〇度	五月二十一日頃	万物が次第に成長して、一応の大きさに達してくる。	かっこう鳴く　卯の花咲く　ほたる出現
仲夏	芒種	五月節	七五度	六月六日頃	稲や麦など、芒（のぎ）のある穀物の種まきの時期。	入梅　あじさい咲く　菖蒲咲く
	夏至	五月中	九〇度	六月二十二日頃	太陽が最も高くなり、昼間が最も長い日。太陽が夏至点に達する。	あやめ咲く　ほととぎす鳴く　蚊出現
晩夏	小暑	六月節	一〇五度	七月七日頃	本格的な暑さが始まる日。	梅雨あける　はす咲く　あぶらぜみ鳴く
	大暑	六月中	一二〇度	七月二十三日頃	暑気が至り、最も暑い日。	さるすべり咲く　熱帯夜　入道雲現れる

四季	二十四節気名	気節	太陽黄経	現行暦による大略の日付	二十四節気の説明	東京の気候
初秋	立秋	七月節	一三五度	八月八日頃	はじめて秋の気配が現れてくる日。	ひぐらし鳴く　つくつくぼうし鳴く　こおろぎ鳴く
	処暑	七月中	一五〇度	八月二十三日頃	暑さが峠を越えて、後退しはじめるころ。	稲実る　台風去来　はぎ咲く
仲秋	白露	八月節	一六五度	九月八日頃	大気が冷えて、露ができはじめる。	もず鳴く　秋霖　すすき咲く
	秋分	八月中	一八〇度	九月二十三日頃	太陽が秋分点に達して昼夜の時間が等分になる日。以降夜が長くなる。	ひがんばな咲く　つばめ渡去　きんもくせい咲く
晩秋	寒露	九月節	一九五度	十月九日頃	朝露をふむと冷たく、そぞろ秋が深まってくるころ。	つるべ落とし　夜長　菊咲く
	霜降	九月中	二一〇度	十月二十四日頃	露が冷気によって霜となって降りはじめるころ。	柿実る　秋時雨　冬支度
初冬	立冬	十月節	二二五度	十一月八日頃	はじめて冬の気配が現れてくる日。	小春日和　さざんか咲く　ストーブ出す
	小雪	十月中	二四〇度	十一月二十三日頃	わずかながら雪が降りはじめるころ。	かえで紅葉　いちょう黄葉　落ち葉焚く
仲冬	大雪	十一月節	二五五度	十二月七日頃	北風が強くなり、雪がしばしば降りだすころ。	木枯らし吹く　コート着る　さけ帰る
	冬至	十一月中	二七〇度	十二月二十二日頃	太陽が一年中で最も南から射し、昼が最も短い日。	ゆず実る　初雪　吐く息白くなる
晩冬	小寒	十二月節	二八五度	一月五日頃	寒さが日増しに厳しくなるころ。	冬晴れ　福寿草　風花
	大寒	十二月中	三〇〇度	一月二十一日頃	寒さが最も厳しくなるころ。	水仙咲く　せり出回る　探梅

（『平凡社俳句歳時記』などによる）

菜の花に半《なかば》や埋《うず》む塔ひとつ

三上和及《わきゅう》　『雀の森』

元禄《げんろく》の京都の俳人で、よく読まれた作法書『誹諧番匠《はいかいばんしょう》童《わらわ》』の著者。「景気付《けいきづけ》（風景句重視）」を志し、芭蕉を尊敬していた。掲句には、「法隆寺にいさなはれし道すからのいひずて」との前書がある。一面、菜の花畑の向こうに寺の塔が見える。花に半ば埋まるようだとの着眼に心の軽い弾みがある。元禄三（一六九〇）年刊　◇菜の花

ひととせにひとつの春や伎芸天《ぎげいてん》

宮地《みやち》良彦《よしひこ》　『渤海《ぼっかい》の使者』

春の秋篠寺《あきしのでら》詠。〈伎芸天〉を拝した感動をこれほど深く一期一会と受けとめた句を知らない。今年の春はことし限り。ふたたび佳境での出会いは約束されないのが、哀《かな》しくも現《うつつ》の真理。仰いでは目を伏せ、伏せては仰ぐ。ほったりした、この仏の前に佇《たたず》み、どれほどの人が瞑想《めいそう》したことか。平成九（一九九七）年作　◇春

花篝《はなかがり》戦争の闇よみがえり

鈴木六林男《むりお》　『雨の時代』

夜桜の下での篝火は観桜気分を盛り上げる。闇が演出する美しさの極みにいて、人はときに残忍な戦争の暗部を思わざるを得ない。中国大陸彷徨《ほうこう》からフィリピンの諸島での戦傷まで、二〇代はじめの作者が負った〈戦争の闇〉は限りなく深い。花篝の火色はいっそう激しく迫るようだ。昭和六一（一九八六）年作　◇花篝

山住みの奢《おご》りのひとつ朧夜《おぼろよ》は

飯田龍太　『遅速《ちそく》』

自然の胎内に入ったような安堵感《あんどかん》。四方が山に囲まれた盆地の春の夜は障子《しょうじ》越しの灯が潤む。薄闇《うすやみ》に漂う無数の水の微粒子を〈朧〉とはまことに巧みな呼称である。緊張が緩み、こころが夜気にほどける。土の匂いに混じり、いくぶんかの芽ぶきの精気にも気分は昂揚《こうよう》する。名品といえよう。昭和六〇（一九八五）年作　◇朧夜

桜守しづかなることとしてをりし

田中裕明　『夜の客人《まろうど》』

〈桜守《さくらもり》〉は桜の木の番人。江戸期の俳諧式目書『御傘《ごさん》』では「花のあるじ」とある。その職業が〈しづかなること〉というのではないであろう。なにをしているのかと見ると、桜の木の枝ぶりをじっとみつめている。これも仕事。〈母方はよをうぢ山の桜守〉（『先生から手紙』）という句もある。平成一七（二〇〇五）年刊　◇桜守

甘茶佛《あまちゃぶつ》すこし日向《ひなた》に出てをられ

関戸靖子　『紺』

〈甘茶佛〉とは慈愛に満ち鄙《ひな》びた表現。四月八日はお釈《しゃ》迦《か》さまの誕生日。その日、八大竜王《はちだいりゅうおう》が甘露の雨を降らせたという。すばらしい産湯だ。雨に擬した甘茶を花御堂《はなみどう》の誕生仏に注ぐ。寺では、子どもにも手が届くような配慮をする。「天上天下唯我独尊《てんじょうてんげゆいがどくそん》」と唱えるお顔に日が射しているのが楽しい。平成一四（二〇〇二）年刊　◇甘茶佛

流氷に乗りて確かに動くもの

本井《もとい》英《えい》　『夏潮』

流氷は寒帯海域のものであるが、ここは北海道のオホーツク海沿岸のそれか。一月中旬に北方の海から押し寄せ、ときには四月まで留まる。掲句は岸から離れ行く流氷を遠望している。氷にも流離《りゅうり》のこころがあろう。そこに、ひょんと乗り込むものはさらに漂泊を愉《たの》しむもの。惹《ひ》かれている作者。平成二（一九九〇）年作　◇流氷

耳海岸《みみかいがん》ここ番外地桜貝

馬場駿吉　『耳海岸』

耳のお医者さんにして美術館館長。最前線の現代芸術を批評する傍《かたわ》ら、俳句は橋本鶏二《けいじ》門下の俊秀の作者。掲句もシュルレアリスム（超現実主義）の絵画を愉しむ気分でどうぞ。地球のどこかに耳のかたちをした静かな海岸があって、そこに麗《うるわ》しい桜貝が打ち寄せられている。永遠の春。平成一八（二〇〇六）年刊　◇桜貝

春嶺《しゅんれい》を重ねて四万《しま》といふ名あり

富安風生《とみやすふうせい》　『朴若葉《ほおわかば》』

上毛《じょうもう》三名湯のひとつ四万の湯に滞在中の作。群馬県の吾妻川《あがつまがわ》の支流四万川に沿った地で、両岸は山、その奥も山。そそり立つ山とはいえ、〈春嶺〉と呼ぶ語感には秘められた歓《よろこ》びがある。それを地名に〈四万〉とは、なるほどと頷《うなず》く作者。瀟洒《しょうしゃ》な句である。昭和二四（一九四九）年作　◇春嶺

若草で指を切られてしまう愛

対馬康子　『天之《てんし》』

野遊びの愉楽。萌え出たばかりの草でふと指の腹を切ってしまった。見て、などと連れにさし出した指先の血の色。黙って、軽く舐《な》めてくれた。一日はそれだけで充実する。〈愛〉まで踏み込んだのが秀逸。愛は軽く表すもの。〈若草〉はいい二人に恵まれ、若草もしあわせ。平成一九（二〇〇七）年刊　◇若草

ひとの夫《つま》いま乳色に五月の橋

寺田京子　『鷺の巣』

みどり鮮やかな五月の橋。そこにひとの夫。どきっとする構図であるが、〈乳色〉はローランサンの絵の輪郭のように淡彩。男の匂いがない。目鼻が消され、抽象化されている。闘病生活の中で波立たせる余分な情感は漂白してしまったのであろう。生きてこの五月の橋を渡り切れるかしらと思って。昭和五〇（一九七五）年刊　◇五月

気の薬ともいふ艾虎《がいこ》懸《か》けにけり

茨木和生　『山椒魚《さんしょううお》』

中国伝来の風習は気を休めることを大事に考える。〈気の薬〉も同じ。軒先に菖蒲《しょうぶ》や艾《よもぎ》を葺《ふ》き邪気を払うのは周知であるが、よもぎで虎の形を作り門口に懸けるのは珍しい。邪気退治に。なんと無邪気なことかとからかってはいけない。悪病が流行る真夏へ向けて気を引き締めるのである。平成二〇（二〇〇八）年作　◇艾虎

薔薇《ばら》剪《き》れば夕日と花と別れけり

加藤楸邨　『怒濤《どとう》』

夕方、一本の薔薇を剪る。剪れば薔薇は掌中《しょうちゅう》に、夕日は山の端へ。なにごともない日常であるが、花の心になれば、恋しい人と別れるような哀《かな》しみがあるはず。その薔薇の痛み、夕日の哀しみを私は感じ得ないまでに鈍感になってしまったのではないかと。作者のやさしさが身にしみる作。昭和六〇（一九八五）年作　◇薔薇

船虫や遠出にいまも茹玉子《ゆでたまご》

布施伊夜子《ふせいよこ》　『荒樫《あらかし》』

懐かしく、切ない茹玉子。戦中戦後が育ち盛りであった者にとり、卵は体の具合が悪い時の養生に食べる貴重品であった。大事な帯を売り、卵一〇個を手に入れた母の輝きを忘れない。海辺への遠足に今も携える茹玉子は、亡き母の思い出を噛《か》みしめるためであろうか。そんなことをふと連想した。平成元（一九八九）年刊　◇船虫

祭笛町なかは昼過ぎにけり

桂　信子　『緑夜《りょくや》』

「真鶴岬《まなづるみさき》」と前書が付く。鄙《ひな》びた湘南《しょうなん》の地の祭詠。産土《うぶすな》の森から笛の音が聞こえる。そう思えば午後の日射しもいくぶん暑さを緩めてきたようだ。今宵は宵祭だろうか。京の葵祭《あおいまつり》の平安絵巻は格別であるが、在郷の静かな祭がなかなかいい。町をつつむ祭の空気が次第に濃くなっていく。昭和五五（一九八〇）年作　◇祭笛

麦《むぎ》秋《あき》や子を負《おい》ながらいわし売《うり》

一茶　『おらが春』

「越後《えちご》女、旅かけて商《あきな》ひする哀《あわれ》さを」と前書がある。一茶が住む北国《ほっこく》街道 柏原《かしわばら》宿は越後境。乳呑《ちの》み子《ご》を背にくくりながら戸口に立つ行商の女を描き出色の作。麦が稔《みの》る五月、時期外れのわずかばかりのいわしを売り歩く哀れさ。必死に生きる勁《つよ》さに共感している一茶の温《ぬく》とさがよく伝わってくる。文政二（一八一九）年作　◇麦秋

ついと立ち風の文字《もじ》摺《ずり》草《そう》なりし

稲畑廣太郎　『八分の六』

神さまの遊びごころか、戯れか。二〇センチほどの草丈に、紫蘇《しそ》のような紅白の花をちりばめ、花茎を捩《ね》じる。名付けて〈捩花《ねじばな》〉。しかし、花には矜持《きょうじ》がある。芝生や草地に生えながら草に紛れない。掲句はそれを〈ついと立ち〉と巧みに捉《とら》えている。〈文字摺草〉とはお洒落な当て字。捩摺《もじずり》草の意。平成一三（二〇〇一）年刊　◇文字摺草

松蟬をいきなり啼《な》かす白毫寺《びゃくごうじ》

上田五千石　『森林』

もう蟬が鳴く。そんな季節なんだと迂闊《うかつ》な自分に気付かされた驚きの作。寺が仕組んだお芝居に乗っかったような弾みが快い。白毫寺は奈良の高円山《たかまどやま》中腹にある。志《し》貴皇子《きのみこ》の山荘を寺にしたところとか。だらだら坂を登りつめた途端に松蟬に出会った。晩春から鳴き出す可《か》愛《わい》らしい蟬に。昭和五〇（一九七五）年作　◇松蟬

藪《やぶ》ツ蚊《か》を打ち旅らしくなつてきし

髙柳克弘　『未踏《みとう》』

平成二一年、句集を二〇代の墓碑として編んだという。青春の墓標に悲壮感はない。「言葉の未踏の彼方に詩を求める克己の営み」（あとがき）が俳句だとは、清々《すがすが》しく恰好《かっこう》いい決意だ。〈藪ツ蚊を打ち〉、俳句の旅も面白くなってきたのである。街道筋浜松が郷里とは地縁に俳味があろう。平成一八（二〇〇六）年作　◇藪ツ蚊

井月《せいげつ》ぢや酒もて参れ鮎《あゆ》の鮨《すし》

芥川龍之介　『芥川龍之介全集第十一巻』

一句の主人公は乞食井月といわれた酒好きの漂泊の俳人。明治元年の戊辰《ぼしん》戦争の時に長岡藩を出て伊那谷《いなだに》へ放浪、そこで生涯を終わる。芥川の主治医下島《しもじま》 勲《いさおし》が編んだ『井月の句集』に芥川が跋《ばつ》を書く。自分が井月になった気分で、酒じゃ鮨じゃと入れ込んで。鮎の熟《なれ》鮨は絶品。大正一〇（一九二一）年作　◇鮎鮓

青蘆原《あおあしはら》をんなの一生《ひとよ》透きとほる

橋本多佳子　『海彦』

杉田《すぎた》久女《ひさじょ》の句〈菱《ひし》採ると遠賀《おんが》の娘子《いらつこ》裳《すそ》濡《ひ》ずも〉を想《おも》いながら福岡の遠賀川を渡った折の嘱目《しょくもく》という。万葉時代の「娘子」を思い、浪漫な夢を追い切れず五六歳の生涯を閉じたわが師。青蘆原の精気から〈をんなの一生〉を透視する知性は当然、私はいかにと胸迫る思いを抱えている。男にはない鋭さ。昭和二六（一九五一）年作　◇青蘆原

この世から三尺《さんじゃく》浮ける牡丹《ぼたん》かな

小林貴子　『紅娘《てんとむし》』

三尺、ほぼ一メートル。これで別世界。あざやかだ。大輪の牡丹花が継ぎ接《は》ぎしたような木《ぼく》に緩やかに揺れている不安定さは格別。危うさがいっそう美しさを醸し出す。牡丹がいとも手軽に別の世を演出するとは、ここには一つの叡智がある。花を見るのは同時にあの世を感じることだから。平成一八（二〇〇六）年作　◇牡丹

五月雨《さみだれ》は人の涙と思ふべし

正岡子規　『寒山落木 巻五』

かくもさみしき五月雨（梅雨）詠。その日も雨だった。明治二九（一八九六）年六月一五日は旧暦の端午《たんご》の節句。軒先には菖蒲《しょうぶ》が挿され、豊漁に恵まれた三陸《さんりく》一帯をその夕べ弱震の後大津波が襲う。「海嘯惨憺《つなみさんたん》」と題し子規は一三句を残す。釜石では人口六五五七名中、五〇〇〇名が流された由。明治二九（一八九六）年作　◇五月雨

いちにちの記憶の中の蝸牛《かたつむり》

綾部《あやべ》仁喜《じんき》　『沈黙』

昼間出会った蝸牛をもう一度思い返す夕べ。この世への恋情が蝸牛にも朴《ほお》の木にも庭先の踏石にも注がれる。半日の出会いを後の半日で回想する。思い出すにもコツがいる。ふと浮かんだ蝸牛は幸せものだ。生きとし生けるものに親和の眼差《まなざ》しを注いで、明日はもう少し上手に思い出せるといいな。平成一五（二〇〇三）年作　◇蝸牛

お婆さんお元気でまた宇治氷《うじごおり》

川崎展宏　『葛の葉』

夏目漱石の『草枕』に出る峠の茶店風景をどうぞ。一望千里、やあ絶景だ。暑いさなか、ここの宇治氷は絶品。婆さんお幾つ。よくがんばっていらっしゃる。東海道宇《う》津谷《つのや》峠の団子は小粒になったが、お店の氷水はなんと大盛り。それではお達者で、また宇治氷を。語らいが自《おの》ずから一句に。昭和四五（一九七〇）年作　◇宇治氷

人類の大発生や夏葎《なつむぐら》

和田悟朗　『少閒《しょうかん》』

エチオピアの三四〇万年前の地層から樹上で暮らし、地上では二足歩行の初期人類の足の化石が発見されたという。延々と生き続けて今日、地球上は七〇億の人類大発生。夏葎（雑草）の草原に飛蝗《ばった》のごとし。人間ではなく人類とは、自然科学者の冴《さ》えた目だ。平成五（一九九三）年刊　◇夏葎

昼寝起きればつかれた物のかげばかり

尾崎放哉《ほうさい》　『尾崎放哉句集』

〈つかれた〉は「疲れた」か。ものに「憑《つ》かれた」の意ではないであろう。暑い時は昼寝もたいへん。寝起きのうつろな目に入るのはぐったり生気をなくした物のかげあまた。影よおまえたちも疲れているか。ご苦労なことよ。息遣いが聞こえるようだ。〈たつた一人になり切つて夕空〉も同じ頃の作。大正一三（一九二四）年作　◇昼寝

水筒に清水しづかに入りのぼる

篠原《しのはら》　梵《ぼん》　『雨』

前書に「山」とある。〈雷雲のたむろせる嶺《ね》を主座となす〉など山岳詠八句の内の一句。山登りの途中、泉の水を水筒に満たす。ごくごくと水筒の目盛をのぼる水。山の自然はすべて生きもの。向上心旺盛だ。詠まれた時期を考えると、戦後を迎えた悦《よろこ》びが秘《ひそ》かに〈清水〉にも託されているのだろう。昭和二二（一九四七）年作　◇清水

いつまでも黴《か》びざるものを捨てにけり

正木ゆう子　『静かな水』

冷蔵庫の中を整理した。奥に入っていた昆布巻《こぶまき》に沢庵《たくあん》漬、これ去年旅先の市場で勧められ買ってきた土産だ。少しも変わってない。防腐剤がいっぱい入って新鮮なんて、なんだか世の中薬漬けのようだ。一晩置くとお櫃《ひつ》のご飯も饐《す》くなった子どもの頃。あれが自然だ。そう呟《つぶや》いて、始末した次第。平成一四（二〇〇二）年刊　◇黴《かび》

腰骨に鬆《す》の立つ気配花石榴《はなざくろ》

安西　篤　『秋情《あきごころ》』

石榴の赤い花からの連想が強烈だ。大根をすぱっと切って鬆を見付けた味気なさ。水気がなく、かさかさ。それがわが身の蝶番《ちょうつがい》〈腰骨〉に及ぶとはゆゆしきこと。軽く骨粗鬆症《こつそしょうしょう》などと高齢者の話題に上るが、現代の俳句の句材にどかっと詠《うた》われた驚きは大きい。平成一四（二〇〇二）年作　◇花石榴

梅雨《つゆ》ゆゑにハンカチの筋きつと折り

吉村 昭『炎天』

些《さ》細《さい》なことで気分が動く。ハンカチの筋目が決まった。人の目も胸元に注がれているように感じる。明るい。つい愛想もよくなる。梅雨がこんなにナイーブにするのか、それとも神経質なのかな。まあ、これでこれから始める講演も巧《うま》くまとまるだろうなと。生涯俳句を愛した作家である。昭和六二（一九八七）年刊 ◇梅雨

親もなし子もなし闇を行《ゆく》蛍《ほたる》

春澄《はるすみ》『俳諧小松原』

闇夜に飛び交う蛍のさまに心の迷いを重ねて詠う。これが古来詩歌《しいか》の最高のテーマであった。作者は芭蕉とも親しい京都談林《だんりん》派の俳人。暗闇をスーイと飛んでいく蛍の身軽さは親も子もないからだろう。それに比べて親子の情に絆《ほだ》されるわが身は、と振り返っている。意外に現代にも通じる句である。只《し》丸《がん》編・元禄四（一六九一）年刊 ◇蛍

西日中電車のどこか摑《つか》みて居り

石田波郷『雨覆《あまおおい》』

俳句は一読、直観の閃《ひらめ》きが大事だ。俳句の長さ、十七音字は目の中に飛び込む長さだ。したがって一瞬に読むこと。だらだら読んでいるといちばん大事なものを逃がしてしまう。西日を受けた疾走の満員電車に揺られる疲労感。ぐったり疲れた感じこそが生きている実感である。昭和二二（一九四七）年作 ◇西日

雷神は老の臍《へそ》など狙《ねら》ふまじ

大久保《おおくぼ》白村《はくそん》『精霊《しょうりょう》蜻蛉《とんぼ》』

古川柳に〈雷をまねて腹がけやっとさせ〉とあるように雷さまが狙うのは子どものお臍。妙齢の女性のそれでもない。夏など薄着をし寝冷えをしやすい。そんな気遣いに雷神の俗言が使われた。ご老体も狙われまいと油断し、甚平《じんべい》の裾などたくしあげていると、翌日はダウン。くれぐれもご注意を。平成二〇（二〇〇八）年刊 ◇雷神

立雲《たちぐも》のこの群青《ぐんじょう》を歩みけり

渡《と》嘉《か》敷《しき》皓駄《こうた》『真竹』

沖縄の夏。〈立雲〉は入道雲、雲の峰をいう。真っ青な空にそそりたつ雲を〈立雲〉とはなんと見事な沖縄人の表現か。ときに夜に入っても月光に照らされ白く光っている雲は生きものだ。琉球王朝の盛衰も今次大戦の未《み》曾《ぞう》有の哀《かな》しみもつぶさに見て来た。〈群青〉もまた沖縄の真夏の色である。平成一一（一九九九）年作 ◇立雲

絵のなかの靴が揃えてある晩夏

あざ蓉子　『天気雨』

　靴の主はどこへ行ったのであろうか。謎めいた絵の構図は当然、作者の内面とどこかで繋《つな》がる。夏の終わりは季節もまた謎を秘めている。稔《みの》りの秋へ進みゆくものばかりではない。梅雨時の穂草のようにすでにいのちを終えた野草もある。青春の入り口は賑《にぎ》やかでも、その終末はさみしいものだ。平成二二（二〇一〇）年刊　◇晩夏

海霧《じり》の崖一人となりて戻りけり

深谷《ふかや》雄大《ゆうだい》　『明日の花』

　北海道の留萌《るもい》沖にある天売島《てうりとう》吟行詠。霧は秋であるが、北国の海上を覆う海霧は夏に多い。〈断崖《だんがい》に海霧たちこめて海猫《ごめ》を寄す〉も同時の作。対馬暖流と寒流との出会いにより立ち籠《こ》める濃霧。そんな危うい〈崖〉に佇《たたず》み、自然の威力に辛うじて耐えている。当時、旭川在住の作者。昭和六二（一九八七）年作　◇海霧

大きな木大きな木蔭夏休み

宇多喜代子　『象』

　暑い夏、一カ月ほど学校はおやすみ。子どもにとって全部が自分の時間。蟬捕り、水泳、山登り。田舎の祖父母の家には大きな欅《けやき》の木があって、日盛りにできる木蔭《こかげ》は別天地。掲句は記憶にあるいちばんいい夏休みを描いている。〈大きな〉という形容を重ねたのは人生至福の時を讃《たた》えたもの。平成一二（二〇〇〇）年刊　◇夏休み

心かなしくダリヤに突き当りし

瀧井孝作　『折柴《せっさい》句集』

　友人芥川龍之介に「君の俳句も修羅《しゅら》道《どう》だネ」といわれた作者。内面の葛藤《かっとう》の現れが〈かなしく〉の一言に集約されている。赤いダリヤの大輪が心に飛び込んできた。「しっかりせい」とはげましてくれるようだ。飛騨高山にいて、河東碧梧桐《かわひがしへきごとう》の新傾向俳句に共鳴し、やがて自由律へ移る頃の作。大正五（一九一六）年作　◇ダリヤ

硝子《びいどろ》の魚《うお》おどろきぬ今朝の秋

蕪村　『蕪村遺稿』

　蕪村の斬新さは感覚的な昭和の俳句の味わい。私は吉行淳之介の短編をふと連想した。秋の気配を「風の音」に感じた王朝歌人。その繊細さをガラス鉢に飼われた金魚から感受したのが紛れもない天明の詩人の才能である。〈おどろき〉は秋を迎え、怠惰《たいだ》な夏からはっと目覚める意もあろうか。安永末（一七八一）年作か　◇今朝の秋

呑めて呑む酒ありがたや盆の家

成田千空　『十方吟《じっぽうぎん》』

津軽《つがる》の盆詠《ぼんえい》。みちのくの地の人情が手厚く伝わる。盆は仏供養に縁者が集まる。集まればまず酒。作者は、酒好きで、またいける口。こんなうまい酒はない。これもご先祖さまからの功徳のたまもの。ありがたやありがたや。遅くまで灯《とも》された仏間。年に一度、仏を交えた酒盛りは果てしない。平成一四（二〇〇二）年作　◇盆

草の穂に実るごとくに蟬の殻

岩田由美　『花束』

秋草が花をつけ実を結ぶ。草の穂をみると、私は感動する。いのちを繋ぐ使命を果たした安らぎをそこに感じるから。夜明けには蟬が草の穂に縋《すが》って殻を脱ぐ。長い地中生活を経て成虫になることは蟬の生涯の結実に違いない。殻でありながら空蟬《うつせみ》からは必死な意志が伝わってくる。平成二二（二〇一〇）年刊　◇蟬の殻

さやけくて妻とも知らずすれちがふ

西垣　脩《しゅう》　『西垣脩句集』

初秋のさわやかな一日、並木通りでのスナップ。おや知ったような顔だなと思いながら、互いに連れとおしゃべりをしながら向こうとこっちの鋪道をすれ違う。大気が新鮮で、私の気持ちが微粒子のようにこなごなに拡散していたのかな。のちほど話して大笑い。出会いって不思議だねーと。昭和五四（一九七九）年刊　◇さやけし

八月や悼《いた》みごころを木賊《とくさ》にも

永島靖子　『袖のあはれ』

広島忌、長崎忌につづく敗戦の日。残酷、無惨な昭和の記憶が詰まった熱い八月が来る。日陰に群生する青木賊にもひとは泪《なみだ》する。一木一草がおびただしい亡き者の化身ではないか。この世は生者だけのものではない。死者が支え、あの世もまた生者が弔《とむら》うことで身近になる。平成三（一九九一）年作　◇八月

蚯蚓《みみず》鳴く母が泊まりに来たる夜は

小田切輝雄　『千曲《ちくま》彦《ひこ》』

稀《まれ》に母親が泊まりに来る。親にとりこんなうれしいことはない。奥の間に敷いた厚い客蒲《ぶ》団《とん》に寝せてもらう。秋の夜更け、枕に近くじーじーと蚯蚓が鳴く。子の連れ合いに気兼ねをし「ありがとう」を繰り返す母。母が子を思い、子が母に寄せる心。じーんと琴線に触れる作。昭和五五（一九八〇）年作　◇蚯蚓鳴く

秋の夜をおのれの檻《おり》に入かへる

横山白虹《はっこう》　『空港』

檻とは猛獣や罪人などを閉じ込める囲い。ときに象徴的に用い、掲句の〈おのれの檻〉もそれ。戦後間もなくの作であれば、時代の解放感に比べ、自己の固陋《ころう》な頑固さを自嘲気味に〈檻〉と称したものか。秋の夜はしみじみした自省の刻。現代俳句の輝ける旗手の内面へ切り込んだ作である。昭和二四（一九四九）年作　◇秋の夜

蜩《ひぐらし》の華厳《けごん》の息の流るるよ

平井照敏《しょうびん》　『石濤《せきとう》』

蜩は別にかなかなとも。秋の夜明けや夕方に森や林で鳴く。切ないもの思いをしているような声が『万葉集』以来文人に好まれてきた。〈華厳〉は修行の果てにすばらしい功徳を得ることであるが、蜩を修行僧と見立て、その声を讃えたもの。慈愛に満ちた句である。平成五（一九九三）年作　◇蜩

秋の鰻攫《うなぎつか》みが咲いて沼に雨

鈴木貞雄　『森の句集』

水辺に多い蔓《つる》状のタデ科の一年草。茎や葉柄や葉裏に下向きの棘《とげ》があるので、ぬるぬるした鰻が摑みやすい。〈秋の鰻攫み〉とは面白い草の名。ちょっぴり実用の智恵が加わったもの。同じタデ科の「継子《ままこ》の尻拭《しりぬぐ》い」は、継子いじめに用足しの後、貴重な紙ではなく棘草《とげくさ》を使わせたとか。これは残酷。平成二一（二〇〇九）年作　◇秋の鰻攫み

芋虫と青女房《あおにょうぼう》とたたかえり

佃　悦夫　『身体私記』

〈芋虫〉は里芋や甘藷《さつまいも》など芋類の葉を食べる雀蛾《すずめが》の幼虫。親指の太さで大きなのは一〇センチ近い。ぎょっとする。新婚ほやほや（青女房）の都会育ちでは棒をふりあげてうろうろするばかり。芋虫に睨《にら》まれたらお手あげ。山椒や柑橘《かんきつ》類の葉を食べる青虫の柚子坊《ゆずぼう》は芋虫とは区別したい。平成六（一九九四）年作　◇芋虫

虫売の目の高さまで子は踞《かが》む

辻田克巳　『ナルキソス』

きりぎりすに鈴虫。傍らには甲虫《かぶとむし》。台に置かれた虫籠は子どもたちの宝物。目を輝かし、かがんで見つめる日焼け顔。夏休みはもうすぐ終わる。〈子〉の一語から導かれるわが少年の日。縄手《なわて》道《みち》に並んだ夜店の屋台に釘付けになった。無愛想な主《あるじ》がときどき吹きかける飛沫《しぶき》に濡れながら。平成一二（二〇〇〇）年作　◇虫売

口の中汚れきつたり鰯喰ふ

草間時彦『櫻山』

鰯《いわし》を口に入れた時のべちゃっとこなごなになった舌触り。その一点だけを即物的に〈汚れきつたり〉と表現した。このやんちゃな言い方が、都会人のユーモアであろう。「やだねえあれ」などと言いながら、食通を任ずる作者には秘かな食への探求が生涯続いたのである。昭和四六（一九七一）年作　◇鰯

鳥籠《とりかご》に月を容《い》れたる御空《みそら》かな

浦川聡子『水の宅急便』

空は大きな鳥籠。月夜の晩にはお月さまがつんと清《す》まして入っている。稀《まれ》に小鴨《こがも》が渡ることがあっても、太古からの住人は私だといった顔つきの月。賑やかな昼の鳥籠とはがらっと変わって夜の鳥籠は不思議。ハープの弦のように妙《たえ》なる音を奏でる。音が聞こえませんか。静謐《せいひつ》な句である。平成一三（二〇〇一）年作　◇月

どうしても夜なべになつてしまふ稿

星野高士『無尽蔵』

〈夜なべ〉の一見古風な表現は原稿用紙に手書きスタイルを想像する。信州などでは「よーなべ仕事」といった。炉明りを頼りに藁《わらう》打ち仕事の類いはぐっと鄙《ひな》びた光景であるが、働く実感が籠もる。作者の住む鎌倉の谷戸《やと》の地は夜業などという下町風な言い方よりは、やはり夜なべの滋味が相応《ふさわ》しい。平成一六（二〇〇四）年作　◇夜なべ

月光に石落つる音吸はれゆく

石橋辰之助『山行』

「穂《ほ》高《たか》小屋」とある。小屋は奥穂高岳と涸沢岳《からさわだけ》の鞍部《あんぶ》（窪地）に建つ。いまの穂高岳山荘である。山の静寂を捉えた逸品。月夜に石が深谷を転がり落ちる。その音のゆくえが月光無韻。山に憑《つ》かれた男が己《おのれ》の果てを幻想する。この落石のように。心境が滲《にじ》む山岳詠《さんがくえい》である。昭和九（一九三四）年作　◇月光

秋の草弓なりの時ばかりかな

恩田《おんだ》侑布子《ゆうこ》『空塵秘抄《くうじんひしょう》』

切なさこそ至情《しじょう》と考える作者。秋は草がいのちを懸ける。その穂をかかげて撓《たわ》む姿は万感の思いを誘う。人間は草に教えられ、はっと我にかえる。透明な空気は見るものを見えるようにするばかりでなく、見る人の心をもっとやわらかにする。一草を詠い、快い思索を誘う作。平成二〇（二〇〇八）年刊　◇秋の草

頭蓋《ずがい》の中まづ昏《くら》くなる秋の暮

宗田安正《そうだやすまさ》　『巨眼抄』

頭を〈頭蓋〉と捉える。途端に医学用語が氾濫《はんらん》する現代に足を入れる感じになる。あれこれ考えごとをしていたのではないか。もう止めようと、気がついたら暗い。歌語以来、情緒たっぷりの秋の夕暮であるが、外側の秋の景色よりも自分の意識の世界に拘《かかわ》るのが好きだという。平成五（一九九三）年刊　◇秋の暮

天平の雲梨売りは地に坐《すわ》り

山崎冨美子　『連』

空に白雲、地に梨。奈良の大寺がつぎつぎに建った天《てん》平《ぴょう》への憧れを籠めた作である。作者は梨《なし》が特産の富山の人。越中はまた大伴家持《おおとものやかもち》が国司を務めた地であれば、天平への連想は身近であろう。梨売りの地べたの視点から仰いだ雲には、人間の短いいのちを凌駕《りょうが》した輝きがあったのである。昭和四七（一九七二）年刊　◇梨売り

野にあればどこかが痛し草雲雀《くさひばり》

中村苑子　『花狩』

暑かった夏の後遺症なのか、秋の野はどこかが病んでいる。こおろぎよりも小さな草雲雀がいち早く気付き、フィリリリリと、か細い澄んだ音をあげ嘆く。嘆くために生まれてきたこの虫を、立原道造は「水引草に風が立ち／草ひばりのうたひやまない」と捉えた。掲句の作者の感性もまた鋭い。昭和五一（一九七六）年刊　◇草雲雀

萱刈つて萱を運びて阿蘇を出ず

藤崎久を《ふじさきひさを》　『花の下』

すすき・かるかやなどが萱《かや》。晩秋に山野の萱場から萱を刈り、屋根を葺《ふ》くために納屋に運び込む。来る年も来る年も同じ。阿蘇《あそ》に生まれ阿蘇に住む、これがわが半生。その感慨《かんがい》がこの一句。私は、風土というには狭く、実感に満ちた産土《うぶすな》の地を「地貌《ちぼう》」と捉えている。阿蘇が生きる原点、棒のような句。平成五（一九九三）年作　◇萱刈る

飛び立つてより秋爽《しゅうそう》の鳥となる

廣瀬悦哉　『夏の峰』

鳥への憧れ。男性はより空を飛びたいとの願いが強いのではないか。軽井沢の脇田和美術館にある鳥の絵が好きで、しばしばその前に立つ。ふと、この若い作者の句が思い浮かんだ。木に止まっている時は気付かなかったが、澄んだ宙《そら》へ出てしっかり鳥のかたちをしている。願いを込めた自画像か。平成一五（二〇〇三）年作　◇秋爽

落栗《おちぐり》の座を定めるや窪溜り

井月《せいげつ》『余波《なごり》の水《みず》くき』

故郷長岡を去り、伊那《いな》の地に二〇年ほど住み、ここを墳墓《ふんぼ》の地に決めたとの感慨を句に託している。諸家の俳諧を集め刊行した三冊目の俳書の跋文に出る句だ。諦観《ていかん》と同時に落栗は落栗なりの開き直った覚悟が見える。〈窪溜り〉は「くぼったまり」と伊那方言で読むとそんな気がする。明治一八（一八八五）年作か　◇落栗

新米を研ぐや一粒づつの覇気

山下知津子『髪膚《はっぷ》』

新しさを競う現代に少々疲れている者にとっても、今年米、新米の輝きは別。もう新米。うれしい。率直な感想だ。しゃりしゃり研《と》ぐ。手触りも弾む。一粒一粒がわれこそ今年はじめてという気負いを持った米。〈覇気《はき》〉がいのち。秋暑《しゅうしょ》にいくぶん沈んでいた作者。新米から教えられたのであろう。平成一〇（一九九八）年作　◇新米

次の世もかく遊びたし零余子《むかご》採る

藤本安騎生《あきお》『高見山』

「ぬかご」ともいい、これが古名。秋になると、自然薯《じねんじょ》や長薯《ながいも》の葉腋《ようえき》にできる小指ほどの珠芽《しゅが》。触るとぽろっと零《こぼ》れる。自然の巧みな芸を見るようだ。名付けて〈零余子〉とはおかしくて、どこかかなしい。来世でもこんな密《ひそ》やかな零余子拾いの遊びをしたい。東吉野在住の作者らしい願い。平成一七（二〇〇五）年作　◇零余子

霧の村石を投《ほう》らば父母散らん

金子兜太『蜿蜿《えんえん》』

「石をもて追はるるごとく」と出郷のかなしみを詠《うた》ったのは明治の啄木。ところが同じかなしみでも、掲句は明るい。愛するが故に仕掛ける故郷へのいたずら。与太小《よたこ》僧《ぞう》が高みから父母が住んでいる眼下の霧に包まれた村へ石を放る。「父さん・母さん元気かい」という調子。屈折しているが思郷の句。昭和四三（一九六八）年刊　◇霧

冷《ひや》やかに己《おのれ》をかへりみることも

深見けん二『蝶に会ふ』

夏が去り、秋に入る。ひと雨過ぎた後など、初秋の涼気を感じる。寝ていた思考がつと立った感じ。あれはこうするのがいい、これはこうだったと自分の中で自己との会話が生まれる。「花鳥諷詠《ふうえい》・客観写生の道を一筋に進みたい」という作者。一筋とは〈己をかへりみる〉ことで見えてくる誠実さだ。平成二一（二〇〇九）年刊　◇冷やか

狼《おおかみ》は亡《ほろ》び木霊《こだま》は存《ながら》ふる

三村純也　『常行《じょうぎょう》』

「深吉野《みよしの》」とある。奥深い吉野の地にはかつて狼がいた。いまは滅んでしまい、木霊となって長く生き続けている。〈木霊〉は咆哮《ほうこう》のエコー、残響ではなく、文字通り木の魂と解したい。ざわざわ、ごうごうと鳴る樹林のざわめきが亡き狼の霊。自然界の不思議を愉しむ作と読む。平成六（一九九四）年作　◇狼

時雨《しぐ》るるや／佐久《さく》の郡《こおり》の／片ほとり

佐藤春夫　『能火野人十七音詩抄《のびやじんじゅうしちおんししょう》』

初冬の明るいにわか雨は京都が名高い。しかし掲句は信州佐久のわびしい時雨《しぐれ》。昭和二〇年四月に東京から戦時を避けて佐久へ疎開した文人が「わが行路にあり歩を止めて偶目せしのみ」（序）と記す沈鬱《ちんうつ》な思いが滲《にじ》んでいる。雪の降る音を「聴雪《ちょうせつ》」と愛した詩人は片田舎《かたいなか》の時雨に流離《りゅうり》を託している。昭和三九（一九六四）年刊　◇時雨

世界病むを語りつゝ林檎裸となる

中村草田男　『火の鳥』

智恵の実である林檎《りんご》を剝《む》き、興奮気味に世界情勢を語る作者は三八歳。詠まれた一九三九年は九月にナチス・ドイツ軍のポーランド侵入に端を発し、第二次世界大戦が勃発《ぼっぱつ》する。日中戦争は二年前に始まっている。贅沢は敵だ、ご飯の真ん中に梅干し一つの日の丸弁当が奨励されるのもこの頃。昭和一四（一九三九）年作　◇林檎

はつふゆや象のかたちに帽子置き

上田日差子《ひざし》　『忘南《ぼうなん》』

「これ、こわくない？」と聞くと「ぼうしが、なんでこわいものか」（内藤濯訳）とどこからか聞こえる。掲句から『星の王子さま』（サン＝テグジュペリ）の冒頭の名高い場面を連想する。〈象のかたち〉がさりげなく大らかなだけに、あまり寒くない季節感に託した青春の名残を惜しんでいるようだ。平成八（一九九六）年作　◇はつふゆ

赤ちゃん健診ちんぽこばかりの小六月《ころくがつ》

細谷喨々《りょうりょう》　『二日』

旧暦一〇月は新暦では一一月。春のように暖かい日が続くので、小春また小六月ともいう。今日は赤ちゃんの健診日。作者は小児科の優しい先生。裸にされ、まるまる肥えた赤ちゃんのちんぽこが次々に並ぶ。ちんぽこに焦点をしぼり、小六月へあざやかに転換する。明るく大らかな句柄が楽しい。平成六（一九九四）年作　◇小六月

つる引けば遥《はるか》に遠しからす瓜《うり》

抱一《ほういつ》『屠龍之技《とりようのぎ》』

晩秋のからす瓜詠。限りなく広がる青空を背景に、梢にからまるからす瓜を捉えた光琳《こうりん》風の画人の才がひかる。遊里にも通じた風流人である作者は姫路城主酒井《さかい》忠以《ただざね》の弟。大名芸の余裕派の作であるが、〈遠し〉の一語に自分では気が付かないが、平穏さを変えようとする浪漫を感じる。文化九（一八一二）年成　◇からす瓜

一つ火の濁世《じょくせ》の闇に灯《とも》りけり

西村和子『窓』

一一月二七日に藤沢市遊行寺《ゆぎょうじ》本堂で別時念仏会がある。そのメインイベントを〈一つ火（御滅灯《おめつとう》）〉と呼ぶ。灯が消された本堂の暗闇は愛憎渦巻く濁世、そこに僧が切火を放ち、一つ火を点《とも》す。たちまち広がる念仏の大合唱。この世に光明が齎《もたら》された瞬間だ。地域の季語〈一つ火〉を用いた佳句。昭和五九（一九八四）年作　◇一つ火

出雲には行かず遠野のおしら神

荻原都美子《とみこ》『翼日《よくじつ》』

南部《なんぶ》馬《うま》の産地であり、養蚕が盛んな遠野の地の信仰を一身にあつめたのが〈おしら神（蚕の神）〉。おしらとは蚕のこと。先端に馬頭を象《かたど》る三〇センチほどの桑棒に布切《ぬのきれ》を着せた素朴な神。旧暦一〇月に出雲での神さまの全国会議をボイコット。さすがに意志のしっかりした神さまがいたものである。平成一三（二〇〇一）年作　◇出雲に行かぬ神

刈田《かりた》直《じか》踏めば先祖の狩ごころ

平畑静塔《ひらはたせいとう》『栃木集』

遥《はる》かな縄文人への賛歌である。木の実を採り鹿や猪を射止めて暮らした先祖よいずこ。荒涼たる刈田の地を踏まえると、どこか身が疼《うず》く。定住し稲作・牧畜により安定した暮らしに馴《な》れた弥生人の末裔《まつえい》たる現代人よ。山野を駆け廻《めぐ》り、海へ潜り、自然の精気を取り戻したいものだ。昭和三七（一九六二）年作　◇刈田

御《お》七夜《しちや》の吉野は寒くなるばかり

大峯あきら『群生海《ぐんじょうかい》』

親鸞上人は弘長《こうちょう》二（一二六二）年旧暦一一月二八日入《にゅう》寂《じゃく》。浄土真宗の寺では、その日まで七昼夜開かれる報恩の法要を御七夜という。報恩講《ほうおんこう》とか御《お》仏事《ぶつじ》とも。毎年のことながら、山深い吉野の冬はいよいよこれから。寒い時は寒さに身を委ねるばかり。造化に従う柔軟な姿勢から生まれた作。平成二〇（二〇〇八）年作　◇御七夜

干《ほし》大根《だいこ》しつかりせよと抱き起こす

中原道夫　『不覚《ふかく》』

満州の荒野と思いきや、ここはわが家の大根干し場。いくぶん干し過ぎかな。なよなよし出した干し大根を抱えて取り入れる。その刹那《せつな》の感触。むかし身に沁《し》みた哀歌がいま可笑《おか》しく蘇《よみがえ》る。〈しつかりせよ〉と。しかし、待てよ。この文句はいくたびも自分に言いきかせてきたものではないか。平成一三（二〇〇一）年作　◇干大根

食べ終へても蜜柑箱といふいつまでも

加倉井《かくらい》秋《あき》を　『午後の窓』

いったん名がつくと名がひとり歩きをする。蜜柑はとうになく、その中で猫を飼っても蜜柑箱。段ボールでなく、手ごろな木の箱である。日常なにげなく用いられながら、気にするとトリックめいた面白さがある。同じ作者の〈裸のわれ抽斗《ひきだし》あける吾とおなじ〉も類似の着想を愉しんでいる。昭和二六（一九五一）年作　◇蜜柑

としのくれ杼《とち》の実一つころ〳〵と

荷兮《かけい》　『阿羅野《あらの》』

〈杼〉はどんぐり、櫟の実をいう。江戸期は「杼」も「櫟《くぬぎ》」も「栩」も「橡」もみんな「とち」の意。「異名一物なり」（『滑稽雑談《こっけいぞうだん》』）とある。芭蕉が『更科紀行』の途上、木曾の鳥居峠で拾った杼の実を名古屋の荷兮に土産にやった。元禄元年の年末まで子どものように嬉しく、大事に弄《もてあそ》んでいたという。元禄元（一六八八）年作　◇としのくれ

十二月八日触れたる幹が刺す

鍵和《かぎわ》田《だ》秞子《ゆうこ》　『飛鳥《あすか》』

声高に詠《うた》いあげた句ではない。人と人との関わりを超えて国と国とが争う。無謀な太平洋戦争を思えば、その開戦の日〈十二月八日〉の傷みは心中深く刺さり、消えることがない。街路樹の幹であろうか。幹の方が作者の意識を覚醒させてくれたような手応えに、はっとしたのである。昭和六〇（一九八五）年作　◇十二月八日

襟巻《えりまき》の狐《きつね》の顔は別に在《あ》り

高浜虚子　『五百句』

狐の襟巻に狐の顔がある。昭和八年一月、東京の日比谷公園を歩きながらの嘱目《しょくもく》という。前年、関東軍により満州国が大陸に建国、新しい日本の顔に世相は昂揚《こうよう》する。〈狐の顔〉はさてどちら。貴婦人の襟巻詠であるが、虚子の句には世相を超えて時代を見抜いた不思議さがあるようだ。昭和八（一九三三）年作　◇襟巻

餅搗《もちつ》きの響き山河を喜ばす

小島 健 『蛍光』

冬の早朝に、どしんずしんと餅搗きのこだまはなんとも懐かしい。私が住む信州の地は周りが山。よく響く。山河が喜んでいる。間もなく新しい年を迎える。自然も人の世も生まれ変わる支度にいそがしい時だ。山河にも喜怒哀楽のメリハリが顕《た》ち現れる。手応えがある句である。平成二〇（二〇〇八）年刊 ◇餅搗き

にんげんはもういやふくろうと居る

石牟礼道子 『天』

心中を率直に告白した句。九州水俣《みなまた》の地で水俣病の患者支援の人間愛に半生をかけてきた詩人で作家。ふくろうは不吉な鳥とも智恵の鳥とも、評価が分かれる。いやそれ以上に人間ほど正体のわからない怪物はない。〈にんげん〉の仮名表記に摑《つか》みどころのない人間の妖怪性が暗示されている。昭和六一（一九八六）年刊 ◇ふくろう

来年も逢ひませうねと河豚《ふぐ》を喰ふ

冨士眞奈美 『瀧の裏』

忘年会であろう。河豚料理に舌つづみ。今年よかったわ、来年もね、などと軽く弾んで。美味しいが、間違えばころりとゆく〈河豚〉なのがいい。愉しみもなにも生きるすれすれ。そこに迫力がある。作者の〈やや強く叩き返され紙風船〉といった仲の友人同士の語らいに、今年も間もなく暮れる。昭和六二（一九八七）年作 ◇河豚

大き濤《なみ》くづれて初日あがりけり

水原秋櫻子 『浮葉抄』

はげしい動きを発止《はっし》と受けとめるおおらかな静かさ。大海原の初日《はつひ》を詠い寸分の隙《すき》もない。日本画の大作を目の前にするようだ。作者は元旦の風景にひたと身を寄せ、対象になりきっているが、長い日中戦争が始まる昭和一二年の年頭吟だけに、昂揚《こうよう》した気分が漲《みなぎ》っているのではないか。昭和一二（一九三七）年作 ◇初日

恋人と艫綱《ともづな》をとく初茜《はつあかね》

大木あまり 『雲の塔』

茜色に染まった元旦の沖へ恋人と出帆する。〈艫綱をとく〉とは船杭《ふなぐい》に堅く結んであった綱を解《ほど》いて船出をすること。はっと息をのむあざやかな転身。この機会を秘かに確実に育んできたものか。情景が明るい。近松《ちかまつ》の浄《じょう》瑠璃《るり》に描かれる、義理人情の果てに浄土を目指すといった暗い光景ではない。平成五（一九九三）年刊 ◇初茜

雑煮《ぞうに》食ひなほも不敵不敵《ふてぶて》しく生きん

有馬朗人《ありまあきと》　『分光《ぶんこう》』

新年の雑煮は喉《のど》に閊《つか》えないよう、十分に気を使い、しかも、しっかり、たっぷり食べた。さて、一年の計は元旦にあり、その計いかん。わが齢《よわい》は十分、去年に増して〈不敵不敵しく〉、これでいこう。開き直り、言いたい放題でありながら、おかしみがある。自分に言い聞かせているのである。平成五（一九九三）年刊　◇雑煮

寄席《よせ》の燈《ひ》のはやばや点《とも》る松飾り

七田谷《やだな》まりうす　『北面《ほくめん》』

お正月は寄席。午後三時を廻ると、でんと気張った松竹梅の飾りのもとに水が打たれ、寄席の表に蜜柑色の燈が点る。さあいらっしゃい。いらっしゃい。懐かしい正月詠が得意な作者。〈浄瑠璃に初老の恋や切山椒《きりざんしょう》〉〈懸想《けそう》文《ぶみ》売りの真赤な烏帽子《えぼし》かな〉など昔が今に蘇《よみがえ》る楽しさ。平成一二（二〇〇〇）年作　◇松飾り

はつ市や雪に漕《こぎ》来る若菜《わかな》船《ぶね》

嵐蘭《らんらん》　『猿蓑《さるみの》』巻四

正月の初市風景。早朝から市が立つ川縁《かわべり》には雪の中を若菜を満載した船が賑やかに漕《こ》いで来る。俳諧《はいかい》の付合《つけあい》集『類船集《るいせんしゅう》』によると、市―さす舟―若菜―雪間の野べは連想語として周知であるが、その組み合わせにみずみずしさがある。致仕《ちし》し浅草に住むとはいえ、武士の清廉さが句に滲《にじ》む。蕉門俳人。元禄四（一六九一）年刊　◇はつ市

繭玉《まゆだま》の玉の百ほど生きぬかん

上村占魚《うえむらせんぎょ》　『萩山』

小正月に繭玉と呼ぶ団子を花のように柳にさして飾る。養蚕が盛んな地では、今年の繭の多産を予祝した。紅白の餅の切れを稲穂に見立て餅花とも称した。齢《よわい》という時間の塊を形にすれば繭玉のようなものかもしれない。繭玉を見て、百まで生きたいと長寿を願うのも着想が農耕民的な大らかさだ。昭和四〇（一九六五）年作　◇繭玉

地べたに火焚《た》くしたしさや初大師《はつだいし》

小川軽舟《けいしゅう》　『手帖』

一月二一日は弘法《こうぼう》大師の今年初の縁日。初大師とか初《はつ》弘法《こうぼう》と呼ぶ。焚火は、篝火《かがりび》のように籠《かご》で焚くもの、松明《たいまつ》のように掲げるものもあるが、地べたに薪《まき》を組むのがいい。それが御大師《おだいし》さまの教えのようだ。みんな集まって火を囲む。手をかざすもの、股を炙《あぶ》るもの、温《ぬく》といのが縁日の功徳《くどく》である。平成一八（二〇〇六）年作　◇初大師

雪積めりよべの熟睡《うまい》の深さほど

相馬遷子《せんし》　『雪嶺』

雪国に雪が積もる。その嵩《かさ》が、昨夜ぐっすり熟睡をしたその深さほどとは心憎い巧みな表現だ。〈熟睡〉は万葉語。万葉人の大らかさを秘かに継承する心意気も伝わる。信州佐久の地に住み、秋櫻子門の医師にして俳人。洗練された美意識をもっていのちの極みを追求した高潔な士君子であった。昭和四〇（一九六五）年作　◇雪

こんこんと海は眠りて鰐《わに》の冬

山崎　聰　『忘形《ぼうぎょう》』

およそ二億五〇〇〇万年前、中生代からのいのち。爬虫類鰐が地球の主。いやその鰐をやさしく抱く海こそ、生きものを育んできた万物の宿主であろう。財布の鰐皮に触れるだけというご仁には、想像を超えたスケールの大きな世界が描かれている。鰐の気高さ、神性《しんせい》が思われる。平成一四（二〇〇二）年作　◇冬

鬼やらひ私といふ鬼打たず

小檜山繁子　『乱流』

この世でいちばん大変な鬼は私の中に棲《す》む。それなのに、私の鬼は大事に温存。外の鬼ばかり追うなんて、子供だましの遊びが節分の儀式。もし、私の中から鬼がいなくなったらどうなるかしら。私の存在も終わり。すると、鬼こそ生きている限り生き甲斐《がい》なのかな。こんな内省の作。平成元（一九八九）年作　◇鬼やらひ

薄氷《うすらい》に五十六年乗つてゐし

今井　聖《せい》　『バーベルに月乗せて』

「驀進《ばくしん》する『今』という機関車に跳び乗ろう」とは氏の主宰誌での宣言のことば。俳句を創るとはいかにも俳句という、安全なことばを探すことではない。詩情があるやいなや、すれすれのことばへの模索である。わが五十六年の半生は、そんな〈薄氷〉に乗って来たようだという。鮮烈《せんれつ》な気合だ。平成一八（二〇〇六）年作　◇薄氷

されば爰《ここ》に談林《だんりん》の木あり梅の花

梅翁《ばいおう》　『江戸俳諧談林十百韻』

大坂の天満天神の俳諧師《はいかいし》西山宗因《にしやまそういん》は梅翁と呼ばれ、名高い。江戸の俳人田代松意《たしろしょうい》らに招かれた。彼らの会所が「俳諧の談林」と呼ばれていた（談林はもと坊さんの学問所の意）。俳諧の発句を乞《こ》われ、飛梅《とびうめ》を詠んだのが掲句。あなた方談林のシンボルが梅の木ですねえ。よく匂いますよ。巧《うま》い挨拶《あいさつ》である。延宝《えんぽう》三（一六七五）年作　◇梅

大谷戸《おおやと》も小谷戸《こやと》も春の立ちにけり

星野 椿 『マーガレット』

谷間《たにあい》の地を鎌倉では「やつ」「やと」と呼ぶ。湿地の意の「やち」からの呼び名かと新村出《しんむらいずる》や柳田国男はいう。湿地の水もあり、人も集まるところ。向こうに海が開ける明るい地形が思われ、一族郎党が潜む鎌倉一門の地である。この一門、源氏・北条にあらず、虚子一門なのが楽しい。平成一二（二〇〇〇）年作 ◇春立つ

針千本海よりあがる針供養《はりくよう》

原 裕《ゆたか》 『正午』

話が巧過《うます》ぎるところが可笑《おか》しくて、なんとも哀《かな》しい。二月八日は針供養。年間に折れた針を供養する日。豆腐やこんにゃくなどに折れ針を刺し、神前に供える。折も折、海からは体中針に覆われたふぐに似た針千本があがるという。折れた針の亡霊かな。富山・氷見《ひみ》港でこんな針千本を見たことがある。昭和六一（一九八六）年作 ◇針供養

磯竈《いそかまど》みな豊かなる胸もてる

澁谷《しぶや》 道《みち》 『鴇草紙《ときそうし》』

〈磯竈〉のどかっとした語感の温《ぬく》さがいい。志摩《しま》半島など地域に根付いた見事な季語である。春先の和《め》布《か》刈りはきびしい作業だ。海女《あま》は丸太などで作られた焚火を囲い〈磯竈〉で暖をとる。海の働き手、海女の胸幅が広く、豊かな隆起が率直に詠われ快い。迫力満点。平成一六（二〇〇四）年刊 ◇磯竈

愛すとき水面《みなも》を椿寝て流る

秋元不死男《あきもとふじお》 『瘤《こぶ》』

愛する穏やかな時間をこんな流れゆく椿のさまに暗示したものか。詠われている愛は激しい愛ではない。戦前、俳句事件のために二年間獄中暮らしを余儀なくされた。無実の身が晴れて、ほっと手にした日常の時間へのいとしさを追懐《ついかい》しているような純情さ、健気《けなげ》さが胸を打つ。昭和二五（一九五〇）年刊 ◇椿

梁《はり》といふ強きものある涅槃寺《ねはんでら》

大牧 広 『父寂び』

旧暦二月一五日はお釈迦《しやか》さまの入滅の日。寺では涅槃変相図（涅槃変《ねはんへん》）を掛け、追善供養を行う。法会のさなか、ふと見上げた寺の梁の立派なこと。つい見惚《みと》れた次第。この器があり、この供養がある。飛躍を承知でいうと、俳句の定型があり盛る俳句がある。そんなことを思い、出来た一句かな。昭和四九（一九七四）年作 ◇涅槃寺

えんぶりの町颯々《さっさつ》と風立てり

藤木倶子《ともこ》『火を蔵す』

〈えんぶり〉は〈えぶり〉ともいう。南部地域の小正月に行われ、豊作祈願の田植踊。代田《しろた》を均《なら》す朳《えぶり》を用いた門付芸《かどづけげい》の名残が、現在は青森県八戸辺りに残っており、二月に行われる。掲句は、寒風に吹き曝《さら》されながら鄙《ひな》びた行事を伝える律儀《りちぎ》さを詠う。根底に米と出会った北国人の歓《よろこ》びがある。平成一三（二〇〇一）年作　◇えんぶり

風船に引かれ消えたる子もあらむ

片山由美子『香雨《こうう》』

渡りを繰り返す鷹などは幼鳥が無事親鳥になるのは三割くらいといわれる。人間はどうであろうか。春祭のさなか、空へ放たれた風船に引かれ、ふわりと子が消える。ファンタジーと不安が融け合った、しかも現実感が滲《にじ》む不思議な句。微塵《みじん》も残酷さがない、やさしい詠い方が救い。平成二二（二〇一〇）年作　◇風船

流氷の接岸校内放送す

奥坂まや『列柱《れっちゅう》』

三月になると北海道のオホーツク海沿岸に流氷群が押し寄せる。掲句はまさにその時を知らせる学校放送詠。待ちに待った賓客《ひんかく》を迎えるようなときめきがある。屋上に上がって生徒たちはいっせいに眺める。しばらく同じ空気を吸って、四月半ばには流氷は沖に消えて行く。流《りゅう》離の思いを残して。平成六（一九九四）年刊　◇流氷

雪形《ゆきがた》の白馬一気に降りて来よ

若井新一『冠雪』

季語〈雪形〉が新鮮。田起こしや籾《もみ》の播種《はしゅ》など、春の農作業を始める合図を悟る自然の貴重なサイン。掲句は山肌に現れた鮮やかな白馬の雪形を仰ぎ、作業に気合が入ったもの。白馬や駒《こま》の雪形は各地に多い。年により違う雪形の出方から田舎の古老は一年の豊凶を占うのである。平成一一（一九九九）年作　◇雪形

雛《ひいな》には枕のなくて更けゆく夜

遠山陽子『連音』

雛祭《ひなまつり》のさなか、夜もお内裏《だいり》さまは正座、お供の雛さまは立ち続け。だれも見ていない真夜中ぐらい、横になって楽にされればいいのに。〈枕〉は寝ることを暗示しているが、女ごころのやさしさが伝わる。さみしいだろうなと、艶《つや》を秘めながら、硬い感じのお雛さま。ひとの浮世を対比した巧みな作。平成三（一九九一）年作　◇雛

蝶々《ちょうちょう》のつまだてゝ居るしほ干《ひ》かな

千代女《ちよじょ》『千代尼句集』

〈しほ干〉は春の潮が引いてできた潟《かた》。そこへ蝶が留《と》まろうと身を逆立てているさまを捉《とら》えたもの。初々《ういうい》しい。〈蝶々や何を夢見て羽づかひ〉もある。芭蕉が去って八年後に加賀国松任《まっとう》に生まれ、各務支考《かがみしこう》が一七歳の千代女を不思議な俳人だと世に紹介した。心根が真にやさしい人であろう。宝暦一四（一七六四）年刊　◇しほ干

猫柳《べんべろ》や花巻《はなまき》ことば温かし

佐藤映二『羅須地人《らすちじん》』

花巻生まれの宮沢賢治の童話「おきなぐさ」に猫柳《ねこやなぎ》が「べむべろ」と方言で呼ばれている。方言の語感が猫の尾に見立てた猫柳の実体をよく彷彿《ほうふつ》させるという。賢治は粘りつくような「む」の発音に拘《こだわ》るが、地元では「べんべろ」。作者は賢治に心酔し、研究者としても活躍している。平成七（一九九五）年作　◇猫柳

春月《しゅんげつ》に放射状なす都市計画

波多野爽波《はたのそうは》『舗道の花』

勢いがあり、初々しい。大学生活を回想した〈学帽はかぶらず出でて春月に〉が句集に並ぶ。掲句も前途洋々たる思いが一句の背景にあろう。高みからわが住む都市を俯瞰《ふかん》し、理想都市を考える。一枚の都市設計図に何を託そうとするのか。この秋に主宰誌「青」を創刊する、作者三〇歳の作。昭和二八（一九五三）年作　◇春月

大き目はすなはち孕鹿《はらみじか》なりし

北《きた》光星《こうせい》『道遠』

動物的直観力が快い。きびしい風土の北海道の俳人らしい率直さがある。じっと目を見て胎《はら》に仔《こ》を孕《はら》む鹿の哀願する情を感知する。知に絡めた理屈がない。〈白鳥に朔北《さくほく》の天《あま》まだ剰る〉と刻んだ句碑が稚内《わっかない》に近い浜頓別《はまとんべつ》町の森に建つ。この句なども白鳥の崇高な気持ちがわかる人の句である。昭和六一（一九八六）年刊　◇孕鹿

忙中《ぼうちゅう》の閑《かん》のあとさき土筆《つくし》生《お》ふ

長峰竹芳《ながみねちくほう》『暦日《れきじつ》』

忙しいさなか、閑《ひま》を見て野に遊んだ。もうこんなに土筆が生えている。春は着実だ。俗事に煩《わずら》わされ、いい空気を吸うことを忘れていた。永井荷風に『つゆのあとさき』という巷間《こうかん》を描いた小説があったなどと思いながら。ちょっとお洒落な軽みを愉しんだのである。平成一八（二〇〇六）年作　◇土筆

青き踏みひとりのダンス影のダンス

鳴戸《なると》奈菜《なな》 『露景色』

〈青き踏む〉は「踏青《とうせい》」の訓読で中国の習俗によるもの。春のピクニック。野遊び。いい陽気になり草原でひとり戯《たわむ》れる。ひらりと舞って、はいポーズ。私が動くと影も動く。私と影。どっちがほんと、などと拘《こだわ》ると、これは『荘子』という本にあった難しいお話になるのでやめ。愉しみましょう。平成二二（二〇一〇）年刊　◇青き踏み

落花《らっか》より飛花《ひか》になりたき花ばかり

後藤比奈夫 『庭詰《にわづめ》』

散るにも花吹雪《はなふぶき》がいい。〈晩年のはじまつてゐる花吹雪〉も同時の作。鮮烈な美意識を鎮静させた艶が漂う。晩節をいかに全うするか、花の気持ちになって考えている。句中の〈より〉は落花と飛花とを対比したのではなく、花が散りかかるやいなや、飛花に変身。このような刹那《せつな》を楽しんでいる。平成四（一九九二）年作　◇落花

ふらここや岸といふものあるやうに

森賀《もりが》まり 『瞬く』

ぶらんこの古語が〈ふらここ〉。中国伝来の春の遊び。半仙戯《はんせんぎ》とも呼ぶ。乗ると仙人になった気分だとは巧みな名付け。漕《こ》ぎながら揺らしていると、空中にある岸に着き、戻ってくる感じ。近頃、「遠い空にあるものがふいに身ほとりで輝く」ことがあるという。このふらここ感覚もそんな感じか。平成二一（二〇〇九）年刊　◇ふらここ

八重桜重しや軽きわが詩嚢《しのう》

文挾夫佐恵《ふばさみふさえ》 『白駒《はくく》』

作者は大正三（一九一四）年生まれ、九九歳。同時の作〈老いてなほ情が濃すぎて八重桜〉が掲句の〈重し〉の自解になっている。八重桜が醸し出す情緒纏綿《てんめん》たる連想に比べて私の想像力はなんと貧弱なことか。堂々たる詠みぶりは八重桜に一歩も負けていない。平成二四（二〇一二）年刊　◇八重桜

囀《さえず》りも滴《したた》る如《ごと》し阿修羅《あしゅら》像

森　澄雄 『所生』

古都奈良の春たけなわの景。囀りは春を告げる兆しのように早い。が、季節の推移とともに囀りも奔放《ほんぽう》になる。〈滴る〉の比喩が生き生きとして巧み。興福寺の阿修羅像であろう。怖《おそ》れを恥じらいのように紅潮させた顔面は少年を連想させる。囀りとの取り合わせは明るく自由で、どこか残酷な春。昭和六二（一九八七）年作　◇囀り

たんぽぽは地の糧《かて》詩人は不遇でよし

寺山修司　『花粉航海』

たいへんな気負った句である。自ら編集した十代の若者の俳誌「牧羊神《パン》」第二号に載る。作者は青森から上京、念願の早稲田大学に入る。戦後の荒涼たる大地にわずかに開いた、お日さまのようなたんぽぽを支えに至難の芸文の道に挑もうとしている。〈不遇〉の二字に限りない誇りが籠められている。昭和五〇（一九七五）年刊　◇たんぽぽ

ゴルバチョフと名付けて坂の春の犬

坪内稔典　『百年の家』

懐かしい名である。旧ソ連の政治家の中では日本人に一番親しまれている。平成三（一九九一）年には初来日。掲句の犬に名が付いたのもその頃か。コーンフレークもコンビニもゴルバチョフも作者にあっては区別がなく、現代の最先端の切り口。散歩の途中にしばしば会うブルドッグかな。平成五（一九九三）年刊　◇春

春の日に生《あ》れ黒牛は大地より

玉城一香《たましろいっこう》　『玉城一香全句集』

沖縄の大地が見えるようだ。〈黒牛〉がいい。陽春のさんさんと降りそそぐ日を受けて牛の誕生。黒牛である。牛と大地とががっちりと組まれている。ここには琉球時代の圧政も沖縄戦での血みどろな戦いの記憶も描かれていない。原始を思わせるような逞《たくま》しい大地が拡がる。作者は当時、那覇在住。昭和五五（一九八〇）年作　◇春の日

春ひとり槍《やり》投げて槍に歩み寄る

能村登四郎　『枯野の沖』

実景のようでもあり、心象風景のようでもある。すっきりした佳吟はおのずから象徴性を纏《まと》う。孤独な槍投げ選手の鍛錬《たんれん》の様子を描き、そこに共感する作者が作中の選手と一体になる。〈ひとり〉が静かな一語。誰をでもない自分を信じて、ひたすら打ち込む人生の選択が表白されている。昭和四二（一九六七）年作　◇春

かげろうて駱駝《らくだ》の瘤《こぶ》の乗りごころ

長谷川　櫂　『蓬萊《ほうらい》』

ゴビ砂漠でものんびり旅をする気分。私もオーストラリアで駱駝に乗ったわずかばかりの体験を思いながら、〈乗りごころ〉とはと考えた。乗り心地ではない。お臀《しり》をちょっとずらしながら、幾分の違和感があるのか。砂漠の民が常用している日常感とは違う。そこで却《かえ》って〈かげろう〉が際立つ。平成一二（二〇〇〇）年刊　◇かげろう

鯉幟《こいのぼり》いどむに任せ天はあり　上野 泰『城』

今年も端午《たんご》の節供《せっく》が来る。鯉幟が翩翻《へんぽん》と翻《ひるがえ》っている。この家には男の子がいる。鯉の滝のぼりではないが、健《すこ》やかに素直ないい子になってほしい。そんな期待を一身に集めて、風を受け、真鯉も緋鯉《ひごい》も全身で天空に挑んでいる。挑むたびに天はいよいよ高くなるばかり。昭和四一（一九六六）年作　◇鯉幟

五月来ぬ潮の青きにのりて来ぬ　藤木清子『ひとときの光芒《こうぼう》』

五月を迎える歓びをこんなに鮮やかに描いた俳句は珍しい。大洋の真っ青な潮のうねりが我々に躍動の季節五月を齎《もたら》すという。〈来ぬ〉のリフレインに作者の昂《たかぶ》りが伝わる。作者は昭和十年代新興俳句の拠点になった俳誌「旗艦《きかん》」の新進女流俳人。時代を切り開くうねりに身を投じる矜持《きょうじ》があるようだ。昭和一一（一九三六）年作　◇五月

越後屋にきぬさく音や衣更《ころもがえ》　其角『五元集』

江戸・元禄のコマーシャルを思わせる、とびきり斬新《ざんしん》な趣向の句をどうぞ。夏の衣替えの季節、呉服の越後屋（今の三越百貨店）では初袷《はつあわせ》（裏地付きの着物）用の絹を裁《た》ち鋏《ばさみ》で裂く。その鋭い音がつぎつぎに聞こえる。今、評判の現金売り正札通りの商法で店は大賑わい。景気のいい話である。延享四（一七四七）年刊　◇衣更

たそがれは東国《あずま》に濃かりかきつばた　大石悦子『百花』

平安時代の絵巻物を眺めるような典雅な一句。『伊勢物語』は在原業平《ありわらのなりひら》を主人公に擬した物語。中でも東下《あずまくだ》りは名高い。東国へ住むべき新天地を求めて都の貴族がさすらう。かきつばたの清新な輝きに夏のたそがれを漂わせる表現技法は、作中の主人公の哀しみの深さを捉《とら》えて見事な演出である。平成元（一九八九）年作　◇かきつばた

木の夏柑《なつかん》むすこむすめも婚期きて　和知喜八《わちきはち》『同齢』

〈夏柑〉は夏蜜柑《みかん》。わが家の庭先にある夏蜜柑の木に今年は見事な実がついた。夏柑の豊作。好機到来は家の外ばかりではない。内ではむすこ・むすめが適齢期。虫がついているやらいないやら。夏柑は完熟しても表面がでこぼこ。どこかむすこ・むすめの器量にまでひびくのが可笑《おか》しい。昭和四七（一九七二）年作　◇夏柑

蟻ひとつ天台宗の門を入る

坊城俊樹　『零《ゼロ》』

蟻は夏に季語分類されているが、身近にいる昆虫として四季を通じて親しい。蟻は知的だ。しかし、人間に接することで悩みもあるのであろう。天台宗は唐から帰った最澄により比叡山延暦寺が創建された。今、一匹の蟻が天台宗の山門を潜る。僧籍に入りたいのか、はたまた通りすがりか。平成元（一九八九）年作　◇蟻

ほととぎす最後は空があるお前

照井《てるい》　翠《みどり》　『龍宮』

3・11詠。作者は岩手県釜石市の高校教諭として東日本大震災に遭遇。生と死をみつめる体験詠には〈春の星こんなに人が死んだのか〉との嘆息が深い。掲句は夏の到来を告げるほととぎすへの呼びかけ。お前はいいね、最後に空があるから。空には地震も津波もないものね。俳句が救いである。平成二四（二〇一二）年刊　◇ほととぎす

戦後の空へ青蔦《あおつた》死木の丈に充《み》つ

原子《はらこ》公平《こうへい》　『浚渫船《しゅんせつせん》』

真新しい目が覚めるような青空。重苦しい辛《つら》い太平洋戦争が終結し、戦闘機が飛ばない本物の夏空だ。見渡す限り瓦礫《がれき》と化した焼野原にはなんの救いもない。が、見ると、焼け爛《ただ》れた死木に尖端《とったん》まで、蔦が必死で絡《から》まっている。この強靭《きょうじん》さよ。これから始まる戦後の空へ、このいのちこそ、感動だ。昭和二一（一九四六）年作　◇青蔦

鵜《う》の嘴《はし》に魚とりなほす早瀬かな

白雄《しらお》　『しら雄句集』

六月は鵜飼《うかい》の時期。鵜は鵜匠に巧みに操られ、どんなに働いても鵜匠の手のうちに収められる。早瀬から鮎《あゆ》を捉《とら》えたが危うい。嘴《くちばし》で再度深く銜《くわ》え直した。鵜にはすでに喉《のど》の奥に獲物が詰まっているのであろう。鵜の細かい動作を見落とさない作者の繊細な感受力に涙が滲《にじ》むほどだ。寛政五（一七九三）年成　◇鵜

この強き雨の浮巣《うきす》の百あまり

宇佐美魚目　『紅爐抄《こうろしょう》』

蘆《あし》や真菰《まこも》の葉を巧みに丸めて水上に巣をつくる。〈浮巣〉とは素朴な茅屋《ぼうおく》のようなもの。鳰《にお》や鷭《ばん》の浮巣が知られる。芭蕉のような人には、わが浮世の身過ぎのさまをそこに感じて、感慨一入《ひとしお》であろう。掲句は激しい雨の中に浮巣が百あまりという。荒涼といおうか、壮観といおうか。胸迫る光景だ。昭和五五（一九八〇）年作　◇浮巣

麦車《むぎぐるま》馬におくれて動き出《い》づ

芝《しば》　不器男《ふきお》『定本 芝不器男句集』

今では見受けない懐かしき〈麦車〉。黄金色に熟した麦を刈り取り束ねた麦束を積み込むのが麦車。山と積まれた荷車は、馬が勇んでひと揺すりした後、おもむろに動き出す。〈おくれて〉が車に意志があるかのようで可笑しい。馬の敏捷《びんしょう》さに曳《ひ》かれた麦車のぎこちない哀れさ。大正一五（一九二六）年作　◇麦車

父の日の父のびんぼうゆすりかな

小沢変哲《へんてつ》『俳句で綴る 変哲半生紀』

母の日が五月の第二日曜日。父の日はひと月遅れて六月の第三日曜日。母の日に二年遅れて制定。とって付けたように父の日なんか決めやがって、父の本当の気持ちなんかわかるものか。おれの貧乏ゆすりは悔しいんじゃねえぞ、生まれてこの方の癖だよ。ちなみに「変哲」は俳優・小沢昭一の俳号。平成二（一九九〇）年作　◇父の日

耳に髪はさみ働く立葵《たちあおい》

岡本　眸《ひとみ》『流速《りゅうそく》』

暑いさなかひたすら〈働く〉女性像を端的に描いている。顔に下がる髪を耳に挟《はさ》んで、てきぱきと動く。化粧もそこそこの素朴な姿に働くことを生き甲斐《がい》にした昭和戦後世代の実直な女性を連想する。身近な立葵を添えたバランスがいい。葵は土を選ばず何処《どこ》にでも根を下ろす真夏の花。平成七（一九九五）年作　◇立葵

噴水や水の十字架くりかえし

前川弘明『月光』

噴水が天を目指しながら、そのたびに挫折《ざせつ》をくりかえす。あたかもキリストが十字架にかけられ、苦しむさまを噴水みずからが担《にな》っているのではないか。水はこの世で無私の存在。神さまにもっとも近く、神の意志に敏感だ。真夏、噴水が神さまの身代わりにならんと苦しんでいるとは巧みな着想だ。平成二二（二〇一〇）年作　◇噴水

星を掃《は》くまでに伸びたる今年竹《ことしだけ》

西宮　舞『花衣』

今年新たに伸びた竹が今年竹。竹はおおかた、筍《たけのこ》として掘られてしまうが、鍬《くわ》の一撃に遭わず残された竹は、夭折《ようせつ》した仲間の悲しみを一身に背負っているかのようにぐんぐん伸びていく。旧年の竹の丈を越して、深空《みそら》の星を掃くほどだ。着眼が初々しく、幾何学的な構図もあざやか。平成一九（二〇〇七）年作　◇今年竹

夏至の日の繋《つな》がれてゐる赤ん坊

柿本多映　『花石』

日が長い一日、赤ん坊が柱か何かに繋がれている。這《は》い這いを覚えたばかりで目が離せない。安全を優先した母親は少しくらい泣いても我慢と、赤ん坊を紐《ひも》付きでいわば軟禁状態にした。残酷ではない。人生の始まりに課せられた試練と思ってほしい。暑い夏の日は、お母さんも赤ちゃんも戦いの日。平成七（一九九五）年刊　◇夏至

大雪渓《だいせっけい》つまりは風の滑《すべ》り臺《だい》

仲《なか》　寒蟬《かんせん》　『海市《かいし》郵便《ゆうびん》』

真夏の白馬岳の大雪渓でスキーを楽しんだことがある。あれよあれよという間に山頂から吹き下ろす風に押されてゲレンデ半《なか》ばに達していた。雪渓に立ってみないと風は感じない。風も〈滑り臺〉をしているのかと、童心が呼び覚まされた句。町中の短い滑り台ではない。山中の自然の大きな滑り台だ。平成一三（二〇〇一）年作　◇雪渓

さぶさぶと麒麟《きりん》を洗ふ青葉かな

唐澤南海子《なみこ》　『森へ』

首が長い麒麟がいる動物園風景。青葉の軽いゆらぎ〈さぶさぶ〉が童画の一場面のように楽しい。この擬《ぎ》態《たい》語《ご》の用い方が一句のポイント。「ざぶざぶ」では洗濯《せんたく》でもするかのように重い。自然は初夏の新緑から緑が深まり、真夏の青葉の季節を迎えている。やがて万緑《ばんりょく》に包まれ、夏の絶頂へ。平成一八（二〇〇六）年作　◇青葉

寂しさは中空にあり白絣《しろがすり》

久保純夫　『フォーシーズンズ＋＋』

夏には涼しげな白絣の単衣《ひとえ》を着る。私も学生時代、ひと夏絣で過ごした思い出がある。周りの自然が旺盛《おうせい》な夏は意外にも、ひとの心はさみしい季節だ。盛んな大気についていけず、気持ちが内面に向く。夏の夕方、茜《あかね》に染まり出した空を見つめて〈寂しさ〉を感じた体験をお持ちではないだろうか。平成二一（二〇〇九）年刊　◇白絣

星祭る一筋街の夕かな

島村　元《はじめ》　『島村元句集』

賑やかな町ではない。店も数えるほどが一本の道沿いに並ぶ。星祭の今宵《こよい》、どの家も軒には竹に短冊を結んだ七夕《たなばた》飾りを出してある。屋内に蜜柑《みかん》色の灯がともる頃になると、空には宵の明星をはじめ出番のお星さまがひかり出す。人工の蛍光灯で不夜城のような現代の町ではない。懐かしき七夕よ。大正五（一九一六）年作　◇星祭る

なりはひや鰺《あじ》を叩《たた》くに七五調

鈴木真砂女《まさじょ》　『紫木蓮』

作者は、銀座で小料理屋を営み、多くの人に愛された俳人。早朝の築地で仕入れた鰺を使うのが得意料理。手馴れたもの、毎日、俎上《そじょう》の鰺を叩くのが日本古来のリズム七五調。字余り字足らずなし、定型の軽快な調子がからだから迸《ほとばし》り出る。俳句も自然に生まれるとは一挙両得《いっきょりょうとく》ではないか。平成六（一九九四）年作　◇鰺

口笛ひゅうとゴッホ死にたるは夏か

藤田湘子《しょうし》　『白面《はくめん》』

青空を仰ぎ、眩《まぶ》しみながら、口笛を〈ひゅう〉と吹く。明るく清々《すがすが》しい口笛ではない。内心にこだわりを持ち、もの思いをしている。そういえば、向日葵《ひまわり》や麦畑を描き、激しくおのれを問い詰めた画家ゴッホが亡くなったのは夏であったか。呟《つぶや》くような作。内面を詠い、俳句界に衝撃を与えた句である。昭和四三（一九六八）年作　◇夏

眼の玉の脱《ぬ》け落ちてゐる蛇の衣《きぬ》

田口紅子《べにこ》　『土雛』

蛇が脱皮をし、後に残された抜け殻が〈蛇の衣〉。見て気持ちがいいものではない。とりわけ目玉が抜けた穴を注目するのは、却《かえ》って蛇に睨《にら》まれたような怖さを感じる。それなのに俳人はしばしば句材にする。危うきに遊ぶ、ひやひやする感じに現代を意識するのかもしれない。平成二二（二〇一〇）年作　◇蛇の衣

炎天や帆をあやつるといふことを

中村雅樹　『解纜《かいらん》』

「須磨《すま》」と前書がある。海上の風を自在に捉《とら》え、帆を操作して楽しんでいるヨットマンの動きに羨望《せんぼう》を感じたものか。それは、現代の最先端の生き方を暗示しているようだ。炎天を季語に用い、〈帆をあやつる〉といい、ヨットという語を出していない。なかなか技巧的である。平成一四（二〇〇二）年作　◇炎天

坊津《ぼうのつ》に黒潮やすむ仏桑華《ぶっそうげ》

矢島渚男《なぎさお》　『船のやうに』

風景を詠いながら句には茫洋《ぼうよう》とした時間が漂い、懐かしい。坊津は古代、遣唐使が出発した薩摩半島南西端の港町。鑑真和上が上陸した地でもある。仏桑華との照応が深い。ハイビスカスの名で知られるハワイ、モーリシャス島原産。眼下の湾には黒潮が満ちている。〈やすむ〉がまことに安らか。平成四（一九九二）年作　◇仏桑華

槍《やり》ヶ岳《たけ》その穂先より夏終はる

依田善朗《よだぜんろう》『教師の子』

三一八〇メートルの槍ヶ岳は北アルプスの一際秀《ひときわ》でた山稜である。今夏その念願の登攀《とうはん》を果たした。思えば夏がいっぺんに終わったような感じがするという。山頂は六畳ほどの広さ。その穂先を晩夏の光の中に遠望しながら、作者自身の青春の終末の感慨も籠めていようか。平成一八（二〇〇六）年刊　◇夏終はる

夾竹桃《きょうちくとう》赫《あか》し玉音《ぎょくおん》聞きし日も

脇村禎徳《わきむらていとく》『花鎮《はなしずめ》』

日盛りの夾竹桃を眼前にしている。日本の戦争が終わった昭和二〇年八月一五日、国民学校四年生の作者。あの日の記憶も同じ夾竹桃の赫い花の色であった。それは感動からは遠く、しかし、強烈に動かないスナップの一齣《ひとこま》である。あれから六〇年後詠。この世はどれだけ変わったであろうか。平成一七（二〇〇五）年作　◇夾竹桃

おはぐろの真銅《まがね》の胴や交《つる》みをる

小澤　實　『瞬間』

水面すれすれに飛ぶおはぐろとんぼ。鉄漿蜻蛉と表記するように、翅《はね》も胴も黒い。昔、歯を黒く染めたおはぐろ色。川辺を好んで水草の葦《あし》や藻に留まる。掲句は目を凝らすと、蜻蛉が「臀呫《となめ》（雄雌がつるむ）」なしている。その胴が〈真銅（鉄）〉のようだ。か弱い蜻蛉の姿に感動したもの。平成九（一九九七）年作　◇おはぐろとんぼ

出雲崎《いずもざき》窓は銀河に開くもの

矢島　恵　『邯鄲《かんたん》の宙《そら》』

新潟県の佐渡島《さどがしま》を望む出雲崎町は芭蕉が『おくのほそ道』の旅で〈荒海や佐渡によこたふ天河《あまのがわ》〉の句を残した港町として高名。あの秀句が詠まれて以来、出雲崎では、どの家も銀河が見えるように窓を開けてあるという。芭蕉の句を巧みに踏まえた機知が生きている。楽しい句だ。平成一四（二〇〇二）年作　◇銀河

盆踊沖を一灯とほりけり

井上弘美　『あをぞら』

海辺の盆踊風景詠。盆は亡き人も交えた静かな宴《うたげ》の日。鄙《ひな》びた盆踊唄が波音をお囃子《はやし》に酣《たけなわ》だ。折から暗い沖を過ぎゆく船の灯がある。〈一灯《いっとう》〉が巧み。哀愁一入《ひとしお》。暑いさなかの七月半ばより、盆は秋口の八月が落ち着く。いま流行りの、どんぱんどんぱん囃し立てる町を挙げての踊風景ではない。平成一三（二〇〇一）年作　◇盆踊

いつとなく咲きいつとなく秋の花

飯田龍太　『遅速《ちそく》』

秋はひっそりとしめやかに来る。路傍《ろぼう》の草が花をつける。誰にも気づかれない。暑い夏だった。暑さに囚われている間に野は秋の気配に変わっている。草花はひとの世の変転に関わりなく、自然の摂理に従っているのみ。赤のままも、おみなえしも、名も知らない山道の花も。しんみりした名句だ。昭和六二（一九八七）年作　◇秋の花

生《あ》れたての露ふるふるとふるふると

秋山素子　『白妙《しろたえ》』

早朝の散歩の一齣《ひとこま》であろうか。草に降りている露に驚いた。こんなにも露が美しいとは。露が身震いしている。生まれたばかりの初々《ういうい》しさ。〈ふるふる（furufuru）〉の擬《ぎ》態語《たいご》が効いている。ことばの音感が鮮やかなイメージを作っている。秋は足元から始まる。平成二三（二〇一一）年作　◇露

望《もち》の月産着《うぶぎ》のどれもやさしき色

原　雅子　『束の間』

旧暦八月一五日は新暦ではほぼひと月遅れ、二〇一三年は九月一九日が仲秋の名月である。満月の夜に産着が干されているのか、あるいは畳まれて置かれているのか。望月に照らされた産着がどれも白系統のクリーム色やオレンジ色など柔和なもの。赤ちゃんの産着の色を描き、穏やかな母性が滲《にじ》む作。平成二一（二〇〇九）年作　◇望の月

かぐや姫眠れる竹は伐《き》らでおく

渡辺恭子　『花野』

旧暦八月は竹の伐りどきと俗言にいった。そこで〈竹伐る〉が江戸時代に秋の季語に取り入れられた。春に筍から成長した今年竹《ことしだけ》は伐らない。二年もの以上を伐る。竹林へ行った。思い出したのは『竹取物語』の話。根元が光る〈かぐや姫〉が生まれるはずの竹は伐らない。十分におかしみがあろう。昭和五九（一九八四）年作　◇竹伐る

正体の無くなるまでに桃冷えし

八田《はった》木枯《こがらし》　『夜さり』

桃が稔《みの》るのは秋。桃といえばその実を指す。ややこしいのは〈桃畑《ももばたけ》〉〈桃林《ももばやし》〉〈桃園《ももぞの》〉は桃の花園をいい、春。桃源郷《とうげんきょう》は、古来桃の花が咲き満ちた世外の理想郷を象徴した。掲句は水に冷やされ水滴をちりばめた桃のさまを捉え、面白い。陶然《とうぜん》とした馥郁《ふくいく》さが消えて、変身したような桃の実だ。平成一六（二〇〇四）年刊　◇桃

あれ〳〵て末は海行《うみゆく》野分《のわき》かな

猿雖《えんすい》『続猿蓑《さるみの》』

秋の大風を「颱風《たいふう》」と呼ぶ海人《あま》（漁師）の俗言が江戸時代にもあったが、秋の大風は〈野分〉と王朝時代以来の用い方が親しかった。荒れ放題に荒れ、いまは野から海へ出て、海を分けているだろうとの意。明治には子規門の俳人上原三川《うえはらさんせん》に〈北の海へ吹き荒れて行く野分哉〉がある。元禄一一（一六九八）年刊　◇野分

鎌倉やいつもどこかに鉦叩《かねたたき》

星野立子『句日記Ⅰ』

チンチンと鉦を叩く。一センチにも満たない秋の小さな虫、これが鉦叩。どこから音を発するのかと不思議なほどだ。邯鄲《かんたん》はル、ル、ル、鈴虫はリーン、リーン。これが虫の精一杯のことば、生きている主張である。鎌倉は懐かしき古都。秋にはいつもこんな鉦叩がいる。耳を澄ますと聞こえませんか。昭和三六（一九六一）年作　◇鉦叩

きり〳〵しやんとしてさく桔梗《ききょう》哉《かな》

一茶『七番日記』

澄みきった秋空のもと、桔梗の美しさは格別だ。あたりの空気をきりっと緊《し》めて咲く。擬態語《ぎたいご》〈きりきりしゃん〉とは無駄がない立居《たちい》の形容に用いる。お芝居の名優を連想する。花は清冽《せいれつ》な紫や白。シンプルな葉や茎も気性のよさを思わせる。桔梗は一茶のあこがれの花であろう。文化九（一八一二）年作　◇桔梗

入口も出口もなくて大花野《おおはなの》

黛まどか『B面の夏』

秋草がいっせいに花を咲かせる野原をいう。春の野ではない。どこから入って、どこから出たらいいか、この世の別天地。松虫草《まつむしそう》は秋早く咲き、竜胆《りんどう》は晩秋と遅い。背が高い秋《あき》の麒麟草《きりんそう》が闖入《ちんにゅう》し花野の静けさを破っている。霧が降り、風が立ち始めると、野にはさみしさがしのび寄る。平成六（一九九四）年刊　◇花野

秋風や日向《ひゅうが》は波の大き国

野見山朱鳥《のみやまあすか》『運命』

〈日向〉は日に向かう明るい国。太陽神を戴《いただ》く、日本神話の故郷。いまの宮崎県。古くは熊襲《くまそ》と呼んだ地の一部であるのも波乱含みの南国を思わせ、想像を掻《か》き立てる。秋風が吹くと、日向の海はたちまち波が高くなる。端的に地《じ》の特徴を捉え、悠々たる句柄がスケールの大きな句にしている。昭和三二（一九五七）年作　◇秋風

目をひらけそしてこの草紅葉《くさもみじ》を見よ

京極杞陽《きょうごくきよう》　『くくたち 上巻』

虚子門の貴公子にして師匠伝来の写生のポイントを披露すれば、掲句の、この一言になろう。秋は目を開き、よく見つめる季節。すると、折からの鮮やかな草紅葉が語りかけてくる。私を捉えてと。そこを素早く聞き取る。写生とは、万物からのことばをしっかりと聞き取ることであろう。昭和一三（一九三八）年作　◇草紅葉

これ以上澄みなば水の傷つかむ

上田五千石　『風景』

秋も深い。池や湖沼の水がいよいよ澄む。無心とはこのような水のことか、万物がくっきりと影を落とす。水に意志があったならば、これ以上純粋無垢《じゅんすいむく》にはなれない。痛々しいほどだ。作者は水に自分の気持ちを投影して、どこまで人を受け入れることができるのかと自問している。昭和五五（一九八〇）年作　◇水澄む

三千の鷹に朝空明け渡す

山田弘子　『残心《ざんしん》』

「宮古《みやこ》島 アカハラダカ」とある。壮観だ。アカハラダカは九月半《なか》ばより朝鮮半島から来て宮古島を経由してフィリピンへ。日本本土からはサシバが渡る。寒露（一〇月八日頃）の節に吹くミーニシ（北東からの季節風）に乗って。南下する途中に立ち寄るのである。〈朝空〉に無限の臨場感がある。平成一六（二〇〇四）年作　◇鷹渡る

団栗《どんぐり》にまだ傷のなき光かな

神野紗希《こうのさき》　『光まみれの蜂』

初々《ういうい》しい、木から落ちたばかりの団栗だ。包まれていた殻斗《かくと》のお椀から飛び出し、大地を初めて知った。踏まれ傷がついていない。これからどうするの、と団栗に聞きたいようだ。掲句は団栗を描きながら、おのずから自分の気持ちを映し出している。青春はまだ始まったばかりのような。平成二四（二〇一二）年刊　◇団栗

秋日和千羽《せんば》雀《すずめ》の羽音かな

良寛　『定本 良寛全集』

良寛さんの会心《かいしん》の作。豊年満作を讃《たた》えた祝句として評判になったものか、認《したた》めた遺墨《いぼく》が多い。秋晴れの好日、稔田《みのりだ》の上を飛び交う雀がたくさんなこと、その羽音がにぎやかだ。〈千羽雀〉は「千羽鶴」からの造語であろう。〈秋ひよりせむ羽すゞめのはをとかな〉が木村家蔵遺墨の表記。平成一九（二〇〇七）年刊　◇秋日和

秋の暮大魚《たいぎょ》の骨を海が引く

西東三鬼《さいとうさんき》　『変身』

秋の暮は晩秋であり、その夕暮を同時に指すのが俳句の季語の本意《ほんい》。長い間に通念となった用い方である。暗い海が浜に打ち上げられた大きな魚の骨を引く。海底へ引きずり込むのである。この世の終わりの幻想か。三鬼の死期迫る時期の作だけにすべてを放下《ほうげ》した深さがある。昭和三五（一九六〇）年作　◇秋の暮

雁《かりがね》の束《つか》の間に蕎麦《そば》刈られけり

石田波郷　『雨覆』

晩秋に雁《かり》が北国から渡ってくる。そのわずかな時間に山畑の蕎麦が刈られる。〈雁の〉と置かれた助詞〈の〉の一字は雁のひと鳴きほど短く、はかない時間を思わせる。蕪地《あれち》に作られた一握《いちあく》の蕎麦を刈る山人《やまびと》の暮らしもつつましい。時代は終戦直後。生きることに必死のときであった。昭和二〇（一九四五）年作　◇蕎麦刈

牡丹焚火《ぼたんたきび》炎は抱き合ふ形

永瀬十悟《ながせとうご》　『橋朧』

須賀川《すかがわ》市の牡丹焚火詠。一一月一五日に同市の牡丹園で開かれる。牡丹供養に牡丹の古い木《ぼく》を焚く。なかに樹齢二〇〇年もの牡丹を焚くと静かに青い炎が立つ。炎が絡《から》み合うさまを〈抱き合ふ〉と情を込めた表現が、花の王・牡丹の命終にはふさわしい。近年盛んに詠まれる地貌季語である。平成二四（二〇一二）年作　◇牡丹焚火

咲き揃《そろ》ひ金の盃《さかずき》石蕗《つわ》の花

阿部みどり女《じょ》　『石蕗』

寒さを糧《かて》として咲く石蕗を作者はことのほか好んだという。金色の花弁を勲章のように鏤《ちりば》めたさまを〈金の盃〉と見立てたところにも花への賛美が感じられる。自然への感謝の思いである。そこには、九一歳を迎えた人生体験がいわしめた、自祝の思いも込められていよう。昭和五三（一九七八）年作　◇石蕗の花

鼬罠《いたちわな》夜昼となく鉄きしみ

鈴木六林男　『悪霊』

卵が貴重な戦後、鼬に鶏小屋が荒らされ罠を仕掛けた。簡単な猟具トラバサミでよく捕れた。掲句の鉄の軋《きし》みは罠ではないであろう。世の悪霊《あくりょう》と闘《たたか》う作者だけに、不気味な現代の世の仕組みを暗示したものか。作られた年から、ロッキード事件が発生した時代背景を、それとなく想像する。昭和五一（一九七六）年作　◇鼬罠

婆《ばば》よりも先に逝《ゆ》きたし綿虫《わたむし》湧き

星野昌彦　『天狼記』

老夫婦にとって爺《じじ》がひとり残されるのはあわれ。できれば爺が先にと願うのは世の常の話題。確かに、残された婆は重荷が下りたかのように若返り生き生きと暮らす。これまた先に逝った爺あわれ。しかし、これは男の宿命。世の爺よ、婆の幸せのために、初冬の綿虫たちと一緒に喜びたい。平成二五（二〇一三）年刊　◇綿虫

烟《けぶり》してのどけき冬よ山の家

樗堂《ちょどう》　『樗堂発句《ほっく》集』

暖国の冬の光景。焚火《たきび》であろうか、山家からは煙がゆったりと上がっている。冬とはいえのどかなことよ。穏やかな気分が伝わる。寛政八年冬に松山を訪れた一茶と巻いた歌仙の発句である。〈木の葉はらく昼比《ごろ》の月〉と一茶の付句《つけく》も風のないのんびり気分に同調している。寛政八（一七九六）年冬の作　◇冬

冬の浜喙《くちばし》落ちてゐたりけり

光部美千代《こうべみちよ》　『流砂《りゅうさ》』

どきっとするほど省略を効かせた句だ。人影のない冬の浜の拡がりを描き、小さな鳥の喙に目を留める。鷗《かもめ》か海猫のものか。異常ではなく非情な感覚だ。平凡なものを見てしみじみした情感を抱く、日常べったりの諷詠《ふうえい》態度を拒否した作であろう。微《かす》かに死を意識しているようだ。平成二五（二〇一三）年刊　◇冬の浜

十二月空はどこにも逃げられず

円城寺　龍　『アテルイの地』

人間ならば身を隠すこともできよう。しかし、十二月の空は逃げも隠れもできない。開き直りの空。どこか曇りがちな、雨や雪になる気配を持ち堪《こた》えている。どんな時でも我慢《がまん》、我慢と言っているようだ。人間はかえってこんな自然から励まされる。平成一七（二〇〇五）年作　◇十二月

極月《ごくげつ》の夜の風鈴責《せ》めさいなむ

渡邊白泉《はくせん》　『渡邊白泉句集』

夏の涼しさを堪能《たんのう》する風鈴が一二月の夜にしきりに鳴り、なぜか責め立てる。清少納言ならば「すさまじきもの」と一言のもとに評するであろう。が、主人公は時期外れの風鈴に、時流に適応できない自分を託し、じっと耐えている。作者は、かつての新興俳句の代表作家。昭和三九（一九六四）年作　◇極月

水鳥やむかふの岸へつうい〳〵

惟然《いぜん》　『惟然坊句集』

惟然調と呼ばれる口語調である。水鳥の泳ぎを軽々と捉えた擬態語〈つうい〳〵〉が新鮮だ。〈水さつと鳥よふは〳〵ふうはふは〉も同じ光景か。芭蕉に可愛がられた門人であるが、飄々《ひょうひょう》と漂泊《ひょうはく》に生きた境涯には奇行も多い。軽妙さに一抹《いちまつ》のさみしさがある。文化九（一八一二）年刊　◇水鳥

風花《かざはな》や浅間《あさま》に雲のかかりきし

佐々木基一《ささききいち》　『佐々木基一全集VI』

信濃《しなの》追分《おいわけ》で病気療養中の作。作者二九歳。「戦争は峠《とうげ》を越したかのようであったが、先の見通しは依然混沌《いぜんこんとん》としていた」と記されている。浅間山に寒い雲がかかり雪片《せっぺん》が舞う。不安な風景だ。俳句は短いだけに端的に気持ちが滲《にじ》む。戦後文芸評論家として活躍する作者の青年時代のスナップ。昭和一八（一九四三）年作　◇風花

裏方といふは青木の実のことぞ

青柳志解樹《あおやぎしげき》　『里山』

山茶花《さざんか》は生垣に、石蕗《つわ》は玄関先に植えられ、いわば表の貌《かお》。ところが、青木は家の北側の日蔭に目隠しのように植えてある。冬になると赤い棗《なつめ》形の実が五、六個、ひっそりとつく。〈裏方〉とは青木の実にある秘《ひそ》かな矜持《きょうじ》だ。平成二〇（二〇〇八）年作　◇青木の実

クリスマス羊の役をもらひたる

西村和子　『夏帽子』

幼稚園のクリスマスであろう。童話劇で羊の役をやる。〈もらひたる〉がやさしい。イエスさまが決めてくださったような言い方に敬虔《けいけん》さがある。同じ作者に〈幸せの窓は灯《とも》りてクリスマス〉がある。こちらは愉しい円居《まどい》が見えるようだ。幸せいっぱいのクリスマス詠。昭和五六（一九八一）年作　◇クリスマス

星下りて金貨になれよ社会鍋

鷹羽狩行《たかはしゅぎょう》　『十七恩』

〈社会鍋〉が季語。句材としても珍しい。歳末に街頭で鍋を吊るして募金を乞《こ》う生活困窮者救済運動は、救世軍と称したプロテスタント派の伝道として知られている。明治年間にロンドンから日本に伝えられたもの。満天の星が下界に下り、みんな金貨になれ、とは素晴らしいファンタジーだ。平成二二（二〇一〇）年作　◇社会鍋

喰《くい》つみや木曾《きそ》のにほひの檜物《ひのきもの》

岱水《たいすい》　『炭俵』

年賀の客に供《きょう》する正月の縁起物が〈喰つみ〉。干柿《ほしがき》、勝栗《かちぐり》、昆布《こんぶ》、熨斗鮑《のしあわび》など客も主人も互いに抓《つま》んで食べたことから。のちには正月飾りの〈蓬萊《ほうらい》〉もそう呼んだ。盛り付けた三方《さんぼう》が香りを放つ木曾の檜細工とは江戸の町人の粋《いき》が伝わるではないか。作者は江戸深川の俳人。元禄七（一六九四）年刊　◇喰つみ

初曾我《はつそが》や団十菊五左団小団《だんじゅうきくごさだんこだん》

正岡子規　『子規全集 第三巻』

新春歌舞伎の恒例の演目が曾我狂言。対面曾我とか夜討曾我が名高い。以下は役者名の羅列《られつ》。九代目市川団十郎、五代目尾上《おのえ》菊五郎、大坂生まれの初代市川左団次は世に団・菊・左と称された名優。市川小団次の小団は左団といったので、語呂合わせか。歌舞伎好きな子規の遊びの作。明治三三（一九〇〇）年作　◇初曾我

落日《らくじつ》の獅子舞《ししまい》を忘れてはならぬ

佐藤鬼房　『名もなき日夜』

なにか必死なものがある。みちのく塩竈《しおがま》から職を求め上京し、小石川の植物園裏に住む。作者一九歳の正月。家ごとの祝言《しゅうげん》をあらかた終え、夕日をあびた獅子舞。そこに同じような、しがない流離《りゅうり》の思いをふと感じたものか。生きるとはと、呟《つぶや》きがもれるような作。昭和一三（一九三八）年作　◇獅子舞

初観音海へ扉を開きけり

名取里美　『家族』

一月一八日が観音参り、初縁日。浅草寺などは一七日から二三日まで。観世音菩薩の入れられた厨子《ずし》の扉が開かれる。その前に拡がるのが新春の大海原とは、衆生《しゅじょう》をお救いなさる観音さまの慈悲の広大さを思わせ、心和むではないか。たちまち射しこむ日の光が見える。平成一九（二〇〇七）年作　◇初観音

日の障子《しょうじ》太鼓《たいこ》の如《ごと》し福寿草《ふくじゅそう》

松本たかし　『松本たかし句集』

さんさんと射す日差しに障子が太鼓のようだとはめでたさこの上ない。わが正月愛唱句である。作者は幕府直属の宝生流《ほうしょうりゅう》の能役者の家に生まれたが、健康すぐれず、断念し俳人として世に出ている。庭先か縁側にある金色の福寿草が、自然のものでありながら、役者顔まけの演出である。昭和八（一九三三）年作　◇福寿草

絨毯《じゆうたん》の薔薇が次の間までひらく

正木ゆう子　『悠HARUKA』

冬の暖房に敷かれるのが〈絨毯〉。〈緞通《だんつう》〉〈カーペット〉も同じ。壁掛けのそれは無季。豪華な絨毯だ。私の居る部屋から次の間までの通し。トルコ商人が目の前で見事に拡げて見せてくれた薔薇尽くしの絨毯をふと思った。あんな絨毯に臥《ふ》したならば、アラビアの王さま気分。さて寝心地は如何《いかん》。平成六（一九九四）年刊　◇絨毯

よく眠る夢の枯野が青むまで

金子兜太　『東国抄』

芭蕉の辞世に〈旅に病《やん》で夢は枯野をかけ廻《めぐ》る〉（『笈《おい》日記』）があることはよく知られている。芭蕉さんは旅の病床でよく眠れなかったようだ。が、小生は真冬からぐっすり眠り、枯野が青野に変わるまで熟睡してしまった。寝る子はよく育つとは至言ではないか。呵呵《かか》大笑《たいしょう》の作とでもいえよう。平成九（一九九七）年作　◇枯野

早春の光返して風の梢《うれ》

稲畑汀子《いなはたていこ》　『さゆらぎ』

春は梢が美しい。光の饗宴だ。さまざまな光が差し交わす。そこへ風が加わるといっそう光のバイブレーションが始まる。春の魁《さきがけ》辛夷《こぶし》が蕾《つぼみ》を膨《ふく》らませている時はことに光が密だ。光が開花を急《せ》かしている。春楡《はるにれ》も山毛欅《ぶな》も梢には魅力があるが、花が遅いだけに風がいらいらしている。平成二（一九九〇）年作　◇早春

淡雪《あわゆき》のはじめは火山灰《よな》の降るやうに

国見敏子　『幕間』

春になり降る雪には花びらのような淡雪がある。その降り始めが火山灰のように「さあー」「さあー」と音もなく降るという。私も、軽井沢で浅間山の降灰に出会ったことがある。冷たい感触はなかった。花びらと花びらがくっつくと、ふんわりした牡丹雪《ぼたんゆき》。春先は短い間に雪も手を替え品《しな》を替え。平成二〇（二〇〇八）年作　◇淡雪

姑娘《クーニャン》の紅濃き仮装春節祭《しゅんせつさい》

花谷和子　『歌時計《うたどけい》』

中国では旧暦の元日を春節という。神戸や横浜などの中華街が賑わう。新しい年を迎える零時《れいじ》には爆竹《ばくちく》が鳴る。〈姑娘（未婚の娘）〉が仮装をし、獅子舞《ししまい》や竜舞が出る。『三国志』の英雄・関羽《かんう》を祀《まつ》る関帝廟《かんていびょう》には線香のけむりがもうもうと立つ。春節は春を迎える歓《よろこ》びの新しい季語である。平成一五（二〇〇三）年作　◇春節祭

原子炉の見ゆる北窓《きたまど》開きけり

今瀬《いませ》剛一《ごういち》　『地力』

〈原子炉〉と聞くとどきっとする。茨城県城里《しろさと》町在住の作者の家から日本最初の原子力発電が開始された東海村《とうかいむら》の原子炉が見える。春になってまず北窓を開ける。光が射し込む。ささやかな喜びに、いつか不安がつきまとう。そんな心配を払拭《ふっしょく》することができる日が一日も早く来ることを祈りたい。平成二三（二〇一一）年作　◇北窓開く

わが顔のみにくきときや芝を焼く

田中裕明　『先生から手紙』

どうしてだろうか。顔がみにくいとは気持ちにイライラ感が出るのであろう。仕事が捗《はかど》らない、心配ごとがある。すると、春先の「芝焼き」はさしずめ、こころ鎮《しず》めのためであろうか。芝に火を点じると、じわじわと内側の見えないところから火が拡がる。ナイーブな句だ。平成一一（一九九九）年作　◇芝を焼く

泥かぶるたびに角組《つのぐ》み光る蘆《あし》

高野ムツオ　『萬《まん》の翅《はね》』

〈人呑《の》みし泥の光や蘆の角〉も同時の作。早春の東日本大震災地にいち早く芽ぐむ蘆のたくましさ。不安定な汀《みぎわ》を覆う蘆は泥をかぶっても、かぶっても芽を出す。蘆は『古事記』の天地創成の冒頭に、自然の威力を象徴する神のような存在として描かれている。復興の底力を讃えた自然詠。平成二三（二〇一一）年作　◇角組む蘆

逃げ水を追ふ旅に似てわが一生《ひとよ》

能村登四郎　『天上華』

作者七二歳。思わず共感して掲《かか》げたのである。晴天の路上で水蒸気が立ち、前方に溜まり水があるように幻視して追うと消え、またその先に見える。日盛りの地上での蜃気楼のようなもの。俳人の生涯を見事に言い得ている。はかなくて、むなしい。それ故に俳句に人生を賭《か》け、なにかを追う。昭和五八（一九八三）年作　◇逃げ水

草餅《くさもち》や野辺《のべ》なつかしき宵《よい》の雨

村上蛃魚《へいぎょ》　『夜雨寒蛩《やうかんきょう》』

高浜虚子が「君の句は醇朴《じゅんぼく》にして敦厚《とんこう》」と評した明治から大正にかけての俳人。草餅を食べている。すると宵の内、草摘みをした野辺にしめやかな雨が降る。昔を思い出させる雨だ。尾張国（現愛知県）生まれであるが、高崎中学の教師時代に内藤鳴雪《めいせつ》に師事、村上鬼城《きじょう》とも親交を結んだ。大正八（一九一九）年作　◇草餅

春の野や鶉《うずら》の床《とこ》の表かへ

西鶴　『点滴集《てんてきしゅう》』

鶉が棲む枯れた秋の野から明るい春の野に変わる。その転換を庶民の暮らしの畳替えに喩《たと》えた機知俳句。〈鶉〉はその声が寂しさを際立たせるもの、〈鶉の床〉は鶉のむさくるしい臥床《ふしど》の意。ともに平安歌人に愛された秋の季語である。談林俳諧の闘将・西鶴は古歌の世界の古畳を新品に替えた。延宝《えんぽう》八（一六八〇）年刊か　◇春の野

滅ぶ時一瞬固くしやぼん玉

ドゥーグル・J・リンズィー　『出航』

しゃぼん玉が消える刹那《せつな》に固くなる。鋭い感性だ。しゃぼん玉にいのちを感じている。儚《はかな》いしゃぼん玉の一生であるが、起承転結がある。末期《まつご》は硬直の堅さか、さよならの別れのことばか。作者は海洋研究開発機構に勤務する深海生物学者。そして三人の父親。空中も深海も愛情で探るものか。平成一四（二〇〇二）年作　◇しやぼん玉

どの家も暖かさうに灯《とも》りけり

黛　執《しゅう》　『煤柱《すすはしら》』

寒い冬から抜け、潤《うる》み出した春の灯《ともし》。都会のマンションの灯とはどこか違う。〈家〉といえば、土の匂いが立つ鄙《ひな》の風景を思う。〈暖かさうに〉と捉え、朧夜《おぼろよ》と大摑《おおづか》みにいわないのは、作者の気持ちのやさしさから。灯のもとには円居《まどい》がある。幸せを願う思いが蜜柑色の灯に滲《にじ》んでいる。平成二三（二〇一一）年作　◇暖か

桜貝わたくしといふ遠流《おんる》かな

井上菜《な》摘子《つみこ》　『さくらがい』

俳人はみんなナルシストなのではないか。作者は春の浜辺に打ち寄せられた爪《つめ》ほどの桜貝を手にした。そのひかり塗《まみ》れの桜色にうっとりする。思えば、私も桜貝。自分とはどこにいて、なんであるのか。俳句という短い詩を手掛かりに島流しになった気持ちで、自分探しの旅を続けている。平成二三（二〇一一）年刊　◇桜貝

若布《わかめ》刈鎌《がりかま》をかざしてすすみけり

武藤紀子　『朱夏《しゅか》』

前書に「伊良湖岬《いらござき》」とある。礁《いくり》の波打ち際を波に浸かりながら若布刈の長い鎌を立てて進む。からだのバランスを崩すと鎌ごと海に倒れる。春とはいえ海水はいまだ冷たく重い。しかも若布の旬《しゅん》はいま。辛い労働を巧みに、慎重にやりぬく、海に生きる漁師の姿勢が詠われている。情感を抑えた作。平成一〇（一九九八）年作　◇若布刈

都のことばと鄙《ひな》のことば
——季語と地貌《ちぼう》をめぐる九つの話

雪、花、荒野のほととぎす、梅雨の青霧、月、芭蕉の「わりなし」考、しのぶ都、時雨考、大根一見

雪

都人《みやこびと》が待ち焦がれた雪

新しい年を迎える。そこで決まって思い浮かべるのは、『万葉集』の最後に出る大伴家持《おおとものやかもち》の歌である。

天平宝字三（七五九）年正月一日、家持四二歳。めでたい宴席で、因幡《いなば》の国司として天皇になり代わって、国郡《こくぐん》の司《つかさ》たちに祝賀の辞を述べている。

新しき年の初めの初春《はつはる》の
今日降る雪のいやしけ吉事《よごと》　巻二〇・四五一六

折からこの年は、元旦が立春という、一九年に一度の珍しい年である。〈いやしけ〉は絶えることがないという意。いやしけで一呼吸し、〈吉事〉、めでたいことに続く。

新年を迎えて、年の初めに雪がつぎつぎ降り積もる。これはたいへんすばらしいことだとの意。よき御代への賛美であるが、雪を稔《みの》りの秋を予祝《よしゅく》する瑞兆《ずいちょう》と考えているからである。奈良朝の貴族の、これが信仰に近い思いであったのであろう。

さらに、雪は水との関わりが深い。『万葉集』の初期に、天武天皇と藤原夫人《ぶにん》との雪を介したユーモラスな唱和の歌がある。夫人は藤原鎌足の娘、五百重娘《いおえのいらつめ》、大原大刀自《おおはらのおおとじ》とも呼ぶ。

天皇の、藤原夫人に賜ひし御歌一首

わが里に大雪降れり大原《おほはら》の
古《ふ》りにし里に降らまくはのち　巻二・一〇三

藤原夫人の和《わ》し奉《たてまつ》りし歌一首

わが岡の龗《おかみ》に言ひて降らしめし
雪の摧《くだ》けしそこに散りけむ　巻二・一〇四

これは、『日本書紀』の天武六（六七七）年に、「十《し》二月《わす》の己丑《つちのとのうし》の朔《ついたちのひ》に、雪ふりて告朔《ついたちもうし》せず」とある作であろうか。壬申《じんしん》の乱後、天武天皇が即位して四年目に当たる。この時の雪は大雪であったようで、毎月一日に決まって行う天皇の儀礼「告朔」をしなかったという。それなのに、雪への恨みは表現されないで、歌では雪に興じているのが面白い。

天皇の御所浄御原《きよみはら》の宮がある飛鳥《あすか》の地と夫人が住む大原（現奈良県高市郡明日香村小原《おはら》）とは目と鼻の至近距離にある。

天皇「わが里に大雪が降ったが、そなたの大原は古ぼけた地なのでわが方よりも雪が見舞うのはずっとあとだな」

夫人「私が岡の龍の水神にいいつけて降らせてやったので、雪の欠片がそちらに散ったのよ。なにをおっしゃる」

同音語を連ねた天皇の心の弾み。それに負けじとばかり、里を〈岡〉、大雪を〈雪の摧け〉といい返す、夫人の巧妙な受け応え。両歌は、雪を岡の龍神・霾が降らせるものとして、人間の力を超えたものの仕業《しわざ》と見ている。古代人に共通の信仰心に支えられた考えであろう。龍神は、水田稲作に必須の水をもたらす神である。雪は水の変わったもの。冬に雪が降ることは、春から夏に水の供給が安泰であり、ひいては秋の豊穣な稔りを予告することになる。水田稲作を暮らしの生業《なりわい》として普及させようとする天皇家にとって、水への信仰は当然、篤《あつ》いものであった。

ところが、雪が冬の季語と決まる平安朝半ばには、雪の霊力への信仰が急速になくなっていったのである。雪は、歌に用いられる単なる歌ことばに変貌する。平安貴族の暮らしは農耕生活から離れ、都での儀式や人々との交流に明け暮れる。勢いことばは、コミュニケーションの場における心情の交歓の道具になっていく。ひとつのエピソードを紹介しよう。

大雪が降ったある朝、歌人の藤原顕季《あきすえ》が二人の歌友に同じ歌を贈り、雪見舞をした（『六条修理大夫集《ろくじょうしゅりのだいぶしゅう》』）。

雪降れば踏ままく惜しき庭の面を
尋ねぬ人ぞうれしかりける　三一四

雪が降ったこんな時は、庭の面を踏み荒らしたくないので、訪ねてくれない人がうれしいという。もとより本心ではない。これに対して、歌人の源俊頼《としより》の返し。

わが心雪気の空に通へども
知らざりけりな跡しなければ 三一五

私の心はあなたのところへ通っているのですが、心は跡が付きませんのでねえという。才知に富んだ歌人にふさわしく、相手の気持ちを巧みに切り返している。もう一人の藤原顕仲《あきなか》の返し。

人はいさ踏ままく惜しき雪なれど
尋ねて訪ふはうれしきものを 三一六

これは顕季が歌に託した本意《ほんい》を、そのまま返歌にしただけのもの。面白みがない。

都人《みやこびと》にとって、雪への関心は、月、花とともに深いものであった。『徒然草』の「雪のおもしろう降りたりし朝」に書かれた名高い一段は、見事にその証左である。雪の日に雪のことをなにも触れなかった私の手紙に、先方からの返事はこうである。

「この雪いかが見ると、一筆のたまはせぬほどの、ひがひがしからん人の仰せらるる事、聞き入るべきかは。返々《かえすがえす》口をしき御心なり」(第三一段)

今朝の雪に少しも触れてないのは、心が素直でなく、ひねくれているというのだから、手厳しい。当座の挨拶に雪に触れる、というだけではなく、都に住む者にとっては、雪は待ち焦がれる歓迎すべき風物であった。室町時代の連歌《れんが》師里村紹巴《さとむらじようは》が『至宝抄《しほうしよう》』の中で記している初雪に触れた都人の気持ちは、先掲の『徒然草』に出る返事の主と共通した美意識なのである。

「雪(は)遠山の端《は》、奥山里には降りつもり、爪木薪《つまぎたきぎ》の道もたえ、往来の人の袖も払ひかねたる折節も、都の空には珍しく初雪、薄雪など興をもよほし可然候《しかるべく》」

都から遠い地は深い雪に埋もれて、薪を採ることも人の往き来さえもできないでいても、都人は、初雪や薄雪に興じて雪を愛《め》でる心の余裕が必要である、といっている。

時は降って、江戸時代。「猿蓑《さるみの》は新風の始」(『去来抄』)と去来《きよらい》が自賛した、芭蕉一門の円熟期を代表する選集『猿蓑』には、一一句の雪の句が出る。その中から二句に触れる。

はつ雪や内に居さうな人は誰　**其角《きかく》**

一句の主人公は、初雪に浮かれて、ともに雪に興じたいと、家に居そうな風狂の友を求めている。江戸住みの其角の句であるが、初雪を愛でる雪への愛着は、京の都人と美意識を共有しているようだ。

下京《しもぎょう》や雪つむ上の夜の雨　**凡兆《ぼんちょう》**

京の雪といえば、思い浮かべるわが愛唱句である。夜になって寒さが緩み、雨に変わる。商家や、あるいは商家をやめた仕舞屋《しもたや》が建て込む三条以南の下京の地。雪が雨に溶け、靄《もや》がかかった夜気《やき》が立ち、灯影が潤んでいる。春近いことを思わせる。

掲句は、『去来抄』によると、初五〈下京や〉を芭蕉がつけ、「若《もし》まさる物あらば、我二度《ふたたび》俳諧をいふべからず」と語ったという。京の都を愛し、京を知り尽くした芭蕉が雪を介して京のもっとも愛惜する都らしいところ、いうならば「歌枕《うたまくら》（歌に詠まれた名所）」ならぬ「俳枕《はいまくら》（俳句に詠んだ新しい地）」を描き出した句であろう。都人にとり、雪は愛惜すべきものであった。

ところが、雪を目の敵にしたのは、信濃《しなの》の小林一茶である。

はつ雪をいまいましいと夕《ゆうべ》哉　**一茶**『七番日記』

〈夕〉と「言ふ」を掛けている。この句を載せる『俳諧寺記《はいかいじき》』では、初雪こそ嫌われる最たるものと記す。さらに雪に閉ざされた暮らしは「化物小屋」のようだと、雪の恐ろしさを知らない都の「雲の上人」を一茶はあざけるのである。

「霜降月の始より、白いものがちら〱すれば、悪いものが降る、寒いものが降ると口々にのゝしりて、（略）三四尺も積りぬれば、牛馬のゆきゝはばたりと止りて、雪車《そり》のはや緒の手ばやくとしもくれは鳥、あやしき菰《こも》にて家の四方をくるみ廻せば、忽常闇《たちまちとこやみ》の世界とはなれりけり」

一茶の死後、四〇年余りで明治維新を迎える。文化文政期の信濃に生きた一茶には、現実の地貌を見つめる厳しい目があった。

花

さくらにわが身を重ねる在原業平《ありわらのなりひら》

平成二二（二〇一〇）年は新年から二十日余り、さくらを見続けて暮らした。前年の暮れに新春用に、さるところから挿花用のさくらの枝を貰った。見事に開き、真冬の寒さに散らないのである。さくらの種類は知らないが、私が好きな京都市北区平野神社の桜苑にある「白雲《しらくも》」に、花の形や色が似ている。淡い紅の花びらを支える薄緑色の萼《がく》が映えて、金色の雌しべ、雄しべが夢を見ているように陶然と空間に浮いている。多分、品種改良を重ねた園芸種の逸品であろうが、さくらをこんなにも堪能《たんのう》したのは初めてであった。

さくらといえば、わが愛誦の在原業平の一首がある。

渚院《なぎさのいん》にてさくらを見て、よめる

世中《よのなか》にたえてさくらのなかりせば

春の心はのどけからまし　巻一　春歌上・五三

『古今和歌集』に出る名歌として周知であるが、さくらの本質を藉《か》りて、春の季節の愁いを見事に捉えている。さくらそのものは詠《うた》わないで、想像力を駆使し、ときに自虐的に、陰画風にさくらを描いた大胆さに驚く。さくらはつぼみの時間が長く、待ち遠しい。しかも咲き満ちればたちまち散る。ひとの心を引き付け関心を持たせながら、哀《かな》しみだけを残して消える。そこに花を通して世の定めを暗示された思いが深い。

掲歌は、『伊勢物語』第八二段では渚の院のさくら狩に因《ちな》んだ歌として詠まれている。詞書《ことばがき》はその際のもの。さりげない詞書でありながら、歌は尋常ではない。ここまでさくらを追い詰めなくてもいいのではないかと思う。すると、思い起こすのは業平の歌への評言である。

「在原業平の歌は、その心あまりて、詞足らず、しぼめる花の色なくて、匂ひ残れるがごとし」（『古今和歌集』仮名序）。これはまさに、酷評の類い。表現にのびやかさを留めないで、さくらに恨み辛《つら》みをぶちまけたような、おのが執念の極みを見せたことへの批評であろう。『伊勢物語』はその間の事情を明かしている。

惟喬《これたか》親王が、業平こと右の馬の頭《かみ》を連れ、水無瀬《みなせ》離宮へ行き、そこから渚の家に鷹狩に来る。狩は熱心にしないで、もっぱらさくら狩の酒宴にふける。その折に詠んだ歌が〈世中に〉である。

『伊勢物語』には、「交野《かたの》の渚の家、その院の桜ことにおもしろし」とある。交野は大阪府枚方《ひらかた》市一帯の古い呼称。「渚の家」は、桓武《かんむ》・嵯峨《さが》両天皇が遊猟に行幸された離宮があった場所で、両天皇の血筋にあたる惟喬親王が山荘として用いていたといわれる。掲歌を理解する上で、その背景を少し解説したい。

ときは文徳《もんとく》・清和《せいわ》両天皇の時代。太政大臣にのぼりつめた藤原良房《よしふさ》の絶頂のころである。惟喬親王は文徳天皇の第一皇子でありながら、母が斜陽貴族出の紀静子《きのしずこ》であったがために皇太子になれないで、傍系に寄せられる。ところが、同天皇の第二皇子惟仁《これひと》親王は母が良房の娘明子《あきらけいこ》なるがゆえに、外祖父の後ろ楯により皇太子となり、父を嗣《つ》いで清和天皇となる。九歳である。惟喬親王は一五歳であった。

惟喬親王一行が酒宴にふけり、風流韻事に気分を紛らわす以外に気持ちのやり場がなかった状況が想像されよう。

交野の丘陵を彩るやまざくらの花は白く、萼筒《がくとう》が暗紅色、同時に出る若葉が臙脂《えんじ》色と、木全体にさみしさが漂う。「その院の桜ことにおもしろし」とは、秘《ひそ》かな花の白さが格別に身に沁《し》みたのであろう。

惟喬親王に従う業平は一九歳年上であるが、親王同様、貴種でありながら、その系譜は奇怪さに満ちている。祖父は桓武天皇の皇子であった平城《へいぜい》天皇。父は平城帝の子阿保《あぼ》親王であるが、親王は天皇譲位に絡む「薬子《くすこ》の変」や「承和《じようわ》の変」に巻き込まれ、果ては在原名族の格が地に墜《お》ちる苦悶の中で逝去する。業平一八歳のときであった。

「放縦不拘《ほうしようふこう》」(『日本三代実録』)といわれ、無頼にならざるを得なかった業平に、さくらにはわが身上を見るような非情さが感じられたのである。花を待つ期待を抱かせながら咲くやいなや散る気忙《きぜわ》しさ。そのために、一層散るはかなさに花のいのちを感じる。それが在原業平に詠われたさくらの本質であった。

一方、さくらは咲き満ちた美しさが称《たた》えられる。『古今和歌集』はさくらの持つ二面の美しさをその絶妙な歌の配列によって提示している。在原業平の〈世中に〉の歌の前が、前太政大臣藤原良房の歌である。

染殿后《そめどののきさき》の御前《おまえ》に、花瓶《はながめ》に、桜の花を挿させ給へるを見て、よめる

年ふればよはひは老いぬしかはあれど
花をし見れば物思《おもい》もなし　巻一　春歌上・五二

歌は、咲き誇るさくらの花に喩《たと》えられるわが子の美しさを目前にすると、自分の老いの物思いなど吹っ飛んでしまうという。染殿の后は良房の娘明子。文徳天皇の中宮であり、清和天皇の母にあたる。

今を時めく良房による手放しのわが子賛美は、さくらの満開の華やぎを真正面から詠っている。優れたさくら詠には他を寄せ付けない大らかさがある。

『古今和歌集』での隣同士の歌の配列は、さくら詠として対照的である。良房のさくら詠は咲き誇る盛りを詠い、明るく率直で屈託がない。それに対して、業平のさくら詠は慌《あわ》ただしく盛りが過ぎゆくさくらのさみしさを捉え、暗く屈折がある。良房と業平は、ほぼ同じ時期に生きた歌人でありながら、さくらに対する感慨を二分しているところに私は感銘を深くする。

さくらほど詠い手の人生が投影される花はないのではないか。平安貴族によるさくら詠は、この二首の歌を頂点に、見事にさくらの持つ華やぎとさみしさが捉えられている。

ところで、俳句におけるさくら詠はどうであろうか。和歌に匹敵するたくさんのさくらを詠んだ俳句がある。その中で新たな境地を拓《ひら》いた私の愛誦句を挙げるならば、森澄雄の一句である。

われ亡くて山べのさくら咲きにけり　**森澄雄**
『所生』

これは自分がいなくなった後のこの世のさくらを想像した作である。作者の身辺の状況は脳梗塞に倒れて養生三年有半、〈われ亡くて〉とは実感を伴った幻想であったに違いない。しかも、鋭い措辞《そじ》だ。自分がこの世から消えてしまえば、同時にすべてのものが消える。こんな想像を何回もしたであろう。しかし、肉

親や親しい人を鬼籍に送り、自分が生き残ってみると、人の死後はなんにも変わることがなくこの世が存在する。あたりまえと思われることがなんと不思議ではないか。

さくらほど、人との関わりが深い花は他にない。詠い手の思いが投影されて、さくらは華やかともさみしいとも雁字《がんじ》搦《がら》めに呪縛されてきた。それがさくらを詠《うた》った詩歌の歴史であった。

私という主体の息のかかったさくら詠は、詠う私が大きく、詠われる客体のさくらは小さい。このあたりで、さくらを自然に帰してのびのびさせてあげる。そんなことを考える作者が現れてもいい。人知れずさくらがひっそりと山辺に咲く。私に関わりなく、さくらは好きな時に開き、自然の摂理のままに散っていく。

人もさくらも自然界本来の耀《かがや》きをもってそこにある。森澄雄の死後のさくら詠は人為を解かれたさくらの美しさを私たちに見せてくれるのである。ことばによる長い呪縛の果てに到達した自然そのものがここにあろう。

荒野《あらの》のほととぎす

過ぎゆく時を告げる鳥

刻々と時が過ぎる。わが身を省《かえり》み、生涯青春を口にしながら、古稀を過ぎてみると、痛切な感慨はこの一言に尽きる。芭蕉の「日々旅にして旅を栖《すみか》とす」の至言を掲げるまでもない。古来、詩歌のテーマもここにあった。

ここでは五月の鳥、ほととぎすこそ、過ぎゆく時を象徴する鳥と考えられていたことを紹介したい。

『万葉集』で鳥といえばほととぎす。一五三首詠われ、二位の雁六三首を大きく離している。大伴家持の六三首を中心に、ほととぎすは奈良の都を代表する鳥である。『古今和歌集』でも四三首と多く、京の都の貴族に愛された鳥でもある。五月は端午の節句があり、ほととぎすが鳴き、橘《たちばな》が匂う。〈ほととぎす来鳴《きな》く五月〉という類型表現が和歌に多いことは、つとに指摘されている。

ここでは、『万葉集』「東歌《あずまうた》」に見える信濃のほととぎすを取り上げる。東歌のほととぎす詠はこの一首のみ。信濃の鄙のほととぎすとは珍しい。

信濃なる須我《すが》の荒野《あらの》にほととぎす
鳴く声聞けば時過ぎにけり　　巻一四・三三五二

右の一首は信濃国の歌。歌意は一見、単純である。「都から遠い信濃、その須賀の荒野でほととぎすの鳴き声を聞いた。ああ思えば、ずいぶん時が経ってしまったことだなあ」と。

一首の重点は、結句〈時過ぎにけり〉の感慨をどのように解するかにある。掲歌を都から信濃へ赴任した官人の作か、信濃人による民謡とするか、諸説分かれるところである。

『延喜式』上代国郡図式によると、信濃は都から離れた東山道《とうさんどう》の中国。その国内の〈須賀の荒野〉がどこかわからない。上代に国府があった上田の地（真田町菅平《さなだまちすがだいら》あたり）なのか、平安初期に国府が松本へ移る、その松本近在（筑摩郡曾加）なのか未詳。ともかく、須賀の荒野という地名は、荒涼たる廃墟《はいきょ》や埋葬地を思わせる傾斜地。亡き人への追悼の思いか、都に残して来た家族への情愛か。あるいは契りを結びながら約束を履行しない決断への促しか。〈信濃なる〉との外からの物いいは、都から来た官人詠との見方の根拠になろう。

一方、ほととぎすは、四手《しで》の田長《たおさ》（賤《しず》の田長からの転）と異名を持ち、田の主に田植時期を知らせる鳥という。田を作らば早く作れ、時過ぎぬれば実らずと急かせ《せ》たと、『色葉和難集《いろはわなんしゅう》』に出る。都大路を賀茂《かも》へ参る道筋に聞いた初めての田植唄を、清少納言が「ほととぎす、おれ、かやつよ、おれなきてこそ、我は田植《たう》うれ」（『枕草子』）と記している。

ほととぎすやい、おめえが鳴くんで、おいらはつらい田植だ、くらいの意。このように、勧農鳥としてのほととぎすが詠われたのは、信濃の民謡として記録されたものだという。

以上のように、詠い手が都人か、信濃人の鄙謡《ひなうた》なのかによって解釈が分かれる他は、変哲もない歌のように見える。ところが、なかなかの技巧を凝らした歌なのである。その名歌たるわけを説くには少しまわり道をする。

まず、『古今和歌集』巻一〇の「物名」から「ほととぎす」と前書がつく一首を見たい。

来《く》べきほど時過《ときす》ぎぬれや待ちわびて
鳴くなる声の人をとよむる　**藤原敏行朝臣**
巻一〇・四二三

「物名」は「もののな」とも「ぶつめい」とも呼び、歌に物の名を隠して詠み込む技巧で、掲歌には初句と二句にまたがり、〈ほど時過《ときす》（ほととぎす）〉が入る。歌意は、ほととぎす賛歌。名の詠み込みだけでは面白みがないので、技巧を凝らし、なぜほととぎすの声がすばらしいか、謎《なぞ》解きをした。

　その季節到来でありながら、ほととぎすが来ない。待ちわびたほととぎすの声をやっと聞いて人々が感嘆したという。〈人をとよむる〉は「とよむ（下二段活用動詞）」の連体形表現をとり、聞いた人の内心を騒がせる、感嘆させる意。ただ声を聞いて感嘆しただけではなく、ほととぎすの声がいいわけのように〈ほど時過（時が過ぎた）〉と鳴いたと聞き、感嘆したのである。

作者藤原敏行は、三十六歌仙の一人。延喜七（九〇七）年没かともいうので平安初期の歌人。ほととぎすの声を時は過ぎゆくものと聞く臨場感を当時の歌人たちは共有していたものか。

　ところが、『萬葉集釋注《しやくちゆう》』の著者伊藤博は、ほととぎすが「物名」のような技巧的な鳴き方の鳥だと注目したのは大伴家持だと次の歌を挙げている。

暁《あかつき》に名告《なの》り鳴くなるほととぎす
いやめづらしく思ほゆるかも　**大伴家持**
『万葉集』巻一八・四〇八四

　後注に「右は、四日に使ひに附けて京師《みやこ》に贈り上《のぼ》せしものなり」とあり、奈良の都に住む姑、大伴坂上《おおとものさかのうえの》郎女《いらつめ》との贈答歌中の返歌の一首、ほととぎすの初声に託した恋の歌と読める。が、前書に「別に所心《しょしん》一首」とある。贈答歌とは別にほととぎす本来の歌との見方である。

　夏に先駆け、暁に来たぞ来たぞと名のり鳴き出しているほととぎす、ますます慕われてなりませんとの意。〈名告り鳴く〉は自分の素性を告げる意。

ところで、以上のようなほととぎすの名告りを承知しながら、もう一度、先掲の信濃のほととぎす詠に注目したい。

信濃の須賀の荒野でほととぎすの鳴く声を聞いたところ、〈ほど時過《ホトトギス》〉と完璧に鳴かないで、中途半端に〈時過《トキス》ぎにけり〉と鳴いたという。作歌の場が鄙《ひな》の須賀の荒野であったからだろう。ほととぎすの物名を踏まえ、掛詞《かけことば》に興じた機知に富んだ一首である。これは都人が詠ったものと考えた穿《うが》った解釈であるが、ほととぎすの鳴き方ひとつにも、都人の感受性は鄙との違いを感じていたのである（後藤利雄『東歌難歌考』参照）。

しかも、いいかげんな鳴き方でありながら、時は刻刻と過ぎるものという真理をしっかり踏まえている点が、機知を楽しみながら感動を呼ぶではないか。ほととぎすはまさに時鳥《ときのとり》なのである。

ほととぎす自由自在にきく里は
酒屋へ三里豆腐屋へ二里　**つむりの光《ひかる》**
『万代狂歌集』

時代は新しくなり江戸後期。須賀の荒野で鳴くほととぎすも掛詞の呪縛から離れ自在に鳴き、聞いてもらうようになった狂歌である。

おわりにもう一点、〈荒野〉の〈荒〉を考えてみたい。〈荒〉は都の雅《みやび》に対し、洗練されない鄙の枕詞のように見られているが、そうであろうか。卑近な俳句の信濃詠をあげたい。

山国の蝶を荒しと思はずや　**高浜虚子**『小諸百句』

「昭和二十年五月十四日。年尾、比古来る」とある。作者の代表作の一句になった山国の蝶詠。第二次世界大戦のさなか、高浜虚子は鎌倉から信濃の小諸に疎開をした。そこへ当時、芦屋に住んでいた長男年尾と、京都から田畑比古が久しぶりに訪ねて来た。浅間山麓の坂なす散歩道を案内しながら、「今日は比古に示す句を作った」と虚子はいい、三人だけの句会をした。

ア　山国の蝶は荒しと思はずや
イ　山国の蝶の荒しと思はずや

初案はア。句会出句がイ。推敲《すいこう》した成案が掲句である。ア案の〈は〉は浅間からの強い風に抗《あがら》うように飛んでいる蝶を見た嘱目《しょくもく》である。強く提示しすぎて蝶の本意を損ない、一句のバランスがわるい。イ案は下の句の問いかけに対して、〈の〉では迫力がない。掲句の〈を〉によって〈荒し〉の対象が意外にも可憐な蝶なんだと驚きをもって納得される、そんな蝶をともに見ない人までも、見たような感動を味わうことになる。

蝶は春の季語。ところが、五月半ばは暦の上で夏になっていても、山国はいまだ晩春の気配。虚子は歳時記に捉われないで、地貌をしっかりと見つめている。京都から乗り継ぎ、戦中最悪の状況の中をよく来てくれたという比古への最高の贈り物が、山国の荒々しい蝶の提示であった。

〈荒し〉はときに新鮮、元気づけ、核になることばである。

梅雨《つゆ》の青霧《あおきり》

五月雨《さみだれ》から梅雨へ

芒種《ぼうしゅ》を過ぎると梅雨に入る。陽暦の六月一一日頃から、およそ三〇日間である。梅雨と端的に呼ぶのは江戸の庶民感覚、王朝貴族はもったりと五月雨と称した。戦国の信長の頃は、梅の雨。連歌書の『白髪集《はくはつ》』（永禄六［一五六三］年）には、「今時分好まざる詞《ことば》なり」とある。梅雨とは、「梅熟する時雨ふる、これを梅雨といふ」（『滑稽雑談《こっけいぞうだん》』）が通説であろう。中国の揚子江流域では「黄梅雨《こうばいう》」、あるいは「黴雨《ばいう》」。後者は文字通り物に黴《かび》を生ぜしめる雨。

中国、日本ともに、梅雨は好まれた雨ではないようだ。五月雨は農耕に関わる大事な雨であるが、王朝貴族には都に疫病を蔓延《はびこ》らせる厭《いや》な雨だ。とりわけ、逢瀬がままならない物思いを重ねたり、来し方を述懐し、行く末を嘆く、鬱陶《うっとう》しい雨、「好まざる詞」であったであろう。数多い中から、五月雨詠の二首を掲げる。

五月雨に物思《おもい》をれば郭公《ほととぎす》
夜ふかくなきていづち行くらむ　紀友則
『古今和歌集』巻三 夏・一五三

五月雨とほととぎすを組み合わせた、「寛平御時《かんぴょうのおおんとき》后宮歌合《きさいのみやのうたあわせ》の歌」である。ともに物思いを深める季節の歌語。五月雨に雨が乱れるさまと、恋の物思いの乱れを掛けている。五月雨が詠われた早い例である。

郭公雲井のよそにすぎぬなり
晴れぬおもひの五月雨の比《ころ》　**太上天皇**
『新古今和歌集』巻三 夏・二三六

後鳥羽院もほととぎすの鳴き声をきっかけに晴れやらない心のうちを述懐しているが、一首は〈五月雨の比〉を詠い、『古今集』の、ほととぎすの行方を気遣う友則の歌よりも叙景に心を用いている点が王朝末期の新しさであろう。

ところで、雅語の五月雨ほどではないが、梅雨と二音の卑近な、簡略な言い方をしても、長雨がひとの心を物思いに誘う働きは昔も今も変わらない。

私が俳句表現にはたと気付かされたのが昭和四三（一九六八）年六月、こんな一句からである。

青霧にわが眼ともして何待つや　**藤田湘子《しょうし》**『白面《はくめん》』

信州の北安曇《あずみ》の地、白馬山麓親の原高原で初めて藤田湘子に出会った。梅雨さなか、それも荒梅雨であった。山荘の庇《ひさし》からときにどうどうと雨水が落ちるかと思うと、しばらくして、はたと雨が止んで、ベランダから見える広いゲレンデに梅雨の霧が這《は》うように山頂から下りてくる。それを茫然《ぼうぜん》と見つめていた作者が、そのときの句会に出したのが掲句である。咄嗟《とっさ》に二つの驚きに見舞われた。一つは季語の自在さ、もう一つは内面の告白の素直さだった。〈青霧〉を初めて知った。夏の霧にふさわしい新鮮で的確な表現に衝撃が走った。〈何待つや〉とはいかなる心境なのか、一言、作句の背景に触れる。

俳誌「馬酔木《あしび》」傘下の結社内同人誌として俳誌「鷹」（代表同人湘子）は昭和三九年七月、創刊号が出されていた。が、四三年二月、水原秋櫻子《しゅうおうし》との間が拗《こじ》れ、湘子は「馬酔木」同人を辞退する。石田波郷の後、昭和三二（一九五七）年から四二年まで一〇年間、編集長を担っていた。掲句の背景には師弟の回避しがたい悶着《もんちゃく》があった。湘子の気持ちは八方塞がり、やり場のない思いであったことも後になって私は知った。

〈青霧〉とは梅雨時の霧。萌え出るみどりに、霧そのものも青みを帯びる。湘子の造語ではないが、詩的なイメージが顕《た》つ、珍しい措辞《そじ》だ。愛読していた西脇順三郎『詩学』（筑摩書房）からの影響もあろう。〈青霧〉〈眼を灯す〉〈何待つ〉と、詩語を連ねて憂いを抱いた主人公を造型する。耽美《たんび》的な「馬酔木」の叙情から出発した湘子の試作の、一つの到達点であった。同時の作を一句掲げる。

蒼く暮れたり郭公をまだ聞きたし　　**藤田湘子**『白面』

私はこの折に藤田湘子に師事して以来、平成七（一九九五）年一月、「鷹」を退くまで、二七年、ひたすら俳句表現の自在さを学んだ。自在さとはなにか。その一つはこんな句に関して教えられた。

花葵雨中に夢の像《かたち》見て　　**藤田湘子**『狩人』

雨の中に〈夢の像〉を見たのは作者なのか、葵《あおい》の花なのかという一点である。私は葵の花が雨に濡れながら花自身が抱いている夢の像を幻想しているものと考えた。晴れた日ではなく、雨の中とはいささか自虐的ではあるが、そこが作者の自分の思いを葵の花へ投影したやさしさと見たのである。雨の中の花葵を自分が見た夢ではないかと受け取る俳句の、私小説的な読みの常道をはずしたい気持ちもあり、早くから私には人間中心的な俳句の読みへの疑問があった。葵の花が主人公でいいのではないか。この世は、路傍の葵の花がおのがじし夢を抱いて生きている。これは擬人法的な捉え方ではない。擬人法は確固たる作者がいて、無意志なものを人間化する人間中心的な思考である。

枯山に鳥突きあたる夢の後　　**藤田湘子**『狩人』

この〈夢〉もまず主体は作者ではなく、鳥と取りたい。冬の鳥が夢を見て、無鉄砲にも枯山に突き当たる。そんな鳥を存在せしむる余裕を作者が持っている。当然、荒々しい鳥に作者自身の気持ちが投影されていることはいうまでもない。

私は藤田湘子の俳句の方法を論じ、俳論集『夢の像——俳人論』（昭和五一年、高文堂出版社）を出した。俳人平畑静塔《ひらはたせいとう》がはがきをくれた。そこに皮肉まじりの文句があった。「藤田湘子はそれだけの考えを持てる人物かね」と。これは貴重なはがきだと思い、今も大切にしている。あるいは静塔の人物評は当たっているかもしれないが、青春の日に胸襟を開いて、ぶつかり稽古《けいこ》をつけて貰った師匠は忘れ得ない。昭和五五（一九八〇）年、「鷹」同人会長に就き爾来《じらい》一〇年間の熱い時間に教えられたことも貴重であった。

青霧の昏《くら》きに惹かる湘子の目　　**静生**『雛土蔵』

平成一七（二〇〇五）年、出会いから三七年後の作。この年四月一五日に、七九歳で湘子他界。追悼句ではないが、梅雨の一日、その目がしきりに気になった。鋭く、笑いを湛《たた》えながら、どこか目がさみしい。最晩年は自信に溢《あふ》れた言動が多かった。〈湯豆腐や死後に褒められようと思ふ〉（『前夜』）、〈ゆくゆくはわが名も消えて春の暮〉（『神楽』）と、なぜそんなに詠うのか。私は〈わが眼灯して何待つや〉と呟《つぶや》くような湘子が好きであった。

青霧や鳥になりたきひとばかり　　**静生**『雛土蔵』

平成二〇（二〇〇八）年夏、主宰誌「岳」創刊三〇年記念大会を軽井沢で開いた。その折にわが仲間に贈ったメッセージである。青霧が立ち込める高原の一日、ここに参集した連衆《れんじゅ》はみんな大空を飛翔する鳥なのだと思うと、三千里のかなたまで白い鳥の道が見える幻覚に襲われたのである。

はらわたの熱きを恃《たの》み鳥渡る　　**静生**『山の牧』

平成九（一九九七）年の作。みちのく多賀城址辺りを思っていた。松島での芭蕉祭に招かれ、この年も秋に東北へ入った。直接その時の句ではないが、渡り鳥が行き交うみちのくの空に、しばらく前に歩いた北信濃の山田牧場の渡りから着想したイメージを思い浮かべていた。志賀高原の熊の湯へ通じる道であった。

勤めていた医療技術関係の大学の学部長に選ばれ、身辺が忙しくなった。死生学などをつついていたので、引っ張り出されたのであるが、これからの自分自身を渡り鳥に託して思ったことも着想の中にはあった。が、私は軽井沢にある脇田和美術館の鵬《おおとり》の絵「鳥の来る道(Footpath of birds)」が好きで、その前にいくたびか佇《たたず》んだ。三千里の果てから渡って来るには、自身のはらわたの燃焼だけが頼りになる。渡り鳥のぎりぎりの実存。これ以外にない。生きるとは常に瀬戸際だ。それでこそ生は鮮烈で、死を超えることができる。掲句はさまざまな思いの果てに生まれた作であった。

わたつみにみたりとられし夏爐守《なつろもり》　静生『樹下』

昭和五七（一九八二）年の作。「上原三川家《うえはらさんせん》」と前書がつく。明治の正岡子規門下にして、初めて子規ら日本派の俳句選集『新俳句《しんはいく》』（明治三一［一八九八］年、民友社）を直野碧玲瓏《なおのへきれいろう》とともに編纂《へんさん》した俳人が上原三川。私は三川の研究調査のために、南安曇郡穂高町有明（現長野県安曇野市）の上原家へ行った。そこで三川の孫にあたる男三兄弟、長男良春、次男龍男、三男良司がいずれも戦死し、その飾られている上條俊介が彫った胸像に接し、衝撃を受けた。良司は陸軍特攻隊員として終戦近い五月一一日に、沖縄で二二歳の生涯を終えている。その率直な遺書が『きけ　わだつみのこえ』（昭和五七年、岩波文庫）の冒頭に載ることで知られる。

夏でも梅雨どきは寒い日本アルプスの麓《ふもと》の地、夏炉を守りながら、「温かき御両親の愛の下、良き兄妹の勉励により、私は楽しい日を送る事ができました」としたためられた良司の遺書を読み、父母はどんな思いを嚙《か》みしめながら戦後をおくったものか、安曇野の梅雨どきに忘れられない自句を掲げた。

月

王朝文化と鄙《ひな》の地貌

九月は月の季節。陰暦八月一五日（二〇〇九年は一〇月三日）は仲秋《ちゆうしゆう》の名月である。お月見といえば、下鴨神社の名月管弦祭、大覚寺の観月の夕べ、北野天満宮や平野神社の名月祭と、京都の観月行事には、平安時代以来のゆかしい伝統が今も引き継がれている。

月が秋のものと決まったのは一〇〇〇年頃、勅撰和歌集『金葉和歌集』（源俊頼撰）においてであった。和歌から派生した連歌《れんが》、俳諧《はいかい》でも、月を大事な季語と考えており、俳書『改正月令博物筌《かいせいげつれいはくぶつせん》』（文化五［一八〇八］年）には次のように解説されている。

「月を見ること、四時隔てなし。しかれども、春は朧に霞み、夏は蒸雲《じよううん》月を蔽《おお》ひ、冬は繁霜《はんそう》人を侵して、ともに月を翫《もてあそ》ぶに害あり。秋は夏に遅れ冬に先だち、その時の宜《よろ》しきを得、秋の金気を得て、月いよいよ明らけし。よつて、月とのみいへば、詩歌連俳ともに三秋にわたる。ことに八月は七月の後、九月の前、また十五日は一月の中なり」

「三秋にわたる」とは連歌、俳諧の席では、秋に該当する七月、八月、九月の三カ月は、いつでも月を用いてよろしいというのである。ところで、中世の西行《さいぎょう》が月の歌人ならば、近世の松尾芭蕉は月の俳人であった。ともに生涯をかけて月を詠い続けた。西行の一首を掲げる。

行方なく月に心の澄み〳〵て
果てはいかにかならんとすらん　**西行**
『山家集』上・秋

傑作である。月に向かうと心が澄みに澄んでいき、どこまで澄むのかわからない。その果てはどうなるのか測り知れないというのである。いのちのぎりぎりまで月を追い詰めたのが西行であった。月に向かい、月と一つになる。月を介して、宇宙を体に取り込むのが「広観《こうかん》」。次に月を次第にもとの大きさに戻すのが「斂《れん》観《かん》」。空海が広めた月輪観《がちりんかん》であるが、それを西行は日常に体得していたのではないか。

芭蕉は、西行が訪ねた歌枕《うたまくら》の地を、その五百年後に巡り、追懐している。歌枕とは古歌に詠まれた諸国の名所であるが、その背景には和歌を介した王朝文化の伝統がある。西行と芭蕉の関係、王朝文化に対する俳人芭蕉のあり方に関して、以下、月を中心に見たい。

西行の〈吉野山こぞのしをりの道かへてまだ見ぬかたの花をたづねん〉（『新古今和歌集』巻一春歌上）に惹かれて、貞亨五（一六八八）年三月、花の吉野へ行ったものの、芭蕉はついに、これはという花の句が詠めなかった。「おもひ立《たち》たる風流、いかめしく侍《はべ》れども、爰《ここ》に至りて無興《ぶきょう》の事なり」（『笈《おい》の小文《こぶみ》』）と述懐しているが、歌枕吉野の花に見放された芭蕉の心境は深刻であったのではないか。

姨捨《おばすて》は信濃ならねどいづくにも
月澄む峯《みね》の名にこそ有《あり》けれ　**西行**
『山家集』下・雑

花の盛りにいて、月を思う。信濃にある姨捨ではないが、ここ吉野の姨捨（大峰山の伯母峰《おばがみね》の呼称）も、姨捨と名が付くところはどこも月の美しい峰の名であることよ、と西行は詠っている。吉野の大峰山の右端、伯母峰を地元では吉野の姥捨と呼んでいた。芭蕉は切り替えが早かった。花の吉野が自分を受け入れてくれないのなら、西行ではないが、歌枕信濃の月に賭《か》けよう。季節を先へ先へと追い続ける、これが俳諧師のつねであった。西行が吉野の姨捨を詠んだ歌を反芻《はんすう》し、歌はその年の八月、信濃の姨捨、更科の旅への誘因となった。

俤《おもかげ》や姨ひとりなく月の友　芭蕉『更科紀行』

「姨捨山」と前書が付く。姨捨山に照る月を仰いでいると、月下にひとり泣いていた老婆の俤が浮かんでくる。今宵はその俤を友として、存分に月を眺めようというのである。山中に棄《す》てられた老女が、月下に舞う幻想を描いたのは、世阿弥の謡曲「姨捨」である。芭蕉は世阿弥を通して、ひとり捨てられた老婆の俤を眼前に招来させている。

「姨捨山」の一句は、手の混んだ技巧を凝らした作である。花の吉野から見放された芭蕉が、月の信濃に賭けた意気込みを感じる。歌枕姨捨を、俳枕姨捨にしたいというほどの気合であろう。王朝文化から離れ、鄙《ひな》の地貌を評価しようという芭蕉の明快な視点の転換は、『更科紀行』の一文が見事に描いている。姨捨での月見の場面である。旅籠《はたご》の主人が持ち出す盃《さかずき》をめぐって、都の文化への批判を展開する。

「さかづき持出《もちいで》たり。よのつねに一めぐりもおほきに見えて、ふつゝかなる蒔絵をしたり。都の人はかゝるものは風情なしとて、手にもふれざりけるに、おもひもかけぬ興に入《いり》て、青碗玉卮《せいわんぎょくし》の心ちせらるも所がらなり」

この一文の背景には、『平家物語』巻第八に語られる木曾義仲と猫間《ねこま》中納言光隆《みつたか》卿とのエピソードがある。都を押さえた義仲のもとへ、ある日の昼時猫間殿が訪ねてくる。昼飯の歓待に「田舎合子《いなかごうし》のきはめて大きにくぼかりけるに、飯《はん》うづたかくよそひ、御菜三種《ごさいさんじゅ》して、平茸の汁で参らせたり」との次第。不格好な蓋《ふた》付きの椀である「田舎合子」の大きな器に、飯を山盛り、おかず三品を付け、俗にいう信州しめじ（平茸）の汁を振舞った。「都の人」猫間殿は、箸《はし》も付けないで退散してしまう。ところが、芭蕉は都ならぬ信濃の姨捨で出会った、一見無風流な蒔絵を描いた大盃を、青い玉《ぎょく》の美しい酒器のようだと讃《たた》えている。暗に、無骨ながら質朴な義仲を引き立て、都人を軽視している。義仲への評価は、芭蕉の鄙への共感であり、逆に取り繕われただけの王朝文化への批判的な目を感じるのである。

一方、都人である西行は、同時代人である義仲が嫌いであった。義仲は春浅い粟津の深田で名もない武士の矢先に倒れ、あっけなく死ぬ。その報に接し、「木曾と申《もうす》武者、死に侍《はべ》りにけりな」と前書して、

木曾人は海のいかりをしづめかねて
死出の山にも入りにけるかな　**西行**『聞書集』

半ば烏滸《おこ》呼ばわりした一首を残している。山出しの木曾人と見下し、民の怒りならぬ海の錨を沈（鎮）めかねて野垂れ死にしたものよと、冷たくあしらったのである。右の歌が入る『聞書集』は西行晩年の家集である。その所在が不明で流布しなかっただけに、芭蕉の目に触れた可能性は低いと思われる。

芭蕉の師は京都の北村季吟《きぎん》であった。〈京にても京なつかしやほとゝぎす〉（元禄三年六月二十日付、小春宛書簡）という句があるように、芭蕉は京都にいて、京の真髄に惹かれている。それ故に、ワンパターンに泥《なず》む京への固定化した見方を嫌ったのである。では、その京への芭蕉の批判はなんであったのか。

ここで思い起こすのは、『おくのほそ道』の旅を終えた二年後、向井去来《むかいきょらい》の落柿舎《らくししゃ》に滞在中に認《したた》めた『嵯峨日記』の中の記事である。『本朝一人一首』所収の七言絶句「賦高館戦場《たかだてのせんじょうをふす》」（無名氏）への批判にこうある。

高館聳レヘテ天ニ星似レタリ冑ニ、衣川通レシテ海ニ月如レシ弓ノ。其ノ地ノ風景聊カ以テ不レ叶ハ（奥州平泉の高館の地形は天に聳《そび》えるように高く、星は冑《かぶと》に似ており、衣川《ころもがわ》は海に通じて、その上に懸かる月は弓のようだとあるが、実際に行くと、高館や衣川の地はそうではない）。「古人といへ共《ども》、不レ至ニ其地一時《そのちにいたらざるとき》は、不レ叶ニ其景一《そのけいかなわず》」として、いかに体験が大事か、机の上の想像では駄目だというのである。

芭蕉は高舘の地で、〈夏草や兵《つわもの》どもが夢の跡〉の力《りき》詠《えい》を残している。盛んな夏草に埋もれる廃墟と化した源義経一党の古戦場詠である。一句の真意は、兵どもに代表される人間はもとより、造化の夏草も刻々と変化している。すべてが一瞬ではないか。変わるという流行こそ、不易《ふえき》（真実の誠）だという。西行法師五百年忌にあたる元禄二（一六八九）年の、芭蕉の『おくのほそ道』の旅は、みちのくから日本海廻りの月を慕うものであった。芭蕉が出会った得心の月は、松島でも象潟《きさかた》でもなく、旅も終わりに近い、敦賀《つるが》の雨月であった。

十五日、亭主の詞《ことば》にたがはず雨降《ふる》。

名月や北国日和定《さだめ》なき　**芭蕉**『おくのほそ道』

これが、実地の体験である。北国の「鄙の地貌」である。芭蕉は旅籠の亭主の詞に感動した。〈定なき〉日常がここにあった。

西行が嫌いであった義仲を身近に感じた芭蕉は、時代の流れに翻弄されて消えていった兵どもの姿に、人間のまぬかれ難い「わりなき」本質を見出したのであろう。そして、完璧に出来上がった王朝文化には、「流行こそ不易」という大事な真理が見えにくくなっていると感じたのではないだろうか。

芭蕉の「わりなし」考

『おくのほそ道』の一面

『おくのほそ道』紀行のほぼ中間にあたる月山登攀《がっさんとうはん》、六月八日（陽暦七月二四日）の一節に次の文章がある。主人公「予」が「遅ざくら」に目を留める夢のような場面である。

「岩に腰かけてしばしやすらふほど、三尺ばかりなる桜のつぼみ半ばひらけるあり。ふり積む雪の下に埋《うずもれ》て、春を忘れぬ遅ざくらの花の心わりなし」

真夏の月山（標高一九八四メートル）山中での桜（通称タケザクラ・高山植物ミネザクラ）が咲き出す光景に出会い、花の気持ちのけなげさに「わりなし」と共感する。予は、木綿《ゆう》しめを掛け、宝冠を頭に山伏に身を窶《やつ》した月山山頂での息が絶え、身が凍《こご》える擬死体験を経た後だけに、清楚な桜を見止めたことにより、蘇生の証《あかし》のような深い感動に包まれていた。

冬の深雪に耐え、春を待ちかねて開き始めた桜は禅家のいう「炎天の梅花」、奇蹟《きせき》と思われたのである。行尊僧正の吉野の大峰山詠〈もろともにあはれと思へ山桜花よりほかに知る人もなし〉（お互いにいとしいと思って欲しい山桜よ、この山中ではわかり合える人は他に誰もいない）も連想し、眼前の桜を「なほあはれもまさりておぼゆ」（いっそういとしさが心に沁みた）と讃えている。

感動とは先人の精華を思い起こすことでいっそう深くなる。芭蕉の知的感受性の豊かさを知るのである。それだけに、「わりなし」とは仕方がないとあきらめる意ではない。困難な事態を切り拓く気持ちの勁《つよ》さを秘めたことばとして、芭蕉の思考を知る重要な鍵にあたる。

月山山中での桜との出会いから、一年半後、元禄四（一六九一）年一月、大津の木曾塚（義仲の墓）に門人が集まり句作をした時に芭蕉の詠んだ句がある。

木曾の情雪や生《はえ》ぬく春の草　　芭蕉

去来がその折の芭蕉のことば「都《すべ》て物の讃・名所等の句は、先《まず》其場を知るを肝要とす。句の善悪は第二の事也」（『旅寝論』）を伝えている。

〈木曾の情〉とは木曾塚辺りの風情や木曾路の旅情を指す以上に、義仲の心情への共感であろう。義仲を思うと、木曾の深雪に挫けないで生き抜いてきた春草のようだと讃えた句である。桜と春草と句材は異なるが、一読、月山山中での遅ざくらへの共感との類似に気付く。平家を倒した勝者、木曾義仲が頼朝の采配した義経の軍勢に討たれ敗者になる。加害者が被害者に逆転する歴史のわりなき思いを噛みしめた句で、判官贔屓《はんがんびいき》（弱者への共感）の芭蕉の性向が義仲にはことに強い。

芭蕉愛用の思索語「わりなし」は旅の道中の思いを端的に伝えている。旅の始め「草加」では身が纏《まと》うものすべてに、「さすがに打捨《うちすて》がたくて、路次《ろし》の煩《わずらい》となれるこそわりなけれ」と気負いは半ば、諦めに近い呟《つぶや》きであるが、奥羽山中の最上川のほとり「大石田」では熱心な俳諧の連衆に絆《ほだ》され、「わりなき一巻」を巻く好意に変わる。ところが、月山山中の遅ざくらとの邂逅《かいこう》にあっては「花の心わりなし」と、識閾《しきいき》を払い空っぽになった素朴な愛情表現に高められている。ときに主人公・予に仮託した芭蕉の精神的な素顔が見える場面であるが、ここには、「松島の月先《まず》心にかゝりて」、「上野・谷中の花の梢、又いつかはと心ぼそし」と心に掛けた月・雪・花の美意識が溶け合い、やさしく昇華されている。『おくのほそ道』中のクライマックスではないか。『おくのほそ道』は元禄二（一六八九）年三月二七日に江戸を発《た》ち、奥羽長途の行脚を経て、北国日和定めなき越路を廻り八月末に大垣に至る。さらに九月六日に伊勢の遷宮を参詣に行くところで終わっている。

紀行文が書き始められたのは、実地の旅から四年後の元禄六年秋頃。芭蕉が五一年の生涯を終える一年余前である。熟考された紀行文には『おくのほそ道』の旅以後の晩年の感慨「不易流行」（変わるという流行こそ不易であるという考え）が、「日々旅にして旅を栖とす」（毎日が過ぎ行く旅であり、旅に生きる以外にない）という、時空との只今の出会いにすべてを賭けるスリリングな実践となって描かれている。

紀行文は主人公の心を乞食行脚に窶《やつ》し、「諸国一見の旅僧」の夢幻能の趣向を凝らした風狂の巡礼者仕立てであることは、尾形仂《つとむ》や櫻井武次郎や深沢眞二ら先学によって説かれている。当然、旅程の構成にはいくつかのテーマが組み込まれる。中でも、萩と月、ときに恋が組み込まれ、西行との関わりの深化を重視する広田二郎や上野洋三や深沢眞二などの作品の重層的な読みに説得力がある。

『おくのほそ道』にはなにが描かれているか。ひとことでいうならば、敗れた弱者のわりなき哀しみである。殺す者がまた殺され、加害者が同時に被害者に転じる、やりようがない哀しみである。

出羽三山体験を分岐点に、旅の前半では義経一党を念頭に、平泉の藤原三代の郎党の興亡を描く。

一句を挙げる。〈夏草や兵どもが夢の跡〉

繁茂する夏草よ（やがて枯れゆく夏草よ）。夏草の気負いに負けまいと浮かび上がるのは義経一党が奮戦し抱いた勝者への夢。廃墟にはその空《むな》しい刹那の夢が漂うばかり。

後半の象潟では中国春秋時代の呉越の争いに翻弄された美女西施《せいし》の身を思い、さらに加賀の小松では戦場悲話にわりなき追懐の情に襲われる。育てた義仲に討たれた実盛が身につけた甲《かぶと》を見ての感慨が篤《あつ》い。

一句を挙げる。〈むざんやな甲《かぶと》の下のきりぎりす〉ああ不憫《ふびん》なこと。実盛の兜の下でむせび鳴くこおろぎよ。

越後路は道中のクレバス（氷河の割れ目）にあたる。主人公・予とともに、激震に見舞われた読者の驚きはやがて深い沈黙に襲われる。酒田から一振（市振《いちぶり》）まで北陸道九日、「暑湿の労に神《しん》をなやまし、病おこりて事をしるさず」とし、二句が並ぶ。

文月や六日も常の夜には似ず

荒海や佐渡によこたふ天河

〈雲の峰幾つ崩《くずれ》て月の山〉と雲の変幻自在を真昼の月山で演じさせた芭蕉は、真夜の荒海の佐渡島に銀漢を掛ける。句はあくまでもさりげなく、七夕の装い。「大罪朝敵のたぐひ」（「銀河ノ序」）の遠流《おんる》の怖ろしさは微塵《みじん》も感じさせない。しかし、やがて、〈荒海や〉と腹の底からしぼり出した万感の思いを込めた一句を反芻し読み手は揺すられ、ゆかしい七夕伝説は消える。大海原の荒れ狂う闇の孤島に、宇宙の龍蛇のような火の河をよこたえる光景は、元禄の当時に流行の、景気の自然詠ではない。諷詠を拒否し、景気を超えた壮絶な内省の句ではないか。七夕星の自ら身を横たうさまの歓喜ではない。沈鬱《ちんうつ》だ。

「病」には夢幻能の「諸国一見の旅僧」の趣向を超え、芭蕉自ら『おくのほそ道』の構想を破るような苦渋がのぞく。異様である。

以後、北陸道の旅はにわかに軽く、市振の萩と月に西行擬《まがい》の僧形が関わる物語が種の浜まで続く。敦賀の地で日常の地平に戻る。

「十五日、亭主の詞にたがはず雨降《ふる》。」

〈名月や北国日和定《さだめ》なき〉

道中、止むを得ないわりなさを噛みしめた予が見えるように描かれている。

しのぶ都

王朝文化に基づく季語

京都の一〇月は祭続き。中でも一〇月二二日の深夜に及ぶ、鞍馬《くらま》の火祭の感激は忘れがたい。京都市左京区鞍馬、由岐《ゆき》神社の祭礼である。江戸の俳書『毛吹草《けふきぐさ》』（正保二［一六四五］年）には俳諧四季之詞として、「鞍馬祭」が九月九日となっている。平安時代以来、近世までは九月であった。

天慶三（九四〇）年、御所の祭神大国主命《おおくにぬしのみこと》、少彦名命《すくなひこなのみこと》を鞍馬へ勧請《かんじょう》した折に、村人が松明《たいまつ》を焚《た》いて迎えたのが火祭のいわれという。

火祭の戸毎ぞ荒らぶ火に仕ふ　橋本多佳子『海燕』

男たちが持つ松明を「甲斐性松」という。その大きさで甲斐性を表すというから、青年は競って太い大松明を担いだのである。この火祭の真髄をひとことでいうならば、〈荒らぶ〉。太秦《うずまさ》広隆寺の牛祭、今宮神社のやすらい祭とともに、京都を代表する奇祭といわれるが、とりわけ豪気な祭である。

鞍馬の火祭の荒々しさを思いながら、京都文化の本質はなんであろうかと、しばしば考える。いまだ、ゆりかもめ（都鳥）の季節には早いものの、ふと私の脳裏をかすめるのはこんな芭蕉の一句である。

塩にしてもいざことづてん都鳥　芭蕉

『江戸十歌仙』（延宝六［一六七八］年）所収。京都の俳人・青木春澄《はるすみ》が松島見物の帰途、江戸に来て桃青《とうせい》（芭蕉）、似春《じしゅん》と三吟歌仙《さんぎんかせん》を捲《ま》いた。掲句は、春澄が京都に帰る折の芭蕉の送別吟である。

都へ帰る友人になにが土産にふさわしいか。都にはいろいろ珍しいものがあろうが、隅田川の都鳥は塩漬けにしてでもぜひさしあげたいものだ。

当然、江戸の風物として都鳥も話題になったのであろう。〈塩にしても〉と、日常の場に引きつけた俗な喩えがこの句の見せ場。芭蕉が独自の蕉風《しょうふう》を拓《ひら》く以前の談林《だんりん》時代の作であるが、京都文化の象徴として都鳥を捉えている。都鳥は、『伊勢物語』東下《あずまくだ》りの一段の名高い歌を踏まえている。

名にし負はばいざ事問《こと》はむ宮こ鳥
わが思ふ人はありやなしやと

この都鳥の歌の背景になる『伊勢物語』の世界こそ、四百年の伝統を持つ王朝文化そのものであった。『伊勢物語』は、江戸時代までの日本人にもっとも読まれた古典文学である。物語の精髄では先述の通り、京都文化とはなんであるかを描いている。とりわけ、東下りの諸段の中でも、第九段都鳥の一段は、都を恋しく慕う「しのぶ都」の主題を巡って見事な構成をなしている。

在原業平と思われる若い主人公が、あたかも足蹴《あしげ》にして飛び出した都から、離れれば離れるほど、かえって都恋しい思いが募るという物語。からだは東国の地にありながら、意識は常に都の山河や残してきた妻子に注がれている。

都鳥の都ということばを聞くにつけても、滂沱《ぼうだ》の涙を流す望郷の念に、もう身動きできない男がここにいる。

「旅体《たびてい》の句は、たとひ田舎にてするとも、心を都にして逢坂《おうさか》をこえ淀の川舟にのる心持《こころもち》、都の便り求むる心など本意《ほい》とすべしとは、連歌の教へなり」（『三冊子《さんぞうし》』）といわれる。『伊勢物語』の主人公の旅心を要約したような一文である。東路《あずまじ》へ逢坂の関を越え、筑紫路《つくしじ》へ淀川の川船で下っても、気持ちはいつも都のことを懐かしく偲《しの》ぶことこそが、旅の本意（本来の意味）だというのである。

ここに「しのぶ都」を端的に記した連歌作法書『至《し》宝抄《ほうしょう》』（里村紹巴《じょうは》、天正一四〔一五八六〕年成立）がある。

本書は、連歌好きで王朝志向の豊臣秀吉に、連歌師紹巴が献上したもの。平安以来四百年近い歳月が経過し、王朝貴族が和歌にいのちを賭けた美的感受性とはどんなものであったか、すでに曖昧《あいまい》になっていた。そこで紹巴は大胆に連歌に用いられる季節のことばの本《ほん》意《い》を説き、王朝時代の都人の気持ちは追懐できると進言したのである。

主要な季節の九語について見たい。

春——春雨《はるさめ》・春風《しゅんぷう》・春の日

「たとひ春も大風吹《ふき》、大雨降共《ふるとも》、雨も風も物静《しずか》なるやうに仕《つかまつり》候《そうろう》事（本意にて御座）候、春の日も事によりて短き事も御入《いり》候へども如何《いか》にも永々しきやうに申《もうし》 習《ならい》候」

春は大風が吹いたり、大雨が降ったりする時があっても雨も風も物静かなものとして詠うもの。春の日はいかにも日永《ひなが》の趣で詠うこと。

夏――時鳥《ほととぎす》・五月雨《さみだれ》

「時鳥はかしましき程鳴き候へども、希《まれ》にきゝ、珍しく鳴《なき》、待《まち》かぬるやうに詠みならはし候、五月雨の比《ころ》は（明暮《あけくれ》）月日の影をも見ず、道行人《みちゆきびと》の通ひもなく、水たん〳〵として野山をも海にみなし候様に仕《つかまつる》事、本意也」

時鳥はうるさいほど鳴き立てることがあっても、それは詠うべき対象にはならない。到来を待ち焦がれた珍しい鳥として詠うこと。五月雨（梅雨）の頃は、月日の顔を見ることがなく、道には人影もなく、野山が海のように水が満ちるさまに詠うのが本来の詠い方だ。

秋――月・露・夜長

「又秋は常に見る月も一入《ひとしお》光さやけく面白様にながめ、四季共置く露も殊更《ことさら》秋はしげくして、草にも木にも置《おき》あまる風情に仕《つかまつる》ものに候、されば秋の心、人により所により賑はしき事も御入候へども、野山の色もかはり物淋しく哀なる体、秋の本意なり、秋の夜長きにもいよ〳〵あかぬ人も候へ共、暁の寝覚に心をすまし、去方《こしかた》行末の事など思つゞけ明しかねたるさま尤《もっともに》 候《そうろう》」

秋の月は殊更に光が冴《さ》えて美しく詠い、露も草木に豊かで、ありあまるように捉えることである。従って秋の心は、人や所によって賑やかなことがあっても、野山が紅葉して物淋しく哀れになる体が秋の本質である。秋の夜長を退屈しない人があっても、暁の目覚めに心を澄まして、来し方行く末などを思い、夜明けを待ち遠しく詠うのがよい。

冬――時雨《しぐれ》

「冬も長雨降《ふる》事候へ共、時雨の本意として、一通り降かとすれば晴《はれ》、（霽《はる》るかとすれば又降りなどして日影ながらにむら〳〵時雨て）、冴え〳〵し月の行末に思はざる一時雨板屋の軒、篠《しの》の庵《いおり》など音あらましき体《てい》仕来候」

冬に長雨があっても、時雨を詠う。さっと降っては晴れ、（晴れると又さっと来る、むら時雨）、冴えた月夜に、思いがけない時雨が板屋の軒や篠の庵に音を立てて荒々しく見舞う。

このような冴えた都人の感じ方、考え方が四百年の王朝文化の伝統に基づくものだと紹巴はいうのである。芭蕉以前の俳諧付合《つけあい》集『類船集《るいせんしゅう》』（高瀬梅盛、延宝四［一六七六］年）には、「しのぶ都」が、旅する者が常に連想する付合語として挙がっている。江戸時代に芭蕉が変革したのは、このような都中心の固定した思考に対してであった。

初しぐれ猿も小蓑《みの》をほしげ也　**芭蕉**『猿蓑』

この時雨は京都の町屋のそれではない。野中に濡れそぼつ子猿を見る。かわいそうに、お前も小蓑をほしいのかと呟く。芭蕉と猿とが心を一つにしている。何にも囚《とら》われない裸の心と心の交流がある。

時雨考

「時雨」に託す想い

初冬の時雨ほど、『万葉集』の歌人から始まり、俳人芭蕉まで、そのさまざまな諸相が詠まれ、愛されてきた雨はない。

俳諧季寄せ『山の井』（正保五［一六四八］年）に、「時雨は、空定めなく、晴るると見ればぐれりと曇り、降ると思へばささらげもあらぬ気色、足早に通り行くさまなど言ひて」とある。また、『改正月令博物筌《かいせいげつれいはくぶつせん》』（文化五［一八〇八］年）には、「しぐれは、しげしげ降るの義なり。時の雨と書くは、時々降るの意なり。時々は、よりより、また、ちよこちよこの義なり」ともある。陰暦一〇月を時雨月《しぐれづき》ともいう。初冬の俄雨《にわかあめ》である。北西の季節風が連山に当たり雨を降らす、その残りの雨が風によって山越しに送られてくるもので、京都などの盆地によく見られる。「山めぐり」とか「北山時雨」と呼ばれるのも、京都ならではの呼称である。

時雨が初冬の雨と詠まれるのは、初めての勅撰和歌集『古今和歌集』（延喜五［九〇五］年頃）あたりから。平安京以前に都のあった奈良盆地での時雨は、晩秋の雨、九月のものと見られていた。

しぐれの雨間なくし降れば真木《まき》の葉も
争ひかねて色づきにけり　　よみ人しらず
『万葉集』巻一〇・二一九六

「秋雑歌」に出る。時雨が絶えず降ったので、杉や檜《ひのき》などの真木の葉も色づいてしまったよ、という。ここでは、時雨は紅葉をもたらす雨として詠われている。奈良と京都の、微妙な気候や地形の違いもあろう。

時雨が初冬のものであると、時雨の本意《ほんい》を明快に決定づけたのは、『後撰和歌集』（天暦五［九五一］年）に詠まれた次の歌である。ここでは時雨の本意を際立たせるために、紅葉との関わりを断ち切っているのが注目される。

神《かみ》な月《づき》降りみ降らずみ定《さだめ》なき
時雨ぞ冬の始《はじめ》なりける　　よみ人しらず
『後撰和歌集』巻八　冬・四四五

これは、時雨そのものが初冬を告げるといいきった歌である。一首独立した歌のようであるが、歌集の配列に出る、前の歌との関わりが深い。

初時雨降るほどもなく佐保山《さほやま》の
梢あまねくうつろひにけり　　よみ人しらず
『後撰和歌集』巻八　冬・四四四

前の歌の趣旨は、初時雨は紅葉をもたらすものと、紅葉の名所奈良にある佐保山の木々の紅葉を詠っている。それに対して掲歌〈神な月〉は、紅葉はさておき、時雨が見舞うことで一気に冬になるんだと、時雨と冬の到来を結びつけている。この歌は『古今和歌六帖』（初冬）や『和漢朗詠集』（初冬）にも収録され、時雨を詠んだ代表歌になっている。それだけの大胆な提示が、ここには見られる。後世の題詠歌のお手本になる『堀河百首《ほりかわひゃくしゅ》』（長治二［一一〇五］年以降に成る）には、時雨を詠んだ歌が一六首掲げられている。時雨に関する諸相が詠まれているが、際立った関心は三点である。まず一つ、時雨は木々の葉を紅葉《もみじ》に染めるものという。これはすでに触れているので、改めて触れない。他の二点を掲げる。時雨は涙を誘い、涙によって、そぞろ悲しみを添えるものという。

木の葉のみ散るかと思ひし時雨には
涙もたへぬものにぞありける

源俊頼
『堀河百首』冬

これは、〈涙さへ時雨にそひてふるさとは紅葉の色も濃さまさりけり〉(伊勢『後撰和歌集』)、私の血の涙によって、ふるさとの紅葉は一段と色が濃いという激情の歌を踏まえている。掲歌のように、木の葉ばかりでなく涙も零《こぼ》れる時雨を〈涙の時雨〉という。涙を時雨と見なす、いわば「偽物の時雨」であるが、これも後に冬の季語とされた。次に、時雨は荒屋の屋根を打つ、ものさみしい音に趣が深いという。

人よりも時雨の音を聞くことや
荒れたる宿の取りどころなる

河内《こうち》
『堀河百首』冬

このような歌になると、中世歌人や連歌師の美意識に重なるのであるが、もう一つ、時雨には「忍恋《しのぶこい》」など、恋心の秘かな象徴の一面が付与される。

もらすなよ雲ゐる峰の初時雨《はつしぐれ》
木の葉は下に色かはるとも

摂政太政大臣
『新古今和歌集』巻一二 恋歌二・一〇八七

「忍恋の心を」と前書がある。初時雨を擬人化して、木の葉が秘かに色づいているとしても、初時雨よ、その秘めたる心を漏らさないでおくれ、と詠う。

このような時雨の、王朝時代の美意識を纏《まと》めた一節が、中世連歌師里村紹巴《じょうは》の連歌作法書『至宝抄《しほうしょう》』(天正一四〔一五八六〕年)にあることはすでに触れている。その時雨の特徴をおさらいをする。

冬には、しとしとと降る長雨があっても、時雨こそ詠いなさい。降るかとすれば晴れ、上がったかなと思えばまた見舞われる。日が射したりするがぱらぱらと来る。夜分、冴えた月光のもとで、思いがけなく降り出し、板屋の軒や粗末な庵などに荒々しい音を立てる体が時雨の趣である。ここには、冬の風物として時雨を静かに見据えた、冴えた目が感じられる。天象《てんしょう》の初冬の一現象に過ぎない時雨と、一体になって心を自在に働かせているのである。荒だてないように沈着に、自分の気持ちにいい聞かせるようにして、時雨の推移を捉えている見事な表現力である。

室町の戦乱の世に、権大僧都《ごんだいそうづ》心敬《しんけい》は時雨に託して世を憂いた。

応仁のころ、世のみだれ侍《はべ》りしとき、あづまにくだりてつかうまつりける

雲はなほさだめある世の時雨かな　**心敬**

『新撰菟玖波集《しんせんつくばしゅう》』

応仁元（一四六七）年から十数年にわたり、京の都は戦乱の巷《ちまた》と化した。戦いは全国に拡がる。心敬は東《あずま》の空を見つめながら慨嘆した。雲も時雨も天空を当所《あてど》なく流離《さすら》う定めないものであるが、雲が過ぎた後には時雨がさあっと来る。そこに暗黙の定めがあるのではないか。ところが、この世情にはなんの定めもない。乱れに乱れているばかりだ。

宗祇《そうぎ》もまた、こんな発句を残した。

おなじ比《ころ》、信濃にくだりて時雨の発句に

世にふるもさらにしぐれのやどりかな　**宗祇**

『新撰菟玖波集』

宗祇法師の感慨は、常なきこの世を時雨を介して反《はん》芻《すう》している。この世過ぎはまことに辛い。その上に、いっそうわびしさを誘う時雨が過ぎる。通り過ぎるまでの時雨の宿り。仮の雨宿りであるが、思えばこの世での身過ぎも、こんな儚《はかな》い宿りではないか。ここでは、時雨は単に天然現象ではない。定めなく、常ない人生の象徴そのものと化している。そこには、人生はそんな旅宿を渡り歩くことだという、江戸時代の芭蕉へ受け継がれる漂泊《ひょうはく》の思想がある。宗祇の作は、中世の人人を捉えた次の本歌を踏まえている。

世にふるはくるしき物を真木《まき》の屋に　**二条院讃岐**
やすくもすぐる初時雨かな

『新古今和歌集』巻六　冬歌・五九〇

初時雨を軽々といなした巧みさが、かえって〈世にふる〉辛さをしみじみと感じさせるようだ。芭蕉は宗祇の〈しぐれのやどり〉を〈宗祇の宿り〉と切り返した。

世にふるもさらに宗祇の宿りかな　**芭蕉**『虚栗《みなしぐり》』

「手づから雨のわび笠をはりて」と前書がある。宗祇の漂泊の思いを受け止めながら、宗祇の名を詠み込む

ことで、句を物語化し、遊び心を付け加えているのではないか。やあ宗祇さん、あなたの心意はよく了解しました、といった趣だ。中世以来のストレートな時雨の本意を、もう一度自分の実感で味わい直す。そこに芭蕉の新しさがあった。

　旅人とわが名呼ばれん初時雨　**芭蕉**『笈《おい》の小文《こぶみ》』

〈宗祇の宿り〉ではなしに、自ら宗祇の宿りを芭蕉の宿りとして体験したいという、初心に戻った弾んだ気持ちがある。明るい漂泊の思いが、時雨の本意に加わったのである。

大根一見

各地に生きる大根文化

近年とみに、冬になると大根が気になる。私の友人にシンガポール人の理学療法士がいる。彼は、日本の野菜の中で大根が恐ろしいという。なんとも臭くて好きになれないのだそうだ。私は、逆に大根ほど淡白で用途が広いものはないと思う。大根好きである。一度、大根について考えてみたいと思い「大根一見」とした。

　大根といえば、一二月九日、一〇日、京都市右京区鳴滝本町にある了徳寺《りょうとくじ》の行事、大根焚《だいこたき》に惹《ひ》かれる。建長四（一二五二）年一一月、親鸞上人は鳴滝村を訪れ、布教をした。その浄土真宗の教えに感動した村人が、煮大根のもてなしをした。親鸞は村人の行為を喜ばれ、村の伝承によると、薄《すすき》の穂を筆代わりに、「帰命尽十《きみょうじんじっ》方無碍光如来《ぽうむげこうにょらい》」との名号《みょうごう》を書き、村に残したという。この故事がもとで、毎年一一月九日に、親鸞上人像に煮大根を供え、人々にも振舞うことになった。新暦ではひと月遅れて行われている。現在は、三千本の大根を九つの大鍋で焚く。この大根を食べると、中風除《よ》け、無病息災のご利益があるといい伝えられている。

　日だまりは婆《ばば》が占めをり大根焚　**草間時彦**『淡酒』

了徳寺詠。当日、参詣者は圧倒的に高齢者が多い。とくに老婆が目立つ。大鍋に焚かれたあつあつの大根を、ふうふう吹きながら食べる。腰掛ける隙がないほどの混みようだ。立ち食いである。行儀が悪いなどという頭は、寺の境内では不思議に働かない。ちょうどそこが日だまりであれば、おのずから人が寄る。類は友を呼び、婆のたまりができる。若い者もいないわけではないが、みな老人だ。駅前でエレキバンドを奏でる仲間や、公園のベンチを占めるのは若者が多い。婆が占めるというおかしさは、大根焚くらいではないか。そこに掲句のユニークさがある。

しやきしやきと婆が働く大根焚　**西村和子**
『かりそめならず』

こちらは大根の裏方に徹する婆。第一線に立つ婆だ。〈しやきしやき〉の擬音がいい。大根を切る音を思わせる。立ち居振舞いが鮮やかで、そつがない。ここは若者に任せられない婆の出番である。

塩味だけの大根焚。そこにも、しゃきっとした気合が貫かれている。参詣者が老婆、大根焚を仕切るのも老婆。その中に緩急が生まれる。談笑しながら寛《くつろ》ぐ集団と、てきぱきと働く集団。大根焚の場を訪れながら、気が付かなかった老人社会の一面を教えられたようで、思わず微笑《ほほえ》んだのである。これも親鸞さんを慕う都人のゆかしさであろうか。

大根への関心が、私の中でいつ頃から生まれたものか。若い頃はさして意識していなかった。しかし、山国に住む者の越冬準備として、大根漬や野沢菜漬は幼児の頃から親しいものであった。八月の盆過ぎに畑を深く耕し、畝《うね》を盛り上げ大根地を作り、種が蒔《ま》かれる。収穫は一一月の末。漬大根は、樽《たる》に漬けやすい細めのものが選ばれる。一週間ほど日に干され、水分が抜け、しなしなと緩みが生まれた頃を見計らって、漬樽の中へ糠《かす》漬にする。雪国では、生野菜を土室《つちむろ》に保存するので、冬の間に食べる生大根は藁苞《わらづと》に包み、前栽畑《せんざいばたけ》の土に埋《い》ける。このように、大根が身近な野菜であったことは確かだ。茨木和生著『西の季語物語』（平成八年、角川書店）の中に、「大根配り」の話がある。私にも類似の体験があり、共感した。

大根を配りに山をひとつ越ゆ　**茨木和生**

かつて、昭和三〇年頃まで、農家では下肥《しもごえ》が大事な肥料であった。自家製だけでは間に合わないので、農家では町家に頼んで下肥を汲《く》ませてもらっていた。その礼に、年の瀬に藁《わら》三束、大豆の茎枝一束、それに祝《いわい》大根を添えて、町家に配ったという。関西地域の風習である。元旦の雑煮用のものであった。私の住む信州松本あたりでも、似た風習があった。牛車を牽《ひ》いて、近郊から下肥を汲みに来る農家のおじさんが、冬の漬物である大根や野沢菜を心配してくれた。それればかりではない。暮れには正月用の太々とした宮重《みやしげ》大根を運んで来てくれたのである。それが昭和三九（一九六四）年、東京オリンピックが開かれた頃から、町は変わっていった。下水道施設ができ、下肥を汲むこともなくなった。

掲句は、峠向こうの農家のおじさんが、山を越えて大根を配りに来てくれる。そんな懐かしい作であろう。〈大根配り〉が地域では生きている季語である。作者は奈良県平群《へぐり》町在住。私の提唱する地貌季語の例として、同じ作者のもう一句を掲げておく。

長男を連れ来る大根配かな　**茨木和生**『倭』

大根の話を東北、花巻《はなまき》の俳人にした。すると、冬に入ると「がっくら漬」が懐かしいという。

がっくら漬歯にしみ透る母のこと　**中村陽子**『岳』

秋田県横手《よこて》盆地で生まれた作者にとり、母親が大根を鉈《なた》で掻《か》っ切って、塩少々を入れ、麴《こうじ》漬にしてくれた味が忘れられない由。「がっくら漬」は「がっくり漬」あるいは「鉈漬」と呼ばれ、青森、岩手の他、秋田の一部地域にかけて、一一月末から一二月初旬に漬け込まれる。畑から採った大根を、包丁や鉈で搔くように切り落とす。切り方が「がっくら、がっくら」という調子なので、上記の漬物名が付いたらしい。古くは「大根《おほね》」（『古事記』）などと呼ばれた大根の食べ方として、まことに素朴。取り出す時は「すが（氷の岩手方言）」をよけて出す、みちのくの寒中の漬物である。塩味、味噌味もいいが、さらに麴や酒粕を入れて漬け直したものは、お茶請けや酒の肴に喜ばれたようだ。

掲句は、氷片を搔き分け出してくれた、冷たいがっくら漬から、ありし日の母の俤《おもかげ》が彷彿とするという。

大根は、古く中国経由で日本に入って来た野菜であるが、原産地は中央アジアなど、諸説がある。葉の部分よりも根に特徴がある。大きな根の大部分が茎で、そこを食用にする。関東の三浦《みうら》大根、練馬《ねりま》大根、理想《りそう》大根、愛知の方領《ほうりょう》大根、京都の聖護院《しょうごいん》大根、大阪の守口《もりぐち》大根など名高いが、私の中の大根は、寒い地域のものという思いがある。

「凍大根《しみだいこん》」に触れる。大根が寒さのために凍《し》みたのではない。寒中の寒さに曝《さら》して水分を抜き、寒天のようにからからに干しあげたものをいう。岩手では「すみでこ」、信州では「しみでいこ」、あるいは「しみだいこ」。冬の保存食として親しまれているものだ。信州の伊那《いな》や諏訪《すわ》地域では、寒中、室《むろ》から出した大根を水洗いし、皮を剝《む》き、輪切りにする。それを細い縄や藁に通して家の北側の寒風があたる場所に曝すのである。

凍大根藁一本をよすがとす　根橋久子「岳」

一週間もすると凍みあがり水分が抜け、軽くなる。性根が抜けたような骨片状の塊におどろく。作者は長野県辰野町在住。

東北各県でも盛んであるが、岩手県では大根を縦三等分、横二等分に大断ちしたものを適当な固さに煮る。それを縄に通した後、川の水に浸してから軒下に吊り、寒曝しにする。数週間後に、白く乾いた凍大根ができあがる。

酒焼けの顔ではづす凍大根　菅原多つを『樹氷』

凍大根は独特の風味があり、煮物にも味噌汁の実にもいいが、酒の肴にもなる。寒い地にあって、酒びたりの男は働き者でもあろう。縄から大根をはずし、取り入れている日常の光景がいい。作者は北上市出身。

大根というと、かつて母親が冬になると決まって作っていた「大根干し」が忘れられない。大根を千切りにして、筵《むしろ》に広げて干す。一週間くらいで水分が抜け、からからに乾燥する。保存食でもあった切干し大根を水に戻して煮付けると、じわっとした甘みがある。食糧難の戦後、飢えを凌《しの》いだ貴重な食物であった。大根は野菜の母。大地にしっかりと根付き、土からわれわれが授かったもの。そんな感じを長い間、抱いてきた。〈大根焚〉〈がっくら漬〉〈凍大根〉〈大根干し〉など、地域に残る大根に関する地貌季語も大らかな土の匂いがする。大根と地貌季語と、どこか共通するような素朴な懐かしさが、両者にはあるのかもしれない。

俳句を楽しむための書籍案内 ［補遺　二〇一九年以降］

俳句初学者のために、おもに現代俳句にかかわる書籍を紹介する。入門書や鑑賞、エッセイなどをあげたが、俳句作品を広く読みたいという読者のために、俳論や俳句史など、知っておきたい本を紹介した。書名・編著者名・出版社名／シリーズ名・刊行年をあげ、主要なものは内容を簡略に記した。明治以降、二〇一八年までの主要な書籍は前著『俳句必携 1000句を楽しむ』（平凡社）に掲げたので、ここでは二〇一九年以後刊行の書籍を［補遺］として紹介した。

［歳時記・季寄せ・季語研究］

『季語練習帖』髙橋睦郎　書肆山田　二〇一九
『歳時記ものがたり』榎本好宏　本阿弥書店　二〇一九
『季語を知る』片山由美子　角川選書　二〇一九
『訳注 荊楚歳時記』中村裕一　汲古書院　二〇一九
『よくわかる俳句歳時記』石寒太編　ナツメ社　二〇二一
『花と緑の歳時記365日』俳句αあるふぁ編集部編　毎日新聞出版　二〇二一
『季語の科学』尾池和夫　淡交社　二〇二一　▽一二〇以上の季語を科学と芸術の眼差しで説く。
『季語・歳時記巡礼全書』坂崎重盛　山川出版社　二〇二一
『新版 角川俳句大歳時記』（全五巻）角川書店編　KADOKAWA　二〇二二　▽『角川俳句大歳時記』刊行から一五年余、季語に地方季語も含め一万八〇〇〇余、例句五万句超収録。

［入門書］

『日曜俳句入門』吉竹純　岩波新書　二〇一九
『究極の俳句』髙柳克弘　中央公論新社　二〇二一
『俳句部、はじめました―さくら咲く一度っきりの今を詠む』神野紗希　岩波ジュニアスタートブックス　二〇二一
『こんなにも面白く読めるのか 名歌、名句の美』武馬久仁裕　黎明書房　二〇二二
『俳句劇的添削術』井上弘美　角川新書　二〇二二

［鑑賞］

『俳諧の詩学』川本皓嗣　岩波書店　二〇一九　▽世界最短の詩としての俳諧の可能性を考える。
『わが師・不死男の俳句』しかい良通　松の花俳句会（非売品）二〇一九
『森澄雄―初期の秀吟』榎本好宏　樹芸書房　二〇一九
『角川源義の百句』角川春樹　ふらんす堂　二〇一九
百句シリーズ　『杉田久女の百句』伊藤敬子、『山口青邨の百句』岸本尚毅、『波多野爽波の百句』山口昭男、『鈴木花蓑の百句』伊藤敬子、『赤尾兜子の百句』藤原龍一郎、『能村登四郎の百句』能村研三、『佐藤鬼房の百句』渡辺誠一郎、『永田耕衣の百句』仁平勝、『長谷川素逝の百句』橋本石火、『鍵和

田釉子の百句』藤田直子、『桂信子の百句』吉田成子、『石川桂郎の百句』南うみを、『京極杞陽の百句』山田佳乃、『三橋敏雄の百句』池田澄子、『尾崎紅葉の百句』高山れおな、『福田甲子雄の百句』瀧澤和治　ふらんす堂　二〇一九〜二〇二三
シリーズ自句自解Ⅱベスト100　『山口昭男』、『渡辺純枝』、『酒井弘司』、『津久井紀代』、『秋尾敏』　ふらんす堂　二〇一九〜二〇二二
自註現代俳句シリーズ『藤島咲子集』『井越芳子集』『谷口智行集』　俳人協会　二〇一九〜二〇二二
春月自註俳句シリーズ『戸恒東人句集（1）』『戸恒東人句集（2）』　雙峰書房　二〇二一〜二〇二三
脚註名句シリーズ『吉田鴻司集』増成栗人編　俳人協会　二〇二一
『たてがみの摑み方 俳人・武藤紀子に迫る』武藤武子　聞き手：橋本小たか　ふらんす堂　二〇一九
『俳句の射程―秀句遍歴』原雅子　深夜叢書社　二〇一九
『井月の連句を読み解く』一ノ瀬武志　ほおずき書籍　二〇一九
『女の俳句』神野紗希　ふらんす堂　二〇一九
『鬼彦 俳句の鑑賞』田湯岬　道俳句会　二〇二〇
『読む力』井上弘美　角川俳句コレクション　二〇二〇
『鑑賞 季語の時空』高野ムツオ　角川俳句コレクション　二〇二〇
『あの時―俳句が生まれる瞬間』高野ムツオ　写真：佐々木隆二　朔出版　二〇二一　▽大震災後の一〇〇句を自解釈と写真で綴る。
『渡邊白泉の一〇〇句を読む―俳句と生涯』川名大　飯塚書店　二〇二一
『秀句を生むテーマ』坂口昌弘　文學の森　二〇二二
『鈴木しづ子一〇〇句』武馬久仁裕・松永みよこ　黎明書房　二〇二三
『虚子点描』矢島渚男　紅書房　二〇二二
『黒田杏子の俳句―櫻・螢・巡禮』髙田正子　深夜叢書社　二〇二三

［俳論］

『地の声 風の声―形成と成熟』舘野豊　ふらんす堂　二〇一九
『切字と切れ』高山れおな　邑書林　二〇一九
『能村登四郎ノート［二］』今瀬剛一　ふらんす堂　二〇二〇
『含羞の抒情―飛高隆夫の俳句宇宙』中村千久　文學の森　二〇二一
『草田男深耕』渡辺香根夫　横澤放川編　角川俳句コレクション　二〇二一
『沢木欣一評論集』「伊吹嶺」俳句会編　小学館スクウェア

二〇二二 ▽「伊吹嶺」創刊二五周年記念出版。

『沢木欣一―十七文字の燃焼』荒川英之 翰林書房 二〇二二

『渾沌の恋人―北斎の波、芭蕉の興』恩田侑布子 春秋社 二〇二二

【俳句エッセイ】

『ブックレット朔 1号 金子兜太句集『百年』を読む』朔出版 二〇一九

『子規紀行文集』復本一郎編 岩波文庫 二〇一九

『俳句旅枕―みちの奥へ』渡辺誠一郎 コールサック社 二〇二〇 ▽東日本大震災後のみちのくを巡る俳句紀行。

『十七音の可能性』岸本尚毅 角川俳句ライブラリー 二〇二〇

『NHK俳句 暦と暮らす―語り継ぎたい季語と知恵』宇多喜代子 NHK出版 二〇二〇

『俳句の弦を鳴らす―俳句教育実践録』野ざらし延男編 沖縄学販 二〇二〇

『四季と折り合う』佐藤映二 文治堂書店 二〇二〇

『ふるさとの情景』俳人協会編 東京四季出版 二〇二一 ▽「俳句文学館」連載コラム二五〇編収録。

『ひとり灯の下にて―ドナルド・キーン追悼文集』一般財団法人ドナルド・キーン記念財団編 新潮社 二〇二一

『詩歌往還 遠ざかる戦後』松林尚志 鳥影社 二〇二一

『NHK俳句 厨に暮らす―語り継ぎたい台所の季語』宇多喜代子 NHK出版 二〇二一

『俳句と人間』長谷川櫂 岩波新書 二〇二二

『放哉の本を読まずに孤独』せきしろ 春陽堂書店 二〇二二

『日の乱舞 物語の闇』谷口智行 邑書林 二〇二二 ▽熊野の人と神を語る。

『俳句再考―芭蕉から現代俳句まで』林誠司 俳句アトラス 二〇二二

『季語深耕 田んぼの科学』太田土男 コールサック社 二〇二二

『ドナルド・キーンと俳句』毬矢まりえ 白水社 二〇二二 ▽キーンの俳句研究とともに俳句の海外受容探訪の好著。

『正岡子規ベースボール文集』復本一郎編 岩波文庫 二〇二二

『芭蕉のあそび』深沢眞二 岩波新書 二〇二二

『夏は来ぬ』三枝昂之 青磁社 二〇二二

『結社論―特に俳句結社の「世襲問題」と「家元化現象」に対する考証』龍太一 飯塚書店 二〇二三

【俳句史・俳壇史】

『阿波野青畝への旅』川島由紀子　創風社出版　二〇一九

『河東碧梧桐―表現の永続革命』石川九楊　文藝春秋　二〇一九

『正岡子規―俳句あり則ち日本文学あり』井上泰至　ミネルヴァ日本評伝選212　二〇二〇

『金子兜太の〈現在〉―定住漂泊』齋藤愼爾編　春陽堂書店　二〇二〇

「兜太 Tota」（Vol.1〜4）編集主幹：黒田杏子　藤原書店　二〇一八〜二〇二〇

『満洲俳句 須臾の光芒』西田もとつぐ　リトルズ　二〇二〇

『俳句論史のエッセンス』坂口昌弘　本阿弥書店　二〇二〇

『戦争と俳句』川名大　創風社出版　二〇二〇　▽『富澤赤黄男戦中俳句日記』・「支那事変六千句」を読み解く。

『正岡子規伝―わが心世にしのこらば』復本一郎　岩波書店　二〇二一　▽子規伝の渾身の労作。

『「眞神」考―三橋敏雄句集を読む』北川美美　ウエップ　二〇二一

『俳句のきた道―芭蕉・蕪村・一茶』藤田真一　岩波ジュニア新書　二〇二一

『増補新装版　証言・昭和の俳句』聞き手：黒田杏子　コールサック社　二〇二一　▽第二部に二〇人の戦後俳人に関するエッセイを付加。

『楽しい孤独―小林一茶はなぜ辞世の句を詠まなかったのか』大谷弘至　中公新書ラクレ　二〇二一

『概説 今井杏太郎』加藤哲也　実業公報社　二〇二一

『詩的俳句の繚乱―中村草田男 試論』加藤哲也　実業公報社　二〇二一

『評伝　赤城さかえ―楸邨・波郷・兜太に愛された魂の俳人』日野百草　コールサック社　二〇二一

『明治大阪俳壇史』大阪俳句史研究会編　ふらんす堂　二〇二一

『公益社団法人俳人協会六十年史』俳人協会編　俳人協会　二〇二一

『金子兜太―俳句を生きた表現者』井口時男　藤原書店　二〇二一

『山本健吉―芸術の発達は不断の個性の消滅』井上泰至　ミネルヴァ日本評伝選　二〇二二　▽初めての俳論家の伝記。

『語りたい兜太　伝えたい兜太―13人の証言』聞き手：董振華　黒田杏子監修　コールサック社　二〇二二

『兜太再見』柳生正名　ウエップ　二〇二二

『昭和俳句の挑戦者たち―草城と誓子、窓秋と白泉、そして草田男』近藤栄治　創風社出版　二〇二二

『京大俳句会と東大俳句会』栗林浩　角川書店　二〇二一

『兜太を語る―海程15人と共に』聞き手：董振華　コールサック社　二〇二三

［全集・アンソロジー］

『寺田京子全句集』寺田京子全句集刊行委員会編　現代俳句協会　二〇一九

『美しい日本語　荷風』（Ⅰ・Ⅱ・Ⅲ）持田叙子・髙柳克弘編　慶應義塾大学出版会　二〇一九～二〇二〇　▽荷風生誕一四〇年、没後六〇年記念、詩・散文・俳句のアンソロジー。

『廣瀬直人全句集』廣瀬直人　KADOKAWA　二〇二〇

『鍵和田秞子全句集』守屋明俊・角谷昌子編　ふらんす堂　二〇二〇

『大久保橙青全句集』大久保白村編　東京四季出版　二〇二〇

『斎藤夏風　全句集』斎藤夏風全句集を刊行する会編　ふらんす堂　二〇二〇

『泉鏡花　俳句集』秋山稔編　紅書房　二〇二〇

『佐藤鬼房俳句集成　第一巻　全句集』高野ムツオ編　朔出版　二〇二〇　▽第二巻　評論、第三巻　随想と刊行予定。

『十年目の今、東日本大震災句集　わたしの一句』宮城県俳句協会編　宮城県俳句協会　二〇二一

『大震災の俳句―俳句に見る東日本大震災とその後の十年』柏原眠雨編　きたごち俳句会　二〇二一　▽俳誌「きたごち」東日本大震災後十年のアンソロジー。

『俳人協会賞作品集［第三集］』俳人協会編　ふらんす堂　二〇二一　▽第三七回から第五八回まで三三句集を収録。俳人協会創立六十周年記念事業。

『久保田万太郎俳句集』恩田侑布子編　岩波文庫　二〇二一

『森田峠全句集』森田純一郎編　ふらんす堂　二〇二一

『関口比良男全句集』関口比良男　紫の会　二〇二一

『大牧広全句集』仲寒蟬・小泉瀬衣子編　ふらんす堂　二〇二一

『黛執　全句集』黛執　KADOKAWA　二〇二二

『俳句詞華集　鍾愛百人一句』林桂編　鬣の会　二〇二二

『稲畑汀子　俳句集成』『稲畑汀子俳句集成』刊行委員会編　朔出版　二〇二二

『川端茅舎　全句集』川端茅舎　角川ソフィア文庫　二〇二二

『前田普羅　季語別句集』辛夷社・中坪達哉編　桂書房　二〇二一

『星野立子賞の十年』星野立子賞選考委員会編　KADOKAWA　二〇二三　▽年に一回、第十回までの受賞者のアンソロジーと選者のコメントを収録。

作品索引

本書に掲載した作品を現代かなづかいによる五十音順にならべた。
数字は掲載ページを表す。
☆印は『俳句必携 1000句を楽しむ』掲載作品。

◆あ◆

◆い◆

◆え◆

◆お◆

◆く◆

◆さ◆

◆し◆

◆ち◆

◆む◆

◆め◆

◆ゆ◆

◆詩歌ほか◆（「　」内は詩・詞のタイトル）

葛の花　踏みしだかれて、色あたらし。この山道を行きし人あり　釈迢空『海やまのあひだ』173☆
来べきほど時過ぎぬれや待ちわびて鳴くなる声の人をとよむる　藤原敏行朝臣『古今和歌集』305
現世はいよいよ地獄とやいわん／虚無とやいわん／ただ滅亡の世せまるを待つのみか／
　ここにおいてわれらなお／地上にひらく一輪の花の力を念じて合掌す　石牟礼道子「花を奉る」29
不来方のお城の草に寝ころびて空に吸はれし十五の心　石川啄木102
木の葉のみ散るかと思ひし時雨には涙もたへぬものにぞありける　源俊頼『堀河百首』324
小諸なる古城のほとり／雲白く遊子悲しむ　島崎藤村「千曲川旅情のうた」9・180
五月雨に物思をれば郭公夜ふかくなきていづち行くらむ　紀友則『古今和歌集』307
しぐれの雨間なくし降れば真木の葉も争ひかねて色づきにけり　よみ人しらず『万葉集』323
信濃なる須我の荒野にほととぎす鳴く声聞けば時過ぎにけり　よみ人しらず『万葉集』304
死に近き母に添寝のしんしんと遠田のかはづ天に聞ゆる　斎藤茂吉102
春山淡冶にして笑ふが如く　郭熙「林泉高致」34
雪月花ノ時ニ最モ君ヲ憶フ　白居易『和漢朗詠集』62
園原やふせ屋におふる帚木のありとは見えてあはぬ君かな　坂上是則『新古今和歌集』242
誰かが憶えているかぎり、人は、ほんとうには死なないのよ　モーリス・メーテルリンク『青い鳥』江國香織訳78
年ふればよはひは老いぬしかはあれど花をし見れば物思もなし　藤原良房『古今和歌集』302
名にし負はばいざ事問はむ宮こ鳥わが思ふ人はありやなしやと『伊勢物語』320
難波潟みじかき葦のふしの間も逢はでこの世を過ぐしてよとや　伊勢7
人間の生涯は／茄子のふくらみに写つている　西脇順三郎「茄子」136
願はくは花のしたにて春死なぬその如月の望月のころ　西行228☆
初時雨降るほどもなく佐保山の梢あまねくうつろひにけり　よみ人しらず『後撰和歌集』323
人はいさ踏ままく惜しき雪なれど尋ねて訪ふはうれしきものを　藤原顕仲『六条修理大夫集』298

人名索引

作者名・人名を 50 音順にならべた。作者名の後ろの書名、紙誌名は作品の出典を表し、本書の初出順とした。本文中の引用作品については出典を略した場合がある。

季語・事項索引

本書に掲載した季語・事項を抽出し 50 音順にならべた。季語項目は、本書の鑑賞句・引用句の俳句作品の季節のことばのほか、本文・鑑賞文中の語句をあげ、新年、春、夏、秋、冬を（　）内に付した。鑑賞句・引用句の季語は頁番号を太字とした。適宜、『平凡社俳句歳時記　新年』（大野林火：編）等を参照した。事項項目は、俳句作品に詠まれたことば、俳句・作者にまつわることばや用語、時候、地名、書名などをあげた。矢印（→）は本索引中の参照項目を示す。☆印は『俳句必携 1000 句を楽しむ』掲載の季節のことば。

編著者紹介

宮坂静生（みやさか しずお）

1937年、長野県松本市生まれ。俳人、俳文学者。14歳から作句を開始。

富安風生・加倉井秋を・藤田湘子・藤岡筑邨に師事。

1978年、松本市にて月刊俳句誌「岳」を創刊、主宰。信州大学名誉教授。

現代俳句協会会長を退き現在、特別顧問。日本文藝家協会会員、俳文学会会員。

句集に、『青胡桃』『雹』『山開』『樹下』『春の鹿』『花神 俳句館 宮坂静生』『火に椿』『山の牧』『鳥』『宙』『全景 宮坂静生』『雛土蔵』『草泊』『噴井』『草魂』（詩歌文学館賞）など。

俳句評論集に、『夢の像――俳人論』『俳句の出発』『正岡子規と上原三川――日本派俳句運動の伝播の状況』『虚子以後』『俳句第一歩』『虚子の小諸』『俳句原始感覚』『子規秀句考――鑑賞と批評』『小林一茶』『俳句からだ感覚』（山本健吉文学賞）、『正岡子規――死生観を見据えて』『俳句地貌論』『雪 そして虚空へ』『語りかける季語 ゆるやかな日本』（讀賣文学賞）、『ゆたかなる季語 こまやかな日本』『季語の誕生』『NHK俳句 昭和を詠う』『拝啓 静生百句』（小林貴子と共著）、『季語体系の背景――地貌季語探訪』『沈黙から立ち上がったことば――句集歴程』『俳句必携 1000句を楽しむ』など。現代俳句協会賞、俳句四季大賞、信毎賞、みなづき賞、現代俳句大賞などを受賞。2023年、「岳」誌が創刊45周年を迎える。

編集協力（順不同、敬称略）
岳俳句会　小林貴子　日本農業新聞　NHK出版　淡交社

俳句鑑賞《はいくかんしょう》 1200句《く》を楽《たの》しむ

発行日　2023年5月25日　初版第1刷

編著者　宮坂静生
発行者　下中美都
発行所　株式会社平凡社
〒101-0051　東京都千代田区神田神保町3-29
電話　03-3230-6593（編集）
03-3230-6573（営業）
ホームページ　https://www.heibonsha.co.jp/

装幀　稲田雅之
組版　秋耕社・寺本敏子
印刷所　株式会社東京印書館
製本所　大口製本印刷株式会社

ISBN978-4-582-30524-1